普通高等学校汉语言文学专业21世纪课程国标教材 ｜ 总主编 ◎肖百容

中国当代文学作品选读
（1949—2019）

赵树勤　易　瑛◎主编

湖南师范大学出版社
·长沙·

图书在版编目（CIP）数据

中国当代文学作品选读（1949—2019）/ 赵树勤，易瑛主编. --长沙：湖南师范大学出版社，2025.6. -- ISBN 978-7-5648-5899-5

Ⅰ.I217.1

中国国家版本馆 CIP 数据核字第 2025EY8551 号

中国当代文学作品选读（1949—2019）
Zhongguo Dangdai Wenxue Zuopin Xuandu（1949—2019）

赵树勤　易　瑛　主编

◇出 版 人：吴真文
◇策划组稿：李　阳
◇责任编辑：刘　葭　李　阳
◇责任校对：李　开
◇出版发行：湖南师范大学出版社
　　　　　　地址/长沙市岳麓区　邮编/410081
　　　　　　电话/0731-88873071　0731-88873070
　　　　　　网址/https：//press.hunnu.edu.cn
◇经销：新华书店
◇印刷：长沙市宏发印刷有限公司
◇开本：787 mm×1092 mm　1/16
◇印张：33.75
◇字数：750 千字
◇版次：2025 年 6 月第 1 版
◇印次：2025 年 6 月第 1 次印刷
◇书号：ISBN 978-7-5648-5899-5
◇定价：99.00 元

凡购本书，如有缺页、倒页、脱页，由本社发行部调换。
投稿热线：0731-88872256　　微信：ly13975805626　　QQ：1349748847

总 序

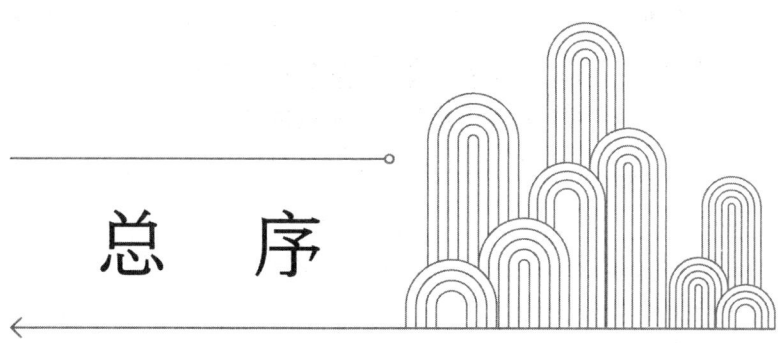

2018年1月,教育部颁布《普通高等学校本科专业类教学质量国家标准(中国语言文学类)》(以下简称《国标》),提出要"坚持以马克思主义为指导,培养学生具有坚定正确的政治方向、扎实的中国语言文字基础和较高的文学修养,系统掌握中国语言文学的基本知识,具有较强的文学感悟能力、文献典籍阅读能力、审美鉴评能力和运用母语进行书面、口语表达的能力"。《国标》的实施,有助于科学、规范、有效地推进中国语言文学类本科专业建设和人才培养工作。

湖南师范大学始终坚持将立德树人作为汉语言文学专业教学改革的根本旨归,以《国标》为指引,以传承和发展中华优秀传统文化为目标,以"读、说、写"三种核心能力为抓手,致力于培养卓越的中文人才。为了更好地贯彻落实《国标》,肖百容教授率领中国语言文学教学团队深入总结我国汉语言文学教育教学的实践与经验,组织精干力量编写了这套"普通高等学校汉语言文学专业21世纪课程国标教材"。可以说,这套国标教材既凝结了肖百容教授教学团队的集体智慧,也是湖南师范大学中国语言文学学科探索新时代汉语言文学教学改革、贯彻实施《国标》的努力实践。

这套教材有三个鲜明特点:**一是人文性强**。人文性是汉语言文学教育的本质特点之一。当代世界面临的挑战与情况日益复杂,人文教育变得越发重要，汉语言文学教育更应注意引导学生树立积极向上的人生观及价值观，塑造健全的人格，使学生形成宽广而深邃的视野、充满理性智慧而不失人伦情感的生命立场、清醒地了解自我责任而能推己及人的生命关怀。**二是实用性强**。这套教材在内容上努力降低理论重心，以实用的知识点传授为主，注重行文的简洁明快，避免使用较为艰涩和过于学术化的表达。在课程设计上，不仅注重学生语言技能的培养，还通过中外文学史、中外文学作品选读、文学理论等课程的设置，培养学生具备较好的思维能力、文学赏析能力和人文素养，具有很强的现实针对性。**三是时代性强**。教材内容紧贴新时代人类命运共同体的构建和中华文化"走出去"的战略要求，在坚定文化自信的视域下，将中华优秀传统文化教育融入汉语言文学专业教学的全过程，积极推进专业教育与其他人文社会学科知识教育双向融合，有利于培养"内外会通"的高质量人才。

这套教材是《国标》实施以来，湖南师范大学文学院编写的第一套汉语言文学专业国标教材，希望这套教材能够为全国高校本科汉语言文学类专业建设和人才培养发挥更加重要的作用。

肖百容
2025年3月于湖南师范大学文学院

前言

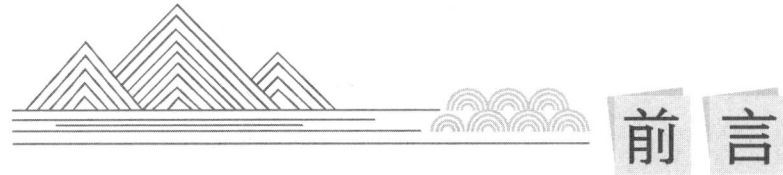

《中国当代文学作品选读（1949—2019）》是与赵树勤"普通高等学校汉语言文学专业21世纪课程国标教材"《中国当代文学史（1949—2019）》（湖南师范大学出版社2025年版）配套的教学用书，供高等学校文科师生和广大文学爱好者使用。

中国当代文学已走过了70余年的历程，这一时期有非常庞大的作家群，作品浩如烟海。要在很有限的篇幅内，从文学发展史的角度选编一本较全面、系统地反映我国当代文学全貌的作品选，是非常难的。为解决这一矛盾，我们尝试采用精选短篇、作品节选和介绍部分中、长篇作品梗概相结合的办法，力求把当代文学史上有重要影响的作家的代表作选编进来。在编选作品梗概时，我们力求在一两千字的篇幅内勾画原作的基本面貌，并且尽量写得"具体"一点、有文采一点，使读者对原作能有一点"感性"的认识。

本书所选147篇作品，从体裁上说，既有诗歌、散文、报告文学，也有戏剧和小说；从时间上说，从新中国成立初享誉文坛的佳作，到21世纪的优秀作品，都尽量收入。虽说这部作品选不能将各个时期的美文精品一一囊括，但从某种意义上说，它无疑是中国当代文学创作发展的一个缩影，是当代作家作品的荟萃。我们期望，读者不仅可以通过这本书领略到当代文学的风采，也能获得关于当代文学发展脉络的认知。

本书的编选凝结着湖南师范大学现当代文学学科师生的心血，中国现当代文学专业的研究生李岳峰、杜娟、钟佩佩、辛雨倩等同学参与了部分长篇小说故事梗概的撰写。

本书的出版，得到了湖南师范大学出版社的大力支持，编辑部主任李阳博士亦倾注了大量心血，在此，我们表示深切的谢意！

赵树勤　易　瑛
2025 年 3 月于湖南师范大学文学院

目录

诗 歌

臧克家	有的人——纪念鲁迅有感	(1)
艾 青	礁石	(2)
	在智利的海岬上——给巴勃罗·聂鲁达	(3)
	鱼化石	(8)
贺敬之	回延安	(10)
郭小川	望星空	(13)
闻 捷	苹果树下	(21)
李 瑛	戈壁日出	(22)
流沙河	草木篇	(24)
昌 耀	峨日朵雪峰之侧	(25)
绿 原	又一名哥伦布	(26)
曾 卓	悬崖边的树	(28)
牛 汉	悼念一棵枫树	(29)
郑 敏	流血的令箭荷花	(31)
穆 旦	冬	(32)
食 指	相信未来	(35)
多 多	致太阳	(36)
北 岛	回答	(37)

	迷途	(38)
舒 婷	致橡树	(39)
	神女峰	(40)
顾 城	我是一个任性的孩子	(41)
	生命幻想曲	(44)
梁小斌	中国，我的钥匙丢了	(47)
骆一禾	先锋	(48)
海 子	亚洲铜	(49)
	麦地	(50)
韩 东	山民	(53)
西 川	在哈尔盖仰望星空	(54)
于 坚	感谢父亲	(55)
翟永明	女人组诗（选二）	(57)
王家新	帕斯捷尔纳克	(59)
痖 弦	红玉米	(61)
余光中	乡愁	(63)
	白玉苦瓜——故宫博物院所藏	(64)
洛 夫	边界望乡	(65)

散　文

杨 朔	雪浪花	(67)
秦 牧	社稷坛抒情	(70)
傅 雷	致傅聪	(74)
邓 拓	一个鸡蛋的家当	(75)
巴 金	怀念萧珊	(77)
杨 绛	冒险记幸	(84)
贾平凹	秦腔	(90)
史铁生	我与地坛	(94)
张 炜	融入野地	(106)
余秋雨	风雨天一阁	(115)

周　涛	巩乃斯的马	(123)
季羡林	赋得永久的悔	(127)
张中行	朱自清	(130)
苇　岸	大地上的事情（节选）	(132)
张承志	清洁的精神	(142)
周国平	没有目的的旅行	(150)
王充闾	用破一生心	(152)
刘亮程	春天的步调	(160)
余光中	听听那冷雨	(164)
琦　君	髻	(168)
龙应台	中国人，你为什么不生气	(171)

报告文学

魏　巍	谁是最可爱的人	(173)
黄宗英	大雁情（故事梗概）	(176)
徐　迟	祁连山下（故事梗概）	(179)
	哥德巴赫猜想（节选）	(181)
穆　青　冯　健　周　原	县委书记的榜样——焦裕禄（故事梗概）	(187)
陈祖芬	祖国高于一切（故事梗概）	(189)
孟晓云	胡杨泪（故事梗概）	(190)
	多思的年华——中学生心理学（故事梗概）	(192)
钱　钢	唐山大地震（故事梗概）	(193)
贾鲁生	丐帮漂流记（节选）	(197)
徐　刚	伐木者，醒来！（故事梗概）	(205)
麦天枢	西部在移民（故事梗概）	(208)

戏　剧

| 老　舍 | 茶馆（节选） | (211) |
| 李龙云 | 小井胡同（节选） | (221) |

高行健 刘会远	绝对信号（节选）	(235)
刘锦云	狗儿爷涅槃（节选）	(241)
陈子度 杨 健 朱晓平	桑树坪纪事（节选）	(248)
过士行	棋人（故事梗概）	(255)
孟京辉	思凡（节选）	(258)
廖一梅	恋爱的犀牛（节选）	(267)
阿 甲 翁偶虹	红灯记（京剧）（故事梗概）	(273)
魏明伦	潘金莲——一个女人的沉沦史（荒诞川剧）（故事梗概）	(274)
陈亚先	曹操与杨修（京剧）（节选）	(276)

短篇小说

孙 犁	山地回忆	(293)
王 蒙	组织部新来的青年人	(297)
赵树理	"锻炼锻炼"	(322)
茹志鹃	百合花	(335)
周立波	山那面人家	(341)
张 洁	爱，是不能忘记的	(346)
高晓声	陈奂生上城	(356)
汪曾祺	受戒	(363)
铁 凝	哦，香雪	(376)
残 雪	山上的小屋	(384)
李 锐	合坟——《厚土》之一	(387)
扎西达娃	系在皮绳扣上的魂	(392)
白先勇	永远的尹雪艳	(407)
陈映真	将军族	(415)
严歌苓	女房东	(425)

中篇小说故事梗概

| 谌 容 | 人到中年 | (435) |

王　蒙	蝴蝶	(436)
蒋子龙	赤橙黄绿青蓝紫	(438)
路　遥	人生	(440)
李存葆	高山下的花环	(442)
邓友梅	那五	(443)
陆文夫	美食家	(444)
张承志	黑骏马	(446)
张贤亮	绿化树	(448)
贾平凹	腊月·正月	(449)
阿　城	棋王	(451)
王安忆	小鲍庄	(452)
刘索拉	你别无选择	(454)
韩少功	爸爸爸	(455)
莫　言	红高粱	(456)
池　莉	烦恼人生	(457)
方　方	风景	(459)
刘震云	一地鸡毛	(460)
苏　童	妻妾成群	(461)
刘醒龙	凤凰琴	(463)
毕飞宇	青衣	(464)

长篇小说故事梗概

杜鹏程	保卫延安	(467)
赵树理	三里湾	(468)
曲　波	林海雪原	(471)
吴　强	红日	(473)
梁　斌	红旗谱	(474)
杨　沫	青春之歌	(476)
周立波	山乡巨变	(477)
柳　青	创业史（第一部）	(478)

姚雪垠	李自成（第一、二、三卷）	(480)
古　华	芙蓉镇	(482)
王　蒙	活动变人形	(483)
张　炜	古船	(485)
路　遥	平凡的世界	(486)
贾平凹	浮躁	(488)
凌　力	少年天子	(490)
铁　凝	玫瑰门	(492)
唐浩明	曾国藩	(494)
陈忠实	白鹿原	(496)
林　白	一个人的战争	(498)
余　华	许三观卖血记	(500)
王安忆	长恨歌	(502)
阿　来	尘埃落定	(504)
张　洁	无字	(506)
阎连科	受活	(509)
迟子建	额尔古纳河右岸	(511)
莫　言	蛙	(513)
葛　亮	朱雀	(516)
金宇澄	繁花	(518)
格　非	望春风	(521)
李　洱	应物兄	(524)
朱天文	荒人手记	(526)

诗 歌
中国当代文学作品选读
（1949—2019）

臧克家

有的人
—— 纪念鲁迅有感

有的人活着
他已经死了；
有的人死了
他还活着。

有的人
骑在人民头上："呵，我多伟大！"
有的人
俯下身子给人民当牛马。

有的人
把名字刻入石头想"不朽"；
有的人
情愿做野草，等着地下的火烧。

有的人
他活着别人就不能活；
有的人

他活着为了多数人更好地活。

骑在人民头上的,
人民把他摔垮;
给人民做牛马的,
人民永远记住他!

把名字刻入石头的,
名字比尸首烂得更早;
只要春风吹到的地方,
到处是青青的野草。

他活着别人就不能活的人,
他的下场可以看到;
他活着为了多数人更好地活着的人,
群众把他抬举得很高,很高。

1949年11月1日于北京
(选自《臧克家诗选》,作家出版社1978年版)

艾 青

礁 石

一个浪,一个浪
无休止地扑过来
每一个浪都在它脚下
被打成碎沫、散开……

它的脸上和身上

像刀砍过的一样
但它依然站在那里
含着微笑，看着海洋……

1954 年 7 月 25 日
（选自《艾青诗选》，人民文学出版社 1984 年版）

在智利的海岬上
——给巴勃罗·聂鲁达

让航海女神
守护你的家

她面临大海
仰望苍天
抚手胸前
祈求航行平安

一

你爱海，我也爱海
我们永远航行在海上
一天，一只船沉了
你捡回了救命圈
好像捡回了希望

风浪把你送到海边
你好像海防战士
驻守着这些礁石

你抛下了锚
解下了缆索
回忆你所走过的路

每天瞭望海洋

二

巴勃罗的家
在一个海岬上
窗户的外面
是浩淼的太平洋

一所出奇的房子
全部用岩石砌成
像小小的碉堡
要把武士囚禁

我们走进了
航海者之家
地上铺满了海螺
也许昨晚有海潮

已经残缺了的
　　木雕的女神
站在客厅的门边
像女仆似的虔诚

阁楼是甲板
栏杆用麻绳穿连
在扶梯的边上
有一个大转盘

这些是你的财产：
古代帆船的模型
褐色的大铁锚
中国的大罗盘
（最早的指南针）
大的地球仪

各式各样的烟斗
和各式各样的钢刀

意大利农民送的手杖
放在进门的地方
它陪伴一个天才
走过了整个世界

米黄色的象牙上
刻着年轻的情人
穿着乡村的服装
带着羞涩的表情
像所有的爱情故事
既古老而又新鲜

手枪已经锈了
战船也不再转动
请斟满葡萄酒
为和平而干杯!

三

房子在地球上
而地球在房子里

壁上挂了一顶白顶的
　　黑漆遮阳的海员帽子
好像这房子的主人
今天早上才回到家里

我问巴勃罗:
"是水手呢?
还是将军?"
他说:"是将军,
你也一样;

不过，我的船
已失踪了，
沉落了……"

四

你是一个船长？
还是一个海员？
你是一个舰队长？
还是一个水兵？

你是胜利归来的人？
还是战败了逃亡的人？
你是平安的停憩？
还是危险的搁浅？
你是迷失了方向？
还是遇见了暗礁？

都不是，都不是，
这房子的主人
是被枪杀了的洛尔伽的朋友
是受难的西班牙的见证人
是一个退休了的外交官
不是将军。

日日夜夜望着海
听海涛像在浩叹
也像是嘲弄
也像是挑衅
巴勃罗·聂鲁达
面对着万顷波涛
用矿山里带来的语言
向整个旧世界宣战

五

在客厅门口上面

挂了救命圈
现在船是在岸边
你说:"要是船沉了
我就戴上了它
跳进了海洋。"

方形的街灯
在第二个门口
这样,每个夜晚
你生活在街上

壁炉里火焰上升
今夜,海上喧哗
围着烧旺了的壁炉
从地球的各个角落来的
　　十几个航行的伙伴
喝着酒,谈着航海的故事
我们来自许多国家
包括许多民族
有着不同的语言
但我们是最好的兄弟

有人站起来
用放大镜
在地图上寻找
没有到过的地方

我们的世界
好像很大
其实很小

在这个世界上
应该生活得好

明天，要是天晴

我想拿铜管的望远镜

向西方瞭望

太平洋的那边

是我的家乡

我爱这个海岬

也爱我的家乡

这儿夜已经很深

初春的夜晚多么迷人

六

在红心木的桌子上

有船长用的铜哨子

拂晓之前，要是哨子响了

我们大家将很快地爬上船缆

张起船帆，向海洋起程

向另一个世纪的港口航行……

1954 年 7 月 24 日晚初稿

1956 年 12 月 11 日整理

（选自《诗刊》1957 年第 1 期）

鱼化石

动作多么活泼，

精力多么旺盛，

在浪花里跳跃，

在大海里浮沉；

不幸遇到火山爆发，

也可能是地震，
你失去了自由，
被埋进了灰尘；

过了多少亿年，
地质勘察队员，
在岩层里发现你，
依然栩栩如生。

但你是沉默的，
连叹息也没有，
鳞和鳍都完整，
却不能动弹；

你绝对的静止，
对外界毫无反应，
看不见天和水，
听不见浪花的声音。

凝视着一片化石，
傻瓜也得到教训：
离开了运动，
就没有生命。

活着就要斗争，
在斗争中前进，
当死亡没有来临
把能量发挥干净。

1978年

（选自艾青《归来的歌》，四川人民出版社1980年版）

贺敬之

回延安

一

心口呀莫要这么厉害的跳,
灰尘呀莫把我眼睛挡住了……

手抓黄土我不放,
紧紧儿贴在心窝上。

……几回回梦里回延安,
双手搂定宝塔山。

千声万声呼唤你,
——母亲延安就在这里!

杜甫川唱来柳林铺笑,
红旗飘飘把手招。

白羊肚手巾红腰带,
亲人们迎过延河来。
满心话登时说不出来,
一头扑在亲人怀……

二

……二十里铺送过柳林铺迎,
分别十年又回家中。

树梢树枝树根根,
亲山亲水有亲人。

羊羔羔吃奶眼望着妈,
小米饭养活我长大。

东山的糜子西山的谷,
肩膀上的红旗手中的书。

手把手儿教会了我,
母亲打发我们过黄河。

革命的道路千万里,
天南海北想着你……

三

米酒油馍木炭火,
团团围定炕上坐。

满窑里围得不透风,
脑畔上还响着脚步声。

老爷爷进门气喘的紧:
"我梦见鸡毛信来——可真见亲人……"

亲人见了亲人面,
欢喜的眼泪眼眶里转。

保卫延安你们费了心,
白头发添了几根根。

团支书又领进社主任,
当年的放牛娃如今长成人。

白生生的窗纸红窗花,
娃娃们争抢来把手拉。

一口口米酒千万句话，
长江大河起浪花。

十年来革命大发展，
说不尽这三千六百天……

四

千万条腿来千万只眼，
也不够我走来也不够我看！

头顶着蓝天大明镜，
延安城照在我心中：

一条条街道宽又平，
一座座楼房披彩虹。

一盏盏电灯亮又明，
一排排绿树迎春风……

对照过去我认不出你，
母亲延安换新衣。

五

杨家岭的红旗啊高高的飘，
革命万里起高潮。

宝塔山下留脚印，
毛主席登上了天安门。

枣园的灯光照人心，
延河滚滚喊前进！

赤卫军……青年团……红领巾，
走着咱英雄几辈辈人……

社会主义路上大踏步走,
光荣的延河还要在前头!

身长翅膀吧脚生云,
再回延安看母亲!

1956年3月9日延安
(选自《放歌集》,人民文学出版社1978年版)

郭小川

望星空

一

今夜呀,
我站在北京的街头上,
向星空瞭望。
明天哟,
一个紧要任务,
又要放在我的双肩上。
我能退缩吗?
只有迈开阔步,
踏万里重洋;
我能叫嚷困难吗?
只有挺直腰身,
承担千斤重量。
心房呵,
不许你这般激荡!……
此刻呵,
最该是我沉着镇定的时光。

而星空,
却是异样地安详。
夜深了,
风息了,
雷雨逃往他乡。
云飞了,
雾散了,
月亮躲在远方。
天海平平,
不起浪,
四围静静,
无声响。

但星空是壮丽的,
雄厚而明朗。
穹窿呵,
深又广,
在那神秘的世界里,
好像竖立着层层神秘的殿堂。
大气呵,
浓又香,
在那奇妙的海洋中,
仿佛流荡着奇妙的酒浆。
星星呀,
亮又亮,
在浩大无比的太空里,
点起万古不灭的盏盏灯光。
银河呀,
长又长,
在没有涯际的宇宙中,
架起没有尽头的桥梁。

呵，星空，
只有你，
称得起万寿无疆！
你看过多少次：
冰河解冻，
火山喷浆！
你赏过多少回：
白杨吐绿，
柳絮飞霜！
在那遥远的高处，
在那不可思议的地方
你观尽人间美景，
饱看世界沧桑。
时间对于你，
跟空间一样——
无穷无尽，
浩浩荡荡。

二

呵，
望星空，
我不免感到惆怅。
说什么：
身宽气盛，
年富力强！
怎比得：
你那根深蒂固，
源远流长！
说什么：
情豪志大，
心高胆壮
怎比得：
你那阔大胸襟，
无限容量！

我爱人间,
我在人间生长,
但比起你来,
人间还远不辉煌。
走千山,
涉万水,
登不上你的殿堂。
过大海,
越重洋,
饮不到你的酒浆。
千堆火,
万盏灯,
不如一颗小小星光亮。
千条路,
万座桥,
不如银河一节长。

我游历过半个地球,
从东方到西方。
地球的阔大幅员,
引起我的惊奇和赞赏。
可谁能知道:
宇宙里有多少星星,
是地球的姊妹行!
谁曾晓得:
天空中有多少陆地,
能够充作人类的家乡!
远方的星星呵,
你看得见地球吗?
——一片迷茫!
远方的陆地呵,
你感觉到我们的存在吗?

——怎能想象!

生命是珍贵的
为了赞颂战斗的人生,
我写下成册的诗章;
可是在人生的路途上,
又有多少机缘,
向星空瞭望!
在人生的行程中,
又有多少个夜晚,
见星空如此安详!
在伟大的宇宙的空间,
人生不过是流星般的闪光。
在无限的时间的河流里,
人生仅仅是微小又微小的波浪。
呵,星空,
我不免感到惆怅!
于是我带着惆怅的心情,
走向北京的心脏……

三

忽然之间,
壮丽的星空,
一下子变了模样。
天黑了,
星小了,
高空显得暗淡无光;
云没有来,
风没有刮,
却像有一股阴霾罩天上。
天窄了,
星低了,
星空不再辉煌。
夜没有尽,

月没有升,
太阳也不曾起床。

呵,这突然的变化,
使我感到迷惘,
我不能不带着格外的惊奇,
向四围寻望:
就在我的近边,
在天安门广场,
升起了一座美妙的人民会堂;
就在那会堂的里面,
在宴会厅的杯盏中,
斟满了芬芳的友谊的酒浆;
就在我的两侧,
在长安街上,
挂出了长串的灯光;
就在那灯光之下,
在北京的中心,
架起了一座银河般的桥梁。

这是天上人间吗?
不,人间天上!
这是天堂中的大地吗?
不,大地上的天堂。
真实的世界呵,
一点也不虚妄,
你朴质地描述吧,
不需要作半点夸张!
是谁说的呀——
星空比人间还要辉煌?
是什么人呀——
在星空下感到忧伤?
今夜哟,

最该是我沉着镇定的时光!

是的,
我错了,
我曾是如此地神情激荡!
此刻我才明白:
刚才是我望星空,
而不是星空向我瞭望。
我们生活着,
而没有生命的宇宙,
既不生活也不死亡。
我们思索着,
而不会思索的穹窿,
总是露出呆相。
星空哟,
面对着你,
我有资格挺起胸膛。

四

当我怀着自豪的感情,
再向星空瞭望,
我的身子,
充溢着非凡的力量。
因为我知道:
在一切最好的传统之上,
我们的队伍已经组成,
犹如浩荡的万里长江。
而我自己呢,
早就全副武装,
在我们的行列里,
充当了一名小小的兵将。

可是呵,
我和我的同志一样,

决不会在红灯绿酒之前,
神魂飘荡。
我们要在地球与星空之间,
修建一条走廊,
把大地上的楼台殿阁,
移往辽阔的天堂。
我们要在无限的高空,
架起一座桥梁,
把人间的山珍海味,
送往迢遥的上苍。

真的,
我和我的同志一样,
决不只是"自扫门前雪",
而是定管"他人瓦上霜"。
我们要把长安街上的灯火,
延伸到远方;
让万里无云的夜空,
出现千千万万个太阳。
我们要把广漠的穹窿,
变成繁华的天安门广场;
让满天星斗,
全成为人类的家乡。

而星空呵,
不要笑我荒唐!
我是诚实的,
从不痴心妄想。
人生虽是暂短的,
但只有人类的双手,
能够为宇宙穿上盛装;
世界呀,
由于人的生存

而有了无穷的希望。
你呵,
还有什么艰难,
使你力不可当?
请再仔细抬头瞭望吧!
出发于盟邦的新的火箭,
正遨游于辽远的星空之上。

1959年4月初稿
1959年8月第二次修改
1959年10月改成

(选自《郭小川诗选》,人民文学出版社1985年版)

闻　捷

苹果树下

苹果树下那个小伙子,
你不要、不要再唱歌;
姑娘沿着水渠走来了,
年轻的心在胸中跳着。
她的心为什么跳呵?
为什么跳得失去节拍?……

春天,姑娘在果园劳作,
歌声轻轻从她耳边飘过,
枝头的花苞还没有开放,
小伙子就盼望它早结果。
奇怪的念头姑娘不懂得,
她说:别用歌声打扰我。

小伙子夏天在果园度过，
一边劳动一边把姑娘盯着，
果子才结得葡萄那么大，
小伙子就唱着赶快去采摘。
满腔的心思姑娘猜不着，
她说：别像影子一样缠着我。

淡红的果子压弯绿枝，
秋天是一个成熟季节，
姑娘整夜整夜地睡不着，
是不是挂念那树好苹果？
这些事小伙子应该明白，
她说：有句话你怎么不说？

……苹果树下那个小伙子，
你不要、不要再唱歌；
姑娘踏着草坪过来了，
她的笑容里藏着什么？……
说出那句真心的话吧！
种下的爱情已该收获。

1952—1954年，乌鲁木齐—北京
（选自《人民文学》1955年第3期）

李　瑛

戈壁日出

当尖峭的冷风遁去，
荒原便沉淀下无垠的戈壁；
我们在拂晓骑马远行，

多么渴望一点颜色，一点温煦。

忽然地平线上喷出一道云霞，
淡青、橙黄、橘红、绀紫，
像褐色的荒碛滩头，
萎弃一片雉鸡的翎羽。

太阳醒来了——
他双手支撑大地，昂然站起，
窥视一眼凝固的大海，
便拉长了我们的影子。

我们匆匆地策马前行，
迎着壮丽的一轮旭日，
哈，仿佛只需再走几步
就要撞进他的怀里。

忽然，他好像暴怒起来，
一下子从马头前跳上我们的背脊，
接着便抛一把火给冰冷的荒滩，
然后又投出十金万矢……

于是一片燥热的尘烟，
顿时便从戈壁腾起，
干旱熏烤得人喘马嘶，
几小时我们便经历了四季。

从哪里飞来一片歌声，
雄浑得撼动戈壁——
我们的勘测队员正迎向前来，
在这里我看见了人民意志的美丽！

1961年8月

（选自《李瑛诗选》，四川人民出版社1981年版）

流沙河

草木篇

寄言立身者，勿学柔弱苗。

——（唐）白居易

白杨

她，一柄绿光闪闪的长剑，孤伶伶地立在平原，高指蓝天。也许，一场暴风会把她连根拔去。但，纵然死了吧，她的腰也不肯向谁弯一弯！

藤

他纠缠着丁香，往上爬，爬，爬……终于把花挂上树梢。丁香被缠死了，砍作柴烧了。他倒在地上，喘着气，窥视着另一株树……

仙人掌

她不想用鲜花向主人献媚，遍身披上刺刀。主人把她逐出花园，也不给水喝。在野地里，在沙漠中，她活着，繁殖着儿女……

梅

在姐姐妹妹里，她的爱情来得最迟。春天，百花用媚笑引诱蝴蝶的时候，她却把自己悄悄地许给了冬天的白雪。轻佻的蝴蝶是不配吻她的，正如别的花不配被白雪抚爱一样。在姐姐妹妹里，她笑得最晚，笑得最美丽。

毒菌

在阳光照不到的河岸，他出现了，白天，用美丽的彩衣，黑夜，用暗绿的磷火，诱惑人类。然而，连三岁孩子也不去采他。因为，妈妈说过，那是毒蛇吐的唾液……

（选自《星星》1957年第1期）

昌　耀

峨日朵雪峰之侧

这是我此刻仅能征服的高度了：
我小心地探出前额，
惊异于薄壁那边
朝向峨日朵之雪彷徨许久的太阳
正决然跃入一片引力无穷的
山海。石砾不时滑坡，
引动棕色深渊自上而下的一派嚣鸣，
像军旅远去的喊杀声。
我的指关节铆钉一样揳入巨石的罅隙。
血滴，从撕裂的千层掌鞋底渗出。
呵，真渴望有一只雄鹰或雪豹与我为伍。
在锈蚀的岩壁，
但有一只小得可怜的蜘蛛
与我一同默享着这大自然赐予的
快慰。

1962 年 8 月 2 日初稿
1983 年 7 月 27 日删定

（选自《昌耀抒情诗集》，青海人民出版社 1986 年版）

绿　原

又一名哥伦布

> Le silence éternel de ces espaces infinis m'effraie.
> 　　　　　　　　　　　　　　　　——Pascal①

昨天，十五世纪
一名哥伦布
告别了亲人
告别了人民，甚至
告别人类
驾驶着他的"圣玛丽娅"
航行在空间的海洋上
四周一望无涯
没有陆地，没有岛屿
没有房屋，没有船只
没有走兽，没有飞鸟
只有海
只有海的波涛
只有海的波涛的炮弹
在追赶，在拍击，在围剿
他的孤独的"圣玛丽娅"
哥伦布衣衫褴褛
然而精神抖擞
他站在船头
坚信前面就是印度
不顾一天天少下去的淡水
继续向前漂流、漂流
漂流在空间的海洋上
他终于没有到达印度

---

① 巴斯噶："无限空间之永恒沉默使我颤栗。"

却发现了一个新大陆

今天，二十世纪，
又一名哥伦布
也告别了亲人
告别了人民，甚至
告别了人类
驾驶着他的"圣玛丽娅"
航行在时间的海洋上
前后一望无涯
没有分秒，没有昼夜
没有星期，没有年月
只有海——时间的海
只有海的波涛——时间的海的波涛
只有海的波涛的炮弹——
时间的海的波涛的炮弹
在追赶，在拍击，在围剿
他的孤独的"圣玛丽娅"
他的"圣玛丽娅"不是一只船
而是四堵苍黄的粉墙
加上一抹夕阳和半轮灯光
一株马樱花悄然探窗
一块没有指针的夜明表咔咔作响
再没有声音，再没有颜色
再没有变化，再没有运动
一切都很遥远，一切都很朦胧
就像月亮，天安门，石碑胡同……
这个哥伦布形销骨立
蓬首垢面
手捧一部"雅歌中的雅歌"
凝视着千变万化的天花板
漂流在时间的海洋上
他凭着爱因斯坦的常识

坚信前面就是"印度"——
即使终于到达不了印度
他也一定会发现一个新大陆

1959 年

（选自《人之诗》，人民文学出版社 1983 年版）

曾　卓

悬崖边的树

不知道是什么奇异的风
将一棵树吹到了那边——
平原的尽头
临近深谷的悬崖上

它倾听远处森林的喧哗
和深谷中小溪的歌唱
它孤独地站在那里
显得寂寞而又倔强

它的弯曲的身体
留下了风的形状
它似乎即将倾跌进深谷里
却又像是要展翅飞翔……

1970 年

（选自《诗刊》1979 年第 9 期）

牛 汉

悼念一棵枫树

我想写几篇小诗,把你最后的绿叶留下几片来。

——摘自日记

湖边山丘上
那棵最高大的枫树
被伐倒了……
在秋天的一个早晨

几个村庄
和这一片山野
都听到了,感觉到了
枫树倒下的声响

家家的门窗和屋瓦
每棵树,每根草
每一朵野花
树上的鸟,花上的蜂
湖边停泊的小船
都颤颤地哆嗦起来……
是由于悲哀吗?

这一天
整个村庄
和这一片山野上
飘忽着浓郁的清香

清香
落在人的心灵上
比秋雨还要阴冷

想不到
一棵枫树
表皮灰暗而粗犷
发着苦涩气息
但它的生命内部
却贮蓄了这么多的芬芳

芬芳
使人悲伤

枫树直挺挺的
躺在草丛和荆棘上
那么庞大，那么青翠
看上去比它站立的时候
还要雄伟和美丽

伐倒三天之后
枝叶还在微风中
簌簌地摇动
叶片上还挂着明亮的露水
仿佛亿万只含泪的眼睛
向大自然告别

哦，湖边的白鹤
哦，远方来的老鹰
还朝着枫树这里飞翔呢

枫树
被解成宽阔的木板
一圈圈年轮
涌出了一圈圈的
凝固的泪珠

泪珠
也发着芬芳

不是泪珠吧
它是枫树的生命
还没有死亡的血球

村边的山丘
缩小了许多
仿佛低下了头颅

伐倒了
一棵枫树
伐倒了
一个与大地相连的生命

1973年秋

（选自《长安》1981年第1期）

郑　敏

流血的令箭荷花

只有花还在开
那被刀割过的令箭
在六月的黑夜里
喷出暗红的血，花朵
带来沙漠的愤怒
而这里的心

是汉白玉，是大理石的龙柱
不吸收血迹
在玉石的洁白下
多少呼嚎，多少呻吟
多少苍白的青春面颊
多少疑问，多少绝望

只有花还在开
吐血的令箭荷花
开在六月无声的
沉沉的，闷热的
看不透的夜的黑暗里

（选自诗集《早晨，我在雨里采花》，香港突破出版社1991年版）

穆　旦

冬

一

我爱在淡淡的太阳短命的日子，
临窗把喜爱的工作静静做完；
才到下午四点，便又冷又昏黄，
我将用一杯酒灌溉我的心田。
多么快，人生已到严酷的冬天。

我爱在枯草的山坡，死寂的原野，
独自凭吊已埋葬的火热一年，
看着冰冻的小河还在冰下面流，
不知低语着什么，只是听不见。

呵，生命也跳动在严酷的冬天。

我爱在冬晚围着温暖的炉火，
和两三昔日的好友会心闲谈，
听着北风吹得门窗沙沙地响，
而我们回忆着快乐无忧的往年。
人生的乐趣也在严酷的冬天。

我爱在雪花飘飞的不眠之夜，
把已死去或尚存的亲人珍念，
当茫茫白雪铺下遗忘的世界，
我愿意感情的热流溢于心间，
来温暖人生的这严酷的冬天。

二

寒冷，寒冷，尽量束缚了手脚，
潺潺的小河用冰封住口舌，
盛夏的蝉鸣和蛙声都沉寂，
大地一笔勾销它笑闹的蓬勃。

谨慎，谨慎，使生命受到挫折，
花呢？绿色呢？血液闭塞住欲望，
经过多日的阴霾和犹疑不决，
才从枯树枝漏下淡淡的阳光。

奇怪！春天是这样深深隐藏，
哪儿都无消息，都怕峥露头角，
年轻的灵魂裹进老年的硬壳，
仿佛我们穿着厚厚的棉袄。

三

你大概已停止了分赠爱情，
把书信写了一半就住手，
望望窗外，天气是如此肃杀，

因为冬天是感情的刽子手。

你把夏季的礼品拿出来,
无论是蜂蜜,是果品,是酒,
然后坐在炉前慢慢品尝,
因为冬天已经使心灵枯瘦。

你拿一本小说躺在床上,
在另一个幻象世界周游,
它使你感叹,或使你向往,
因为冬天封住了你的门口。

你疲劳了一天才得休息,
听着树木和草石都在嘶吼,
你虽然睡下,却不能成梦,
因为冬天是好梦的刽子手。

四

在马房隔壁的小土屋里,
风吹着窗纸沙沙响动,
几只泥脚带着雪走进来,
让马吃料,车子歇在风中。

高高低低围着火坐下,
有的添木柴,有的在烘干,
有的用他粗而短的指头
把烟丝倒在纸里卷成烟。

一壶水滚沸,白色的水雾
弥漫在烟气缭绕的小屋,
吃着,哼着小曲,还谈着
枯燥的原野上枯燥的事物。

北风在电线上朝他们呼唤,

原野的道路还一望无际，
几条暖和的身子走出屋，
又迎面扑进寒冷的空气。

1976年12月

（选自《穆旦诗选》，人民文学出版社1986年版）

食　指

相信未来

当蜘蛛网无情地查封了我的炉台，
当灰烬的余烟叹息着贫困的悲哀，
我依然固执地铺平失望的灰烬，
用美丽的雪花写下：相信未来。

当我的紫葡萄化为深秋的露水，
当我的鲜花依偎在别人的情怀，
我依然固执地用凝露的枯藤，
在凄凉的大地上写下：相信未来。

我要用手指那涌向天边的排浪，
我要用手掌那托住太阳的大海，
摇曳着曙光那枝温暖漂亮的笔杆，
用孩子的笔体写下：相信未来。

我之所以坚定地相信未来，
是我相信未来人们的眼睛——
她有拨开历史风尘的睫毛，
她有看透岁月篇章的瞳孔。

不管人们对于我们腐烂的皮肉,
那些迷途的惆怅,失败的苦痛,
是寄予感动的热泪,深切的同情,
还是给以轻蔑的微笑,辛辣的嘲讽。

我坚信人们对于我们的脊骨,
那无数次的探索、迷途、失败和成功,
一定会给予热情客观、公正的评定,
是的,我焦急地等待着他们的评定。

朋友,坚定地相信未来吧,
相信不屈不挠的努力,
相信战胜死亡的年青,
相信未来,热爱生命。

1968 年

(选自《食指的诗》,人民文学出版社 2000 年版)

多 多

致太阳

给我们家庭,给我们格言
你让所有的孩子骑上父亲肩膀
给我们光明,给我们羞愧
你让狗跟在诗人后面流浪

给我们时间,让我们劳动
你在黑夜中长睡,枕着我们的希望

给我们洗礼，让我们信仰
我们在你的祝福下，出生然后死亡

查看和平的梦境、笑脸
你是上帝的大臣
没收人间的贪婪、嫉妒
你是灵魂的君王

热爱名誉，你鼓励我们勇敢
抚摸每个人的头，你尊重平凡
你创造，从东方升起
你不自由，像一枚四海通用的钱！

1973 年

（选自多多《阿姆斯特丹的河流》，北岳文艺出版社 2000 年版）

北　岛

回　答

卑鄙是卑鄙者的通行证，
高尚是高尚者的墓志铭。
看吧，在那镀金的天空中，
飘满了死者弯曲的倒影。

冰川纪过去了，
为什么到处都是冰凌？
好望角发现了，
为什么死海里千帆相竞？

我来到这个世界上，
只带着纸、绳索和身影，
为了在审判之前，
宣读那些被判决的声音：

告诉你吧，世界，
我——不——相——信！
纵使你脚下有一千名挑战者，
那就把我算做第一千零一名。

我不相信天是蓝的；
我不相信雷的回声；
我不相信梦是假的；
我不相信死无报应。

如果海洋注定要决堤，
让所有的苦水注入我心中；
如果陆地注定要上升，
就让人类重新选择生存的峰顶。

新的转机和闪闪的星斗，
正在缀满没有遮拦的天空，
那是五千年的象形文字，
那是未来人们凝视的眼睛。

（选自《诗刊》1979 年第 3 期）

迷　途

沿着鸽子的哨音
我寻找着你

高高的森林挡住了天空
小路上
一棵迷途的蒲公英
把我引向蓝灰色的湖泊
在微微摇晃的倒影中
我找到了你
那深不可测的眼睛

(选自《朦胧诗选》，春风文艺出版社 1986 年版)

舒　婷

致橡树

我如果爱你——
绝不像攀援的凌霄花
借你的高枝炫耀自己；
我如果爱你——
绝不学痴情的鸟儿
为绿荫重复单调的歌曲；
也不止像泉源
长年送来清凉的慰藉；
也不止像险峰
增加你的高度，衬托你的威仪。
甚至日光。
甚至春雨。
不，这些都还不够！
我必须是你近旁的一株木棉，
作为树的形象和你站在一起。
根，紧握在地下

叶,相触在云里。
每一阵风过
我们都互相致意,
但没有人
听懂我们的言语。
你有你的铜枝铁干
像刀、像剑,
也像戟;
我有我红硕的花朵
像沉重的叹息,
又像英勇的火炬。
我们分担寒潮、风雷、霹雳;
我们共享雾霭、流岚、虹霓。
仿佛永远分离,
却又终身相依。
这才是伟大的爱情,
坚贞就在这里:
爱——
不仅爱你伟岸的身躯,
也爱你坚持的位置,足下的土地。

1977 年 3 月 27 日

(选自《诗刊》1979 年第 4 期)

神女峰

在向你挥舞的各色花帕中
是谁的手突然收回
紧紧捂住自己的眼睛
当人们四散离去,谁
还站在船尾

衣裙漫飞，如翻涌不息的云
江涛
　　　高一声
　　　　　低一声

美丽的梦留下美丽的忧伤
人间天上，代代相传
但是，心
真能变成石头吗

沿着江岸
金光菊和女贞子的洪流
正煽动新的背叛
　　与其在悬崖上展览千年
　　不如在爱人肩头痛哭一晚

1981年6月于长江
（选自《朦胧诗选》，春风文艺出版社1986年版）

顾　城

我是一个任性的孩子

——我想在大地上画满窗子，让所有习惯黑暗的眼睛，都习惯光明。

　　也许
　　我是被妈妈宠坏的孩子
　　我任性

　　我希望
　　每一个时刻

都像彩色蜡笔那样美丽
我希望
能在心爱的白纸上画画
画出笨拙的自由
画下一个永远不会
流泪的眼睛
一片天空
一片属于天空的羽毛和树叶
一个淡绿的夜晚和苹果

我想画下早晨
画下露水所能看见的微笑
画下所有最年轻的
没有痛苦的爱情
画下想象中
我的爱人
她没有见过阴云
她的眼睛是晴空的颜色
她永远看着我
永远，看着
绝不会忽然掉过头去

我想画下遥远的风景
画下清晰的地平线和水波
画下许许多多快乐的小河
画下丘陵——
长满淡淡的茸毛
我让他们挨得很近
让他们相爱
让每一个默许
每一阵静静的春天的激动
都成为一朵小花的生日

我还想画下未来
我没有见过她，也不可能
但知道她很美
我画下她秋天的风衣
画下那些燃烧的烛火和枫叶
画下许多因为爱她
而熄灭的心
画下婚礼
画下一个早早醒来的节日——
上面贴着玻璃糖纸
和北方童话的插图

我是一个任性的孩子
我想涂去一切不幸
我想在大地上
画满窗子
让所有习惯黑暗的眼睛
都习惯光明
我想画下风
画下一架比一架更高大的山岭
画下东方民族的渴望
画下大海——
无边无际愉快的声音

最后，在纸角上
我还想画下自己
画下一个树熊
他坐在维多利亚深色的丛林里
坐在安安静静的树枝上
发愣
他没有家
没有一颗留在远处的心
他只有很多很多

浆果一样的梦
和很大很大的眼睛

我在希望
在想
但不知为什么
我没有领到蜡笔
没有得到一个彩色的时刻
我只有我
我的手指和创痛
只有撕碎那一张张
心爱的白纸
让它们去寻找蝴蝶
让它们从今天消失

我是一个孩子
一个被幻想妈妈宠坏的孩子
我任性

1981 年 3 月

（选自《顾城诗全编》，上海三联书店 1995 年版）

生命幻想曲

把我的幻影和梦
放在狭长的贝壳里
柳枝编成的船篷
还旋绕着夏蝉的长鸣
拉紧桅绳
风吹起晨雾的帆
我开航了

没有目的
在蓝天中荡漾
让阳光的瀑布
洗黑我的皮肤
太阳是我的纤夫
它拉着我
用强光的绳索
一步步，
走完十二小时的路途

我被风推着
向东向西
太阳消失在暮色里
黑夜来了
我驶进银河的港湾
几千个星星对我看着
我抛下了
新月——黄金的锚

天微明
海洋挤满阴云的冰山
碰击着
"轰隆隆"——雷鸣电闪
我到哪里去呵
宇宙是这样的无边

用金黄的麦秸
织成摇篮
把我的灵感和心
放在里边
装好纽扣的车轮
让时间拖着

去问候世界

车轮滚过
百里香和野菊的草间
蟋蟀欢迎我
抖动着琴弦
我把希望溶进花香
黑夜像山谷
白昼像峰巅
睡吧!合上双眼
世界就与我无关

时间的马
累倒了
黄尾的太平鸟
在我的车中做窝
我仍然要徒步走遍世界——
沙漠、森林和偏僻的角落。

太阳烘着地球
像烤一块面包
我行走着
赤着双脚
我把我的足迹
像图章印遍大地
世界也就溶进了
我的生命

我要唱
一支人类的歌曲
千百年后
在宇宙中共鸣

(选自《顾城的诗》,人民文学出版社1998年版)

梁小斌

中国，我的钥匙丢了

中国，我的钥匙丢了。

那是十多年前，
我沿着红色大街疯狂地奔跑，
我跑到了郊外的荒野上欢叫，
后来，
我的钥匙丢了。

心灵，苦难的心灵
不愿再流浪了，
我想回家
打开抽屉、翻一翻我儿童时代的画片，
还看一看那夹在书页里的
翠绿的三叶草。

而且，
我还想打开书橱，
取出一本《海涅歌谣》，
我要去约会，
我向她举起这本书，
作为我向蓝天发出的
爱情的信号。

这一切，
这美好的一切都无法办到，
中国，我的钥匙丢了。

天，又开始下雨，

我的钥匙啊,
你躺在哪里?
我想风雨腐蚀了你,
你已经锈迹斑斑了;
不,我不那样认为;
我要顽强地寻找,
希望能把你重新找到。

太阳啊,
你看见了我的钥匙了吗?
愿你的光芒
为它热烈地照耀。

我在这个广大的田野上行走,
我沿着心灵的足迹寻找;
那一切丢失了的,
我都在认真思考。

(选自《诗刊》1980 年第 10 期)

骆一禾

先　锋

世界说需要燃烧
他燃烧着
像导火的绒绳
生命对于人只有一次
当然不会有
凤凰的再生……

当春天到来的时候
他就是长空下
最后一场雪……
明日里就有那大树长青
母亲般夏日的雨声

我们一定要安详地
对心爱的谈起爱
我们一定要从容地
向光荣者说到光荣

1982 年

（选自《骆一禾诗全编》，上海三联书店 1997 年版）

海　子

亚洲铜

亚洲铜，亚洲铜
祖父死在这里，父亲死在这里，我也会死在这里
你是唯一的一块埋人的地方

亚洲铜，亚洲铜
爱怀疑和爱飞翔的是鸟，淹没一切的是海水
你的主人却是青草，住在自己细小的腰上，
守住野花的手掌和秘密

亚洲铜，亚洲铜
看见了吗？那两只白鸽子，它是屈原遗落在沙滩上的白鞋子
让我们——我们和河流一起，穿上它吧

亚洲铜,亚洲铜
击鼓之后,我们把在黑暗中跳舞的心脏叫做月亮
这月亮主要由你构成

1984 年

(选自《海子的诗》,人民文学出版社 1995 年版)

麦　地

吃麦子长大的
在月亮下端着大碗
碗内的月亮
和麦子
一直没有声响

和你俩不一样
在歌颂麦地时
我要歌颂月亮

月亮下
连夜种麦的父亲
身上像流动金子

月亮下
有十二只鸟
飞过麦田
有的衔起一颗麦粒
有的则迎风起舞,矢口否认。

看麦子时我睡在地里
月亮照我如照一口井
家乡的风
家乡的云
收聚翅膀
睡在我的双肩

麦浪——
天堂的桌子
摆在田野上
一块麦地。

收割季节
麦浪和月光
洗着快镰刀。

月亮知道我
有时比泥土还要累
而羞涩的情人
眼前晃动着
麦秸。

我们是麦地的心上人
收麦这天我和仇人
握手言和
我们一起干完活
合上眼睛，命中注定的一切
此刻我们心满意足地接受。

妻子们兴奋地
不停用白围裙
擦手。

这时正当月光普照大地
我们各自领着
尼罗河、巴比伦或黄河
的孩子　在河流两岸
在群蜂飞舞的岛屿或平原
洗了手
准备吃饭。

就让我这样把你们包括进来吧
让我这样说
月亮并不忧伤
月亮下
一共有两个人
穷人和富人
纽约和耶路撒冷
还有我
我们三个人
一同梦到了城市外面的麦地
白杨树围住的
健康的麦地
健康的麦子
养我性命的麦子！

1985年6月

（选自《海子的诗》，人民文学出版社1995年版）

韩 东

山 民

小时候，他问父亲
"山那边是什么"
父亲说"是山"
"那边的那边呢"
"山，还是山"
他不作声了，看着远处
山第一次使他这样疲倦

他想，这辈子是走不出这里的群山了
海是有的，但十分遥远
他只能活几十年
所以没等到他走到那里
就已死在半路上
死在山中

他觉得应该带着老婆一起上路
老婆会给他生个儿子
到他死的时候
儿子就长大了
儿子也会有老婆
儿子也会有儿子
儿子的儿子也还会有儿子
他不再想了
儿子也使他很疲倦
他只是遗憾
他的祖先没有像他一样想过
不然，见到大海的该是他了

（选自《青春》1982年第8期）

西 川

在哈尔盖仰望星空

有一种神秘你无法驾驭
你只能充当旁观者的角色
听凭那神秘的力量
从遥远的地方发出信号
射出光束,穿透你的心
像今夜,在哈尔盖
在这个远离城市的荒凉的
地方,在这青藏高原上的
一个蚕豆般大小的火车站旁
我抬起头来眺望星空
这时河汉无声,鸟翼稀薄
青草向群星疯狂地生长
马群忘记了飞翔
风吹着空旷的夜也吹着我
风吹着未来也吹着过去
我成为某个人,某间
点着油灯的陋室
而这陋室冰凉的屋顶
被群星的亿万只脚踩成祭坛
我像一个领取圣餐的孩子
放大了胆子,但屏住呼吸

(选自《诗神》1986年第2期)

于 坚

感谢父亲

一年十二月
您的烟斗开着罂粟花
温暖如春的家庭　不闹离婚
不管闲事　不借钱　不高声大笑
安静如鼠　比病室干净
祖先的美德　光滑如石
永远不会流血　在世纪的洪水中
花纹日益古朴
作为父亲　您带回面包和盐
黑色长桌　您居中而坐
那是属于皇帝、教授和社论的位置
儿子们拴在两旁　不是谈判者
而是金纽扣　使您闪闪发光
您从那儿抚摸我们　目光充满慈爱
像一只胃　温柔而持久
使我一天天学会做人
早年您常常胃痛
当您发作时　儿子们变成甲虫
朝夕相处　我从来未见过您的背影
成年我才看到您的档案
积极肯干　热情诚恳　平易近人
尊重领导　毫无怨言　从不早退
有一回您告诉我　年轻时喜欢足球
尤其是跳舞　两步
使我大吃一惊　以为您在谈论一头海豹
我从小就知道您是好人　非常的年代
大街上坏蛋比好人多
当这些异教徒被抓走、流放、一去不返

您从公园里出来　当了新郎

一九五七年您成父亲

作为好人　爸爸　您活得多么艰难

交待　揭发　检举　告密

您干完这一切　夹着皮包下班

夜里您睡不着　老是侧耳谛听

您悄悄起床　检查儿子的日记和梦话

像盖世太保一样认真

亲生的老虎　使您忧心忡忡

小子出言不逊　就会株连九族

您深夜排队买煤　把定量油换成奶粉

您远征上海　风尘仆仆　采购衣服和鞋

您认识医生校长司机以及守门的人

老谋深算　能伸能屈　光滑如石

就这样　在黑暗的年代　在动乱中

您把我养大了　领到了身份证

长大了　真不容易　爸爸

我成人了　和您一模一样

勤勤恳恳　朴朴素素　一尘不染

这小子出生时相貌可疑　八字不好

说不定会神经失常死于脑炎

说不定会乱闯红灯　被车压死

说不定会胆大妄为　跌断腿成为残废

说不定被坏人勾引　最后判刑劳改

说不定酗酒打架赌博吸毒患上艾滋病

爸爸　这些事我可从未干过　没有自杀

父母在　不远游　好好学习　天天向上

九点半上床睡觉　星期天洗洗衣服

童男子二十八岁通过婚前检查

三室一厅　双亲在堂　子女绕膝

一家人围着圆桌　温暖如春

这真不容易　我白发苍苍的父亲

（选自《于坚的诗》，人民文学出版社2000年版）

翟永明

女人组诗（选二）

第二辑

——我目睹了世界
　　我创造黑夜使人类幸免于难

世　界

世界的深奥面孔被风残留，一头白燧石
　　让时间燃烧成暧昧的幻影
太阳用独裁者的目光保持它愤怒的广度
　　并寻找我的头顶和脚底

虽然那已是很久以前的事。我在梦中目空一切
　　轻轻地走来，受孕于天空
在那里乌云孵化落日，我的眼眶盛满一个大海
　　从纵深的喉咙里长出白珊瑚

　　海浪拍打我
好像产婆在拍打我的脊背，就这样
　　世界闯进了我的身体
使我惊慌，使我迷惑，使我感到某种程度的狂喜

　　我仍然珍惜，怀着
那伟大的野兽的心情注视世界，沉思熟虑
　　我想：历史并不遥远
于是我听到了阵阵潮汐，带着古老的气息

从黄昏，呱呱坠地的世界性死亡之中
　　白羊星座仍在头顶闪烁
犹如人类的繁殖之门，母性贵重而可怕的光芒

在我诞生之前，我注定了

为那些原始的岩层种下黑色梦想的根。它们
　　　靠我的血液生长
　　　我目睹了世界
因此，我创造黑夜使人类幸免于难

　　　　　　第三辑

　　　——用人类的唯一手段
　　　你使我沉默不语

独　白

我，一个狂想，充满深渊的魅力
偶然被你诞生。泥土和天空
二者合一，你把我叫做女人
并强化了我的身体

我是软得像水的白色羽毛体
你把我捧在手上，我就容纳这个世界
穿着肉体凡胎，在阳光下
我是如此炫目，使你难以置信

我是最温柔最懂事的女人
看穿一切却愿分担一切
渴望一个冬天，一个巨大的黑夜
以心为界，我想握住你的手
但在你的面前我的姿态就是一种惨败

当你走时，我的痛苦
要把我的心从口中呕出
用爱杀死你，这是谁的禁忌？
太阳为全世界升起！我只为了你
以最仇恨的柔情蜜意贯注你全身

从脚至顶，我有我的方式

一片呼救声，灵魂也能伸出手？
大海作为我的血液就能把我
高举到落日脚下，有谁记得我？
但我所记得的，绝不仅仅是一生

（选自翟卫平选编《苹果树上的豹》，北京师范大学出版社1993年版）

王家新

帕斯捷尔纳克

不能到你的墓地献上一束花
却注定要以一生的倾注，读你的诗
以几千里风雪的穿越
一个节日的破碎，和我灵魂的颤栗

终于能按照自己的内心写作了
却不能按一个人的内心生活
这是我们共同的悲剧
你的嘴角更加缄默，那是

命运的秘密，你不能说出
只是承受、承受，让笔下的刻痕加深
为了获得，而放弃
为了生，你要求自己去死，彻底地死

这就是你，从一次次劫难里你找到我
检验我，使我的生命骤然疼痛

从雪到雪,我在北京的轰然泥泞的
公共汽车上读你的诗,我在心中

呼喊那些高贵的名字
那些放逐、牺牲、见证,那些
在弥撒曲的震颤中相逢的灵魂
那些死亡中的闪耀,和我的

自己的土地!那北方牲畜眼中的泪光
在风中燃烧的枫叶
人民胃中的黑暗、饥饿,我怎能
撇开这一切来谈论我自己

正如你,要忍受更剧烈的风雪扑打
才能守住你的俄罗斯,你的
拉丽萨,那美丽的、再也不能伤害的
你的,不敢相信的奇迹

带着一身雪的寒气,就在眼前!
还有烛光照亮的列维坦的秋天
普希金诗韵中的死亡、赞美、罪孽
春天到来,广阔大地裸现的黑色

把灵魂朝向这一切吧,诗人
这是苦难,是从心底升起的最高律令
不是苦难,是你最终承担起的这些
仍无可阻止地,前来寻找我们

发掘我们:它在要求一个对称
或一支比回声更激荡的安魂曲
而我们,又怎配走到你的墓前?
这是耻辱!这是北京的十二月的冬天

这是你目光中的忧伤、探寻和质问
钟声一样，压迫着我的灵魂
这是痛苦，是幸福，要说出它
需要以冰雪来充满我的一生

1990年12月
（选自《王家新的诗》，人民文学出版社2001年版）

痖　弦

红玉米

宣统那年的风吹着
吹着那串红玉米

它就在屋檐下
挂着
好像整个北方
整个北方的忧悒
都挂在那儿

犹似一些逃学的下午
雪使私塾先生的戒尺冷了
表姐的驴儿就拴在桑树下面

犹似唢呐吹起
道士们喃喃着
祖父的亡魂到京城去还没有回来

犹似叫哥哥的葫芦儿藏在棉袍里

一点点凄凉,一点点温暖
以及铜环滚过岗子
遥见外婆家的荞麦田
便哭了

就是那种红玉米
挂着,久久地
在屋檐底下
宣统那年的风吹着

你们永不懂得
那样的红玉米
它挂在那儿的姿态
和它的颜色
我底南方出生的女儿也不懂得
凡尔哈仑也不懂得

犹似现在
我已老迈
在记忆的屋檐下
红玉米挂着
一九五八年的风吹着
红玉米挂着

1957 年 12 月 19 日
(选自流沙河编著《台湾诗人十二家》,重庆出版社 1983 年版)

余光中

乡　愁

小时候
乡愁是一枚小小的邮票
我在这头
母亲在那头

长大后
乡愁是一张窄窄的船票
我在这头
新娘在那头

后来啊
乡愁是一方矮矮的坟墓
我在外头
母亲在里头

而现在
乡愁是一湾浅浅的海峡
我在这头
大陆在那头

1972年1月21日

（选自流沙河编著《台湾诗人十二家》，重庆出版社1983年版）

白玉苦瓜
——故宫博物院所藏①

似醒似睡,缓缓的柔光里
似悠悠醒自千年的大寐
一只瓜从从容容在成熟
一只苦瓜,不再是涩苦
日磨月磋琢出深孕的清莹
看茎须缭绕,叶掌抚抱
哪一年的丰收像一口要吸尽
古中国喂了又喂的乳浆
完满的圆腻啊酣然而饱
那触角,不断向外膨胀
充实每一粒酪白的葡萄
直到瓜尖,仍翘着当日的新鲜

茫茫九州只缩成一张舆图
小时候不知道将它叠起
一任摊开那无穷无尽
硕大似记忆母亲,她的胸脯
你便向那片肥沃匍匐
用蒂用根索她的恩液
苦心的慈悲苦苦哺出
不幸呢还是大幸这婴孩
钟整个大陆的爱在一只苦瓜
皮鞋踩过,马蹄踩过
重吨战车的履带踩过
一丝伤痕也不曾留下

只留下隔玻璃这奇迹难信

---

① 指台北故宫博物院。编者注。

犹带着后土依依的祝福

在时光以外奇异的光中

熟着，一个自足的宇宙

饱满而不虞腐烂，一只仙果

不产生在仙山，产在人间

久朽了，你的前身，唉，久朽

为你换胎的那手，那巧腕

千晅万睐巧将你引渡

笑对灵魂在白玉里流转

一首歌，咏生命曾经是瓜而苦

被永恒引渡，成果而甘

1974年2月11日

（选自刘登翰编选《台湾现代诗选》，春风文艺出版社1987年版）

洛　夫

边界望乡

说着说着
我们就到了落马洲

雾正升起，我们在茫然中勒马四顾
手掌开始生汗
望远镜中扩大数十倍的乡愁
乱如风中的散发
当距离调整到令人心跳的程度
一座远山迎面飞来
把我撞成了
严重的内伤

病了病了
病得像山坡上那丛凋残的杜鹃
只剩下唯一的一朵
蹲在那块"禁止越界"的告示牌后面
咯血。而这时
一只白鹭从水田中惊起
飞越深圳
又猛然折了回来

而这时,鹧鸪以火发音
那冒烟的啼声
一句句
穿透异地三月的春寒
我被烧得双目尽赤,血脉贲张
你却竖起外衣的领子,回头问我
冷,还是
不冷?

惊蛰之后是春分
清明时节该不远了
我居然也听懂了广东的乡音
当雨水把莽莽大地
译成青色的语言
喏!你说,福田村再过去就是水围
故国的泥土,伸手可及
但我抓回来的仍是一掌冷雾

1979年6月3日

后记:1979年3月中旬应邀访港,16日上午余光中兄亲自开车陪我参观落马洲之边界,当时轻雾氤氲,望远镜中的故国山河隐约可见,而耳边正响起数十年未闻的鹧鸪啼叫,声声扣人心弦,所谓"近乡情怯",大概就是我当时的心境吧。

(选自《洛夫诗选》,中国友谊出版公司1993年版)

杨 朔

雪浪花

凉秋八月,天气分外清爽。我有时爱坐在海边礁石上,望着潮涨潮落,云起云飞。月亮圆的时候,正涨大潮。瞧那茫茫无边的大海上,滚滚滔滔,一浪高似一浪,撞到礁石上,唰地卷起几丈高的雪浪花,猛力冲激着海边的礁石。那礁石满身都是深沟浅窝,坑坑坎坎的,倒像是块柔软的面团,不知叫谁捏弄成这种怪模怪样。

几个年轻的姑娘赤着脚,提着裙子,嘻嘻哈哈追着浪花玩。想必是初次认识海,一只海鸥,两片贝壳,她们也感到新奇有趣。奇形怪状的礁石自然逃不出她们好奇的眼睛,你听她们议论起来了:礁石硬得跟铁差不多,怎么会变成这样子?是天生的,还是钻子凿的,还是怎的?

"是叫浪花咬的,"一个欢乐的声音从背后插进来。说话的人是个上年纪的渔民,从刚拢岸的渔船跨下来,脱下黄油布衣裤,从从容容晾到礁石上。

有个姑娘听了笑起来:"浪花也没有牙,还会咬?怎么溅到我身上,痛都不痛?咬我一口多有趣。"

老渔民慢条斯理说:"咬你一口就该哭了。别看浪花小,无数浪花集到一起,心齐,又有耐性,就是这样咬啊咬的,咬上几百年,几千年,几万年,哪怕是铁打的江山,也能叫它变个样儿。姑娘们,你们信不信?"

说的妙,里面又含着多么深的人情世故。我不禁对那老渔民望了几眼。老渔民长得高大结实,留着一把花白胡子。瞧他那眉目神气,就像秋天的高空一样,又清朗,又深沉。老渔民说完话,不等姑娘们搭言,早回到船上,大声说笑着,动手收拾着满船烂银也似的新鲜鱼儿。

我向就近一个渔民打听老人是谁，那渔民笑着说："你问他呀，那是我们的老泰山。老人家就有这个脾性，一辈子没养女儿，偏爱拿人当儿女婿看待。不信你叫他一声老泰山，他不但不生气，反倒摸着胡子乐呢。不过我们叫他老泰山，还有别的缘故。人家从少走南闯北，经的多，见的广，生产队里大事小事，一有难处，都得找他指点，日久天长，老人家就变成大伙依靠的泰山了。"

此后一连几日，变了天，飘飘洒洒落着凉雨，不能出门。这一天晴了，后半晌，我披着一片火红的霞光，从海边散步回来，瞭见休养所院里的苹果树前停着辆独轮小车，小车旁边有个人俯在磨刀石上磨剪刀。那背影有点儿眼熟。走到跟前一看，可不正是老泰山。

我招呼说："老人家，没出海打鱼么？"

老泰山望了望我笑着说："嘻，同志，天不好，队里不让咱出海，叫咱歇着。"

我说："像你这样年纪，多歇歇也是应该的。"

老泰山听了说："人家都不歇，为什么我就应该多歇着？我一不瘫，二不瞎，叫我坐着吃闲饭，等于骂我。好吧，不让咱出海，咱服从；留在家里，这双手可得服从我。我就织鱼网，磨鱼钩，照顾照顾生产队里的果木树，再不就推着小车出来走走，帮人磨磨刀，钻钻磨眼儿，反正能做多少活就做多少活，总得尽我的一份力气。"

"看样子你有六十了吧？"

"哈哈！六十？这辈子别再想那个好时候了——这个年纪啦。"说着老泰山捏起右手的三根指头。

我不禁惊疑说："你有七十了么？看不出。身板骨还是挺硬朗。"

老泰山说："嘻，硬朗什么？头四年，秋收扬场，我一连气还能扬它一两千斤谷子。如今不行了，胳臂害过风湿痛病，抬不起来。磨刀磨剪子，胳臂往下使力气，这类活儿还能做。不是胳臂拖累我，前年咱准要求到北京去油漆人民大会堂。"

"你会的手艺可真不少呢。"

"苦人哪，自小东奔西跑的，什么不得干。干的营生多，经历的也古怪。不瞒同志说，三十年前，我还赶过脚呢。"说到这儿，老泰山把剪刀往水罐里蘸了蘸，继续磨着，一面不紧不慢地说："那时候，北戴河跟今天可不一样。一到三伏天，来歇伏的差不多净是蓝眼珠的外国人。有一回，一个外国人看上我的驴。提起我那驴，可是百里挑一：浑身乌黑乌黑，没一根杂毛，四只蹄子可是白的。这有个讲究，叫四蹄踏雪，跑起来，极好的马也追不上。那外国人想雇我的驴去逛东山。我要五块钱，他嫌贵。你嫌贵，我还嫌你胖呢。胖的像条大白熊，别压坏我的驴。讲来讲去，大白熊答应我的价钱，骑着驴逛了半天，欢欢喜喜照数付了脚钱。谁料想隔不几天，警察局来传我，说是有人把我告下了，告我是红胡子，硬抢人家五块钱。"

老泰山说的有点气促，喘嘘嘘的，就缓了口气，又磨着剪子说："我一听气炸了肺。我的驴，你的屁股，爱骑不骑，怎么能诬赖人家是红胡子？赶到警察局一看，大白熊倒轻松，望着我乐的闭不拢嘴。你猜他说什么？他说：你的驴快，我要再雇一趟去秦皇岛，到处找不着你。我就告你。一告，这不是，就把红胡子抓来了。"

我忍不住说："瞧他多聪明！"

老泰山说："聪明的还在后头呢，你听着啊。这回倒省事，也不用争，一张口他就给我十五块钱。骑上驴，他拿着根荆条，抽着驴紧跑。我叫他慢着点，他直夸奖我的驴有几步好走，答应回头再加点脚钱。到秦皇岛一个来回，整整一天，累的我那驴浑身湿淋淋的，顺着毛往下滴汗珠——你说叫人心痛不心痛？"

我插问道："脚钱加了没有？"

老泰山直起腰，狠狠吐了口唾沫说："见他的鬼！他连一个铜子儿也不给，说是上回你讹诈我五块钱，都包括在内啦，再闹，送你到警察局去。红胡子！红胡子！直骂我是红胡子。"

我气的问："这个流氓，他是哪国人？"

老泰山说："不讲你也猜得着。前几天听广播，美国飞机又偷着闯进咱们家里。三十年前，我亲身吃过他们的亏，这笔账还没算清。要是倒退五十年，我身强力壮，今天我呀——"

休养所的窗口有个妇女探出脸问："剪子磨好没有？"

老泰山应声说："好了。"就用大拇指试试剪子刃，大声对我笑着说："瞧我磨的剪子，多快。你想剪天上的云霞，做一床天大的被，也剪得动。"

西天上正铺着一片金光灿烂的晚霞，把老泰山的脸映得红彤彤的。老人收起磨刀石，放到独轮车上，跟我道了别，推起小车走了几步，又停下，弯腰从路边掐了枝野菊花，插到车上，才又推着车慢慢走了，一直走进火红的霞光里去。他走了，他在海边对几个姑娘讲的话却回到我的心上。我觉得，老泰山恰似一点浪花，跟无数浪花集到一起，形成这个时代的大浪潮，激扬飞溅，早已把旧日的江山变了个样儿，正在勤勤恳恳塑造着人民的江山。

老泰山姓任。问他叫什么名字，他笑笑说："山野之人，值不得留名字。"竟不肯告诉我。

1961 年

（选自杨朔散文集《东风第一枝》，作家出版社 1961 年版）

秦 牧

社稷坛抒情

北京有座美丽的中山公园，公园里有个用五色土砌成的社稷坛。

社稷坛是北京九坛之一，它和坐落在南城的天坛遥遥相对。古代的帝王们，在天坛祭天，在社稷坛祭地。祭天为了要求风调雨顺，祭地为了要求土地肥沃。祭天祭地的终极目的只有一个：就是五谷丰登，可以"聚敛贡城阙"。五谷是从地里长出来的，因此，人们臆想的稷神（五谷）就和社神（土地）同在一个坛里受膜拜了。

穿过古柏参天，处处都是花圃的园林，来到这个社稷坛前，突然有一种寥廓空旷的感觉。在庄严的宫殿建筑之前，有这么一个四方的土坛，屹立在地面，它东面是青土，南面是红土，西面是白土，北面是黑土，中间嵌着一大块圆形的黄土。这图案使人沉思，使人怀古。遥想当年帝王们穿着衮服，戴着冕旒，在礼乐声中祭地的情景，你仿佛看到他们在庄严中流露出来的对于"天命"畏惧的眼色，你仿佛看到许多人慑服在大自然脚下的神情。

这社稷坛现在已经没有一点儿神秘庄严的色彩了。它只是一个奇特的历史遗迹。节日里，欢乐的人群在上面舞狮，少年们在上面嬉戏追逐。平时则有三三两两的游人在那里低徊。对，这真是一个引发人们思古幽情的好所在！作为一个中国人，可以让这种使人微醉的感情发酵的去处可真多呢！你可以到泰山去观日出，在八达岭长城顶看日落。可以在西湖荡画舫，到南京鸡鸣寺听钟声。可以在华北平原跑马，在戈壁滩上骑骆驼。可以访寻古代宫殿遗迹，听一听燕子的呢喃，或者到南方的海神庙旁看浪涛拍岸……这些节目你随便可以举出一百几十种来，但在这里面千万不能遗漏掉这个社稷坛！这坛后的宫殿是华丽的，飞檐、斗拱、琉璃瓦、白石阶……真是金碧辉煌！而坛呢，却很荒凉，就只有五色的泥土。然而这种对照却也使人想起：没有这泥土所代表的土地，没有在大地上胼手胝足的劳动者，根本就不会有这宫殿，不会有一切人类的文明。你在这个土坛上走着走着，仿佛走进古代去，走到一望无际的原野上，在那里，莽莽苍苍，风声如吼。一个戴着高冠，穿着芒鞋的古代诗人正在用他的悲悯深沉的眼睛眺望大地，吟咏着这样的诗句：

　　朝东西眺望没有边际，
　　朝南北眺望没有头绪，
　　朝上下眺望没有依归，

>   我的驱驰不知何所底止！
>   ……
>   九州究竟安放在什么上面？
>   河床何以洼陷？
>   地面，从东至西究竟多少宽，从南至北多少长？
>   南北要比东西短些，短的程度究竟是怎样？
>   ——屈原：《悲回风》和《天问》，
>   引自郭沫若译诗。

  这不仅仅是屈原的声音，也是许许多多古代诗人瞭望原野时曾经涌起的感情。这种"大地茫茫"的心境，是和对于自然之谜的探索和对于人间疾苦的愤慨联结在一起的。

  想一想这些肥沃土地的来历，你不由得涌起一种遥接万代的感情。我们居住的这个星球，最古时代，原是一个寂寞的大石球，上面没有一株草，一只虫，也没有一层土壤。经过了多少亿万年，太阳风雨的力量，原始生物的尸骸，才给地球造成了一层层的土壤，每经历千年万年，土壤才增加薄薄的一层。想一想我们那土壤厚达五十公尺的华北黄土高原吧！那该是大自然在多长的时间里的杰作！但这还不算，劳动者开辟这些土地，是和大自然进行过多么剧烈的斗争呀！这种斗争一代接连一代继续着，我们仿佛又会见了古代的唱着《诗经》里怨愤之歌的农民，像敦煌壁画上面描绘的辛勤劳苦的农民，驾着那种和古墓里挖掘出来的陶制高轮牛车相似的车子，奔驰在原野上，辛苦开辟着田地。然而他们一代代穿着破絮似的衣服，吃着极端粗劣的食物。你仿佛看到他们在田野里仰天叹息，他们一家老小围着幽幽的灯光在饮泣。看到他们画红了眉毛，或者在头上包一块黄布揭竿起义，看到他们大批地陈尸在那吸尽了他们的汗水然后又吸尽了他们鲜血的土地。想一想在原始社会中他们怎样匍匐在鬼神脚下，在阶级社会中他们又怎样挣扎在重重枷锁之中。啊，这些给荒凉的大地铺上了锦绣花巾的人们，这些从狗尾草、蟋蟀草中给我们选出了稻麦来的人们，我们该多么感念他们！想象的羽翼可以把我们带到古代去，在一家家的门口清清楚楚看到他们在劳动，在饮食，在希望，在叹息，可惜隔着一道历史的门限，我们却不能和他们作半句的交谈！但怀古思今，想起了我们这个时代的农民是几千年历史中第一次真正挣脱了枷锁，逐渐离开了鬼神天命的羁绊的农民，我们又仿佛走出了黑暗的历史的隧洞，突然见到耀眼的阳光了。

  你在这个五色土坛上面走着走着，仿佛又回到公元前几千年去，会见了古代的思想家。他们白发苍苍，正对着天上的星辰，海里的潮汐，陶窑的火光，大地的泥土沉思。那时的思想家没有什么书籍可以阅读参考，日月经天，江河行地，四时代谢，万物死生的现象，都使他们抱头苦思。他们还远不能给世界的现象写出一个较完整的答案。但是他们终究也看出一点道理来了，世间的万物万事，有因有果，有主有从，它们互相错综地关联着……正是由于古代有这样的思想家在这样地思想过，才给后来的历史创造了这样一座五色的土坛。

"五行"的观念和我们这个民族一样地古老，东、南、西、北是人们很早就知道的，人们总以为自己所处是大地的中间，于是在四方之外又加上了一个"中心"，东、南、西、北、中凑成了五方五土的观念，直到今天我们还看到好些人家的屋角有"五方五土龙神"的牌位。烧陶方法和冶铜技术发明了，人们在熊熊火光旁边，看到火把泥土变成了陶器，把矿石烧成溶液，木头燃烧发出了火光，水又能够把火熄灭。这种现象使古代的思想家想到木、火、金、水、土（依照《左传》的排列次序）是万物的本源。于是木、火、金、水、土把五行的观念充实起来了。

烧制陶器这件事使人类向文明跨前一大步，在埃及，在希腊，都由此产生了神祇用泥土造人的神话。在中国，却大大地发扬了"五行"的观念。根据木、火、金、水、土五种东西彼此的作用，又产生了五行相克相生的理论。根据这几种东西的颜色：树木是苍翠的，火光是红艳艳的，金属是亮晶晶的，深深的水潭是黝黑的，中原的泥土是黄色的。于是青、赤、白、黑、黄五种颜色就被拿来配木、火、金、水、土，成为颜色上的五行了。

这个四方、五行的观念被古代思想家用来分析许许多多的事物，音乐上的宫、商、角、徵、羽五个音阶，天上二十八宿的分隶青龙、朱雀、白虎、玄武（乌龟）四方，都是和这种观念紧密地联结起来的。

把世界万物的本源看做是木、火、金、水、土五种元素相互作用产生出来的，这和古代印度哲学家把万物说成是由地、火、水、风所构成，古代希腊哲学家说万物的本源是水或者火……那思想的脉络是多么地近似啊。

尽管这种说法在几千年后的今天看来是奇特甚至好笑的，然而那里面不也包含着光辉的真理吗：万物的本源都是物质，物质彼此起着错综的作用……哦！我们遇见的对着泥土沉思的思想家，他们正是古代的略具雏形的唯物主义者！

没有这些古代思想家，我们就不会有这个五色的土坛。审视这五种颜色吧，端详这个根据"天圆地方"的古代观念构筑起来的四方坛吧！它和我们民族的古代文化存在多么密切的关系啊！

我们汉民族的摇篮在黄河的中上游，那里绵亘的是一望无际的黄土高原。因此，黄色被用来配"土"，用来配"中心"，成为我们民族传统中高贵的颜色。中心是不同于四方的，能够生长五谷的土地是不同于其他东西的，黄色是不同于其他颜色的。在这个土坛的中心，黄土被特别砌成了一个圆形，审视这个黄色的圆圈吧！它使我们想起奔腾澎湃的黄河，想起在地层下不断被发掘出来的古代村落，也想起那古木参天的黄帝的陵墓。

我多么想去抱一抱那些古代的思想家，没有他们的艰苦探索，就没有今天人类的智慧。正像没有勇敢走下树来的猿人，就不会有人类一样。多少万年的劳动经验和生活智慧积累起来，才有了今天的人类文明。每一个人在人类智慧的长河旁边，都不过像一只饮河的鼹鼠。在知识的大森林里面，都不过像一只栖于一枝的鹪鹩。这河是多少亿万滴水汇成的啊，这森林是多少亿万株草木构成的啊！

　　瞧着这个社稷坛，你会想起了中国的泥土，那黄河流域的黄土，四川盆地的红壤，肥沃的黑土，洁白的白垩土……你会想起文学里许许多多关于泥土的故事：有人包起一包祖国的泥土藏在身旁到国外去；有人临死遗嘱必须用祖国的泥土撒到自己胸上；有人远适异国归来俯身去吻一吻自己国门的土地。这些动人的关于泥土的故事，使人对五色土发生了奇异的感情，仿佛它们是童话里的角色，每一粒土壤都可以叙述一段奇特的故事或者唱一首美好的诗歌一样。

　　瞧着这个紧紧拼合起来的五色土坛，一个人也会想起了国土的统一，在我们的土地上为了统一而发生的战争该有多少万次呀！然而严格说来，历史上的中国从来没有高度统一过。四分五裂，豪强纷纷划地称王的时代不去说它了，可怜的共主像傀儡似的整天送猪肉、龟肉慰问跋扈的诸侯的时代不去说它了，就是号称强盛统一的时代，还不是有许多拥兵自重的藩镇，许多专权用事的贵戚，许多地方的豪霸，在他们的领地里当着小皇帝，使中央号令不行，使国中还有许许多多的小国。中国历史上没有一个时期像今天这样高度统一过，等我们解放了台湾和一些沿海岛屿以后，这种统一的规模就更加空前了。古代思想家的预言："不嗜杀人者能一之。"由于不剥削人的无产阶级登上了历史舞台，竟使这一句话在两千多年后空前地应验了。

　　我在这个土坛上低徊漫步，想起了许许多多的事情。我们未必"前不见古人，后不见来者"，凭着思想和感情的羽翼，我们尽可去会一会古人，见一见来者。我仿佛曾经上溯历史的河流，看见了古代的诗人、农民、思想家、志士，看他们的举动，听他们的声音，然后又穿过历史的隧洞，回到阳光灿烂的现实。啊，做一个历史悠久的民族的子孙是多么值得自豪的一回事！做今天的一个中国的子民是多么值得快慰的一回事！回溯过去，瞻望未来，你会觉得激动，很想深深呼吸一口新鲜的空气，想好好地学习和劳动，好好地安排在无穷的时间中一个人仅有一次，而我们又恰恰生逢其时的宝贵的生命。

　　啊，这座发人深思的社稷坛！

1956年

（选自秦牧散文集《花城》，作家出版社1961年版）

傅 雷

致傅聪

亲爱的孩子，八月二十日报告的喜讯使我们心中说不出的欢喜和兴奋。你在人生的旅途中踏上一个新的阶段，开始负起新的责任来，我们要祝贺你，祝福你，鼓励你。希望你拿出像对待音乐艺术一样的毅力、信心、虔诚，来学习人生艺术中最高深的一课。但愿你将来在这一门艺术中得到像你在音乐艺术中一样的成功！发生什么疑难或苦闷，随时向一二个正直而有经验的中、老年人讨教，(你在伦敦已有一年八个月，也该有这样的老成的朋友吧？)深思熟虑，然后决定，切勿单凭一时冲动：只要你能做到这几点，我们也就放心了。

对终身伴侣的要求，正如对人生一切的要求一样不能太苛。事情总有正反两面：追得你太迫切了，你觉得负担重；追得不紧了，又觉得不够热烈。温柔的人有时会显得懦弱，刚强了又近乎专制。幻想多了未免不切实际，能干的管家太太又觉得俗气。只有长处没有短处的人在哪儿呢？世界上究竟有没有十全十美的人或事物呢？抚躬自问，自己又完美到什么程度呢？这一类的问题想必你考虑过不止一次。我觉得最主要的还是本质的善良，天性的温厚，开阔的胸襟。有了这三样，其他都可以逐渐培养；而且有了这三样，将来即使遇到大大小小的风波也不致变成悲剧。做艺术家的妻子比做任何人的妻子都难；你要不预先明白这一点，即使你知道"责人太严，责己太宽"，也不容易学会明哲、体贴、容忍。只要能代你解决生活琐事，同时对你的事业感到兴趣就行，对学问的钻研等等暂时不必期望过奢，还得看你们婚后的生活如何。眼前双方先学习相互的尊重、谅解、宽容。

对方把你作为她整个的世界固然很危险，但也很宝贵！你既已发觉，一定会慢慢点醒她；最好旁敲侧击而勿正面提出，还要使她感到那是为了维护她的人格独立，扩大她的世界观。倘若你已经想到奥里维的故事，不妨就把那部书叫她细读一二遍，特别要她注意那一段插曲。像雅葛丽纳那样只知道 love, love, love！的人只是童话中人物，在现实世界中非但得不到 love，连日子都会过不下去，因为她除了 love 一无所知，一无所有，一无所爱。这样狭窄的天地哪像一个天地！这样片面的人生观哪会得到幸福！无论男女，只有把兴趣集中在事业上，学问上，艺术上，尽量抛开渺小的自我（ego），才有快活的可能，才觉得活的有意义。未经世事的少女往往会存一个荒诞的梦想，以为恋爱时期的感情的高潮也能在婚后维持下去。这是违反自然规律的妄想。古语说，"君子之交淡如水"；又有一句话说，"夫妇相敬如宾"。可见只有平静、含蓄、温和的感情方能持久；另外一句的意义是说，夫妇到后来完全是一种知己朋友的关系，也即是我们所谓的终身伴侣。未婚之前双方能深切领会到这一点，就为将来打定了最可靠的基础，免除了多少不必要的误会与痛苦。

你是以艺术为生命的人，也是把真理、正义、人格等等看做高于一切的人，也是以工作为乐生的人；我用不着唠叨，想你早已把这些信念表白过，而且竭力灌输给对方的了。我只想提醒你几点：——第一，世界上最有力的论证莫如实际行动，最有效的教育莫如以身作则；自己做不到的事千万勿要求别人；自己也要犯的毛病先批评自己，先改自己的。——第二，永远不要忘了我教育你的时候犯的许多过严的毛病。我过去的错误要是能使你避免同样的错误，我的罪过也可以减轻几分；你受过的痛苦不再施之于他人，你也不算白白吃苦。总的来说，尽管指点别人，可不要给人"好为人师"的感觉。奥诺丽纳（你还记得巴尔扎克那个中篇吗?）的不幸一大半是咎由自取，一小部分也因为丈夫教育她的态度伤了她的自尊心。凡是童年不快乐的人都特别脆弱（也有训练得格外坚强的，但只是少数），特别敏感，你回想一下自己，就会知道对付你的恋人要如何 delicate，如何 discreet 了。

我相信你对爱情问题看得比以前更郑重更严肃了；就在这考验时期，希望你更加用严肃的态度对待一切，尤其要对婚后的责任先培养一种忠诚、庄严、虔敬的心情！

1960 年 8 月 29 日

（选自《傅雷家书》，生活·读书·新知三联书店 1981 年版）

邓　拓

一个鸡蛋的家当

说起家当，人们总以为这是相当数量的财富。家当的"当"字，本来应该写成"帑"字。帑是货币贮藏的意思，读音如"荡"字，北方人读成"当"字的同音，所以口语变成了"家当"。

我们平常说某人有了家当，就是承认他有许多家财，却不会相信一个鸡蛋能算得了什么家当！然而，庄子早就讲过有"见卵求富"的人，因此，我们对于一个鸡蛋的家当，也不应该小看它。

的确，任何巨大的财富，在最初积累的时候，往往是由一个很小的数量开始的。这正如集腋可以成裘、涓滴可以成江河的道理一样。但是，这并不是说，无论在什么情况下，你只要有了一个鸡蛋，就等于有了一份家当。事情决不可能这样简单和容易。

明代万历年间，有一位小说家，名叫江盈科。他编写了一部《雪涛小说》，其中有一个故事说："一市人，贫甚，朝不谋夕。偶一日，拾得一鸡卵，喜而告其妻曰：我有家当矣。妻问安在？持卵示之，曰：此是，然须十年，家当乃就。因与妻计曰：我持此卵，借邻人伏鸡乳之，待彼雏成，就中取一雌者，归而生卵，一月可得十五鸡。两年之内，鸡又生鸡，可得鸡三百，堪易十金。我以十金易五牸，牸复生牸，三年可得二十五牛。牸所生者，又复生牸，三年可得百五十牛，堪易三百金矣。吾持此金以举债，三年间，半千金可得也。"

这个故事的后半还有许多情节，没有多大意义，可以不必讲它。不过有一点还应该提到，就是这个财迷后来说，他还打算娶一个小老婆。这下子引起他的老婆"怫然大怒，以手击鸡卵，碎之"。于是这一个鸡蛋的家当就全部毁掉了。

你看这个故事不是可以说明许多问题吗？这个财迷也知道，家当的积累是需要不少时间的。因此，他同老婆计算要有十年才能挣到这份家当。这似乎也合于情理。但是，他的计划简直没有任何可靠的根据，而完全是出于一种假设，每一个步骤都以前一个假设的结果为前提。对于十年以后的事情，他统统用空想代替了现实，充分显出了财迷的本色，以致激起老婆生气，一拳头就把他的家当打得精光。更重要的是，他的财富积累计划根本不是从生产出发，而是以巧取豪夺的手段去追求他自己发财的目的。

如果要问，他的鸡蛋是从何而来的呢？回答是拾来的。这个事实本来就不光彩。而他打算把这个拾来的鸡蛋，寄在邻居母鸡生下的许多鸡蛋里一起孵，其目的更显然是要浑水摸鱼，等到小鸡孵出以后，他就将不管三七二十一，抱一个小母鸡回来。可见这个发财的第一步计划，又是连偷带骗的一种勾当。

接着，他继续设想，鸡又生鸡，用鸡卖钱，钱买母牛，母牛繁殖，卖牛得钱，用钱放债，这么一连串的发财计划，当然也不能算是生产的计划。其中每一个重要的关键，几乎都要依靠投机买卖和进行剥削，才能够实现的。这就证明，江盈科描写的这个"市人"，虽然"贫甚"，却不是劳苦的人民，大概是属于中世纪城市里破产的商人之流，他满脑子都是欺诈剥削的想法，没有老老实实地努力生产劳动的念头。这样的人即便挣到了一份家当，也不可能经营什么生产事业，而只会想找小老婆等等，终于引起夫妻打架，不欢而散，那是必然的结果。

历来只有真正老实的劳动者，才懂得劳动产生财富的道理，才能够摒除一切想入非非的发财思想，而踏踏实实地用自己的辛勤劳动，为社会也为自己创造财富和积累财富。

（选自《燕山夜话》，北京出版社1961年版，署名马南邨）

巴 金

怀念萧珊

一

今天是萧珊逝世的六周年纪念日。六年前的光景还非常鲜明地出现在我的眼前。那一天我从火葬场回到家中，一切都是乱糟糟的，过了两三天我渐渐地安静下来了，一个人坐在书桌前，想写一篇纪念她的文章。在五十年前我就有了这样一种习惯：有感情无处倾吐时我经常求助于纸笔。可是一九七二年八月里那几天，我每天坐三四个小时望着面前摊开的稿纸，却写不出一句话。我痛苦地想，难道给关了几年的"牛棚"，真的就变成"牛"了？头上仿佛压了一块大石头，思想好像冻结了一样。我索性放下笔，什么也不写了。

六年过去了。林彪、"四人帮"及其爪牙们的确把我搞得很"狼狈"，但我还是活下来了，而且偏偏活得比较健康，脑子也并不糊涂，有时还可以写一两篇文章。最近我经常去火葬场，参加老朋友们的骨灰安放仪式。在大厅里，我想起许多事情。同样地奏着哀乐，我的思想却从挤满了人的大厅转到只有二三十个人的中厅里去了，我们正在用哭声向萧珊的遗体告别。我记起了《家》里面觉新说过的一句话："好像珏死了，也是一个不祥的鬼。"四十七年前我写这句话的时候，怎么想得到我是在写自己！我没有流眼泪，可是我觉得有无数锋利的指甲在搔我的心。我站在死者遗体旁边，望着那张惨白的脸，那两片咽下千言万语的嘴唇，我咬紧牙齿，在心里唤着死者的名字。我想，我比她大十三岁，为什么不让我先死？我想，这是多么不公平！她究竟犯了什么罪？她也给关进"牛棚"，挂上"牛鬼蛇神"的小纸牌，还扫过马路。究竟为什么？理由很简单，她是我的妻子。她患了病，得不到治疗，也因为她是我的妻子。想尽办法一直到逝世前三个星期，靠开后门她才住进医院。但是癌细胞已经扩散，肠癌变成了肝癌。

她不想死，她要活，她愿意改造思想，她愿意看到社会主义建成。这个愿望总不能说是痴心妄想吧。她本来可以活下去，倘使她不是"黑老K"的"臭婆娘"。一句话，是我连累了她，是我害了她。

在我靠边的几年中间，我所受到的精神折磨她也同样受到。但是我并未挨过打，她却挨了"北京来的红卫兵"的铜头皮带，留在她左眼上的黑圈好几天后才褪尽。她挨打只是为了保护我，她看见那些年轻人深夜闯进来，害怕他们把我揪走，便溜出大门，到对面派出所去，请民警同志出来干预。那里只有一个人值班，不敢管。当着民警的面，她被他们用铜头皮带狠狠抽了一下，给押了回来，同我一起关在马桶间里。

她不仅分担了我的痛苦，还给了我不少的安慰和鼓励。在"四害"横行的时候，我在原单位（中国作家协会上海分会）给人当作"罪人"和"贱民"看待，日子十分难过，有时到晚上九、十点钟才能回家。我进了门看到她的面容，满脑子的乌云都消散了。我有什么委屈、牢骚，都可以向她尽情倾吐。有一个时期我和她每晚临睡前要服两粒眠尔通才能够闭眼，可是天刚刚发白就都醒了。我唤她，她也唤我。我诉苦般地说："日子难过啊！"她也用同样的声音回答："日子难过啊！"但是她马上加一句："要坚持下去。"或者再加一句："坚持就是胜利。"我说"日子难过"，因为在那一段时间里，我每天在"牛棚"里面劳动、学习、写交代、写检查、写思想汇报。任何人都可以责骂我、教训我、指挥我。从外地到"作协分会"来串联的人可以随意点名叫我出去"示众"，还要自报罪行。上下班不限时间，由管理"牛棚"的"监督组"随意决定。任何人都可以闯进我家里来，高兴拿什么就拿走什么。这个时候大规模的群众性批斗和电视批斗大会还没有开始，但已经越来越逼近了。

　　她说"日子难过"，因为她给两次揪到机关，靠边劳动，后来也常常参加陪斗。在淮海中路"大批判专栏"上张贴着批判我的罪行的大字报，我一家人的名字都给写出来"示众"，不用说"臭婆娘"的大名占着显著的地位。这些文字像虫子一样咬痛她的心。她让上海戏剧学院"狂妄派"学生突然袭击、揪到"作协分会"去的时候，在我家大门上还贴了一张揭露她的所谓罪行的大字报。幸好当天夜里我儿子把它撕毁。否则这一张大字报就会要了她的命！

　　人们的白眼、人们的冷嘲热骂蚕食着她的身心。我看出来她的健康逐渐遭到损害。表面上的平静是虚假的。内心的痛苦像一锅煮沸的水，她怎么能遮盖住！怎样能使它平静！她不断地给我安慰，对我表示信任，替我感到不平。然而她看到我的问题一天天地变得严重，上面对我的压力一天天地增加，她又非常担心。有时同我一起上班或者下班，走进巨鹿路口，快到"作协分会"，或者走进湖南路口，快到我们家，她总是抬不起头。我理解她，同情她，也非常担心她经受不起沉重的打击。我记得有一天到了平常下班的时间，我们没有受到留难，回到家里她比较高兴，到厨房去烧菜。我翻看当天的报纸，在第三版上看到当时做了"作协分会"的"头头"的两个工人作家写的文章《彻底揭露巴金的反革命真面》。真是当头一棒！我看了两三行，连忙把报纸藏起来，我害怕让她看见。她端着烧好的菜出来，脸上还带笑容，吃饭时她有说有笑。饭后她要看报，我企图把她的注意力引到别处。但是没有用，她找到了报纸。她的笑容一下子完全消失。这一夜她再没有讲话，早早地进了房间。我后来发现她躺在床上小声哭着。一个安静的夜晚给破坏了。今天回想当时的情景，她那张满是泪痕的脸还在我的眼前。我多么愿意让她的泪痕消失，笑容在她憔悴的脸上重现，即使减少我几年的生命来换取我们家庭生活中一个宁静的夜晚，我也心甘情愿！

二

  我听周信芳同志的媳妇说，周的夫人在逝世前经常被打手们拉出去当作皮球推来推去，打得遍体鳞伤。有人劝她躲开，她说："我躲开，他们就要这样对付周先生了。"萧珊并未受到这种新式体罚。可是她在精神上给别人当皮球打来打去。她也有这样的想法：她多受一点精神折磨，可以减轻对我的压力。其实这是她一片痴心，结果只苦了她自己。我看见她一天天地憔悴下去，我看见她的生命之火逐渐熄灭，我多么痛心。我劝她，我安慰她，我想拉住她，一点也没有用。

  她常常问我："你的问题什么时候才解决呢？"我苦笑说："总有一天会解决的。"她叹口气说："我恐怕等不到那个时候了。"后来她病倒了，有人劝她打电话找我回家，她不知从哪里得来的消息，她说："他在写检查，不要打岔他。他的问题大概可以解决了。"等到我从五七干校回家休假，她已经不能起床。她还问我检查写得怎样，问题是否可以解决。我当时的确在写检查，而且已经写了好几次了。他们要我写，只是为了消耗我的生命。但她怎么能理解呢？

  这时离她逝世不过两个多月，癌细胞已经扩散，可是我们不知道，想找医生给她认真检查一次，也毫无办法。平时去医院挂号看门诊，等了许久才见到医生或者实习医生，随便给开个药方就算解决问题。只有在发烧到摄氏三十九度才有资格挂急诊号，或者还可以在病人拥挤的观察室里待上一天半天。当时去医院看病找交通工具也很困难，常常是我女婿借了自行车来，让她坐在车上，他慢慢地推着走。有一次她雇到小三轮车去看病，看好门诊回家雇不到车了，只好同陪她看病的朋友一起慢慢地走回来，走走停停，走到街口，她快要倒下了，只得请求行人到我们家通知，她一个表侄正好来探病，就由他去把她背了回家。她希望拍一张X光片子查一查肠子有什么病，但是办不到。后来靠了她一位亲戚帮忙开后门两次拍片，才查出她患肠癌。以后又靠朋友设法开后门住进了医院。她自己还很高兴，以为得救了。只有她一个人不知道真实的病情，她在医院里只活了三个星期。

  我休假回家假期满了，我又请过两次假，留在家里照料病人。最多也不到一个月。我看见她病情日趋严重，实在不愿意把她丢开不管，我要求延长假期的时候，我们那个单位的一个"工宣队"头头逼着我第二天就回干校去。我回到家里，她问起来，我无法隐瞒。她叹了口气，说"你放心去吧。"她把脸掉过去，不让我看见她。我女儿、女婿看到这种情景，自告奋勇地跑到巨鹿路向那位"工宣队"头头解释，希望同意我在市区多留些日子照料病人。可是那个头头"执法如山"，还说：他不是医生，留在家里，有什么用！留在家里对他改造不利！他们气愤地回到家中，只说机关不同意，后来才对我传达了这句"名言"。我还能讲什么呢？明天回干校去！

  整个晚上她睡不好，我更睡不好。出乎意外，第二天一早我那个插队落户的儿子在我们房间里出现了，他是昨天半夜里到的。他得了家信，请假回家看母亲，却没有想到母亲病成这样。我见了他一面，把他母亲交给他，就回干校去了。

在车上我的情绪很不好。我实在想不通为什么会有这样的事情。我在干校待了五天，无法同家里通消息。我已经猜到她的病不轻了。可是人们不让我过问她的事情。这五天是多么难熬的日子！到第五天晚上在干校的造反派头头通知我们全体第二天一早回市区开会。这样我才又回到了家，见到了我的爱人。靠了朋友帮忙，她可以住进中山医院肝癌病房，一切都准备好，她第二天就要住院了。她多么希望住院前见我一面，我终于回来了。连我也没有想到她的病情发展得这么快。我们见了面，我一句话也讲不出来。她说了一句："我到底住院了。"我答说："你安心治疗吧。"她父亲也来看她，老人家双目失明，去医院探病有困难，可能是来同他的女儿告别了。

我吃过中饭，就去参加给别人戴上反革命帽子的大会，受批判、戴帽子的不止一个，其中有一个我的熟人王若望同志，他过去也是作家，不过比我年轻。我们一起在"牛棚"里关过一个时期，他的罪名是"摘帽右派"。他不服，不听话，他贴出大字报，声明"自己解放自己"，因此罪名越搞越大，给捉去关了一个时期还不算，还戴上了反革命的帽子监督劳动。在会场里我一直像在做怪梦。开完会回家，见到萧珊我感到格外亲切，仿佛重回人间。可是她不舒服，不想讲话，偶尔讲一句半句。我还记得她讲了两次："我看不到了。"我连声问她看不到什么？她后来才说："看不到你解放了。"我还能再讲什么呢？

我儿子在旁边，垂头丧气，精神不好，晚饭只吃了半碗，像是患感冒。她忽然指着他小声说："他怎么办呢？"他当时在安徽山区已经待了三年半，政治上没有人管，生活上不能养活自己，而且因为是我的儿子，给剥夺了好些公民权利。他先学会沉默，后来又学会抽烟。我怀着内疚的心情看看他，我后悔当初不该写小说，更不该生儿育女。我还记得前两年在痛苦难熬的时候她对我说："孩子们说爸爸做了坏事，害了我们大家。"这好像用刀子在割我身上的肉。我没有出声，我把泪水全吞在肚里。她睡了一觉醒过来忽然问我："你明天不去了？"我说："不去了。"就是那个"工宣队"头头今天通知我不用再去干校就留在市区。他还问我："你知道萧珊是什么病？"我答说："知道。"其实家里瞒住我，不给我知道真相，我还是从他这句问话里猜到的。

三

第二天早晨她动身去医院，一个朋友和我女儿、女婿陪她去。她穿好衣服等候车来。她显得急躁，又有些留恋，东张张西望望，她也许在想是不是能再看到这里的一切。我送走她，心上反而加了一块大石头。

将近二十天里，我每天去医院陪伴她大半天。我照料她，我坐在病床前守着她，同她短短地谈几句话。她的病情恶化，一天天衰弱下去，肚子却一天天大起来，行动越来越不方便。当时病房里没有人照料，生活方面除饭食外一切都必须自理。后来听同病房的人称赞她"坚强"，说她每天早晚都默默地挣扎着下了床，走到厕所。医生对我们谈起，病人的身体经不住手术，最怕的是她肠子堵塞，要是不堵塞，还可以拖延一个时期。她住院后的半个月是一九六六年八月以来我既感痛苦又感到幸福的一段时间，是我和她在一起度过的最后的平静的时刻，我今天还不能将它忘记。但是半个月以后，她的病情又有了发展，一天吃中饭的时候，医生通知我儿子找我去谈话。他告诉我：病人的肠子给堵住了，必须开刀。开刀不一定有把握，也许中途出毛病。但是不开刀，后果更不堪设想。他要我决定，并且要我劝她同意。我做了决定，就去病房对她解释。我讲完话，她只说了一句："看来，我们要分别了。"她望着我，眼睛里全是泪水。我说："不会的……"我的声音哑了。接着护士长来安慰她，对她说："我陪你，不要紧的。"她回答："你陪我就好。"时间很紧迫，医生、护士们很快作好了准备，她给送进手术室去了，是她的表侄把她推到手术室门口的，我们就在外面走廊上等了好几个小时，等到她平安地给送出来，由儿子把她推回到病房去。儿子还在她身边守过一个夜晚。过两天他也病倒了，查出来他患肝炎，是从安徽农村带回来的。本来我们想瞒住他的母亲，可是无意间让他母亲知道了。她不断地问："儿子怎么样？"我自己也不知道儿子怎么样，我怎么能使她放心呢？晚上回到家，走进空空的、静静的房间，我几乎要叫出声来："一切都朝我的头打下来吧，让所有的灾祸都来吧。我受得住！"

我应当感谢那位热心而又善良的护士长，她同情我的处境，要我把儿子的事情完全交给她办。她作好安排，陪他看病、检查，让他很快住进别处的隔离病房，得到及时的治疗和护理。他在隔离房里苦苦地等候母亲病情的好转。母亲躺在病床上，只能有气无力地说几句短短的话，她经常问："棠棠怎么样？"从她那双含泪的眼睛里我明白她多么想看见她最爱的儿子。但是她已经没有精力多想了。

她每天给输血，打盐水针。她看见我去就断断续续地问我："输多少西西的血？该怎么办？"我安慰她："你只管放心。没有问题，治病要紧。"她不止一次地说："你辛苦了。"我有什么苦呢？我能够为我最亲爱的人做事情，哪怕做一件小事，我也高兴！后来她的身体更不行了。医生给她输氧气，鼻子里整天插着管子。她几次要求拿开，这说明她感到难受，但是听了我们的劝告，她终于忍受下去了。开刀以后她只活了五天。谁也想不到她会去得这么快！五天中间我整天守在病床前，默默地望着她在受苦（我是设身处地感觉到这样的），可是她除了两三次要求搬开床前巨大的氧气筒，三四次表示担心输血较多付不出医药费之外，并没有抱怨过什么。见到熟人她常有这样一种表情：请原谅我麻烦了你们。她非常安静，但并未昏睡，始终睁大两只眼睛。眼睛很大，很美，很亮。我望着，望着，好像在望快要燃尽的烛火。我多么想让这对眼睛永远亮下去！我多么害怕她离开我！我甚至愿意为我那十四卷"邪书"受到千刀万剐，只求她能安静地活下去。

不久前我重读梅林写的《马克思传》，书中引用了马克思给女儿的信里的一段话，讲到马克思夫人的死。信上说："她很快就咽了气。……这个病具有一种逐渐虚脱的性质，就像由于衰老所致一样。甚至在最后几小时也没有临终的挣扎，而是慢慢地沉入睡乡。她的眼睛比任何时候都更大、更美、更亮！"这段话我记得很清楚。马克思夫人也死于癌症。我默默地望着萧珊那对很大、很美、很亮的眼睛，我想起这段话，稍微得到一点安慰。听说她的确也"没有临终的挣扎"，也是"慢慢地沉入睡乡"。我这样说，因为她离开这个世界的时候，我不在她的身边。那天是星期天，卫生防疫站因为我们家发现了肝炎病人，派人上午来做消毒工作。她的表妹有空愿意到医院去照料她，讲好我们吃过中饭就去接替。没有想到我们刚刚端起饭碗，就得到传呼电话，通知我女儿去医院，说是她妈妈"不行"了。真是晴天霹雳！我和我女儿、女婿赶到医院。她那张病床上连床垫也给拿走了。别人告诉我她在太平间。我们又下了楼赶到那里，在门口遇见表妹。还是她找人帮忙把"咽了气"的病人抬进来的。死者还不曾给放进铁匣子里送进冷库，她躺在担架上，但已经白布床单包得紧紧的，看不到面容了。我只看到她的名字。我弯下身子，把地上那个还有点人形的白布包拍了好几下，一面哭唤着她的名字。不过几分钟的时间，这算是什么告别呢？

据表妹说，她逝世的时刻，表妹也不知道。她曾经对表妹说："找医生来。"医生来过，并没有什么。后来她就渐渐地"沉入睡乡"。表妹还以为她在睡眠。一个护士来打针，才发觉她的心脏已经停止跳动了。我没有能同她诀别，我有许多话没有能向她倾吐，她不能没有留下一句遗言就离开我！我后来常常想，她对表妹说："找医生来"。很可能不是"找医生"。是"找李先生"（她平日这样称呼我）。为什么那天上午偏偏我不在病房呢？家里人都不在她身边，她死得这样凄凉！

我女婿马上打电话给我们仅有的几个亲戚。她的弟媳赶到医院，马上晕了过去。三天以后在龙华火葬场举行告别仪式。她的朋友一个也没有来，因为一则我们没有通知，二则我是一个审查了将近七年的对象。没有悼词，没有吊客，只有一片伤心的哭声。我衷心感谢前来参加仪式的少数亲友和特地来帮忙的我女儿的两三个同学，最后，我跟她的遗体告别，女儿望着遗容哀哭，儿子在隔离房还不知道把他当作命根子的妈妈已经死亡。值得提说的是她当作自己儿子照顾了好些年的一位亡友的男孩从北京赶来，只为了见她最后一面。这个整天同钢铁打交道的技术员，他的心倒不像钢铁那样。他得到电报以后，他爱人对他说："你去吧，你不去一趟，你的心永远安定不了。"我在变了形的她的遗体旁边站了一会。别人给我和她照了相。我痛苦地想：这是最后一次了，即使给我们留下来很难看的形象，我也要珍视这个镜头。

一切都结束了。过了几天我和女儿、女婿到火葬场，领到了她的骨灰盒。在存放室寄存了三年之后，我按期把骨灰盒接回家里。有人劝我把她的骨灰安葬，我宁愿让骨灰盒放在我的寝室里，我感到她仍然和我在一起。

四

梦魇一般的日子终于过去了。六年仿佛一瞬间似的远远地落在后面了。其实哪里是一瞬间！这段时间里有多少流着血和泪的日子啊。不仅是六年，从我开始写这篇短文到现在又过去了半年，半年中我经常在火葬场的大厅里默哀，行礼，为了纪念给"四人帮"迫害致死的朋友。想到他们不能把个人的智慧和才华献给社会主义祖国，我万分惋惜。每次戴上黑纱插上纸花的同时，我也想起我自己最亲爱的朋友，一个普通的文艺爱好者，一个成绩不大的翻译工作者，一个心地善良的人。她是我生命的一部分，她的骨灰里有我的泪和血。

她是我的一个读者。一九三六年我在上海第一次同她见面。一九三八年和一九四一年我们两次在桂林像朋友似的住在一起。一九四四年我们在贵阳结婚。我认识她的时候，她还不到二十，对她的成长我应当负很大的责任。她读了我的小说，给我写信，后来见到了我，对我发生了感情。她在中学念书，看见我以前，因为参加学生运动被学校开除，回到家乡住了一个短时期，又出来进另一所学校。倘使不是为了我，她三七、三八年一定去了延安。她同我谈了八年的恋爱，后来到贵阳旅行结婚，只印发了一个通知，没有摆过一桌酒席。从贵阳我和她先后到了重庆，住在民国路文化生活出版社门市部楼梯下七八个平方米的小屋里。她托人买了四只玻璃杯开始组织我们的小家庭。她陪着我经历了各种艰苦生活。在抗日战争紧张的时期，我们一起在日军进城以前十多个小时逃离广州，我们从广东到广西，从昆明到桂林，从金华到温州，我们分散了，又重见，相见后又别离。在我那两册《旅途通讯》中就有一部分这种生活的记录。四十年前有一位朋友批评我："这算什么文章！"我的《文集》出版后，另一位朋友认为我不应当把它们也收进去。他们都有道理。两年来我对朋友、对读者讲过不止一次，我决定不让《文集》重版。但是为我自己，我要经常翻看那两小册《通讯》。在那些年代，每当我落在困苦的境地里、朋友们各奔前程的时候，她总是亲切地在我耳边说："不要难过，我不会离开你，我在你的身边。"的确，只有她最后一次进手术室之前她才说过这样一句："我们要分别了。"

我同她一起生活了三十多年。但是我并没有好好地帮助过她。她比我有才华，却缺乏刻苦钻研的精神。我很喜欢她翻译的普希金和屠格涅夫的小说。虽然译文并不恰当，也不是普希金和屠格涅夫的风格，它们却是有创造性的文学作品，阅读它们对我是一种享受。她想改变自己的生活，不愿做家庭妇女，却又缺少吃苦耐劳的勇气。她听一个朋友的劝告，得到后来也是给"四人帮"迫害致死的叶以群同志的同意，到《上海文学》"义务劳动"，也做了一点点工作，然而在运动中却受到批判，说她专门向老作家组稿，又说她是我派去的"坐探"。她为了改造思想，想走捷径，要求参加"四清"运动，找人推荐到某铜厂的工作组工作,工作相当忙碌、紧张,她却精神愉快。但是到我快要靠边的时候,她也被叫回"作协分会"参加运动。她第一次参加这种急风暴雨般的斗争,而且是以反动权威家属的身份参加,她不知道该怎么办才好。她张皇失措,坐立不安,替我担心,又为儿女们的前途忧虑。她盼望什么人向她伸出援助的手,可是朋友们离开了她,"同事们"拿她当作箭靶,还有人想通过整她来整我。她不是"作协分会"或者刊物的正式工作人员,可是仍然被"勒令"靠边劳动、站队挂牌,放回家以后,又给揪到机关。过一个时期,她写了认罪的检查,第二次给放回家的时候,我们机关的造反派头头却通知里弄委员会罚她扫街。她怕人看见,每天大清早起来,拿着扫帚出门,扫得精疲力尽,才回到家里,关上大门,吐了一口气。但有时她还碰到上学去的小孩,对她叫骂"巴金的臭婆娘"。我偶尔看见她拿着扫帚回来,不敢正眼看我,我感到负罪的心情,这是对她的一个致命的打击。不到两个月,她病倒了,以后就没有再出去扫街(我妹妹继续扫了一个时期),但是也没有完全恢复健康。尽管她还继续拖了四年,但一直到死她并不曾看到我恢复自由。这就是她的最后,然而绝不是她的结局。她的结局将和我的结局连在一起。

我绝不悲观。我要争取多活。我要为我们社会主义祖国工作到生命的最后一息。在我丧失工作能力的时候,我希望病榻上有萧珊翻译的那几本小说。等到我永远闭上眼睛,就让我的骨灰同她的掺和在一起。

(选自巴金《随想录》,生活·读书·新知三联书店 1987 年版)

杨　绛

冒险记幸

在息县上过干校的,谁也忘不了息县的雨——灰蒙蒙的雨,笼罩人间;满地泥浆,连屋里的地也潮湿得想变浆,尽管泥路上经太阳晒干的车辙像刀刃一样坚硬,害得我们走得脚底起泡,一下雨就全化成烂泥,滑得站不住脚,走路拄着拐杖也难免滑倒。我们寄居各村老乡家,走到厨房吃饭,常有人滚成泥团子。厨房只是个席棚,旁边另有个席棚存放车辆和工具。我们端着饭碗尽量往两个席棚里挤。棚当中,地较干;站在边缘不仅泥泞,还有雨丝飕飕地往里扑。但不论站在席棚的中央或边缘,头顶上还点点滴滴漏下雨来。吃完饭，还得踩着烂泥，一滑一跌到井边去洗碗。回村路上如果打破了热水瓶，更是无法弥补的祸事，因为当地买不到，也不能由北京邮寄。唉！息县的雨天，实在叫人鼓不起劲来。

一次，连着几天下雨。我们上午就在村里开会学习，饭后只核心或骨干人员开会，其余的人就放任自流了。许多人回到寄寓的老乡家，或写信，或缝补，或赶做冬衣。我住在副队长家里，虽然也是六面泥的小房子，却比别家讲究些，朝南的泥墙上还有个一尺宽、半尺高的窗洞。我们糊上一层薄纸，又挡风，又透亮。我的床位在没风的暗角落里，伸手不见五指，除了晚上睡觉，白天待不住。屋里只有窗下那一点微弱的光，我也不愿占用。况且雨里的全副武装——雨衣、雨裤、长筒雨鞋，都沾满泥浆，脱换费事；还有一把水淋淋的雨伞也没处挂。我索性一手打着伞，一手拄着拐棍，走到雨里去。

我在苏州故居的时候最爱下雨天。后园的树木，雨里绿叶青翠欲滴，铺地的石子冲洗得光洁无尘；自己觉得身上清润，心上洁净。可是息县的雨，使人觉得自己确是黄土捏成的，好像连骨头都要化成一堆烂泥了。我踏着一片泥海，走出村子；看看表，才两点多，忽然动念何不去看看默存。我知道擅自外出是犯规，可是这时候不会吹号、列队、点名。我打算偷偷儿抄过厨房，直奔西去的大道。

连片的田里都有沟；平时是干的，积雨之后，成了大大小小的河渠。我走下一座小桥，桥下的路已淹在水里，和沟水汇成一股小河。但只差几步就跨上大道了。我不甘心后退，小心翼翼，试探着踩过靠岸的浅水；虽然有几脚陷得深些，居然平安上坡。我回头看看后无追兵，就直奔大道西去，只心上切记，回来不能再走这条路。

泥泞里无法快走，得步步着实。雨鞋愈走愈重；走一段路，得停下用拐杖把鞋上沾的烂泥拨掉。雨鞋虽是高筒，一路上的烂泥粘得变成"胶力士"，争着为我脱靴；好几次我险些把雨鞋留在泥里。而且不知从哪里搓出来不少泥丸子，会落进高筒的雨鞋里去。我走在路南边，就觉得路北边多几茎草，可免滑跌；走到路北边，又觉得还是南边草多。这是一条坦直的大道，可是将近砖窑，有二三丈路基塌陷。当初我们菜园挖井，阿香和我推车往菜地送饭的时候，到这里就得由阿香推车下坡又上坡。连天下雨，这里一片汪洋，成了个清可见底的大水塘。中间有两条堤岸；我举足踹上堤岸，立即深深陷下去；原来那是大车拱起的轮辙，浸了水是一条"酥堤"。我跋涉到此，虽然走的是平坦大道，也大不容易，不愿废然而返。水并未没过靴筒，还差着一二寸。水底有些地方是沙，有些地方是草；沙地有软有硬，草地也有软有硬。我拄着拐杖一步一步试探着前行，想不到竟安然渡过了这个大水塘。

上坡走到砖窑，就该拐弯往北。有一条小河由北而南，流到砖窑坡下，稍一淳洄，就泛入窑西低洼的荒地里去。坡下那片地，平时河水蜿蜒而过，雨后水涨流急，给冲成一个小岛。我沿河北去，只见河面愈来愈广。默存的宿舍在河对岸，是几排灰色瓦房的最后一排。我到那里一看，河宽至少一丈。原来的一架四五尺宽的小桥，早已冲垮，歪歪斜斜浮在下游水面上。雨丝绵绵密密，把天和地都连成一片；可是面前这一道丈许的河，却隔断了道路。我在东岸望着西岸，默存住的房间更在这排十几间房间的最西头。我望着望着，不见一人；忽想到假如给人看见，我岂不成了笑话。没奈何，我只得踏着泥泞的路，再往回走；一面走，一面打算盘。河愈南去愈窄，水也愈急。可是如果到砖窑坡下跳上小岛，跳过河去，不就到了对岸吗？那边看去尽是乱石荒墩，并没有道路，可是地该是连着的，没有河流间隔。但河边泥滑，穿了雨靴不如穿布鞋灵便；小岛的泥土也不知是否坚固。我回到那里，伸过手杖去扎那个小岛，泥土很结实。我把手杖扎得深深地，攀着杖跳上小岛，又如法跳到对岸。一路坑坑坡坡，一脚泥、一脚水，历尽千难万阻，居然到了默存宿舍的门口。

我推门进去，默存吃了一惊。

"你怎么来了？"

我笑说："来看看你。"

默存急得直骂我，催促我回去。我也不敢逗留，因为我看过表，一路上费的时候比平时多一倍不止。我又怕小岛愈冲愈小，我就过不得河了。灰蒙蒙的天，再昏暗下来，过那片水塘就难免陷入泥里去。

恰巧有人要过砖窑往西到"中心点"去办事。我告诉他说，桥已冲垮。他说不要紧，南去另有出路。我就跟他同走。默存穿上雨靴，打着雨伞，送了我们一段路。那位同志过砖窑往西，我就往东。好在那一路都是刚刚走过的，只需耐心、小心，不妨大着胆子。我走到我们厨房，天已经昏黑。晚饭已过，可是席棚里还有灯火，还有人声。我做贼也似的悄悄掠过厨房，泥泞中用最快的步子回屋。

我再也记不起我那天的晚饭是怎么吃的；记不起是否自己保留了半个馒头，还是默存给我吃了什么东西；也记不起是否饿了肚子。我只自幸没有掉在河里，没有陷入泥里，没有滑跌，也没有被领导抓住；便是同屋的伙伴，也没有觉察我干了什么反常的事。

入冬，我们全连搬进自己盖的新屋，军宣队要让我们好好过个年，吃一餐丰盛的年夜饭，免得我们苦苦思家。

外文所原是文学所分出来的。我们连里有几个女同志的"老头儿"（默存就是我的"老头儿"——不管老不老，丈夫就叫"老头儿"）在他们连里，我们连里同意把几位"老头儿"请来同吃年夜饭。厨房里的烹调能手各显奇能，做了许多菜：熏鱼、酱鸡、红烧猪肉、咖喱牛肉等等应有尽有；还有凉拌的素菜，都很可口。默存欣然加入我们菜园一伙，围着一张长方大桌子吃了一餐盛馔。小趋在桌子底下也吃了个撑肠拄腹；我料想它尾巴都摇酸了。记得默存六十周岁那天，我也附带庆祝自己的六十虚岁，我们只开了一罐头红烧鸡。那天我虽放假，他却不放假。放假吃两餐，不放假吃三餐。我吃了早饭到他那里，中午还吃不下饭，却又等不及吃晚饭就得回连，所以只勉强啃了几口馒头。

这番吃年夜饭，又有好菜，又有好酒；虽然我们俩不喝酒，也和旁人一起陶然忘忧。晚饭后我送他一程，一路走一路闲谈，直到拖拉机翻到河里的桥边，默存说："你回去吧。"他过桥北去，还有一半路。

那天是大雪之后，大道上雪已融化，烂泥半干，踩在脚下软软的，也不滑，也不硬。可是桥以北的小路上雪还没化。天色已经昏黑，我怕默存近视眼看不清路——他向来不会认路——干脆直把他送回宿舍。

雪地里，路径和田地连成片，很难分辨。我一路留心记住一处处的标志，例如哪个转角处有一簇几棵大树、几棵小树，树的枝叶是什么姿致；什么地方，路是斜斜地拐；什么地方的雪特别厚，那是田边的沟，面上是雪，踹下去是半融化的泥浆，归途应当回避等等。

默存屋里已经灯光雪亮。我因为时间不早，不敢停留，立即辞归。一位年轻人在旁说，天黑了，他送我回去吧。我想这是大年夜，他在暖融融的屋里，说说笑笑正热闹，叫他冲黑冒寒送我，是不情之请。所以我说不必，我认识路。默存给他这么一提，倒不放心了。我就吹牛说："这条路，我哪天不走两遍！况且我带着个很亮的手电呢，不怕的。"其实我每天来回走的路，只是北岸的堤和南岸的东西大道。默存也不知道不到半小时之间，室外的天地已经变了颜色，那一路上已不复是我们同归时的光景了。而且回来朝着有灯光的房子走，容易找路；从亮处到黑地里去另是一回事。我坚持不要人送，他也不再勉强。他送我到灯光所及的地方，我就叫他回去。

我自恃惯走黑路，站定了先辨辨方向。有人说，女同志多半不辨方向。我记得哪本书上说：女人和母鸡，出门就迷失方向。这也许是侮辱了女人。但我确是个不辨方向的动物，往往"欲往城南望城北"。默存虽然不会认路，我却靠他辨认方向。这时我留意辨明方向：往西南，斜斜地穿出树林，走上林边大道；往西，到那一簇三五棵树的地方，再往南拐；过桥就直奔我走熟的大道回宿舍。

可是我一走出灯光所及的范围，便落入了一团昏黑里。天上没一点星光，地下只一片雪白；看不见树，也看不见路。打开手电，只照见远远近近的树干。我让眼睛在黑暗里习惯一下，再睁眼细看，只见一团昏黑，一片雪白。树林里那条蜿蜒小路，靠宿舍里的灯光指引，暮色苍茫中依稀还能辨认，这时完全看不见了。我几乎想退回去请人送送。可是再一转念：遍地是雪，多两只眼睛亦未必能找出路来；况且人家送了我回去，还得独自回来呢，不如我一人闯去。

我自信四下观望的时候脚下并没有移动。我就硬着头皮，约莫朝西南方向，一纳头走进黑地里去。假如太往西，就出不了树林；我宁可偏向南走。地下看着雪白，踩下去却是泥浆。幸亏雪下有些秫秸秆儿、断草绳、落叶之类，倒也不很滑。我留心只往南走，有树挡住，就往西让。我回头望望默存宿舍的灯光，已经看不见了，也不知身在何处。走了一回，忽一脚踩个空，栽在沟里，吓了我一大跳；但我随即记起林边大道旁有个又宽又深的沟,这时撞入沟里,不胜忻喜,忙打开手电,找到个可以上坡的地方,爬上林边的大道。

大道上没雪,很好走,可以放开步子;可是得及时往南拐弯。如果一直走,便走到"中心点"以西的邻村去了。大道两旁植树,十几步一棵。我只见树干,看不见枝叶,更看不见树的什么姿致。来时所认的标志,一无所见。我只怕错失了拐弯处,就找不到拖拉机翻身的那座桥。迟拐弯不如早拐弯——拐迟了走入连片的大田,就够我在里面转个通宵了。所以我看见有几棵树聚近在一起,就忙拐弯往南。

一离开大道,我又失去方向;走了几步,发现自己在秫秸丛里。我且直往前走。只要是往南,总会走到河边;到了河边,总会找到那座桥。

我曾听说,有坏人黑夜躲在秫秸田里;我也怕野狗闻声蹿来,所以机伶着耳朵,听着四周的动静轻悄悄地走,不拂动两旁秫秸的枯叶。脚下很泥泞,却不滑。我五官并用,只不用手电。不知走了多久,忽见前面横着一条路,更前面是高高的堤岸。我终于到了河边!只是雪地又加黑夜,熟悉的路也全然陌生,无法分辨自己是在桥东还是在桥西——因为桥西也有高高的堤岸。假如我已在桥西,那条河愈西去愈宽,要走到"中心点"西头的另一个砖窑,才能转到河对岸,然后再折向东去找自己的宿舍。听说新近有个干校学员在那个砖窑里上吊死了。幸亏我已经不是原先的胆小鬼,否则桥下有人淹死,窑里有人吊死,我只好徘徊河边吓死。我估计自己性急,一定是拐弯过早,还在桥东,所以且往西走;一路找去,果然找到了那座桥。

过桥虽然还有一半路,我飞步疾行,一会儿就到家了。

"回来了?"同屋的伙伴儿笑脸相迎,好像我才出门走了几步路。在灯光明亮的屋里,想不到昏黑的野外另有一番天地。

一九七一年早春,学部干校大搬家,由息县迁往明港某团的营房。干校的任务,由劳动改为"学习"——学习阶级斗争吧?有人不解"学部"指什么,这时才恍然:"学部"就是"学习部"。

看电影大概也算是一项学习,好比上课,谁也不准逃学(默存因眼睛不好,看不见,得以豁免)。放映电影的晚上,我们晚饭后各提马扎儿,列队上广场。各连有指定的地盘,各人挨次放下马扎儿入座。有时雨后,指定的地方泥泞,马扎儿只好放在烂泥上;而且保不定天又下雨,得带着雨具。天热了,还有防不胜防的大群蚊子。不过上这种课不用考试。我睁眼就看看,闭眼就歇歇。电影只那么几部,这一回闭眼没看到的部分,尽有机会以后补看。回宿舍有三十人同屋,大家七嘴八舌议论,我只需旁听,不必泄漏自己的无知。

一次我看完一场电影,随着队伍回宿舍。我睁着眼睛继续做我自己的梦,低头只看着前人的脚跟走。忽见前面的队伍渐渐分散,我到了宿舍的走廊里,但不是自己的宿舍。我急忙退回队伍,队伍只剩个尾巴了;一会儿,这些人都纷纷走进宿舍去。我不知道自己的宿舍何在，连问几人，都说不知道。他们各自忙忙回屋，也无暇理会我。我忽然好比流落异乡，举目无亲。

抬头只见满天星斗。我认得几个星座；这些星座这时都乱了位置。我不会借星座的位置辨认方向，只凭颠倒的位置知道离自己的宿舍很远了。营地很大，远远近近不知有多少营房，里面都亮着灯。营地上纵横曲折的路，也不知有多少。营房都是一个式样，假如我在纵横曲折的路上乱跑，一会儿各宿舍熄了灯，更无从寻找自己的宿舍了。目前只有一法：找到营房南边铺石块的大道，就认识归路。放映电影的广场离大道不远，我错到的陌生宿舍，估计离广场也不远；营房大多南向，北斗星在房后——这一点我还知道。我只要背着这个宿舍往南去，寻找大道；即使绕了远路，总能找到自己的宿舍。

我怕耽误时间，不及随着小道曲折而行，只顾抄近，直往南去；不防走进了营地的菜圃。营地的菜圃不比我们在息县的菜圃。这里地肥，满畦密密茂茂的菜，盖没了一畦畦的分界。我知道这里每一二畦有一眼沤肥的粪井；井很深。不久前，也是看电影回去，我们连里一位高个儿年轻人失足落井。他爬了出来，不顾寒冷，在"水房"——我们的盥洗室——冲洗了好半天才悄悄回屋，没闹得人人皆知。我如落井，谅必一沉到底，呼号也没有救应。冷水冲洗之厄，压根儿可不必考虑。

我当初因为跟着队伍走不需手电，并未注意换电池。我的手电昏暗无光，只照见满地菜叶，也不知是什么菜。我想学猪八戒走冰的办法，虽然没有扁担可以横架肩头，我可以横抱着马扎儿，扩大自己的身躯。可是如果我掉下半身，呼救无应，还得掉下粪井。我不敢再胡思乱想，一手提马扎儿，一手打着手电，每一步都得踢开菜叶，缓缓落脚，心上虽急，却战战兢兢，如临深渊，一步不敢草率。好容易走过这片菜地，过一道沟仍是菜地。简直像梦魇似的，走呀、走呀，总走不出这片菜地。

幸亏方向没错，我出得菜地，越过煤渣铺的小道，越过乱草、石堆，终于走上了石块铺的大路。我立即拔步飞跑，跑几步，走几步，然后转北，一口气跑回宿舍。屋里还没有熄灯，末一批上厕所的刚回房，可见我在菜地里走了不到二十分钟。好在没走冤枉路，我好像只是上了厕所回屋，谁也没有想到我会睁着眼睛跟错队伍。假如我掉在粪井里，几时才会被人发现呢？

我睡在硬邦邦、结结实实的小床上，感到享不尽的安稳。

有一位比我小两岁的同事，晚饭后乖乖地坐在马扎上看电影，散场时他因脑溢血已不能动弹，救治不及，就去世了。从此老年人可以免修晚上的电影课。我常想，假如我那晚在陌生的宿舍前叫喊求救，是否可让老年人早些免修这门课呢？只怕我的叫喊求救还不够悲剧，只能成为反面教材。

所记三事，在我，就算是冒险，其实说不上什么险；除非很不幸，才会变成险。

（选自《杨绛文集·散文卷》，人民文学出版社2009年版）

贾平凹

秦　腔

　　山川不同，便风俗区别，风俗区别，便戏剧存异；普天之下人不同貌，剧不同腔，京、豫、晋、越、黄梅、二簧、四川高腔，几十种品类；或问：历史最悠久者，文武最正经者，是非最汹汹者？曰：秦腔也。正如长处和短处一样突出便见其风格，对待秦腔，爱者便爱得要死，恶者便恶得要命。外地人——尤其是自夸于长江流域的纤秀之士——最害怕秦腔的震撼；评论说得婉转的是：唱得有劲；说得直率的是：大喊大叫。于是，便有柔弱女子，常在戏台下以绒堵耳；又或在平日教训某人：你要不怎么怎么样，今晚让你去看秦腔！秦腔成了惩罚的代名词。所以，别的剧种可以各省走动，唯秦腔则如秦人一样，死不离窝；严重的乡土观念，也使其离不了窝：可能还在西北几个地方变腔走调的有些市场，却绝对冲不出往东南而去的潼关呢。

　　但是，几百年来，秦腔却没有被淘汰，被沉沦，这使多少人有大惑而不得其解。其解是有的，就在陕西这块土地上。如果是一个南方人，坐车轰轰隆隆往北走，渡过黄河，进入西岸，八百里秦川大地，原来竟是：一抹黄褐的平原；辽阔的地平线上，一处一处用木椽夹打成一尺多宽墙的土屋，粗笨而庄重；冲天而起的白杨，苦楝，紫槐，枝干粗壮如桶，叶却小似铜钱，迎风正反翻覆……你立即就会明白了：这里的地理构造竟与秦腔的旋律惟妙惟肖的一统！再去接触一下秦人吧，活脱脱的一群秦始皇兵马俑的复出：高个，浓眉，眼和眼间隔略远，手和脚一样粗大，上身又稍稍见长于下身。当他们背着沉重的三角形状的犁铧，赶着山包一样团块组合式的秦川公牛，端着脑袋般大小的耀州瓷碗，蹲在立的卧的石碌子碌碡上吃着牛肉泡馍，你不禁又要改变起世界观了：啊，这是块多么空旷而实在的土地，在这块土地摸爬滚打的人群是多么"二愣"的民众！那晚霞烧起的黄昏里，落日在地平线上欲去不去的痛苦的妊娠，五里一村，十里一镇，高音喇叭里传播的秦腔互相交织，冲撞。这秦腔原来是秦川的天籁，地籁，人籁的共鸣啊！于此，你不渐渐感觉到了南方戏剧的秀而无骨吗？不深深地懂得秦腔为什么形成和存在而占却时间、空间的位置吗？

　　八百里秦川，以西安为界，咸阳，兴平，武功，周至，凤翔，长武，岐山，宝鸡，两个专区几十个县为西府；三原，泾阳，高陵，户县①，合阳，大荔，韩城，白水，一个专区十几个县为东府。秦腔，就源于西府。在西府，民性敦厚，说话多用去声，一律

---

① 今陕西省西安市鄠邑区。编者注。

咬字沉重，对话如吵架一样，哭丧又一呼三叹。呼喊远人更是特殊：前声拖十二分地长，末了方极快地道出内容。声韵的发展，使会远道喊人的人都从此有了唱秦腔的天才。老一辈的能唱，小一辈的能唱，男的能唱，女的能唱；唱秦腔成了做人最体面的事。任何一个乡下男女，只有唱秦腔，才有出人头地的可能。大凡有出息的，是个人才的，哪一个何曾未登过台，起码不能吼一阵乱弹呢?!

农民是世上最劳苦的人，尤其是在这块平原上，生时落草在黄土炕上，死了被埋在黄土堆下；秦腔是他们大苦中的大乐。当老牛木犁疙瘩绳，在田野已经累得筋疲力尽，立在犁沟里大喊大叫来一段秦腔，那心胸肺腑，关关节节的困乏便一尽儿涤荡净了。秦腔与他们，是和"西凤"白酒，长线辣子，大叶卷烟，牛肉泡馍一样成为生命的五大要素。若与那些年长的农民聊起来，他们想象的伟大的共产主义生活，首先便是这五大要素。他们有的是吃不完的粮食，他们缺的是高超的艺术享受。他们教育自己的子女，不会是那些文豪们讲的，幼年不是祖母讲着动人的迷离的童话，而是一字一板传授着秦腔。他们大都不识字，但却出奇地能一本一本整套背诵出剧本，虽然那常常是之乎者也的字眼从那一圈胡子的嘴里吐出来十分别扭。有了秦腔，生活便有了乐趣，高兴了，唱"快板"，高兴得像是被烈性炸药爆炸了一样，要把整个身心粉碎在天空！痛苦了，唱"慢板"，揪心裂肠的唱腔却表现了多么有情有味的美来，美给了别人的享受，美也熨平了自己心中愁苦的皱纹。当他们在收获时节的土场上，在月在中天的庄院里大吼大叫唱起来的时候，那种难以想象的狂喜、激动、雄壮，与那些献身于诗歌的文人，与那些有吃有穿却总感空虚的都市人相比，常说的什么伟大的永恒的爱情是多么渺小、有限和虚弱啊！

我曾经在西府走动了两个秋冬，所到之处，村村都有戏班，人人都会清唱。在黎明或者黄昏的时分，一个人独独地到田野里去，远远看着天幕下一个一个山包一样隆起的十三个朝代帝王的陵墓，细细辨认着田埂上、荒草中那一截一截汉唐时期石碑上的残字，高高的土屋上的窗口里就飘出一阵冗长的二胡声，几声雄壮的秦腔叫板，我就痴呆了，感觉到那村口的土尘里，一头叫驴的打滚是那么有力，猛然发现了自己心胸中一股强硬的气魄随同着胳膊上的肌肉疙瘩一起产生了。

每到农闲的夜里，村里就常听到几声锣响：戏班排演开始了。演员们都集合起来，到那古寺庙里去。吹、拉、弹、奏、翻、打、念、唱，提袍甩袖，吹胡瞪眼，古寺庙成了古今真乐府，天地大梨园。导演是老一辈演员，享有绝对权威；演员是一家几口，夫妻同台，父子同台，公公儿媳也同台。按秦川的风俗：父和子不能不有其序，爷和孙却可以无道；弟与哥嫂可以嬉闹无常，兄与弟媳则无正事不能多言。但是，一到台上，秦腔面前人人平等，兄可以拜弟媳为帅为将，子可以将老父绳绑索捆。寺庙里有窗无扇，屋梁上蛛丝结网，夏天蚊虫飞来，成团成团在头上旋转，熏蚊草就墙角燃起，一声唱腔一声咳嗽。冬天里四面透风，柳木疙瘩火当中架起，一出场一脸正经，一下场凑近火堆，热了前怀，凉了后背。排演到什么时候，什么时候都有观众，有抱着二尺长的烟袋的老者，有凳子高、桌子高趴满窗台的孩子。庙里一个跟斗未翻起，窗外就哇地一声叫倒好，演员出来骂一声：谁说不好的滚蛋！他们抓住窗台死不滚去，倒要连声讨好：翻得好！翻得好！更有殷勤的，跑回来偷拿了红薯、土豆，在火堆里煨熟给演员作夜餐，赚得进屋里有一个安全位置。排演到三更鸡叫，月儿偏西，演员们散了，孩子们还围了火堆弯腰踢腿，学那一招一式。

  一出戏排成了，一人传出，全村振奋，扳着指头盼那上演日期。一年十二个月，正月元宵日，二月龙抬头，三月三，四月四，五月初五过端午，六月六日晒丝绸，七月过半，八月中秋，九月初九，十月一日，再是那腊月五豆，腊八，二十三……月月有节，三月一会，那戏必是上演的。戏台是全村人的共同的事业，宁肯少吃少穿也要筹资积款，买上好的木石，请高强的工匠来修筑。村子富不富，就比这戏台阔不阔。一演出，半下午人就扛凳子去占地位了；未等戏开，台下坐的、站的人头攒拥，台两边阶上立的、卧的是一群顽童。那锣鼓就叮叮咣咣地闹台，似乎整个世界要天翻地覆了。各类小吃趁机摆开，一个食摊上一盏马灯，花生、瓜子、糖果、烟卷、油茶、麻花、烧鸡、煎饼，长一声短一声叫卖不绝。锣鼓还在一声儿敲打，大幕只是不拉，演员偶尔从幕边往下望望，下边就喊：开演呀，场子都满了！幕布放下，只说就要出场了，却又叮叮咣咣不停。台下就乱了，后边的喊前边的坐下，前边的喊后边的为什么不说最前边的立着；场外的大声叫亲朋子女名字，问有坐处没有，场内的锐声回应快进来；有要吃煎饼的喊熟人去买一个，熟人买了站在场外一扬手，"日"地一声隔人头甩去，不偏不倚目标正好；左边的喊右边的踩了他的脚，右边的叫左边的挤了他的腰，一个说：狗年快完了，你还叫啥哩？一个说：猪年还没到，你便拱开了！言语伤人，动了手脚；外边的趁机而入，一时四边向里挤，里边向外扛，人的旋涡涌起，如四月的麦田起风，根儿不动，头身一会儿倒西，一会儿倒东，喊声、骂声、哭声一片；有拼命挤将出来的，一出来方觉世界偌大，身体胖胖，但差不多却光了脚，乱了头发。大幕又一挑，站出戏班头儿，大声叫喊要维持秩序，立即就跳出一个两个所谓"二干子"人物来。这类人物多是头脑简单、四肢发达、却十二分忠诚于秦腔，此时便拿了树条儿，哪里人挤，往哪里打去，如凶神恶煞一般。人人恨骂这些人，人人又都盼有这些人，叫他们是秦腔宪兵。宪兵者越发忠于职责，虽然彻夜不得看戏，但大家一夜满足了，他们也就满足了一夜。

  终于台上锣鼓停了，大幕拉开，角色出场。但不管男的女的，出来偏不面对观众，一律背身掩面，女的就碎步后移，水上漂一样，台下就叫：瞧那腰身，那肩头，一身的戏哟！是男的就摇那帽翎，一会双摇，一会单摇，一边上下飞闪，一边纹丝不动，台下便叫：绝了，绝了！等到那角色儿猛一转身，头一高扬，一声高叫，声如炸雷豁啷啷直从人们头顶碾过，全场一个冷颤，从头到脚，每一个手指尖儿，每一根头发梢儿都麻酥酥的了。如果是演《救裴生》，那慧娘站在台中往下蹲，慢慢地，慢慢地，慧娘蹲下去了，全场人头也矮下去了半尺；等那慧娘往起站，慢慢地，慢慢地，慧娘站起来了，全场人的脖子也全拉长了起来。他们不喜欢看生戏，最欢迎看熟戏，那一腔一调都晓得，哪个演员唱得好，就摇头晃脑跟着唱，哪个演员走了调，台下就有人要纠正。说穿了，看秦腔的不为求新鲜，他们只图过过瘾。

　　在这样的地方，这样的环境，这样的气氛，面对着这样的观众，秦腔是最逗能的。它的艺术的享受，是和拥挤而存在，是有力气而获得的。如果是冬天，那风在刮着，像刀子一样，如果是夏天，人窝里热得如蒸笼一般，但只要不是大雪，冰雹，暴雨，台下的人是不肯撤场的。最可贵的是那些老一辈的秦腔迷，他们没有力气挤在台下，也没有好眼力看清演员，却一溜一排地蹲在戏台两侧的墙根，吸着草烟，慢慢将唱腔品赏。一声叫板，便可以使他们坠入艺术之宫，"听了秦腔，肉酒不香"，他们是体会得最深。那些大一点的，脾性野一点的孩子，却占领了戏场周围所有的高空，杨树上，柳树上，槐树上，一个枝杈一个人。他们常常乐而忘了险境，双手鼓掌时竟从树杈上掉下来，掉下来自不会损伤，因为树下是无数的人头，只是招致一顿臭骂罢了。更有一些爬在了场边的麦秸积上，夏天四面来风，好不凉快；冬日就趴个草洞，将身子缩进去，露一个脑袋。也正是有闲阶级享受不了秦腔吧，他们常就瞌睡了，一觉醒来，月在西天，戏毕人散，只好苦笑一声悄然没声儿地溜下来回家敲门去了。

　　当然，一次秦腔演出，是一次演员亮相，也是一次演员受村人评论的考场。每每角色一出场，台下就一片喊喊喳喳：这是谁的儿子，谁的女子，谁家的媳妇，娘家何处？于是乎，谁有出息，谁没能耐，一下子就有了定论。有好多外村的人来提亲说媒，总是就在这个时候进行。据说有一媒人将一女子引到台下，相亲台上一个男演员，事先夸口这男的如何俊样，如何能干，但戏演了过半，那男的还未出场，后来终于出来，是个国民党的伪兵，还持枪未走到中台，扮游击队长的演员挥枪一指，"叭"的一声，那伪兵就倒地而死，爬着钻进了后幕。那女子当下哼了一声，闭了嘴，一场亲事自然了了。这是喜中之悲一例。据说还有一例，一个老头在脖子上架了孙孙去看戏，孙孙吵着要回家，老头好说好劝只是不忍半场而去，便破费买了半斤花生。他眼盯着台上，手在下边剥花生，然后一颗一颗扬手喂到孙孙嘴里，但喂着喂着，竟将一颗塞进孙孙鼻孔，吐不出，咽不下，口鼻出血，连夜送到医院动手术，花去了七十元钱。但是，以秦腔引喜的事却不计其数。每个村里，总会有那么个老汉，夜里看戏，第二天必是头一个起床往戏台下跑。戏台下一片石头、砖头，一堆堆瓜子皮，糖果纸，烟屁股。他掀掀这块石头，踢踢那堆尘土，少不了要拣到一角两角甚至三元四元钱币来，或者一只鞋，或者一条手帕。这是村里钻刁人干的营生，而馋嘴的孩子们有的则夜里趁各家锁门之机，去地里摘那香瓜来吃，去谁家院里将桃杏装在背心兜里回来分红。自然少不了有那些青春妙龄的少男少女，则往往在台下混乱之中眼送秋波，或者就悄悄退出，相依相偎到黑黑的渠畔树林子里去了……

秦腔在这块土地上，有着神圣的不可动摇的基础。凡是到这些村庄去下乡，到这些人家去做客，他们最高级的接待是陪着看一场秦腔；实在不逢年过节，他们就会要合家唱一会乱弹，你只能点头称好，不能耻笑，甚至不能有一点不入神的表示。他们一生最崇敬的只有两种人，一是国家领导人，一是当地的秦腔名角。即是在任何地方，这些名角没有在场，只要发现了名角的父母，去商店买油是不必排队的，进饭馆吃饭是会有座位的，就是在半路上挡车，只要喊一声：我是某某的什么，司机也便要嘎地停车。但是，谁要侮辱一下秦腔，他们要争死争活地和你论理，以至大打出手，永远使你记住教训。每每村里过红白丧喜之事，那必是要包一台秦腔的，生儿以秦腔迎接，送葬以秦腔致哀，似乎这个人生的世界，就是秦腔的舞台，人只要在舞台上，生，旦，净，丑，才各显了真性；恶的夸张其丑，善的凸现其美，善的使他们获得了美的教育，恶的也在丑里化作了美的艺术。

广漠旷远的八百里秦川，只有这秦腔，也只能有这秦腔，八百里秦川的劳作农民只有也只能有这秦腔使他们喜怒哀乐。秦人自古是大苦大乐之民众，他们的家乡交响乐除了大喊大叫的秦腔还能有别的吗？

1983 年 5 月 2 日草于五味村
（选自贾平凹《抱散集》，作家出版社 1991 年版）

史铁生

我与地坛

一

我在好几篇小说中都提到过一座废弃的古园，实际就是地坛。许多年前旅游业还没有开展，园子荒芜冷落得如同一片野地，很少被人记起。

地坛离我家很近。或者说我家离地坛很近。总之，只好认为这是缘分。地坛在我出生前四百多年就坐落在那儿了，而自从我的祖母年轻时带着我父亲来到北京，就一直住在离它不远的地方——五十多年间搬过几次家，可搬来搬去总是在它周围，而且是越搬离它越近了。我常觉得这中间有着宿命的味道：仿佛这古园就是为了等我，而历尽沧桑在那儿等待了四百多年。

它等待我出生，然后又等待我活到最狂妄的年龄上忽地残废了双腿。四百多年里，它一面剥蚀了古殿檐头浮夸的琉璃，淡褪了门壁上炫耀的朱红，坍圮了一段段高墙又散落了玉砌雕栏，祭坛四周的老柏树愈见苍幽，到处的野草荒藤也都茂盛得自在坦荡。这时候想必我是该来了。十五年前的一个下午，我摇着轮椅进入园中，它为一个失魂落魄的人把一切都准备好了。那时，太阳循着亘古不变的路途正越来越大，也越红。在满园弥漫的沉静光芒中，一个人更容易看到时间，并看见自己的身影。

自从那个下午我无意中进了这园子，就再没长久地离开过它。我一下子就理解了它的意图。正如我在一篇小说中所说的："在人口密聚的城市里，有这样一个宁静的去处，像是上帝的苦心安排。"

两条腿残废后的最初几年，我找不到工作，找不到去路，忽然间几乎什么都找不到了，我就摇了轮椅总是到它那儿去，仅为着那儿是可以逃避一个世界的另一个世界。我在那篇小说中写道："没处可去我便一天到晚耗在这园子里。跟上班下班一样，别人去上班我就摇了轮椅到这儿来。""园子无人看管，上下班时间有些抄近路的人们从园中穿过，园子里活跃一阵，过后便沉寂下来。""园墙在金晃晃的空气中斜切下一溜阴凉，我把轮椅开进去，把椅背放倒，坐着或是躺着，看书或者想事，撅一杈树枝左右拍打，驱赶那些和我一样不明白为什么要来这世上的小昆虫。""蜂儿如一朵小雾稳稳地停在半空；蚂蚁摇头晃脑捋着触须，猛然间想透了什么，转身疾行而去；瓢虫爬得不耐烦了，累了祈祷一回便支开翅膀，忽悠一下升空了；树干上留着一只蝉蜕，寂寞如一间空屋；露水在草叶上滚动，聚集，压弯了草叶轰然坠地摔开万道金光。""满园子都是草木竞相生长弄出的响动，窸窸窣窣窸窸窣窣片刻不息。"这都是真实的记录，园子荒芜但并不衰败。

除去几座殿堂我无法进去，除去那座祭坛我不能上去而只能从各个角度张望它，地坛的每一棵树下我都去过，差不多它的每一米草地上都有过我的车轮印。无论是什么季节，什么天气，什么时间，我都在这园子里呆过。有时候呆一会儿就回家，有时候就呆到满地上都亮起月光。记不清都是在它的哪些角落里了，我一连几小时专心致志地想关于死的事，也以同样的耐心和方式想过我为什么要出生。这样想了好几年，最后事情终于弄明白了：一个人，出生了，这就不再是一个可以辩论的问题，而只是上帝交给他的一个事实；上帝在交给我们这件事实的时候，已经顺便保证了它的结果，所以死是一件不必急于求成的事，死是一个必然会降临的节日。这样想过之后我安心多了，眼前的一切不再那么可怕。比如你起早熬夜准备考试的时候，忽然想起有一个长长的假期在前面等待你，你会不会觉得轻松一点？并且庆幸并且感激这样的安排？

剩下的就是怎样活的问题了。这却不是在某一个瞬间就能完全想透的，不是能够一次性解决的事，怕是活多久就要想它多久了，就像是伴你终生的魔鬼或恋人。所以，十五年了，我还是总得到那古园里去，去它的老树下或荒草边或颓墙旁，去默坐，去呆想，去推开耳边的嘈杂理一理纷乱的思绪，去窥看自己的心魂。十五年中，这古园的形体被不能理解它的人肆意雕琢，幸好有些东西是任谁也不能改变它的。譬如祭坛石门中的落日，寂静的光辉平铺的一刻，地上的每一个坎坷都被映照得灿烂；譬如在园中最为落寞的时间，一群雨燕便出来高歌，把天地都叫喊得苍凉；譬如冬天雪地上孩子的脚印，总让人猜想他们是谁，曾在哪儿做过些什么，然后又都到哪儿去了；譬如那些苍黑的古柏，你忧郁的时候它们镇静地站在那儿，你欣喜的时候它们依然镇静地站在那儿，它们没日没夜地站在那儿从你没有出生一直站到这个世界上又没了你的时候；譬如暴雨骤临园中，激起一阵阵灼烈而清纯的草木和泥土的气味，让人想起无数个夏天的事件；譬如秋风忽至，再有一场早霜，落叶或飘摇歌舞或坦然安卧，满园中播散着熨帖而微苦的味道。味道是最说不清楚的，味道不能写只能闻，要你身临其境去闻才能明了。味道甚至是难于记忆的，只有你又闻到它你才能记起它的全部情感和意蕴。所以我常常要到那园子里去。

二

现在我才想到，当年我总是独自跑到地坛去，曾经给母亲出了一个怎样的难题。

她不是那种光会疼爱儿子而不懂得理解儿子的母亲。她知道我心里的苦闷，知道不该阻止我出去走走，知道我要是老呆在家里结果会更糟，但她又担心我一个人在那荒僻的园子里整天都想些什么。我那时脾气坏到极点，经常是发了疯一样地离开家，从那园子里回来又中了魔似的什么话都不说。母亲知道有些事不宜问，便犹犹豫豫地想问而终于不敢问，因为她自己心里也没有答案。她料想我不会愿意她跟我一同去，所以她从未这样要求过，她知道得给我一点独处的时间，得有这样一段过程。她只是不知道这过程得要多久，和这过程的尽头究竟是什么。每次我动身时，她便无言地帮我准备，帮助我上了轮椅车，看着我摇车拐出小院；这以后她会怎样，当年我不曾想过。

有一回我摇车出了小院，想起一件什么事又返身回来，看见母亲仍站在原地，还是送我走时的姿势，望着我拐出小院去的那处墙角，对我的回来竟一时没有反应。待她再次送我出门的时候，她说："出去活动活动，去地坛看看书，我说这挺好。"许多年以后我才渐渐听出，母亲这话实际上是自我安慰，是暗自的祷告，是给我的提示，是恳求与嘱咐。只是在她猝然去世之后，我才有余暇设想。当我不在家里的那些漫长的时间，她是怎样心神不定坐卧难宁，兼着痛苦与惊恐与一个母亲最低限度的祈求。现在我可以断定，以她的聪慧和坚忍，在那些空落的白天后的黑夜，在那不眠的黑夜后的白天，她思来想去最后准是对自己说："反正我不能不让他出去，未来的日子是他自己的，如果他真的要在那园子里出了什么事，这苦难也只好我来承担。"在那段日子里——那是好几年前的一段日子，我想我一定使母亲作过了最坏的准备了，但她从来没有对我说过："你为我想想。"事实上我也真的没为她想过。那时她的儿子还太年轻，还来不及为母亲想，他被命运击昏了头，一心以为自己是世上最不幸的一个，不知道儿子的不幸在母亲那儿总是要加倍的。她有一个长到二十岁上忽然截瘫了的儿子，这是她唯一的儿子；她情愿截瘫的是自己而不是儿子，可这事无法代替；她想，只要儿子能活下去哪怕自己去死呢也行，可她又确信一个人不能仅仅是活着，儿子得有一条路走向自己的幸福；而这条路呢，没有谁能保证她的儿子终于能找到。——这样一个母亲，注定是活得最苦的母亲。

有一次与一个作家朋友聊天，我问他学写作的最初动机是什么？他想了一会说："为我母亲。为了让她骄傲。"我心里一惊，良久无言。回想自己最初写小说的动机，虽不似这位朋友的那般单纯，但如他一样的愿望我也有，且一经细想，发现这愿望也在全部动机中占了很大比重。这位朋友说："我的动机太低俗了吧？"我光是摇头，心想低俗并不见得低俗，只怕是这愿望过于天真了。他又说："我那时真就是想出名，出了名让别人羡慕我母亲。"我想，他比我坦率。我想，他又比我幸福，因为他的母亲还活着。而且我想，他的母亲也比我的母亲运气好，他的母亲没有一个双腿残废的儿子，否则事情就不这么简单。

在我的头一篇小说发表的时候，在我的小说第一次获奖的那些日子里，我真是多么希望我的母亲还活着。我便又不能在家里呆了，又整天整天独自跑到地坛去，心里是没头没尾的沉郁和哀怨，走遍整个园子却怎么也想不通：母亲为什么就不能再多活两年？为什么在她儿子就快要碰撞开一条路的时候，她却忽然熬不住了？莫非她来此世上只是为了替儿子担忧，却不该分享我的一点点快乐？她匆匆离我去时才只有四十九呀！有那么一会，我甚至对世界对上帝充满了仇恨和厌恶。后来我在一篇题为"合欢树"的文章中写道："我坐在小公园安静的树林里，闭上眼睛，想，上帝为什么早早地召母亲回去呢？很久很久，迷迷糊糊的我听见了回答：'她心里太苦了，上帝看她受不住了，就召她回去。'我似乎得了一点安慰，睁开眼睛，看见风正从树林里穿过。"小公园，指的也是地坛。

只是到了这时候，纷纭的往事才在我眼前幻现得清晰，母亲的苦难与伟大才在我心中渗透得深彻。上帝的考虑，也许是对的。

摇着轮椅在园中慢慢走，又是雾罩的清晨，又是骄阳高悬的白昼，我只想着一件事：母亲已经不在了。在老柏树旁停下，在草地上在颓墙边停下，又是处处虫鸣的午后，又是鸟儿归巢的傍晚，我心里只默念着一句话：可是母亲已经不在了。把椅背放倒，躺下，似睡非睡挨到日没，坐起来，心神恍惚，呆呆地直坐到古祭坛上落满黑暗然后再渐渐浮起月光，心里才有点明白，母亲不能再来这园中找我了。

曾有过好多回，我在这园子里呆得太久了，母亲就来找我。她来找我又不想让我发觉，只要见我还好好地在这园子里，她就悄悄转身回去，我看见过几次她的背影。我也看见过几回她四处张望的情景，她视力不好，端着眼镜像在寻找海上的一条船，她没看见我时我已经看见她了，待我看见她也看见我了我就不去看她，过一会我再抬头看她就又看见她缓缓离去的背影。我单是无法知道有多少回她没有找到我。有一回我坐在矮树丛中，树丛很密，我看见她没有找到我；她一个人在园子里走，走过我的身旁，走过我经常呆的一些地方，步履茫然又急迫。我不知道她已经找了多久还要找多久，我不知道为什么我决意不喊她——但这绝不是小时候的捉迷藏，这也许是出于长大了的男孩子的倔强或羞涩？但这倔强只留给我痛悔，丝毫也没有骄傲。我真想告诫所有长大了的男孩子，千万不要跟母亲来这套倔强，羞涩就更不必，我已经懂了可我已经来不及了。

儿子想使母亲骄傲，这心情毕竟是太真实了，以致使"想出名"这一声名狼藉的念头也多少改变了一点形象。这是个复杂的问题，且不去管它了罢。随着小说获奖的激动逐日暗淡，我开始相信，至少有一点我是想错了：我用纸笔在报刊上碰撞开的一条路，并不就是母亲盼望我找到的那条路。年年月月我都到这园子里来，年年月月我都要想，母亲盼望我找到的那条路到底是什么。母亲生前没给我留下过什么隽永的誓言，或要我恪守的教诲，只是在她去世之后，她艰难的命运，坚忍的意志和毫不张扬的爱，随光阴流转，在我的印象中愈加鲜明深刻。

有一年，十月的风又翻动起安详的落叶，我在园中读书，听见两个散步的老人说："没想到这园子有这么大。"我放下书，想，这么大的一座园子，要在其中找到她的儿子，母亲走过了多少焦灼的路。多年来我头一次意识到，这园中不单是处处都有过我的车辙，有过我的车辙的地方也都有过母亲的脚印。

三

如果以一天中的时间来对应四季，当然春天是早晨，夏天是中午，秋天是黄昏，冬天是夜晚。如果以乐器来对应四季，我想春天应该是小号，夏天是定音鼓，秋天是大提琴，冬天是圆号和长笛。要是以这园子里的声响来对应四季呢？那么，春天是祭坛上空漂浮着的鸽子的哨音，夏天是冗长的蝉歌和杨树叶子哗啦啦地对蝉歌的取笑，秋天是古殿檐头的风铃响，冬天是啄木鸟随意而空旷的啄木声。以园中的景物对应四季，春天是一径时而苍白时而黑润的小路，时而明朗时而阴晦的天上摇荡着串串杨花；夏天是一条条耀眼而灼人的石凳，或阴凉而爬满了青苔的石阶，阶下有果皮，阶上有半张被坐皱的报纸；秋天是一座青铜的大钟，在园子的西北角上曾丢弃着一座很大的铜钟，铜钟与这园子一般年纪，浑身挂满绿锈，文字已不清晰；冬天，是林中空地上几只羽毛蓬松的老麻雀。以心绪对应四季呢？春天是卧病的季节，否则人们不易发觉春天的残忍与渴望；夏天，情人们应该在这个季节里失恋，不然就似乎对不起爱情；秋天是从外面买一棵盆花回家的时候，把花搁在阔别了的家中，并且打开窗户把阳光也放进屋里，慢慢回忆慢慢整理一些发过霉的东西；冬天伴着火炉和书，一遍遍坚定不死的决心，写一些并不发出的信。还可以用艺术形式对应四季，这样春天就是一幅画，夏天是一部长篇小说，秋天是一首短歌或诗，冬天是一群雕塑。以梦呢？以梦对应四季呢？春天是树尖上的呼喊，夏天是呼喊中的细雨，秋天是细雨中的土地，冬天是干净的土地上的一只孤零的烟斗。

因为这园子，我常感恩于自己的命运。

我甚至现在就能清楚地看见，一旦有一天我不得不长久地离开它，我会怎样想念它，我会怎样想念它并且梦见它，我会怎样因为不敢想念它而梦也梦不到它。

四

现在让我想想，十五年中坚持到这园子来的人都是谁呢？好像只剩了我和一对老人。

十五年前，这对老人还只能算是中年夫妇，我则货真价实还是个青年。他们总是在薄暮时分来园中散步，我不大弄得清他们是从哪边的园门进来，一般来说他们是逆时针绕这园子走。男人个子很高，肩宽腿长，走起路来目不斜视，胯以上直至脖颈挺直不动；他的妻子攀了他一条胳膊走，也不能使他的上身稍有松懈。女人个子却矮，也不算漂亮，我无端地相信她必出身于家道中衰的名门富族；她攀在丈夫胳臂上像个娇弱的孩子，她向四周观望似总含着恐惧，她轻声与丈夫谈话，见有人走近就立刻怯怯地收住话头。我有时因为他们而想起冉阿让与柯赛特，但这想法并不巩固，他们一望即知是老夫老妻。两个人的穿着都算得上考究，但由于时代的演进，他们的服饰又可以称为古朴了。他们和我一样，到这园子里来几乎是风雨无阻，不过他们比我守时。我什么时间都可能来，他们则一定是在暮色初临的时候。刮风时他们穿了米色风衣，下雨时他们打了黑色的雨伞，夏天他们的衬衫是白色的裤子是黑色的或米色的，冬天他们的呢子大衣又都是黑色的，想必他们只喜欢这三种颜色。他们逆时针绕这园子一周，然后离去。他们走过我身旁时只有男人的脚步响，女人像是贴在高大的丈夫身上跟着漂移。我相信他们一定对我有印象，但是我们没有说过话，我们互相都没有想要接近的表示。十五年中，他们或许注意到一个小伙子进入了中年，我则看着一对令人羡慕的中年情侣不觉中成了两个老人。

曾有过一个热爱唱歌的小伙子，他也是每天都到这园中来，来唱歌，唱了好多年，后来不见了。他的年纪与我相仿，他多半是早晨来，唱半小时或整整唱一个上午，估计在另外的时间里他还得上班。我们经常在祭坛东侧的小路上相遇，我知道他是到东南角的高墙下去唱歌，他一定猜想我去东北角的树林里做什么。我找到我的地方，抽几口烟，便听见他谨慎地整理歌喉了。他反反复复唱那么几首歌。"文化革命"没过去的时候，他唱"蓝蓝的天上白云飘，白云下面马儿跑……"我老也记不住这歌的名字。"文革"后，他唱《货郎与小姐》中那首最为流传的咏叹调。"卖布——卖布嘞，卖布——卖布嘞！"我记得这开头的一句他唱得很有声势，在早晨清澈的空气中，货郎跑遍园中的每一个角落去恭维小姐。"我交了好运气，我交了好运气，我为幸福唱歌曲……"然后他就一遍一遍地唱，不让货郎的激情稍减。依我听来，他的技术不算精到，在关键的地方常出差错，但他的嗓子是相当不坏的，而且唱一个上午也听不出一点疲惫。太阳也不疲惫，把大树的影子缩小成一团，把疏忽大意的蚯蚓晒干在小路上。将近中午，我们又在祭坛东侧相遇，他看一看我，我看一看他，他往北去，我往南去。日子久了，我感到我们都有结识的愿望，但似乎都不知如何开口，于是互相注视一下终又都移开目光擦身而过；这样的次数一多，便更不知如何开口了。终于有一天——一个丝毫没有特点的日子，我们互相点了一下头，他说："你好。"我说："你好。"他说："回去啦？"我说："是，你呢？"他说："我也该回去了。"我们都放慢脚步（其实我是放慢车速），想再多说几句，但仍然是不知从何说起，这样我们就都走过了对方，又都扭转身子面向对方。他说："那就再见吧。"我说："好，再见。"便互相笑笑各走各的路了。但是我们没有再见，那以后，园中再没了他的歌声，我才想到，那天他或许是有意与我道别的，也许他考上了哪家专业的文工团或歌舞团了吧？真希望他如歌里所唱的那样，交了好运气。

　　还有一些人，我还能想起一些常到这园子里来的客人。有一个老头，算得一个真正的饮者；他在腰间挂一个扁瓷瓶，瓶里当然装满了酒，常来这园中消磨午后的时光。他在园中四处游逛，如果你不注意你会以为园中有好几个这样的老头，等你看过了他卓尔不群的饮酒情状，你就会相信这是个独一无二的老头。他的衣着过分随便，走路的姿态也不慎重，走上五六十米路便选定一处地方，一只脚踏在石凳上或土埂上或树墩上，解下腰间的酒瓶，解酒瓶的当儿眯起眼睛把一百八十度视角内的景物细细看一遭，然后以迅雷不及掩耳之势倒一大口酒入肚，把酒瓶摇一摇再挂向腰间，平心静气地想一会什么，便走下一个五六十米去。还有一个捕鸟的汉子，那岁月园中人少，鸟却多，他在西北角的树丛中拉一张网，鸟撞在上面，羽毛戗在网眼里便不能自拔。他单等一种过去很多而现在非常罕见的鸟，其他的鸟撞在网上他就把它们摘下来放掉，他说已经有好多年没等到那种罕见的鸟了，他说他再等一年看看到底还有没有那种鸟，结果他又等了好多年。早晨和傍晚，在这园子里可以看见一个中年女工程师，早晨她从北向南穿过这园子去上班，傍晚她从南向北穿过这园子回家，事实上我并不了解她的职业或者学历，但我以为她必是学理工的知识分子，别样的人很难有她那般的素朴并优雅。当她在园子穿行的时刻，四周的树林也仿佛更加幽静，清淡的日光中竟似有悠远的琴声，比如说是那曲《献给艾丽丝》才好。我没有见过她的丈夫，没有见过那个幸运的男人是什么样子，我想象过却想象不出，后来忽然懂了想象不出才好，那个男人最好不要出现。她走出北门回家去，我竟有点担心，担心她会落入厨房，不过，也许她在厨房里劳作的情景更有另外的美吧，当然不能再是《献给艾丽丝》，是个什么曲子呢？还有一个人，是我的朋友，他是个最有天赋的长跑家，但他被埋没了。他因为在"文革"中出言不慎而坐了几年牢，出来后好不容易找了个拉板车的工作，样样待遇都不能与别人平等，苦闷极了便练习长跑。那时他总来这园子里跑，我用手表为他计时，他每跑一圈向我招一下手，我就记下一个时间。每次他要环绕这园子跑二十圈，大约两万米。他盼望以他的长跑成绩来获得政治上真正的解放，他以为记者的镜头和文字可以帮他做到这一点。第一年他在春节环城赛上跑了第十五名，他看见前十名的照片都挂在了长安街的新闻橱窗里，于是有了信心。第二年他跑了第四名，可是新闻橱窗里只挂了前三名的照片，他没灰心。第三年他跑了第七名，橱窗里挂前六名的照片，他有点怨自己。第四年他跑了第三名，橱窗里却只挂了第一名的照片。第五年他跑了第一名——他几乎绝望了，橱窗里只有一幅环城赛群众场面的照片。那些年我们俩常一起在这园子里呆到黑，开怀痛骂，骂完沉默着回家，分手时再互相叮嘱：先别去死，再试着活一活看。现在他已经不跑了，年岁太大了，跑不了那么快了。最后一次参加环城赛，他以三十八岁之龄又得了第一名并破了纪录，有一位专业队的教练对他说："我要是十年前发现你就好了。"他苦笑一下什么也没说，只在傍晚又来这园中找到我，把这事平静地向我叙说一遍。不见他已有好几年了，现在他和妻子和儿子住在很远的地方。

这些人现在都不到园子里来了，园子里差不多完全换了一批新人。十五年前的旧人，现在就剩我和那对老夫老妻了。有那么一段时间，这老夫老妻中的一个也忽然不来，薄暮时分唯男人独自来散步，步态也明显迟缓了许多，我悬心了很久，怕是那女人出了什么事。幸好过了一个冬天那女人又来了，两个人仍是逆时针绕着园子走，一长一短两个身影恰似钟表的两支指针；女人的头发白了许多，但依旧攀着丈夫的胳膊走得像个孩子。"攀"这个字用得不恰当了，或许可以用"搀"吧，不知有没有兼具这两个意思的字。

五

我也没忘记一个孩子——一个漂亮而不幸的小姑娘。十五年前的那个下午，我第一次到这园子里来就看见了她，那时她大约三岁，蹲在斋宫西边的小路上捡树上掉落的"小灯笼"。那儿有几棵大栾树，春天开一簇簇细小而稠密的黄花，花落了便结出无数如同三片叶子合抱的小灯笼，小灯笼先是绿色，继而转白，再变黄，成熟了掉落得满地都是。小灯笼精巧得令人爱惜，成年人也不免捡了一个还要捡一个。小姑娘咿咿呀呀地跟自己说着话，一边捡小灯笼；她的嗓音很好，不是她那个年龄所常有的那般尖细，而是很圆润甚或是厚重，也许是因为那个下午园子里太安静了。我奇怪这么小的孩子怎么一个人跑来这园子里？我问她住在哪儿？她随指一下，就喊她的哥哥，沿墙根一带的茂草之中便站起一个七八岁的男孩，朝我望望，看我不像坏人便对他的妹妹说："我在这儿呢。"又伏下身去，他在捉什么虫子。他捉到螳螂，蚂蚱，知了和蜻蜓，来取悦他的妹妹。有那么两三年，我经常在那几棵大栾树下见到他们，兄妹俩总是在一起玩，玩得和睦融洽，都渐渐长大了些。之后有很多年没见到他们。我想他们都在学校里吧，小姑娘也到了上学的年龄，必是告别了孩提时光，没有很多机会来这儿玩了。这事很正常，没理由太搁在心上，若不是有一年我又在园中见到他们，肯定就会慢慢把他们忘记。

那是个礼拜日的上午。那是个晴朗而令人心碎的上午，时隔多年，我竟发现那个漂亮的小姑娘原来是个弱智的孩子。我摇着车到那几棵大栾树下去，恰又是遍地落满了小灯笼的季节；当时我正为一篇小说的结尾所苦，既不知为什么要给它那样一个结尾，又不知何以忽然不想让它有那样一个结尾，于是从家里跑出来，想依靠着园中的镇静，看看是否应该把那篇小说放弃。我刚刚把车停下，就见前面不远处有几个人在戏耍一个少女，作出怪样子来吓她，又喊又笑地追逐她拦截她，少女在几棵大树间惊惶地东跑西躲，却不松手揪卷在怀里的裙裾，两条腿袒露着也似毫无察觉。我看出少女的智力是有些缺陷，却还没看出她是谁。我正要驱车上前为少女解围，就见远处飞快地骑车来了个小伙子，于是那几个戏耍少女的家伙望风而逃。小伙子把自行车支在少女近旁，怒目望着那几个四散逃窜的家伙，一声不吭喘着粗气，脸色如暴雨前的天空一样一会比一会苍白。这时我认出了他们，小伙子和少女就是当年那对小兄妹。我几乎是在心里惊叫了一声，或者是哀号。世上的事常常使上帝的居心变得可疑。小伙子向他的妹妹走去。少女松开了手，裙裾随之垂落了下来，很多很多她捡的小灯笼便洒落了一地，铺散在她脚下。她仍然算得漂亮，但双眸迟滞没有光彩。她呆呆地望那群跑散的家伙，望着极目之处的空寂，凭她的智力绝不可能把这个世界想明白吧？大树下，破碎的阳光星星点点，风把遍地的小灯笼吹得滚动，仿佛喑哑地响着无数小铃铛。哥哥把妹妹扶上自行车后座，带着她无言地回家去了。

无言是对的。要是上帝把漂亮和弱智这两样东西都给了这个小姑娘，就只有无言和回家去是对的。

谁又能把这世界想个明白呢？世上的很多事是不堪说的。你可以抱怨上帝何以要降诸多苦难给这人间，你也可以为消灭种种苦难而奋斗，并为此享有崇高与骄傲，但只要你再多想一步你就会坠入深深的迷茫了：假如世界上没有了苦难，世界还能够存在么？要是没有愚钝，机智还有什么光荣呢？要是没了丑陋，漂亮又怎么维系自己的幸运？要是没有了恶劣和卑下，善良与高尚又将如何界定自己又如何成为美德呢？要是没有了残疾，健全会否因其司空见惯而变得腻烦和乏味呢？我常梦想着在人间彻底消灭残疾，但可以相信，那时将由患病者代替残疾人去承担同样的苦难。如果能够把疾病也全数消灭，那么这份苦难又将由（比如说）相貌丑陋的人去承担了。就算我们连丑陋，连愚昧和卑鄙和一切我们所不喜欢的事物和行为，也都可以统统消灭掉，所有的人都一样健康、漂亮、聪慧、高尚，结果会怎样呢？怕是人间的剧目就全要收场了，一个失去差别的世界将是一条死水，是一块没有感觉没有肥力的沙漠。

看来差别永远是要有的。看来就只好接受苦难——人类的全部剧目需要它，存在的本身需要它。看来上帝又一次对了。

于是就有一个最令人绝望的结论等在这里：由谁去充任那些苦难的角色？又有谁去体现这世间的幸福、骄傲和快乐？只好听凭偶然，是没有道理好讲的。

就命运而言，休论公道。

那么，一切不幸命运的救赎之路在哪里呢？

设若智慧或悟性可以引领我们去找到救赎之路，难道所有的人都能够获得这样的智慧和悟性吗？

我常以为是丑女造就了美人。我常以为是愚氓举出了智者。我常以为是懦夫衬照了英雄。我常以为是众生度化了佛祖。

六

设若有一位园神，他一定早已注意到了，这么多年我在这园里坐着，有时候是轻松快乐的，有时候是沉郁苦闷的，有时候优哉游哉，有时候栖惶落寞，有时候平静而且自信，有时候又软弱，又迷茫。其实总共只有三个问题交替着来骚扰我，来陪伴我。第一个是要不要去死？第二个是为什么活？第三个，我干嘛要写作？

现在让我看看，它们迄今都是怎样编织在一起的吧。

你说，你看穿了死是一件无需乎着急去做的事，是一件无论怎样耽搁也不会错过的事，便决定活下去试试？是的，至少这是很关键的因素。为什么要活下去试试呢？好像仅仅是因为不甘心，机会难得，不试白不试，腿反正是完了，一切仿佛都要完了，但死神很守信用，试一试不会额外再有什么损失。说不定倒有额外的好处呢是不是？我说过，这一来我轻松多了，自由多了。为什么要写作呢？作家是两个被人看重的字，这谁都知道。为了让那个躲在园子深处坐轮椅的人，有朝一日在别人眼里也稍微有点光彩，在众人眼里也能有个位置，哪怕那时再去死呢也就多少说得过去了。开始的时候就是这样想，这不用保密，这些现在不用保密了。

我带着本子和笔，到园中找一个最不为人打扰的角落，偷偷地写。那个爱唱歌的小伙子在不远的地方一直唱。要是有人走过来，我就把本子合上把笔叼在嘴里。我怕写不成反落得尴尬。我很要面子。可是你写成了，而且发表了。人家说我写的还不坏，他们甚至说：真没想到你写得这么好。我心说你们没想到的事还多着呢。我确实有整整一宿高兴得没合眼。我很想让那个唱歌的小伙子知道，因为他的歌也毕竟是唱得不错。我告诉我的长跑家朋友的时候，那个中年女工程师正优雅地在园中穿行；长跑家很激动，他说好吧，我玩命跑，你玩命写。这一来你中了魔了，整天都在想哪一件事可以写，哪一个人可以让你写成小说。是中了魔了，我走到哪儿想到哪儿，在人山人海里只寻找小说，要是有一种小说试剂就好了，见人就滴两滴看他是不是一篇小说，要是有一种小说显影液就好了，把它泼满全世界看看都是哪儿有小说，中了魔了，那时我完全是为了写作活着。结果你又发表了几篇，并且出了一点小名，可这时你越来越感到恐慌。我忽然觉得自己活得像个人质,刚刚有点像个人了却又过了头,像个人质,被一个什么阴谋抓了来当人质,不定哪天被处决,不定哪天就完蛋。你担心要不了多久你就会文思枯竭,那样你就又完了。凭什么我总能写出小说来呢?凭什么那些适合作小说的生活素材就总能送到一个截瘫者跟前来呢?人家满世界跑都有枯竭的危险,而我坐在这园子里凭什么可以一篇接一篇地写呢?你又想到死了。我想见好就收吧。当一名人质实在是太累了太紧张了,太朝不保夕了。我为写作而活下来,要是写作到底不是我应该干的事,我想我再活下去是不是太冒傻气了?你这么想着你却还在绞尽脑汁地想写。我好歹又拧出点水来,从一条快要晒干的毛巾上。恐慌日甚一日,随时可能完蛋的感觉比完蛋本身可怕多了,所谓不怕贼偷就怕贼惦记,我想人不如死了好,不如不出生的好,不如压根儿没有这个世界的好。可你并没有去死。我又想到那是一件不必着急的事。可是不必着急的事并不证明是一件必要拖延的事呀?你总是决定活下来,这说明什么?是的,我还是想活。人为什么活着?因为人想活着,说到底是这么回事,人真正的名字叫作:欲望。可我不怕死,有时候我真的不怕死。有时候,——说对了。不怕死和想去死是两回事,有时候不怕死的人是有的,一生下来就不怕死的人是没有的。我有时候倒是怕活。可是怕活不等于不想活呀!可我为什么还想活呢?因为你还想得到点什么,你觉得你还是可以得到点什么的,比如说爱情,比如说,价值感之类,人真正的名字叫欲望。这不对吗?我不该得到点什么吗?没说不该。可我为什么活得恐慌,就像个人质?后来你明白了,你明白你错了,活着不是为了写作,而写作是为了活着。你明白了这一点是在一个挺滑稽的时刻。那天你又说你不如死了好,你的一个朋友劝你:你不能死,你还得写呢,还有好多好作品等着你去写呢。这时候你忽然明白了,你说:只是因为我活着,我才不得不写作。或者说只是因为你还想活下去,你才不得不写作。是的,这样说过之后我竟然不那么恐慌了。就像你看穿了死之后所得的那份轻松?一个人质报复一场阴谋的最有效的办法是把自己杀死。我看出我得先把我杀死在市场上,那样我就不用参加抢购题材的风潮了。你还写吗?还写。你真的不得不写吗?人都忍不住要为生存找一些牢靠的理由。你不担心你会枯竭了?我不知道,不过我想,活着的问题在死前是完不了的。

这下好了,您不再恐慌了不再是个人质了,您自由了。算了吧你,我怎么可能自由呢?别忘了人真正的名字是:欲望。所以您得知道,消灭恐慌的最有效的办法就是消灭欲望。可是我还知道,消灭人性的最有效的办法也就是消灭欲望。那么,是消灭欲望同时也消灭恐慌吗?还是保留欲望同时也保留人生?

我在这园子里坐着,我听见园神告诉我:每一个有激情的演员都难免是一个人质。每一个懂得欣赏的观众都巧妙地粉碎了一场阴谋。每一个乏味的演员都是因为他老以为这戏剧与自己无关。每一个倒霉的观众都是因为他总是坐得离舞台太近了。

我在这园子里坐着,园神成年累月地对我说:孩子,这不是别的,这是你的罪孽和福祉。

七

要是有些事我没说，地坛，你别以为是我忘了，我什么也没忘，但是有些事只适合收藏。不能说，也不能想，却又不能忘。它们不能变成语言，它们无法变成语言，一旦变成语言就不再是它们了。它们是一片朦胧的温馨与寂寥，是一片成熟的希望与绝望，它们的领地只有两处：心与坟墓。比如说邮票，有些是用于寄信的，有些仅仅是为了收藏。

如今我摇着车在这园子里慢慢走，常常有一种感觉，觉得我一个人跑出来已经玩得太久了。有一天我整理我的旧相册，看见一张十几年前我在这园子里照的照片——那个年轻人坐在轮椅上，背后是一棵老柏树，再远处就是那座古祭坛。我便到园子里去找那棵树。我按着照片上的背景找很快就找到了它，按着照片上它枝干的形状找，肯定那就是它。但是它已经死了，而且在它身上缠绕着一条碗口粗的藤萝。有一天我在这园子里碰见一个老太太，她说："哟，你还在这儿哪？"她问我："你母亲还好吗？""您是谁？""你不记得我，我可记得你。有一回你母亲来这儿找你，她问我您看没看见一个摇轮椅的孩子？……"我忽然觉得，我一个人跑到这世界上来玩真是玩得太久了。有一天夜晚，我独自坐在祭坛边的路灯下看书，忽然从那漆黑的祭坛里传出一阵阵唢呐声；四周都是参天古树，方形祭坛占地几百平方米空旷坦荡独对苍天，我看不见那个吹唢呐的人，唯唢呐声在星光寥寥的夜空里低吟高唱，时而悲怆时而欢快，时而缠绵时而苍凉，或许这几个词都不足以形容它，我清清醒醒地听出它响在过去，响在现在，响在未来，回旋飘转亘古不散。

必有一天，我会听见喊我回去。

那时您可以想象一个孩子，他玩累了可他还没玩够呢，心里好些新奇的念头甚至等不及到明天。也可以想象是一个老人，无可置疑地走向他的安息地，走得任劳任怨。还可以想象一对热恋中的情人，互相一次次说"我一刻也不想离开你"，又互相一次次说"时间已经不早了"，时间不早了可我一刻也不想离开你，一刻也不想离开你可时间毕竟是不早了。

我说不好我想不想回去。我说不好是想还是不想，还是无所谓。我说不好我是像那个孩子，还是像那个老人，还是像一个热恋中的情人。很可能是这样：我同时是他们三个。我来的时候是个孩子，他有那么多孩子气的念头所以才哭着喊着闹着要来，他一来一见到这个世界便立刻成了不要命的情人，而对一个情人来说，不管多么漫长的时光也是稍纵即逝，那时他便明白，每一步每一步，其实一步步都是走在回去的路上。当牵牛花初开的时节，葬礼的号角就已吹响。

但是太阳，他每时每刻都是夕阳也都是旭日。当他熄灭着走下山去收尽苍凉残照之际，正是他在另一面燃烧着爬上山巅布散烈烈朝晖之时。那一天，我也将沉静着走下山去，扶着我的拐杖。有一天，在某一处山洼里，势必会跑上来一个欢蹦的孩子，抱着他的玩具。

当然，那不是我。

但是，那不是我吗？

宇宙以其不息的欲望将一个歌舞炼为永恒。这欲望有怎样一个人间的姓名，大可忽略不计。

1989 年 5 月 11 日
1990 年 1 月 7 日改
（选自《上海文学》1991 年第 1 期）

张　炜

融入野地

一

城市是一片被肆意修饰过的野地，我最终将告别它。我想寻找一个原来，一个真实。这纯稚的想念如同一首热烈的歌谣，在那儿引诱我。市声如潮，淹没了一切，我想浮出来看一眼原野、山峦，看一眼丛林、青纱帐。我寻找了，看到了，挽回了只是没完没了的默想。辽阔的大地，大地的边缘是海洋。无数的生命在腾跃、繁衍生长，升起的太阳一次次把它们照亮……当我在某一瞬间睁大了双目时，突然看到了眼前的一切都变得簇新。它令人惊悸，感动，诧异，好像生来第一遭发现了我们的四周遍布奇迹。

我极想抓住那个"瞬间感受"，心头充溢着阵阵狂喜。我在其中领悟：万物都在急剧循环，生生灭灭，长久与暂时都是相对而言的；但在这纷纭无绪中的确有什么永恒的东西。我在捕捉和追逐，而它又绝不可能属于我。这是一个悲剧，又是一个喜剧。暂且抑制了一个城市人的伤感，面向旷野追问一句：为什么会是这样？这些又到底来自何方？已经存在的一切是如此完美，完美得让人不可思议；它又是如此地残缺，残缺得令人痛心疾首。我们面对的不仅是一个熟知的世界，还有一个完全陌生的世界；原来那种悲剧感或是喜剧感都来自一种无可奈何。

心弦紧绷，强抑下无尽的感慨。生活的浪涌照例扑面而来，让人一拍三摇。做梦都想象一棵树那样抓牢一小片泥土。我拒绝这种无根无定的生活，我想追求的不过是一个简单、真实和落实。这永远只能停留在愿望里。寻找一个去处成了大问题，安慰自己这颗成年人的心也成了大问题。默默摧蹭，一个人总是先学会承受，再设法拒绝。承受，一直承受，承受你的自尊所无法容许的混浊一团。也就在这无边的踟蹰中，真正的拒绝开始了。

这条长路犹如长夜。在漫漫夜色里，谁在长思不绝？谁在悲天悯人？谁在知心认命？心界之内，喧嚣也难以渗入，它们只在耳畔化为了夜色。无光无色的域内，只需伸手触摸，而不以目视。在这儿，传统的知与见已经失去了原有的意义。神游的脚步磨得夜气发烫，心甘情愿一意追踪。承受、接受、忍受——一个人真的能够忍受吗？有时回答能，有时回答不，最终还是不能。我于是只剩下了最后的拒绝。

二

当我还一时无法表述"野地"这个概念时，我就想到了融入。因为我单凭直觉就知道，只有在真正的野地里，人可以漠视平凡，发现舞蹈的仙鹤。泥土滋生一切；在那儿，人将得到所需的全部，特别是百求不得的那个安慰。野地是万物的生母，她子孙满堂却不会衰老。她的乳汁汇流成河，涌入海洋，滋润了万千生灵。

我沿了一条小路走去。小路上脚印稀罕，不闻人语，它直通故地。谁没有故地？故地连接了人的血脉，人在故地上长出第一缕根须。可是谁又会一直心系故地？直到今天我才发现，一个人长大了，走向远方，投入闹市，足迹印上大洋彼岸，他还会固执地指认：故地处于大地的中央。他的整个世界都是那一小片土地生长延伸出来的。

我又看到了山峦，平原，一望无边的大海。泥沼的气息如此浓烈，土地的呼吸分明可辨。稼禾、草、丛林；人、小蚁、骏马；主人、同类、寄生者……搅缠共生于一体。我渐渐靠近了一个巨大的身影……

故地指向野地的边缘，这儿有一把钥匙。这里是一个入口。一个门。满地藤蔓缠住了手足，丛丛灌木挡住了去路，它们挽留的是一个过客，还是一个归来的生命？我伏下来，倾听，贴紧，感知脉动和体温。此刻我才放松下来，因为我获得了真正的宽容。

一个人这时会被深深地感动。他像一棵树一样，在一方泥土上萌生。他的一切最初都来自这里，这里是他一生探究不尽的一个源路。人实际上不过是一棵会移动的树。他的激动、欲望，都是这片泥土给予的。他曾经与四周的丛绿一起成长。多少年过去了，回头再看旧时景物，会发现时间改变了这么多，又似乎一点也没变。绿色与裸土并存，枯树与长藤纠扯。那只熟悉的红点颏与巨大的石碾一块儿找到了；还有荒野芜草中百灵的精制小窝……故地在我看来真是妙迹处处。

一个人只要归来就会寻找，只要寻找就会如愿。多么奇怪又多么素朴的一条原理，我一弯腰将它拣了起来。匍匐在泥土上，像一棵欲要扎根的树——这种欲求多次被鹦鹉学舌者给弄脏。我要将其还原来。我心灵里那个需求正像童年一样热切纯洁。

我像个熟练的取景人，眯起双目遥视前方。这样我就迷蒙了画面，闪去了很多具体的事物。我看到的不是一棵或一株，而是一派绿色；不是一个老人一个少女，而是密挤的人的世界。所有的声息都撒落在泥土上，混合一起涌过，如蜂鸣如山崩。

我蹲在一棵壮硕的玉米下，长久地看它大刀一样的叶片，上面的银色丝络；我特别注意了它如爪如须、紧攥泥土的根。它长得何等旺盛，完美无损，英气逼人。与之相似的无语生命比比皆是，它们一块儿忽略了必将来临的死亡。它们有个精神，秘而不宣。我就这样仰望着一棵近在咫尺的玉米。

时至今天，似乎更没有人愿意重视知觉的奥秘。人仿佛除了接受再没有选择。语言和图画携来的讯息堆积如山，现代传递技术可以让人蹲在一隅遥视世界。谬误与真理掺拌一起抛洒，人类像挨了一场陨石雨。它损伤的是人的感知器官。失去了辨析的基本权力，剩下的只是一种苦熬。一个现代人即便大睁双目，还是拨不开无形的眼障。错觉总是缠住你，最终使你臣服。传统的"知"与"见"给予了我们，也蒙蔽了我们。于是我们要寻找新的知觉方式，警惕自己的视听。

我站在大地中央，发现它正在生长躯体，它负载了江河和城市，让各色人种和动植物在腹背生息。令人无限感激的是，它把正中的一块留给了我的故地。我身背行囊，朝行夜宿，有时翻山越岭，有时顺河而行；走不尽的一方土，寸土寸金。有个异国师长说它像邮票一般大。我走近了你、挨上了你吗？一种模模糊糊的幸运飘过心头。

三

大概不仅仅是职业习惯，我总是急于寻觅一种语言。语言对于我从来就有一种神秘的感觉。人生之路上遭逢的万事万物之所以缄口沉默，主要是失去了语言。语言是凭证、是根据，是继续前行的资本。我所追求的语言是能够通行四方，源发于山脉和土壤的某种东西，它活泼如生命，坚硬如顽石，有形无形，有声无声。它就撒落在野地上，潜隐在万物间。河水汩汩流淌，大海日夜喧嚷，鸟鸣人呼——这都是相互隔离的语言；那么通行四方的语言藏在了哪里？

它犹如土中的金子，等待人们历尽辛苦之后才跃出。我的力气耗失了那天，即便如愿以偿了又有什么意义？我像所有人一样犹豫、沮丧、叹息，不知何方才是目的，既空空荡荡又心气高远。总之无语的痛苦难以忍受，它是真实的痛苦。我的希冀不大，无非就想讨一句话。很可惜也很残酷，它不发一言。

让人亲近、心头灼热的故地，我扑入你的怀抱就痴话连篇，说了半晌才发觉你仍是一个默默，真让人尴尬。我知道无论是秋虫的鸣响或人的欢语，往往都隐下了什么。它们的无声之声才道出真谛，我收拾的是声音底层的回响。

在一个废弃的村落旧址上，我发现了遗落在荒草间的碾盘。它上面满是磨钝了的齿沟。它曾经被忙生计的人团团围住，它当刻下滔滔话语。还有，茅草也遮不住的破碎瓦砾，该留下被击碎那一刻的尖利吧？我对此坚信无疑，只是我仍然不能将其破译。脚下是一道道地裂，是在草叶间偷窥的小小生灵。太阳欲落，金红的火焰从天边一直烧到脚下；在这引人怀念和追忆的时刻，我感到了凄凉，更感到了蕴含于天地自然中的强大的激情。可是我们仍然相对无语。

刚刚接近故地的那种熟悉和亲切逐渐消失，代之而来的是深深的陌生感。我认识到它们的表层之下，有着我以往完全不曾接近过的东西。多少次站在夕阳西下的郊野，默想观望，像等候一个机会。也就在这时，偶尔回想起流逝的岁月，会勾起一丝酸疼。好在这会儿我已没有了书生那样的忏悔，而且充满了爱心和感激，心甘情愿地等待、等待。我回想了童年，不是那时的故事，而是那时的愉快心情。令人惊讶的是那种愉悦后来再也没有出现。我多少领悟了：那时还来不及掌握太多的俗词儿，因而反倒能够与大自然对话；那愉悦是来自交流和沟通，那时的我还未完全从自然的母体上剥离开来。世俗的词儿看上去有斤有两，在自然万物听来却是一门拙劣的外语。使用这种词儿操作的人就不会有太大希望。解开了这个谜我一阵欣慰，长舒一口。

田野上有很多劳作的人，他们趴在地上，沾满土末。禾绿遮着铜色躯体，掩成一片。土地与人之间用劳动沟通起来，人在劳动中就忘记了世俗的词儿。那时人与土地以及周围的生命结为一体，看上去，人也化进了朦胧。要倾听他们的语言吗？这会儿真的掺入泥中，长成了绿色的茎叶。这是劳动和交流的一场盛会，我怀着赶赴盛宴的心情投入了劳动。我想将自己融入其间。

人若丢弃了劳动就会陷于蒙昧。我有个细致难忘的观察：那些劳动者一旦离开了劳动，立刻操起了世俗的词儿。这就没有了交流的工具，与周遭的事物失去了联系，因而毫无力量。语言，不仅仅是表，而是里；它有自己的生命、质地和色彩，它是幻化了的精气。仅以声音为标志的语言已经是徒有其表，魂魄飞走了。我崇拜语言，并将其奉为神圣和神秘之物。

四

生活中无数次证明：忍受是困难的。一个人无论多么达观，最终都难以忍受。逃避、投诚、撞碎自己，都不是忍受。拒绝也不是忍受。不能忍受是人性中刚毅纯洁的一面，是人之所以可爱的一个原因。偶有忍受也为了最终的拒绝。拒绝的精神和态度应该得到赞许。但是，任何一种选择都是通过一个形式去完成的，而形式可以是多种多样的。

一个人如果因爱而痴，形似懵懂，也恰恰是找到了自己的门径。别人都忙于拒绝时，他却进入了忘我的状态。忘我也是不能忍受的结果。他穿越激烈之路，烧掉了愤懑，这才有了痴情。爱一种职业、一朵花、一个人，爱的是具体的东西；爱一份感觉、一个意愿、一片土地、一种状态，爱的是抽象的东西。只要从头走过来，只要爱得真挚，就会痴迷。迷了心窍，就有了境界。

当我投入一片茫茫原野时，就明白自己背向了某种令我心颤的、滚烫烫的东西。我从具体走向了抽象。站在荒芜间举目四望，一个质问无法回避。我回答仍旧爱着。尽管头发已经蓬乱，衣衫有了破洞，可我自知这会儿已将内心修葺得工整洁美。我在迎送四季的田头壑底徘徊，身上只负了背囊，没有矛戟。我甘愿心疏志废、自我放逐。冷热悲欢一次次织成了网，我更加明白我"不能忍受"，扔掉小欣喜，走入故地，在秋野禾下满面欢笑。

但愿截断归途，让我永远呆在这里。美与善有时需要独守，需要眼盯盯地看着它生长。我处于沉静无声的一个世界，享受安谧；我听到挚友在赞颂坚韧，同志在歌唱牺牲，而我却仅仅是不能忍受。故地上的一棵红果树，一株缬草，都让我再三吟味。我不能从它的身边走开，它们深深地吸引了我。我在它们的淡淡清香中感动不已。它们也许只是简单明了、极其平凡的一树一花，荒野里的生物，可它们活得是何等真实。

我消磨了时光，时光也恩惠了我。风霜洗去了轻薄的热情，只留住了结结实实的冷漠。站在这辽远开阔的平畴上，再也嗅不到远城炊烟。四处都是去路，既没人挽留，也没人催促。时空在这儿变得旷敞了，人性也自然松弛。我知道所有的热闹都挺耗人，一直到把人耗贫。我爱野地，爱遥远的那一条线。我痴迷得不可救药，像入了玄门；我在忘情时已是口不能语，手不能书；心远手粗，有时提笔忘字。我顺着故地小径走入野地，在荒村陋室里勉强记下野歌。这些歪歪扭扭的墨迹没有装进昨天的人造革皮夹，而是用一块土纺花布包了，背在肩上。

土纺花布小包裹了我的痴唱，携上它继续前行。一路上我不断地识字：如果说象形文字源于实物，它们之间要一一对应；那么现在是更多地指认实物的时候了。这是一种可以保持长久的兴趣，也只有在广大的土地上才做得到。琐细迷人的辨识中，时光流逝不停，就这样过起了自己的日子。我满足于这种状态和感觉、这其间难以言传的欢愉。这欢愉真像是窃来的一样。

我知道不能忍受的东西终会消失；但我也明白一个人有多么执拗。因此，历史上的智者一旦放逐了自己就乐不思蜀。一切都是平平淡淡地过下去，像太阳一样重复自己。这重复中包含了无尽的内容。

五

在一些质地相当纯正的著作里，我注意到它一再地提请我们注意如下的意思：孤独有多么美。在这儿，孤独这个概念多少有些含混。大概在精神的驻地，在人的内心，它已经无法给弄得更准确了。它大约在指独自一人——当然无论是肉体方面还是精神方面的状态。一个动物，一株树，都可以孤独。孤独是难以归类的结果。它是美的吗？果真如此，人们也就勿须慌悚逃离了。它起码不像幻想那么美；如果有一点点，也只是一种苍凉的美。

一个人处于那样的情状只会是被迫的。现代人之所以形单影只，还因为有一个不断生长的"精神"。要截断那种恐惧，就要截断根须。然而这是徒劳的，因为只要活着，它总要生长。伪装平庸也许有趣，但要真的将一个人扔还平庸，必然遭到他的剧烈抵抗。

独自低回富于诗意，但极少有人注意其中的痛苦。孤独往往是心与心的通道被堵塞。人一生下来就要面对无数隐秘，可是对于每个人而言，这隐秘后来不是减少而是成倍地增加了。它来自各个方面，也来自人本身。于是被嘲弄被困扰的尴尬就始终相伴，于是每个人都在自觉不自觉地挣脱——说不出的惶恐使他们丢失了优雅。

在我眼里，孤独是可怕的，但更可怕的是放弃自尊。怎样既不失去后者又能保住心灵上的润泽？也许真的"鱼与熊掌不可兼得"，也许它又是一个等待破解的隐秘。在漫漫的等待中，有什么能替代冥想和自语？我发现心灵可以分解，它的不同的部分甚至能够对话。可是不言而喻，这样做需要一份不同寻常的宁静，使你能够倾听。

正像一籽抛落就要寻下裸土，我凭直感奔向了土地。它产生了一切，也就能回答一切，圆满一切。因为被饥困折磨久了，我远投野地的时间选在了九月，一个五谷丰登的季节。这时候的田野上满是结果。由于丰收和富足，万千生灵都流露出压抑不住的欢喜，个个与人为善。浓绿的植物、没有衰败的花、黑土黄沙，无一不是新鲜真切。呆在它们中间，被侵犯和伤害的忧虑空前减弱，心头泛起的只是依赖和宠幸……

这是一个喃喃自语的世界，一个我所能找到的最为慷慨的世界。这儿对灵魂的打扰最少。在此我终于明白：孤独不仅是失去了沟通的机缘，更为可怕的是频频侵扰下失去了自语的权力。这是最后的权力。

就为了这一点点，我不惜千里跋涉，甚至一度变得"能够忍受"。我安定下来，驻足入驿，这才面对自己的幸运。我简直是大喜过望了。在这里我弄懂一个切近的事实：对于我们而言，山脉土地，是千万年不曾更移的背景；我们正被一种永恒所衬托。与之相依，尽可以沉入梦呓，黎明时总会被久长悠远的呼鸣给唤醒。

世上究竟哪里可以与此地比拟？这里处于大地的中央。这里与母亲心理的距离最近。在这里，你尽可述说昨日的流浪。凄冷的岁月已经过去，一个男子终于迎来了双亲。你没有泣哭，只是因为你学会了掩泪入心。在怀抱中的感知竟如此敏锐，你只需轻轻一瞥就看透了世俗。长久和短暂、虚无与真实，罗列分明。你发现寻求同类也并非想象那么艰苦，所有朴实的、安静的、纯真的，都是同类。它们或他们大可不必操着同一种语言，也不一定要以声传情。同类只是大地母亲平等照料的孩子，饮用同样的乳汁，散发着相似的奶腥。

在安怡温和的长夜，野香熏人。追思和畅想赶走了孤单，一腔柔情也有了着落。我变得谦让和理解，试着原谅过去不曾原谅的东西，也追究着根性里的东西。夜的声息繁复无边,我在其间想象;在它的启示之下,我甚至又一次探寻起词语的奥秘。我试过将音节和发声模拟野地上的事物、并同时传递出它的内在的神采。如小鸟的"啾啾",不仅拟声极准,"啾"字竟是让我神往的秋、秋天秋野;口、嘴巴歌喉——它们组成的。还有田野的气声、回响,深夜里游动的光。这些又该如何模拟出一个成词并汇入现代人的通解?这不仅是饶有兴趣的实验,它同时也接近了某种意义和目的。我在默默夜色里找准了声义及它们的切口,等于是按住万物突突的脉搏。

一种相依相伴的情感驱逐了心理上的不安。我与野地上的一切共存共生,共同经历和承受。长夜尽头,我不止一次听到了万物在诞生那一刻的痛苦嘶叫。我就这样领受了凄楚和兴奋交织的情感,让它磨砺。

好在这些不仅仅停留于感觉之中。臆想的极限超越之后,就是实实在在的触摸了。

六

因为我在很大程度上摆脱了生命的寂寥,所以我能够走出消极。我的歌声从此不仅为了自慰,而且还用以呼唤。我越来越清楚这是一种记录,不是消遣,不是自娱,甚至也来不及伤感。如若那样,我做的一切都会像朝露一样蒸掉。我所提醒人们注意的只是一些最普通的东西,因为它们之中蕴含的因素使人惊讶,最终将被牢记。我关注的不仅仅是人,而是与人不可分剥的所有事物。我不曾专注于苦难,却无法失去那份敏感。我所提供的,仅仅是关于某种状态的证词。

这大概已经够了。这是必要的。我这儿仅仅遵循了质朴的原则,自然而然地藐视乖巧。真实伴我左右,此刻无须请求指认。我的声音混同于草响虫鸣,与原野的喧声整齐划一。这儿不需一位独立于世的歌手;事实上也做不到。我竭尽全力只能仿个真,以获取在它们身侧同唱的资格。

来时两手空空,野地认我为贫穷的兄弟。我们肌肤相摩,日夜相依。我隐于这浑然一片,俗眼无法将我辨认。我们的呼吸汇成了风,气流从禾叶和河谷吹过,又回到我们中间。这风洗去了我的疲惫和倦怠,裹挟了我们的合唱。谁能从中分析我的嗓音?我化为了自然之声。我生来第一次感受这样的骄傲。

我所投入的世界生机勃勃,这儿有永不停息的蜕变、消亡以及诞生。关于它们的讯息都覆于落叶之下,渗进了泥土。新生之物让第一束阳光照个通亮。这儿瞬息万变,光影交错,我只把心口收紧,让神思一点点溶解。喧哗四起,没有终结的躁动——这就是我的故地。我跟紧了故地的精灵,随它游遍每一道沟坎。我的歌唱时而荡在心底,时而随风飘动。精灵隐隐左右了合唱,或是合声催生了精灵。我充任了故地的劣等秘书,耳听口念手书,痴迷恍惚,不敢稍离半步。

眼看着四肢被青藤绕裹,地衣长上额角。这不是死,而是生。我可以做一棵树了,扎下根须,化为了故地上的一个器官。从此我的吟哦不是一己之事,也非我能左右。一个人消逝了，一株树诞生了。生命仍在，性质却得到了转换。

这样，自我而生的音响韵节就留在了另一个世界。我寻找同类因为我爱他们、爱纯美的一切，寻求的结果却使我化为一棵树。风雨将不断梳洗我，霜雪就是膏脂。但我却没有了孤独。孤独是另一边的概念，洋溢着另一种气味。从此尽是树的阅历，也是它的经验和感受。有人或许听懂了树的歌吟，注目枝叶在风中相摩的声响，但树本身却没有如此的期待。一棵棵树就是这样生长的，它的最大愿望大概就是一生抓紧泥土。

七

随着年龄的增长，我越来越注意到艺术的神秘的力量。只有艺术中凝结了大自然那么多的隐秘。所以我认为光荣从来属于那些最激动人心的诗人。人类总是通过艺术的隧道去触摸时间之谜，去印证生命的奥秘。自然中的全部都可通过艺术之手的拨动而进入人的视野。它与人的关系至为独特，人迷于艺术，是因为他迷于人本身、迷于这个世界昭示他的一切。一个健康成长着的人对于艺术无法选择。

但实际上选择是存在的。我认为自己即有过选择。对于艺术可以有多种解释，这是必然的。但我始终认为将艺术置于选择的位置，是一次堕落。

我曾选择过，所以我也有过堕落。补救的方法也许就是紧紧抱定这个选择结果，以求得灵魂的升华。这个世界的物欲愈盛，我愈从容。对于艺术，哪怕给我一个独守的机会也好。我交织着重重心事：一方面希望所有人的投入，另一方面又怕玷污了圣洁。在我看来它只该继续走向清冷，走到一个极端。留下我来默祷，为了我的守护，和我认准了的那份神圣。当然这是不可能的。

我梦见过在烛光下操劳的银匠，特别记住了他头顶闪烁的那一团白发。深不见底的墨夜，夜的中间是掬得起的一汪烛晖……什么是艺术？什么是劳动？它们共生共长吗？我在那个清晨叮咛自己：永远不要离开劳动——虽然我从未想过、也从未有过离去的念头。

艺术与宗教的品质不尽相同，但二者都需要心怀笃诚。当贪婪和攫取的狂浪拍碎了陆地，你不得不划一叶独舟时，怀中还剩下了什么？无非是一份热烈和忠诚。饥饿和死亡都不能剥夺的东西才是真正珍贵的。多少人歌颂物欲，说它创造了世界。是的，它创造了一个邪恶的世界；它也毁灭了一个世界，那是一个宁静的世界。我渐渐明白：要始终保有富足，积累的速度并不重要，重要的是能够积累。诚实的劳动者和艺术家一块儿发现了历史的哀伤，即：不能够。

人的岁月也极像循环不止的四季，时而斑斓，时而被洗得光光。一切还得从头开始。为了寻觅永久的依托，人们还是找到站立的这片土地。千万年的秘史糅在泥中，生出鲜花和毒菇。这些无法言喻的事物靠什么去洞悉和揭示？哪怕是仅仅获取一个接近的权力，靠什么？仍然是艺术，是它的神秘的力量。

滋生万物的野地接纳了艺术家。野地也能够拒绝，并且做得毅然彻底。强加于它的东西最终就不能立足。泥土像好的艺术家,看上去沉静,实际上怀了满腔热情。艺术家可以像绿色火焰,像青藤,在土地上燃烧。

最后也只能剩下一片灰烬。多么短暂,连这点也像青藤。不过他总算用这种方式挨紧了热土。

八

我曾询问:一个知识分子的精神源自何方?它的本源?很久以来,一层层纸页将这个本来浅显的问题给覆盖了。当然,我不会否认渍透了心汁的书林也孕育了某种精神。可我还是发现了那种悲天的情怀来自大自然,来自一个广漠的世界。也许在任何一个时世里都有这样的哀叹——我们缺少知识分子。它的标志不仅是学历和行当上的造就,因为最重要的依据是一个灵魂的性质。真正的"知"应该达于"灵"。那些弄科技艺术以期成功者,同时要使自己成长为一个知识分子。

将"知识分子"这个概念俗化有伤人心。于是你看到了逍遥的骗子、昏聩的学人、卖了良心的艺术家。这些人有时并非厌恶劳动,却无一例外地极度害怕贫困。他们注重自己的仪表,却没有内在的严整性,最善于尾随时风。谁看到一个意外?谁找到一个稀罕?在势与利面前一个比一个更乖,像临近了末日。我宁可一生泡在汗尘中,也要远离它们。

我曾经是一个职业写作者,但我一生的最高期望是:成为一个作家。

人需要一个遥远的光点,像渺渺星斗。我走向它,节衣缩食,收心敛性。愿冥冥中的手为我开启智门。比起我的目标,我追赶的修行,我显得多么卑微。苍白无力,琐屑慵懒,经不住内省。就为了精神上的成长,让诚实和朴素、让那份好德行,永远也不要离我,让勇敢和正义变得愈加具体和清晰。那样,漫长的消磨和无声的侵蚀我也能够陪伴。

在我投入的原野上,在万千生灵之间,劳作使我沉静。我获得了这样的状态:对工作和发现的意义坚信不疑。我亲手书下的只是一片稚拙,可这份作业却与俗眼无缘。我的这些文字是为你、为他和她写成的,我爱你们。我恭呈了。

九

就因为那个瞬间的吸引,我出发了。我的希求简明而又模糊:寻找野地。我首先踏上故地,并在那里迈出了一步。我试图抚摸它的边缘,望穿雾幔;我舍弃所有的奔向它,为了融入其间。跋涉、追赶、寻问——野地到底是什么?它在何方?野地是否也包括了我浑然苍茫的感觉世界?

我无法停止寻求……

(选自《上海文学》1993年第1期)

余秋雨

风雨天一阁

一

不知怎么回事，天一阁对于我，一直有一种奇怪的阻隔。照理，我是读书人，它是藏书楼，我是宁波人，它在宁波城，早该频频往访的了，然而却一直不得其门而入。1976 年春到宁波养病，住在我早年的老师盛钟健先生家，盛先生一直有心设法把我弄到天一阁里去看一段时间书，但按当时的情景，手续颇烦人，我也没有读书的心绪，只得作罢。后来情况好了，宁波市文化艺术界的朋友们总要定期邀我去讲点课，但我每次都是来去匆匆，始终没有去过天一阁。

是啊，现在大批到宁波作几日游的普通上海市民回来后都在大谈天一阁，而我这个经常钻研天一阁藏本重印书籍、对天一阁的变迁历史相当熟悉的人却从未进过阁，实在说不过去。直到 1990 年 8 月我再一次到宁波讲课，终于在讲完的那一天支支吾吾地向主人提出了这个要求。主人是文化局副局长裴明海先生，天一阁正属他管辖，在对我的这个可怕缺漏大吃一惊之余立即决定，明天由他亲自陪同，进天一阁。

但是，就在这天晚上，台风袭来，暴雨如注，整个城市都在柔弱地颤抖。第二天上午如约来到天一阁时，只见大门内的前后天井、整个院子全是一片汪洋。打落的树叶在水面上翻卷，重重砖墙闷透出湿冷冷的阴气。

看门的老人没想到文化局长会在这样的天气陪着客人前来，慌忙从清洁工人那里借来半高统雨鞋要我们穿上，还递来两把雨伞。但是，院子里积水太深，才下脚，鞋统已经进水，唯一的办法是干脆脱掉鞋子，挽起裤管赤脚趟水进去。本来浑身早已被风雨搅得冷飕飕的了，赤脚进水立即通体一阵寒噤。就这样，我和裴明海先生相扶相持，高一脚低一脚地向藏书楼走去。天一阁，我要靠近前去怎么这样难呢？明明已经到了跟前，还把风雨大水作为最后一道屏障来阻拦。我知道，历史上的学者要进天一阁看书是难乎其难的事，或许，我今天进天一阁也要在天帝的主持下举行一个狞厉的仪式？

天一阁之所以叫天一阁，是创办人取《易经》中"天一生水"之义，想借水防火，来免去历来藏书者最大的忧患火灾。今天初次相见，上天分明将"天一生水"的奥义活生生地演绎给了我看，同时又逼迫我以最虔诚的形貌投入这个仪式，剥除斯文，剥除参观式的悠闲，甚至不让穿着鞋子踏入圣殿，背躬曲膝、哆哆嗦嗦地来到跟前。今天这里再也没有其他参观者，这一切岂不是一种超乎寻常的安排？

二

不错,它只是一个藏书楼,但它实际上已成为一种极端艰难、又极端悲怆的文化奇迹。

中华民族作为世界上最早进入文明的人种之一,让人惊叹地创造了独特而美丽的象形文字,创造了简帛,然后又顺理成章地创造了纸和印刷术。这一切,本该迅速地催发出一个书籍的海洋,把壮阔的华夏文明播扬翻腾。但是,野蛮的战火几乎不间断地在焚烧着脆薄的纸页,无边的愚昧更是在时时吞食着易碎的智慧。一个为写书、印书创造好了一切条件的民族竟不能堂而皇之地拥有和保存很多书,书籍在这块土地上始终是一种珍罕而又陌生的怪物,于是,这个民族的精神天地长期处于散乱状态和自发状态,它常常不知自己从哪里来,到哪里去,自己究竟是谁,要干什么。

只要是智者,就会为这个民族产生一种对书的企盼。他们懂得,只有书籍,才能让这么悠远的历史连成缆索,才能让这么庞大的人种产生凝聚,才能让这么广阔的土地长存文明的火种。很有一些文人学士终年辛劳地以抄书、藏书为业,但清苦的读书人到底能藏多少书,而这些书又何以保证历几代而不流散呢?"君子之泽,五世而斩",功名资财、良田巍楼尚且如此,更遑论区区几箱书?宫廷当然有不少书,但在清代之前,大多构不成整体文化意义上的藏书规格,又每每毁于改朝换代之际,是不能够去指望的。鉴于这种种情况,历史只能把藏书的事业托付给一些非常特殊的人物了。这种人必得长期为官,有足够的资财可以搜集书籍;这种人为官又最好各地迁移,使他们有可能搜集到散落四处的版本;这种人必须有极高的文化素养,对各种书籍的价值有迅捷的敏感;这种人必须有清晰的管理头脑,从建藏书楼到设计书橱都有精明的考虑,从借阅规则到防火措施都有周密的安排;这种人还必须有超越时间的深入谋划,对如何使自己的后代把藏书保存下去有预先的构想。当这些苛刻的条件全都集于一身时,他才有可能成为古代中国的一名藏书家。

这样的藏书家委实也是出过一些的,但没过几代,他们的事业都相继萎谢。他们的名字可以写出长长一串,但他们的藏书却早已流散得一本不剩了。那么,这些名字也就组合成了一种没有成果的努力,一种似乎实现过而最终还是未能实现的悲剧性愿望。

能不能再出一个人呢,哪怕仅仅是一个,他可以把上述种种苛刻的条件提升得更加苛刻,他可以把管理、保存、继承诸项关节琢磨到极端,让偌大的中国留下一座藏书楼,一座,只是一座!上天,可怜可怜中国和中国文化吧。

这个人终于有了,他便是天一阁的创建人范钦。

清代乾嘉时期的学者阮元说:"范氏天一阁,自明至今数百年,海内藏书家,唯此岿然独存。"

这就是说,自明至清数百年广阔的中国文化界所留下的一部分书籍文明,终于找到了一所可以稍加归拢的房子。

明以前的漫长历史，不去说它了，明以后没有被归拢的书籍，也不去说它了，我们只向这座房子叩头致谢吧，感谢它为我们民族断残零落的精神史，提供了一个小小的栖脚处。

三

范钦是明代嘉靖年间人，自27岁考中进士后开始在全国各地做官，到的地方很多，北至陕西、河南，南至两广、云南，东至福建、江西，都有他的宦迹。最后做到兵部右侍郎，官职不算小了。这就为他的藏书提供了充裕的财力基础和搜罗空间。在文化资料十分散乱，又没有在这方面建立起像样的文化市场的当时，官职本身也是搜集书籍的重要依凭。他每到一地做官，总是非常留意搜集当地的公私刻本，特别是搜集其他藏书家不甚重视，或无力获得的各种地方志、政书、实录以及历科试士录，明代各地仕人刻印的诗文集，本是很容易成为过眼烟云的东西，他也搜得不少。这一切，光有搜集的热心和资财就不够了。乍一看，他是在公务之暇把玩书籍，而事实上他已经把人生的第一要务看成是搜集图书，做官倒成了业余，或者说，成了他搜集图书的必要手段。他内心隐潜着的轻重判断是这样，历史的宏观裁断也是这样。好像历史要当时的中国出一个藏书家，于是把他放在一个颠簸九州的官位上来成全他。

一天公务，也许是审理了一宗大案，也许是弹劾了一名贪官，也许是调停了几处官场恩怨，也许是理顺了几项财政关系，衙堂威仪，朝野声誉，不一而足。然而他知道，这一切的重量加在一起也比不过傍晚时分差役递上的那个薄薄的蓝布包袱，那里边几册按他的意思搜集来的旧书，又要汇入行箧。他那小心翼翼翻动书页的声音，比开道的鸣锣和吆喝都要响亮。

范钦的选择，碰撞到了我近年来特别关心的一个命题：基于健全人格的文化良知，或者倒过来说，基于文化良知的健全人格。没有这种东西，他就不可能如此矢志不移，轻常人之所重，重常人之所轻。他曾毫不客气地顶撞过当时在朝廷权势极盛的皇亲郭勋，因而遭到廷杖之罚，并下过监狱。后来在仕途上仍然耿直不阿，公然冒犯权奸严氏家族，严世藩想加害于他，而其父严嵩却说："范钦是连郭勋都敢顶撞的人，你参了他的官，反而会让他更出名。"结果严氏家族竟奈何范钦不得。我们从这些事情可以看到，一个成功的藏书家在人格上至少是一个强健的人。

这一点我们不妨把范钦和他身边的其他藏书家作个比较。与范钦很要好的书法大师丰坊也是一个藏书家，他的字毫无疑问要比范钦写得好，一代书家董其昌曾非常钦佩地把他与文征明并列，说他们两人是"墨池董狐"，可见在整个中国古代书法史上，他也是一个耀眼的星座。他在其他不少方面的学问也超过范钦，例如他的专著《五经世学》，就未必是范钦写得出来的。但是，作为一个地道的学者艺术家，他太激动，太天真，太脱世,太不考虑前后左右,太随心所欲。起先他也曾狠下一条心变卖掉家里的千亩良田来换取书法名帖和其他书籍,在范钦的天一阁还未建立的时候他已构成了相当的藏书规模,但他实在不懂人情世故,不懂口口声声尊他为师的门生们也可能是巧取豪夺之辈,更不懂得藏书楼防火的技术,结果他的全部藏书到他晚年已有十分之六被人拿走,又有一大部分毁于火灾,最后只得把剩余的书籍转售给范钦。范钦既没有丰坊的艺术才华,也没有丰坊的人格缺陷,因此,他以一种冷峻的理性提炼了丰坊也会有的文化良知,使之变成一种清醒的社会行为。相比之下,他的社会人格比较强健,只有这种人才能把文化事业管理起来。太纯粹的艺术家或学者在社会人格上大多缺少旋转力,是办不好这种事情的。

另一位可以与范钦构成对比的藏书家正是他的侄子范大澈。范大澈从小受叔父影响,不少方面很像范钦,例如他为官很有能力,多次出使国外,而内心又对书籍有一种强烈的癖好;他学问不错,对书籍也有文化价值上的裁断力,因此曾被他搜集到一些重要珍本。他藏书,既有叔父的正面感染,也有叔父的反面刺激。据说有一次他向范钦借书而范钦不甚爽快,便立志自建藏书楼来悄悄与叔父争胜,历数年努力而楼成,他就经常邀请叔父前去作客,还故意把一些珍贵秘本放在案上任叔父随意取阅。遇到这种情况,范钦总是淡淡地一笑而已。在这里,叔侄两位藏书家的差别就看出来了。侄子虽然把事情也搞得很有样子,但背后却隐藏着一个意气性的动力,这未免有点小家子气了。在这种情况下,他的终极性目标是很有限的,只要把楼建成,再搜集到叔父所没有的版本,他就会欣然自慰。结果,这位作为后辈新建的藏书楼只延续几代就合乎逻辑地流散了,而天一阁却以一种怪异的力度屹立着。

实际上,这也就是范钦身上所支撑着的一种超越意气、超越嗜好、超越才情,因此也超越时间的意志力。这种意志力在很长时间内的表现常常让人感到过于冷漠、严峻,甚至不近人情,但天一阁就是靠着它延续至今的。

四

藏书家遇到的真正麻烦大多是在身后,因此,范钦面临的问题是如何把自己的意志力变成一种不可动摇的家族遗传。不妨说,天一阁真正堪称悲壮的历史,开始于范钦死后。我不知道保住这座楼的使命对范氏家族来说算是一种荣幸,还是一场延绵数百年的苦役。

活到80高龄的范钦终于走到了生命尽头,他把大儿子和二媳妇(二儿子已亡故)叫到跟前,安排遗产继承事项。老人在弥留之际还给后代出了一个难题,他把遗产分成两份,一份是万两白银,一份是一楼藏书,让两房挑选。

这是一种非常奇怪的遗产分割法。万两白银立即可以享用,而一楼藏书则除了沉重的负担没有任何享用的可能,因为范钦本身一辈子的举止早已告示后代,藏书绝对不能有一本变卖,而要保存好这些藏书每年又要支付一大笔费用。为什么他不把保存藏书的责任和万两白银都一分为二让两房一起来领受呢?为什么他要把权利和义务分割得如此彻底要后代选择呢?

我坚信这种遗产分割法老人已经反复考虑了几十年。实际上这是他自己给自己出的难题:要么后代中有人义无反顾、别无他求地承担艰苦的藏书事业,要么只能让这一切都随自己的生命烟消云散!他故意让遗嘱变得不近情理,让立志继承藏书的一房完全无利可图。因为他知道这时候只要有一丝掺假,再隔几代,假的成分会成倍地扩大,他也会重蹈其他藏书家的覆辙。他没有丝毫意思想讥刺或鄙薄要继承万两白银的那一房,诚实地承认自己没有承接这项历史性苦役的信心,总比在老人病榻前不太诚实的信誓旦旦好得多。但是,毫无疑问,范钦更希望在告别人世的最后一刻听到自己企盼了几十年的声音。他对死神并不恐惧,此刻却不无恐惧地直视着后辈的眼睛。

大儿子范大冲立即开口,他愿意继承藏书楼,并决定拨出自己的部分良田,以田租充当藏书楼的保养费用。

就这样,一场没完没了的接力赛开始了。多少年后,范大冲也会有遗嘱,范大冲的儿子又会有遗嘱……后一代的遗嘱比前一代还要严格。藏书的原始动机越来越远,而家族的繁衍却越来越大,怎么能使后代众多支脉的范氏世谱中每一家每一房都严格地恪守先祖范钦的规范呢?这实在是一个值得我们一再品味的艰难课题。在当时,一切有历史跨度的文化事业只能交付给家族传代系列,但家族传代本身却是一种不断分裂、异化、自立的生命过程。让后代的后代接受一个需要终生投入的强硬指令,是十分违背生命的自在状态的;让几百年之后的后裔不经自身体验就来沿袭几百年前某位祖先的生命冲动,也难免有许多憋气的地方。不难想象,天一阁藏书楼对于许多范氏后代来说几乎成了一个宗教式的朝拜对象,只知要诚惶诚恐地维护和保存,却不知是为什么。按照今天的思维习惯,人们会在高度评价范氏家族的丰功伟绩之余随之揣想他们代代相传的文化自觉,其实我可肯定此间埋藏着许多难以言状的心理悲剧和家族纷争,这个在藏书楼下生活了几百年的家族非常值得同情。

后代子孙免不了会产生一种好奇,楼上究竟是什么样的呢?到底有哪些书,能不能借来看看?亲戚朋友更会频频相问,作为你们家族世代供奉的这个秘府,能不能让我们看上一眼呢?

范钦和他的继承者们早就预料到这种可能,而且预料藏书楼就会因这种点滴可能而崩坍,因而已经预防在先。他们给家族制定了一个严格的处罚规则,处罚内容是当时视为最大屈辱的不予参加祭祖大典,因为这种处罚意味着在家族血统关系上亮出了"黄牌",比杖责鞭笞之类还要严重。处罚规则标明:子孙无故开门入阁者,罚不与祭3次;私领亲友入阁及擅开书橱者,罚不与祭1年;擅将藏书借出外房及他姓者,罚不与祭3

年，因而典押事故者，除追惩外，永行摈逐，不得与祭。

在此，必须讲到那个我每次想起都很难过的事件了。嘉庆年间，宁波知府丘铁卿的内侄女钱绣芸是一个酷爱诗书的姑娘，一心想要登天一阁读点书，竟要知府作媒嫁给了范家。现代社会学家也许会责问钱姑娘你究竟是嫁给书还是嫁给人，但在我看来，她在婚姻很不自由的时代既不看重钱也不看重势，只想借着婚配来多看一点书，总还是非常令人感动的。但她万万没有想到，当自己成了范家媳妇之后还是不能登楼，一种说法是族规禁止妇女登楼，另一种说法是她所嫁的那一房范家后裔在当时已属于旁支。反正钱绣芸没有看到天一阁的任何一本书，郁郁而终。

今天，当我抬起头来仰望天一阁这栋楼的时候，首先想到的是钱绣芸那忧郁的目光。我几乎觉得这里可出一个文学作品了，不是写一般的婚姻悲剧，而是写在那很少有人文主义气息的中国封建社会里，一个姑娘的生命如何强韧而又脆弱地与自己的文化渴求周旋。

从范氏家族的立场来看，不准登楼，不准看书，委实也出于无奈。只要开放一条小缝，终会裂成大隙。但是，永远地不准登楼，不准看书，这座藏书楼存在于世的意义又何在呢？这个问题，每每使范氏家族陷入困惑。

范氏家族规定，不管家族繁衍到何等程度，开阁门必得各房一致同意。阁门的钥匙和书橱的钥匙由各房分别掌管，组成一环也不可缺少的连环，如果有一房不到是无法接触到任何藏书的。既然每房都能有效地行使否决权，久而久之，每房也都产生了终极性的思考：被我们层层叠叠堵住了门的天一阁究竟是干什么用的？

就在这时，传来消息，大学者黄宗羲先生要想登楼看书！这对范家各房无疑是一个巨大的震撼。黄宗羲是"吾乡"余姚人，与范氏家族没有任何血缘关系，照理是严禁登楼的，但无论如何他是靠自己的人品、气节、学问而受到全国思想学术界深深钦佩的巨人，范氏各房也早有所闻。尽管当时的信息传播手段非常落后，但由于黄宗羲的行为举止实在是奇崛响亮，一次次在朝野之间造成非凡的轰动效应。他的父亲本是明末东林党重要人物，被魏忠贤宦官集团所杀，后来宦官集团受审，19岁的黄宗羲在廷质时竟义愤填膺地锥刺和痛殴漏网余党，后又追杀凶手，警告阮大铖，一时大快人心。清兵南下时他与两个弟弟在家乡组织数百人的子弟兵"世忠营"英勇抗清，抗清失败后便潜心学术，边著述边讲学，把民族道义、人格道德溶化在学问中启世迪人，成为中国古代学术天域中第一流的思想家和历史学家。他在治学过程中已经到绍兴钮氏"世学楼"和祁氏"澹生堂"去读过书，现在终于想来叩天一阁之门了。他深知范氏家族的森严规矩，但他还是来了，时间是康熙十二年，即1673年。

出乎意外，范氏家族的各房竟一致同意黄宗羲先生登楼，而且允许他细细地阅读楼上的全部藏书。这件事，我一直看成是范氏家族文化品格的一个验证。他们是藏书家，本身在思想学术界和社会政治领域都没有太高的地位，但他们毕竟为一个人而不是为其他人，交出了他们珍藏严守着的全部钥匙。这里有选择，有裁断，有一个庞大的藏书世家的人格闪耀。黄宗羲先生长衣布鞋，悄然登楼了。铜锁在一具具打开，1673年成为天一阁历史上特别有光彩的一年。

黄宗羲在天一阁翻阅了全部藏书，把其中流通未广者编为书目，并另撰《天一阁藏书记》留世。由此，这座藏书楼便与一位大学者的人格连结起来了。

从此以后，天一阁有了一条可以向真正的大学者开放的新规矩，但这条规矩的执行还是十分苛严，在此后近200年的时间内，获准登楼的大学者也仅有10余名，他们的名字，都是上得了中国文化史的。

这样一来，天一阁终于显现了本身的存在意义，尽管显现的机会是那样小。封建家族的血缘继承关系和社会学术界的整体需求产生了尖锐的矛盾，藏书世家面临着无可调和的两难境地：要么深藏密裹使之留存，要么发挥社会价值而任之耗散。看来像天一阁那样经过最严格的选择作极有限的开放是一个没有办法中的办法。但是，如此严格地在全国学术界进行选择，已远远超出了一个家族的职能范畴了。

直到乾隆决定编纂《四库全书》，这个矛盾的解决才出现了一些新的走向。乾隆谕旨各省采访遗书，要各藏书家，特别是江南的藏书家积极献书。天一阁进呈珍贵古籍600余种，其中96种被收录在《四库全书》中，有370余种列入存目。乾隆非常感谢天一阁的贡献，多次褒扬奖赐，并授意新建的南北主要藏书楼都仿照天一阁格局营建。

天一阁因此而大出其名，尽管上献的书籍大多数没有发还，但在国家级的"百科全书"中，在钦定的藏书楼中，都有了它的生命。我曾看到好些著作文章中称乾隆下令天一阁为《四库全书》献书是天一阁的一大浩劫，颇觉言之有过。藏书的意义最终还是要让它广泛流播，"藏"本身不应成为终极目的。连堂堂皇家编书都不得不大幅度地动用天一阁的珍藏，家族性的收藏变成了一种行政性的播扬，这证明天一阁获得了大成功，范钦获得了大成功。

五

天一阁终于走到了中国近代。什么事情一到中国近代总会变得怪异起来，这座古老的藏书楼开始了自己新的历险。

先是太平军进攻宁波时当地小偷趁乱拆墙偷书，然后当废纸论斤卖给造纸作坊。曾有一人出高价从作坊买去一批，却又遭大火焚毁。

这就成了天一阁此后命运的先兆，它现在遇到的问题已不是让不让某位学者上楼的问题了，竟然是窃贼和偷儿成了它最大的对手。

1914年，一个叫薛继渭的偷儿奇迹般地潜入书楼，白天无声无息，晚上动手偷书，每日只以所带枣子充饥，东墙外的河上，有小船接运所偷书籍。这一次几乎把天一阁的一半珍贵书籍给偷走了，它们渐渐出现在上海的书铺里。

薛继渭的这次偷窃与太平天国时的那些小偷不同，不仅数量巨大、操作系统，而且最终与上海的书铺挂上了钩，显然是受到书商的指使。近代都市的书商用这种办法来侵吞一个古老的藏书楼，我总觉得其中蕴含着某种象征意义。把保护藏书楼的种种措施都想到了家的范钦确实没有在防盗的问题上多动脑筋，因为这对在当时这样一个家族的院落来说构不成一种重大威胁。但是，这正像范钦想象不到会有一个近代降临，想象不到近代市场上那些商人在资本的原始积累时期会采取什么手段。一架架的书橱空了，钱绣芸小姐哀怨地仰望终身而未能上的楼板，黄宗羲先生小心翼翼地踩踏过的楼板，现在只留下偷儿吐出的一大堆枣核在上面。当时主持商务印书馆的张元济先生听说天一阁遭此浩劫，并得知有些书商正准备把天一阁藏本卖给外国人，便立即拨巨资抢救，保存于东方图书馆的"涵芬楼"里，涵芬楼因有天一阁藏书的润泽而享誉文化界，当代不少文化大家都在那里汲取过营养。但是，如所周知，它最终竟又全部焚毁于日本侵略军的炸弹之下。

这当然更不是数百年前的范钦先生所能预料的了。他"天一生水"的防火秘咒也终于失效。

六

然而毫无疑问，范钦和他后代的文化良知在现代并没有完全失去光亮。除了张元济先生外，还有大量的热心人想努力保护好天一阁这座"危楼"，使它不要全然成为废墟。这在现代无疑已成为一个社会性的工程，靠着一家一族的力量已无济于事。幸好，本世纪30年代、50年代、60年代直至80年代，天一阁一次次被大规模地修缮和充实着，现在已成为重点文物保护单位，也是人们游览宁波时大多要去访谒的一个处所。天一阁的藏书还有待于整理，但在文化信息密集、文化沟通便捷的现代，它的主要意义已不是以书籍的实际内容给社会以知识，而是作为一种古典文化事业的象征存在着，让人联想到中国文化保存和流传的艰辛历程，联想到一个古老民族对于文化的渴求是何等悲怆和神圣。

我们这些人，在生命本质上无疑属于现代文化的创造者，但从遗传因子上考察又无可逃遁地是民族传统文化的孑遗，因此或多或少也是天一阁传代系统的繁衍者，尽管在范氏家族看来只属于"他姓"。登天一阁楼梯时我的脚步非常缓慢，我不断地问自己：你来了吗？你是哪一代的中国书生？

很少有其他参观处所能使我像在这里一样心情既沉重又宁静。阁中一位年老的版本学家颤巍巍地捧出两个书函，让我翻阅明刻本，我翻了一部登科录，一部上海志，深深感到，如果没有这样的孤本，中国历史的许多重要侧面将杳无可寻。由此想到，保存这些历史的天一阁本身的历史，是否也有待于进一步发掘呢？裴明海先生递给我一本徐季子、郑学溥、袁元龙先生写的《宁波史话》的小册子，内中有一篇介绍了天一阁的变迁，写得扎实而清晰，使我知道了不少我原先不知道的史实。但在我看来，天一阁的历史是足以写一部宏伟的长篇史诗的。我们的文学艺术家什么时候能把他们的目光投向这种苍老的屋宇和庭园呢？什么时候能把范氏家族和其他许多家族数百年来的灵魂史袒示给现代世界呢？

（选自余秋雨《文化苦旅》，知识出版社1992年版）

周　涛

巩乃斯的马

没话找话就招人讨厌，话说得没意思就让人觉得无聊，还不如听吵架提神。吵架骂仗是需要激情的。

我发现，写文章的时候就像一匹套在轭具和辕木中的马，想到那片水草茂盛的地方去，却不能摆脱道路，更摆脱不了车夫的驾驭，所以走来走去，永远在这条枯燥的路面上。

我向往草地，但每次走到的，却总是马厩。

我一直对不爱马的人怀有一点偏见，认为那是由于生气不足和对美的感觉迟钝所造成的，而且这种缺陷很难弥补。有时候读传记，看到有些了不起的人物以牛或骆驼自喻，就有点替他们惋惜，他们一定是没见过真正的马。

在我眼里，牛总是有点落后的象征的意思，一副安贫知命的样子，这大概是由于过分提倡"老黄牛"精神引起的生理反感。骆驼却是沙漠的怪胎，为了适应严酷的环境，把自己改造得那么丑陋畸形。至于毛驴，顶多是个黑色幽默派的小丑，难当大用。它们的特性和模样，都清清楚楚地写着人类对动物的征服，生命对强者的屈服，所以我不喜欢。它们不是作为人类朋友的形象出现的，而是俘虏，是仆役。有时候，看到小孩子鞭打牛，高大的骆驼在妇人面前下跪，发情的毛驴被缚在车套里龇牙大鸣，我心里便产生一种悲哀和怜悯。

那卧在盐车之下哀哀嘶鸣的骏马和诗人臧克家笔下的"老马"，不也是可悲的吗？

但是不同。那可悲里含有一种不公，这一层含义在别的畜牲中是没有的。在南方，我也见到过矮小的马，样子有些滑稽，但那不是它的过错。既然橘树有自己的土壤，马当然有它的故乡了。自古好马生塞北。在伊犁，在巩乃斯大草原，马作为茫茫天地之间的一种尤物，便呈现了它的全部魅力。

那是一九七〇年，我在一个农场接受"再教育"，第一次触摸到了冷酷、丑恶、冰凉的生活实体。不正常的政治气候像潮闷险恶的黑云一样压在头顶上，使人压抑到不能忍受的地步。强度的体力劳动并不能打击我对生活的热爱，精神上的压抑却有可能摧毁我的信念。

终于有一天夜晚，我和一个外号叫"蓝毛"的长着古希腊人脸型的上士一起爬起来，偷偷摸进马棚，解下两匹喉咙里滚动着咏咏低鸣的骏马，在冬夜旷野的雪地上奔驰开了。

天低云暗，雪地一片模糊，但是马不会跑进巩乃斯河里去。雪原右侧是巩乃斯河，形成了沿河的一道陡直的不规则的土壁。光背的马儿驮着我们在土壁顶上的雪原轻快地小跑，喷着鼻息，四蹄发出嚓嚓的有节奏的声音，最后大颠着狂奔起来。随着马的奔驰、起伏、跳跃和喘息，我们的心情变得开朗、舒展。压抑消失，豪兴顿起，在空旷的雪野上打着唿哨乱喊，在颠簸的马背上感受自由的亲切和驾驭自己命运的能力，是何等的痛快舒畅啊！我们高兴得大笑，笑得从马背上栽下来，躺在深雪里还是止不住地狂笑，直到笑得眼睛里流出了泪水……

那两匹可爱的光背马，这时已在近处缓缓停住，低垂着脖颈，一副歉疚的想说"对不起"的神态。它们温柔的眼睛里仿佛充满了怜悯和抱怨，还有一点诧异，弄不懂我们这两个人究竟是怎么了。我拍拍马的脖颈，抚摸一会儿它的鼻梁和嘴唇，它会意了，抖抖鬃毛像抖掉疑虑，跟着我们慢慢走回去。一路上，我们谈着马，闻着身后热烘烘的马汗味和四围里新鲜刺鼻的气息，觉得好像不是走在冬夜的雪原上。

马能给人以勇气，给人以幻想，这也不是笨拙的动物所能有的。在巩乃斯后来的那些日子里，观察马渐渐成了我的一种艺术享受。

我喜欢看一群马，那是一个马的家族在夏牧场上游移，散乱而有秩序，首领就是那里面一眼就望得出的种公马。它是马群的灵魂，作为这群马的首领当之无愧，因为它的确是无与伦比的强壮和美丽，匀称高大，毛色闪闪发光，最明显的特征是颈上披散着垂地的长鬃，有的浓黑，流泻着力与威严；有的金红，燃烧着火焰般的光彩。它管理着保护着这群牝马和顽皮的长腿短身子马驹儿，眼光里保持着父爱的尊严。

在马的这种社会结构中，首领的地位是由强者在竞争中确立的。任何一匹马都可以争夺，通过追逐、撕咬、拼斗，使最强的马成为公认的首领。为了保证这群马的品种不至于退化，就不能搞"指定"，不能看谁和种公马的关系好，也不能凭血缘关系接班。

生存竞争的规律使一切生物把生存下去作为第一意识，而人却有时候会忘记，造成许多误会。

唉，天似穹庐，笼盖四野。在巩乃斯草原度过的那些日子里，我与世界隔绝，生活单调；人与人互相警惕，唯恐失一言而遭灭顶之祸，心灵寂寞。只有一个乐趣，看马。好在巩乃斯草原马多，不像书可以被焚，画可以被禁，知识可以被践踏，马总不至于被驱逐出境吧？这样，我就从马的世界里找到了奔驰的诗韵。油画般的辽阔草原、夕阳落照中兀立于荒原的群雕、大规模转场时铺散在山坡上的好文章、熊熊篝火边的通宵马经、毡房里悠长喑哑的长歌在烈马苍凉的嘶鸣中展开、醉酒的青年哈萨克在群犬的追逐中纵马狂奔，东倒西歪地俯身鞭打猛犬，这一切，使我蓦然感受到生活不朽的壮美和那时潜藏在我们心里的共同忧郁……

哦，巩乃斯的马，给了我一个多么完整的世界！凡是那时被取消的，你都重新又给予了我！弄得我直到今天听到马蹄踏过大地的有力声响时，还会在屋子里坐卧不宁，总想出去看看，是一匹什么样儿的马走过去了。而且我还听不得马嘶，一听到那铜号般高亢、鹰啼般苍凉的声音，我就热血陡涌、热泪盈眶，大有战士出征走上古战场，"风萧萧兮易水寒"的悲壮之慨。

有一次我碰上巩乃斯草原夏日迅疾猛烈的暴雨，那雨来势之快，可以使悠然在晴空盘旋的孤鹰来不及躲避而被击落，雨脚之猛，竟能把牧草覆盖的原野一瞬间打得烟尘滚滚。就在那场暴雨的豪打下，我见到了最壮阔的马群奔跑的场面。仿佛分散在所有山谷里的马都被赶到这儿来了，好家伙，被暴雨的长鞭抽打着，被低沉的怒雷恐吓着，被刺进大地倏忽消逝的闪电激奋着，马，这不肯安分的牲灵从无数谷口、山坡涌出来，山洪奔泻似的在这原野上汇聚了，小群汇成大群，大群在运动中扩展，成为一片喧叫、纷乱、快速移动的集团冲锋！争先恐后，前呼后应，披头散发，淋漓尽致！有的疯狂地向前奔驰，像一队尖兵，要去踏住那闪电；有的来回奔跑，俨然像临危不惧、收拾残局的大将；小马跟着母马认真而紧张地跑，不再顽皮、撒欢，一下子变得老练了许多；牧人在不可收拾的潮水中被携裹，大喊大叫，却毫无声响，喊声像一块小石片跌进奔腾喧嚣的大河。

雄浑的马蹄声在大地奏出鼓点，悲怆苍劲的嘶鸣、叫喊在拥挤的空间碰撞、飞溅，划出一条条不规则的曲线，扭住、缠住漫天雨网，和雷声雨声交织成惊心动魄的大舞台。而这一切，得在飞速移动中展现，几分钟后，马群消失，暴雨停歇，你再看不见了。

我久久地站在那里，发愣、发痴、发呆。我见到了，见过了，这世间罕见的奇景，这无可替代的伟大的马群，这古战场的再现，这交响乐伴奏下的复活的雕塑群和油画长卷！我把这几分钟间见到的记在脑子里，相信，它所给予我的将使我终身受用不尽……

马就是这样，它奔放有力却不让人畏惧，毫无凶暴之相；它优美柔顺却不任人随意欺凌，并不懦弱，我说它是进取精神的象征，是崇高感情的化身，是力与美的巧妙结合恐怕也并不过分。屠格涅夫有一次在他的庄园里说托尔斯泰"大概您在什么时候当过马",因为托尔斯泰不仅爱马、写马,并且坚信"这匹马能思考并且是有感情的"。它们常和历史上的那些伟大的人物、民族的英雄一起被铸成铜像屹立在最醒目的地方。

过去我认为,只有《静静的顿河》才是马的史诗;离开巩乃斯之后,我不这么看了。巩乃斯的马,这些古人称之为骐骥、称之为汗血马的英气勃勃的后裔们,日出而撒欢,日入而哀鸣,它们好像永远是这样散漫而又有所期待,这样原始而又有感知,这样不假雕饰而又优美,这样我行我素而又不会被世界所淘汰。成吉思汗的铁骑作为一个兵种已经消失,六根棍马车作为一种代步工具已被淘汰,但是马却不会被什么新玩艺儿取代,它有它的价值。

牛从挽车变为食用,仍然是实用物;毛驴和骆驼将会成为动物园里的展览品,因为它们只会越来越稀少;而马,当车辆只是在实用意义上取代了它,解放了它时,它从实用物进化为一种艺术品的时候恰恰开始了。

值得自豪的是我们中国有好马。从秦始皇的兵马俑、铜车马到唐太宗的六骏,从马踏飞燕的奇妙构想到大宛汗血马的美妙传说,从关云长的赤兔马到朱德总司令的长征坐骑……纵览马的历史,还会发现它和我们民族的历史紧密相联着。这也难怪,骏马与武士与英雄本有着难以割舍的亲缘关系呢,彼此作用的相互发挥、彼此气质的相互补益,曾创造出多少叱咤风云的壮美形象?纵使有一天马终于脱离了征战这一辉煌事业,人们也随时会从军人的身上发现马的神韵和遗风。我们有多少关于马的故事呵,我们是十分爱马的民族呢。至今,如同我们的一切美好传统都像黄河之水似的遗传下来那样,我们的历代名马的筋骨、血脉、气韵、精神也都遗传下来了。那种"龙马精神",就在巩乃斯的马身上——

> 此马非凡马,
> 房星是本星;
> 向前敲瘦骨,
> 犹自带铜声。

我想,即便我一直固执地对不爱马的人怀一点偏见,恐怕也是可以得到谅解的吧。

1984年5月20日于乌鲁木齐

(选自《周涛散文选》,人民文学出版社2005年版)

季羡林

赋得永久的悔

题目是韩小蕙小姐出的,所以名之曰"赋得"。但文章是我心甘情愿作的,所以不是八股。

我为什么心甘情愿作这样一篇文章呢?一言以蔽之,题目出得好,不但实获我心,而且先获我心:我早就想写这样一篇东西了。

我已经到了望九之年。在过去的七八十年中,从乡下到城里;从国内到国外;从小学、中学、大学到洋研究院;从"志于学"到超过"从心所欲不逾矩",曲曲折折,坎坎坷坷,既走过阳关大道,也走过独木小桥;既经过"山重水复疑无路",又看到"柳暗花明又一村",喜悦与忧伤并驾,失望与希望齐飞,我的经历可谓多矣。要讲后悔之事,那是俯拾皆是。要选其中最深切、最真实、最难忘的悔,也就是永久的悔,那也是唾手可得,因为它片刻也没有离开过我的心。

我这永久的悔就是:不该离开故乡,离开母亲。

我出生在鲁西北一个极端贫困的村庄里。我们家是贫中之贫,真可以说是贫无立锥之地。十年浩劫中,我自己跳出来反对北大那一位倒行逆施但又炙手可热的"老佛爷",被她视为眼中钉,必欲除之而后快。她手下的小喽啰们曾两次窜到我的故乡,处心积虑地把我"打"成地主,他们那种狗仗人势穷凶极恶的教师爷架子,并没有能吓倒我的乡亲。我小时候的一位伙伴指着他们的鼻子,大声说:"如果让整个官庄来诉苦的话,季羡林家是第一家!"

这一句话并没有夸大,他说的是实情。我祖父母早亡,留下了我父亲等三个兄弟,孤苦伶仃,无依无靠。最小的叔叔送了人。我父亲和九叔饿得没有办法,只好到别人家的枣林里去捡落到地上的干枣充饥。这当然不是长久之计。最后兄弟俩被逼背井离乡,盲流到济南去谋生。此时他俩也不过十几二十岁。在举目无亲的大城市里,必然是经过千辛万苦,九叔在济南落住了脚。于是我父亲就回到了故乡,说是农民,但又无田可耕。又必然是经过千辛万苦,九叔从济南有时寄点钱回家,父亲赖以生活。不知怎么一来,竟然寻(读若 xin)上了媳妇,她就是我的母亲。母亲的娘家姓赵,门当户对,她家穷得同我们家差不多,否则也决不会结亲。她家里饭都吃不上,哪里有钱、有闲上学。所以我母亲一个字也不识,活了一辈子,连个名字都没有。她家是在另一个庄上,离我们庄五里路。这个五里路就是我母亲毕生所走的最长的距离。

北京大学那一位"老佛爷"要"打"成"地主"的人,也就是我,就出生在这样一个家庭里，就有这样一位母亲。

后来我听说，我们家确实也"阔"过一阵。大概在清末民初，九叔在东三省用口袋里剩下的最后五角钱，买了十分之一的湖北水灾奖券，中了奖。兄弟俩商量，要"富贵而归故乡"，回家扬一下眉，吐一下气。于是把钱运回家，九叔仍然留在城里，乡里的事由父亲一手张罗。他用荒唐离奇的价钱，买了砖瓦，盖了房子。又用荒唐离奇的价钱，置了一块带一口水井的田地。一时兴会淋漓，真正扬眉吐气了。可惜好景不长，我父亲又用荒唐离奇的方式，仿佛宋江一样，豁达大度，招待四方朋友。一转瞬间，盖成的瓦房又拆了卖砖、卖瓦。有水井的田地也改变了主人。全家又回归到原来的情况。我就是在这个时候，在这样的情况下降生到人间来的。

母亲当然亲身经历了这个巨大的变化。可惜，当我同母亲住在一起的时候，我只有几岁，告诉我，我也不懂。所以，我们家这一次陡然上升，又陡然下降，只像是昙花一现，我到现在也不完全明白。这谜恐怕要成为永恒的谜了。

不管怎样，我们家又恢复到从前那种穷困的情况。后来听人说，我们家那时只有半亩多地。这半亩多地是怎么来的，我也不清楚。一家三口人就靠这半亩多地生活。城里的九叔当然还会给点接济，然而像中湖北水灾奖那样的事儿，一辈子有一次也不算少了。九叔没有多少钱接济他的哥哥了。

家里日子是怎样过的，我年龄太小，说不清楚。反正吃得极坏，这个我是懂得的。按照当时的标准，吃"白的"（指麦子面）最高，其次是吃小米面或棒子面饼子，最次是吃红高粱饼子，颜色是红的，像猪肝一样。"白的"与我们家无缘。"黄的"（小米面或棒子面饼子颜色都是黄的）与我们缘分也不大。终日为伍者只有"红的"。这"红的"又苦又涩，真是难以下咽。但不吃又害饿，我真有点谈"红"色变了。

但是，小孩子也有小孩子的办法。我祖父的堂兄是一个举人，他的夫人我喊她奶奶。他们这一支是有钱有地的。虽然举人死了，但家境仍然很好。我这一位大奶奶仍然健在。她的亲孙子早亡，所以把全部的钟爱都倾注到我身上来。她是整个官庄能够吃"白的"的仅有的几个人中之一。她不但自己吃，而且每天都给我留出半个或者四分之一个白面馍馍来。我每天早晨一睁眼，立即跳下炕来向村里跑，我们家住在村外。我跑到大奶奶跟前，清脆甜美地喊上一声"奶奶！"她立即笑得合不上嘴，把手缩回到肥大的袖子，从口袋里掏出一块馍馍，递给我，这是我一天最幸福的时刻。

此外，我也偶尔能够吃一点"白的"，这是我自己用劳动换来的。一到夏天麦收季节，我们家根本没有什么麦子可收。对门住的宁家大婶子和大姑——她们家也穷得够呛——就带我到本村或外村富人的地里去"拾麦子"。所谓"拾麦子"就是别家的长工割过麦子，总还会剩下那么一点点麦穗，这些都是不值得一捡的，我们这些穷人就来"拾"。因为剩下的决不会多，我们拾上半天，也不过拾半篮子；然而对我们来说，这已经是如获至宝了。一定是大婶和大姑对我特别照顾，以一个四五岁、五六岁的孩子，拾上一个夏天，也能拾上十斤八斤麦粒。这些都是母亲亲手搓出来的。为了对我加以奖励，麦季过后，母亲便把麦子磨成面，蒸成馍馍，或贴成白面饼子，让我解馋。我于是就大快朵颐了。

记得有一年，我拾麦子的成绩也许是有点"超常"。到了中秋节——农民嘴里叫"八月十五"——母亲不知从哪里弄了点月饼，给我掰了一块，我就蹲在一块石头旁边，大吃起来。在当时，对我来说，月饼可真是神奇的好东西，龙肝凤髓也难以比得上的，我难得吃上一次。我当时并没有注意，母亲是否也在吃。现在回想起来，她根本一口也没有吃。不但是月饼，连其他"白的"，母亲从来都没有尝过，都留给我吃了。她大概是毕生就与红色的高粱饼子为伍。到了俭年，连这个也吃不上，那就只有吃野菜了。

至于肉类，吃的回忆似乎是一片空白。我老娘家隔壁是一家卖煮牛肉的作坊。给农民劳苦耕耘了一辈子的老黄牛，到了老年，耕不动了，几个农民便以极其低的价钱买来，用极其野蛮的办法杀死，把肉煮烂，然后卖掉。老牛肉难煮，实在没有办法，农民就在肉锅里小便一通，这样肉就好烂了。农民心肠好，有了这种情况，就昭告四邻："今天的肉你们别买！"老娘家穷，虽然极其疼爱我这个外孙，也只能用土罐子，花几个制钱，装一罐子牛肉汤，聊胜于无。记得有一次，罐子里多了一块牛肚子。这就成了我的专利。我舍不得一气吃掉，就用生了锈的小铁刀，一块一块地割着吃，慢慢地吃。这一块牛肚真可以同月饼媲美了。

"白的"、月饼和牛肚难得，"黄的"怎样呢？"黄的"也同样难得。但是，尽管我只有几岁，我却也想出了办法。到了春、夏、秋三个季节，庄外的草和庄稼都长起来了。我就到庄外去割草，或者到人家高粱地里去劈高粱叶。劈高粱叶，田主不但不禁止，而且还欢迎；因为叶子一劈，通风情况就能改进，高粱长得就能更好，粮食打得就能更多。草和高粱叶都是喂牛用的。我们家穷，从来没有养过牛。我二大爷家是有地的，经常养着两头大牛。我这草和高粱叶就是给它们准备的。每当我这个不到三块豆腐干高的孩子背着一大捆草或高粱叶走进二大爷家的大门，我心里有所恃而不恐，把草放在牛圈里，赖着不走，总能蹭上一顿"黄的"吃，不会被二大娘"卷"（我们那里的土话，意思是"骂"）出来。到了过年的时候，自己心里觉得，在过去的一年里，自己喂牛立了功，又有了勇气到二大爷家里赖着吃黄面糕。黄面糕是用黄米面加上枣蒸成的。颜色虽黄，却位列"白的"之上，因为一年只在过年时吃一次，物以稀为贵，于是黄面糕就贵了起来。

我上面讲的全是吃的东西。为什么一讲到母亲就讲起吃的东西来了呢？原因并不复杂。第一，我作为一个孩子容易关心吃的东西。第二，所有我在上面提到的好吃的东西，几乎都与母亲无缘。除了"红的"以外，其余她都不沾边儿。我在她身边只待到六岁，以后两次奔丧回家，待的时间也很短。现在我回忆起来，连母亲的面影都是迷离模糊的，没有一个清晰的轮廓。特别有一点，让我难解而又易解：我无论如何也回忆不起母亲的笑容来，她好像是一辈子都没有笑过。家境贫困，儿子远离，她受尽了苦难，笑容从何而来呢？有一次我回家听对面的宁大婶子告诉我说："你娘经常说：'早知道送出去回不来，我无论如何也不会放他走的！'"简短的一句话里面含着多少辛酸、多少悲伤啊！母亲不知有多少日日夜夜，眼望远方，盼望自己的儿子回来啊！然而这个儿子却始终没有归去，一直到母亲离开这个世界。

对于这个情况，我最初懵懵懂懂，理解得并不深刻。到了上高中的时候，自己大了几岁，逐渐理解了。但是自己寄人篱下，经济不能独立，空有雄心壮志，怎奈无法实现，我暗暗地下定了决心，立下了誓愿：一旦大学毕业，自己找到工作，立即迎养母亲，然而没有等到我大学毕业，母亲就离开我走了，永远永远地走了。古人说："树欲静而风不止，子欲养而亲不待"，这话正应到我身上。我不忍想象母亲临终时思念爱子的情况；一想到，我就会心肝俱裂，眼泪盈眶。当我从北平赶回济南，又从济南赶回清平奔丧的时候，看到了母亲的棺材，看到那简陋的屋子，我真想一头撞死在棺材上，随母亲于地下。我后悔，我真后悔，我千不该万不该离开了母亲。世界上无论什么名誉，什么地位，什么幸福，什么尊荣，都比不上待在母亲身边，即使她一个字也不识，即使整天吃"红的"。

这就是我的"永久的悔"。

（选自季羡林自选集《赋得永久的悔》，华艺出版社2008年版）

张中行

朱自清

朱自清先生的大名和成就，连年轻人也算在内，几乎无人不知，无人不晓，因为差不多都念过他的散文名作，《背影》和《荷塘月色》。我念他的《背影》，还是在中学阶段，印象是：文富于感情，这表示人纯厚，只是感伤气似乎重一些。一九二五年他到清华大学以后，学与文都由今而古，写了不少值得反复诵读的书，如《诗言志辨》《经典常谈》等。一九三七年以后，半壁江山沦陷，他随着清华大学到昆明，以及一九四六年回到北京以后，在立身处世方面，许多行事都表现了正派读书人的明是非、重气节。不

散文

幸是天不与以寿，回北京刚刚两年，于一九四八年十月去世，仅仅活了五十岁。

我没有听过朱先生讲课，可是同他有一段因缘，因而对他的印象很深。这说起来难免很琐碎，反正是"琐话"，所以还是决定说一说。

我的印象，总的说，朱先生的特点是，有关他的，什么都协调。有些历史人物不是这样，如霍去病，看名字，应该长寿，却不到三十岁就死了；王安石，看名字，应该稳重，可是常常失之躁急。朱先生名自清，一生自我检束，确是能够始终维持一个"清"字。他字佩弦，意思是本性偏于缓，应该用人力的"急"补救，以求中和。做没做到，我所知很少，但由同他的一些交往中可以推断，不管他自己怎样想，他终归是本性难移，多情而宽厚，"厚"总是近于缓而远于急的。他早年写新诗，晚年写旧诗，古人说："温柔敦厚，诗教也。"（《礼记·经解》）这由学以致用的角度看，又是水乳交融。文章的风格也是这样，清秀而细致，总是真挚而富于情思。甚至可以扯得更远一些，他是北京大学一九二〇年毕业生，查历年毕业生名单，他却不是学文学的，而是学哲学的。这表面看起来像是不协调，其实不然，他的诗文多寓有沉思，也多值得读者沉思，这正是由哲学方面来的。这里加说几句有趣的插话，作为朱先生经历的陪衬。与朱先生同班毕业的还有三位名人，也是毕业后改行的：一位是顾颉刚，改为搞历史；一位是康白情，改为搞新诗；还有一位反面人物是陈公博，改搞政治，以身败名裂告终。最后说说外貌，朱先生个子不高，额头大，双目明亮而凝重，谁一见都能看出，是个少有的温厚而认真的人物。我第一次见他是一九四七年，谈一会话，分别以后，不知怎么忽然想到三国虞翻的话："生无可与语，死以青蝇为吊客，使天下一人知己者，足以不恨。"我想，像朱先生这样的人，不正是可以使虞翻足以不恨的人物吗？

泛泛的谈了不少，应该转到个人的因缘了。是一九四七年，我主编一个佛学月刊名《世间解》，几乎是唱独角戏，集稿很难，不得已，只好用书札向许多饱学的前辈求援，其中之一就是朱先生。久做报刊编辑工作的人都知道，在稿源方面有个大矛盾，不合用的总是不求而得，合用的常是求之不得。想消灭求之不得，像是直到今天还没有好办法，于是只好碰碰试试，用北京的俗语说是"有枣没枣打一竿子"，希望万一会掉下一两个。我也是怀着有枣没枣打一竿子的心情这样做的，万没有想到，朱先生真就写了一篇内容很切实的文章，并很快寄来，这就是刊在第七期的《禅家的语言》（后收入《朱自清古典文学论文集》上册）。当时为了表示感激，我曾在"编辑室杂记"里写："朱自清教授在百忙中赐予一篇有大重量的文章，我们谨为本刊庆幸。禅是言语道断的事，朱先生却以言语之道道之，所以有意思，也所以更值得重视。"这一期出版在一九四八年一月，更万没有想到，仅仅九个月之后，朱先生就作古了。

大概是这一年的五月前后，有一天下午，住西院的邻居霍家的人来，问我在家不在家，说他家的一位亲戚要来看我。接着来了，原来是朱先生。这使我非常感激，用古人的话说，这是蓬户外有了长者车辙。他说，霍家老先生是他的表叔，长辈，他应该来问安。其时他显得清瘦，说是胃总是不好。谈一会闲话，他辞去。依旧礼，我应该回拜，可是想到他太忙，不好意思打搅，终于没有去。又是万没有想到，这最初的一面竟成了最后一面。

死者不能复生，何况仅仅一面。但我常常想到他，而所取，大概与通常的评价不尽同。朱先生学问好，古今中外，几乎样样通。而且缜密，所写都是自己确信的，深刻而稳妥。文笔尤其好，清丽，绵密，细而不碎，柔而不弱。他代表"五四"之后散文风格的一派，由现在看，说是广陵散也不为过。可是我推重他，摆在首位的却不是学和文，而是他的行。《论语》有"行有余力，则以学文"的话，这里无妨断章取义，说：与他的行相比，文可以算作余事。行的事贵，具体说是，律己严、待人厚都超过常格。这二者之中，尤其超过常格的待人厚，更是罕见。这方面，可举的证据不少，我感到最亲切的当然是同自己的一段交往。我人海浮沉，认识人不算少，其中一些，名声渐渐增大，地位渐渐增高，空闲渐渐减少，因而就"旧雨来，今雨不来"。这是人之常情，不必作杜老《秋述》之叹。朱先生却相反，是照常情可以不来而来，这是决定行止的时候，只想到别人而没有想到自己。如果说学问文章是广陵散，这行的方面就更是广陵散了。

说来也巧，与朱先生告别，一晃过了二十年，一次在天津访一位老友，谈及他的小女儿结了婚，问男方是何如人，原来是朱先生的公子，学理科的。而不久就看见他，个子比朱先生高一些，风神却也是谦恭而恳挚。其时我老伴也在座，事后说她的印象是："一看就是个书呆子。"我说："能够看到朱先生的流风余韵，我很高兴。"

（选自《负暄琐话》，黑龙江人民出版社1986年版）

苇　岸

大地上的事情（节选）

一

我观察过蚂蚁营巢的三种方式。小型蚁筑巢，将湿润的土粒吐在巢口，垒成酒盅状、灶台状、坟冢状、城堡状或松疏的蜂房状，高耸在地面；中型蚁的巢口，土粒散得均匀美观，围成喇叭口或泉心的形状，仿佛大地开放的一只黑色花朵；大型蚁筑巢像北方人的举止，随便、粗略、不拘细节，它们将颗粒远远地衔到什么地方，任意一丢，就像大步奔走撒种的农夫。

二

下雪时，我总想到夏天，因成熟而褪色的榆荚被风从树梢吹散。雪纷纷扬扬，给人间带来某种和谐感，这和谐感正来自于纷纭之中。雪也许是更大的一棵树上的果实，被一场世界之外的大风刮落。它们漂泊到大地各处，它们携带的纯洁，不久繁衍成春天动人的花朵。

三

写《自然与人生》的日本作家德富芦花，观察过落日。他记录太阳由衔山到全然沉入地表，需要三分钟。我观察过一次日出，日出比日落缓慢。观看落日，大有守侍圣哲临终之感；观看日出，则像等待伟大英雄辉煌的诞生。太阳从露出一丝红线，到伸缩着跳上地表，用了约五分钟。

世界上的事物在速度上，衰落胜于崛起。

四

这是一具熊蜂的尸体，它是自然死亡，还是因疾病或敌害而死，不得而知。它偃卧在那里，翅零乱地散开，肢蜷曲在一起。它的尸身僵硬，很轻，最小的风能将它推动。我见过胡蜂巢、土蜂巢、蜜蜂巢和别的蜂巢，但从没有见过熊蜂巢。熊蜂是穴居者，它们将巢筑在房屋的立柱、檩条、横梁、椽子或枯死的树干上。熊蜂从不集群活动，它们个个都是英雄，单枪匹马到处闯荡。熊蜂是昆虫世界当然的王，它们身着的黑黄斑纹，是大地上最怵目的图案，高贵而恐怖。老人们告诉过孩子，它们能蜇死牛马。

五

麻雀在地面的时间比在树上的时间多。它们只是在吃足食物后，才飞到树上。它们将短硬的喙像北方农妇在缸沿砺刀那样，在枝上反复擦拭。麻雀蹲在枝上啼鸣，如孩子骑在父亲的肩上高声喊叫，这声音蕴含着依赖、信任、幸福和安全感。麻雀在树上就和孩子们在地上一样，它们的蹦跳就是孩子们的奔跑。树木伸展的愿望，是给鸟儿送来一个个广场。

六

穿越田野的时候，我看到一只鹞子。它静静地盘旋，长久浮在空中。它好像看到了什么，径直俯冲下来，但还未触及地面又迅疾飞起。我想象它看到一只野兔，因人类的扩张在平原上已近绝迹的野兔，梭罗在《瓦尔登湖》中预言过的野兔："要是没有兔子和鹧鸪，一个田野还成什么田野呢？它们是最简单的土生土长的动物，与大自然同色彩、同性质,和树叶、和土地是最亲密的联盟。看到兔子和鹧鸪跑掉的时候,你不觉得它们是禽兽,它们是大自然的一部分,仿佛飒飒的木叶一样。不管发生怎么样的革命,兔子和鹧鸪一定可以永存,像土生土长的人一样。不能维持一只兔子的生活的田野一定是贫瘠无比的。"

看到一只在田野上空徒劳盘旋的鹞子,我想起田野往昔的繁荣。

七

在我的住所前面,有一块空地,它的形状像一只盘子,被四周的楼群围起。它盛过田园般安详的雪,盛过赤道般热烈的雨,但它盛不住孩子们的欢乐。孩子们把欢乐撒在里面,仿佛一颗颗珍珠滚到我的窗前。我注视着男孩和女孩在一起做游戏,这游戏是每个从他们身边匆匆走过的大人都做过的。大人告别了童年,就将游戏像玩具一样丢在了一边。但游戏在孩子们手里,依然一代代传递。

八

在一所小学教室的墙壁上,贴着孩子们写自己家庭的作文。一个孩子写道:他的爸爸是工厂干部,妈妈是中学教师,他们很爱自己的孩子,星期天常常带他去山边玩,他有许多玩具,有自己的小人书库,他感到很幸福。但是妈妈对他管教很严,命令他放学必须直接回家,回家第一件事是用肥皂洗手。为此他感到非常不幸,恨自己的妈妈。

每一匹新驹都不会喜欢给它套上羁绊的人。

九

黎明,我常常被麻雀的叫声惊醒。日子久了,我发现它们总在日出前二十分钟开始啼叫。冬天日出较晚,它们叫的也晚;夏天日出早,它们叫的也早。麻雀在日出前和日出后的叫声不同,日出前它们发出"鸟、鸟、鸟"的声音,日出后便改成"喳、喳、喳"的声音。我不知它们的叫法和太阳有什么关系。

十

在山冈小径上,我看到一只蚂蚁在拖蜣螂的尸体。蜣螂可能被人踩过,尸体已经变形,渗出的体液粘着两粒石子,使它更加沉重。蚂蚁紧紧咬住蜣螂,它用力扭动身躯,想把蜣螂拖走。蜣螂微微摇晃,但丝毫没有向前移动。我看了很久,直到我离开时,这个可敬的勇士仍在不懈地努力。没有其他蚁来帮它,它似乎也没有回巢去请援军的想法。

十一

麦子是土地上最优美、最典雅、最令人动情的庄稼。麦田整整齐齐摆在辽阔大地上,仿佛一块块耀眼的黄金。麦田是五月最宝贵的财富,大地蓄积的精华。风吹麦田,麦田摇荡,麦浪把幸福送到外面的村庄。到了六月,农民抢在雷雨之前,把麦田搬走。

十二

在我窗外阳台的横栏上，落了两只麻雀。那里是一个阳光的海湾，温暖、平静、安全。这是两只老雀，世界知道它们为它哺育了多少雏鸟。两只麻雀蹲在辉煌的阳光里，一副丰衣足食的样子。它们眯着眼睛，脑袋转来转去，毫无顾忌。它们时而啼叫几声，声音朴实而亲切。它们的体态肥硕，羽毛蓬松，头缩进厚厚的脖颈里，就像冬天穿着羊皮袄的马车夫。

十三

下过雪许多天了，地表的阴面还残留着积雪。大地斑斑点点，仿佛一头在牧场垂首吃草的花斑母牛。积雪收缩，并非因为气温升高了，而是大地的体温在吸收它们。

十四

冬天，一次在原野上，我发现一个奇异的现象，它纠正了我原有关于火的观念。我没有见到这个人，他点起火走了。火像一头牲口，已将枯草吞噬很大一片。北风吹着，风头很硬，火紧贴在地面上，火首却逆风而行，这让我吃惊。为了再次证实，我把火种引到另一片草上，火依旧溯风烧向北方。

十五

我时常忆起一个情景，它发生在午后时分。如大兵压境，滚滚而来的黑云，很快占据了整面天空。随后，闪电迸绽，雷霆轰鸣，豆大的雨砸在地上，烟雾四起。骤雨是一个丧失理性的对人间复仇的巨人。在这万物偃息的时刻，我看到一只衔虫的麻雀从远处飞回，雷雨没能拦住它，它的儿女在雨幕后面的屋檐下。在它从空中降落飞进檐间的一瞬，它的姿势和蜂鸟在花丛前一样美丽。

十六

五月，在尚未插秧的稻田里，闪动着许多小鸟。我叫不出它们的名字，它们神态机灵，体型比麻雀娇小。它们走动的样子，非常庄重。麻雀行走用双足蹦跳，它们行走像公鸡那样迈步。它们飞得很低，从不落到树上。它们是田亩的精灵。它们停在田里，如果不走动，便认不出它们。

十七

秋收后，田野如新婚的房间，被农民拾掇得干干净净。一切要发生的，一切已经到来的，它都将容纳。在人类的身旁，落叶悲壮地诀别它们的母亲。树木养育了它们，为了大地上呈现的勇士形象。

十八

在冬天空旷的原野上，我听到过啄木鸟敲击树干的声音。它的速度很快，仿佛弓的颤响，我无法数清它的频率。冬天鸟少，鸟的叫声也被藏起。听到这声音，我感到很幸福。我忽然觉得，这声音不是来自啄木鸟，也不是来自光秃的树木，它来自一种尚未命名的鸟，这只鸟，是这声音创造的。

十九

一九八八年一月十六日，我看见了日出。我所以记下这次日出，因为有生以来我从没有见过这样大的太阳。好像发生了什么奇迹，它使我惊得目瞪口呆，久久激动不已。哥伦比亚作家加西亚·马尔克斯在《百年孤独》中这样描述马贡多连续下了四年之久的雨后日出："一轮憨厚、鲜红、像破砖碎末般粗糙的红日照亮了世界，这阳光几乎像流水一样清新。"我所注视的这次日出，我不想用更多的话来形容它，红日的硕大，让我首先想到乡村的磨盘。如果你看到了这次日出，你会相信。

二十

已经一个月了，那窝蜂依然伏在那里，气温渐渐降低，它们似乎已预感到什么，紧紧挤在一起，等待最后一刻的降临。只有太阳升高，阳光变暖的时候，它们才偶尔飞起。它们的巢早已失去，它们为什么不在失去巢的那一天飞走呢？每天我看见它们，心情都很沉重。在它们身上，我看到了某种大于生命的东西。

二十一

太阳的道路是弯曲的。我注意几次了。在立夏前后，朝阳能够照到北房的后墙，夕阳也能够照到北房的后墙。其他时间，北房拖着浓重的影子。

二十二

立春一到，便有冬天消逝、春天降临的迹象。整整过了一冬的北风，已经从天涯返回。看着旷野，我有一种庄稼满地的幻觉。踩在松动的土地上，我感到肢体在伸张，血液在涌动。我想大声喊叫或疾速奔跑，想拿起锄头拼命劳动一场。爱默生认为，每一个人都应当与这世界上的劳作保持着基本关系。劳动是上帝的教育，它使我们自己与泥土和大自然发生基本的联系。

但是，在这个世界上，有一部分人，一生从未踏上土地。

二十三

捕鸟人天不亮就动身，鸟群天亮开始飞翔。捕鸟人来到一片果园，他支起三张大网，呈三角状。一棵果树被围在里面。捕鸟人将带来的鸟笼，挂在这棵树上，然后隐在一旁。捕鸟人称笼鸟为"游子"，它们的作用是呼喊。游子在笼里不懈地转动，每当鸟群从空中飞过，它们便急切地扑翅呼应。它们凄怆的悲鸣，使飞翔的鸟群回转。一些鸟撞到网上，一些鸟落在网外的树上，稍后依然扑向鸟笼。鸟像树叶一般，坠满网片。

丰子恺先生把诱引羊群走向屠场的老羊，称作"羊奸"。我不称这些游子为"鸟奸"，人类制造的任何词语，都仅在它自己身上适用。

二十四

平常，我们有"北上"和"南下"的说法。向北行走，背离光明，称作向上；向南行走，接近光明，称作向下。不知这种上下之分依据什么而定（纬度或地势?）。在大地上旅行时，我们的确有这种内心感觉。像世间称做官为上，还民为下一样。

二十五

麻雀和喜鹊，是北方常见的留鸟。它们的存在，使北方的冬天格外生动。民间有"家雀跟着夜猫子飞"的说法，它的直接意思，指小鸟盲目追随大鸟的现象。我留意过麻雀尾随喜鹊的情形，并由此发现了鸟类的两种飞翔方式，它们具有代表性。喜鹊飞翔，姿态镇定、从容，两翼像树木摇动的叶子，体现着在某种基础上的自信。麻雀敏感、慌忙，它们的飞法类似蛙泳，身体总是朝前一耸一耸的，并随时可能转向。

这便是小鸟和大鸟的区别。

二十六

一次，我穿越田野。一群农妇，蹲在田里薅苗。在我凝神等待远处布谷鸟再次啼叫时，我听到了两个农妇的简短对话：

农妇甲："几点了?"

农妇乙："该走了，十二点多了。"

农妇甲："十二点了，孩子都放学了，还没做饭呢。"

无意听到的两句很普通的对话，竟震撼了我。认识词易，比如"母爱"或"使命"，但要完全懂得它们的意义难。原因在于我们不常遇到隐在这些词后面的，能充分体现这些词涵义的事物本身；在于我们正日渐远离原初意义上的"生活"。我想起曾在美术馆看过的美国女画家爱迪娜·米博尔画展，前言有画家这样一段话，我极赞同："美的最主要表现之一是，肩负着重任的人们的高尚与责任感。我发现这一特点特别地表现在世界各地生活在田园乡村的人们中间。"

二十七

栗树大都生在山里。秋天，山民爬上山坡，收获栗实。他们先将树下杂草刈除干净。然后环树刨出一道道沟垄，为防敲下的栗实四处滚动。栗实包在毛森森的壳里，像蜷缩一团的幼小刺猬。栗实成熟时，它们黄绿色壳斗便绽开缝隙，露出乌亮的栗核。如果没有人采集，栗树会和所有植物一样，将自己漂亮的孩子自行还给大地。

二十八

进入冬天，便怀念雪。一个冬天，迎来几场大雪，本是平平常常的事情，如今已成为一种奢求（谁剥夺了我们这个天定的权利?）。冬天没有雪，就像土地上没有庄稼，森林里没有鸟儿。雪意外地下起来时，人间一片喜悦。雪赋予大地神性；雪驱散了那些平日隐匿于人们体内，禁锢与吞噬着人们灵性的东西。我看到大人带着孩子在旷地上堆雪人，在我看不到的地方，一定同样进行着许多欢乐的与雪有关的事情。

可以没有风，没有雨，但不可以没有雪。在人类美好愿望中发生的事情，都是围绕雪进行的。

二十九

一只山路上的蚂蚁，它衔着一具比它大数倍的蚜虫尸体，正欢快地朝家走去。它似乎未费太多的力气，从不放下猎物休息。在我粗暴地半路打劫时，它并不惊慌逃走。它四下寻觅它的猎物，两只触角不懈地探测。它放过了土块，放过了石子和瓦砾，当它触及那只蚜虫时，便再次衔起。仿佛什么事情也未发生，它继续去完成自己庄重的使命。

三十

我把麻雀看作鸟类中的"平民"，它们是鸟在世上的第一体现者。它们的淳朴和生气，散布在整个大地。它们是人类卑微的邻居，在无视和伤害的历史里，繁衍不息。它们以无畏的献身精神，主动亲近莫测的我们。没有哪一种鸟，肯与我们建立如此密切的关系。在我对鸟类作了多次比较后，我发现我还是最喜爱它们。我刻意为它们写过这样的文字：

它们很守诺言

每次都醒在太阳前面

它们起得很早

在半道上等候太阳

然后一块儿上路

它们仿佛是太阳的孩子

每天在太阳身边玩耍

它们习惯于睡觉前聚在一起

把各自在外面见到的新鲜事情

讲给大家听听

由于不知什么叫秩序

它们给外人的印象

好像在争吵一样

它们的肤色使我想到土地的颜色

它们的家族

　　一定同这土地一样古老

　　它们是留鸟

　　从出生起

　　便不远离自己的村庄

（《麻雀》）

三十一

　　下面的内容，是我在一所小学见到的，为众多的学生保证书之一。原文抄录如下：

1. 老师留的作业要认真按时完成。
2. 下课不追跑打闹。
3. 不管是不是低声日都不大声说话。
4. 不管什么时候都不能骂人。
5. 学校举行什么活动都要听老师的。
6. 老师提问要积极举手发言。
7. 不逃学，积极参加课外活动为班争光。
8. 不管上什么课都不搞小动作，在考试上得到九十分以上。
9. 自己的事要自己做。

三（四）班　孙蕊

　　我把这20世纪末中国少年的誓言记在这里，但不想多说什么。惟愿我们的少年长大后，不再写出类似鲁迅先生曾写过的话："长辈的训诲于我是这样的有力，所以我也很遵从读书人家的家教。屏息低头，毫不轻举妄动。两眼下视黄泉，看天就是傲慢；满脸装出死相，说笑就是放肆。"（鲁迅《忽然想到》）

三十二

　　一架直升机，从小镇的上空呼啸而过。我看到街上三个孩子蹦跳着高喊："飞机、飞机，你下来，带我们上动物园。"

　　孩子们不说去别的什么地方，这是缘于生命的，在因袭与指导之外的选择。

三十三

　　世界上的事物，往往有两种以上的称呼。

　　这里讲的，不指西方分类学上物种的"二名法"（用两个拉丁字构成某一物种名称的命名法，第一字是属名，第二字是种加词），或"三名法"（用三个拉丁字表示生物亚种或变种的命名法，由属名、种加词和变种加词构成）。而指我们认识的事物，大多拥有数个名称,分别称作学名、别名和俗名。它们各自有着神秘的来历,在不同的场所,体现自己独特的作用。比如太阳,亦称日,我还知道北方的农民称之"老爷儿";鸱鸮,亦称枭,民间则称之"猫头鹰"或"夜猫子"。

学名是文明的、科学的、抽象的,它们用于研究和交流,但难于进入生活。它们由于在特征和感性上与其所指示的事物分离,遭到泥土和民间的抵触;它们由于缺少血液和活力,而死在学者与书卷那里。

别名是学名的变称,与学名具有同一命运。

俗名是事物的乳名或小名,它们是祖先的、民间的、土著的、亲情的。它们出自民众无羁的心,在广大土地上自发地世代相沿。它们既体现事物自身的原始形象或某种特性,又流露出一地民众对故土百物的亲昵之意与随意心理。如车前草,因其叶子宽大,在我的故乡,称作"猪耳朵";地黄,花冠钟状、甘甜,可摘下吮吸,故称"老头喝酒"。俗名和事物仿佛与生俱来,诗意,鲜明,富于血肉气息。它们在现代文明不可抵御的今天,依然活跃在我们的庭院和大地。它们的蕴意,丰富、动人,饱含情感因素。无论什么时候,无论走到哪里,只要我们听到这样的称呼,眼前便会浮现我们遥远的童年、故乡与土地。那里是我们的母体和出发点。

俗名对人类,永远具有"情结"意义。

三十四

在北方的林子里,我遇到过一种彩色蜘蛛。它的罗网,挂在树干之间,数片排列,杂乱联结。这种蜘蛛,体大、八足纤长,周身浅绿与桔黄相间,异常艳丽。在我第一次猛然撞见它的时候,我感觉它刹那带来的恐怖,超过了世上任何可怕的事物。

相同的色彩,在一些事物那里,令我们赞美、欢喜;在另一些事物那里,却令我们怵目、悚然、成了我们的恐怖之源。

三十五

每次新月出现,只要你注意,你会在它附近看到一颗亮星。有时它们挨得极近,它们各自的位置,身处的背景,密切的情形,都让我将它们看做大海上的船与撑船人。可是不久,撑船人便会弃船而去。后来,我查阅了天文方面的书,始知这个撑船人原来是大名鼎鼎的金星,我们熟悉的太阳系第二位行星,地球最近的邻居。由于金星是地内行星,因而它的行踪往往漂泊不定。黄昏在西方最早显现,凌晨在东方最迟隐去的星,就是这个活跃的"撑船人"。在古代,中国人给它起了很优雅的名字:黄昏称它"长庚",凌晨称它"启明"。希腊人比较粗爽,他们本能地、形象地、诗化地、亲昵地、直截了当叫它"流浪者"。

三十六

尽管我很喜欢鸟类,但我无法近距离观察它们。每当我从鸟群附近经过,无论它们在树上，还是在地面，我都不能停下来，不能盯着它们看，我只能侧耳听听它们兴高采烈的声音。否则，它们会马上警觉，马上做出反应，终止议论或觅食，一哄而起，迅即飞离。

我的发现，对我，只是生活的一个普通认识；鸟的反应，对鸟，则是生命的一个重要经验。

三十七

在樗树（臭椿）上，有一种甲虫，体很小，花背，象形，生物学称它为象鼻虫或象甲，乡下孩子自己叫它"老锁"。它们通常附在樗树的干上，有时很低，伸手可及。只要有人轻轻一碰，它们便迅速蜷起六足，象鼻状的长喙紧贴胸前，全身抱在一起。此时，孩子们抓起一只，对着它不断呼唤："老锁，老锁，开门！"情真意切，永不生厌。仿佛精诚所至，它最终总会松开肢身，然后谨慎地，像一头小象，开始在孩子们的手上四下走动。

三十八

秋天，大地上到处都是果实，它们露出善良的面孔，等待着来自任何一方的采取。每到这个季节，我便难于平静，我不能不为在这世上永不绝迹的崇高所感动，我应当走到土地里面去看看，我应该和所有的人一道去得到陶冶和启迪。

太阳的光芒普照原野，依然热烈。大地明亮，它敞着门，为一切健康的生命。此刻，万物的声音都在大地上汇聚，它们要讲述一生的事情，它们要抢在冬天到来之前，把心内深藏已久的歌全部唱完。

第一场秋风已经刮过去了，所有结满籽粒和果实的植物都把丰足的头垂向大地，这是任何成熟者必至的谦逊之态，也是对孕育了自己的母亲一种无语的敬祝和感激。手脚粗大的农民再次忙碌起来，他们清理了谷仓和庭院，他们拿着家什一次次走向田里，就像是去为一头远途而归的牲口卸下背上的重负。

看着生动的大地，我觉得它本身也是一个真理。它叫任何劳动都不落空，它让所有的劳动者都能得到成果，它用纯正的农民暗示我们：土地最宜养育勤劳、厚道、朴实、所求有度的人。

……（略）

（节选自《大地上的事情》，广西师范大学出版社2015年版）

张承志

清洁的精神

这不是一个很多人都可能体验的世界。

而且很难举例,论证和顺序叙述。缠绕着自己的思想如同野草,记录也许就只有采用野草的形式——让它蔓延,让它尽情,让它孤单地荣衰一遍。高崖之下,野草般的思想那么饱满又那么闭塞,其实不用确认,早已预感到的四面敌意,是真实的。这是一个瞬间。趁着流矢正在稀疏,下一次火光冲天的喧嚣还没有开始,趁着中国之大尚能容得下残余的正气,趁着一副末世相中的智识人们正苦于卖身无术而力量薄弱;应当珍惜这个瞬间。

一

关于汉字里的"洁",人们早已司空见惯、不假思索、不以为然,甚至清洁可耻肮脏光荣的准则正在风靡时髦。洁,今天,好像只有在公共场所,比如在垃圾站或厕所等地方,才能看得见这个字了。

那时在河南登封,在一个名叫王城岗的丘陵上,听着豫剧的调子,每天都眼望着古老的箕山发掘。箕山太古老了,九州的故事都在那座山上起源。夏商周,遥远的、几乎不是信史仅是传说的茫茫古代,那时宛如近在眼前又无影无踪,烦恼着我们每个考古队员。一天天地,我们挖着只能称做龙山文化或二里头早期文化的土,心里却盼它属于大禹治水的夏朝。感谢那些辛苦的日子,它们在我的脑中埋下了这个思路,直到今天。

是的,没有今天,我不可能感受什么是古代。由于今天泛滥的不义、庸俗和无耻,我终于迟迟地靠近了一个结论:所谓古代,就是洁与耻尚没有沦灭的时代。箕山之阴,颖水之阳,在厚厚的黄土之下压埋着的,未必是王朝国家的遗址,而是洁与耻的过去。

那是神话般的、惟洁为首的年代。洁,几乎是处在极致,超越界限,不近人情。后来,经过如同司马迁、庄子、淮南子等大师的文学记录以后,不知为什么人们又只赏玩文学的字句而不信任文学的真实——断定它是过分的传说不予置信,而渐渐忘记了它是一个重要的、古中国关于人怎样活着的观点。

今天没有人再这样谈论问题,这样写好像就是落后和保守的记号。但是,四千年的文明史都从那个洁字开篇,我不觉得有任何偏激。

一切都开始在这座低平的、素色的箕山上。一个青年,一个樵夫,一头牛和一道溪水,引来了哺育了我们的这个文明。如今重读《逍遥篇》或者《史记》,古人和逝事都远不可及,都不可思议,都简直无法置信了。

遥远的箕山，渐渐化成了一幢巨影。朦胧而庞大，遮断了我的视野。山势非常平缓，从山脚拾路慢慢上坡，一阵功夫就可以抵达箕顶。山的顶部宽敞坦平，烟树素淡，悄寂无声。在那荒凉的箕顶上人觉得凄凉。在冬天的晴空尽头，在那里可以一直眺望到中岳嵩山齿形的远影。遗址都在下面的河边，那低伏的王城岗上。我在那个遗址上挖过很久，但是田野发掘并不能找到清洁的古代。

《史记》注引皇甫谧《高士传》，记载了尧舜禅让时期的一个叫许由的古人。许由因帝尧要以王位相让，便潜入箕山隐姓埋名。然而尧执意让位，追许由不舍。于是，当尧再次寻见许由，求他当九州长时，许由不仅坚辞不从，而且以此为奇耻大辱。他奔至河畔，清洗听脏了的双耳。

> 时有巢父牵犊欲饮之，见由洗耳，问其故。对曰：尧欲召我为九州长，恶闻其声，是故洗耳。巢父曰：子若处高岸深谷，人道不通，谁能见子？子故浮游，欲闻求其名誉，污吾犊口。牵犊上流饮之。

所谓强中有强，那时是人相竞洁。牵牛的老人听了许由的诉说，不仅没有夸奖反而忿忿不满：你若不是介入那种世界，哪里至于弄脏了耳朵？现在你洗耳不过是另一种钓名沽誉。下游饮牛，上游洗耳，既然你知道自己双耳已污，为什么又来弄脏我的牛口？

毫无疑问，今日中华的风流一代，正洋洋意满、春风得意、稳扎稳打、对下如无尾恶狗般刁悍、对上如无势宦官般谦卑，不论昨天极左、今天极商、明天极右，都永远在正副部司局科处的广阔台阶上攀登的各级官僚官迷以及他们的后备军——小小年纪未老先衰一本正经立志"从政"的小体制派；还有他们的另一翼，partner、搭档——疯狂嘲笑理想、如蛆腐肉、高高举着印有无耻两个大字的奸商旗的、所谓海里的泥鳅蛤蜊们，是打死他们也不会相信这个故事的。

但是司马迁亲自去过箕山。

《史记·伯夷传》中记道：

> 尧让天下于许由，许由不受，耻之逃隐。……太史公曰：余登箕山其上盖有许由冢云。

这座山从那时就同称许由山。但是在我登上箕顶那次，没有找到许由的墓。山顶是一个巨大平缓的凹地，低低伸展开去，真宛如一个长满荒草的簸箕。这山顶虽宽阔，但没有什么峰尖崖陷，登上山顶一览无余。我和河南博物馆的几个小伙子细细找遍了每一丛蒿草，没有任何遗迹残痕。

当双脚踢缠着高高的茅草时，不觉间我们对古史的这一笔记录认起真来。司马迁的下笔可靠，已经在考古者的铁铲下证实了多次。他真地看见许由墓了吗？我不住地想。

箕顶已经开始涌上暮色，视野里一阵阵袭来凄凉。天色转暗后我们突然感慨，禁不住地猜测许由的形象，好像在蒿草一下下绊着脚、太阳一分分悄隐下沉的时候，那些简赅的史料又被特别细致地咀嚼了。山的四面都无声。暮色中的箕山，以及山麓连结的朦胧四野中，浮动着一种浑浊的哀切。

那时我不知道，就在那一天里我不仅相信了这个古史传说而且企图找寻它。我抱着考古队员式的希望，有一瞬甚至盼望出现奇迹，由我发现许由墓。但箕顶上不见牛，不见农夫，不见布衣之士刚愎的清高；不仅登封洛阳，不仅豫北晋南的原野，连伸延无限的中原大地，都沉陷在晚暮的沉默中，一动不动，缄口不言。

那一天以后不久，田野工作收尾，我没有能抽空再上一回箕山。然后，人和心思都远远地飞到了别处，离开河南弹指就是十五年。应该说我没有从浮躁中蜕离，我被意气裹挟而去，渐渐淡忘了中原和大禹治水的夏王朝。许由墓，对于我来说，确确实实已经湮没无存了。

二

长久以来滋生了一个印象。我一直觉得，在中国的古典中，许由洗耳的例子是极限。品味这个故事，不能不觉得它载道于绝对的描写。它在一个最高的例子上规定洁与污的概念，它把人类可能有过的原始公社禅让时代归纳为山野之民最高洁、王侯上流最卑污的结论。它的原则本身太高傲，这使它与后世的人们之间产生了隔阂。

今天回顾已经为时太晚，它的确已经沦为了箕山的传说。今天无论怎样庄重文章也难脱调侃。今天的中国人，可能已经没有体会它的心境和教养了。

就这样时间在流逝着。应该说这些年来，时间在世界上的进程惊心动魄。在它的冲淘下我明白了：文明中有一些最纯的因素，惟它能凝聚起涣散失望的人群，使衰败的民族熬过险关，求得再生。所以，尽管我已经迷恋着我的鲜烈的信仰和纯朴的集体；尽管我的心意情思早已远离中原三千里外并且不愿还家，但我依然又强烈地想起了箕山，还有古史传说的时代。

箕山许由的本质，后来分衍成很多传统。洁的意识被义、信、耻、殉等林立的文化所簇拥，形成了中国文化的精神森林，使中国人长久地自尊而有力。

后来，伟大的《史记·刺客列传》著成，中国的烈士传统得到了文章的提炼，并长久地在中国人的心中矗立起来，直至昨天。

《史记·刺客列传》是中国古代散文之最；它所收录的精神是不可思议、无法言传、美得魅人的。

三

英雄首先出在山东。司马迁在这篇奇文中以鲁人曹沫为开始。

应当说，曹沫是一个用一把刀子战胜了大国霸权的外交家。在他的羸弱的鲁国被强大的齐国欺凌的时候，外交席上，曹沫一把揪住了齐桓公，用尖刀逼他退还侵略鲁国的土地。齐桓公刚刚服了输，曹沫马上扔刀下坛。回到席上，继续前话，所谓若无其事。

今天，我们的体制派们按照他们不知在哪儿受到的英美式教育，无疑会齐声大声叫喊曹沫犯规——但在当时，若没有曹沫的过激动作，强权就会压制天下。

意味深长的是，司马迁注明了这些壮士来去的周期。

其后百六十有七年，而吴有专诸之事。

专诸的意味，首先在于他是第一个被记诸史籍的刺客。在这里司马迁的感觉起了决定的作用。司马迁没有因为刺客的卑微而为统治者去取舍；他的一笔，不仅使异端的死者名垂后世，更使自己的著作得到了杀青压卷。

刺，本来仅仅是政治的非常手段，本来只是残酷的战争形式的一种而已。但是在漫长的历史中，它更多地属于正义的弱者；在血腥的人类史中，它常常是弱者在绝境中被迫选择的、惟一可能制胜的决死拼斗。

由于形式的神秘和危险，由于人在行动中爆发出的个性和勇敢，这种行为经常呈着一种异样的美。刺客之道的开辟者专诸表现得更特殊：他不像曹沫行为那样以严格的原则性制限。他从一开始就把这种特殊的献身行为用于私——因此，人的烈性、人在个人利害上的清洁无私，压倒了是非的曲直。

——事发之日，一把刀子被秘密地烹煮于鱼腹之中，专诸乔装献鱼，进入宴席。掌握于千钧一发，使怨主王僚丧命。鱼肠剑，这仅有一件的奇异兵器，从此成了一个家喻户晓的故事；并且在古代的东方树立了一种极端的英雄主义和浪漫主义。

从专诸到他的继承者之间，周期是七十年。

这一次的主角豫让把他前辈的开创发展得惊心动魄。豫让只因为尊重了自己的人惨死，决心选择刺杀手段。他不仅演出了一场以个人对抗强权的威武活剧，而且提出了一个非常响亮的思想："士为知己者死，女为悦己者容。"

第一次攻击失败以后，他用漆疮烂身体，吞炭弄哑声音，残身苦形，使妻子不识；然后寻找接近怨主赵襄子的时机。

就这样行刺之日到了，豫让的悲愿仍以失败终结。但是被捕的豫让骄傲而有理；他认为："明主不掩人之美，忠臣有死名之义。"在甲兵捆绑的阶下，他堂堂正正地要求名誉，请求赵襄子借衣服让他砍一刀，为他成全。

这是中国古代史上形式和仪式的伟大胜利。连处于反面角色的敌人也表现得高尚。赵襄子脱下了贵族的华服，豫让如同表演胜利者的舞蹈。他拔剑三跃而击之，然后伏剑自杀。

也许这一点最令人费解——他们居然如此追求名誉。

必须说，在名誉的范畴里出现了最大的异化。今日名利之徒的追逐，古代刺客的死名，两者之间的天壤之别的现实，该让人说些什么呢？

周期一时变得短促，四十余年后，一个叫深井里的地方，出现了勇士聂政。

和豫让一样，聂政也是仅仅因为自尊心受到了意外的尊重，就决意为知己者赴死。但聂政其人远比豫让深沉得多。是聂政把"孝"和"情"引入了残酷的行动。当他在社会的底层，受到严仲子的礼遇和委托时，他以母亲的晚年为行动与否的条件。终于母以天年逝世了，聂政开始践约。

聂政来到了严仲子处。只是在此时，他才知道了目标是韩国之相侠累。聂政的思想非常彻底。从一开始，他就决定不仅要实现行刺，而且要使事件包括表面都变成自己的；从而保护知己者严仲子。因此他拒绝助手，单身上道。

聂政抵达韩国，接近了目标，仗剑冲上台阶，包括韩国之相侠累在内一连击杀数十人。——但是事情还没有完。

在杀场上，聂政"皮面决眼，自屠出肠"，使自己变成了一具无法辨认的尸首。

这里藏着深沉的秘密。本来，两人谋事，一人牺牲，严仲子已经没有危险。像豫让一样，聂政应该有殉义成名的特权。聂政没有必要毁形。

谜底是由聂政的姐姐揭穿的。在那个时代里，不仅人知己，而且姊知弟。聂姊听说韩国出事，猜出是弟弟所为。她仓皇赶到韩，伏在弟弟的遗体上哭喊：这是深井里的聂政！原来聂政一家仅有这一个出了嫁的姐姐，聂政毁容弃名是担忧她受到牵连。聂姊哭道：我怎能因为惧死，而灭了贤弟之名！最后自尽于聂政身旁。

四

这样的叙述，会被人非议为用现代语叙述古文。但我想重要的是，在一片后庭花的歌声中，中国需要这种声音。对于这一篇价值千金的古典来说，一切今天的叙述都将绝对地因人而异。对于正义的态度，对于世界的看法，人会因品质和血性的不同，导致笔下的分歧。更重要的是，人的精神不能这么简单地烂光丢净。管别人呢，我要用我的篇章反复地为烈士传统招魂，为美的精神制造哪怕是微弱的回声。

二百余年之后，美名震撼世界的英雄荆轲诞生了。

荆轲刺秦王的故事妇孺皆知。但是今天大家都应该重读荆轲。《史记·刺客列传》中的荆轲一节，是古代中国勇敢行为和清洁精神的集大成，那一处处永不磨灭的描写，一代代地感动了、哺育了各个时代的中国人。

独自静静读着荆轲的记事，人会忍不住地想：我难道还能忍受如此的日子么，如此庸庸碌碌的我还能算一个人么，在关口到来的时候我敢让自己也流哪怕一滴血么？

易水枯水，时代变了。

荆轲也曾因不合时尚潮流而苦恼；与文人不能说书、与武士不能论剑。他也曾被逼得性情怪僻，赌博嗜酒，远远地走到社会底层去寻找解脱，结交朋党。他和流落市井的艺人高渐离终日唱和，相乐相泣，他们相交的深沉，以后被惊心动魄地证实了。

荆轲遭逢的是一个大时代。

他被长者田光引荐给了燕国的太子丹。田光按照三人不能守密、两人谋事一人当殉的铁的原则，引荐荆轲之后立即自尽。就这样荆轲进入了太子丹邸。

荆轲在行动之前，被燕太子每日车骑美女，恣其所欲。燕太子丹亡国已迫在眉睫，苦苦请荆轲行动。当秦军逼近易水时，荆轲制定了刺杀秦王的周密计划。

到今细细分析这个危险的计划，仍不能不为它的逻辑性和可行性所叹服。关键是"近身"，荆轲为了获得靠近秦王的时机，首先要求以避难燕国的亡命秦将樊於期的首级、然后要求以燕国肥美领土的地图为诱饵；然后以约誓朋党为保证。他全面备战，甚至准备了最好的攻击武器：药淬的徐夫人匕首。

就这样，燕国的人马来到了易水，行动等待着实行。

出发那天出现了一个冲突。由于荆轲队伍动身迟延，燕太子丹产生了怀疑。当他婉言催促时，荆轲震怒了。

这段《刺客列传》上的记载，多少年来没有得到读者的觉察。荆轲和燕国太子在易水上的这次争执，具有着很深的意味。这个记载说明：那天的易水送行，不仅是不欢而散甚至是结仇而别。燕太子只是逼人赴死，只是督战易水；至于荆轲，他此时已经不是为了政治，不是为了垂死的贵族而拼命；他此时是为了自己，为了诺言，为了表达人格而战斗。此时的他，是为了同时和秦王和燕太子宣布抗议而战斗。

那一天的故事脍炙人口。没有一个中国人不知道那支慷慨的歌。但是我想荆轲的心情是黯淡的，队列尚未出发，已有两人舍命，都是为了他的此行，而且都是为了一句话。田光只因为太子嘱咐了一句"愿先生勿泄"，便自杀以守密。樊於期也只因荆轲说了一句"愿得将军之首"，便立即献出头颅。在非常的时期，人们都表现出了惊人的素质，逼迫着荆轲的水平。

风萧萧兮易水寒，壮士一去兮不复还，荆轲和他的党人高渐离在易水之畔的悲壮唱和，其实藏着无人知晓的深沉含义。所谓易水之别，只在两人之间。这是一对同志的告别和约束，是一个他们私人之间的誓言。直到后日高渐离登场了结他的使命时，人们才体味到这誓言的沉重。

就这样长久地震撼中国的荆轲刺秦王事件，就作为弱者的正义和烈性的象征，作为一种失败者的最终抵抗形式,被历史确立并且肯定了。

图穷而匕首现,荆轲牺牲了。继荆轲之后,高渐离带着今天已经不见了的乐器筑,独自地接近了秦王。他被秦王认出是荆轲党人,被挖去眼睛,阶下演奏以供取乐。但是高渐离筑中灌铅,乐器充兵,艰难地实施了第二次攻击。

不知道高渐离举着筑扑向秦王时,他究竟有过怎样的表情。那时人们议论勇者时,似乎有着特殊的见地和方法论。田光向太子丹推荐荆轲时曾阐述说,血勇之人,怒而面赤;脉勇之人,怒而面青;骨勇之人,怒而面白。那时人们把这个问题分析得入骨三分,一直深入到生理上。田光对荆轲的评价是:神勇之人,怒而色不变。

我无法判断高渐离脸上的颜色。

回忆着他们的行迹,我激动,我更怅然若失,我无法表述自己战栗般的感受。

高渐离奏雅乐而行刺的行为,更与燕国太子的事业无关。他的行为,已经完全是一种不屈情感的激扬,是一种民众对权势的不可遏止的蔑视,是一种已经再也寻不回来的、凄绝的美。

五

我们对荆轲故事的最晚近的一次回顾是在狼牙山,八路军的五名勇士如荆轲一去不返,使古代的精神骄傲地得到了继承。红卫兵时期有不少青年把狼牙山当成圣地,记得那时狼牙山的主峰棋盘砣上,每天都飘扬着好多面红旗,从山脚下的东流水村到陡峭的阎王鼻子的险路上,每天都络绎不绝地攀登着风尘仆仆的中学生。

我自己登过两次狼牙山,两次都是在冬天。那时人们喜欢模仿英雄。伙伴们在顶峰研究地形和当年五勇士的位置,在凛冽的山风呼啸中,让心中充满豪迈的感受。

不用说,无论是刺客故事还是许由故事,都并不使人读了快乐。读后的体会很难言传。暗暗偏爱它们的人会有一些模糊的结论。近年来我常常读它们;没有结论,我只是喜爱读时的感觉。那是一种清冽、干净的感觉。他们栩栩如生。独自面对着他们,我永远地承认了自己的低下。但是经常地这样与他们在一起,渐渐我觉得被他们的精神所熏染,心一天天渴望清洁。

是的,是清洁,他们的勇敢,来源于古代的洁的精神。

记不清是什么时候读到的了,有一个故事:舞台上曾出过一个美女,她认为,在暴政之下演出是不洁,于是退隐多年不演。时间流逝,她衰老了,但正义仍未归来。天下不乏美女;在她坚持清洁的精神的年月里,另一个舞女登台并取代了她。没有人批评那个人粉饰升平不洁,也没有人忆起仗义的她。更重要的是,世间公论那个人美。晚年,她哀叹道,我视洁为命,因洁而勇,以洁为美。世论与我不同,天理也与我不同么?

我想,我们无权让清洁地死去的灵魂湮灭。

但她象征的只是无名者,未做背水一战的人,许由式的清洁而无力的人;而聂政荆轲是完全不同的类型。他们是无力者的安慰，是清洁的暴力，是不义的世界和伦理的讨伐者。

若是那个舞女决心向暴君行刺，又会怎么样呢。

因此没有什么恐怖主义，只有无助的人绝望的战斗。鲁迅一定深深地体会过无助。所谓鲁迅，就是被腐朽的势力，尤其是被他即便死也"一个都不想饶恕"的智识阶级、即中国知识分子的前一辈们逼得一步步完成自我，并濒临无助的绝境的思想家和艺术家。他创造的怪诞的刺客形象"眉间尺"变成了白骨骷髅，在滚滚的沸水中追咬着仇敌的头——不知算不算恐怖主义。尤其是，在《史记》已经留下了那样不可超越的奇笔之后，鲁迅居然仍不放弃，仍写出了眉间尺。鲁迅做的这件事值得注意。从鲁迅做的这件事中，也许能看见鲁迅思想的漆黑、激烈的深处。

许由故事中的底层思想也在发展。几个浑身发散着异端光彩的刺客，都是大时代中地位卑贱的人。他们身上的异彩为王公贵族所不备，国家危存之际非他们无人挺身而出。他们视国耻为不可容忍，把这种耻看成自己私人的、必须以命相抵的奇辱大耻——中国文明中的"耻"的观念就这样强化了，它对一个民族的支撑意义，也许以后会日益清晰。

不用说，在那个大时代中，除了耻的观念外，豪迈的义与信等传统也一并奠基。一诺千金，以命承诺，舍身取义，义不容辞——这些中国文明中的有力的格言，都是经过了志士的鲜血浇灌以后，才如同淬火之后的铁，如同沉水之后的石一样，铸入了中国的精神。

我们的精神，起源于上古时代的"洁"字。

登上中岳嵩山的太室，有一种可以望尽中国的感觉。视野里，整个北方一派迷茫。冬树和野草毗连的村落还都是那么纯朴。我独自久久地望着，心里鼓漾着充实的心情。昔日因壮举而得名的处处地点都安在，大地依然如故。包括时间；好像几千年的时间并没有弃我们而去，时间好像一直在静静地守护着这片土地，以及我崇拜的烈士们。我仿佛看见了匆匆离去的许由，仿佛看见了聂政的故乡深井里，仿佛看见了在寒冷冬日的易水之畔，在肃杀的风中唱和相约的荆轲与高渐离。

中国给予我教育的时候，从来都是突兀的。几次突然燃起的熊熊烈火，极大地纠正了我的悲观。是的，我们谁也没有权力对中国妄自菲薄。应当坚信：在大陆上孕育了中国的同时，最高尚的洁意识便同时生根。那是四十个世纪以前种下的高贵种子，它百十年一发，只要显形问世，就一定以骇俗的美久久引起震撼，它并非我们常见的风情事物，我们应该等待它。

1993 年

（选自张承志散文集《清洁的精神》，安徽文艺出版社 1994 年版）

周国平

没有目的的旅行

没有比长途旅行更令人兴奋的了，也没有比长途旅行更容易使人感到无聊的了。

人生，就是一趟长途旅行。

一趟长途旅行，意味着奇遇，巧合，不寻常的机缘，意外的收获，陌生而新鲜的人和景物。总之，意味着种种打破生活常规的偶然性和可能性。所以，谁不是怀着朦胧的期待和莫名的激动踏上旅程的？

然而，一般规律是，随着旅程的延续，兴奋递减，无聊递增。

我们从记事起就已经身在这趟名为"人生"的列车上了。一开始，我们并不关心它开往何处。孩子们不需要为人生安上一个目的。他们趴在车窗边，小脸蛋紧贴玻璃，窗外掠过的田野、树木、房屋、人畜无不可观，无不使他们感到新奇。无聊与他们无缘。

不知从何时起，车窗外的景物不再那样令我们陶醉了。这是我们告别童年的一个确切标志，我们长大成人了。我们开始需要一个目的，而且往往也就有了一个也许清晰但多半模糊的目的。我们相信列车将把我们带往一个美妙的地方，那里的景物远比沿途优美。我们在心里悄悄给那地方冠以美好的名称，名之为"幸福"、"成功"、"善"、"真理"等等。

不幸的是，一旦我们开始憧憬一个目的，无聊便接踵而至。既然生活在远处，近处的就不是生活。既然目的最重要，过程就等而下之。我们的心飞向未来，只把身体留在现在，视正在经历的一切为必不可免的过程，耐着性子忍受。

列车在继续行进，但我们愈来愈意识到自己身寄逆旅，不禁暗暗计算日程，琢磨如何消磨途中的光阴。好交际者便找人攀谈，胡侃神聊，不厌其烦地议论天气、物价、新闻之类无聊话题。性情孤僻者则躲在一隅，闷头吸烟，自从无烟车厢普及以来，就只是坐着发呆、瞌睡、打呵欠。不学无术之徒掏出随身携带的通俗无聊小报和杂志，读了一遍又一遍。饱学之士翻开事先准备的学术名著，想聚精会神研读，终于读不进去，便屈尊向不学无术之徒借来通俗报刊，图个轻松。先生们没完没了地打扑克。太太们没完没了地打毛衣。凡此种种，雅俗同归，都是在无聊中打发时间，以无聊的方式逃避无聊。

当然，会有少数幸运儿因了自身的性情，或外在的机缘，对旅途本身仍然怀着浓厚的兴趣。一位诗人凭窗凝思，浮想联翩，笔下灵感如涌。一对妙龄男女隔座顾盼，两情款洽，眉间秋波频送。他们都乐在其中，不觉得旅途无聊。愈是心中老悬着一个遥远目的地的旅客，愈不耐旅途的漫长，容易百无聊赖。

由此可见，无聊生于目的与过程的分离，乃是一种对过程疏远和隔膜的心境。孩子或者像孩子一样单纯的人，目的意识淡薄，沉浸在过程中，过程和目的浑然不分，他们能够随遇而安，即事起兴，不易感到无聊。商人或者像商人一样精明的人，有非常明确实际的目的，以此指导行动，规划过程，目的与过程丝丝相扣，他们能够聚精会神，分秒必争，也不易感到无聊。怕就怕既失去了孩子的单纯，又不肯学商人的精明，目的意识强烈却并无明确实际的目的，有所追求但所求不是太缥缈就是太模糊。"我只是想要，但不知道究竟想要什么。"这种心境是滋生无聊的温床。心中弥漫着一团空虚，无物可以填充。凡到手的一切都不是想要的，于是难免无聊了。

舍近逐远似乎是我们人类的天性，大约正是目的意识在其中作祟。一座围城，城里的人想出去，城外的人想进来，如果出不去进不来，就感到无聊。这是达不到目的的无聊。一旦城里的人到了城外，城外的人到了城里，又觉得城外和城里不过尔尔。这是目的达到后的无聊。于是，健忘的人（我们多半是健忘的）折腾往回跑，陷入又一轮循环。等到城里城外都厌倦，是进是出都无所谓，更大的无聊就来临了。这是没有了目的的无聊。

超出生存以上的目的，大抵是想象力的产物。想象力需要为自己寻一个落脚点，目的便是这落脚点。我们乘着想象力飞往远方，疏远了当下的现实。一旦想象中的目的实现，我们又会觉得它远不如想象。最后，我们倦于追求一个目的了，但并不因此就心满意足地降落到地面上来。我们乘着疲惫的想象力，心灰意懒地盘旋在这块我们业已厌倦的大地上空，茫然四顾，无处栖身。

让我们回到那趟名为"人生"的列车上来。假定我们各自怀着一个目的，相信列车终将把我们带到心向往之的某地，为此我们忍受着旅途的无聊，这时列车的广播突然响了，通知我们：列车并非开往某地，非但不是开往某地，而且不开往任何地方，它根本就没有一个目的地。试想一下，在此之后，不再有一个目的来支撑我们忍受旅途的无聊，其无聊更将如何？

然而，这正是我们或早或迟会悟到的人生真相。"天地者万物之逆旅"，万物之灵也只是万物的一分子，逃不脱大自然安排的命运。人活一世，不过是到天地间走一趟罢了。人生的终点是死，死总不该是人生的目的。人生原来就是一趟没有目的的旅行。

鉴于人生本无目的，只是过程，有的哲人就教导我们重视过程，不要在乎目的。如果真能像孩子那样沉浸在过程中，当然可免除无聊。可惜的是，我们已非孩子，觉醒了的目的意识不容易回归混沌。莱辛说他重视追求真理的过程胜于重视真理本身，这话怕是出于一种无奈的心情，正因为过于重视真理，同时又过于清醒地看到真理并不存在，才不得已而返求诸过程。看破目的缺如而执著过程，这好比看破红尘的人还俗，与过程早已隔了一道鸿沟，至多只能做到貌合神离而已。

如此看来，无聊是人的宿命。无论我们期待一个目的，还是根本没有目的可期待，我们都难逃此宿命。在没有目的时，我们仍有目的意识。在无可期待时，我们仍茫茫然若有所待。我们有时会沉醉在过程中，但是不可能始终和过程打成一片。当我们渴念过程背后的目的，或者省悟过程背后绝无目的时，我们都会对过程产生疏远和隔膜之感。然而，我们又被黏滞在过程中，我们的生命仅是一过程而已。我们心不在焉而又身不由己，这种心境便是无聊。

（选自周国平《迷者的悟》，陕西人民出版社1995年版）

王充闾

用破一生心

一

伴随着"皇帝热"、"辫子热"的蒸腾，曾国藩也被"炒"得不亦乐乎。其缘由未必都是市场的驱动，很可能还出自一种膜拜心理：拜罢英明的"圣主"，再来追慕一番"中兴第一名臣"，也是满合乎逻辑的。只是我总觉得，这位曾公似乎并不像某些人说的那样可亲、可敬，倒是十足地可怜。他的生命乐章太不浏亮，在那显赫的身影后面，除了一具猥琐、畏缩的躯壳之外，看不到多少生命的活力、灵魂的光彩。——人们不禁要问：活得那么苦、那么累，值得吗？

关于苦，佛禅讲得最多，有所谓"人生八苦"的说法：生、老、病、死，与生俱来，可说是任人皆有的，只是程度不同而已；而求不得、厌憎聚、爱别离、五蕴盛，则是由欲而生，就因人各异了。古人说，人之有苦，为其有欲，如其无欲，苦从何来？曾国藩的苦，主要是来自过多、过强、过盛、过高的欲望，结果就心为形役，苦不堪言，最后不免活活地累死。

说到欲望，曾国藩原也无异于常人。经书上说："饮食男女，人之大欲存焉。"他出生在农村，少年时代也是生性活泼，情感丰富的。十多岁出外就读，浪漫不羁，倜傥风流。相传他曾狎妓，妓名春燕，于春末三月三十日病殁，他遂集句书联以悼之："未免有情，忆酒绿灯红，此日竟随春去了；似曾相识，怅梁空泥落，几时重见燕归来？"一时传为佳构。至于桎梏性灵，压抑情感，则是系统地接受了儒家思想，特别是程朱理学之后。

其间自有一段改造、清洗的过程。

他原名子城,字伯涵,二十一岁肄业于湘乡书院,改号涤生,六年后中进士,更名国藩。"涤生",取涤除旧污,以期进德修业之意;"国藩",为国屏藩,显然是以"国之干城"相期许。合在一起,完整地勾画出儒家"修、齐、治、平"的成材之路,也恰切地表明了他的立德、立功、立言"三不朽"的终极追求。目标既定,剩下来的就是如何践履、如何操作的问题了。他在这条漫漫人生之路上,作出了明确的战略选择:一方面要超越平凡,通过登龙入仕,建立赫赫事功,达到出人头地;一方面要超越"此在",通过内省功夫,跻身圣贤之域,"不忝于父母之所生,不愧为天地之完人",达到名垂万世。

这种人生鹄的,无疑是至高、至上的。许多人拼搏终生,青灯皓发,碧血黄沙,直至赔上了那把老骨头,也终归不能望其项背。某些硕儒名流,德足为百世师,言可为天下法,却缺乏煌煌之业、赫赫之功;而一些建不世功、封万里侯的勋臣宿将,其道德文章又未足以副之,最后,都只能在徒唤奈何中咽下那死不甘心的一口气。求之于历代名臣,曾国藩可说是一个少见的例外。他居京十载,中进士,授翰林,拔擢内阁学士,遍兼礼部、兵部、刑部、工部、吏部侍郎,外放之后,办湘军,创洋务,兼署数省总督,权倾朝野,位列三公,成为清朝立国以来汉族大臣中功勋最大、权势最重、地位最高之人,应该说是超越了平凡;作为封建时代最后一位理学家,在思想、学术上造诣精深,当世及后人称之为"道德文章冠冕一代",甚至被目为"今古完人",也算得上是超越了"此在"吧?

可是,人们是否晓得,为了实现这"两个超越",他竟耗费了多少心血,历经何等艰辛啊?只要翻开那部《曾文正公全集》浏览一过,你就不难得出结论,他是一个地地道道、不折不扣的悲剧人物,是一个终生置身炼狱,心灵备受熬煎,历经无边苦痛的可怜虫。

"功名两个字,用破一生心。"他自从背负上从儒家那里承袭下来的立功扬名的沉重包袱之后,便坠入了一张密密实实、巨细无遗的罗网,任凭你有孙悟空那样的冲天本领,也难以挣破网眼,逃逸出去;何况,他自己还要主动地参与结网,刻意去做那"缀网劳蛛"呢!随着读书渐多,理路渐明,那一套"立德、立功、立言"的终极追求,便像定海神针一般把他牢牢地锁定在无形的炼狱里。

歌德老人说,性格决定命运。那么,性格又是由什么决定的呢?这恐怕不是一个"遗传基因"所能了得,主要的还应从环境和教养方面查找原因。雄厚而沉重的历史文化积淀,已经为他做好了精巧的设计,给出了一切人生的答案,不可能再作别样的选择。他在读解历史、认知时代的过程中,一天天地被塑造、被结构了,最终成为历史和时代的制成品。于是,他本人也就像历史和时代那样复杂,那样诡谲,那样充满了悖论。这样一来，他也就作为父、祖辈道德观念的"人质"，作为封建祭坛上的牺牲，彻底地告别了自由，付出了自我，失去了自身固有的活力，再也无法摆脱其悲剧性的人生命运。

二

这种无形的炼狱，是由他自己一手铸成的。其中的奥蕴无穷，但一经勘破，却也十分简单：要实现"两个超越"，就必须跨越一系列的障碍，面对种种难以克服的矛盾，这也就是他进退维谷，跋前踬后，终生抑塞难舒，身后还要饱遭世人訾议的根本原因。

封建王朝一切建立奇功伟业者，都免不了要遭遇忠而见疑，功成身殒的危机，曾国藩自然也不例外，而且，由于他的汉员大臣身份，在种族界隔至为分明的清朝主子面前，这种危机更像一柄"达摩克利斯之剑"时时悬在头上。这是一种无法摆脱的两难选择：如果你能够甘于寂寞，终老林泉，倒可以避开一切风险，像庄子说的，山木"以不材得终其天年"，这一点是他所不取的，——圣人早就教诲了："君子疾没世而名不称焉"；而要立功名世，就会遭谗受忌，就要日夕思考如何保身、保位这个严峻的课题。明乎此，就不难理解曾国藩何以怀有那么强烈的危机感，几乎是惶惶不可终日。他对于古代盈虚、祸福的哲理，功高震主、树大招风的历史教训，实在是太熟悉、太留意了，因而时时处处都在防备着颠危之虞、杀身之祸。

他一生的主要功业在镇压太平军方面。但他率兵伊始，初出茅庐第一回，就在"靖港之役"中招致灭顶的惨败，眼看着积年的心血、升腾的指望毁于一旦，一时百忧交集，痛不欲生，他两番纵身投江，都被左右救起。回到省城之后，又备受官绅、同僚奚落与攻击，愤懑之下，他声称要自杀以谢湘人，并写下了遗嘱，还让人购置了棺材。心中惨苦万状，却又"哑子吃黄连"，有苦不能说，只好"打掉门牙肚里吞"。正如他所自述的："余庚戌、辛亥间，为京师权贵所唾骂，癸丑、甲寅为长沙所唾骂，乙卯、丙辰为江西所唾骂，以及滨州之败、靖港之败、湖口之败，盖打脱牙之时多矣，无一次不和血吞之。"

那么，获取胜利之后又怎样呢？扑灭太平天国，兵克金陵，是曾氏梦寐以求的胜业，也是他一生成就的辉煌顶点，一时间，声望、权位如日中天，达于极盛。按说，这时候应该一释愁怀，快然于心了。可是，他反而"郁郁不自得，愁肠九回"，城破之日，竟然终夜无眠。原来，他在花团锦簇的后面看到了重重的陷阱、不测的深渊。同是一种苦痛，却有不同层次：过去为求胜而不得，自是困心恒虑，但那种焦苦之情常常消融于不断追求之中，里面总还透露着希望的曙光；而现在的苦痛，是在历经千难万险终于实现了胜利目标之后，却发现等待着自己的竟是一场灾祸，而并非预期的福祉，这实在是最可悲，也最令人伤心绝望的。

到现在，情况已经非常清楚了，尽管他竭忠尽智，立下了汗马功劳，但因其用兵过久，兵权太重，地盘忒大，朝廷从长远利益考虑，不能不视之为致命威胁。过去所以委之以重任，乃因东南半壁江山危如累卵，对付太平军非他莫属。而今，席卷江南、飙飞电举的太平军已经灰飞烟灭，代之而起的、随时都能问鼎京师的，是以湘军为核心的精强剽悍的汉族地主政治、军事力量。在历史老人的拨弄下，他和洪秀全翻了一个烧饼，湘军和太平军调换了位置，成为最高统治者的心腹大患。

其实，早在天京陷落之前，清廷即已从中央与地方、集权与分权的总体战略出发，采取多种防范措施，一面调兵遣将，把守关津，防止湘军异动；一面蓄意扶植淮军，从内部进行瓦解，限制其势力的膨胀。破城后，清廷立即密令亲信以查阅旗营为名，探察湘军动静。当日咸丰帝曾有"克复金陵者王"的遗命，可是，庆功之日，曾氏兄弟仅分别获封一等侯、伯。尤其使他心寒胆战的是，湘军入城伊始，即有许多官员弹劾其纪律废弛，虏获无数，残民以逞。清廷下诏，令其从速呈报历年军费开支账目。打了十几年烂仗，军饷一毫不拨，七拼八凑，勉强维持到今日。现在，征袍上血渍未干，却拉下脸子来查账，实无异于颁下了十二道金牌。闻讯后，曾国藩忧愤填膺，痛心如捣。"狡兔死走狗烹，飞鸟尽良弓藏，敌国破谋臣亡"的血腥史影，立刻在眼前浮现。此时心迹，他已披露在日记中："古之得虚名而值时艰者，往往不克保其终。思此不胜大惧。"

对于清廷的转眼无恩，总有一天会"卸磨杀驴"，湘军众将领早已料得一清二楚，彷徨、困惑中，不免萌生"拥立"之念。据说，曾氏至为倚重的中兴名将胡林翼，几年前就曾专函探试："东南半壁无主，我公其有意乎？"曾国藩看后惶恐骇汗，悄悄地撕个粉碎。湘军集团第二号人物左宗棠也曾撰写一联，故意向他请教："神所凭依，将在德矣；鼎之轻重，似可问焉。"曾阅后，将下联的"似"改为"未"，原封送还。曾的幕僚王闿运在一次闲谈中向他表明了"取彼虏而代之"的意思，他竟吓得不敢开腔，只是手蘸茶汁，在几案上有所点画。曾起立更衣，王偷着看了一眼，乃是一连串的"妄"字。

其实，曾国藩对他的主子也未必就那么死心塌地地愚忠，只是，审时度势，不敢贸然孤掷，以免断了那条得天地正气、做今古完人的圣路。于是，为了保全功名，免遭疑忌，继续取得清廷的信任，他毅然采取"断臂全身"的策略，在剪除太平军之后，主动奏请将自己一手创办并赖以起家的湘军五万名主力裁撤过半，并劝说其弟国荃奏请朝廷因病开缺，回籍调养，以避开因功遭忌的锋芒。他说："处大位大权而震享大名，自古能有几人能善其末路者？总须设法将权位二字推让少许，灭去几成，则晚节渐可以收场耳。"这两项举措，正都是清廷亟欲施行却又有些碍口的，见他主动提出，当即予以批准。还赏赐曾国荃六两人参，却无一言以相慰，使曾氏兄弟伤心至极。

三

曾国藩的人生追求，是"内圣外王"，既建非凡的功业，又做天地间之完人，从内外两界实现全面的超越；那么，他的痛苦也就同样来源于内外两界：一方面是朝廷上下的威胁，用他自己的话说："处兹乱世，凡高位、大名、重权三者皆在忧危之中"，因而"畏祸之心刻刻不忘"；一方面是内在的心理压力，时时处处，一言一行，为树立高大而完美的形象，同样是如临深渊、如履薄冰般的惕惧。

去世前两年，他曾自撰一副对联："战战兢兢，即生时不忘地狱；坦坦荡荡，虽逆境亦畅天怀。"上联揭示内心的衷曲，还算写实；下联则仅仅是一种愿望而已，哪里有什么"坦坦荡荡"，恰恰相反，倒是"凄凄、惨惨、戚戚"，庶几近之。他完全明白，居官愈久，其阙失势必暴露得愈充分，被天下世人耻笑的把柄势必越积越多；而且，人都是有七情六欲的，种种视、听、言、动，未必都合乎圣训，中规中矩。在这么多的"心中的魔鬼"面前，他还能活得真实而自在吗？

他对自己的一切翰墨都看得很重，不要说函札之类本来就是写给他人看的，即使每天的日记，他也绝不马虎。他知道，日记既为内心的独自，就有揭示灵魂、敞开自我的作用，生前殁后，必然为亲友、僚属所知闻，甚至会广泛流布于世间，因此，下笔至为审慎，举凡对朝廷的看法，对他人的评骘，绝少涉及，为的是不致遭惹麻烦，甚至有辱清名。相反地，里面倒是记载了个人的一些过苛过细的自责。比如，当他与人谈话时，自己表示了太多的意见；或者看人下棋，从旁指点了几招，他都要痛自悔责，在日记上骂自己"好表现，简直不是人"。甚至在私房里与太太开开玩笑，过后也要自讼"房闱不敬"，觉得于自己的身份不合，有失体统。

他在日记里写道："近来焦虑过多，无一日游于坦荡之天，总由于名心太切，俗见太重二端"，"今欲去此二病，须在一'淡'字上着意。""凡人我之际，须看得平；功名之际，须看得淡。"脉把得很准，治疗也是对症的，应该承认，他的头脑非常清醒。只是，坐而言不能起而行，无异于放了一阵空枪，最后，依旧是找不到自我。他最欣赏苏东坡的一首诗："治生不求富，读书不求官。譬如饮不醉，陶然有余欢。"可是，也就是止于欣赏而已。假如真的照着苏东坡说的做，真的能在一个"淡"字上着意，那也就没有后来的曾国藩了，自然，也就再无苦恼之可言了。由于他整天忧惧不已，遂导致长期失眠。一位友人深知他的病根所在，为他开了一个药方，他打开一看，竟是十二个字："岐黄可医身病，黄老可医心病。"他一笑置之。他何尝不懂得黄老之学可疗心疾，可是，在那"三不朽"的人生目标的驱策下，他又要建不世之功，又要作万世师表，怎么可能淡泊无为呢？

世间的苦是多种多样的。曾国藩的苦，有别于古代诗人为了"一语惊人"，冥心孤诣、刳肚搜肠之苦。比如唐朝的李贺，他的母亲就曾说："是儿要呕出心乃已耳！"但这种苦吟中，常常含蕴着无穷的乐趣；曾国藩的苦，和那些终日持斋受戒、面壁枯坐的"苦行僧"也不同。"苦行僧"的宗教虔诚发自一种真正的信仰，由于确信来生幸福的光芒照临着前路，因而苦亦不觉其苦，反而甘之如饴。而"中堂大人"则不然，他的灵魂是破碎的，心理是矛盾的，他的忍辱包羞、屈心抑志，俯首甘为荒淫君主、阴险太后的忠顺奴才，并非源于什么衷心的信仰，也不是寄希望于来生，而是为了实现现实人生中的一种欲望。这是一种人性的扭曲，绝无丝毫乐趣可言。从一定意义来说，他的这种痛深创巨的苦难经验，倒与旧时的贞妇守节有些相似。贞妇为了挣得一座旌表节烈的牌坊，甘心忍受人间最沉重的痛苦；而曾国藩同样也是为着那块意念中的"功德碑"而万苦不辞。

他节欲，戒烟，制怒，限制饮食，起居有常，保真养气，日食青菜若干、行数千步，夜晚不出房门，防止精神耗损，可说是最为重视养生的。但是，他却疾病缠身，体质日见衰弱，终致心力交瘁，中风不语，勉强活了六十二岁。死，对于他来说，其实倒是一种彻底的解脱。什么"超越"，什么"不朽"，统统地由他去吧！当然，那种无边的痛苦，并没有随着他的溘然长逝而扫地以尽，而是通过那些家训呀，书札呀，文集呀，言行录呀，转到了亲属、后人身上，这是一种名副其实的痛苦的传承，媒体的链接。

前几年看到一本"语录体"文字，它从曾国藩的诗文、家书、函札、日记中摘录出有关治生、用世、立身、修业等内容的大量论述，名之曰《人生苦语》。一个"苦"字将曾公的全部行藏、心迹活灵活现地概括出来，堪称点睛之笔。

四

曾国藩以匡时济世为人生的旨归，以修身进德为立身之本，采取积极进取的人生态度，这无疑是承传了孔孟之道的衣钵，但他同时，也有意识地吸收了老庄哲学的营养。他是由儒、道两种不同的传统生命智慧煅冶而成，因而能够站在更高的层次上，可以说，他是中国历史上兼收孔老、杂糅儒道最为纯熟、最见工力的一个。

由于他机敏过人，巧于应付，一生仕途基本上顺遂，加之，立功求名之心极为热切，简直就是一个有进无退的"过河卒子"，因而未曾真正地退藏过；但是，出于明哲保身的机智和韬光养晦的策略上的需要，他也还是把"盛时常作衰时想，上场当念下场时"奉为终身的座右铭，把黄老之学看作是一个精神的遁逃薮，一种适生价值与自卫方式，准备随时卷缩到这个乌龟壳里，一面咀嚼着那些"高下相生，死生相因"的哲理，以求得心灵上的抚慰；一面从"尺蠖之屈，以求伸也"的权谋中，把握其再生的策略。

同是道家，在他的眼里，老子与庄周的分量并不一样。别看他选定的奉为效法榜样的三十二位中国古代圣哲中，只有庄周而无老子，其实，这是一种"兴发于此而义归于彼"的障眼法。庄周力主发现自我，强调独立的人格；不仅无求于世，而且，还要遗身于世虑江山之外，不为世人所求。这一套浮云富贵，粪土王侯，旷达恣肆，彻悟人生的生命方式，对曾国藩来说，无异于南辕北辙；倒是作为权谋家、策略家、彻底的功利主义者的老子，更切近他的需要，符合他的胃口，——儒家是很推崇知进退、识时务，见机而作的，孟子就说过嘛："孔子，圣之时者也。"

他平生笃信《淮南子》关于"功可强成，名可强立"的说法。"强"也者，勉强磨炼之谓也，就是在猎取功名上，要下一番"知其不可而为之"的强勉功夫。但他又有别于那种蛮干、硬拼的武勇之徒。他的胞弟曾国荃刚愎自用，好勇斗狠，有时不免意气用事，曾国藩怕他因倨傲招来祸患，总是费尽唇舌，劝诫他要"慎修以远罪"。听说其弟要弹劾一位大臣，当即力加劝止，他说，这种官司即使侥幸获胜，众人也会对你虎视眈眈，侧目相看，遭贬的本人也许无力报复，但其他人一定会蜂拥而起，寻隙启衅。须知，楼高易倒，树高易折，我们兄弟时时处身险境，不能不考虑后果。他告诫其弟：从此以后，只从波平浪静处安身，莫向掀天揭地处着想。这并不是萎靡不振，而是因为位高名重，不如此，那就处处都是危途。

清代道咸以降，世风柔靡、泄沓，盛行一种政治相对主义和圆融、浑沌的处世方式。最典型的是道光朝的宰相曹振镛，晚年恩遇日隆，身名俱泰。门人向他请教，答曰："无他，但多磕头少说话耳。"有人赋《一剪梅》词来描画这种时弊："仕途钻刺要精工，京信常通，炭敬常丰；莫谈时事逞英雄，一味圆融，一味谦恭。大臣经济在从容，莫显奇功，莫说精忠；万般人事要朦胧，驳也无庸，议也无庸。八方无事岁年丰，国运方隆，官运方通；大家襄赞要和衷，好也弥缝，歹也弥缝。无灾无难到三公，妻受荣封，子荫郎中；流芳身后更无穷，不谥文忠，也谥文恭。"曾国藩由于深受儒学濡染，志在立功扬名，垂范万世，肩负着深重的责任感，尽管老于世故，明于趋避，但同这类"琉璃蛋"、"官混子"却是判然有别的。我们也许不以他的功业为然，也许鄙薄他的为人处世，但是，对于他的困知敏学，勤谨敬业，勇于用事的精神，还应该予以承认。

曾国藩是一个极为复杂的生命个体，是一部内容丰富的"大书"。在解读过程中，我们会发现，他的清醒、成熟、机敏之处实在令人心折，确是通体布满了灵窍，积淀着丰厚的传统文化精神，到处闪现着智者的辉芒。当然，这是从文化学、社会学、心理学的角度来研究；如果就人性批评意义上说，却又觉得多无足取。在他的身上，智谋呀，经验呀，知识呀，修养呀，可说应有尽有；唯一缺乏的是本色，天真。其实，一个人只要丧失了本我，也便失去了生命的出发点，迷失了存在的本源，充其量，只是一个头脑发达而灵魂猥琐，智性充盈而人性泯灭的有知觉的机器人。

五

对于阅世极深的曾国藩来说，我想，他不会看不出封建官僚政治下的人生不过是一场闹剧，而扮演角色的无非是一具具被人牵线的玩偶，原是无须那么叫真的。他自己就曾说过，大凡人中君子，率常终身暗然退藏。难道是他们有什么特异的天性？不过是因为真正看到了大的方面，而悟解一般人所追逐的是不值得计较的。秦汉以来至于今日，达官贵人何可胜数？当其高踞权要之时，自以为才智高人万万，简直是不可一世；可是，等到他们死去以后再看，跟那些"营营而生，草草而死"的厮役贱卒，原没有什么区别。那么，今天的那些处高位而猎取浮名者，竟然泰然自若地以高明自居，不晓得自己和那些贱夫杂役一样都要同归于泯没，到头来并没有什么差异，——难道这还不值得悲哀吗？

我们发现，在曾国藩身上，存在一种异常现象，即所谓"分裂性格"。比如，上面那番话说得是多么动听啊，可是，做起来却恰恰相反，言论和行动形成了巨大的反差。加之，他以不同凡俗的"超人"自命，事事求全责备，处处追求圆满，般般都要"毫发无遗憾"，其结果，自是加倍地苦累，而且必然产生矫情与伪饰，以致不时露出破绽，被人识破其伪君子、假道学的真面目。明人有言："名心盛者必作伪。"对此，清廷已早有察觉，曾降谕于他，直白地加以指斥：总因"过于好名所致，甚至饰辞巧辩。好名之过尚小，违旨之罪甚大"。至于他身旁的人，那就更是洞若观火了。幕僚王闿运在《湘军志》一书中，对曾氏多有微辞，主要是觉得他做人太坚忍、太矫情了；而与曾氏有"道义之交"的今文经学家邵懿辰则毫不客气，竟当面责之以虚伪，说他"对人能作几副面孔"；左宗棠更是专标一个"伪"字来戳穿他的画皮，逢人便说："曾国藩一切都是虚伪的。"

作为一位正统的理学家，曾国藩的"高明"之处在于，他在接受程朱理学巧伪、矫饰的同时，却能不为其迂腐与空疏所拘缚，表现出足够的成熟与圆融。也许正是因为这样，我总觉得，在他身上，透过礼教的层层甲胄，散发着一种浓重的表演意识。人们往往难以分辨他究竟是在正常地生活还是逢场作戏，究竟是出自真心去做还是虚应故事；而他自己，时日既久，也就自我认同于这种人格面具的遮蔽，以致忘记了人生毕竟不是舞台，卸妆之后还须进入真实的生活。

他尝以轻世离俗自许，实际上根本不是那回事。因为如果真的轻世离俗，就说明已经彻悟人生，必然生发出一种对人世的大悲悯，就会表现得最仁慈，最宽容，自己也会最轻松，最自在。而他何尝有一日的轻松自在，有一毫的宽容、悲悯呢？他那坚忍、强勉的秉性，期在必成、老而弥笃的强烈欲求，已经冻结了、硬化了全部的爱心，剩下来的只有漠然无动于衷的冷酷与残忍，而且，还要挂出神圣的幌子。他办团练时，以利国安民为号召，主张"捕人要多，杀人要快"，"不必拘守常例"。因此，每逢团绅提来"人犯"，总是不问情由，立即处死。一次，曾国藩路过一村，遇卖桃人与买者争吵，卖者说没有付款，买者说已经付了。经过拘讯，证明是卖者撒谎，他当即下令将其斩杀。一时街市大哗，民众惊呼："钦差杀人了！"因而得名"曾屠户"。事见《梵天庐丛录》。

他曾亲自为湘军撰写了一首《爱民歌》，让官兵们传唱："三军个个仔细听，行军先要爱百姓。贼匪害了百姓们，全靠官兵来救人。……官兵不抢贼匪抢，官兵不淫贼匪淫。若是官兵也淫抢，便同贼匪一条心。"实际执行情况又怎样呢？曾氏幕僚赵烈文记下了攻破天京后的亲眼所见："城破之日，全军掠夺，无一人顾大局"；"又见中军各勇留营者皆去搜刮，甚至各棚厮役皆去，担负相属于道"。湘军逢男人便杀，见妇女便掳，"其老弱本地人民不能挑担，又无窖可挖者，尽遭杀死，沿街死尸十之九皆老者，其幼孩未满二三岁者亦砍戳以为戏。""哀号之声，达于四远"，"尸骸塞路，臭不可闻"。湘军将领彭玉麟写过一首《攻克九江屠城》的七律，后四句云："九派涛红翻战血，一天雨黑洗征裘。直教殄灭无遗种，尸拥长江水不流。"对照这般般记述，再回过头来读一遍那堂而皇之的《爱民歌》，岂不恰成尖锐的讽刺！

省社会科学院的一位朋友来聊天，看了我写的这份初稿。他说，选取人性阅读这个角度颇有新意。临走前，还告诉我，从他外祖父手中传下来一幅曾国藩的照片，看一看也许有助于了解其人，因为相貌总是精神的一种外现，即使不是全部，起码也能部分地反映出一个人的内在性格。我赶忙跟他到家，拿过照片来细细地端详一番：宽敞的前额上横着几道很深很深的皱纹；脸庞是瘦长的，尖下颌，高颧骨；粗粗的扫帚眉下，长着长挑挑的三角眼，双眸里闪射出两道阴冷、凌厉的毫光；浓密的胡须间隐现着一张轻易不会嘻开的薄唇阔口。留给人的印象很深，有一种心事重重、渊深莫测的感觉。

是的，我心目中的曾国藩，就是这样。

(选自王充闾《千秋叩问》，京华出版社 2006 年版)

刘亮程

春天的步调

刚发现那只虫子时，我以为它在仰面朝天晒太阳呢。我正好走累了，坐在它旁边休息。其实我也想仰面朝天和它并排儿躺下来。我把铁锨插在地上。太阳正在头顶。春天刚刚开始，地还大片地裸露着。许多东西没有出来。包括草，只星星点点地探了个头儿，一半儿还是种子埋藏着。那些小虫子也是一半儿在漫长冬眠的苏醒中。这就是春天的步骤，几乎所有生命都留了一手。它们不会一下子全涌出来。即使早春的太阳再热烈，它们仍保持着应有的迟缓。因为，倒春寒是常有的。当一场寒流杀死先露头的绿芽儿，那些迟迟未发芽的草籽、未醒来的小虫子们便幸存下来，成为这片大地的又一次生机。

春天，我喜欢早早地走出村子，雪前脚消融，我后脚踩上冒着热气的荒地。我扛着锨，拿一截绳子。雪消之后荒野上会露出许多东西：一截干树桩，半边埋入土中的柴火棍……大地像突然被掀掉被子，那些东西来不及躲藏起来。草长高还得些时日。天却一天天变长。我可以走得稍远一些，绕到河湾里那棵歪榆树下，折一截细枝，看看断茬处的水绿便知道它多有生气，又能旺势地活上一年。每年春天我都会最先来到这棵榆树下，看上几眼。它是我的树。那根直端端指着我们家房顶的横权上少了两个细枝条，可能入冬后被谁砍去当筐把子了。上个秋天我爬在树上玩时就发现它是根好筐把子,我没舍得砍。再长粗些说不定是根好锨把呢。我想。它却没能长下去。

我无法把一棵树、树上的一根直爽枝条藏起来,让它秘密地为我一个人生长。我只藏埋过一个西瓜,它独独地为我长大、长熟了。

发现那棵西瓜时它已扯了一米来长的秧,根上结了拳头大的一个瓜蛋,梢上还挂着指头大两个小瓜蛋。我想是去年秋天挖柴的人在这儿吃西瓜吐的籽。正好这儿连根挖掉一棵红柳,土虚虚的,很肥沃,还有根挖走后留下的一个小蓄水坑,西瓜便长了起来。

那时候雨水盈足,荒野上常能看见野生的五谷作物:牛吃进肚子没消化掉又排出的整粒苞米,鸟飞过时一松嘴丢进土里的麦粒、油菜籽,鼠洞遭毁后埋下的稻米、葵花……都会在春天发芽生长起来。但都长不了多高又被牲畜、野动物啃掉。

这棵西瓜迟早也会被打柴人或动物发现。他们不会等到瓜蛋子长熟便会生吃了它。谁都知道荒野中的一棵瓜你不会第二次碰见。除非你有闲工夫,在这棵西瓜旁搭个草棚住下来,一直守着它长熟。我倒真想这样去做。我住在野地的草棚中看守过几个月麦垛,也替大人看守过一片西瓜地。在荒野中搭草棚住下,独独地看着一棵西瓜长大这件事,多少年后还在我的脑子想着。我却没做到。我想了另外一个办法:在那棵瓜蛋子下面挖了一个坑,让瓜蛋吊进去。用木棍、草叶和土小心地把坑顶封住。把秧上另两个小瓜蛋掐去。秧头打断,不要它再张扬着长。让人一看就知道这是一截啥都没结的西瓜秧,不会对它过多留意。

此后的一个多月里,我又来看过它三次。显然,有人和动物已经来过,瓜秧旁有新脚印。一只圆形的牛蹄印,险些踩在我挖的坑上。有一个人在旁边站了好一阵儿,留下一对深脚印。他可能不太相信自己的眼睛。还蹲下用手拨了拨西瓜叶——这么粗壮的一截瓜秧,怎么会没结西瓜呢。

又过了一些日子,我估摸着那个瓜该熟了。大田里的头茬瓜已经下秧。我夹了条麻袋,一大早悄悄溜出村子。当我双手微颤着扒开盖在坑顶的土、草叶和木棍——我简直惊住了,那么大一个西瓜,满满地挤在土坑里。抱出来发现它几乎是方的。我挖的坑太小,太方正,让它委屈地长成这样。

当我把这个瓜背回家,家里人更是一片惊喜。他们都不敢相信这个怪模怪样的东西是一个西瓜。它咋长成这样了。

出河湾向北三四里,那片低洼的荒野中蹲着另一棵大榆树,向它走去时我怀着一丝的幻想与侥幸:或许今年它能活过来。

这棵树去年春天就没发芽。夏天我赶车路过它时仍没长出一片叶子。我想它活糊涂了,把春天该发芽长叶子这件事忘记了。树老到这个年纪就这样,死一阵子活一阵子。有时我们以为它死彻底了,过两年却又从干裂的躯体上生出几条嫩枝,几片绿叶子。它对生死无所谓了。它已长得足够粗。有足够多的枝杈,尽管被砍得剩下三两个。它再不指点什么。它指向的绿地都已荒芜。在荒野上一棵大树的每个枝杈都指示一条路。有生路有死路。会看树的人能从一棵粗壮枝杈的指向找到水源和有人家的居住地。

这片土地上的东西已经不多了:树、牲畜、野动物、人、草地,少一个我便能觉察出。我知道有些东西不能再少下去。

每年春天,让我早早走出村子的,也许就是那几棵孤零零的大榆树、洼地里的片片绿草,还有划过头顶的一声声鸟叫——鸟儿们从一棵树,飞向远远的另一棵。飞累了,落到地上喘气……如果没有了它们,我会一年四季呆在屋子里,四面墙壁,把门和窗户封死。我会不喜欢周围的每一个人。恨我自己。

在这个村庄里,人可以再少几个,再走掉一些。那些树却不能再少了。那些鸟叫与虫鸣再不能没有。

在春天,有许多人和我一样早早地走出村子,有的扛把锨去看看自己的地。尽管地还泥泞。苞谷茬端扎着。秋收时为了进车平掉的一截毛渠、一段埂子,还原样地放着。没什么好看的,却还是要绕着地看一圈子。

有的出去拾一捆柴背回来。还有的人,大概跟我一样没什么事情,只是想在冒着热气的野外走走。整个冬天冰封雪盖,这会儿脚终于踩在松软的土上了。很少有人在这样的天气窝在家里。春天不出门的人,大都在家里生病。病也是一种生命,在春天暖暖的阳光中苏醒。它们很猛地生发时,村里就会死人。这时候,最先走出村子挥锨挖土的人,就不是在翻地播种,而是挖一个坟坑。这样的年成命定亏损。人们还没下种时,已经把一个人埋进土里。

在早春我喜欢迎着太阳走。一大早朝东走出去十几里,下午面向西逛荡回来,肩上仍旧一把锨一截绳子。有时多几根干柴,顶多三两根。我很少捡一大捆柴压在肩上,让自己躬着背从荒野里回来——走得最远的人往往背回来的东西最少。

我只是喜欢让太阳照在我的前身。清早,刚吃过饭,太阳照着鼓鼓的肚子,感觉嚼碎的粮食又在身体里葱葱郁郁地生长。尤其平射的热烈阳光穿过我两腿之间。我尽量把腿叉得开些走路,让更多的阳光照在那里。这时我才体会到"阳光普照"这个词。阳光照在我的头上和肩上,也照在我正慢慢成长的阴囊上。

我注意到牛在春天吃草时喜欢屁股对着太阳。驴和马也这样。狗爱坐着晒太阳。老鼠和猫也爱后腿叉开坐在地上晒太阳。它们和我一样会享受太阳普照在潮湿阴部的亢奋与舒坦劲儿。

我同样能体会到这只常年爬行、腹部晒不到太阳的小甲壳虫,此刻仰面朝天躺在地上的舒服劲儿。一个爬行动物,当它想让自己一向阴潮的腹部也能晒上太阳时,它便有可能直立起来,最终成为智慧动物。仰面朝天是直立动物享乐的特有方式。一般的爬行动物只有死的时候才会仰面朝天。

　　这样想时突然发现这只甲壳虫朝天蹬腿的动作有些僵滞，像在很痛苦地抽搐。它是否快要死了。我躺在它旁边。它就在我头边上。我侧过身，用一个小木棍拨了它一下，它正过身来，光滑的甲壳上反射着阳光，却很快又一歪身，仰面朝天躺在地上。

　　我想它是快要死了。不知什么东西伤害了它。这片荒野上一只虫子大概有两种死法：死于奔走的大动物蹄下，或死于天敌之口。还有另一种死法——老死，我不太清楚。在小动物中我只认识老蚊子。其他的小虫子，它们的死太微小，我看不清。当它们在地上走来奔去时，我确实弄不清哪个老了，哪个正年轻。看上去它们是一样。

　　老蚊子朝人飞来时往往带着很大的嗡嗡声。飞得也不稳，好像一只翅膀有劲，一只没劲。往人皮肤上落时腿脚也不轻盈，很容易让人觉察，死于一巴掌之下。

　　一次我躺在草垛上想事情，一只老蚊子朝我飞过来，它的嗡嗡声似乎把它吵晕了，绕着我转了几圈才落在手臂上。落下了也不赶紧吸血，仰着头，像在观察动静，又像在大口喘气。它犹豫不定时，已经触动我的一两根汗毛，若在晚上我会立马一巴掌拍在那里。可这次，我懒得拍它。我的手正在远处干一件想象中的美妙事情。我不忍将它抽回来。况且，一只老蚊子，已经不怕死，又何必置它于死地。再说我一挥手也耗血气，何不让它吸一点血赶紧走呢。

　　它终于站稳当了。它的小吸血管可能有点钝，它往下扎了一下，没扎进去，又抬起头，猛扎了一下。一点细微的疼。是我看见的。我的身体不会把这点细小的疼传到心里。它在我疼感不知觉的范围内吸吮鲜血。那是我可以失去的。我看见它的小肚子一点点红起来，皮肤才有了点痒，我下意识抬起手，做挥赶的动作。它没看见，还在不停地吸，半个小肚子都红了。我想它该走了。我也只能让它吸半肚子血。剩下的到别人身上去吸吧。再贪嘴也不能叮住一个人吃饱。这样太危险。可它不害怕，吸得投入极了。我动了动胳膊，它翅膀扇了一下，站稳身体，丝毫没影响嘴的吮吸。我真恼了，想一巴掌拍死它，又觉得那身体里满是我的血，拍死了可惜。

　　这会儿它已经吸饱了，小肚子红红鼓鼓的，我看见它拔出小吸管，头晃了晃，好像在我的一根汗毛根上擦了擦它吸管头上的血迹，一蹬腿飞起来。飞了不到两拃高，一头栽下去，掉在地上。

　　这只贪婪的小东西，它拼命吸血时大概忘了自己是只老蚊子了。它的翅膀已驮不动一肚子血。它栽下去，立马就死了。它仰面朝天，细长的腿动了几下，我以为它在挣扎，想爬起来再飞。却不是。它的腿是风吹动的。

　　我知道有些看似在动的生命，其实早死亡了。风不住地刮着它们，从一个地方，到另一个地方，再回来。

　　这只甲壳虫没有马上死去。它挣扎了好一阵子了。我转过头看了会儿远处的荒野、荒野尽头的连片沙漠,又回过头,它还在蹬腿,只是动作越来越无力。它一下一下往空中蹬腿时,我仿佛看见一条天上的路。时光与正午的天空就这样被它朝天的小细腿一点点地西移了一截子。

接着它不动了。我用小棍拨了几下,仍没有反应。

我回过头开始想别的事情。或许我该起来走了。我不会为一只小虫子的死去悲哀。我最小的悲哀大于一只虫子的死亡。就像我最轻的疼痛在一只蚊子的叮咬之外。

我只是耐心地守候过一只小虫子的临终时光,在永无停息的生命喧哗中,我看到因为死了一只小虫而从此沉寂的这片土地。别的虫子在叫。别的鸟在飞。大地一片片明媚复苏时,在一只小虫子的全部感知里,大地暗淡下去。

(选自《一片叶子下生活》,人民文学出版社2017年版)

余光中

听听那冷雨

惊蛰一过,春寒加剧。先是料料峭峭,继而雨季开始,时而淋淋漓漓,时而淅淅沥沥,天潮潮地湿湿,即连在梦里,也似乎把伞撑着。而就凭一把伞,躲过一阵潇潇的冷雨,也躲不过整个雨季。连思想也都是潮润润的。每天回家,曲折穿过金门街到厦门街迷宫式的长巷短巷,雨里风里,走入霏霏令人更想入非非。想这样子的台北凄凄切切完全是黑白片的味道,想整个中国整部中国的历史无非是一张黑白片子,片头到片尾,一直是这样下着雨的。这种感觉,不知道是不是从安东尼奥尼那里来的。不过那一块土地是久违了,25年,四分之一的世纪,即使有雨,也隔着千山万山,千伞万伞。25年,一切都断了,只有气候,只有气象报告还牵连在一起。大寒流从那块土地上弥天卷来,这种酷冷吾与古大陆分担。不能扑进她怀里,被她的裙边扫一扫吧也算是安慰孺慕之情。

这样想时,严寒里竟有一点温暖的感觉了。这样想时,他希望这些狭长的巷子永远延伸下去,他的思路也可以延伸下去,不是金门街到厦门街,而是金门到厦门。他是厦门人,至少是广义的厦门人,20年来,不住在厦门,住在厦门街,算是嘲弄吧,也算是安慰。不过说到广义,他同样也是广义的江南人,常州人,南京人,川娃儿,五陵少年。杏花春雨江南,那是他的少年时代了。再过半个月就是清明。安东尼奥尼的镜头摇过去,摇过去又摇过来。残山剩水犹如是。皇天后土犹如是。纭纭黔首纷纷黎民从北到南犹如是。那里面是中国吗？那里面当然还是中国永远是中国。只是杏花春雨已不再，牧童遥指已不再，剑门细雨渭城轻尘也都已不再。然则他日思夜梦的那片土地，究竟在哪里呢？

在报纸的头条标题里吗？还是香港的谣言里？还是傅聪的黑键白键马思聪的跳弓拨弦？还是安东尼奥尼的镜底勒马洲的望中？还是呢，故宫博物院的壁头和玻璃柜内，京戏的锣鼓声中太白和东坡的韵里？

杏花。春雨。江南。六个方块字，或许那片土就在那里面。而无论赤县也好神州也好中国也好，变来变去，只要仓颉的灵感不灭美丽的中文不老，那形象，那磁石一般的向心力当必然长在。因为一个方块字是一个天地。太初有字，于是汉族的心灵他祖先的回忆和希望便有了寄托。譬如凭空写一个"雨"字，点点滴滴，滂滂沱沱，淅沥淅沥淅沥，一切云情雨意，就宛然其中了。视觉上的这种美感，岂是什么 rain 也好 pluie 也好所能满足？翻开一部《辞源》或《辞海》，金木水火土，各成世界，而一入"雨"部，古神州的天颜千变万化，便悉在望中，美丽的霜雪云霞，骇人的雷电霹雹，展露的无非是神的好脾气与坏脾气，气象台百读不厌门外汉百思不解的百科全书。

听听，那冷雨。看看，那冷雨。嗅嗅闻闻，那冷雨，舔舔吧那冷雨。雨在他的伞上这城市百万人的伞上雨衣上屋上天线上雨下在基隆港在防波堤海峡的船上，清明这季雨。雨是女性，应该最富于感性。雨气空濛而迷幻，细细嗅嗅，清清爽爽新新，有一点点薄荷的香味，浓的时候，竟发出草和树沐发后特有的淡淡土腥气，也许那竟是蚯蚓和蜗牛的腥气吧，毕竟是惊蛰了啊。也许地上的地下的生命也许古中国层层叠叠的记忆皆蠢蠢而蠕，也许是植物的潜意识和梦吧，那腥气。

第三次去美国，在高高的丹佛他山居了两年。美国的西部，多山多沙漠，千里干旱，天，蓝似盎格鲁·萨克逊人的眼睛，地，红如印地安人的肌肤，云，却是罕见的白鸟，落基山簇簇耀目的雪峰上，很少飘云牵雾。一来高，二来干，三来森林线以上，杉柏也止步，中国诗词里"荡胸生层云"，或是"商略黄昏雨"的意趣，是落基山上难睹的景象。落基山岭之胜，在石，在雪。那些奇岩怪石，相叠互倚，砌一场惊心动魄的雕塑展览，给太阳和千里的风看。那雪，白得虚虚幻幻，冷得清清醒醒，那股皑皑不绝一仰难尽的气势，压得人呼吸困难，心寒眸酸。不过要领略"白云回望合，青霭入看无"的境界，仍须回来中国。台湾湿度很高，最饶云气氤氲雨意迷离的情调。两度夜宿溪头，树香沁鼻，宵寒袭肘，枕着润碧湿翠苍苍交叠的山影和万籁都歇的岑寂，仙人一样睡去。山中一夜饱雨，次晨醒来，在旭日未升的原始幽静中，冲着隔夜的寒气，踏着满地的断柯折枝和仍在流泻的细股雨水，一径探入森林的秘密，曲曲弯弯，步上山去。溪头的山，树密雾浓，蓊郁的水气从谷底冉冉升起，时稠时稀，蒸腾多姿，幻化无定，只能从雾破云开的空处，窥见乍现即隐的一峰半壑，要纵览全貌，几乎是不可能的。至少入山两次，只能在白茫茫里和溪头诸峰玩捉迷藏的游戏，回到台北，世人问起，除了笑而不答心自闲，故作神秘之外，实际的印象，也无非山在虚无之间罢了。云缭烟绕，山隐水迢的中国风景，由来予人宋画的韵味。那天下也许是赵家的天下，那山水却是米家的山水。而究竟，是米氏父子下笔像中国的山水，还是中国的山水上纸像宋画。恐怕是谁也说不清楚了吧？

雨不但可嗅，可亲，更可以听。听听那冷雨。听雨，只要不是石破天惊的台风暴雨，在听觉上总是一种美感。大陆上的秋天，无论是疏雨滴梧桐，或是骤雨打荷叶，听去总有一点凄凉，凄清，凄楚，于今在岛上回味，则在凄楚之外，更笼上一层凄迷了。饶你多少豪情侠气，怕也经不起三番五次的风吹雨打。一打少年听雨，红烛昏沉。两打中年听雨，客舟中，江阔云低。三打白头听雨在僧庐下，这便是亡宋之痛，一颗敏感心灵的一生：楼上，江上，庙里，用冷冷的雨珠子串成。10年前，他曾在一场摧心折骨的鬼雨中迷失了自己。雨，该是一滴湿漓漓的灵魂，窗外在喊谁。

雨打在树上和瓦上，韵律都清脆可听。尤其是铿铿敲在屋瓦上，那古老的音乐，属于中国。王禹偁在黄冈，破如椽的大竹为屋瓦。据说住在竹楼上面，急雨声如瀑布，密雪声比碎玉，而无论鼓琴，咏诗，下棋，投壶，共鸣的效果都特别好。这样岂不像住在竹筒里面，任何细脆的声响，怕都会加倍夸大，反而令人耳朵过敏吧。

雨天的屋瓦，浮漾湿湿的流光，灰而温柔，迎光则微明，背光则幽黯，对于视觉，是一种低沉的安慰。至于雨敲在鳞鳞千瓣的瓦上，由远而近，轻轻重重轻轻，夹着一股股的细流沿瓦漕与屋檐潺潺泻下，各种敲击音与滑音密织成网，谁的千指百指在按摩耳轮。"下雨了"，温柔的灰美人来了，她冰冰的纤手在屋顶抚弄着无数的黑键啊灰键，把晌午一下子奏成了黄昏。

在古老的大陆上，千屋万户是如此。20多年前，初来这岛上，日式的瓦屋亦是如此。先是天黯了下来，城市像罩在一块巨幅的毛玻璃里，阴影在户内延长复加深。然后凉凉的水意弥漫在空间，风自每一个角落里旋起，感觉得到，每一个屋顶上呼吸沉重都覆着灰云。雨来了，最轻的敲打乐敲打这城市，苍茫的屋顶，远远近近，一张张敲过去，古老的琴，那细细密密的节奏，单调里自有一种柔婉与亲切，滴滴点点滴滴，似幻似真，若孩时在摇篮里，一曲耳熟的童谣摇摇欲睡，母亲吟哦鼻音与喉音。或是在江南的泽国水乡，一大筐绿油油的桑叶被啮于千百头蚕，细细琐琐屑屑，口器与口器咀咀嚼嚼。雨来了，雨来的时候瓦这么说，一片瓦说千亿片瓦说，说轻轻地奏吧沉沉地弹，徐徐地叩吧挞挞地打，间间歇歇敲一个雨季，即兴演奏从惊蛰到清明，在零落的坟上冷冷奏挽歌，一片瓦吟千亿片瓦吟。

在日式的古屋里听雨，听4月，霏霏不绝的黄梅雨，朝夕不断，旬月绵延，湿黏黏的苔藓从石阶下一直侵到他舌底，心底。到7月，听台风台雨在古屋顶上一夜盲奏，千呼海底的热浪沸沸被狂风挟来，掀翻整个太平洋只为向他的矮屋檐重重压下，整个海在他的蜗壳上哗哗泻过。不然便是雷雨夜，白烟一般的纱帐里听羯鼓一通又一通，滔天的暴雨滂滂沛沛扑来，强劲的电琵琶忐忐忑忑忐忐忑忑，弹动屋瓦的惊悸腾腾欲掀起。不然便是斜斜的西北雨斜斜，刷在窗玻璃上，鞭在墙上打在阔大的芭蕉叶上，一阵寒濑泻过，秋意便弥漫日式的庭院了。

在日式的古屋里听雨，从春雨绵绵听到秋雨潇潇，从少年听到中年，听听那冷雨。雨是一种单调而耐听的音乐是室内乐是室外乐，户内听听，户外听听，冷冷，那音乐。雨是一种回忆的音乐，听听那冷雨，回忆江南的雨下得满地是江湖下在桥上和船上，也下在四川在秧田和蛙塘下肥了嘉陵江下湿布谷咕咕的啼声。雨是潮潮润润的音乐下在渴望的唇上舐舐那冷雨。

因为雨是最最原始的敲打乐从记忆的彼端敲起。瓦是最最低沉的乐器灰濛濛的温柔覆盖着听雨的人，瓦是音乐的雨伞撑起。但不久公寓的时代来临，台北你怎么一下子长高了，瓦的音乐竟成了绝响。千片万片的瓦翩翩，美丽的灰蝴蝶纷纷飞走，飞入历史的记忆。现在雨下下来下在水泥的屋顶和墙上，没有音韵的雨季。树也砍光了，那月桂，那枫树，柳树和擎天的巨椰，雨来的时候不再有丛叶嘈嘈切切，闪动湿湿的绿光迎接。鸟声减了啾啾，蛙声沉了咯咯，秋天的虫吟也减了唧唧。70年代的台北不需要这些，一个乐队接一个乐队便遣散尽了。要听鸡叫，只有去诗经的韵里寻找。现在只剩下一张黑白片，黑白的默片。

正如马车的时代去后，三轮车的时代也去了。曾经在雨夜，三轮车的油布篷挂起，送她回家的途中，篷里的世界小得多可爱，而且躲在警察的辖区以外。雨衣的口袋越大越好，盛得下他的一只手里握一只纤纤的手。台湾的雨季这么长，该有人发明一种宽宽的双人雨衣，一人分穿一只袖子，此外的部分就不必分得太苛。而无论工业如何发达，一时似乎还废不了雨伞。只要雨不倾盆，风不横吹，撑一把伞在雨中仍不失古典的韵味。任雨点敲在黑布伞或是透明的塑胶伞上，将骨柄一旋，雨珠向四方喷溅，伞缘便旋成了一圈飞檐。跟女友共一把雨伞，该是一种美丽的合作吧。最好是初恋，有点兴奋，更有点不好意思，若即若离之间，雨不妨下大一点。真正初恋，恐怕是兴奋得不需要伞的，手牵手在雨中狂奔而去，把年轻的长发和肌肤交给漫天的淋淋漓漓，然后向对方的唇上颊上尝凉凉甜甜的雨水。不过那要非常年轻且激情，同时，也只能发生在法国的新潮片里吧。

大多数的雨伞想不会为约会张开。上班下班，上学放学，菜市来回的途中，现实的伞，灰色的星期三。握着雨伞，他听那冷雨打在伞上。索性更冷一些就好了，他想。索性把湿湿的灰雨冻成干干爽爽的白雨，六角形的结晶体在无风的空中回回旋旋地降下来，等须眉和肩头白尽时，伸手一拂就落了。25年，没有受故乡白雨的祝福，或许发上下一点白霜是一种变相的自我补偿吧。一位英雄，经得起多少次雨季？他的额头是水成岩削成还是火成岩？他的心底究竟有多厚的苔藓？厦门街的雨巷走了20年与记忆等长，一座无瓦的公寓在巷底等他，一盏灯在楼上的雨窗子里，等他回去，向晚餐后的沉思冥想去整理青苔深深的记忆。前尘隔海。古屋不再。听听那冷雨。

1974年春分之夜

（选自《余光中散文选集2——听听那冷雨》，时代文艺出版社1997年版）

琦 君

髻

母亲年轻的时候，一把青丝梳一条又粗又长的辫子，白天盘成了一个螺丝似的尖髻儿，高高地翘起在后脑，晚上就放下来挂在背后。我睡觉时挨着母亲的肩膀，手指头绕着她的长发梢玩儿，双妹牌生发油的香气混着油垢味直熏我的鼻子。有点儿难闻，却有一份母亲陪伴着我的安全感，我就呼呼地睡着了。

每年的七月初七，母亲才痛痛快快地洗一次头。乡下人的规矩，平常日子可不能洗头。如洗了头，脏水流到阴间，阎王要把它储存起来，等你死以后去喝，只有七月初七洗的头，脏水才流向东海去。所以一到七月七，家家户户的女人都要有一大半天披头散发。有的女人披着头发美得跟葡萄仙子一样，有的却像丑八怪。比如我的五叔婆吧，她既矮小又干瘪，头发掉了一大半，却用墨炭划出一个四四方方的额角，又把树皮似的头顶全抹黑了。洗过头以后，墨炭全没有了，亮着半个光秃秃的头顶，只剩后脑勺一小撮头发，飘在背上，在厨房里摇来晃去帮我母亲做饭，我连看都不敢冲她看一眼。可是母亲乌油油的柔发却像一匹缎子似的垂在肩头，微风吹来，一绺绺的短发不时拂着她白嫩的面颊。她眯起眼睛，用手背拢一下，一会儿又飘过来了。她是近视眼，眯缝眼儿的时候格外的俏丽。我心里在想，如果爸爸在家，看见妈妈这一头乌亮的好发，一定会上街买一对亮晶晶的水钻发夹给她，要她戴上。妈妈一定是戴上了一会儿就不好意思地摘下来。那么这一对水钻夹子，不久就会变成我扮新娘的"头面"了。

父亲不久回来了，没有买水钻发夹，却带回一位姨娘。她的皮肤好细好白，一头如云的柔鬓比母亲的还要乌，还要亮。两鬓像蝉翼似的遮住一半耳朵，梳向后面，挽一个大大的横爱司髻,像一只大蝙蝠扑盖着她后半个头。她送母亲一对翡翠耳环。母亲只把它收在抽屉里从来不戴,也不让我玩,我想大概是她舍不得戴吧。

我们全家搬到杭州以后,母亲不必忙厨房,而且许多时候,父亲要她出来招呼客人,她那尖尖的螺丝髻儿实在不像样,所以父亲一定要她改梳一个式样。母亲就请她的朋友张伯母给她梳了个鲍鱼头。在当时,鲍鱼头是老太太梳的,母亲才过三十岁,却要打扮成老太太,姨娘看了只是抿嘴儿笑,父亲就直皱眉头。我悄悄地问她:"妈,你为什么不也梳个横爱司髻,戴上姨娘送你的翡翠耳环呢?"母亲沉着脸说:"你妈是乡下人,那儿配梳那种摩登的头,戴那讲究的耳环呢?"

姨娘洗头从不拣七月初七。一个月里都洗好多次头。洗完后,一个丫头在旁边用一把粉红色大羽毛扇轻轻地扇着,轻柔的发丝飘散开来,飘得人起一股软绵绵的感觉。父亲坐在紫檀木榻床上,端着水烟筒噗噗地抽着,不时偏过头来看她,眼神里全是笑。姨娘抹上三花牌发油,香风四溢,然后坐正身子,对着镜子盘上一个油光闪亮的爱司髻,我站在边上都看呆了。姨娘递给我一瓶三花牌发油,叫我拿给母亲,母亲却把它高高搁在橱背上,说:"这种新式的头油,我闻了就反胃。"

母亲不能常常麻烦张伯母,自己梳出来的鲍鱼头紧绷绷的,跟原先的螺丝髻相差有限,别说父亲,连我看了都不顺眼。那时姨娘已请了个包梳头刘嫂。刘嫂头上插一根大红簪子,一双大脚丫子,托着个又矮又胖的身体,走起路来气喘呼呼的。她每天早上十点钟来,给姨娘梳各式各样的头,什么凤凰髻、羽扇髻、同心髻、燕尾髻,常常换样子,衬托着姨娘细洁的肌肤,娜娜婷婷的水蛇腰儿,越发引得父亲笑眯了眼。刘嫂劝母亲说:"大太太,你也梳个时髦点的式样嘛。"母亲摇摇头,响也不响,她噘起厚嘴唇走了。母亲不久也由张伯母介绍了一个包梳头陈嫂。她年纪比刘嫂大,一张黄黄的大扁脸,嘴里两颗闪亮的金牙老露在外面,一看就是个爱说话的女人。她一边梳一边叽哩呱啦地从赵老太爷的大少奶奶,说到李参谋长的三姨太,母亲像个闷葫芦似的一句也不搭腔,我却听得津津有味。有时刘嫂与陈嫂一起来了,母亲和姨娘就在廊前背对着背同时梳头。只听姨娘和刘嫂有说有笑,这边母亲只是闭目养神。陈嫂越梳越没劲儿,不久就辞工不来了,我还清清楚楚地听见她对刘嫂说:"这么老古董的乡下太太,梳什么包梳头呢?"我都气哭了,可是不敢告诉母亲。

从那以后,我就垫着矮凳替母亲梳头,梳那最简单的鲍鱼头。我点起脚尖,从镜子里望着母亲。她的脸容已不像在乡下厨房里忙来忙去时那么丰润亮丽了,她的眼睛停在镜子里,望着自己出神,不再是眯缝眼儿的笑了。我手中捏着母亲的头发,一绺绺地梳理,可是我已懂得,一把小小黄杨木梳,再也理不清母亲心中的愁绪。因为在走廊的那一边,不时飘来父亲和姨娘琅琅的笑语声。

我长大出外读书以后,寒暑假回家,偶然给母亲梳头,头发捏在手心,总觉得愈来愈少。想起幼年时，每年七月初七看母亲乌亮的柔发飘在两肩，她脸上快乐的神情，心里不禁一阵阵酸楚。母亲见我回来，愁苦的脸上却不时展开笑容。无论如何，母女相依的时光总是最最幸福的。

在上海求学时，母亲来信说她患了风湿病，手膀抬不起来，连最简单的螺丝髻儿都盘不成样，只好把稀稀疏疏的几根短发剪去了。我捧着信，坐在寄宿舍窗口凄淡的月光里，寂寞地掉着眼泪。深秋的夜风吹来，我有点冷，披上母亲为我织的软软的毛衣，浑身又暖和起来。可是母亲老了，我却不能随侍在她身边，她剪去了稀疏的短发，又何尝剪去满怀的愁绪呢！

不久，姨娘因事来上海，带来母亲的照片。三年不见，母亲已白发如银。我呆呆地凝视着照片，满腔心事，却无法向眼前的姨娘倾诉。她似乎很体谅我思母之情，絮絮叨叨地和我谈着母亲的近况。说母亲心脏不太好，又有风湿病。所以体力已不大如前。我低头默默地听着，想想她就是使我母亲一生郁郁不乐的人，可是我已经一点都不恨她了。因为自从父亲去世以后，母亲和姨娘反而成了患难相依的伴侣，母亲早已不恨她了。我再仔细看看她，她穿着灰布棉袍，鬓边戴着一朵白花，颈后垂着的再不是当年多彩多姿的凤凰髻或同心髻，而是一条简简单单的香蕉卷，她脸上脂粉不施，显得十分哀戚，我对她不禁起了无限怜悯。因为她不像我母亲是个自甘淡泊的女性，她随着父亲享受了近二十多年的富贵荣华，一朝失去了依傍，她的空虚落寞之感，将更甚于我母亲吧。

来台湾以后，姨娘已成了我唯一的亲人，我们住在一起有好几年。在日式房屋的长廊里，我看她坐在玻璃窗边梳头，她不时用拳头捶着肩膀说："手酸得很，真是老了。"老了，她也老了。当年如云的青丝，如今也渐渐落去，只剩了一小把，且已夹有丝丝白发。想起在杭州时，她和母亲背对着背梳头，彼此不交一语的仇视日子，转眼都成过去。人世间，什么是爱，什么是恨呢？母亲已去世多年，垂垂老去的姨娘，亦终归走向同一个渺茫不可知的方向，她现在的光阴，比谁都寂寞啊。

我怔怔地望着她，想起她美丽的横爱司髻，我说："让我来替你梳个新的式样吧。"她愀然一笑说："我还要那样时髦干什么，那是你们年轻人的事了。"

我能长久年轻吗？她说这话，一转眼又是十多年了。我也早已不年轻了。对于人世的爱、憎、贪、痴，已木然无动于衷。母亲去我日远，姨娘的骨灰也已寄存在寂寞的寺院中。这个世界，究竟有什么是永久的，又有什么是值得认真的呢？

（选自《红纱灯》，三民书局1969年版）

龙应台

中国人，你为什么不生气

在昨晚的电视新闻中，有人微笑着说："你把检验不合格的厂商都揭露了，叫这些生意人怎么吃饭？"

我觉得恶心，觉得愤怒。但我生气的对象倒不是这位人士，而是台湾一千八百万懦弱自私的中国人。

我所不能了解的是：中国人，你为什么不生气？

包德甫的《苦海馀生》英文原本中有一段他在台湾的经验：他看见一辆车子把小孩撞伤了，一脸的血，过路的人很多，却没有一个人下来帮助受伤的小孩，或谴责肇事的人。我在美国读到这一段，曾经很肯定地跟朋友说：不可能！中国人以人情味自许，这种情况简直不可能！

回国一年了，我睁大眼睛，发觉包德甫所描述的不只可能，根本就是每天发生、随地可见的生活常态。在台湾，最容易生存的不是蟑螂，而是"坏人"，因为中国人怕事、自私，只要不杀到他床上去，他宁可闭着眼假寐。

我看见摊贩占据着你家的骑楼，在那儿烧火洗锅，使走廊垢上一层厚厚的油污，腐臭的菜叶塞在墙角。半夜里，吃客喝酒猜拳作乐，吵得鸡犬不宁。

你为什么不生气？你为什么不跟他说"滚蛋"？

哎呀！不敢呀！这些摊贩都是流氓，会动刀子的。

那么为什么不找警察呢？

警察跟摊贩相熟，报了也没有用；到时候若曝了光，那才真惹祸上门了。

所以呢？

所以忍呀！反正中国人讲忍耐！你耸耸肩、摇摇头！

在一个法治上轨道的国家里，人是有权利生气的。受折磨的你首先应该双手叉腰，很愤怒地对摊贩说："请你滚蛋！"他们不走，就请警察来。若发觉警察与小贩有勾结——那更严重。这一团怒火应该往上烧，烧到警察肃清纪律为止，烧到摊贩离开你家为止。可是你什么都不做；畏缩的把门窗关上，耸耸肩、摇摇头！

我看见成百的人到淡水河畔去欣赏落日、去钓鱼。我也看见淡水河畔的住家把整笼整笼的恶臭的垃圾往河里倒；厕所的排泄管直接通到河底，河水一涨，污秽气直逼到呼吸里来。

爱河的人，你又为什么不生气？

你为什么没有勇气对那个丢汽水瓶的少年郎大声说："你敢丢我就把你也丢进去？"

你静静坐在那儿钓鱼（那已经布满癌细胞的鱼），想着今晚的鱼汤，假装没看见那个几百年都化解不了的汽水瓶。你为什么不丢掉鱼竿，站起来，告诉他你很生气？

我看见计程车穿来插去，最后停在右转线上，却没有右转的意思。一整列想右转的车子就停滞下来，造成大阻塞。你坐在方向盘前，叹口气，觉得无奈。

你为什么不生气？

哦！跟计程车可理论不得！报上说，司机都带着扁钻的。

问题不在于他带不带扁钻。问题在于你们这几十个受他阻碍的人没有种推开车门，很果断的让他知道你们不齿他的行为，你们很愤怒！

经过郊区，我闻到刺鼻的化学品燃烧的味道。走近海滩，看见工厂的废料大股大股的流进海里，把海水染成一种奇异的颜色。湾里的小商人焚烧电缆，使湾里生出许多缺少脑子的婴儿。我们的下一代——眼睛明亮、嗓音稚嫩、脸颊透红的下一代，将在化学废料中学游泳，他们的血管里将流着我们连名字都说不出来的毒素——

你又为什么不生气呢？难道一定要等到你自己的手臂也温柔的捧着一个无脑婴儿，你再无言的对天哭泣？

西方人来台湾观光，他们的旅行社频频叮咛：绝对不能吃摊子上的东西，最好也少上餐厅；饮料最好喝瓶装的，但台湾本地出产的也别喝，他们的饮料不保险……

这是美丽宝岛的名誉。但是名誉还真是其次，最重要的是我们自己的健康、我们下一代的健康。一百位交大的学生食物中毒——这真的只是一场笑话吗？中国人的命这么不值钱吗？好不容易总算有几个人生起气来，组织了一个消费者团体。现在却又有"占着茅坑不拉屎"的卫生署、为不知道什么人做说客的立法委员要扼杀这个还没做几桩事的组织。

你怎么能够不生气呢？你怎么还有良心躲在角落里做"沉默的大多数"？你以为你是好人，但是就因为你不生气、你忍耐、你退让，所以摊贩把你的家搞得像个破落大杂院，所以台北的交通一团乌烟瘴气，所以淡水河是条烂肠子；就是因为你不讲话、不骂人、不表示意见，所以你疼爱的娃娃每天吃着、喝着、呼吸着化学毒素，你还在梦想他大学毕业的那一天！你忘了，几年前在南部有许多孕妇，怀胎九月中，她们也闭着眼梦想孩子长大的那一天，却没想到吃了滴滴纯净的沙拉油，孩子生下来是瞎的、黑的！

不要以为你是大学教授，所以作研究比较重要；不要以为你是杀猪的，所以没有人会听你的话；也不要以为你是个学生，不够资格管社会的事。你今天不生气，不站出来说话，明天你——还有我、还有你我的下一代，就要成为沉默的牺牲者、受害人！如果你有种、有良心，你现在就去告诉你的公仆"立法委员"、告诉卫生署、告诉环保局：你受够了，你很生气！

你一定要很大声地说。

（原载1984年11月20日《中国时报·人间》，选自《野火集》，湖南文艺出版社1988年版）

报告文学
(1949—2019)

魏　巍

谁是最可爱的人

在朝鲜的每一天，我都被一些事情感动着；我的思想感情的潮水，在放纵奔流着；它使我想把一切东西，都告诉给我祖国的朋友们。但我最急于告诉你们的，是我思想感情的一段重要经历，这就是：我越来越深刻地感觉到谁是我们最可爱的人！

谁是我们最可爱的人呢？当然，我们的工农群众就是无比可爱的；可是这里我想说的是他们的子弟，那些拿起枪来献身革命斗争的工农子弟，那些用马列主义、毛泽东思想武装起来的战士们，我感到他们是最可爱的人。

也许还有人心里隐隐约约地说：你说的就是那些"兵"吗？他们看来是很平凡，很简单的哩，既看不出他们有甚么高深的知识，又看不出他们有丰富细致的感情。可是，我要说，这是由于他跟我们的战士接触太少，还没有了解到我们的战士：他们的品质是那样的纯洁高尚，他们的意志是那样的坚韧和刚强，他们的气质是那样的纯朴和谦逊，他们的胸怀是那样的美丽和宽广！

让我还是来说一段故事吧。

还是在二次战役的时候，有一支志愿军的部队向敌后猛插，去切断军隅里敌人的逃路。当他们赶到书堂站时，逃敌也恰恰赶到那里，眼看就要从汽车路上开过去。这支部队的先头连就匆匆占领了汽车路边一个很低的光光的小山冈，阻住敌人。一场壮烈的搏斗就开始了。敌人为了逃命，用了三十二架飞机、十多辆坦克和集团冲锋，向这个连的阵地汹涌卷来，整个山顶的土都被打翻了，汽油弹的火焰把这个阵地烧红了，但勇士们在这烟与火的山冈上，高喊着口号，一次又一次地把敌人打死在阵地前面。敌人的死尸像谷个子似的在山前堆满了，血也把这山冈流红了。可是敌人还是要拼死争夺，好使自己的主力不致覆灭。这场激战整整持续了八个小时。最后，勇士们的子弹打光了。蜂拥上来的敌人占领了山头，把他们压到山脚。飞机掷下的汽油弹把他们的身上烧着了火。这时候，战士们是仍然不会后退的呀，他们把枪一摔，身上帽子上呼呼地冒着火苗，向敌人扑去，把敌人抱住，让身上的火，也要把占领阵地的敌人烧死。……据这个营的营长告诉我，战后，这个连的阵地上，枪支完全摔碎了，机枪零件扔得满山都是。烈士们的尸体，保留着各种各样的姿势，有抱住敌人腰的，有抱住敌人头的，有卡住敌人脖子把敌人摁倒在地上的，和敌人倒在一起，烧在一起。还有一个战士，他手里还紧握着一个手榴弹，弹体上沾满脑浆；和他死在一起的美国鬼子，脑浆迸裂，涂了一地。另有一个战士，嘴里还衔着敌人的半块耳朵。在掩埋烈士们的遗体的时候，由于他们两手扣着，把敌人抱得那样紧，分都分不开，以致把有些人的手指都掰断了。……这个连虽然伤亡很大，他们却打死了三百多敌人，更重要的是，他们使得我们部队的主力走上来，聚歼了敌人。

这就是朝鲜战场上一次最壮烈的战斗——松骨峰战斗，或者叫书堂站战斗。假若需要立纪念碑的话，让我把带火扑敌和用刺刀跟敌人拼死在一起的烈士们的名字记下吧。他们的名字是：王金传、刑玉堂、王文英、熊官全、王金侯、赵锡杰、隋金山、李玉安、丁振岱、张贵生、崔玉亮、李树国。还有一个战士，已经不可能知道他的名字了。让我们的烈士们千载万世永垂不朽吧！

这个营长向我叙说以上的情景，他的声调是缓慢的，他的情感是沉重的。他说在阵地上掩埋烈士的时候，他掉了眼泪。但他接着说："你不要以为我是为他们伤心，我是为他们骄傲！我觉得我们的战士太伟大了，太可爱了，我不能不被他们感动得掉下泪来。"

朋友们，当你听到这段英雄事迹的时候，你的感情如何呢？你不觉得我们的战士是可爱的吗？你不以我们的祖国有着这样的英雄而自豪吗？

我们的战士，对敌人这样狠，而对朝鲜人民却是那样地爱，充满国际主义的深厚热情。

在汉江北岸，我遇到一个青年战士，他今年才二十一岁，名叫马玉祥，是黑龙江青冈县人。他长着一副微黑透红的脸膛，高高的个儿，站在那儿，像秋天田野里一株红高粱那样淳朴可爱。不过因为他才从阵地上下来，显得稍微疲劳些，眼里的红丝还没有退净。他原来是炮兵连的。有一天夜里，他被一阵哭声惊醒了，出去一看，是一个朝鲜老妈妈坐在山冈上哭。原来她的房子被炸毁了，她在山里搭了个窝棚，窝棚又被炸毁了。回来，他马上到连部要求调到步兵连去，正好步兵连也需要人，就批准了他。我说："在炮兵连不是一样打敌人吗？""那，不同！"他说，"离敌人越近，越觉得打得过瘾，越觉得打得解恨！"

在汉江南岸的那些日子里，有一天他从阵地上下来做饭。刚一进村，有几架敌机袭过来，打了一阵机关炮，接着就扔下了两个大燃烧弹。有几间房子着火了，火又盛，烟又大，使人不敢到跟前去。这时候，他听见烟火里有一个小孩子哇哇哭叫的声音。他马上穿过浓烟到近处一看，一个朝鲜的中年男人在院子里倒着，小孩子的哭声还在屋里。他走到屋门口，屋门口的火苗呼呼地，已经进不去人，门窗的纸已经烧着。小孩子的哭声随着那滚滚的浓烟传出来，听得真真切切。当他叙述到这里的时候，他说："我能够不进去吗？我不能！我想，要在祖国遇见这种情形，我能够进去，那么在朝鲜我就可以不进去吗？朝鲜人员和我们祖国人民不是一样的吗？我就踹开门，扑了进去。呀！满屋子灰洞洞的烟，只能听见小孩哭，看不见人。我的眼也睁不开，脸烫得像刀割一般。我也不知道自己的身上着了火没有，我也不管它了，只是在地上乱摸。先摸着一个大人，拉了拉没拉动；又向大人的身后摸，才摸着小孩的腿，我就一把抓着抱起来，跳出门。一看小孩子，是挺好的一个小孩儿呀。他穿着小短裤儿，光着两条小腿儿，小腿儿乱蹬着，哇哇地哭。我心想：'不管你哭不哭，不救活你家大人，谁养活你哩！'这时候，火更大了，屋里的家具什物也烧着了。我就把他往地上一放，就又从那火门里钻进去了。一拉那个大人，她哼了一声，我就使劲往外拉，见她又不动了。凑近一看，见她脸上流下来的血已经把她胸前的白衣染红了，眼睛已经闭上。我知道她不行了，才赶忙跳出门外，扑灭身上的火苗，抱起这个无父无母的孩子……"

朋友，当你听到这段事迹的时候，你的感觉又是如何的呢？你不觉得我们的战士是最可爱的人吗？

谁都知道，朝鲜战场是艰苦些。但战士们是怎样想的呢？有一次，我见到一个战士，在防空洞里，吃一口炒面，就一口雪。我问他："你不觉得苦吗？"他把正送往嘴里的一勺雪收回来，笑了笑，说："怎么能不觉得？我们革命军人又不是个怪物。不过咱们的光荣也就在这里。我在这里吃雪，正是为了我们祖国的人民不吃雪。他们可以坐在挺豁亮的屋子里，泡上一壶茶，守住个小火炉子，想吃点甚么就做点甚么。"他又指了指狭小潮湿的防空洞，说："再比如蹲防空洞吧，多憋闷得慌哩，眼看着外面好好的太阳不能晒，光光的马路不能走。可是我在这里蹲防空洞，祖国的人民就可以不蹲防空洞呀，他们就可以在马路上不慌不忙地走呀。他们想骑车子也行，想走路也行，边溜达，边说话也行。只要能使人民幸福，也就是我们最大的幸福。所以，"他又把雪放到嘴里，像总结似的说，"我在这里流点血不算甚么，吃这点苦又算甚么哩！"我又问："你想不想祖国呀？"他笑起来，"谁不想哩，说不想，那是假话，可是我不愿意回去。如果回去，祖国的老百姓问：'我们托付给你们的任务完成得怎么样啦？'我怎么答对呢？我说'朝鲜半边红，半边黑'，这算甚么话呢？"我接着问："你们经历了这么多危险，吃了这么多苦，你们对祖国对朝鲜有甚么要求吗？"他想了一下，才回答我："我们甚么也不要。可是说心里话，——我这话可不一定恰当呀，我们是想要这么大一个东西……"他笑着，用手指比个铜子儿大小,怕我不明白,又说:"一块'朝鲜解放纪念章',我们愿意戴在胸脯上,回到咱们的祖国去。"

朋友们,用不着多举例,你已经可以了解我们的战士是怎样一种人,这种人是甚么一种品质,他们的灵魂是多么的美丽和伟大。他们是历史上、世界上第一流的战士,第一流的人!他们是世界上一切伟大人民的优秀之花!是我们值得骄傲的祖国之花!我们以我们的祖国有这样的英雄而骄傲,我们以生活在这个英雄的国度而自豪!

亲爱的朋友们,当你坐上早晨第一列电车走向工厂的时候,当你扛上犁耙走向田野的时候,当你喝完一杯豆浆、提着书包走向学校的时候,当你坐到办公桌前开始这一天工作的时候,当你向孩子嘴里塞着苹果的时候,当你和爱人悠闲散步的时候……朋友,你是否意识到你是在幸福之中呢?你也许会很惊讶地说:"这是很平常的呀!"可是,从朝鲜归来的人,会知道你正生活在幸福中。请你意识到这是一种幸福吧,因为只有你意识到这一点,你才能更深刻了解我们的战士在朝鲜奋不顾身的原因。朋友!你是这么爱我们的祖国,爱我们的伟大领袖毛主席,你一定会深深地爱我们的战士——他们确实是我们最可爱的人!

1951年4月1日夜草

(选自《魏巍散文选》,河北人民出版社1982年版)

黄宗英

大雁情(故事梗概)

载《十月》1979年第1期。

她……

1978年春天,全国科学大会在北京召开。我挤上了第一辆向长城进发的记者车。我看见一位两鬓斑白、面颊微黑的中年妇女站在城堞边,凝神眺望着向北飞去的大雁……她透过近视眼镜,看着我淡淡地一笑:"我看见了大雁,就想起了大雁塔下的植物园。"

原来她叫秦官属,是陕西西安植物园实习研究员,正搞野药种植。也许因为她太平凡、太普通——普通得就像农村里常碰到的那种半土半洋的助产士,我觉得,她似乎正是若干天来我在5000名科学家代表里，寻了千百回的描写对象。

我向她约时间采访，她没有回答。夜里，我却在旅舍书桌上发现了她留的一张纸条："……请求你们千万别写我。我的处境很为难，望能谅解。"

她？

纸条上的字句，不像一般的谦虚：难道有什么特殊情况？

我到科学大会陕西代表团秘书组了解到的情况是：秦官属不算是先进科学工作者个人代表，北京没有她的材料，省代表团也没有，只有西安植物园填写的简表。之后，我又从侧面知道，对秦官属能不能来参加全国科学大会，原单位曾有很大的争论，本来报上来的名字不是她，现在也不见得就真的同意她来。

老秦同志为什么处在这个不明不白、难上难下的境况之中？我决心到陕西跑一趟。

她？

我能抽身去西安调查时，已是几个月以后的事了。

在我所接触的植物园的干部中，给我印象最深的是否定的意见：

她：脱离群众，脾气极坏，骄傲自大，特爱吵架撒泼。

她：个人主义、成名成家思想严重。

她：地主的女儿，始终跟反动家庭划不清界限。

她：不能正确对待"文革"，至今耿耿于怀。

她：本不想进山搞野药栽培，是组织上一再说服才勉强去的。

这真叫我一筹莫展，园书记老梁同志很有政治风度地说："你写吧，这对秦官属同志会是很大的促进。至于群众方面，我可以多做做思想工作……尽管缺点很多，女同志嘛，也不简单了。"原来领导对老秦也是那种看法。

是我选错了写报道的对象？还是他们选错了去北京的代表？她所工作的洛南县药材公司为何极力推荐她呢？省科委刘抗同志建议我深入洛南山区。

她

我们一行数人，驱车驰过莽莽秦岭之巅，来到商洛山区洛南县药材公司。

公司主任极其热情地欢迎我："我们几年前就盼记者、作家来咱洛南，好好把老秦的事写一写，表扬表扬。"王主任说，"洛南县历史上是个药材产地，山上野生着远志、藿香、桔梗、五味子、丹参等等。解放后，中药受到重视，天然药材短缺情况日益显著。从1966年起，我们县开始搞野生药材家种，可年年赔款。从1970年开始，西安植物园派老秦等同志帮助我们总结经验，进行野生驯化技术指导，从此情况迅速好转。到1978年，药材场地发展到一万六千五百亩，是1970年的73倍。药材收购额1970年是二万零四百元，今年可达一百万元。药材公司也扭亏为盈，年年增加上交利润。如今各大队合作医疗费用大部分已能自给，队里副业收入逐年增加，为农业机械化提供了资金。我们县凡有药场的社队，谁不知道秦师傅、老秦呢？他们说：'秦师傅离儿别女扔着老伴，把心扑在俺这苦山圪垃地里。她黑着头发进山，如今白了头发，俺们忘不了她。'"

夜里，我躺在床上，耳边听着东厢房老秦和青年们融洽无间的谈话声，思绪飞得很远很远：什么叫群众关系？群众关系好坏与否的标准是什么？为什么对老秦会有两种截然不同的评价？

参观药场的日程开始了。我在古城公社谢底大队接触了许多人，了解了许多情况，于是秦官属来山区前前后后活动的底片，在我脑海里越来越清晰地"感光显影"了。

秦官属初来谢底，住在破庙里，腰上揣上橡子面窝头和酸菜，整年整月在山沟里奔波。

她摸清了天麻和密环菌的伴生关系，使天麻窝窝高产；她用超声波处理桔梗种子，出芽快，苗齐壮；她搞无性繁殖，普遍扩种丹参……就这样，谢底大队药场，从半亩杭芍，发展到五百多亩药材地，从1972年到1977年，药场收入一万四千元，大队的农用机械大多是药场赚钱买的，群众管药场叫"银行"。

参观访问以来，我总觉得老秦有意躲着我，于是我常借故请教药物靠近她。一次，她从岩缝里拔出一棵草告诉我："它学名叫远志，俗名细草、小草，能在岩缝里扎根，根部入药，药性能强心益智。"我国大多数知识分子，不就像这漫山遍野的小草吗？

离开谢底前的黄昏，我谈到敬爱的周总理，介绍了两三件总理关怀知识分子的"小事"，我突然发现老秦满脸绯红，满眼泪花。那一夜，她那掩着的心扉向我敞开了。1951年，秦官属抱着改造沙漠、绿化祖国的理想，以"同等学力"考入西北农学院林学系。1959年，西安植物园建园之始，她就来了。1961年开始搞杨树引种，她是杨树树种优选研究专题的业务组长。她踏遍祖国山水，终于建立起有一百多种杨树树种的种植圃和外国种的杨林。可"文革"风暴袭来，杨树种植圃大半被刨掉，外国种杨林没人经营了，植物园杨树研究课题被取消，老秦也一夜之间，从重点培养、使用对象变为批判对象，靠边站了。可她忠于科学事业、造福人类的信念并未泯灭，她终于冒着可能被扣上"阶级报复"帽子的危险，接手了野生药物驯化课题。

她？

驱车返回西安的路上，我问书记老梁："为什么把老秦的杨树研究课题撤了呢？"回答很自然："园里把这课题让给林业研究所了。"

我曾问某同志：老秦的野生药物驯化经验算不算科研成果？答：那算不了科研，农民自己都会搞。

我问过某骨干：对老秦这样一位立了专案的同志，该怎么落实政策？对方却说："她还有什么落实政策问题，都去北京开过会了嘛！……"

西安植物园的同志们，本来对秦官属并没有什么个人成见、个人恩怨。造成如此局面、致命内伤的根由，就是万恶的"四人帮"！"四人帮"强迫人们戴上了形而上学的眼镜；使革命队伍内部同志之间彼此相看时，"管窥蠡测"对方的污点、缺点——扩大了的、硬上纲的、变了形的、无中生有的……善良的人们啊，让我们尽快地清醒过来，团结起来。

大雁飞过我的窗前，观看、议论我写下的草稿。只听得头雁说："这种情况很熟悉嘛，很熟悉。我从北方飞到南方，从南方飞到北方，常常碰到，常常碰到！"

大雁们把我写好的草稿一张张衔走了。大雁们排成了人字形，飞远了，飞远了……

徐 迟

祁连山下（故事梗概）

载徐迟报告文学集《哥德巴赫猜想》，人民文学出版社1978年出版。

为了能够亲眼看到那些我国古代艺术家创造的、而被帝国主义掠夺去的古典名画，我们的画家兼美术史家常书鸿出走国外，跑遍了欧洲的城市。在巴黎，他参加了各种各样的画展和画廊。这里有中国古典的杰作，但更多的是外国古典画家的作品。常书鸿将许多名作都临摹下来。在那些令人心醉的辉煌的作品面前，常书鸿成了它们的俘虏，他感到的是无法形容的惊奇、喜欢、战栗、热爱。虽然他远在国外，身居世界艺术之林，但他一刻也没有忘记自己的祖国。目睹了巴黎金碧辉煌的画展，他想到的是祖国地大物博、文化古远，竟然还没有几个像样的博物馆、绘画馆和画廊。而特别使他感到难过、感到心头隐隐作痛的是，北京故宫博物院，当时已陷入了日本侵略者的魔掌之中。

常书鸿在巴黎最初几年的生活，是安定的。在巴黎的画廊上，他与叶兰相识了，接着，他们相爱，结婚了。但叶兰的性格却与常书鸿的性格恰恰是相反的：常书鸿宁静、稳重、真挚，对事业的追求是执著而忠诚的；而叶兰更多的却是浮浅、虚荣、贪图享乐和自我欣赏。开始，叶兰幻想成为红极一时的歌剧女伶，于是她学花腔女高音，当她意识到这是不可能的时候，于是又改学作曲，她和常书鸿恋爱的时候，又已经改学雕塑了。她虽然与常书鸿结合了，但是，可以说她始终也没有真正地理解常书鸿，两人的分歧和矛盾，是不时发生的。对欧洲颓废的画风，常书鸿越来越感到怀疑，感到苦闷和不满。

为了毕加索一幅著名的画《镜前的妇人》，两人发生了不愉快的争执。书鸿有的是一套关于绘画变质的理论，而叶兰却什么也说不出来。画家在深切痛苦地思索的时候，叶兰醉心的却是时尚，是自己光艳逼人的美丽的面容，是巴黎上流社会贵妇人聚会的沙龙。

后来，二次世界大战的腥风血雨席卷欧洲，许多欧洲艺术家都投奔纽约，只有出生于西子湖畔、侨居巴黎十年、已誉满欧美的画家常书鸿，在他四十初度的1939年底，却携眷回到了国难当头的祖国。一踏上祖国的土地，他无比地激动，就像游子归来见到久别的母亲一样。他们先是到了桂林，祖国优美的自然风光使他充满了惊奇和赞叹之情。但他并没有陶醉在秀美如画的风光之中，而是溯江而上，画了一幅又一幅的素描和白描。他丢开了油画布，画起了水墨画。就在他使用这种中国古老的传统画技的时候，主人公才惊异地发现，他对民族的传统了解得太少了，于是他萌生了一个要在桂林建立一个小小的画廊的心愿。他开始了筹建活动，许多画家都拿出了他们的作品，许多收藏家也愿意赞助这一善举，画展是有可能实现的。但就在这时，重庆美术学院用一道一道加急电报将他召到那个战时首都去了。常书鸿建立画廊的抒情美梦，也就此中断了。

在重庆，他目击了许多优秀的进步画家遭到排挤、国民党分子又互相倾轧的腐败现象。同时，他也明白了自己被他们请来，只不过是为了给他们做幌子。他决心离开这个地方，但又无处可投。在和一些历史学家及考古学家的交往中，他听到了甘肃敦煌千佛洞的一些情况，这在他寂寞、冰冷、痛苦的心中，燃起了一片光耀的火焰，他决定到千佛洞去。

到了千佛洞，他就被这辉煌的艺术宝库惊呆了。特别是在他看到北魏的一个洞窟时，一幅《萨埵那太子舍身饲虎图》给了他巨大而庄严的感召，他决心效法舍身饲虎的萨埵那太子，终生侍奉这座艺术宝库。然而他唯一的生活伴侣叶兰虽然跟随他到了千佛洞，可她原以为只是做一次三个月的旅行，没想到常书鸿要终生献身于敦煌艺术。最后，叶兰不甘戈壁滩的寂寞和困苦，悄悄地从常书鸿身边走掉了。

常书鸿几乎被叶兰的突然离去震昏了。在极度痛苦的情况下，他很快作出了去追赶叶兰的决定。于是，他黑夜骑马而去。当他赶过了西安，赶过了湾桥和玉门，到达赤金，又向酒泉追去的时候，他从马上摔了下来，昏过去了。此时正在西北勘测踏察的地质学家孙建初和钻探师傅傅吉祥救了他。四天之后，常书鸿从昏迷中醒过来了。他与孙建初互相信任地倾诉了各自的不幸和遭遇。他们同时为时局的黑暗而愤慨，又为在大西北发现了石油而感到激动无比。在地质学家和艺术家之间，很快就建立了一座友谊的桥梁。在孙建初和傅吉祥的鼓励和开导下，常书鸿返回敦煌，孤军奋斗。不久，从西安、重庆来了一批专业美术工作者，他们给画家带来了新的希望和思想。

十五年后，荒无人迹的祁连山下发生了巨变：敦煌所有洞窟已焕然一新，向全中国、全世界敞开了大门。玉门已成为中国第一个大石油基地。只有地质学家孙建初因积劳成疾与世长辞了。可是他的大理石的塑像似在举目四顾,看着他献身的事业在蓬勃发展,也看着前往北京参加全国人民代表大会的常书鸿正向他走来。

写于 1956 年 10 月

哥德巴赫猜想（节选）

……（略）

四

福州解放！那年他高中三年级。因为交不起学费,一九五〇年上半年,他没有上学,在家自学了一个学期。高中没有毕业,但以同等学力报考,他考进了厦门大学。那年,大学里只有数学物理系。读大学二年级时,才有一个数学组,但只四个学生。到三年级时,有数学系了,系里还是四个人。因为成绩特别优异,国家又急需培养人才,四个人提前毕业；而且,立即分配了工作,得到了优待,羡慕煞人。一九五三年秋季,陈景润被分配到了北京！在第×中学当数学老师。这该是多么的幸福了呵！

然而,不然！在厦门大学的时候,他的日子是好过的。同组同系就只四个大学生,倒有四个教授和一个助教指导学习。他是多么饥渴而且贪馋地吸饮于百花丛中,以酿制芬芳馥郁的数学蜜糖呵！学习的成效非常之高。他在抽象的领域里驰骋是多么自由自在！大家有共同的 dx 和 dy 等等之类的数学语言。心心相印,息息相通。三年中间,没有人歧视他,也不受骂挨打了。他很少和人来往,过的是黄金岁月,全身心沉浸在数学海洋里面。真想不到,那么快,他就毕业了。一想到他将要当老师,在讲台上站立,被几十双锐利而机灵、有时难免要恶作剧的眼睛盯视,他禁不住吓得打颤！

他的猜想立刻就得到了证明。他是完全不适于当老师的。他那么瘦小和病弱,他的学生却都是高大而且健壮的。他最不善于说话,说多几句就嗓子发痛了。他多么羡慕那些循循善诱的好老师。下了课回到房间里,他叫自己笨蛋。辱骂自己比别人还厉害得多。他一向不会照顾自己,又不注意营养。积忧成疾,发烧到摄氏三十八度。送到医院一检查,他患有肺结核和腹膜结核症。

这一年内,他住医院六次,做了三次手术。当然他没有能够好好地教书。但他并没有放弃了他的专业。中国科学院不久前出版了华罗庚的名著《堆垒素数论》。刚摆上书店的书架,陈景润就买到了。他一头扎进去了。非常深刻的著作,非常之艰难！可是他钻研了它。住进医院,他还偷偷地避开了医生和护士的耳目,研究它。他那时也认为,这样下去，学校没有理由欢迎他。

他想他也许会失业？又有什么办法呢？好在他节衣缩食，一只牙刷也不买。他从来不随便花一分钱，他积蓄了几乎他的全部收入。他横下心来，失业就回家，还继续搞他的数学研究。积蓄这几个钱是他搞数学的保证。这保证他失了业也还能研究数学的几个钱，就是他的生命；他的生命就是数学。至于积蓄一旦用光了，以后呢？他不知道，那时又该怎么办？这也是难题；也是尚未得到解答的猜想。而这个猜想后来也证明是猜对了的。他的病好不了，中学里后来无法续聘他了。

厦门大学校长来到了北京，在教育部开会。那中学的一位领导遇见了他，谈起来，很不满意，提出了一大堆意见：你们怎么培养了这样的高材生？

王亚南，厦门大学校长，就是马克思的《资本论》的翻译者，听到意见之后，非常吃惊。他一直认为陈景润是他们学校里最好的学生。他不同意他所听到的意见。他认为这是分配学生的工作时，分配不得当。他同意让陈景润回到厦门大学。

听说他可以回厦门大学数学系了，说也奇怪，陈景润的病也就好转了。而王亚南却安排他在厦大图书馆当管理员。又不让管理图书，只让他专心致意地研究数学。王亚南不愧为政治经济学的批判家，他懂得价值论，懂得人的价值。陈景润也没有辜负了老校长的培养。他果然精深地钻研了华罗庚的《堆垒素数论》和大厚本儿的《数论导引》。陈景润都把它们吃透了。他的这种经历却也并不是没有先例的。

当初，我国老一辈的大数学家、大教育家熊庆来，我国现代数学的引进者，在北京的清华大学执教。三十年代之初，有一个在初中毕业以后就失了学，失了学就完全自学的青年人，寄出了一篇代数方程解法的文章，给了熊庆来。熊庆来一看，就看出了这篇文章中的英姿勃发和奇光异彩。他立刻把它的作者，姓华名罗庚的，请进了清华园来。他安排华罗庚在清华数学系当文书，可以一面自学，一面大量地听课。尔后，派遣华罗庚出国，留学英国剑桥。学成回国，已担任在昆明的云南大学校长的熊庆来又介绍他当联大教授。华罗庚后来再次出国，在美国普林斯顿和伊利诺伊的大学教书。中华人民共和国成立以后，华罗庚马上回国来了，他主持了中国科学院数学研究的工作。

陈景润在厦门大学图书馆中也很快写出了数论方面的专题文章，文章寄给了中国科学院数学研究所。华罗庚一看文章，就看出了文章中的英姿勃发和奇光异彩，也提出了建议，把陈景润选调到数学研究所来当实习研究员。正是：熊庆来慧眼认罗庚，华罗庚睿目识景润。

一九五六年年底，陈景润再次从南方海滨来到了首都北京。

一九五七年夏天，数学大师熊庆来也从国外重返祖国首都。

这时少长咸集，群贤毕至。当时著名的数学家有熊庆来、华罗庚、张宗燧、闵嗣鹤、吴文俊等等许多明星灿灿；还有新起的一代俊彦，陆启铿、万哲生、王元、越民义、吴方等等，如朝霞烂漫；还有后起之秀，陆汝钤、杨乐、张广厚等等已入北京大学求学。在解析数论、代数数论、函数论、泛函分析、几何拓扑学等等的学科之中，已是人才济济，又加上了一个陈景润。人人握灵蛇之珠，家家抱荆山之玉。风靡云蒸，阵容齐整。条件具备了，华罗庚作出了部署。侧重于应用数学，但也要向那皇冠上的明珠，哥德巴赫猜想挺进！

……（略）

七

台风的中心是安静的。

过了一段时间，不知是多少天多少月？"专政队"的生活反倒平静无事了。而旋卷在台风里面的人却焦灼着、奔忙着、谋划着、叫嚷着、战斗着，不吃不睡，狂热地保护自己的派性，疯狂地攻击对方的派性。他们忙着打派仗，竟没有时间来顾及他们的那些"专政"对象了。这时有一个老红军，主动出来担当了看守他们的任务。实际是一个热情的支持者，他保护了科学家们，还允许他们偷偷地看书。

待到工人宣传队进驻科学院各所以后，陈景润被释放了，可以回到他自己的小房间里去住了。不但可以读书，也可以运算了。但是总有一些人不肯放过了他。每天，他们来敲敲门，来查查户口，弄得他心惊肉跳，不得安身。有一次，带来了克丝钳子；存心不让他看书，把他房间里的电灯铰了下来，拿走了。还不够，把开关拉线也剪断了。

于是黑暗降临他的心房。

但是他还得在黑暗中活下去呵，他买了一只煤油灯。又生怕煤油灯光外露，就在窗子上糊了报纸。他挣扎着生活，简直不成样子。对搞工作的，扣他们工资；搞打砸抢的，反而有补贴。过了这样久心惊肉跳的生活，动辄得咎，他的神经极度衰弱了，工作不能做，书又不敢读。工宣队来问：为什么要搞 1+1＝2 以及 1+2＝3 呢？他哭笑不得，张皇失措了。他语无伦次，不知道怎样对师傅们解说才能解释清楚。工人同志觉得这个人奇怪，但是他还是给他们解释清楚了。这（1+1）（1+2）只是一个通俗化的说法，并不是日常所说的 1+1 和 1+2。好像我们说一个人是纸老虎，并不就是老虎。弄清楚了之后，工人师傅也生气地说：那些人为什么要胡说？他们也热情支持他，并保护他了。

"九一三"事件之后，大野心家已经演完了他的角色，下场遗臭万年去了。陈景润听到这个传达之后，吃惊得说不出话来。这时，情况渐渐地好转。可是他却越加成了惊弓之鸟。激烈的阶级斗争使他无所适从。唯一的心灵安慰从来就是数学。他只好到数论的大高原上去隐居起来。现在也允许他这样做，继续向数学求爱了。图书馆的研究员出身的管理员也是他的热情支持者。事实证明，热情的支持者，人数众多。他们对他好，保护他。他被藏在一个小书库的深深的角落里看书。由于这些研究员的坚持，数学研究所继续订购世界各国的文献资料。这样几年，也没有中断过；这是有功劳的。他阅读，他演算，他思考。情绪逐步振作起来。但是健康状况却越加严重了。他从不说；他也不顾。他又投身于工作。白天在图书馆的小书库一角，夜晚在煤油灯底下，他又攀登，攀登，攀登了，他要找寻一条一步也不错的最近的登山之途，又是最好走的路程。

敬爱的周总理，一直关心着科学院的工作，腾出手来排除帮派的干扰。半个月之前，有一位周大姐被任命为数学研究所的政治部主任。由解析数论、代数数论等学科组成的五学科室恢复了上下班的制度。还任命了支部书记，是个工农出身的基层老干部，当过第二野战军政治部的政治干事。

到职以后，书记就到处找陈景润。周大姐已经把她所了解的情况告诉了他。但他找不到陈景润。他不在办公室里，办公室里还没有他的办公桌。他已经被人忘记掉了。可是他们会了面，会面在图书馆小书库的一个安静的角上。

刚过国庆，十月的阳光普照。书记还只穿一件衬衣，衰弱的陈景润已经穿上棉袄。

"李书记，谢谢你，"陈景润说，他见人就谢，"很高兴，"他说了一连串的很高兴。他一见面就感到李书记可亲。"很高兴，李书记，我很高兴，李书记，很高兴。"

李书记问他，"下班以后，下午五点半好不好？我到你屋去看看你。"

陈景润想了一想就答应了，"好，那好，那我下午就在楼门口等你，要不你会找不到的。"

"不，你不要等我，"李书记说。"怎么会找不到呢？找得到的。完全用不到等的。"

但是陈景润固执地说，"我要等你，我在宿舍大楼门口等你，不然你找不到。你找不到我就不好了。"

果然下午他是在宿舍大楼门口等着的。他把李书记等到了，带着他上了三楼，请进了一个小房间。小小房间，只有六平方米大小。这房间还缺了一只角。原来下面二楼是个锅炉房。长方形的大烟囱从他的三楼房间中通过，切去了房间的六分之一。房间是刀把形的。显然它的主人刚刚打扫过清理过这间房子。但还是不太整洁。窗子三槅，糊了报纸，糊得很严实。尽管秋天的阳光非常明丽，屋内光线暗淡得很。纱窗之上，是羊尾巴似的卷起来的窗纱。窗上缠着绳子，关不严。虫子可以飞出飞进。李书记没有想到他住处这样不好。他坐到床上，说："你床上还挺干净！"

"新买的床单。刚买的床单，"陈景润说。"你要来看看我。我特地去买了床单，"指着光亮雪白的蓝格子花纹的床单。"谢谢你，李书记，我很高兴，很久很久了，没有人来看望……看望过我了。"他说，声音颤抖起来。这里面带着泪音。霎时间李书记感到他被这声音震撼起来。满腔怒火燃烧。这个党的工作者从来没有这样激动过。不像话；太不像话了！这房间里还没有桌子。六平方米的小屋，竟然空如旷野。一捆捆的稿纸从屋角两只麻袋中探头探脑地露出脸来。只有四叶暖气片的暖气上放着一只饭盒。一堆药瓶，两只暖瓶。连一只矮凳子也没有。怎么还有一只煤油灯？他发现了，原来房间里没有电灯。"怎么？"他问，"没有电灯？"

"不要灯，"他回答，"要灯不好。要灯麻烦。这栋大楼里，用电炉的人家很多。电线负荷太重，常常要检查线路，一家家的都要查到。但是他们从来不查我。我没有灯，也没有电线。要灯不好，要灯添麻烦了。"说着他凄然一笑。

"可是你要做工作。没有灯，你怎么做工作？说是你工作得很好。"

"哪里哪里。我就在煤油灯下工作；那，一样工作。"

"桌子呢？你怎么没有桌子？"

陈景润随手把新床单连同褥子一起翻了起来，露出了床板，指着说，"这不是？这样也就可以工作了。"

李书记皱起了眉头，咬牙切齿了。他心中想着："唔，竟有这样的事！在中关村，在科学院呢。糟蹋科学！被糟蹋成了这个状态。"一边这样想，一边又指着羊尾巴似的窗纱问道，"你不用蚊帐？不怕蚊虫咬？"

"晚上不开灯，蚊子不会进来。夏天我尽量不在房间里耽着。现在蚊子少了。""给你灯，"李书记加重语气说，"接上线，再给你桌子、书架，好不好？"

"不好不好，不要不要，那不好，我不要，不……不……"

李书记回到机关。他找到了比他自己早到才一个星期的办公室老张主任。主任听他说话后，认为这一切不可能。"瞎说！怎么会没有灯呢？"李书记给他描绘了小房间的寂寞风光。那些身上长刺头上长角的人把科学院搅得这样！立刻找来了电工。电工马上去装灯。灯装上了，开关线也接上了。一拉，灯亮了。陈景润已经俯伏在一张桌子之上，写起来了。

光明回到陈景润的心房。

……（略）

十

一九七三年二月，春节来临。

早一天，数学研究所的周大姐说，佳节前后，要特别关心一下病号。她说："那些老八路的作风，我们千万不能丢掉了。尤其像陈景润那样的同志，要关心他，他很顽强。他病得起不来了，但又没有起不来的时候。在任何情况下挣扎起来，他坚持工作。他为什么？他为谁？为他自己吗？为他自己，早就不干了。不是，他是为人民，为党工作。我们要去慰问他。也要慰问单位里所有的病人。"

其实，外表看来魁梧，说话声音洪亮的周大姐自己也是一个力疾从公，患有心脏病，应当受到慰问的人。

大年初一早晨，周大姐和几个书记，包括李书记，一行数人，把头天买好的苹果、梨子装进一些塑料网线袋子。若干袋子大家分头提了，然后举步出发，慰问病人。他们先到陈景润那里。他住得最近。

陈景润正从楼梯上走下来。大家招呼他。他很惊讶,来了这许多的领导同志。周大姐说,"过春节,我们看你来了,你的病好点了吧。"李书记也说,"新年好,给你贺新年。"陈景润说,"噢,今天是新年呵?我很高兴,谢谢你们,谢谢你们。新年好,你们好。"李书记说,"到你屋里坐坐吧。""不,不行,"陈景润说,"你没有先打招呼,不能进去。"周大姐沉吟了一下,说:"好吧,我们就不去了。李书记,你给他送水果上楼吧。我们还上别家去,你回头再赶上我们好了。"李书记说:"好。"周大姐和陈景润握手,并祝他早日恢复健康,然后转身走了。李书记把水果袋递给陈景润说:"春节了。这是组织送给你的。希望你在新的一年里,多给党做点工作。""不要水果,不要水果,"陈景润推却了,"我很好,我没有病,没有什么……这点点病,呃……呃,谢谢你,我很高兴。"说着说着他收下了水果。李书记说,"上你屋聊聊?"他又张手拦住,"不,不要进屋了,你没有给我打招呼。"

李书记说,"那好,我不上去了。你有什么事,随时告诉我。我也得去追上他们,到别家去看望看望。"于是握手作别,他返身走。刚走两步,后面又叫,"李书记,李书记!"陈景润又追过来,把水果袋子给了李书记,并说,"给你家的小孩吃吧。我吃不了这多。我是不吃水果的。"李书记说,"这是组织上给你的,不过表示表示,一点点的心意罢了。要你好好保养身体,可以更好地工作。你收下吧,吃不下,你慢慢地吃吧。"

他默然收下了。他噙着泪送李书记到大楼门口。李书记扬手走了,赶上周大姐他们的行列。陈景润望着李书记的背影,凝望着周大姐一行人的背影模糊地消失在中关村路林荫道旁的切面铺子后面了。突然间,他激动万分。他回上楼,见人就讲,并且没有人他也讲。"从来所领导没有把我当作病号对待,这是头一次;从来没有人带了东西来看望我的病,这是头一次。"他举起了塑料袋,端详它,说,"这是水果,我吃到了水果,这是头一次。"

他飞快地进了小屋。一下子把自己反锁在里面了。

他没有再出来。直到春节过去了。头一天上班,陈景润把一叠手稿交给李书记,说:"这是我的论文。我把它交给党。"

李书记看看他,又轻声问他:"是那个(1+2)?"

"是的,闵老师已看过,不会有错误的。"陈景润说。

数学研究所立即组织了一次小型的学术报告会。十几位专家,听了陈景润的报告,一致给以高度的评价。然后,数学研究所业务处将他的论文上报院部。

……(略)

十二

陈景润曾经是一个传奇式的人物。关于他,传说纷纭,莫衷一是。有善意的误解、无知的嘲讽、恶意的诽谤、热情的支持,都可以使得这个人扭曲、变形、砸烂或扩张放大。理解人不容易，理解这个数学家更难。他特殊敏感、过于早熟、极为神经质、思想高度集中。外来和自我的肉体与精神的折磨和迫害使得他试图逃出于世界之外。他相当成功地逃避在纯数学之中，但还是藏匿不了。纯数学毕竟是非常现实的材料的反映。"这些材料以极度抽象的形式出现，这只能在表面上掩盖它起源于外部世界的事实。"（恩格斯）陈景润通过数学的道路，认识了客观世界的必然规律。他在诚实的数学探索中，逐步地接受了辩证唯物论的世界观。没有一定的世界观转变，没有科学院这样的集体和党的关怀，他不可能对哥德巴赫猜想作出这辉煌贡献。……被冷酷地逐出世界的人，被热烈的生命召唤了回来。帮派体系打击迫害，更显出党的恩惠温暖。冲击对于他好像是坏事；也是好事，他得到了锻炼而成长了。病人恢复了健康。畸零人成了正常人。正直的人已成为政治的人。多余的人，为国增了光。他进步显著，他坚定抗击了"四人帮"对他的威胁与利诱。无所不用其极地威胁他诬陷邓副主席，他不屈！许以高官厚禄，利诱他向人妖效忠，他不动！真正不简单！数学家的逻辑像钢铁一样坚硬！今后，可以信得过，他不会放松了自己世界观的继续改造。他生下来的时候，并没有玫瑰花，他反而取得成绩。而现在呢？应有所警惕了呢，当美丽的玫瑰花朵微笑时。

1977年9月于中关村

（选自徐迟《哥德巴赫猜想》，人民文学出版社1978年版）

穆青　冯健　周原

县委书记的榜样
——焦裕禄（故事梗概）

载1966年2月7日《人民日报》。

1962年冬天，正是兰考县遭受内涝、风沙、盐碱三害最严重的时刻。就是在这个关口，党派焦裕禄来到兰考。

"关键在于县委领导核心的思想改变"

焦裕禄召集县委委员们开会，会前，他领着大家来到火车站。他指着将要背井离乡去外地谋生的灾民沉重地说："我们不能领导他们战胜灾荒，应该感到羞耻和痛心。"他还组织干部回忆革命斗争史，使县委领导核心在严重的自然灾害面前站立起来。一个改造兰考大自然的蓝图定下来了。

"吃别人嚼过的馍没味道"

焦裕禄带领"三害"调查队，在全县展开大规模的自然情况调查。在极其艰苦险恶的条件下，焦裕禄忍着病痛，坚持亲自参加现场调查。经过几个月的辛苦奔波，县委终于抓到了兰考"三害"的第一手资料。

"榜样的力量是无穷的"

韩村、秦寨、赵垛楼、双杨树四个地区的社员，在灾害面前都表现了罕见的硬骨头精神。在县委召开的全县干部的誓师会上，焦裕禄为这四个队的贫下中农鸣锣开道，大张旗鼓地表扬他们的革命精神，号召全县人民学习四个样板，治服"三害"。

"当群众最困难的时候，共产党员要出现在群众面前"

1963年秋，兰考又遭受了一次空前严重的涝灾，焦裕禄废寝忘食，部署和动员全县干部前往第一线救灾。他自己迎着铺天盖地的风霜，走了几个村子，访问了几十户生活困难的老贫农。当一无儿无女的老人听到焦裕禄深情地说"我是您的儿子，毛主席叫我来看望您老人家"的时候，感动得热泪盈眶。

"县委书记要善于当班长"

焦裕禄始终坚持以毛泽东思想统一县委领导班子的思想和行动。一位富裕地区调来的干部，提出一个装潢县委和县人委办公室的计划，在焦裕禄语重心长的教育帮助下，他收回了计划。对一位犯错误的公社副书记，焦裕禄主张暂时不给他处分，而派他到灾害严重的赵垛楼蹲点。这位干部后来在抗灾斗争中表现十分出色，没有辜负焦裕禄的苦心。

焦裕禄出身贫农，带着家仇、阶级恨参加革命。他在个人生活方面对自己要求极其严格，而且从不准许家人享受任何特殊化。

他心里装着全体人民，唯独没有他自己。

焦裕禄一心只想着改变兰考面貌的斗争，想着其他同志的困难和病情，对自己日益加剧的肝病却一直强忍着没有治疗，唯恐耽误了工作。他一直用着"压迫止痛法"（以硬物顶住肝部），对抗着难以忍受的肝痛，以惊人的毅力坚持着工作。1964年3月，焦裕禄的肝病到了严重关头，在病床上他还在构思一篇名为《兰考人民多奇志，敢教日月换新天》的文章。县委决定送他住院治疗，临行前他还郑重地布置着最后一项工作。

"活着我没有治好沙丘，死了也要看着你们把沙丘治好！"

焦裕禄的病被确诊为肝癌晚期，不治之症，他最多还有20天时间。

县上的不少同志去郑州看望他，他总是不谈自己的病，先问县里的工作情况。最后焦裕禄从一位县委副书记的口中知道了自己的病情，他仍充满信心地鼓励战友们领导兰考人民斗争下去，并且提出个人唯一的一个要求："要求组织上把我运回兰考，埋在沙堆上，活着我没有治好沙丘，死了也要看着你们把沙丘治好！"

他没有死，他还活着

一年后，兰考的干部和贫农代表来到焦裕禄坟前。一位老贫农泣不成声地说出了36万兰考人的心声："我们的好书记，你是活活地为俺兰考人民，硬把你给累死的呀……现在，俺们好过了，全兰考翻身了，你却一个人在这里……"焦裕禄去世一年后，改造兰考大自然的规划已经基本实现，焦裕禄生前没有写完的文章，正由36万兰考人民在兰考大地上奋力集体完成。焦裕禄同志不愧为英雄的共产党员，人民的好儿子。

陈祖芬

祖国高于一切（故事梗概）

载1980年10月2日《人民日报》。

1938年，王运丰怀着学习现代科学以建设祖国的远大抱负，赴德国求学。在四百多名中国留学生中，只有他选修了在国内无法找到饭碗的内燃机专业。"他给自己规定的特殊的学习任务，是尽可能多学几门技术——祖国什么都欠缺啊！"空袭他不去防空洞，为的是争得时间学习；配给的咖啡他拿去送了人，为的是换来书本。他不舍分秒地刻苦攻读，以杰出的成就获得了西德国授工程师的职称。国民党驻西德的机构三次动员他回国，他都拒绝了。好容易盼到祖国解放，"他一口气把那条喜讯吞了下去"，毅然决定远渡重洋回国。舒适的家庭，舍弃了；温柔的妻子，别离了；还有那显赫的学位、贵重的财产……一切都留在了异乡。他，带着一吨书本、三个孩子、一颗爱国的心奔回到祖国——母亲的身边。他作为我国第一代杰出的内燃机专家，为祖国的社会主义建设不停地运转，贡献了巨大的能量。中国终于有了自己制造的坦克、装甲车。困难时期，他又自告奋勇来到局面困难的柴油机厂，并亲自主管了最脏最累的铸造车间，改变了那里的面貌。

可是，一颗赤诚的金子般的心，不幸却几乎被咆哮巨浪卷起的泥沙所淹没。十年浩劫的厄运难以逃脱，莫须有的"德国特务"的帽子禁锢着他的身心。赫赫有名的内燃机专家惨遭批斗，被驱赶去担煤，他冒着漫天大雪在蔚县崎岖的山路上艰难地攀登。就在身处逆境、心遭屈辱之时，他坚守"祖国高于一切"的信念。当他一旦有机会能为祖国效劳时，哪怕还是一名未正式安排工作的"黑人"，也不顾一切地挺身而出。与外商的谈判中，他慷慨陈词，敢于否定那些屈膝媚外的可耻行径，勇敢和欺骗行径斗争。

非人的待遇他经受过来了，委屈、凌辱、贫困，什么都动摇不了他报国的意志和决心。"母亲可以一时错怪她的孩子，但我不能不爱母亲。"一旦重新获得工作的权利，他又一心扑到了工作上。生活的长期折磨使他病魔缠身，但他考虑的却不是自己，而是如何医治好"制度上的弊病"。冤案的平反留着"尾巴"，他最宝贵的书被抄走后至今没有退还，还有那狭窄的居住条件……这一切，他都没有去计较，他没有时间、没有精力去计较，他只要为祖国工作的权利。当他被"解放"时，他的第一声呼号就是"给我工作！"他梦寐以求的幸福不是别的，正是为祖国奉献才能。王运丰在科学的道路上探索了一辈子，他确认的最伟大而又最平凡的真理，则始终只有一条：祖国高于一切！

孟晓云

胡杨泪（故事梗概）

载《文汇月刊》1984年第4期。

我在塔克拉玛干大沙漠的边缘，见到了世界上珍奇的胡杨树。只有一棵，孤零零地立在塔里木河滩上。它其貌不扬，却有着很强的生命力，耐干旱，耐盐碱，抗风沙，能在夏季酷热、冬季严寒、年降水量只有十几毫米的恶劣自然条件下生长。当地人称胡杨是"会流泪的树"。这是因为，生活的环境越干旱，它体内贮存的水分也越多。如果有什么东西划破了树皮，它体内的水分会从"伤口"渗出，看上去就像伤心地流泪一样。千百年来，这自生自灭的天然胡杨，总是默默地为人们提供各种财富。我抚摸着胡杨粗糙的树干，被它可贵的品格深深感动了。蓦地，我想到了一位在塔里木结识的农垦大学教师钱宗仁。

钱宗仁向我讲述了他20年自学的坎坷经历，他的一句句话，仿佛是胡杨树上流出的一滴滴泪珠。

钱宗仁是湖南湘乡县长丰公社浒州大队人。全国解放那一年，他只是个5岁的儿童。土地改革中，他家为了一点什么纠纷得罪了农会主席，成分就从贫农变为"佃富农"。从此，钱宗仁就叫做"地富子女"，一切好事他都没份，一切灾难他都有份了。

他勤奋好学，1963年考大学，成绩是全省前十名，就是没有被录取。第二年再考，虽被哈尔滨工业大学录取了,可是公社书记宣布:富农的儿子上大学,是阶级斗争的新动向。于是写材料说明"该生政治表现不好",应取消入学资格。学校不愿失去这个高材生,派人去当地调查,原来材料全系凭空编造。这时,这位书记说:"要是我们公社一级党的领导机关还搞不过一个地富子女,这会产生什么影响?"就这样,钱宗仁虽然到哈工大念了三个月书,最后仍旧只得回到家乡来。第三年想再考,请求九回,公社没有让他报名。

在如此严酷的形势之下,这个一心想求学上进的青年,只好背井离乡,成了新疆阿克苏县(今阿克苏市)实验林场一名没有户口的工人。辛苦的劳动、微薄的收入,都不能遏止他求知的渴望。星期天,他跑三十里路到县城阅览室去读书,也学习写作,在《新疆文学》上发表过一些短篇,还能写意境、格律俱佳的诗词。他填的一首《江城子》,抒发了热爱边疆的感情:"扎得根深,此地是家乡。望我成材如树木,宜红柳,宜白杨。"此词无意中被专区"四清"工作队一位同志看见了,了解到他的情况后,建议他回原籍分别家庭成分。他筹措不出路费,只好写了一份详细报告寄到家乡。这可不得了:为家庭成分翻案!长丰公社九次发函阿克苏的林场,要求送他回原籍劳动改造。十年动乱中,我们的主人公更是遭受批斗、吊打、酷刑、反省、坐牢、进"学习班"……可是,这都无碍于这个人的勤奋好学:他坐牢时默诵古文和诗词,推演数学公式;在"学习班"研究语法修辞。终于得到一个机会,他从土牢中逃跑,在新疆其他地方过流浪生活。在没有条件进行任何研究的时候,他就凭一本字典探索汉字构字的规律,到1975年底,终于编成一种"汉字笔顺号码排字法",这在当时是比较先进和有发展前途的。可是这一成果在商务印书馆里积压了两年之后,更先进、更适用的汉字编码方法已经出现不止一种了。

终于到了1978年,大学和研究生又恢复招考。由于年龄关系,钱宗仁决心自修大学课程,报考研究生。他只能找到什么书就学什么。他在近处找到一本残缺不全的《高等数学》上册,于是就学数学。从1978年到1981年,在不到三年时间里,他在繁忙劳动和沉重家务的间隙中,自修完八门大学课程,以几乎全是满分的成绩取得了新疆广播师范大学的毕业证书。1981年9月,他报考西北大学数学系刘书琴教授的研究生,在26名考生中成绩第一。可是不能录取:大了两岁,这一年他已经37岁了!74岁高龄的老教授看中了这个考生,可是,指导教师无权录取他的研究生,老教授只好一次、两次地资助钱宗仁上北京,帮助他向有力者奔走呼号,最终也没有结果。然而热心肠的人毕竟很多。在林场的时候,一些青年支持他研究汉字编码;在流浪中,老同学不顾风险介绍他做木工;在苦闷中,还有个很有意思的漆匠跟他谈哲学;为了当研究生东奔西走时,还有数学家张广厚、报社的记者、教育部的接待人员……都希望能给他一些帮助。阿克苏地委宣传部部长宣惠良,觉得合理安排钱宗仁的工作,使人尽其才,是自己的责任。可是,一个地委的宣传部部长只有那么大的权力,为了把钱宗仁由工人转成干部,为了找一个愿意接受他去教书的学校,为了让林场同意放他走……这位宣传部部长几乎花了20个月的时间,才把钱宗仁调到塔里木农垦大学任教,结束了他20年的坎坷生涯。

他的经历、他的性格、他的人品、他的精神,都使我想起塔里木河畔的胡杨,那会流泪的树。

钱宗仁就是一棵扎根在阿拉尔的胡杨,一个曾被忽略的倔强的灵魂。

多思的年华
——中学生心理学(故事梗概)

载《十月》1986年第5期。

5000万中学生是一个最色彩斑斓、最生机勃勃的世界。他们不仅需要教育,需要爱,也需要理解。

……

在全市演讲比赛中获得二等奖的珊珊,在老师的眼中,一向是柔顺的。然而她突然提出要辞去团支部宣传委员的工作。

珊珊说:"让学生当干部不是给你锻炼的机会……学校想搞一个好班会,在区里拿名次,就把我借到另一个班的班会上演讲。"这是骗人,她受不了。"我是团干部,不能甩手不干。所以我决心辞职。""可以说,开展各种活动,百分之九十九是为了向学校交差,学校也是为了向区里汇报,区里……你说这团的官儿,当得多没劲儿。"她无疑是有勇气的。

思远,她15岁,在一所市重点中学初中二年级读书。真想象不出,这名斯文的女孩子两年前竟有那样的勇气。

"阿姨,到海南岛的列车是哪一趟?去北戴河的呢?"思远和她的女伴在繁乱的火车站问询处怯生生地问。

她终于见到了向往已久的大海,它不是想象中的天蓝色,而是浅灰色的。她欢呼着,雀跃着,把鞋子扔在沙滩上,奔向大海。她真兴奋:"我们在这儿玩,班上的同学正写作业呢!"回想那段往事,思远充满留恋:

"我真想给大海跪下去,世界上最美的地方是大海。我什么都不想要了,爸爸、妈妈、弟弟、老师,还有那无穷无尽的考试、默书、背书,我只要这一个大海。"

当然,思远被找回去以后的日子就可想而知了。幸亏她后来居然以全校最优异的成绩考上了市重点中学,关心她的人才笑了。

大江,在北荫区一所普通中学读高二。他尝到了办事业的艰辛,同时也感受到了创造的快乐。

他牵头搞了一个北荫区的中学生文化节，困难是可以想见的。转了一大圈，经费才终于申请下来，尽管到文化节结束时这笔钱也没领着。文化节请了那么多作家、学者、大学生，大江上去敬烟、请茶，然后中午还得请吃一顿包子、馄饨，最后多少还得送点礼品，意思意思。这些人哪知道他们中学生的困难啊！

"我到处求爷爷告奶奶，真想流泪。可作为一个男子汉，哭是一种耻辱。可我真想说：'哥儿们，把我卖了吧。'"

中学生的早恋对于许多老师来说，是一道难解的算术题。高压政策，使早恋转入地下状态。于是，教师把责任推给家长，而家长又往往重施教师的手段。

倩倩的妈妈就扮演了这种角色。高中二年级的倩倩讲起一年前的往事，仍然十分烦恼：

"我这个人晚熟，男女之间的事一点也不懂，我只懂待人要真诚。我要求入团，团小组长是男生，我们的接触，是非常正常的同学关系。没想到班里冒出种种议论，说他是我的男朋友。老师根本没有找我问个究竟，就私下和妈妈挂上钩了。"

于是，有一天这名男生送倩倩回家的时候，倩倩的妈妈把他轰走了。继而班主任找倩倩正式谈话，姥姥和姨又对她"轮番轰炸"。

"反正班里也有了这种舆论，老师和家长都这么看，我干脆和他'共患难'吧。于是，我真的和他交了朋友，并且终于越过了界限。我后悔了……我有一种受骗的感觉。可是，是谁逼得我有了这个失误呢？"

这就是家长和老师一起干涉的后果。

一位中学教育的权威人士说："中学生并没有被人遗忘，关心他们的人很多，但能真正理解他们的人又太少了。"

是的，让我们向社会、向学校、向家长们呼吁，都来理解你们的孩子，理解你们的学生吧。

钱　钢

唐山大地震（故事梗概）

载《解放军文艺》1986年第3期。

7月28日，世界历史上发生过多次令人心悸的惨祸与灾难，1976年的这一天，中国唐山市发生7.8级强烈地震,死亡二十四万二千七百六十九人,重伤十六万四千八百五十一人,这是迄今为止四百多年世界地震史上最惨痛的一页。

唐山人永远无法忘记这个黑色的日子。

第一章 蒙难日"七月二十八"

三时四十二分五十三点八秒,唐山市地下的岩层突然断裂,如同有400枚广岛原子弹在距地面16公里处的地壳中猛然爆炸!唐山上空雷鸣电闪狂风呼啸,这座百万人口的城市在强烈的摇撼中顷刻间被夷为平地。

今天幸存的少数目击者讲述了大地震发生的瞬间的恐怖景象。大地震使唐山不仅付出了数百万生灵的惨痛牺牲,而且在经济、城市建设等一切方面遭受了毁灭性的重创。

第二章 唐山——广岛

地震发生后三个多小时,国务院领导们在中南海接见了四位唐山矿的幸存者。整个中国被搅动了,全国性的救灾行动立即开始。解放军十万大军仿佛是在敌方实施原子弹突袭后,以最快的速度向蒙难的城市开进。与此同时,开滦各煤矿组织自救,万名井下工人奇迹般地脱险了;在唐山陡河水库,解放军战士们用人力开闸泄洪,制止了一场使唐山在强震之后又被洪水吞没的巨大灾祸。救灾大军到达时,唐山已经在剧痛中呻吟了整整一天,眼前的景象令人惊心动魄,惨不忍睹。来自全国的万名医护人员立即开始空前艰苦繁重的救治工作,一百多列(次)火车,四百多架(次)飞机,将十万伤员转送全国各省。大批救灾战士由于在开进时准备不足,这时就凭一双手,在焦灼中,在饥渴中,在伤痛中,扒开钢筋水泥,用自己的鲜血和生命,抢夺出埋在废墟里的生命。

第三章 渴生者

不少遇难者并非直接死于自然灾害的打击,而是死于自我精神崩溃。

唐山大地震以它惨绝人寰的毁灭性的考验,留下了一批渴生者的姓名,他们创造了捍卫自身生存的奇迹。唐山医院护士王子兰,以充满乐观的态度在黑暗中坚持8天,终于获救。46岁的家庭妇女卢桂兰,在完全断水断食的条件下在废墟里存活13天,大大超越了"生命的极限"。赵各庄矿被捂在千米深的巷道中的5名矿工,靠自己的力量打通厚厚的矿层,终于在地震后第十五天,爬出"鬼门关"……

第四章 在另一个世界里

共有51名外国人经历了"七二八"大地震。同样处在大灾难中的中国普通老百姓,冒着再次遇难的危险,不惜一切,抢救外宾,外宾们在震区各种场合都受到了最高的礼遇。在废墟上,白种人、黄种人,自动组成一个救死扶伤的集体。

在唐山看守所,囚犯们主动请求,组织了一支在刺刀监视下的抢险队伍。不少人在地震中立功,陷入罪恶深渊的灵魂在大自然给予的偶然机遇中发生了奇特的变化。

在唐山精神病院，在强烈刺激下由麻木转向疯狂的患者，成为这个奄奄一息的城市的负担和累赘，城市已顾不上他们。几名幸存的孱弱而坚忍的医护人员，负起了看护和转移患者的沉重职责。

在盲人居住区，从大难之中逃生出来的盲人们，恢复了他们的演唱宣传队，他们要去鼓励生者。在废墟上，在伤员的呻吟中，回荡起奇迹般的旋律，倾听的人们感受到了一种温柔的、明哲般的力，穿透血迹斑斑的心灵的力，它使惨遭劫难的人们得以呼吸，得以生存。

唐山开往天津方向的40次列车在唐坊—胥各庄间部分脱轨并起火，在荒野中被围阻三天。列车乘务人员以崇高的责任感和艰辛的劳动，在溽暑、饥渴中扑灭大火，在非常情况下维持了列车的一切正常秩序，使800名旅客全都安全撤离，将列车完好地驶回齐齐哈尔。

第五章　非常的八月

当死亡的危险刚刚过去，饥寒的人们为了救急，为了生存，从废墟中扒出一些物资。可是当人们的手向着本不属于自己的财产伸去的时候，有一些人心中潜埋着的某种欲望开始释放，事情就从这儿演变了。8月3日，唐山抢劫风潮发展到最高峰。民兵们被临时组织起来，被疯狂的抢劫者激怒的群众也挺身而出，实行了非常时期的自我执法。

与地震抢夺生命的搏斗刚刚过去，与死亡紧紧伴行的瘟疫的阴影已在向唐山逼近，唐山面临着新的死亡。当震区各种传染病日趋严重，中央抗震救灾领导小组采取紧急对策，从全国调集大量防疫人员、飞机、药具，扑灭扩散瘟疫的蚊蝇。在另一个战场上，无数年轻的军人承担着最为险恶、最为繁重的工作：掩埋24万正在腐烂的尸体。他们的经历，完全不亚于一次残酷战争的经历。

震后，灾民们在无数挪亚方舟式的"防震棚"里组织起一个个临时的大家庭。在这些"方舟"里，曾有过无数舍己为人、相亲相爱的故事，人们在极其特殊的文明条件下，表现出一种"原始共产主义精神"。但他们又绝不是原始人，他们身上的历史、道德传统及种种社会文化因素，终究要顽强地一一表现出来。

在震惊世界的巨大灾害面前，在政治的1976年，中国人仍然一如既往地、坚定地恪守着自己彻底的"政治人"的人格面貌和行为方式。中国政府拒绝了包括联合国、美、英、日等国在内的一切国际援助，用以证实"经过无产阶级文化大革命考验的人民是不可战胜的"。在灾民、救灾部队中，长期以来被强化的政治情感、理想也在大难后的唐山发展到顶峰。8月，唐山人所表现出的"坚强"令人惊讶；然而9月，毛泽东主席逝世，却使得整个唐山都在哀哭中战栗，这哭声不仅仅是属于"政治"的。

第六章　孤儿们

地震把3000名孤儿留给了世界。这是一群幸存的不幸者，无情的命运让他们过早地尝到了人间的酸甜苦辣。孩子们大都没有成熟到能够清醒、完整地理解失去亲人这件事的含义，在巨大而陌生的不幸之中他们仍有着自己的喜怒哀乐、自己的性格及理想，但灾难使他们不得不过早地肩负起了生活与心灵两方面的沉重的压力。省委决定将他们中的一部分送往外地。外地人从孤儿身上感受到了地震灾难的残酷。接收孤儿的地区以最高的热情与同情接纳了孩子们。

第七章　大震前后的国家地震局

唐山的地震工作者在"七二八"以后带着深重的负罪感，默默地承受着来自上级、来自灾民和来自内心的最严厉的诅咒和谴责。

为什么唐山大地震没有能够及时预报？"吃地震饭的"到底是些什么人？历史要求中国地震界作出回答。

"七二八"当日，国家地震局极度震惊。面对着这场未能预报的地震酿成的惨祸，全体地震工作者们百感交集。然而，许许多多献身地震预报的同志并不是罪人，在那个畸形的年代，成千上万的科学工作者，仍忍辱负重地工作。

邢台地震标志着中国大陆地震活动一个"高潮幕"的开始。邢台地震后，中国的地震预报工作才真正上马。1975 年，海城 7.3 级地震被成功地预报，海城的辉煌是科学工作者大量艰苦细致的研究工作的成果。而历史文献表明，唐山地震的中期预报是成功的。北京市地震队耿庆国根据自己对旱震关系的研究结果，正确地预报出 1975 年左右河北唐山地区将有大震。

距唐山地震半年前，地震工作者的目光一直在密切注视着京津唐环渤海地区。临震的几天中，一部分同志已经作出接近于准确的判断。但由于临震前兆扑朔迷离，超出人们的经验范围，由于要考虑到严重的社会影响而不能不持极其谨慎的态度，由于当时"政治"风浪的冲击干扰，为预报工作付出过无数心血和牺牲的地震工作者们最终饮恨唐山。

历史将如何评价那些以惨败告终的搏斗者？

有人说，人类有两大难题：癌与地震。现在，据说癌的被攻克已经指日可待，可是地震呢？大自然依然以它自身的神秘存在，成为当今一个最大的斯芬克斯之谜。

目前，全人类的学者们都在同步地为征服地震恶魔而努力工作。唐山地震以来，不少人对预报失去了信心，但至今却仍有大量事实证明：希望之光并没有熄灭！

贾鲁生

丐帮漂流记（节选）

黑暗与光明之间，仅隔着一条马路。

济南市。马鞍山下，一座宽敞的大院。铁门旁，一块颇有学者风度的白底红字的大木牌：山东省社会科学院。

科研大楼里，几乎每一扇窗口，都挤满了种种社会问题，使得人们殚精竭虑，绞尽脑汁。窗户明亮，视野开阔，抬起头来，便可以清楚地看见从门外那条新修的柏油路上鱼贯而过的小汽车。附近，是省委二宿舍、山东科技出版社、南郊宾馆。小汽车也多是高档次的皇冠、丰田、桑塔纳，伏尔加和国产的上海车在这条路上显得有些寒酸了。

穿过马路，与社会科学院斜对着的是一片柏树林。汽车扬起的尘土，厚厚的涂在叶片上。在沉重的压力下，树梢无力地耷拉着头。阳光在这里消失了。

这并非幻觉。在那些对社会问题极其敏感的学者的眼皮底下，穿过跑着豪华的小汽车的马路，走进柏树林，就有一个幽暗的山洞，里面藏着一道极其复杂的社会问题：

乞丐！

一 洞穴里的茅台酒

乞丐是贫穷的产物。

可是这山洞里的乞丐，并不贫穷。丰盛的宴席已经摆好。他们正在喝酒。酒香驱散了昏暗，视线在洞穴里稍稍有了自由，能够触摸到酒瓶子上的那五个诱人的红色大字：

贵州茅台酒！

货真价实。绝不是那种花几元钱买个空瓶子装上普通白酒再滴入几滴"DDV"而以假乱真的冒牌货。

"当——"

瓷缸子、大白碗、高脚杯、玻璃瓶底，土的洋的，肮脏的和干净的，一群乱七八糟的器皿相互碰撞。

"干——"

一饮而尽。我敢说，此刻他们喝下去的并不完全是酒。这种透明、芳香、辛辣的液体，自从问世之后，逐渐被注入了社会的意识，成为一种标志。一种生活状况的象征。从贫穷低劣的地瓜干酿造的散装白酒，到洋河、双沟、五粮液、茅台，每一种酒都代表着一个生活档次。此刻，这群乞丐，这群贫穷的宠儿，茅台顺着他们的喉咙灌入肠胃，被吸收后，经过血液循环，在肝脏分解，从肾脏排除，经过了这个过程，他们便被贫穷抛弃了。富裕接纳了他们。他们满面通红,兴高采烈,仿佛不是蹲在幽暗的洞穴里,而是站在富裕的顶峰。一瓶巨人般的茅台,高矗在他们中间。商标上有一行清晰的"配料"说明:

30%的贫穷+70%的富贵=当今中国奇特的乞丐。

这是笔者曾在四个城市对四百多名乞丐进行调查后计算出的百分比。这是否说明,乞丐已逐步从一种经济现象——社会的贫穷病,转入一种文化现象——社会的富贵病了,至少是可以讨论的。

据《中国法制报》载:目前在北京站乞讨的一百多人,每天乞到的钱少则四五元,多则四五十元。

据《南风窗》载:来广州、深圳的乞丐,大多是为了乞讨出万元户的。

据《新民晚报》载:最近上海市收容的一百八十五名乞丐,大多不是生活困难者。他们行乞有的是为了造房,有的是为子女筹办婚事,有的甚至是为自己准备棺木。

让我们再回到洞穴的宴席上。坐上首的是靠收徒弟为生的"魔术师",三十七八岁。中等身材,穿浅灰色的毛料西装。长脸,尖下巴,戴一副宽边眼镜。他端坐在石头上,屁股下垫着一块洁白的手帕。喝酒绝不大口,夹菜贴着盘边,文质彬彬的样子好像在宾馆里参加宴会。在他的衣服里,有一条宽皮带,裹着整整六千元人民币。

魔术师左边,是七十多岁的干瘦的老头。大家都喊他"老三毛"。从新中国成立前五岁时开始流浪,直到现在,满面皱纹,鬓发苍白了,他仍然以行乞为生。他从未有过户口,只知道自己是四川人、仿佛一辈子没洗过脸,贫穷的污垢几乎填平了皱纹沟,却又闪着富贵的光彩,他哆哆嗦嗦地从兜里摸出一支"三五"(他从不掏出烟盒),贪婪地抽了两口,含糊不清地嘟囔着:"我叫化了一辈子,这两年才有福享了。都说如今政策好,是好,是好……"

老三毛没注意,坐在魔术师右边的十三岁的小东北,闪电般地偷走了他兜里那盒"三五",散发给大家,稚嫩的童音在洞穴里响着:"好、好、好……"

在小东北的下首,是"无腿先生"。没有双腿,却有钱,有一辆崭新的轮椅。肥大的衣服紧裹着圆鼓鼓的肚子,脖子粗得系不上扣,腮帮上的肉耷拉着。

再下首,是位二十四五岁的小伙子。身材细长,但肌肉结实。青春的光彩照亮了幽暗的洞穴。两只黑眼球,狡黠地闪动着。他是魔术师新收的三个徒弟中的老大,都叫他大师兄。前些日子,他独自到南方转了一圈,赚了不少钱。今天他买茅台设宴,说是为了感谢师傅的授艺之恩。

一共九个人,个个财大气粗。当他们频频举杯,向魔术师说着溢美之词的时候,山洞外不时传来小汽车嘹亮的喇叭声。大师兄举起茅台酒瓶，自豪地说："别看那些当官的，他们坐小汽车，可比不上咱们有钱。"

无腿先生刚刚啃完鸡腿，抹了把嘴："这话不假。我有个亲戚，是个处长，在北京当处长，顶个副省长，他家里摆了两瓶茅台，我晃了晃，妈的，全是空的。"

老三毛接过话茬说："小汽车，那可是论身份坐的，什么官坐什么轿，古今如此。旧时，有的大官，两袖清风，腰里没有一个子儿，可照品位坐轿，一点马虎不得。咱们算什么，咱们有钱，可没身份，照样是下贱人。"

虽然酒后狂言，却道出了一种现象：茅台象征富裕，而"皇冠"代表地位。富而不贵，有钱不一定有地位，这就是今天的乞丐。在这座昏暗的洞穴里，他们唱起了自己的歌。

……（略）

二 入帮

我来到山洞，绝不是因为闻到了茅台的香味儿。

完全出于偶然，我们几位好朋友为究竟有没有乞丐万元户这样一个毫无价值的问题争吵起来。赌了一口气，我便决定混入乞丐帮。

我蓬头垢面，穿一身破军装，在大街小巷逛了整整四天，才找到了一个"向导"。他蜷缩着身子，躲在大观园商场的一个阴暗角落里，大热天披件破绒衣，浑身打颤。

"兄弟，病了？"我关切地问。

"倒霉，感冒着了。"他少气无力地说。

"你等会儿。"我撒腿跑回家，拿来瓶犀灵解毒片，"吃八片。"

他一张口，干咽了下去。我又给了他二十元钱："先找个地方住下，喝点开水，发发汗。"

他在大众浴池住了一夜，第二天便好了。交谈中得知，他是魔术师的二徒弟，被称为二师兄。初中毕业后，因为没送礼，分配的工作被人挤了。"我爸给我备了礼。五条'大人参'。"他愤愤地说，"我才不给当官的抽呢，把烟送给了我舅。"挨了父亲一顿揍，就逃出来，已经流浪了三年。

我坦诚地说出了身份和意图，请他帮忙引我混入乞丐群。他迟疑片刻，说："好吧。"

接下来，便是教我黑话和"帮规"，然后向魔术师引见了我。请记住，此时我已不是我了。我是个乞丐，沈阳市人，因为家庭纠纷外逃。绰号：五合板——因为瘦。用不着姓名。乞丐中最忌讳的就是通名报姓。谁也不知道谁的真名实姓。所有的姓名都是假的。既是假的，就不如使用绰号。绰号具备形象的真实。

通向乞丐的道路蜿蜒曲折。我跟着二师兄，穿过英雄山革命烈士陵园。松柏间一条小路，两旁成百上千座坟堆，整齐地排列成英灵的队伍，而我，在肃然起敬之际，更有一种羞愧之感，为自己，为乞丐，为乞丐的制造者——譬如那个因为没有得到五条人参烟而不给二师兄安排工作的人。我低着头，默默地走着。

走到墓地南头，二师兄突然转过身来，向英灵们深深地鞠了一躬。

我在"大礼堂"里接受了入帮前的审查。这是一个很大的山洞，在烈士陵园南端的山坡上。老远，就能闻到一股潮湿的霉味儿，夹着浓重的尿臊、粪臭。洞里、洞外，一堆堆的已经被风干了的人粪，白花花的尿碱一片连着一片。

"妈的，属牲口的，到处拉尿。"

"到烈士陵园里排泄脏物，还什么'五讲四美'。"

"说咱们盲流脏，他们更脏。"

乞丐们纷纷咒骂。在马路上小便，嘴里喊着"洒水车来啦"，往建筑物上抹屎，说是"刷油漆"，乞丐们经常用诸如此类的恶作剧发泄他们对人生的不满。但他们绝不弄脏山洞。山洞是他们的栖息之地，他们的家，他们躲避风寒、雨雪和忧愁、悲伤的窝。

喝茅台那个小山洞被称为餐厅。而这座山洞，有七八米深，十多米宽，二层楼高。洞顶有一道大裂缝，露着天，却进不来光线。一块块的石头，像方凳似的胡乱摆在地面上。乞丐们把这里作为聚会地点，称它"大礼堂"。

魔术师仍然铺了一块白手帕，坐在正中间的一块方石头上。调皮的小东北爬到高处一块凸起的石壁上，不时地向下扔小石子。"哎哟，小×养的。"老三毛骂道。无腿先生一刻也坐不住。撑着双拐（比一般的拐杖短半截），在坎坷不平的洞子里半爬半走。一个没有双臂的，头弯在怀里，咬得衣缝喀嚓喀嚓响。虱子的血，不，他自己的血，染红了他的牙齿、嘴唇。身边坐个十几岁的孩子，一张张地数着一大堆汽车、火车票。他不时地捏起铅笔头在纸片上列一道加法算式——仅仅是加法！数字越加越大，他稚嫩的脸上闪现出一种只有贪婪的成年人才会有的那种满足的微笑。

一个穿绿军服的小伙子，倚在石壁上，捧本琼瑶的《在水一方》，聚精会神地读着。琼瑶热，像射进洞穴里的一缕光线，为乞丐空虚的心灵增加了一点充实。小东北捣乱，往下尿尿，一块石子儿飞到了小东北身上。

魔术师急忙用垫屁股的白手帕给小东北包扎，心疼地责怪他："看你以后还惹事不。"说着，转过身子，皱紧眉头，狠狠瞪了小伙子一眼。

"你下手也太狠了。他是个孩子……"魔术师严厉地说，"一天三个鸡蛋，五个肉火烧，供小东北吃到伤好以后。"

就在这时候，我走进"大礼堂"。山洞里立刻安静下来。所有的目光都集中到我的身上。我心中一阵恐惧，不由得打了个寒颤。我有些后悔了，写乞丐，上收容站里问问，从资料上抄点数字，再凭想当然加上点观点，足够了，何必来这儿冒险?！万一……

我小心翼翼地环顾四周，这乞丐的洞穴，是城市脸上的脓疮，不知用什么药物才能治愈；这垃圾箱，堆满了污物，却没有清洁工来扫除。这是一个光怪陆离的世界，有老人、孩子、青壮年，高矮、胖瘦、健康的、残废的，西装笔挺的和衣衫褴褛的，欢乐的和忧伤的，什么人都有，唯独没有正常人。在这个世界里，美和丑，善良和邪恶，真诚和虚伪，光明和黑暗，贫穷和富裕，所有不可调和的东西都在一种神秘溶剂的作用下，掺杂混合成一个奇形怪状的整体，一个谁也看不清楚、说不明白的精神和物质的粘成一团的东西，一个人和兽、和昆虫、和植物、和病菌杂交成的勤劳而懒惰、残暴而善良、美丽而丑陋、庞大而渺小、勇敢而懦弱的怪物。

几分钟的沉默……

老三毛先开了口："你就是五合板？"

"过奖，过奖。"

"开哪家字号？"小东北早已忘了伤痛。

"挑线的。"我说自己是卖血的。

有人上来，撸开我的衣袖，仔细看看。幸亏事先我在胳膊上扎了几个针眼。

"点子还是耳朵？"一个右眼有道疤痕的人问。点子是给公安局干事的，耳朵是点子雇用的。

我盯着疤瘌眼，连讽带刺："我还没娶媳妇，舍不得开天窗。"点子和耳朵若被发现后，要受到在眼皮上开口子的惩罚，叫开天窗。

疤瘌眼脸一红，退到阴影里。又有人问："有股吗？"

"唉，跑单帮。"我故意叹了口气，"混不饱肚子。"

"做过大买卖？"魔术师提了最后一问。怕受连累，抢劫、强奸、盗窃、走私……做大案的罪犯，乞丐帮一概不收留。

"小本生意。"我食指、中指并拢，略微弯曲，做了个掏包的手势。"干的不多。"小偷小摸是允许的。

"进屋吧。"魔术师点了点头。"来去自由。不过，在一天，就不能三心二意。"

乞丐帮，多是松散型结构。除了几个核心人物外，其他人都是自由的。有难处，集体帮助你。走了，也不追你。魔术师点了头，乞丐们便呼啦围上来，七嘴八舌，问长问短。

三 奇怪的魔术师

魔术师的这个帮，有四十多人，来自五湖四海。每天清晨，他们三三两两，从垃圾箱，山洞里，浴池的通铺上，候车室的长椅下，集中供热的地下管道里，公园的树丛中，从城市的各个角落里钻了出来，带着阴暗中的丑恶，污秽，虱子，臭虫，聚集在一起，商讨生存的方案。这是耗子的聚会，有各自的早点——烧饼夹油条，奶油蛋糕，茶蛋，火腿，香肠，奶粉，豆腐脑，方便面，呼呼啦啦地吞食着。吃饱喝足了，身上有了活力，高级香烟和劣质卷烟便开始燃烧了。这时候，夜幕尚未褪色。四十多支白色的细长圆柱体，每一支头上都亮着小小的红点，在朦胧中一闪一闪的。

早晨的例会要解决一天的问题。像开办公会似的，人手一只黑色的小提包。里面并非文件和记录本，只有一只白缸子、一块塑料布或一条床单。会议自然由魔术师主持。他遵循先民主后集中的原则："说吧。"两个简单的字，包含着丰富的内容。

"这几天风紧，警车呜呜叫，警察满街逛，啥事都不好办。"

"血站也管严了，没证明的不收。跑了好几个地方，一把血也卖不上。"

"西门那地方新来了一帮，把咱们地盘占了。"

"济南不好混了，换个场子吧。"

……七嘴八舌，喧嚷嘈杂地进行着信息的交流。

"嘘——警察来了。"有人惊慌失措。

两个警察向这边走来。不少人提起包要溜。

"看不出来吗？那是交通警。"魔术师稳住人心。等交通警走到近处，他装模作样，故意提高了嗓门，"咱们农民进城旅游，要注意交通安全，要做到：一、红灯停，绿灯行，黄灯亮时等一等；二、过马路要走人行横道，先看左，后看右；三、……"

第三条没说完，交通警过去了。"哈哈哈哈……"乞丐们捧腹大笑。

魔术师摆摆手，言归正传："警车越叫得响，盲流越安全。那是打击刑事犯罪，不管盲流。不过得注意，干钳工（小偷小摸）的先歇歇手，缺钱花来找我。其他活，照常干。西门，先放一放，谁也不准去惹事。转场子，等过了'十一'再说。"

干脆利落。说完，乞丐们便分散"上班"去了。

魔术师属于这样一种人：天生具备群体领袖的素质。思维敏捷，善于决策。说起话来，声音低沉，不紧不慢，透露出一种摄人心魄的力量。难怪那些来自五湖四海、小视一切权威、绝不愿接受任何人约束的乞丐，崇拜地跪倒在他的脚下，尊称他为师傅，对他的任何一道旨令不敢有丝毫的违抗。

五合板发现，魔术师从早到晚，总在街上闲逛，找那些跑单帮的乞丐聊天。每天中午，他准时到邮局门前的报栏看报纸。有时，蹲在一个墙角里看书，书的层次很高。那几天，他翻来覆去看的是一本《在历史的表象后面》。五合板怀疑，他没准也是个冒牌货，来探索乞丐奥秘的人。

这天晚上，在火车站广场的一角。魔术师恶狠狠地揪住大师兄的衣襟，问："你干什么缺德事了？"

徒弟比师傅高一头，身强力壮。真动拳头，三个魔术师也不是对手。可徒弟却像只小绵羊似的，缩着头，结结巴巴地说："我、我、我……"

"我，我个屁。"魔术师臭骂道，"老子说过，不准偷穷人的东西，你……"

"我，我该揍，我……"他偷了一个乡下老大娘的包，自知理亏。

"妈的!"魔术师一挥手,"啪、啪"两个清脆的耳光。

这天夜里,五合板跟着魔术师,铺开破布,躺在一块广告牌后面。五合板问:"师傅,你有的是钱,为啥不住宾馆,要和我们一样躺在街上?"

"住宾馆还叫盲流?"他警觉地反问道:"谁说我有钱?"

"大伙瞎传。还说在广州,一晚上三百块的宾馆,你住了十天。"

"穷叫花子,弄了点钱烧的。"魔术师淡淡地说。"我看南方比北方开明。在南方,只要你有钱,再高级的地方也能住。北方不行,分等级,光有钱,没那个职位,不够级别,你就住不上。唉,等级制消除不了,中国就没希望。"

五合板心中一震,更加怀疑他是个冒牌货。五合板装傻说:"咱们盲流,操那闲心干嘛。能多弄点钱,饿不着,冻不着,就行了。"

这一夜,五合板怎么也睡不着。并非因为第一次露宿街头,而是心中有数不清的疑问:魔术师究竟是个什么样的人?生活在这个世界上,他寻求的是什么?他真是个乞丐吗?

魔术师无忧无虑,轻轻地打着鼾,睡得那样香甜。最忧愁的人反而最没有负担。白昼,乞丐的秘密会清楚一些吗?

……(略)

二十二 天尽头

山东半岛。成山头——

陆地的最东端。

一条崎岖小路,伸向悬崖峭壁。下面是大海,波涛汹涌。"轰隆——"巨浪企图击碎悬崖。"哗——"幻想破灭了,化成水珠、雾气,稍稍在空中停留了片刻,眨眼便消失了。

峭壁上刻着三个使整个人类都无可奈何的惊人的大字:

天尽头!

公元前二一〇年。那位总揽六合、一统天下的始皇大帝,东巡至此。他幻想得到无限的疆土,永恒的生命,可是面对苍茫大海,他只有发出一声失望的叹息:"天尽头矣!"

不知是为了记载始皇大帝的功业,还是为了向后人警示些什么,李斯当即挥毫,写下"天尽头"三个篆体大字,刻在石碑上,立于峰顶。

至尊的帝王未能料到,他一声叹息,竟然为"贱民"们效了力。千百年来,无数灾民、乞丐逃难至此,便结束了流浪生涯:搭起窝棚,开荒种地,捕鱼捉虾,用勤劳的双手建起幸福的家园……

历史延续到今天。近几年,有不少的乞丐、盲流,沿着祖先的足迹来到这里,寻求人生之路。然而,除了茫茫大海和"天尽头"三个失望的大字外,根本没有他们幻想中的路……

天到尽头，哪儿还有路？

和魔术师约定的时间到了，五合板，不，我，急忙忙赶到天尽头。不知为什么，分别之后，一天比一天渴望见到他。是怜悯，还是想知道他更深层的秘密，自己也说不清楚。不管怎样，我是下决心要帮助他结束流浪生涯，加入创造者的行列，只要他愿意。我失望了，天尽头没有他的身影，附近的村庄也没有谁见到过他这样一个人。是根本没来，还是来过之后又失望地离去了？唉，这里毕竟是天尽头……是在为魔术师叹息吗？从轰鸣的浪涛声中，我隐隐约约听到了一支戏谑的歌：

"鞋儿破，帽儿破，身上的西装破；你笑我，他笑我，笑我是盲流……"

三个标准的乞丐：衣服并不破，只是很脏。躯体强壮，软弱无力。令人羡慕的大眼里，布满了失望。大概是在天边碰了壁，他们沿着那条崎岖的小路往回走。边唱，边轮流喝着一罐啤酒。他们所表现的一切，不是贫穷而是懒惰。

"怎么，要走了？"我迎上前。

"这穷地方，有什么好的。"其中一个乞丐说，"妈的，上当了。"

是呵，这里没有茅台，没有施舍者，没有卖血的地方，没有"阳痿早泄"的广告；只有待开垦的土地，待绿化的荒山，待征服的大海，在这里生存，需要付出血汗，需要肌肉、筋骨、脑细胞的剧烈的运动……

流到末梢血管的尽头，血液也要返回。这三个年轻的乞丐，他们走了，沿着那条漫长的流浪之路，消失在人生的迷雾中。谁也不能阻挡他们。没有任何法律剥夺过流浪的权力。正如疾病是生命的权力，流浪是乞丐的权力。然而，火焰也有焚烧污秽的权力，光明也有廓清黑暗的权力。科学、艺术、音乐，一本小画书、一篇寓言故事、一所学校、一个家庭、一座城市……照理，它们都能够为八十年代的喝茅台的乞丐燃起光明的烈焰，把他们引出那幽暗的洞穴。

站在天尽头，脚下是辽阔的大海，面对着的是人类的天幕。我奇怪，在这样的地方，始皇大帝怎么会产生绝路之感呢？乞丐们真的要回头吗？……

天无路，那么，人生的路呢？

（选自《中国作家》1987年第3期）

徐　刚

伐木者，醒来！（故事梗概）

载《新观察》1988年第2期。

罗马俱乐部与人类困境

人类从森林走出就有了砍伐本能。1968年春天，罗马呼吁人类关注森林被人类占有，世界已失去平衡。专家学者筹建的罗马俱乐部在罗马林赛科学院集会成立，并于四年后提出关于全球问题和人类困境报告，指出人类征服自然对于自然界毁坏甚大，作为陆地生态系统"总调度室"的森林已千疮百孔！

中国森林减少速度更是惊人的，因城市膨胀、人口增长、乡镇企业布局、耕地面积减少，及官僚主义者对毁林、生态破坏的无知与漠视，缩减还在加速中！在人类面临困境中，中国人不能独独例外。

中国，一座山和一个人的困境

古松、白楠、香樟等树木滋养着武夷水。而今，九曲溪只能走竹排或擦着水底卵石过；水帘洞瀑布已滴水全无。大王峰至今只剩下两棵树！1984年，古安县砍树砍到了玉女峰。可"斧子"行动只是武夷山之冰山一角！

武夷山管理局的陈建霖竭力护卫濒临消失的森林。他力诉武夷山毁林事实，但个人力量有限。为经济利益，有法不依，有意包庇或干部带头违法。为保林，他立毁林碑申述毁林之害，但迫于压力毁林碑被毁。此时，武夷山砍伐声甚嚣尘上：1985年，崇安县贷款20万给红星大队书记叶广昌砍树，所伐是该县当年伐木量的1/4，而砍伐者竟当上劳动模范！1986年12月到1987年8月，武夷山胸围6到44厘米的树全被砍伐。据不完全统计，烧山267亩；毁林13起；建炭窑4座占地30亩，砍杂木毁林2万斤，烧炭8700斤！毁林碑虽毁，但毁林劣迹却毁不掉！

葱郁的西天目山和另一个人

天目山与武夷山有不一样景象。这里近几年未有毁林开荒事件。年届80的护林员宋永增爱树如命，1960年到天目山护林时刚50岁，直到1982年才被请下山来离休养老。在其努力下，天目山不仅被保护了，树木品种还有了增加，引进了朝鲜落叶松、日本扁柏和冷杉、美国香柏和红杉、法国梧桐、墨西哥落叶松，以及国内14个省市各种树木……历任临安县领导都支持老宋，甚至大炼钢时，虽需大量木材，但县里强制天目山的树一棵也不能砍！有法必依，执法必严，遏制了砍伐行为，天目山被保护下来，因为有云宝和尚有李家宽有宋永增！天目山旁是与安徽交界的千秋关，老宋带着林场工人种了三年树，直到第三年土质才变软，树长了起来。到今年，9000亩森林使荒山变绿，已不见黄沙飞扬！然而，安徽的半壁千秋山仍是一片荒凉黄沙！

温州的坟

富起来的温州人忙着占山造坟，把大把钱花在死人身上，不仅让死人有墓穴且有殿堂，殿堂愈早愈辉煌。温州的造坟运动是与温州的商品经济同步发展的。温州青山上毁林严重，零星的树木也在急速地减少。温州的土地珍贵，温州的树木更珍贵，然而在温州不仅为死人造坟，还要为死人挖树。这就是温州的活人因为死人而挖掘的"风水树"。温州人精心于家里现代化以及家人死后的墓地现代化，却漠视社会福利事业和共同生活的环境。可阳光与空气是共同的，绝不能与"我"无关。当死人占去良田，把绿树送给幽灵，我们也在制造土地和心灵沙漠。温州失去的是绿色！

黄河故道和洪荒及大火、战争的再启示

黄河发源地森林有很多角落，草原辽阔，水色与青草绿树一致。但为发展，大树被砍倒了，造田种植的短暂繁荣后，便开始长荒久旱的灾难历史。如今陕北高原的黄土山脉因继续开山而受破坏，大量泥沙倾泻在黄河。长江水土流失也日益严重，可长江上游森林还在砍伐中！1987年5月，大兴安岭森林大火，使中国人看见鲜明红色警告！现代化战争大火对人类及人类生存环境的破坏无法估量：美越战争中，越南被消灭的森林达1800万亩！人类用各种手段制造沙漠，不仅为己掘墓，也正埋葬子孙后代！可是，战争后给人的启示并不比战争本身简单。20世纪50年代朝鲜战争后，在三八线附近划定长243公里宽4000米的非军事区域，可就是这里现在是森林茂密的世界最大野生动物乐园。难道不是大自然正默默地争取着无人过问权利？

在阳光下和月光下，中国的盗伐之声

在中国，无论在阳光和月光下都会听到滥伐声。1987年，广西南丹县国营林场19万亩的森林被哄抢！一个"钱"字，使社会人生出了多少困惑！福建安溪铁观音茶畅销，于是毁林地种茶成风，三五年时间，水土流失已显见；因白木耳、香菇销路甚好，便不惜砍伐阔叶树作主要原料。殊不知，付出的代价是留下贫血田野！然城市不甘落后，从森林覆盖区移植大量常青树、花、灌木等，使大量珍稀野生资源减少，甚至濒临绝迹！海南岛最紧要是保护森林，盗伐声放火烧荒应休矣！新疆与青海沙害亲所目睹，可胡杨林、河谷林、红柳、梭梭等荒漠灌木林正面临被砍伐危险。为经济利益，再次牺牲宝贵"绿色"资源。从50年代到80年代，三峡森林锐减，各县森林面积减少一半！这使野生动物无处藏身，梅花鹿、白鹤等珍稀动物明显减少，水土流失及崩坍滑坡现象严重。

沙漠！沙漠

辽宁朝阳没有森林树木，如今黄沙漫天；肥美的科尔沁地区，因草原植被破坏殆尽，风蚀成了沙地；长江河床不断抬高，淤积着越累越多泥沙……中国水土流失面积由新中国成立前116万平方公里扩大到153万平方公里。中国土地沙漠化速度正以每年1000万亩居世界领先地位！失去森林的黄河长江或让土地龟裂或让洪水淹没乡村城市，其结果都是沙漠出现。人可局部地治理沙漠却无法从根本抵挡沙漠。在沙漠进逼面前，人类不是完全无所作为。河北与内蒙古交界处的塞罕坝林场的90万亩森林4亿棵树是在30年里种下的。森林使河北、内蒙古大片地域处于绿色保护下。在新疆吐鲁番种下5000亩树木！5000亩绿色！无疑是天文数字。这有一座占地200亩沙漠植物园，有沙漠植物145种，已向和田、伊犁、内蒙古、甘肃推广固沙植物10余种，提供苗木100万株。我们应记住在沙漠开辟绿洲的人，有他们会有更多绿色出现，这是人类唯一可从沙漠进逼中挣脱困境的希望所在。

美国的砍伐与罗斯福总统

人类有多大创造力，也就有多大破坏力。可也有例外，北美森林在300多年里长期遭受移民、木材商、种植园主破坏，从而疮痍满目。然而美国森林在延续一个多世纪浩劫后复苏了！不仅因二战，也因有罗斯福总统亲临砍伐现场审定森林规划，并公开对盗伐者不留余地抨击，还得益于众多报刊揭露被肆意破坏的美国森林：中美洲文明会随着水土流失，在人类无法居住的生命圈，科技用途等于零……在努力下，有300年砍伐传统的美国砍伐者放下了斧子！在罗斯福重任自然资源保护论者福德·平肖9年后，美国本已濒于毁灭的森林增加了4800万公顷！美国绿党口号发人深省：我们不是从父母手里继承了地球，而是从子孙那借来了这星球。世界绿色和平运动为人注目，恰因人类开始注意绿色与和平血肉相连。

林中散步

森林不是铜墙铁壁，每棵树被盗伐，还有无度往地心深处的开掘，树木都会颤抖。人类应把地球当做自然村，每个成员都是普通村民；每种生物都是人类朋友，低级与高级的区分不应是灭绝动物的理由；印度政府倡导的商业砍伐喜马拉雅山坡森林、巴西热带雨林的急剧减少等，已敲响生态警钟，救救全球热带雨林的呼唤愈来愈强烈！我在森林里感到了森林颤抖！走出森林，总要回到群楼中间。可我仍要在地球上放号——无论声音多么细小——伐木者，醒来！

麦天枢

西部在移民（故事梗概）

载《解放军文艺》1988年第5期。

一九八三年春，一次由国务院专会批准，由中央财政支持的移民计划，在中国西部诞生。按照这个计划，到一九九三年的十年期间，甘肃中部以"陇中苦，甲天下"为称的定西地区，宁夏西南的西海固干旱地区，将有七十万生计无着、衣食艰难的百姓，或西上千里往河西走廊定居，或迁出重岭往新开垦的黄河河谷灌区落户。五年过去了，如今已有二十万人终于离开家乡，开始在完全陌生的土地上谋生。

上篇　上帝的弃地

一　沿着水的踪迹

张庄没有煤，上山没有树，只有坡上还长草。人们每天到山坡上铲草，连根儿连土成片地铲过去，这是做饭、烧水、煮猪食、烧火坑等一切所需的能源库。村庄周围数里、十数里的沟和坡被铲得寸草不生，难得落地的雨水毫无落脚之处，顺光坡形成径流，卷着黄土毫不留情地顺沟流走。国家给每户每年低价供应一吨煤，但农家仍拿不出那补助过的煤价，越铲越"花不起"，越是"花不起"越铲，悲剧生存于难以解救的夹缝中。

年平均降雨量不到三百毫米而蒸发量近二千，邻乡的人们已懂得"要在这旮瘩活人，就得养这旮瘩的水土"，但种了三年的草在旱灾里连根都枯了；农民们继承祖先发明的"压砂"，把青石子背出来在山坡上铺半尺厚，遮挡阳光屏护土壤里的水分，每兜上百斤，一亩地要在山坡上背两千兜，但持续干旱下土地拒绝支付应有的报酬。人毕竟是人，或许在自然面前从来没有彻底地胜利过。

二　富饶的生命

国际沙漠化会议推断在"两西"这样干旱半干旱地带每平方公里人口临界指标二十人，而这里每平方公里人口已超过二百，贫困与繁殖在两不相让地赛跑。

一位四十一岁的妇女是十个女孩的母亲，在丈夫死于煤矿事故前，家庭的唯一前途就是"生"，男的没有儿子此心不灭，女的则希望找回女人的"出息"；六十岁的王爷爷已有二十五个儿孙，他告诉大家人生在世"啥都是空的，养下人是实的"，或许因为生活的幸福过于少了，遗传的幸福才如此强烈。

计划生育工作在这里被一些人看成"断子绝孙的事业"。干部上门做工作时，大人抹眼泪，十岁不到的女娃哭着求"叔叔，你行行好，就让我妈养个弟弟罢"。但是，"这是事业，就得干"。

一九四九年前，医疗条件差，当地人口增长不快；新中国成立后，卫生事业飞跃发展，但生育观念却几乎没有发生丝毫变化。关心人民健康是社会的基本责任；顽强追求生育又是人民基本素质之一，社会的优越性却在人口问题上带来严峻局面。

三　活着

土窑没有门，土炕上没有席，盖一床没有里面的破棉絮，五六十岁的老人没饱饱吃过一顿白面馍……这里的贫穷我没有能力一一打量得过来。

本该上学的七八岁的娃娃首先接受的却是"讨饭教育"——在乡下怎样开口，在城里怎样伸手，"公家人"面前怎样说理由……某村党支部曾给出讨者开具了介绍信。

超级贫困县会宁每年能将四百多中学生送入大学。在学生眼中，"独木桥"那头首先没有旱灾，没有饥饿，没有乞讨之苦。领导们称高考是"高级劳务输出"，"送出去一个学生就实现一个脱贫"，我理解了这简单又复杂的社会算术。

中篇　艰难的出走

改革开放的环境下，移民与移民机关的工作以过去不能想象的速度表现了今天西部不同往常的活力。但是，一声"移民"，未必从者如流。

一　美好的祖宗之地

陡地沟村移民动员会刚开了个头，干部们挨了家伙，转身从公路上往回跑。据说如果不是村民有水质造成的"大骨节"地方病跑不动，"那天非出事不可"。村民们没有国家意识，担心若是移民点当地人有一天"算后账"，真连个"地方"都没了。

在马塬，村中长者在他家十多种颜色拼成的炕单上用腌韭菜、干馍馍、盐水鸡蛋汤的"村里最上等的吃头"招待我，他旗帜鲜明地以"人比人，活不成"为由拒绝与移民们变化的生活比较，我失去了说服他的勇气。

二　风雪回头路

选择踏上移民之路的动机常常相似，而回流者们各自有着千奇百怪的原因。

有人听说住宅曾有人上吊的故事后就觉得再无宁日，携妻带子连夜搬出了已经友好接纳了他们的村庄；二百六十人认定移民点的"黑风"是"人留天不留"的暗示，逃回原籍。回流者们作为解释的因由常让人困惑，有人说"宁肯上兰州城里舔盘子，也不上河西吃麦了"，"宁"与"不"是拒绝的公式，是弱者的逻辑。

三　唯一的事业与繁荣的动机

对于西部移民，国务院有关部门和省里都强调"自愿"。但是，某乡搞起了硬指标和强迫命令。移出去的是贫苦困扰着的农民，移进来的是长了尺码的"人均收入"、"政绩"，心思一歪，"移民大旅行"的悲剧就不幸上演。

在骆驼城移民点，来视察的某领导留下句"看看能不能搞喷灌"的话。然而，喷灌与当地天气土壤条件完全背离，八千亩土地不长庄稼不结果实，也造成二百多人回流。当试验进入"第二阶段"，部分土地改用当地通用的渠浇式且收效立竿见影后，另一部分田地还架着半死不活的机器，大约是为了给有关领导留下些"安慰"。

"置之死地而后生"，冬季的西荒地里，三家十二口移民被移入地有关领导"遗忘"，用三处四面透风的草棚、一口产出带羊粪味绿水的水井和早已丢荒的土地起家，互相协作顽强求存，半年后新家园初现雏形，创造了生存的奇迹。

下篇　另一种富饶与另一种贫困

一　新大陆漫步

三十不满的移民李玉平是家族里第一遭架新房的。他说"人，还是挪动挪动好。老家熟惯，也轻省，就是没啥干的，吃的穿的都紧巴……"他的儿子将在学堂中学些他没有学过的东西，成为这个家庭为民族创造的另一代成员。

杜永贵少时讨饭，青年时千里背粮，遇人遇事拉下脸皮磨的经历和耐心在移入地都成了不同凡响的本事，他让全村滞销的瓜优价走向全国，被选到工厂分管营销，他终于在千里挪动中"挪对了地方"。

但也有移民懒惰习气难移，这是一种通过地理上的迁移不能解决的贫困。

二　"优越性"叹息

新中国成立以来，当地人用"老儿子"来称呼一批穿衣靠救济，吃饭靠救济，住房靠救济，绝不或很少通过自己的劳动来谋生的同胞。

他们是共和国、共产党的"老儿子"，大多还是"贫农"出身，饿死将是干部们负不起的政治责任。这些人深谙此理，有的已把索要救济发展为一门艺术。

社会在分发它的优越性的时候，不知不觉把人品质中腐朽的依赖性充分地发挥出来，使大片土地物质的贫困又陪伴着精神的贫困。既要让每一个人都有饭吃，又要让每个人都振作起来自食其力——共和国遇到的都是真正的难题。

反而是当年受到歧视没有救济保障的一位富农之子，携妻儿出逃外地隐姓埋名，苦干至今成了万元户，"咱吃了富农帽子的亏，也沾了富农这黑帽子的光"，这不是简单的命运轮回。

戏 剧
(1949—2019)

中国当代文学作品选读

老 舍

茶 馆（节选）
（三幕话剧）

第一幕

人　物　　王利发，刘麻子，庞太监，唐铁嘴，康六，小牛儿，松二爷，黄胖子，宋恩子，常四爷，秦仲义，吴祥子，李三，老人，康顺子，二德子，乡妇，茶客甲、乙、丙、丁，马五爷，小妞，茶房一、二人。

时　间　　一八九八年（戊戌）初秋，康梁等的维新运动失败了。早半天。

地　点　　北京，裕泰大茶馆。

〔**幕启**：这种大茶馆现在已经不见了。在几十年前，每城都起码有一处。这里卖茶，也卖简单的点心与菜饭。玩鸟的人们，每天在遛够了画眉、黄鸟等之后，要到这里歇歇腿，喝喝茶，并使鸟儿表演歌唱。商议事情的，说媒拉纤的，也到这里来。那年月，时常有打群架的，但是总会有朋友出头给双方调解；三五十口子打手，经调人东说西说，便都喝碗茶，吃碗烂肉面（大茶馆特殊的食品，价钱便宜，作起来快当），就可以化干戈为玉帛了。总之，这是当日非常重要的地方，有事无事都可以来坐半天。

〔在这里，可以听到最荒唐的新闻，如某处的大蜘蛛怎么成了精，受到雷击。奇怪的意见也在这里可以听到，像把海边上都修上大墙，就足以挡住洋兵上岸。这里还可以听到某京戏演员新近创造了什么腔儿，和煎熬鸦片烟的最好的方法。这里也可以看到某人新得到的奇珍——一个出土的玉扇坠儿，或三彩的鼻烟壶。这真是个重要的地方，简直可以算作文化交流的所在。

〔我们现在就要看见这样的一座茶馆。

〔一进门是柜台与炉灶——为省点事,我们的舞台上可以不要炉灶;后面有些锅勺的响声也就够了。屋子非常高大,摆着长桌与方桌,长凳与小凳,都是茶座儿。隔窗可见后院,高搭着凉棚,棚下也有茶座儿。屋里和凉棚下都有挂鸟笼的地方。各处都贴着"莫谈国事"的纸条。

〔有两位茶客,不知姓名,正眯着眼,摇着头,拍板低唱。有两三位茶客,也不知姓名,正入神地欣赏瓦罐里的蟋蟀。两位穿灰色大衫的——宋恩子与吴祥子,正低声地谈话,看样子他们是北衙门的办案的(侦缉)。

〔今天又有一起打群架的,据说是为了争一只家鸽,惹起非用武力解决不可的纠纷。假若真打起来,非出人命不可,因为被约的打手中包括着善扑营的哥儿们和库兵,身手都十分厉害。好在,不能真打起来,因为在双方还没把打手约齐,已有人出面调停了——现在双方在这里会面。三三两两的打手,都横眉立目,短打扮,随时进来,往后院去。

〔马五爷在不惹人注意的角落,独自坐着喝茶。

〔王利发高高地坐在柜台里。

〔唐铁嘴趿拉着鞋,身穿一件极长极脏的大布衫,耳上夹着几张小纸片,进来。

王利发　唐先生,你外边蹓蹓吧!

唐铁嘴　(惨笑)王掌柜,捧捧唐铁嘴吧!送给我碗茶喝,我就先给您相相面吧!手相奉送,不取分文!(不容分说,拉过王利发的手来)今年是光绪二十四年,戊戌。您贵庚是……

王利发　(夺回手去)算了吧,我送给你一碗茶喝,你就甭卖那套生意口啦!用不着相面,咱们既在江湖内,都是苦命人!(由柜台内走出,让唐铁嘴坐下)坐下!我告诉你,你要是不戒了大烟,就永远交不了好运!这是我的相法,比你的更灵验!

〔松二爷和常四爷都提着鸟笼进来,王利发向他们打招呼。他们先把鸟笼子挂好,找地方坐下。松二爷文绉绉的,提着小黄鸟笼;常四爷雄赳赳的,提着大而高的画眉笼。茶房李三赶紧过来,沏上盖碗茶。他们自带茶叶。茶沏好,松二爷、常四爷向邻近的茶座让了让。

松二爷
常四爷　您喝这个!(然后,往后院看了看)

松二爷　好像又有事儿?

常四爷　反正打不起来!要真打的话,早到城外头去啦;到茶馆来干吗?

〔二德子,一位打手,恰好进来,听见了常四爷的话。

二德子　（凑过去）你这是对谁甩闲话呢?

常四爷　（不肯示弱）你问我哪? 花钱喝茶，难道还教谁管着吗?

松二爷　（打量了二德子一番）我说这位爷，您是营里当差的吧? 来，坐下喝一碗，我们也都是外场人。

二德子　你管我当差不当差呢!

常四爷　要抖威风，跟洋人干去，洋人厉害! 英法联军烧了圆明园，尊家吃着官饷，可没见您去冲锋打仗!

二德子　甭说打洋人不打，我先管教管教你!（要动手）

〔别的茶客依旧进行他们自己的事。王利发急忙跑过来。

王利发　哥儿们，都是街面上的朋友，有话好说。德爷，您后边坐!

〔二德子不听王利发的话，一下子把一个盖碗搂下桌去，摔碎。翻手要抓常四爷的脖领。

常四爷　（闪过）你要怎么着?

二德子　怎么着? 我碰不了洋人，还碰不了你吗?

马五爷　（并未立起）二德子，你威风啊!

二德子　（四下扫视，看到马五爷）喝，马五爷，您在这儿哪? 我可眼拙，没看见您!（过去请安）

马五爷　有什么事好好地说，干吗动不动地就讲打?

二德子　嗻! 您说的对! 我到后头坐坐去。李三，这儿的茶钱我候啦!（往后面走去）

常四爷　（凑过来，要对马五爷发牢骚）这位爷，您圣明，您给评评理!

马五爷　（立起来）我还有事，再见!（走出去）

常四爷　（对王利发）邪! 这倒是个怪人!

王利发　您不知道这是马五爷呀? 怪不得您也得罪了他!

常四爷　我也得罪了他? 我今天出门没挑好日子!

王利发　（低声地）刚才您说洋人怎样，他就是吃洋饭的。信洋教，说洋话，有事情可以一直地找宛平县的县太爷去，要不怎么连官面上都不惹他呢!

常四爷　（往原处走）哼，我就不佩服吃洋饭的!

王利发　（向宋恩子、吴祥子那边稍一歪头，低声地）说话请留点神!（大声地）李三，再给这儿沏一碗来!（拾起地上的碎磁片）

松二爷　盖碗多少钱? 我赔! 外场人不作老娘们事!

王利发　不忙，待会儿再算吧!（走开）

〔纤手刘麻子领着康六进来。刘麻子先向松二爷、常四爷打招呼。

刘麻子　您二位真早班儿!（掏出鼻烟壶，倒烟）您试试这个! 刚装来的，地道英国造，又细又纯！

常四爷　唉！连鼻烟也得从外洋来！这得往外流多少银子啊！

刘麻子　咱们大清国有的是金山银山，永远花不完！您坐着，我办点小事！（领康六找了个座儿）

〔李三拿过一碗茶来。

刘麻子　说说吧，十两银子行不行？你说干脆的！我忙，没工夫专伺候你！

康　六　刘爷！十五岁的大姑娘，就值十两银子吗？

刘麻子　卖到窑子去，也许多拿一两八钱的，可是你又不肯！

康　六　那是我的亲女儿！我能够……

刘麻子　有女儿，你可养活不起，这怪谁呢？

康　六　那不是因为乡下种地的都没法子混了吗？一家大小要是一天能吃上一顿粥，我要还想卖女儿，我就不是人！

刘麻子　那是你们乡下的事，我管不着。我受你之托，教你不吃亏，又教你女儿有个吃饱饭的地方，这还不好吗？

康　六　到底给谁呢？

刘麻子　我一说，你必定从心眼里乐意！一位在宫里当差的！

康　六　宫里当差的谁要个乡下丫头呢？

刘麻子　那不是你女儿的命好吗？

康　六　谁呢？

刘麻子　庞总管！你也听说过庞总管吧？侍候着太后，红的不得了，连家里打醋的瓶子都是玛瑙作的！

康　六　刘大爷，把女儿给太监作老婆，我怎么对得起人呢？

刘麻子　卖女儿，无论怎么卖，也对不起女儿！你糊涂！你看，姑娘一过门，吃的是珍馐美味，穿的是绫罗绸缎，这不是造化吗？怎样，摇头不算点头算，来个干脆的！

康　六　自古以来，哪有……他就给十两银子？

刘麻子　找遍了你们全村儿，找得出十两银子找不出？在乡下，五斤白面就换个孩子，你不是不知道！

康　六　我，唉！我得跟姑娘商量一下！

刘麻子　告诉你，过了这个村可没有这个店，耽误了事别怨我！快去快来！

康　六　唉！我一会儿就回来！

刘麻子　我在这儿等着你！

康　六　（慢慢地走出去）

刘麻子　（凑到松二爷、常四爷这边来）乡下人真难办事，永远没有个痛痛快快！
松二爷　这号生意又不小吧？
刘麻子　也甜不到哪儿去，弄好了，赚个元宝！
常四爷　乡下是怎么了？会弄得这么卖儿卖女的！
刘麻子　谁知道！要不怎么说，就是一条狗也得托生在北京城里嘛！
常四爷　刘爷，您可真有个狠劲儿，给拉拢这路事！
刘麻子　我要不分心，他们还许找不到买主呢！（忙岔话）松二爷（掏出个小时表来）您看这个！
松二爷　（接表）好体面的小表！
刘麻子　您听听，嘎登嘎登地响！
松二爷　（听）这得多少钱？
刘麻子　您爱吗？就让给您！一句话，五两银子！您玩够了，不爱再要了，我还照数退钱！东西真地道，传家的玩艺！
常四爷　我这儿正咂摸这个味儿：咱们一个人身上有多少洋玩艺儿啊！老刘，就看你身上吧：洋鼻烟，洋表，洋缎大衫，洋布裤褂……
刘麻子　洋东西可是真漂亮呢！我要是穿一身土布，像个乡下脑壳，谁还理我呀！
常四爷　我老觉乎着咱们的大缎子，川绸，更体面！
刘麻子　松二爷，留下这个表吧，这年月，戴着这么好的洋表，会教人另眼看待！是不是这么说，您哪？
松二爷　（真爱表，但又嫌贵）我……
刘麻子　您先戴两天，改日再给钱！
〔黄胖子进来。
黄胖子　（严重的沙眼，看不清楚，进门就请安）哥儿们，都瞧我啦！我请安了！都是自己弟兄，别伤了和气呀！
王利发　这不是他们，他们在后院哪！
黄胖子　我看不大清楚啊！掌柜的，预备烂肉面，有我黄胖子，谁也打不起来！（往里走）
二德子　（出来迎接）两边已经见了面，您快来吧！
〔二德子同黄胖子入内。
〔茶房们一趟又一趟地往后面送茶水。老人进来，拿着些牙签、胡梳、耳挖勺之类的小东西，低着头慢慢地挨着茶座儿走；没人买他的东西。他要往后院去，被李三截住。
李　三　老大爷，您外边蹓蹓吧！后院里，人家正说和事呢，没人买您的东西！（顺手儿

把剩茶递给老人一碗）

松二爷　（低声地）李三！（指后院）他们到底为了什么事，要这么拿刀动杖的？

李　三　（低声地）听说是为一只鸽子。张宅的鸽子飞到了李宅去，李宅不肯交还……唉，咱们还是少说话好，（问老人）老大爷您高寿啦？

老　人　（喝了茶）多谢！八十二了，没人管！这年月呀，人还不如一只鸽子呢！唉！（慢慢走出去）

〔秦仲义，穿得很讲究，满面春风，走进来。

王利发　哎哟！秦二爷，您怎么这样闲在，会想起下茶馆来了？也没带个底下人？

秦仲义　来看看，看看你这年轻小伙子会作生意不会！

王利发　唉，一边作一边学吧，指着这个吃饭嘛。谁叫我爸爸死的早，我不干不行啊！好在照顾主儿都是我父亲的老朋友，我有不周到的地方，都肯包涵，闭闭眼就过去了。在街面上混饭吃，人缘儿顶要紧。我按着我父亲遗留下的老办法，多说好话，多请安，讨人人的喜欢，就不会出大岔子！您坐下，我给您沏碗小叶茶去！

秦仲义　我不喝！也不坐着！

王利发　坐一坐！有您在我这儿坐坐，我脸上有光！

秦仲义　也好吧！（坐）可是，用不着奉承我！

王利发　李三，沏一碗高的来！二爷，府上都好？您的事情都顺心吧？

秦仲义　不怎么太好！

王利发　您怕什么呢？那么多的买卖，您的小手指头都比我的腰还粗！

唐铁嘴　（凑过来）这位爷好相貌，真是天庭饱满，地阁方圆，虽无宰相之权，而有陶朱之富！

秦仲义　躲开我！去！

王利发　先生，你喝够了茶，该外边活动活动去！（把唐铁嘴轻轻推开）

唐铁嘴　唉！（垂头走出去）

秦仲义　小王，这儿的房租是不是得往上提那么一提呢？当年你爸爸给我的那点租钱，还不够我喝茶用的呢！

王利发　二爷，您说的对，太好了！可是，这点小事用不着您分心，您派管事的来一趟，我跟他商量，该长多少租钱，我一定照办！是！嗻！

秦仲义　你这小子，比你爸爸还滑！哼，等着吧，早晚我把房子收回去！

王利发　您甭吓唬着我玩，我知道您多么照应我，心疼我，决不会叫我挑着大茶壶，到街上卖热茶去！

秦仲义　你等着瞧吧！

〔乡妇拉着个十来岁的小妞进来，小妞的头上插着一根草标。李三本想不许她们往前走，可是心中一难过，没管。她们俩慢慢地往里走。茶客们忽然都停止说笑，看着她们。

小　妞　（走到屋子中间，立住）妈，我饿！我饿！

〔乡妇呆视着小妞，忽然腿一软，坐在地上，掩面低泣。

秦仲义　（对王利发）轰出去！

王利发　是！出去吧，这里坐不住！

乡　妇　哪位行行好？要这个孩子，二两银子！

常四爷　李三，要两个烂肉面，带她们到门外吃去！

李　三　是啦！（过去对乡妇）起来，门口等着去，我给你们端面来！

乡　妇　（立起，抹泪往外走，好像忘了孩子；走了两步，又转回身来，搂住小妞吻她）宝贝！宝贝！

王利发　快着点吧！

〔乡妇、小妞走出去。李三随后端出两碗面去。

王利发　（过来）常四爷，您是积德行好，赏给她们面吃！可是，我告诉您：这路事儿太多了，太多了！谁也管不了！（对秦仲义）二爷，您看我说的对不对？

常四爷　（对松二爷）二爷，我看哪，大清国要完！

秦仲义　（老气横秋地）完不完，并不在乎有人给穷人们一碗面吃没有。小王，说真的，我真想收回这里的房子！

王利发　您别那么办哪，二爷！

秦仲义　我不但收回房子，而且把乡下的地，城里的买卖也都卖了！

王利发　那为什么呢？

秦仲义　把本钱拢在一块儿，开工厂！

王利发　开工厂？

秦仲义　嗯，顶大顶大的工厂！那才救得了穷人，那才能抵制外货，那才能救国！（对王利发说而眼看着常四爷）唉，我跟你说这些干什么，你不懂！

王利发　您就专为别人，把财产都出手，不顾自己了吗？

秦仲义　你不懂！只有那么办，国家才能富强！好啦，我该走啦。我亲眼看见了，你的生意不错，你甭再耍无赖，不长房钱！

王利发　您等等，我给您叫车去！

秦仲义　用不着，我愿意遛跶遛跶！

〔秦仲义往外走，王利发送。

〔小牛儿搀着庞太监走进来。小牛儿提着水烟袋。

庞太监　哟！秦二爷！

秦仲义　庞老爷！这两天您心里安顿了吧？

庞太监　那还用说吗？天下太平了：圣旨下来，谭嗣同问斩！告诉您，谁敢改祖宗的章程，谁就掉脑袋！

秦仲义　我早就知道！

〔茶客们忽然全静寂起来，几乎是闭住呼吸地听着。

庞太监　您聪明，二爷，要不然您怎么发财呢！

秦仲义　我那点财产，不值一提！

庞太监　太客气了吧？您看，全北京城谁不知道秦二爷！您比作官的还厉害呢！听说呀，好些财主都讲维新！

秦仲义　不能这么说，我那点威风在您的面前可就施展不出来了！哈哈哈！

庞太监　说得好，咱们就八仙过海，各显其能吧，哈哈哈！

秦仲义　改天过去给您请安，再见！（下）

庞太监　（自言自语）哼，凭这么个小财主也敢跟我逗嘴皮子，年头真是改了！（问王利发）刘麻子在这儿哪？

王利发　总管，您里边歇着吧！

〔刘麻子早已看见庞太监，但不敢靠近，怕打搅了庞太监、秦仲义的谈话。

刘麻子　喝，我的老爷子！您吉祥！我等了您好大半天了！（搀庞太监往里面走）

〔宋恩子、吴祥子过来请安，庞太监对他们耳语。

〔众茶客静默了一阵之后，开始议论纷纷。

茶客甲　谭嗣同是谁？

茶客乙　好像听说过！反正犯了大罪，要不，怎么会问斩呀！

茶客丙　这两三个月了，有些作官的，念书的，乱折腾乱闹，咱们怎能知道他们捣的什么鬼呀！

茶客丁　得！不管怎么说，我的铁杆庄稼又保住了！姓谭的，还有那个康有为，不是说叫旗兵不关钱粮，去自谋生计吗？心眼多毒！

茶客丙　一份钱粮倒叫上头克扣去一大半，咱们也不好过！

茶客丁　那总比没有强啊！好死不如赖活着，叫我去自己谋生，非死不可！

王利发　诸位主顾，咱们还是莫谈国事吧！

〔大家安静下来，都又各谈各的事。

庞太监　（已坐下）怎么说？一个乡下丫头，要二百银子？

刘麻子　（侍立）乡下人，可长得俊呀！带进城来，好好地……打扮、调教，准保是又好看，又有规矩！我给您办事，比给我亲爸爸作事都更尽心，一丝一毫不能马虎！

〔唐铁嘴又回来了。

王利发　铁嘴,你怎么又回来了?
唐铁嘴　街上兵荒马乱的,不知道是怎么回事!
庞太监　还能不搜查搜查谭嗣同的余党吗?唐铁嘴,你放心,没人抓你!
唐铁嘴　嗻,总管,您要能赏给我几个烟泡儿,我可就更有出息了!
〔有几个茶客好像预感到什么灾祸,一个个往外溜。
松二爷　咱们也该走啦吧!天不早啦!
常四爷　嗻!走吧!
〔二灰衣人——宋恩子和吴祥子走过来。
宋恩子　等等!
常四爷　怎么啦?
宋恩子　刚才你说"大清国要完"?
常四爷　我,我爱大清国,怕它完了!
吴祥子　(对松二爷)你听见了?他是这么说的吗?
松二爷　哥儿们,我们天天在这儿喝茶。王掌柜知道,我们都是地道老好人!
吴祥子　问你听见了没有?
松二爷　那,有话好说,二位请坐!
宋恩子　你不说,连你也锁了走!他说"大清国要完",就是跟谭嗣同一党!
松二爷　我,我听见了,他是说……
宋恩子　(对常四爷)走!
常四爷　上哪儿?事情要交代明白了啊!
宋恩子　你还想拒捕吗?我这儿可带着"王法"呢!(掏出腰中带着的铁链子)
常四爷　告诉你们,我可是旗人!
吴祥子　旗人当汉奸,罪加一等!锁上他!
常四爷　甭锁,我跑不了!
宋恩子　量你也跑不了!(对松二爷)你也走一趟,到堂上实话实说,没你的事!
〔黄胖子同三五个人由后院过来。
黄胖子　得啦,一天云雾散,算我没白跑腿!
松二爷　黄爷!黄爷!
黄胖子　(揉揉眼)谁呀?
松二爷　我!松二!您过来,给说句好话!
黄胖子　(看清)哟,宋爷,吴爷,二位爷办案哪?请吧!
松二爷　黄爷,帮帮忙,给美言两句!

黄胖子　官厅儿管不了的事，我管！官厅儿能管的事呀，我不便多嘴！（问大家）是不是？

众　　　嗻！对！

〔宋恩子、吴祥子带着常四爷、松二爷往外走。

松二爷　（对王利发）看着点我们的鸟笼子！

王利发　您放心，我给送到家里去！

〔常四爷、松二爷、宋恩子、吴祥子同下。

黄胖子　（唐铁嘴告以庞太监在此）哟，老爷在这儿哪？听说要安份儿家，我先给您道喜！

庞太监　等吃喜酒吧！

黄胖子　您赏脸！您赏脸！（下）

〔乡妇端着空碗进来，往柜上放。小妞跟进来。

小　妞　妈！我还饿！

王利发　唉！出去吧！

乡　妇　走吧，乖！

小　妞　不卖妞妞啦？妈！不卖啦？妈！

乡　妇　乖！（哭着，携小妞下）

〔康六带着康顺子进来，立在柜台前。

康　六　姑娘！顺子！爸爸不是人，是畜生！可你叫我怎办呢？你不找个吃饭的地方，你饿死！我不弄到手几两银子，就得叫东家活活地打死！你呀，顺子，认命吧，积德吧！

康顺子　我，我……（说不出话来）

刘麻子　（跑过来）你们回来啦？点头啦？好！来见见总管！给总管磕头！

康顺子　我……（要晕倒）

康　六　（扶住女儿）顺子！顺子！

刘麻子　怎么啦？

康　六　又饿又气，昏过去了！顺子！顺子！

庞太监　我要活的，可不要死的！

〔静场。

茶客甲　（正与乙下象棋）将！你完啦！

——幕落

（节选自《老舍剧作选》，人民文学出版社1959年版）

李龙云

小井胡同（节选）
（五幕话剧）

老街坊们都说，小井要是有个会说书的该有多好……

人 物 表
（人物年龄以第一次出场时为准）

滕奶奶——穷苦的武术名家滕凤山的孀妻，戊戌年间降生在北京，是小井胡同一块历史的碑石。

水三儿——男，三十多岁，世袭的引车卖水者，跟滕凤山学过武术，师徒有生死之交。

吴　七——男，三十来岁，国民党警察巡长，油，胆小怕事，但心眼好。

毕　五——男，四十岁，心狠意毒，坏。他出身于人贩子世家，其父老毕五在前清时垄断着往紫禁城输送太监的事业。

刘家祥——男，三十多岁，十四岁进电车厂跟滕凤山学手艺。但也打过鼓儿，作过小买卖。

刘　嫂——三十来岁，刘家祥妻。正直，有点迷信，心软，但嘴上厉害，不怕事儿。

疤拉眼大哥——男，十八岁，小名叫"大启子"，十来岁时失去父母，开始自谋生计，靠画糖人为生。他是大杂院里穷孩子们的靠山。

二　妞——八岁，刘家祥的姑娘，疤拉眼大哥最知心的小朋友，大名叫刘桂英。

小结实——五岁，刘家祥的养子，一对被枪杀的共产党人的遗孤。刘嫂怕拉扯不大，抱到庙里许了愿，得个法名叫"僧保"。

马德清——男，四十多岁，"魏宅"的老家仆，慈眉善目。

七十儿——男，十六岁，"魏宅"买来的一个孩子，后成为马德清的义子。

许　六——男，三十多岁，是以织袜子为生的小手工业者，胆小、老实、窝囊。

春　喜——二十多岁，从良的下等妓女，许六的续妻，心眼不坏，但常常被病态心理所折磨。

小妮儿——九岁，许六前妻之女，后被刘家祥夫妇要走，改名刘桂芝。

石掌柜——名瑞丰，男，三十多岁，开粮店的小商，精明、世故、有点自私，但心眼不坏。

石　嫂——三十来岁，石家内掌柜的，一个字不识，却自以为聪明，常被别人当枪使。

杨半仙——男，四十岁，改卖年画的测字先生。

小环子——男，二十五岁，卖假药的，馋、懒、不要脸。

小力笨——男，十七岁，石家的小伙计，正派，没有野心。

小媳妇——姓周，二十多岁，小力笨之妻，依仗权术，曾爬上居委会主任的宝座。

陈九龄——男，二十多岁，石掌柜的师侄，被抓去的国民党伙伕，没文化，对社会上的大是大非分不太清，心眼不错，嘴特别好说。

九嫂子——二十多岁，陈九龄之妻，心好、本分、少言寡语，遇事儿没主意。

小　曹——男，二十来岁，小井的"管片儿"警察，后升为所长，耿直、善良。

大牛子——陈九龄之子，五四年生人，"七零届"。

大　马——男，二十岁，街道合线厂的红卫兵，七六年成为工人民兵，表面看缺点心眼，实际是"光往里傻不往外傻"。

增　福——男，二十五岁，石掌柜的侄子，菜市场卖鱼的。老实，不会说瞎话。

小六九——男，一九六六年生人，二妞（刘桂英）的儿子，刘家祥的外孙。

小　宋——男，合线厂红卫兵，后为工人民兵。

伙　计——"都一处"饭庄的伙计，男，三十来岁。

国民党兵甲、乙——都是三十来岁。

红卫兵甲、乙——都是男的，十五六岁。

四川来京串联的红卫兵——两男一女。

小伙子甲、乙、丙——大牛子在火葬场的朋友，都是男的，二十多岁，膀大腰圆，浑身力气。

梨贩子——男，五十多岁。

民警甲、乙——公安局的武装警察，都是男的，三十来岁。

第二幕

时　间　一九五八年夏末秋初。黄昏。

一晃，九年过去了。老街坊们赶上了大跃进的一九五八年。这是一个梦幻般的年代。整个夏秋，小井都沉浸在一片狂热之中。人们被那明天仿佛就能出现的共产主义吸引住了……

地　点　小井胡同七号。

场　景　这是一座普普通通的大杂院。正面是两间东房。一间住着刘家祥一家；一间住着陈九龄夫妇和他们的大牛子。靠着许六家的南墙山是街门。门里那个砖砌的破影壁早就拆掉了。透过不大的街门，可以看到空场里那棵大伞似的老椿树。南房只有一间半。一间住着许六一家，剩下的半间堆放着疤拉眼大哥留下的一些东西。东房与南房虽说都较矮小，但因经过修缮，显得并不寒碜。北房住的是石家。石家是房东，住房自然要宽绰一点。遗憾的是：房子好像是哪位大家主的过厅改成的，表面看前廊后厦、四梁八柱，可总让人觉得房子不规矩，不受看。北房与东房之间有个小小的夹道通往里院。说是里院，实际上仅有两间不大的东房。一间堆着石家用不着的杂物。一间留给小媳妇。

院里，贴着刘家的北墙山，在夹道口新安了个自来水龙头。整个大杂院的气氛让人感到干净、轻松、和美。

往远处看，是刚刚落成不久的一所中学。红砖楼壁上，是一条分两行横书的大标语："教育为无产阶级政治服务、教育与生产劳动相结合。"标语的前半条隐进侧幕里。

〔幕启：学校里正在教唱歌曲《毛主席来到咱农庄》。清脆悠扬的童声齐唱飘进院里。院里的老街坊们正在召开居民小组会：刘家祥、刘嫂、石掌柜、许六诸人散坐在小凳、马扎上；两位新人物也坐在人群里。那个低眉敛首、手中纳着鞋底子的女人是陈九龄的妻子，人称"九嫂子"；另一位嘴角含笑，很有心计的小媳妇姓周，是小井胡同正在升起的一颗可怕的新星。

〔那个年代，开会之前时兴唱歌。今天教唱的是《社会主义好》。长成大姑娘的二妞站在廊子前，作教歌员。

〔半晌，学校里的歌声停住了。

二　　妞　（抖抖手里的歌篇）听听！人家唱得多齐齐！石大爷，我说您一句，您别不爱听，您呀，词儿也对，调儿也对，可就不是一块儿的。末了一句应该是：（唱）
　　　　　　"全国人民大团结，
　　　　　　　掀起了社会主义建设高潮，
　　　　　　　建设高潮！"

石掌柜　姑娘，我这嗓子像截儿小烟筒似的，它别不过弯儿来。真要是买东西还凑合：（喊）别夹塞儿嗨！二妞，你就……

二　　妞　您又来啦！解放都九年了，还二妞呀，刘丫头呀……

石掌柜　桂英！刘桂英！石大爷下回再不长记性，你叫石大爷的小名：小歪子。

刘　　嫂　（站起身）桂英，今儿就教到这吧！上边说了，头"十·一"呀，这个歌大伙都得唱会了。头午"片儿"上开了会，大伙兴许也听说了。（从兜里掏出块小白布）炼钢献宝这事呢，咱们七号得了白旗。根儿就在春起整风那阵儿煮了夹生饭，院里不团结。大伙都瞧见了，（指指身边的小媳妇）整风领导小组给咱们派了个人来：街道合线厂的负责人，有文化。丈夫是志愿军。（对小媳妇）小周，你站起来，让大伙瞅瞅！

〔小媳妇站起身，把自来水笔斜插在大襟上，对大家笑着。

刘　　嫂　咱们院，人多。齐齐了不容易。他九嫂子，小九呢？

九嫂子　跃进去了。又盖十大建筑，又砌小高炉，忙。

刘　嫂　石嫂呢？石嫂没来？

九嫂子　昨儿个她跟我要了股五色（shǎi）线，许是奔娘娘庙拴娃娃去了。

　　〔远处的天空里突然闪出一片红光，接着胡同里传来了报喜的锣鼓声。人们纷纷往街门口涌去。

刘家祥　准是大井！大井出钢了！

小媳妇　大井上去了，小井怎么办？老街坊们，咱们七号不能老拖小井的后腿，得赶紧想主意……

刘家祥　是啊！（急得直搓手）这不是要人的好看吗！（焦急中一眼看见了街门上的镳吊儿）嗨！怎么把它忘了。（走上去就往下卸）

石掌柜　唉！那能有几两铁！刘嫂，还是得在土炮上打主意……

众　人　土炮？哪有土炮？

刘　嫂　是这么回事：昨儿个石大哥提了个头，说咱们间壁呀，是前清的炮局。屋子底下兴许埋着土炮。可要是挖炮呢，就得扒房……

　　〔邻院传来了人们竖梯子上房的喊声，接着，砖头瓦块落在地上发出"哗哗"的响动。

石掌柜　听听！五号动手了！这事儿我也是听别人说。这几间破南房呢，是我的。可为了大跃进，就是割（lá）我身上一块肉，我要是眨巴一下眼睛，那叫我跟政府二心。（为难地摊开双手）可这南屋里，一间住着许六一家子，那半间呢，搁着你疤拉眼大哥的东西。眼看着志愿军就都归国了……

刘家祥　石大哥，这回可是政府用着咱们了。甭含糊！人都得有点良心。从打记事起，见过这么好的政府没有？！三反五反、镇压反革命、枪毙毕五、公安局帮咱们登报找小结实……

许　六　政府对咱们，那是一百一！可扒房这事儿，得细合计合计。不能有枣没枣都打一杆子。

九嫂子　刘婶，还是先到房管局看看这片的蓝图。这房子底下要是装过下水道，就不能有土炮；没有下水道呢，兴许有门儿……

　　〔邻院扒房的响动更大了。有人在喊："躲开！躲开！一、二、三、拽！拽……"石嫂满面春风地奔进院门。

石　嫂　哟！开会哪！

刘　嫂　又奔娘娘庙啦？

石　嫂　娘娘庙早扒啦。我听吴七说，油篓胡同有个四十八岁的娘儿们添了个大小子。落草就八斤半！我去访访……我今年三十九，还有九年的盼儿……

〔许六家的屋门"哐"地被推开了。但只听屋门响，不见人出来。

小媳妇　（小声问刘嫂）谁呀？

刘　嫂　春喜。从打整风跟石嫂撕破了脸儿，俩人一直不过话。（转对许六）甭言语，不是冲你！

〔许六屋中，春喜"啪"地拧开了收音机，歌声传了出来："年年我们要唱歌，比不上今年的歌儿多……"

石　嫂　（脸一搭拉，对许六屋中甩过句闲话）找不自在就说话！谁也甭想压谁一头子……

石掌柜　你少搭碴儿！

石　嫂　住街坊还是闯光棍？！小井快搁不下她了！

许　六　（只好站起身，往自家屋门口靠过去）你小点声行不行？这儿商量事呢……

〔屋内的收音机"哗"的一声反倒更响了。此时，许六的女儿小妮儿颈系红领巾，手里拿着几张《北京晚报》走进院门。

小妮儿　刘大妈！大井出钢了！区长都来啦！拿着大红花……（说得高兴手里的报纸"哗"地掉在了地上）哎呀！我光顾看出钢了，报纸忘了卖了。这勤工俭学……我妈又得打我……（要哭）

石掌柜　小妮儿，别哭！晚报好卖，倒给石大爷！石大爷包圆了。（抓过报纸，从兜里掏出一把硬币，往小妮儿手上倒着）接着！二分、四分、六分……

〔春喜呼地冲出屋门，几步蹽到众人面前，手指头戳着小妮儿的鼻子尖。

春　喜　（厉声）把钱给人家！乖乖地给人家！听见没有？

〔小妮儿老老实实地把钱倒回石掌柜手里。

石掌柜　（苦笑着）您对我们两口子怎么这么大劲头……

春　喜　现眼的玩意儿！（狠狠地在小妮儿的屁股上乖了几巴掌。边打边拽咧子）我叫你满世界跑去！你跑蟠桃宫、跑娘娘庙，跑到哪儿你也是吃货！养个鸡还能下蛋呢，养你干什么？你一点好心眼都不长……

〔石嫂蹭地站起身，被刘嫂一把按住。

刘　嫂　你别抻碴儿。

刘家祥　小妮儿她妈，这可就是你的不是了。孩子勤工俭学大跃进去了，你这么又打又骂的，搅得四邻八家不安……

石　嫂　（发现民心可用，甩开刘嫂凑上去）刚才你冲谁拽咧子呢？

春　喜　冲谁拽咧子？这儿没你说话的份儿！

石　嫂　怎没我说话的份儿？你把话说开喽！

春　喜　盐打哪儿咸？醋打哪儿酸？甭架着秧子欺负我一个人！

小媳妇　（威严地咳嗽了一声）咱们七号的问题，不是一天两天了。整风不光没整出团结，倒整出了疙瘩。一个院上不去，就拖了小井的后腿，小井上不去，就拖了区里的跃进！咱们这个会，就是补课，有话摆在桌面上……

春　喜　春天街道整风、自我教育，我在会上说了句：石嫂，（手一指房檐下的燕窝）你不该为了这窝燕子反对轰麻雀……

石　嫂　谁反对轰麻雀？那是一群性命儿！轰得老燕子不敢落脚喂食儿，小燕就得饿死！

春　喜　那你就骂我绝户？人在气头上，话不好听，我回了她一句，不定谁绝户呢！好，你就真办开了绝户事儿。你跟我们小妮儿怎么说的？当着大伙，说！

石　嫂　（理屈嘴不软）孩子这么大了，不用别人说，她什么都懂……

春　喜　懂？都是你教的！（伤心地）我跟许六九年了，我是没生养，怨我吗？你们两口子，肚里那盘小九九谁不清楚？出主意扒房，哼！街面上刚哄嚷15间以上的私房交公，你们那房整15间！割你一块肉不嚷疼？会说的不如会听的！（一巴掌抽在小妮儿身上）屋去！往后我天天揍你！

〔派出所小曹身穿警察服走进院门。

小媳妇　今儿个这事，咱们不算完。

刘　嫂　小妮儿，先去洗洗脸。照理说，石嫂不该给人一家子分生。可春喜你虐待这孩子，不是一天两天了。

〔春喜、许六、小妮儿进屋。

石掌柜　曹同志，您给断断……

小　曹　石大爷！您哪，把心搁在肚子坐。房子不是交公，是代管！听明白没有？老街坊们，第三批归国志愿军已经到了。（对小媳妇）您的房子，（指指夹道）就安排在里院。我跟石大爷说好了。三号那间太小。最可爱的人嘛！您说是不是这个理儿？

石掌柜　看怎么说了！容易吗？！脑袋掖在裤腰带上，一把炒面一把雪。那是国家的功臣！（对石嫂）咱们那间屋子还得再归置归置……

〔石家夫妇走进里院。

小媳妇　我去看看房子。（跟进了里院）

二　妞　曹同志，这批归国的有疤拉眼大哥吗？

小　曹　他没个大号，不好打听。

刘　嫂　头两年还有讯儿。这几年……想起来我这心里就憋个大疙瘩。

〔昔日魏宅的老仆马德清走进院门。

马德清　（进门就嚷）在这儿哪！瞧我这顿找。小曹，您的电话，段上来的。

小　曹　马大爷，这阵子您可干得真不含糊！老街坊们这表扬信成打子的往我这儿递。

马德清　　看电话，外带着扫街！瞧这小井，老跟镜子面儿似的……

马德清　（脸红了）您别这么说呀！大跃进嘛，都得伸把手……

小　曹　我走啦！老街坊们，还得铆把劲儿啊！湖南又放卫星啦！一亩稻子打一万五，小孩在上头打滚漏不下去。刘婶，让各家把耗子尾巴赶紧交上来，上头根据数字好评比。废铜烂铁还得再凑凑……得，我去接电话。（下）

马德清　（凑到刘家祥面前）大兄弟，我那儿子来信啦！（掏信）这两天就回来！我先跟大伙垫个话儿。他回来，必上咱们七号来打听，叫孩子们到合线厂喊我一声。

刘家祥　马大哥，您这儿子，真给您争气！那么兵荒马乱的，逃出北京城不说，还参了军，当了记者……

刘　嫂　这半年多没讯儿，甭说您，大伙心里都七上八下的。前一阵儿，不少文化深的人都出了错……

马德清　这儿没外人，跟你们老公母俩说句过心的话。有儿子跟没儿子，另是一弓劲！不怕您笑话，我二叔前清那阵儿在宫里当差——老公。临了，我给他过了继。我呢，在魏宅当了半辈子下三烂，没有家小。谁想到临解放临解放了，我收下这么体面个儿子！让您说，这心里什么劲头?！天天就跟驾着云似的，美！（低声）石大哥来了。（大声）得，回头见！（下）

〔石掌柜夫妇抱着一些乱七八糟的东西与小媳妇同时走出里院。

石掌柜　（掸掸前襟的土）齐啦！

小媳妇　石大爷，您受累了。（对大伙）整风补课这事儿，对上边的意见也得抓紧提。（试探地）我听说呀，三号有个短期临时户口，小曹也给补了三十斤粮票。再有呢，我瞧着这小曹呀，多少有那么点架子，说官僚吧，又够不上……（看人们的脸色）

刘　嫂　你那是跟他处的工夫短。小曹这孩子，实诚！

小媳妇　（话赶忙往回收）就说呢！大伙也都这么说。非让咱们提意见，怎么办呢？我这也是听别人瞎反映。刘大妈，街道上这摊还得您打头阵，我当小菜碟儿。得，房子有了，我搬东西去了。（下）

〔人们各回各的屋。陈九龄穿着一身建筑工人的工作服，帽子抓在手里，神采飞扬地走进院门。

陈九龄　（进门就嚷）大牛子他妈！大牛子他妈！师叔！师婶！

〔石掌柜、刘家夫妇、九嫂子停住了脚。

九嫂子　又干吗？（对刘嫂嗔怪地）您瞅！这么大人了，没正形儿！

陈九龄　今儿个这会，开得痛快！痛快！我得喝两盅。

石掌柜　什么会？

陈九龄　向领导交心的会啊！（连说带比划）全公司，两千多号人，你是历史问题、现行问题……只要是干过对不起政府的事儿，自个儿说，交心！（捂住半个嘴）不瞒您说，我们这部门，人杂，尽是"折箩"！谁说完了，主任过来，拍肩膀。厂长，握手，鼓励。我干瞧着眼热，没的说了。（羡慕地）主任拍肩膀！闹着玩的？陈九龄，露脸的时候瘪茄子啦？什么话呢！没有？编！上！

石掌柜　你上去说啦？

陈九龄　那还有假嘛！从打学徒起，真的、假的，只要是不是人的事儿，云山雾罩，说！什么民国36年电车厂罢工抓了五个人，黑名单，陈九龄开的……

刘家祥　真是你开的？

陈九龄　没影的事！（只顾说）好，陈九龄台上一站，满堂彩！主任过来，拍肩膀！先进！这会开的，痛快！

九嫂子　有往自个儿脑袋上扣屎盆子的吗？一会儿警察就得来抓你！你怎这么二百五？！（急得直拍大腿）

刘家祥　明儿个，起个大早，直接奔厂子。是一说一，是二说二。你告诉领导，昨儿个我那是吃错药了……

陈九龄　有那么悬吗？不至于吧？我先眯一觉再说。（进屋）

〔九嫂子跟进屋去。滕奶奶拄着拐杖走进院门。

滕奶奶　凤珍！凤珍！（凑到刘嫂面前，神秘地）是说七号得了白旗吗？（从怀里掏出个小布包）我这儿有你老祖留下的一个小铜佛。（将里三层外三层的包布打开）我们院动员我好几回了，我没舍得交。你拿着！算你们七号交的！非把他们比下去不可……

刘家祥　师娘，您可真会向着咱们！一个小铜佛能有几两呢？

滕奶奶　瓜子不饱是人心！你说话就让我不爱听……

〔从许六房中，又传来了春喜打骂孩子的声音："打今儿个起，我不是你妈！治不了你，我不姓我这个姓儿！"许家的屋门"咣"地被推开了。小妮儿疯了似的跑了出来。滕奶奶慌忙把小铜佛藏到怀里。

小妮儿　刘大妈！刘大妈！我妈又让我跪搓板呢！您，您收下我吧……（"扑通"跪在了刘嫂面前，抱住了刘嫂的双腿，叫了一声）妈！

〔春喜追出屋门，许六紧随其后。

许　六　（拦住春喜）你有完没完？有完没完？

春　喜　你给我屋去！

小妮儿　我就不屋去！

春　喜　我是你妈，我就得管你！

小妮儿　你不是我妈！我妈早让国民党打死了……

刘　嫂　小妮儿，站起来！疖子熟了就得挤！孩子管我叫妈，你也听见了。这不是一天两天了，你这么虐待她，到底打的什么主意？

春　喜　刚才大伙可都听见了。孩子，我是不打算要了。眼珠子还指不上呢，指着眼眶子？整风，不该把我的香火整绝了。都是她妨的，没她我准生养！

滕奶奶　凤珍！这孩子咱们要了。（对春喜）你要敢再动小妮儿一手指头，咱们就找个地方说说去！

春　喜　孩子拉扯这么大，不是气吹的。两千斤煤球，三袋白面……

滕奶奶　还要什么？给！都给！

许　六　（急得直拍腿）不能这么办！不能这么办！

春　喜　（话已出口，没台阶下，另找辙）孩子你们领走。可有一条：你们刘家得搬出这个院！看着自个儿的孩子管别人叫妈，我受不了！

〔大杂院里突然静了下来。

小妮儿　刘大妈！妈，答应她！答应她！咱们搬！

刘家祥　（走到春喜面前）他婶，咱们好聚好散。我这是跟您商量，您搬出去成不成？再者说，炼钢、挖土炮，您这房子正好要扒……

〔恰在僵局之时，传来了买破烂的打鼓儿声。小环子穿着一身很脏很旧的衣服出现在街门口，他肩挑着俩筐，后筐上盖着块破灰布，耳朵上夹着半截烟卷，手里拿着一面比铜钱略大的小鼓，"咯咯"地敲着，走进院门。

石掌柜　哟！小环子?!

小环子　（有气无力地）师叔……

刘家祥　（凑过去）怎么着，爷们儿！刑满了？

小环子　（不满地）您哪，哪壶不开提哪壶……

石掌柜　你这是……打鼓儿啦？

小环子　（把筐往地上一放）我还能干什么呢？落架的凤凰不如个鸡。什么都甭说了！凭我小环子，管个财政部，白玩！现而今，我成了擦桌子布，哪脏往哪支我。（把扁担横在俩筐中间，坐在扁担上。取下耳朵缝里的半截烟卷，掏出火柴，"嚓"地在鞋底子上划着，点上）刚出来那阵儿，夹个青布包，打软鼓。哪月也弄上两份俏实买卖！（谈到得意处，来了点精神）碰上唐宋名画，青州古砚，拿拿他们的老赶，给他说个一钱不值，白占地方。一倒手，就是成打的票子。唉！现在完喽！全民炼钢，专收废铜烂铁……老街坊们都好吧？（一抬头）别跟看猴似的围着我嗨！

春　喜　（拨开众人，平和地）小环子！

小环子　春……六、六嫂子！（怯生生地站起）

春　喜　你来干吗？

小环子　跃进计划，小井这片我包，一个礼拜两趟……

春　喜　你过来！过来，过来呀！我这儿有点破烂……

小环子　哪儿呢？（二二糊糊地凑了过去）

春　喜　（猛然抡圆了胳膊，"啪啪"地扇开了小环子的嘴巴）都是你们这些王八蛋！不是你们，我没有今儿个！

小环子　（捂住脸）这是怎么话说的！（一抹嘴）扇流血了……劲头真不小……

春　喜　许六，孩子归他们！咱们搬！搬家！（双手捂着脸哭着跑进屋里）

许　六　（嚷着）小妮儿她妈，咱们不能搬！小井的街坊不错……（追进屋里）

小环子　你说我招谁惹谁了？真不知哪块云彩有雨。（挑起筐）

〔水三儿胳膊上戴着蓝布套袖，身系白布围裙走进院门。九年不见，他已成了走街串巷的流动售货员。他的围裙上印着"小井商店"的字样。左胳肢窝里夹着个长方形的大木鱼，右手提着一只布鞋。

水三儿　（一把拦住小环子）你等等！（转对门外喊）他在这儿呢！吴七，你进来，进来！甭怕他！

〔吴七左手抓着个黑布围裙，右手攥着个钉鞋的拐子上。

吴　七　我不怕他！我把钉鞋的拐子都带来了。

水三儿　（走到小环子面前，举起那只鞋）小环子！有没有你这么坏的？你在土站上拣这么只四处穿帮的破鞋……吴七，他怎么跟你说的？

吴　七　他跟我说："吴大哥，您给我前后包头，前后掌儿，挂弯子。您怎么结实怎么给我弄。"到今儿两个多月了。闹了归齐他不来取……您要是送来一双，我们还能拿去委托。您搁这儿一只……

小环子　吴大哥，说句过心的话，我是想让您练练手艺。群英会，五行八作都出了能人，就缺个缝鞋的。咱们哥儿们，这么些年了……（想往外溜）

水三儿　那年，春喜喝取灯儿就是你闹的！今儿让你认识认识"金钩马"（左腿一扫）这叫"坡跤"！

〔小环子慌忙闪过。

水三儿　（伸脚挑起小环子的右腿）这叫钩子！

吴　七　三哥，背胯！给他来个背胯！

〔水三儿真不愧是"金钩马"，小环子脆脆当当地被扔在了地上。

水三儿　吴七，让他拿钱！少一个子儿，我劈了你！许六，你告诉春喜，她那口气，我替她出了，可打这往后，她要敢再虐待小妮儿，我就把孩子接走。

小环子　（掏钱）我今儿出门没挑好日子。

〔水三儿、吴七、小环子出院。

〔滕奶奶、刘嫂，领着小妮儿进屋。

石　嫂　（羡慕地）唉！命！家无梧桐树，引不来凤凰鸟。

〔小媳妇怀里抱床被子，领着穿旧军装的小力笨走进院门。

小媳妇　就这院儿。

小力笨　（放下手里的网兜，四下里看着）说了半天是这儿啊！这是我们掌柜的家。

〔石家夫妇闻声转回身。

小力笨　石大爷！

石掌柜　谁？哟！小力笨！

石　嫂　咳！闹了归齐是小力笨！（喊）刘嫂！小力笨回来啦！

〔刘家祥夫妇与二妞同时走出屋门。

石掌柜　（端详着小力笨）好！好！小力笨，有出息！大侄女，你们小力笨，不是凡人！八路军一进城，好，（对小力笨）您可真帅！"啪"，拿出个小本，北平各家粮行的仓库、存粮，门儿清！合着您是地下党！在我这儿学了二年徒，风雨不漏！您这功夫，瓷实……

小力笨　我算什么地下党，外围！在共产党里我也是小力笨。哟！这是二妞啊？长这么高了……

二　妞　您知道，疤拉眼大哥回来了吗？

小力笨　二妞……（辛酸地摸着二妞的肩膀）疤拉眼大哥，他，他早牺牲了……

众　人　啊？

小力笨　（心情沉重地从怀里掏出个小布包）刚到朝鲜那阵儿，我们凑到一块就聊起小井的老街坊们。疤拉眼大哥老说："小井就是我的家。我没爹没妈，可我有个小妹妹，叫二妞。二妞这孩子，甭提多么体贴人了……可我欠二妞一个灯笼。几儿打败了美国人，回到小井，我必带给我们二妞这个小灯笼。"（说着打开了布包，拿出一个飞机残片制成的小灯笼。灯笼异常精巧，闪着银光）这是他拿美国飞机的碎片给你做的……

〔二妞开始抽泣。

小力笨　他还说，二妞喜欢三角。你看，这是他给你拣的朝鲜烟盒、美国烟盒……（如数家珍似的翻动着）留着吧，二妞，记住疤拉眼大哥……

〔二妞珍重地双手捧过烟盒、灯笼。

石掌柜　别紧着难受了。小力笨，到屋里歇会儿……

小力笨　不啦！我先得到房管局去报个到。

〔小力笨走出院门。小媳妇进里院。其余人回到自己屋中。马德清的义子七十儿提着一个蒲包走进院门。他身穿军装，但领章帽徽都不见了。

七十儿　（站在院门口）马德清在这儿住吗？
　　　　〔九嫂子与刘家祥同时各自推门走出。
刘家祥　您是？
七十儿　我是马德清的儿子，七十儿。
刘家祥　噢！知道！知道！您在这儿坐坐，他九嫂子，你跑一趟！
　　　　〔九嫂子小跑着奔出院门。
七十儿　大叔，您贵姓？
刘家祥　免贵姓刘，刘家祥。
七十儿　（异常热情）您就是刘大叔？我爸爸信里老提您。这些年，多亏了您的照顾！
刘家祥　咳！老街坊了，说不着这个。这回不走了吧？
七十儿　（羞惭地低下了头）还得走。刘大叔，您不是外人，不瞒您说，我在鸣放那阵儿犯了错误……
刘家祥　（身不由己地站起，脱口而出）右派？
七十儿　（说开了，反倒轻松了）其实我是好意。（听到院外匆忙的脚步声）您可千万别告诉我爸爸！
　　　　〔马德清与九嫂子健步如飞地走进院。
马德清　哪儿呢？我儿子在哪呢？
七十儿　爸爸！
　　　　〔小媳妇从里院走了出来。
马德清　（满脸的皱纹都笑开了）七十儿，过来，过来见见！这是刘大叔！（自豪地）瞧瞧，这就是我那儿子！党员，记者。这回，就是说出大天来，咱们爷俩也不分开啦！
七十儿　爸爸，暂时还得分开……
马德清　怎么？
七十儿　我调工作了。去北大荒，支援边疆建设……
马德清　好！（无所谓地）你上哪儿，我跟你到哪儿！
七十儿　别！爸爸，您别！
马德清　我都是半截入土的人了，离了你，我活不了。刘大哥，把我那点东西拿给我！（突然想到周围有人，伏在刘家祥的耳边）把我那点儿东西拿给我！（不放心地看了看小媳妇）
刘家祥　马大哥，您不能脑门子一热就走。还是先让七十儿到那边打个前站，落下脚呢，再来接您……
马德清　那也成。（抚着儿子的肩膀，哈哈笑着）儿子体面，爸爸脸上就有光。论人品，没的挑；论政治，党员！到哪儿都让人瞧得起。明儿娶了儿媳妇，我就在家抱孙子了！刘大哥，咱先说好了，不管到了哪儿，喝喜酒，我都把您接去！您可一定得到！

刘家祥　一定！一定到！

〔七十儿扶马德清走出院门。

小媳妇　（始终疑惑地看着）刘大爷，不是说马德清的儿子是军人吗？

刘家祥　哟……嚯！今儿我怎么觉着这身上揪揪巴巴的不得劲儿……（进屋）

〔小曹走进院。

小媳妇　小曹！刚才呀，我帮您收集了几条意见。我说出来，您可别往心里去……

小　曹　那是啊，"无则加勉"嘛！

小媳妇　有人说呢，小曹有个亲戚，虽说是短期临时户口，也给补了三十斤粮票。还不是朝里有人……

小　曹　这是没影的事啊！您说我多冤！

小媳妇　就说呢！我当时就批评了他们。

小　曹　谁？到底谁这么说？不是咱听不进批评，这……

小媳妇　（瞄瞄刘家）谁说的，我能告诉您吗？我一说，您一听。咱们哪儿说哪儿了。小周不能在老街坊中间拴扣子！

〔公安局的武装民警甲、乙走进院门。

民警甲　小曹！哪屋？

小　曹　（指指陈九龄家）东屋。

民警乙　陈九龄！陈九龄！

〔陈九龄趿拉着鞋，睡眼惺忪地走出屋。九嫂子尾随其后。众人涌出各自屋门。

民警甲　你是陈九龄？

陈九龄　不错！砌土高炉？上单位里说，家里窄憋……

民警乙　我们是公安局的，请你去核对一点情况。

陈九龄　噢！唉？凭什么带我？你跟街坊四邻打听打听，陈九龄办事，钉是钉铆是铆，说话嘴对着心……

民警甲　知道你嘴对着心。所以才核实一下你在交心会上的发言。

陈九龄　噢，那发言啊？那黑名单可不是我开的……

九嫂子　（急了）二位同志，我们这口子，他半膘子！嘴好胡嘟嘟……

小　曹　人命关天的事，您得去说清楚了。

陈九龄　（对九嫂子）谁半膘子？你呀，什么都不懂。人民政府不会错拿一个好人。说清楚了就回来，走！

〔民警甲乙与陈九龄下。九嫂子追出。

小　曹　（对涌向院里的街坊们）大伙别乱！公安局在敌伪档案里查出个叫陈九龄的人，

有两条人命。可小九的历史上呢，没这一段。上边怕是重名，一直没动他。今儿头午这事大伙都听说了，到底怎么办，还说不准。可不论出了什么事，咱们小井的大跃进不能耽误。上面研究了，为了钢铁翻番，土炮，挖！房子，扒！住家户的生活问题，段上保证解决！

石掌柜　干！搬东西！（走进疤拉眼大哥的屋子，转身拿出了那个铁勺）这是疤拉眼大哥画糖人的勺子。他，人不在了……（不知怎样处理）

〔人们的心里"咯登"一下子。

小媳妇　（接过铁勺）疤拉眼大哥要是活着，也会把它献出来！再贵重的东西，为了大跃进，咱们也不能含糊！

〔此时，就听隔壁的房子"哗啦"一声倒了。有人在嚷嚷："土炮！土炮！土炮露出来啦！"人们在欢呼。

小　曹　五号可走在咱们前边了！咱们七号的白旗，这回非拔了它不可！

滕奶奶　小曹说的对。想跃进，就得豁得出去！（从怀里掏出小铜佛，最后又用手绢擦了擦，放在了铁勺里）

二　妞　（捧着疤拉眼大哥带回的小灯笼，走到铁勺面前，真挚地）疤拉眼大哥，你不会埋怨我吧？你死了，是为了国家。二妞把灯笼献出去，也是为了咱们国家。（把灯笼轻轻地放进铁勺）

〔大杂院里突然静了下来，只有金属相碰的声音在叮当清脆地响。小力苯手里拿着个纸卷奔进院门。

小力苯　曹同志！曹同志！您看这蓝图：南屋底下还真挖过下水道。土炮要埋呢，也就是在北屋底下……

石掌柜　什么？北……北屋……

〔大街上骤然又响起一阵报喜的锣鼓声、鞭炮声。

有人在喊："小井出钢喽！"

石掌柜　（咬了咬牙）拆！把房子拆了！挖完土炮政府给咱们盖高楼！老街坊们，干！

小　曹　对！吃食堂，盖高楼！共产主义，眼面前儿的事了！

〔远处，土高炉工地的大喇叭里又在播放那首《年年我们要唱歌》："……全国比先进，遍地开花朵。15年要赶上那老英国，嗨！齐唱胜利歌！"人们沉浸在对共产主义的憧憬中。

〔欢呼声中……

——幕落

（节选自《剧本》1981年第5期）

高行健　刘会远

绝对信号（节选）

蜜　蜂　（点头，等车长走后，立刻低声地）真想不到，我高兴死了。

小　号　我在路上碰上你弟弟，说你回来过，你怎么招呼也不打一个？

蜜　蜂　（抿嘴笑）这不是见到了吗？

小　号　蜜蜂，你可不怎么样啊！

蜜　蜂　怎么不怎么样？

小　号　太不够意思！

蜜　蜂　哟，真对不起！（调皮地）可咱们在这儿见到了还不一样？不是更有意思？（立刻收敛地）真的，见到你真高兴。

小　号　真的？

蜜　蜂　（转话题）真的，你的工作一定很有意思吧？当车长啦？

小　号　见习的。

蜜　蜂　同我们到处流浪的，是不一样啊！穿上一身制服，等胸前再挂上个车长的牌子，就该不认识咱们啦！

小　号　算了吧，蜜蜂，别对我来这副腔调。

蜜　蜂　别生气，我可没有挖苦你的意思呀！

小　号　你看，还有谁在？

蜜　蜂　（惊喜地）黑子！

黑　子　（转过脸，抑制着自己失措的神情，尽量平淡地）你好！

蜜　蜂　（声音更轻，像回声）你好！

小　号　我们有半年没见面了。

蜜　蜂　（摆出大姑娘矜持的样子）是的。秋天，冬天，又是春天。

黑　子　（冷冷地）春天也是人家的。

小　号　黑子，别煞风景了。

蜜　蜂　黑子，你哪去呀？

黑　子　找饭碗去！

小　号　（依然热情地）养蜂队的姑娘们都好吗？过得惯这种流浪生活？

蜜　蜂　（情绪低落，心不在焉地）老爷子很高兴，有这群快活的姑娘整天围着他转。

小　号　我问的是蜜蜂姑娘们，没有小伙子，你们不寂寞吗？

蜜　　蜂　我们有蜜蜂作伴。我们把蜜蜂叫流浪汉,我们就是流浪姐儿们,(止不住又恢复了热情的天性,兴奋地)喔,你们不知道春天有多美,我们在山谷里整整待了二十天,满山都是映山红,在阳光下,红得像胭脂,红得叫人心醉。喔,有花儿的地方就有蜜蜂;蜜蜂飞到的地方,就有我们蜂姐儿。我们姑娘们在一起可疯呢,真是疯姐儿,我们自己编歌儿,想到什么就唱什么,说话也唱,干活也唱。

小　　号　唱一个吧。

蜜　　蜂　别价。都是我们蜂姐儿们的歌儿,你们不知道,顶风吆喝就得唱,声音才送得出去,在山谷里有回声,啊,你们听见过回声吗?像是自己的声音,又不全像,你能听见自己的声音!喔,小号,你还吹号吗?给我们伴奏那才棒哪,不像你们家单元房,左邻右舍,前楼后楼,关着门窗人家也嫌吵,跟我们吹号去吧。

小　　号　可惜你们不收,收我就去!

蜜　　蜂　咱们容得下你这位车长吗!

小　　号　又来了!

蜜　　蜂　那是我们姑娘们的天地。

小　　号　小伙子也不要?

蜜　　蜂　不要,一个也不要!

小　　号　只要老爷儿们?

蜜　　蜂　就要老爷们。说真的,咱们带队的关大爷可真是个好老大爷,他还教我们念唐诗来着。

小　　号　你们这又哪里去?

蜜　　蜂　赶花期去呀!油菜花开了,金黄的一片,嗡嗡的蜜蜂声,在耳边转,真醉人,油菜花酿的蜜可香呢!

小　　号　你们够浪漫的啊!

蜜　　蜂　当然浪漫。这么广大的世界,都叫咱们碰到一起了,茫茫的夜色中,在一节守车的车厢里,(说给黑子听)您这位车长,捎带两个乘客,一位是打货票的流浪姐儿,一位兴许是不打票的流浪汉……

小　　号　蜜蜂,你的嘴可真不饶人。

蜜　　蜂　谁叫咱们是蜂姐儿呢?蜜蜂可是会蜇人的啊!

小　　号　别忘了,蜂蜜是甜的。

蜜　　蜂　别腻味了。

〔迎面来车,列车交会时的轰响。

车　　长　会车去!(对小号)守车上不是谈情说爱的地方!要说,赶明儿个到公园里去。

〔小号拿信号灯走到车门口，等着会车，列车交会时快速的节奏和巨大的轰响，蜜蜂凝视着黑子。一束白光照着蜜蜂的脸，列车交会的声音突然减弱，蜜蜂急速的心跳声越来越响。以下是他们俩的心声，演员在表演时应使注意力高度集中，同时用眼神说话，对话可以用气声，以区别这以前的表演。

蜜　　蜂　（内心的话）黑子，你怎么啦？你不高兴见到我？

〔这束白光又移到黑子的脸上，黑子躲避蜜蜂的目光。黑子强劲的心跳声。

黑　　子　（内心的话）你来的真不是时候，（立刻又柔情地）蜜蜂……

〔两人都在白色的光圈中，互相凝视，两颗心"怦怦"跳动的巨大的声音。

蜜　　蜂　（内心的话）你为什么不说话？

黑　　子　（内心的话）不要问！（爆发地）啊，蜜蜂，什么也别问，就这么看着我！

蜜　　蜂　（内心的话，闭上眼睛）你想我吗？

黑　　子　（内心的话，点头）想。

蜜　　蜂　（内心的话，缓缓睁开眼睛）我也是，想极了，没有一天不想，每时每刻……

黑　　子　（内心的话）真想拥抱你。

蜜　　蜂　（内心的话）别这样，对我说点什么吧！

黑　　子　（内心的话）真想你！

蜜　　蜂　（内心的话）朝我笑一笑。

黑　　子　（内心的话，转过脸）真捉弄人，这就是我的命。

蜜　　蜂　（内心的话，祈求地）你笑一笑！

黑　　子　（内心的话，望着她）我笑不起来。

蜜　　蜂　（内心的话）你一丝笑容也没有……

黑　　子　（内心的话）蜜蜂……（不自然地苦笑）

〔蜜蜂忍受不了，把头扭过去，白色的光圈跟着消逝。交会的列车驶过，心跳声也骤然消失，两人恢复常态，依然坐着，谁也不望着谁，列车行驶的节奏声比这之前行车节奏多了一个停顿，即半拍的休止。

车　　长　姑娘，你是待业青年养蜂队的？

蜜　　蜂　（心不在焉）噢，多谢您关照，我去给姑娘打饭，排了半天队，给漏了乘了。

车　　长　你也是铁路职工子弟？

蜜　　蜂　我父亲是跑客车的。

车　　长　当个列车员，女孩子倒挺合适的，你怎么没顶替呢？

蜜　　蜂　他今年才五十。

车　　长　那是顶替不了。养蜂这活儿得长年在野外，可不是女孩子们干的活呀。

蜜　蜂　有人说马路上摆个摊子，做小买卖去，成天见人就吆喝，更寒碜。（望黑子一眼）咱不愿现这个眼。

车　长　一个姑娘家，长年在外，餐风宿露的，总不是事。你家里放心得下吗？

蜜　蜂　家里还有弟妹三个，我这么大的人了，总不能待在家里吃闲饭，您说呢？

车　长　倒也是。

蜜　蜂　人吃的是这份志气。

车　长　可话说回来了，一个姑娘家早晚总得成个家吧？

蜜　蜂　师傅，看样子您要给我说对象呢！（笑）

车　长　已经有了？

蜜　蜂　远在天边，近在眼前。（笑）您真逗！

车　长　要是看中了，就别逗着玩，得认认真真的。

蜜　蜂　是得认认真真的。先得看有没有个正经工作；再问问有没有房子——过日子总得有地方住呀；房里也不能空荡荡的，好歹说得过去，有那么几件家具。要不就那么点工资，过日子都凑合，往后怎么置得起？

车　长　是呀，现今娶个媳妇没个千儿八百的，还真娶不起。

蜜　蜂　您还说少了呢，还有手表、自行车、缝纫机、录音机、电视机呢。关键是有个好丈夫。丈母娘得是洗尿片子，看孩子的。（笑）您看我这儿说相声呢！（正经地）不是所有的姑娘都这么贱气，千儿八百的就能买得来的。没有真正的感情是什么也白搭！师傅，您说是吗？

车　长　是这话，姑娘，像你这样的姑娘不多见啊！

蜜　蜂　那是，您并不了解我们。（说给黑子听）一个女孩子真要爱上了一个小伙子，就是住帐篷、喝白菜汤，也照样能过。您说是么？

车　长　干吗喝白菜汤呀？这么好的姑娘，准能找到个好小伙子，配得上你。（对小号）都听见啦？好好干，过不了一年就能当上个车长了。这可是正正经经的工作啊！进站了，回信号。

车　匪　我出去透透气！

车　长　在车上走道得留神。

〔小号走上平台。车站上的灯光从瞭望窗口照在黑子脸上，黑子眯起眼。列车进岔道，摇晃着。令人烦躁的撞击声，行车的节奏仿佛破碎了。小号站在平台上，向站上回信号，列车出站，车厢里立刻变得昏暗了。黑子靠在椅子上，闭上眼睛，仿佛要入睡的样子，舞台上全黑。以下是黑子的回忆。舞台中央，蓝色的光圈中，黑子拥抱着蜜蜂，闭着眼睛。以下的表演，尤其是前面的一段，是有节制的，声音遥远，动作也较少，以便同现实相区别。

蜜　　蜂　（推开黑子）你听，鱼跳水的声音。

黑　　子　太静了！我更喜欢海。

蜜　　蜂　我们将来到海边上去玩吧！

黑　　子　我们结婚的那天，向大海宣布我们的婚礼！

蜜　　蜂　（偎依着他）黑子，你真好。

黑　　子　（陶醉地抱住她）我要娶你。

蜜　　蜂　唔。

黑　　子　你不相信？

蜜　　蜂　（点头）相信。

黑　　子　将来我们也得有个家。

蜜　　蜂　将来等你找到了工作，我想那时候我也会有工作的，咱们就可以结婚。

黑　　子　可我不知道还要等多久，我已经等了三年多了。我太天真不应该让我姐姐顶替。

蜜　　蜂　别这么说，这都已经过去了。

黑　　子　我也得自私点，为什么就该着我牺牲？

蜜　　蜂　我不愿意你怨恨你姐姐，她怪可怜的。

黑　　子　谁可怜我们？我倒是想不那么自私，可不自私谁管我呀！

蜜　　蜂　你不是说你最讨厌人可怜你吗？只要我们在一起，只要你爱我，我就幸福极了。

黑　　子　傻丫头，我们得活下去呀！我不该把工作让给她，她的朋友已经有工作了，他们可以过得下去！

蜜　　蜂　我也可以挣钱去，合作摊贩不知道还要不要人？你去不去？

黑　　子　见人就吆喝，"卖了！卖了！"寒碜，我不干那事儿。我到车站货场上去卖块儿，也比这强。我想象得出你父亲是一副什么脸色。

蜜　　蜂　咱们俩的事，咱们自己做主。

黑　　子　你父亲绝不会同意的，他已经说了，不让我再跨进你家门槛。

蜜　　蜂　（立刻）他没这么说过……

黑　　子　（打断她）他说了，他还叫人传话给我老子听：叫他们家黑子别再上我们家串门了。他娶得起我们家姑娘吗？我不能叫我们家姑娘喝西北风去！

蜜　　蜂　我们俩的事，他管不着，这又不是他们那个时代！

黑　　子　我真想弄把钱朝他砸过去。

蜜　　蜂　（偎依着，轻声地）无论如何，我已经是你的人了。

黑　　子　你不后悔吗？

蜜　蜂　不后悔。

黑　子　可我要找不到工作呢?

蜜　蜂　那我也等你一辈子。

黑　子　那不耽误了你一辈子，叫你太痛苦了……

蜜　蜂　你怎么说这样的话? 你还不相信?

黑　子　老天对我太不公平了，为什么我就不能比别人生活得更好?

黑　子　（沉思地）我得弄到一笔钱，等我有了钱，我们就结婚，我们得像个样地结婚! 也让你爸爸看看……

蜜　蜂　你别提他了。

黑　子　我不能委屈了你，让你跟着我受苦。

蜜　蜂　黑子，别这么说，我愿意。

黑　子　不! 我不愿意。这之前，你不要把我们的关系告诉小号。

蜜　蜂　（闭上眼睛，撒娇地）我要让他明白，让他死了那份心。

黑　子　（急躁地）不要告诉他!

蜜　蜂　（也凝视着他）为什么?

黑　子　（和缓地）等我们结婚的时候再告诉他。你答应我。

蜜　蜂　（固执地摇头）我不!

黑　子　（抓住她的胳膊，摇着她）你答应我! 你明白吗?

蜜　蜂　（猛烈地摇头）不明白!

黑　子　（迟疑地）小号对我说过……

蜜　蜂　（扬起眉头）说什么?

黑　子　说他爱你……

黑　子　（发狠地）你同他在一起会比跟我幸福的!

蜜　蜂　你不应该说这样的话! 不应该说这样的话!（使劲挣脱他，呜咽着跑下）

〔黑子呆望着她消失在黑暗中，车匪进入光圈，从背后一巴掌猛拍黑子的肩膀。

1981年12月31日午夜一稿

1982年4月19日三稿于北京

（节选自《十月》1982年第5期）

刘锦云

狗儿爷涅槃（节选）
（多场次现代悲喜剧）

……（略）

十一

〔一个白天。高门楼下。
〔狗儿爷坐在台阶上细心地收拾一个水罐。

狗儿爷　风一阵，雨一阵，雷公电母耍一阵。刮风下黄土，满地铺金子，必是好年成。下雨天上掉鲤鱼，一尺长的大鱼，尾巴挨着眼的小鱼。不好，鱼是驮米的驴，吃鱼费粮食，阎王爷不答应。阎王爷厉害，说一不二。地动山摇，花子摔瓢，摔了瓢不要饭，有吃的。吃饱饭，耍浑蛋。浑的怕横的，横的怕不要命的。他们硬要拆我这门楼，非要管我这门楼叫"四舅"（"四旧"），我说是你妈的舅姥爷，我一骂，"四舅"没认下，外甥也滚蛋了。有两样东西不能横，一个是地，一个是媳妇。我就横了一回，就都不回来了。不回来，我去找。不是找媳妇，是找地。有了地，没的能有；没了地，有的也没。上哪儿找？不是天边儿，不是地沿儿，告诉你——（诡秘地）风水坡，坡上有棵橡子树，树下有个凉水泉儿，泉边儿有个窑窑儿，整好住我一个人儿。那儿有地，开出多少都归自个儿。那儿风凉，一个苍蝇都没有。你去？不行。李万江独独儿批准我一个人，说是另眼看待，邪不邪？我寻思着，是咱有能耐，有力气。不假，有这水罐子，有这把镐头，去到天边儿也是条汉子，有土就扎根。忘不了你，李万江，俺的大恩人。（仰看门楼）老伙计，我先走走，还回来，甭难受，照看你——有咱儿子。儿子呢？俺大虎呢？大虎！大虎！谁说的，他正跟一个丫头打恋恋，可不能找个瞅着喜相、不会过日子的。像俺金花那样，嘴一份手一份的，打灯笼难选，就是爱赶个闲集儿，玩儿疯心了，还不回来，不回来……去赶集，去上庙，去烧香，去祷告……

（倚门框，似睡非睡）

〔祁永年出现在他眼前。

祁永年　狗儿爷，有些日子不见了，身子骨儿还结实？
狗儿爷　祁永年？你老多了……去，可恶！
祁永年　不待见，咱走。

狗儿爷　别走，说会儿话，实在闷得慌。

祁永年　你儿子呢？

狗儿爷　找女人去了。

祁永年　你女人呢？

狗儿爷　赶集没回来。

祁永年　菊花青呢？

狗儿爷　死啦！又有一匹小菊花青，它下的，也入辕儿啦！

祁永年　你的？

狗儿爷　大伙儿的。

祁永年　那句老话儿怎么说来的？忘了？

狗儿爷　没忘——爹有不如娘有，娘有不如自有，自有不如怀里揣，怀里揣不如手里攥！啊，你反动！李万江，他说反动话——

祁永年　别喊，你看——（打开布包，亮出那方印盒）

狗儿爷　小匣匣，给我！

祁永年　你用不着啦。

狗儿爷　用得着，告诉你——我上风水坡啦！

祁永年　那也不给。

狗儿爷　我明白，咱庄稼人都一路脾气，有恩的报恩，有仇的记仇，你还记着我那年打过你一巴掌。来，打我一下，两不该。

祁永年　我打不了你了，因为我……已经死了！

狗儿爷　（并不意外）你死了？……好像听说过。

祁永年　革命小将一棒子下去，我就……对，罪该万死，狗命一条。

狗儿爷　狗命，人命，总算是一条性命儿，阎王爷给张人皮披披也不容易，怪可惜了儿！

祁永年　舍不得吃，舍不得花，光知道攒钱置地，一辈子没吃过一条直溜黄瓜，完了得不到一炉香。也是心里闷，才来找你。

狗儿爷　你不是还有个闺女，叫个啥？

祁永年　叫小梦，和你们虎儿一般大，苦了她啦！

狗儿爷　本是你的种儿，活该倒霉。

狗儿爷　谁敢沾惹呀？好好儿的干白净的主儿没罪找枷扛？拿来吧，小匣匣——

祁永年　不给。

狗儿爷　你是人死心不死——

祁永年　人家都那么说。

　　　　〔陈大虎引祁小梦上。

陈大虎　来吧,他疯疯癫癫的,认不出你来。
祁小梦　万一要认出来呢?
陈大虎　认出来也不怕,早晚你也得进这门楼儿啊!
　　　　〔此时,祁永年的幻影并未离去,且在以下的戏中只在狗儿爷眼中存
　　　　在,大虎、小梦均"视"而不见。
陈大虎　爸爸,爸爸!
狗儿爷　(似醒非醒地)嗯,虎儿,你妈还没回来?
陈大虎　不是赶集去了?
狗儿爷　集上热闹?
陈大虎　热闹。
狗儿爷　这是谁?
陈大虎　快叫哇,叫——爸爸。
祁小梦　(腼腆地)大叔。
狗儿爷　(欣慰地)噢,好,好,就是你们俩——打恋恋?(猛然)你,你怎么像他?
祁永年　是我闺女不像我?
狗儿爷　你姓啥?
祁小梦　……
陈大虎　说呀——
祁小梦　姓梦,叫梦祁。
狗儿爷　你不是这个祁永年的闺女?
祁小梦　(痛苦地)不是。
祁永年　是又怎么样?
狗儿爷　是我不要她。
祁永年　你不要,他要——我们祁家的大姑老爷。
狗儿爷　我宰了他!
祁永年　不能收留收留?
狗儿爷　要说咱陈祁两家,前半辈儿没有人情也有水情,让孩子离开你这块臭地,找个
　　　　吃饭安身的地方,也不为过。
祁永年　是啊,我这"帽子"也不能传辈呀!
狗儿爷　不行,说出大天来也不行!这闺女——就算她是水葱儿似的——要是你祁家人,
　　　　进了陈家,这门楼儿怎么算?嗯?这门楼儿,姓陈还是姓祁?
　　　　〔陈大虎、祁小梦见其"状",相视摇头。
祁小梦　(怯怯地)大叔,不姓祁。

狗儿爷　可我越端详，越寻思……
陈大虎　（岔开）爸爸，您又鼓捣这破罐子干啥？
狗儿爷　破罐子？就这一罐子凉水灌进肚里，是割麦子，是锄大田，一百个伙计甩下他九十九个，他祁家雇长活就爱找咱陈狗儿爷，别看我把他骡子掉井里头……噢，爸爸要走了。
陈大虎　您上哪儿？
狗儿爷　（神往地）风水坡，橡子树，凉水泉儿……
祁小梦　大虎，你不记得？咱小时候去过，那有酸枣棵子，红榴榴儿，一朵一朵的小蓝花儿，像星星……
狗儿爷　闺女你去过？
祁小梦　嗯。
狗儿爷　我就去那儿。我还是不放心，你真不是祁家的闺女？
祁小梦　真不是。
狗儿爷　你知道吗？那老家伙死啦！老天爷要收人，不，老天爷管神仙，不管他，是阎王爷，派来兵呀将的，一通儿闹呼，一棒子下去，脑浆迸裂……
陈大虎　爸爸，您说上风水坡的事，万江大叔能同意？
狗儿爷　他呀，见我就赔笑脸儿，好像欠我什么似的。
祁永年　嘻……
狗儿爷　你甭捡乐儿，咱还没完呢。——（对陈大虎）跪下！
陈大虎　爸爸？……
狗儿爷　冲着咱门楼跪下，跪呀！
〔陈大虎无奈，跪在门楼下。
狗儿爷　还有你，进了陈家门儿，就随陈家人儿，也跪下。
〔陈大虎拉祁小梦跪下。
狗儿爷　跟着我说。噢，（对祁永年）你也别走，好好听着，瞅着，看看陈家人的骨气。俺陈门有后，不像你，断子绝孙！——头句话，不忘新社会的好儿，不忘大救星的恩。说！
陈大虎　……说啦。
狗儿爷　二句话，看好家，护好院，守住门楼儿，替下老砖，揭换残瓦，看见门楼如见爹妈。说！
陈大虎　……说啦。
狗儿爷　记住祁家仇，不见祁家人……
陈大虎　疯话！小梦，这倒不赖，就算咱俩在这儿拜天地吧！

祁小梦　让我记住祁家仇呢，你还说笑话儿。

狗儿爷　说！

〔传来急促的钟声。

陈大虎　爸爸，别说啦，万江大叔敲钟呢，催人干活去。

狗儿爷　不忙，祁永年听着——

祁永年　是。

狗儿爷　记住祁家仇，不见祁家人——闺女，说！

祁小梦　（难忍地）记住祁家仇，不见祁家人……爸爸！

狗儿爷　（满意地）哎——

〔又是一阵钟声，夹着李万江的喊声："上工喽——"

十二

〔风水坡。

〔祁小梦前来给公爹送饭。

祁小梦　（喊）爸爸！

〔狗儿爷上。他的装束活脱一个前清的山民，差只差后脑勺上少条辫子。

狗儿爷　一瓢湃（读拔）凉，三尺树阴凉儿，就算上了金銮殿。

祁小梦　爸爸，我给您烙的金银饼，您瞧，银子裹着金子。

狗儿爷　干活要讲究，吃饭要将就，不价，损寿。阎王爷说：这半罐子油，你不能吃！我就没吃，我在那老玉米根儿起，一棵给一勺儿，数物件儿都馋，一个理儿。那小老玉米喝了油，足性啦，夜里我就听它们比着赛地拔节儿，嘎巴，嘎巴……眼瞅那玉米大喇叭口甩着，穗头半吐半咽了不是，天不下雨，掐脖儿旱，"天灵灵，地灵灵"——一祷告，登时满天跑云彩，小雨下得又细发又匀溜儿，点点入地。要不，大棒儿能结这么壮实？说归齐，那半罐油我还没舍得都使上，剩下的让老鼠喝了，喝就喝，阎王爷不饶它。好闺女，累不累？

祁小梦　爸爸说的——有闲死的，没累死的。

狗儿爷　孝顺闺女，门楼修没修？

祁小梦　修得光光亮亮。

狗儿爷　祁家的人见没见？

祁小梦　压根儿见不着他们。

狗儿爷　好，吃饭。

〔金银饼就凉水，爷儿俩吃着。苏连玉跑上。

苏连玉　狗儿哥！

祁小梦　连玉大叔。

狗儿爷　着急麻撒地找我，又想卖地？
苏连玉　好嘛，我都快卖老婆了。村里动刀子啦！
狗儿爷　见点血去火气——剃头掌柜的，带刀子没有，趁工夫给我脑袋胡噜几下，都成连毛僧了。
苏连玉　还脑袋，要……割尾巴！
狗儿爷　猪尾巴？
苏连玉　人尾巴！
狗儿爷　人长尾巴？
祁小梦　上学的时候，老师说人是猴儿变的。
狗儿爷　阎王爷呢，老虎变的？
苏连玉　别说闲篇儿啦，快掰棒子。
狗儿爷　还不熟呢？
苏连玉　落住一个是一个，等会儿就全没啦。
狗儿爷　哪一码对哪一码，你打根儿上说。
苏连玉　哪一码对哪一码我不知道，可要打根儿上说，这根儿就在她。
祁小梦　我？
苏连玉　人家说，俺狗儿哥来风水坡，本不是他的主意，是你的主意，本不是他的本性，是你的本性，其实也不是你的本性，是你爹的本性。
狗儿爷　就是我的本性。
苏连玉　糊涂！
祁小梦　我明白了，是我连累了老人，我应该跟我爹一块儿早早儿死了。
狗儿爷　我死？风水坡上这么好的庄稼，我舍得它，它还舍不得我呢！我呀，就是那摔不死的老刺儿猬。闺女，你知道刺儿猬为什么摔不死吗？你一摔，它就一轱辘。一物降一物，黄鼠狼有办法……

〔李万江同陈大虎上。

李万江　老苏，你倒先来了。
苏连玉　通个风，报个信，咱不就少办点损事吗？
陈大虎　爸爸，咱回家吧，把风水坡上的庄稼让给人家。
狗儿爷　这提灯喝号的，来红毛儿妖精了？熟透的庄稼，在还乡团的枪子儿底下爹都没让过。让？往远里说，爹指望它和祁家比个高低；近里说，这么好的闺女，仨瓜俩枣儿地娶了人家，爹还指望它给闺女补办一份彩礼呢！
陈大虎　爸爸，您还不明白，您要护着风水坡，人家就整治她。她可早有了身子，三个月啦！

狗儿爷　哈,谢天谢地!过路财神,你们听着,俺陈家要见下一辈人啦!老村长,到时候喝咱翻身户的满月酒!

李万江　喝,喝,可眼下这地……

狗儿爷　大兄弟,你告诉他们,说这是"另眼看待"。

李万江　(为难地)这一时一个"现在",现在不是要割尾巴吗?你的尾巴,又不是普通的、一般的、平平常常的尾巴,而是一条很长很长的尾巴。因为你的儿媳妇,她爹,你的亲家,他不是……死了吗?

狗儿爷　你八成是吃错药了吧?

李万江　(顾不得了)她不是祁永年的闺女吗?

狗儿爷　不许你往我脑袋上扣屎盆子!你睁眼瞅瞅,那老王八羔子能有这么好的闺女?

苏连玉　老哥,麻烦就在这儿,你现在"成分"不干净了,又在这风水坡上闹"单干",人家不狠狠儿地割你的尾巴?——千真万确,她是祁永年的闺女。

狗儿爷　(疑信参半)闺女,你真是祁家的那个……小梦?

祁小梦　爸爸,我是小梦!

狗儿爷　你们,你们起誓发愿的……蒙我?

祁小梦　爸爸,俺上没兄下没弟,孤身一人,无依无靠,看在我拙手笨脚地服侍您、伺候您三年的分上,您就收下我吧!

狗儿爷　趁着你妈不在家,你们欺负我呀!

陈大虎　爸爸,交出风水坡吧!

狗儿爷　不交。

陈大虎　要不他们就拉她走,开大会……

狗儿爷　(神情骤变)他们敢!是祁永年的闺女,是又怎么样?九狗还出一獒呢,一个窝里出来的也不能都是坏蛋。告诉他们,你更名改姓了,叫陈祁氏,这也不大好……

李万江　老哥,无论如何,这尾巴也得割。因为……

狗儿爷　你别说了!我就寻思着,眼时下,还不如解放前了呢!

李万江　(骇然)你说什么?你敢……

狗儿爷　那晚儿,还乡团把咱挤对急了,咱还能找八路军去呢,这晚儿,叫俺找谁去呀?

苏连玉　嗨,这叫竹竿捅水沟,捅进一节说一节,这一节叫割尾巴,再说你这尾巴又不是一般的尾巴。

狗儿爷　尾巴?我早就掐头去尾光剩中当间儿啦!是谁出的这缺德主意,我×他八辈祖宗!好嘛,又要割尾巴——儿媳妇你先避一避,我让大伙儿瞧瞧,看咱狗儿爷腚上有尾巴没有?

祁小梦　（款款地）万江大叔，老人正病着，别惊动他了。这风水坡上犯了什么法，犯了什么罪，我姓祁的顶着，我跟你们走，走吧。

狗儿爷　闺女，你走了，谁还给俺送饭哪？

〔冯金花出现在人群当中。

冯金花　李万江，当初我跟你怎么说的？你又是怎么应的？你喝了迷魂汤似的要干什么？你那个小乌纱帽帽儿值几个大？不顶吃，不顶喝，还那么贪着它，二郎爷喝西北风——你有这神瘾？不干正好，少昧良心。这割尾巴的官司我打了，天大的事朝我说——还不快走？让人家一家人在这风水坡上……（悲戚地）团圆团圆吧！

狗儿爷　这位大嫂，心眼儿真快性，说话真受听，人家还是老娘们儿呢！可叹哪，你们当官儿的！

〔除狗儿爷一人外，其他人都隐去。

（节选自《新剧本》1986年第6期）

陈子度　杨健　朱晓平

桑树坪纪事（节选）
（三幕话剧）

第二幕（节选）

……（略）

4

〔李福林的新房外，夜。李金斗指挥若定地打发走了迎亲的村民们。

李金斗　金财兄弟，金财兄弟唉！

李金财　（边应边匆匆跑上）在咧，在咧。

李金斗　错不多咧，让福林进洞房吧。

李金财　（冲内喊）娃她娘，快！快让福林来哩。

〔金财婶和李福岭拉着李福林上。

李金斗　福岭，还不快把这十字披红给你哥挂上！

〔李福岭不情愿地解下身上的披红给李福林扎上。李金财夫妇边嘱咐着李福林，边将他送入洞房。

李金财　福林啊，你不是要寻婆姨吗？大和妈给你寻下咧，往后好好过营生……

〔众人不一会儿就从窑里退了出来，顺手把门关上。李金斗、李金财边说边下。

金财婶　（冲窑内）青女唉！赶紧吹灯歇下吧。（下）

〔新房四周静悄悄的，不多一会儿，新房内的灯光被吹灭了。几个听房的闲后生蹑手蹑脚地聚到窗下听着。

〔突然，新房内哇的一声惨叫，紧接着传来李福林的喊声。闲后生们一哄而散。

李福林　你不是我妹子！我要妹子！我不要婆姨！

〔新房内又传来劈劈啪啪摔东西的声音，窑门一下被拉了开来。陈青女披头散发地冲了出来，惊恐地躲到一边。

陈青女　（呆呆地）他不是我男人！他不是我男人！

〔青女娘的幻影渐渐出现在台上某一块光区内。

青女娘　娃呀，不哭咧……不把你聘出去，你兄弟的亲事又该咋办呢？

陈青女　晕晕乎乎、晕晕乎乎就这么上了花轿，可后晌下轿那会儿我见着他，身子骨结结实实，眉眼子周周正正，还是个憨憨的好后生……

青女娘　娃呀，不哭咧……不把你聘出去，你兄弟的亲事又该咋办呢？

陈青女　可这一转眼，他咋就变了，变成个……妈！你们哄我呢！

青女娘　娃呀，不哭咧。不把你聘出去，你兄弟的亲事又该咋办呢？

陈青女　妈呀，你就让我回吧！

青女娘　娃呀，不哭咧。不把你聘出去，你兄弟的亲事又该咋办呢？

陈青女　（呆呆地）……不成！……你们不会让我回的……

青女娘　娃呀，你定亲的钱……

陈青女
青女娘　……都叫我/你兄弟娶亲，花光了……

〔光渐收。

5

〔唐井边。陈青女头发凌乱衣衫不整，呆呆地坐在井边。六婶子端着洗衣盆上。

六婶子　青女，青女！（大声地）青女唉！

陈青女　（一惊）唉……是婶子来了……

六婶子　咋？又挨福林打了？

陈青女　……

六婶子　（自语地）本指望他福林娶了亲，这病就能有个好呢，可谁想……青女唉，心里有啥委屈就跟你婶说说，甭窝在心里，做下个病身子这可就麻搭哩！

陈青女　婶子，你说这日子还咋过呢唻……

六婶子　……

陈青女　婶啊，福林这病，还有个好吗？

六婶子　（毫不在心地）嗜！这算个啥病嘛，要咱山里人说，这都是男人寻不下婆姨，心里憋下了个急火才得下的……

陈青女　这么说，有法子治？

六婶子　……说倒容易，只怕你还是个黄花闺女，做不出来哟。

陈青女　（央求地）好婶子，你就告给我吧。我青女命苦嫁给那么个"阳疯子"，要是能治好他的病，咱啥事都要做哩。

六婶子　那好。这"阳疯子"的病根不就是女人吗？你两个不睡觉，你不让他沾了你的身子，男人的心火憋着，还能有个好？

陈青女　（羞怯地）婶子，福林他……他有病嘛……

六婶子　（快人快语地）他有病，你没有病嘛！只要你不气不急不恼不躁，慢慢铺排，好好地招引，等有上了个一儿半女的……

陈青女　（羞怯地）婶子！

六婶子　傻娃唉，话虽不好听，可能把病治好哩。

〔陈青女愣了一会儿，然后默默地点了点头。

〔切光。

6

〔李福林的新房内。夜。

〔起光时陈青女正倚在窑门边等着李福林。炕桌上放着陈青女早已备下的酒、菜。不一会儿。陈青女又走到炕边坐下，开始打扮起来。望着镜中的自己，她心中充满了美好的憧憬和祝福。这时，李福林木讷地唱着小调，扛着农具回来了。

李福林　（唱）哥哥十八走了甘州，

　　　　　领回个婆姨叫秀秀。

　　　　　……

〔陈青女惊恐地躲到了一边。

陈青女　（轻声试探地）福林，福林唉……

〔李福林呆呆地瞪着陈青女。陈青女吓得赶紧躲到一边。她又试图让李福林洗脸，但依然被李福林吓了回去。李福林看见陈青女那恐惧的样子，傻憨地笑了起来。他放下毛巾转身愣愣地向炕边走去，一眼看见了炕桌上的酒、菜。突然，他转身向窑门走去。

陈青女　福林！那……那是我……给你做下的。

〔李福林木讷地转身又欲向窑门外走去。

陈青女　福林！

李福林　我撒尿去！（说罢，冲出窑去）

〔陈青女忐忑不安地坐到了炕边，等李福林重新回到窑内时，她又惊恐地躲到了一边。李福林坐到炕上，端起菜就大口地吃起来。

陈青女　福林！不慌吃咧，还……还有酒呢。（赶紧爬到炕上，斟满了一杯酒，然后，哆哆嗦嗦地递到李福林面前）

〔李福林木讷地瞪着陈青女。陈青女试着喝了一口。李福林一把抢了过来，张口就喝，立刻被呛咳嗽了。她赶紧趴到李福林背后给他捶背。

陈青女　福林莫急嘛……

〔李福林忽然抓住陈青女的手，使劲儿地闻着，然后又端着灯仔细地打量她，摘下她头上插着的花。

李福林　（笑了起来）嘿嘿……看把你心疼地……骚情……

陈青女　（耐心地）福林，你知道，娶下婆姨做甚哩？

〔李福林呆呆地想了一会儿。

李福林　（有板有眼地）娶下婆姨做甚哩？白天烧饭做饭哩，夜里奶上歇乏哩，炕上养娃坐月哩！娶下婆姨做……

陈青女　（急切地）福林，那喜车把我接到你家里是做啥哩？

〔李福林木然不语。

陈青女　你就不想要婆姨，你就不想歇乏？

李福林　（神经质地）要婆姨，嘿嘿……要婆姨！

陈青女　（激动地）福林！（猛然扑到李福林怀里）

〔陈青女兴奋地哭了，为了自己的命运，也为了丈夫。李福林此时突然变得出奇的安静，听任陈青女在他怀里依偎着，亲昵地抚摸着。也许，他想起了儿时曾幻想过的那个梦，那个既遥远又美好的梦……

李福林　（唱）哥哥十八走了甘州，

　　　　领回个婆姨叫秀秀。

　　　　秀秀今年一十六，

　　　　好模样里她属头。

　　　　……

陈青女　（憧憬地）福林，咱要个娃吧……

李福林　……（突然地）福林要娃哩，福林要娃哩！（说罢便粗手大脚地撕扯开了陈青女的衣服）

陈青女　（惊恐地）福林！不着急哩……（自己脱着上衣）

李福林　（满窑跑着喊着）福林要娃哩，福林要娃哩……

〔陈青女随后又替李福林脱上衣。突然，李福林的上衣兜里掉下了小转转玩具。他一把从陈青女手中抢下了玩具，然后呆呆傻傻地念叨起来。

李福林　妹子……我妹子呢？……这就是我妹子的吗……

〔陈青女一下醒悟过来，她猛地扑向李福林。

陈青女　福林不闹哩！……你妹子嫁人了，给你换下了个婆姨。

李福林　我不要婆姨！你还我妹子！你还我妹子！

〔陈青女死死缠住了李福林。

陈青女　福林，不闹哩！青女给你烧锅做饭，青女给你生男娃养女子……

〔李福林狂暴地毒打陈青女。

李福林　我不要婆姨！我要我妹子！

〔最后，李福林用镰刀残酷地割去了陈青女的辫子。陈青女"哇"地一声惨叫逃出了窑门。

李福林　（哭着）我不要婆姨！我要我妹子……

〔灯光在歌声中转换——

　　九九么好重阳，

　　坡上红高粱。

　　哥盼妹子来，

　　等在大路旁。

7

〔塬上，苞谷地边。远处传来了李金斗像山歌般的吆喝声。

李金斗　歇乏啰，歇乏啰！

〔村民们提着工具三三两两地来到地头休息。

闲后生　翠萍嫂子，你这是给谁纳鞋底呀？

翠萍嫂子　我告诉你，你可不敢跟你妈说哩。

闲后生　咱不说。

翠萍嫂子　这是给你大缝下的！

〔众村民哄笑。陈青女呆呆地从远处走来。她总像是在找着什么。

许彩芳　青女，（体贴地）乏不？

陈青女　（苦笑着摇了摇头）……

〔许彩芳顺手给陈青女倒了碗水。

许彩芳　走，咱俩上那搭凉快去。

〔闲后生们顿时不说话了，都望着陈青女。

许彩芳　打离婚的事咋样啦？

陈青女　（默默地摇了摇头）不成。

许彩芳　为啥？

陈青女　顶上人家说……还在一搭歇着咧，这还好着咧，有感情嘛……

许彩芳　那你咋不说他有病呢？

陈青女　咱说了。可，可顶上人家说……说还能治咧。

〔许彩芳默默地坐到一边，陈青女正欲脱去外衣。

陈青女　（突然地）我的镰刀呢？（回身欲走）

许彩芳　青女！（起身走到陈青女面前）咋啦？这不在你手上拿着嘛。

〔陈青女尴尬地笑了笑。

许彩芳　你看你把自己都熬成个啥样儿了！

陈青女　（苦笑了一下）天下的女人都一个样儿。

许彩芳　……别说疯话了……（捂着脸扭身坐到一边）

〔陈青女慢慢脱去身上的布褂，上身只穿着一件贴身的小衫。

李金发　这福林他哪来的傻福气，这么俊的媳妇……

翠萍嫂子　那还不是前世给修下的。

保娃媳妇　可惜啊，这么个俏婆姨，到这会儿还是个女儿身哟……

〔闲后生们闻听后都直勾勾地看着陈青女。

〔远处渐渐传来了李福林的歌声——

哥哥十八走了甘州，

领回个婆姨叫秀秀。

秀秀今年一十六，

好模样里她属头。

闲后生们　瞧，福林来哩。

〔李福林表情木然地挑着一副水桶走来。他放下水桶自己先舀了一碗水，然后独自走到一边盘腿坐下。他喝完水就像和尚打禅般地坐着，两眼直直地望着天。闲后生们边从水桶里舀水喝，边聚在一起嘀咕着什么。有个为首的一使眼神，他们便呼啦一下围住了李福林。

闲后生甲　福林，你有婆姨吗？

〔李福林木讷地点了点头。

闲后生丙　你哪有婆姨啊？

李福林　有哩。

闲后生丁　谁是你婆姨？

李福林　（呆傻地寻找着，指陈青女）她。

闲后生乙　青女哪是你的婆姨哟。

李福林　就是我的婆姨。

闲后生们　不是你婆姨！

李福林　就是。

闲后生丙　我说就不是！

李福林　我说就是！

闲后生丁　那你跟你婆姨睡过觉吗？

李福林　……

闲后生们　别咧吧，连觉都没睡，咋算你婆姨咧？

　　〔闲后生们说完后像是要故意气李福林似的，嚷嚷着就往回走。李福林的胸脯急速地起伏着，他想说什么，但又没说出声来。突然，他猛地向陈青女冲了过去。陈青女还未来得及反应便被他拉住了手腕。

李福林　就是我婆姨嘛！

　　〔闲后生们哗地一下围了过来。

闲后生们　不是！

李福林　（大声地）就是我的婆姨！

　　〔李福林下意识地在地上寻找着什么。忽然，他一弯腰哧啦一声，将陈青女的贴身小衫扯下了一块。陈青女一声尖叫，蹲下身去。众人愣住了。

闲后生们　（恶作剧地）这不算！你平日也扯过人家女人的褂褂，这算啥，青女不是你婆姨！

　　〔李福林被气得脸色发白。陈青女发觉事情不好，呼叫着一步蹿出去，猛跑了起来。李福林推倒前来劝阻的许彩芳，迈开大步追了上去。闲后生们边起哄边在后面跟着。一声凄厉的喊叫，陈青女终于被李福林抓住并按倒在地上。李福林当着众人的面扯下了陈青女的裤子。村民们哗地一下围了上去。

李福林　我的婆姨！钱买下的！妹——子——换——下的！

　　〔李福林残忍、但却天真无邪地举着陈青女的裤子，下。

　　〔歌队——村民们在音乐中渐渐散开。一尊残破但却洁白无瑕的侍女古石雕出人意外地展现在观众的面前。它令人想起远古，它让人想起多少代殉葬的女人……扮演许彩芳的演员将一条黄绫肃穆而凝重地覆盖在古石雕上。歌队——村民随着扮演许彩芳的演员,一起跪倒在古石雕的四周。
〔转台在灯光变化中缓缓向左转动。歌声起——

  中华曾在黄土地上降生,

  这里繁衍了东方巨龙的传人。

  大禹的足迹曾经布满了这里,

  武王的战车曾在这里奔腾。

  ……

〔在延续着的音乐中灯光渐收。

(节选自《剧本》1988年第4期)

过士行

棋　人（故事梗概）

选自《新剧本》1996年第1期。

  围棋大师何云清是一个瘦高老头,白皙而文雅,风度翩翩,一双手修长灵巧,几乎会说话。他单身一人,家里十分寒碜,只有一个已经熄灭了的火炉和一张破桌子,桌子上摆的是一张棋盘和两篓棋子。何云清的周围有一批追随他的棋迷,也给过他很多的帮助,至今还围绕在他的身边。何云清10岁开始下棋,下了整整50年,他的一生都在下棋中度过,30年没有出去过,是没有敌手的大国手,当他举起棋子的时候,全国下棋的人都在他的智慧之光下晕眩。如今已经是何云清的晚年,他已经60岁,他发现他的一生是如此孤寂。他从棋盘上猛一抬头,发现周围的人腰也驼了,头也白了,耳也聋了,一代人的一生即将过去。他一辈子没有离开过棋盘,用他的青春焐热了棋子,但他的身体却一天天冷下去。他一生与围棋为伍,与外界的一切都全然无关,也没有儿女。他感到没意思极了,遂从执迷中醒悟,要告别围棋。过了一辈子神仙的生活,现在要过人的生活,他不是想去寻找幸福,只是想要活生生的东西。尘世不管多么恶浊,他也要去感受一下,愿意身边有年轻人说笑和奔跑。他坚决不再下棋,所以当他的崇拜者又来下棋的时候,他对他们十分不客气,刻薄地指责他们,贬损他们的棋艺,说他们不是下棋的材料，但他却陪着他们耗掉了自己的一生。他劝朋友们回去回顾自己的人生，看自己一辈子都干了些什么。他把棋盘也劈毁烧了火。但那些人都有自己的事业，只是业余棋迷。

何云清年轻的时候也有妻子，叫司慧，端庄娴雅，感情丰富，比一般的女人需要更多的爱情。由于何云清把全部心思都放在下棋上，妻子和他说话他也不理，还说女人天生痛恨智慧，男人一思考女人就落泪，司慧终因受不了这样枯寂的生活而离开了他。临走的时候司慧对何云清说，我要走了，我要走了。但何云清一眼也没有看她。司慧和别人结婚以后生了一个儿子叫司炎。司炎具有超人的智力，这使他对一切复杂的事物都感兴趣，如果没有机会发挥，他就会得病，他就是一个因智力过剩的病人。医生聋子治不好这个病，他说只有何云清可以治好这个病，原因是，再复杂的自然科学和社会科学问题在他面前都如同儿戏，不能满足他，能满足他的只有围棋。但是，司慧是痛恨围棋的，她说下棋的人都不会关心别人，只顾自己高兴，最后连一点人味儿都没有了。她认为围棋会把儿子吃掉，不让他下棋。她要让儿子心里有她，而不是把心放在围棋上。这样司炎只好一个人在心里下棋，这只是一种想象的满足，所以他抑郁成疾。为了救司炎，聋子就求何云清见他，和他下棋或者至少是谈谈棋，摸摸棋，或者仅仅是坐一会儿。何云清答应了。

司慧认为，男人思考的时候是最叫人厌恶的，她说世界是靠动心存在着的，所谓动心就是那么点真性情，高兴或不高兴，爱或不爱。她深受何云清思考之害，所以离开何云清以后嫁的男人就不爱思考，天天陪着她说话，还会假装掉泪，好使她掉更多的眼泪。但后来这男人死了，因为他把话说完了。男人死了，还有儿子，不幸的是儿子比何云清更迷恋抽象的世界，屋子里堆满了书，而且放着永动仪，他的智力过剩，必须不停地思考，思考复杂的问题，以消耗掉增生的脑细胞，否则精神就会崩溃。母亲想和他说句话，等了两个小时也没有结果，因为他一直在看书。司炎对女人也不感兴趣，对女朋友黄媛媛心不在焉，也不知道她的好坏。女朋友来找他，他说是占用了他思考的时间。这个黄媛媛热烈、性感，充满了生命力，大冬天也穿得特别少，她希望去热带，因为那里四季都可以穿裙子。尽管她喜欢有头脑、感情不外露的男人，但司炎的爱思考还是让她受不了。

聋子终于把司炎带到了何云清家里，让他和何云清下棋，但何云清讲的却是为什么不下棋，谈女人。他要用一生的经验说服司炎：一生什么也没有经历过，只下棋，是要后悔的。另外，何云清不愿和司炎下棋也是怕伤害司慧。司炎说，如果他真的不想下，自己和在场的其他人下。何云清认为不可，初学者要上路，一定要路子正，和那些野棋下会毁了他。他不自觉地就和司炎论起棋来，司炎表现出对围棋的精深理解，何云清决定和他下一盘。

下了那盘棋以后，何云清竟然放不下了，心里一直期待着司炎的到来，准备着酒等待他,司炎是他真正的知音。司炎是真懂棋的,何云清说有的人下了一辈子棋也不懂,而司炎一天就懂了。面对司炎,他心情十分烦乱,最后喝得大醉。他生怕司炎不下了,恨不得把他知道的一切都告诉司炎。

醉酒以后,何云清见到了司炎父亲的游魂,游魂说没有什么比只知道下棋更幸福的了。他对生活有自己的感受和看法,他和司慧在一起生活,终于有一天到了无话可说的地步,他就走了。他要求何云清教他下棋,他想在棋盘上一次次地品尝生死,但他要求何云清放弃他的儿子。何云清却不愿意,他说司炎是为围棋而生的,他对围棋的感觉就像鱼对水的感觉一样,还说围棋的魅力不可阻挡。游魂说,把围棋留给真正寂寞的鬼魂吧,人活着就应该实实在在地享受生活。黄媛媛也来找何云清了,说司慧知道了司炎在下棋,闹了个天翻地覆,她就是司慧派来的。黄、何二人在一起喝醉酒,竟然在一起睡了,因为开始的时候何云清就说黄媛媛像年轻时候的司慧。在司炎眼里,黄媛媛就像不存在似的,她其实感到很寂寞,而何云清则要在她身上找回自己的青春。但他不愿放弃司炎,他说司炎是几个世纪千百万人中唯一懂得棋道的人,是他的生命的延续,是司炎又点燃了他的生命之火。但由于死人活人都来向他求情,他答应了司慧,要和司炎下一盘绝命棋来摧毁司炎,此后两人都不会再下棋了。

这盘棋简直就是一个祭天仪式,十分悲壮和残忍,而被宰杀作为祭品的就是何云清和司炎的智慧,或者说是男人的智慧,这是他们为女人做出的牺牲,也是为感性生命做出的牺牲。何云清说他一辈子讨厌杀棋,但今天要开杀戒,他要让司炎两个子。这场棋战十分庄严,棋子是用西山的泉水洗过的,没有一枚残子,黑子像乌金,白子像白云,棋盘洗得一尘不染。虽然是早春天气,却准备了一把折扇,上用草体写了一个大大的"无"字。开局之前何云清坚持让司炎起誓,若输了就永不下棋,尽心奉养母亲。清水洗手后两人开始下棋。司慧带着的药也得吃下去,聋子也吃了一片,因为战局实在太激烈了。紧张的战局使外号"一子不舍"的朋友当场晕倒,而外号"双飞燕"的则要出去透透气,到了屋外又恐惧而好奇地往屋内看。何云清的鼻子出血了,司炎却是一副胜利在握的表情。司慧请求不要再下了,何云清说,杀人的剑已经出鞘,它在铮铮作响,已经收不回来了。在落最后一个子的时候,何云清说:现在罢手还来得及,这可是致人死命的一招,这一子下去,鬼都会在棋盘上哭泣。但司炎没有看出危险来,当何云清的最后一个子落盘的时候,司炎突然捂起眼睛,惨叫起来,说这不公平,还要下,到阴间也要再和他下。

对局当中有一个插曲,那就是天上传来的大雁的叫声,引起了何云清的注意,这时黄媛媛来了,她喊大家去看北飞的雁,谁都没有去看,只有何云清去看了,他似乎很感兴趣,说多少年了,光低头下棋,没抬头看天,又说大雁是去北方生儿育女的,表现了他对生命的兴趣和关怀。黄媛媛是来向何云清告别的,她要到热带去了,而且约定明年回来看他。何云清告诉司炎黄媛媛是来告别的,司炎竟十分冷淡,他说除了下棋他不关心别的。最后是司炎的魂灵来向何云清告别,他和何云清讨论死活的问题,说他的棋没有死,要求复盘。复盘后他又下了子,何云清高叫妙手,说你是活棋,我和你母亲都输给了你,你还可以再下棋。但司炎说,他已经死了,终于到了一个自由的世界,可以下他的棋了。他说他什么都不能做,死她更不让,现在终于死了。说罢飘然而去。最后司慧瘫倒在何云清怀中,外面是无边的夜色,永动仪还在走着。

    这出戏有浓重的象征意味,是一出人生哲理剧,表现的是人的智慧活动和人的自然生命的冲突,这个智慧不是理学的理,它不是束缚人,而是把人引向脑的世界而忘了心。剧中的两个男人何云清和司炎代表了这种智慧;两个女人司慧和黄媛媛代表了情感和人的自然生命。何云清用一生的实践体悟到日常的生命是多么重要,大自然、女人、孩子,人间的一切都是可爱的,只下棋活着是枯寂的、寒冷的。但是他不能完全忘情围棋,忘情智力活动。这是作者的矛盾,也是人生的矛盾。

孟京辉

思　凡（节选）

    ……（略）

众　人　（木讷地齐诵）昔日有个白莲僧,救母亲临地狱门,借问灵山多少路,十万八千有余零。(优美肃穆地吟唱)南无阿弥陀佛……

　　　　〔木鱼声声,佛号悠悠。
　　　　〔木鱼声渐归寂寥、单调。追光里,尼姑色空一身红妆,忧戚上场。她居中打坐,合十,俯首默祷。

尼　姑　（声音冷漠）削发为尼实可怜,禅灯一盏伴奴眠,光阴易过催人老,辜负青春美少年!(众人重复以上台词)小尼赵氏,法名色空,自幼在仙桃庵出家,终日里烧香念佛,到晚来孤枕独眠,好凄凉人也!

　　　　〔静场。

尼　姑　（悲戚地）小尼姑年方二八,正青春被师父削去了头发,每日里在佛殿上烧香换水,烧香换水……(惊喜地发现)见几个子弟们,游戏在山门下……

　　　　〔众人作游戏状,频频眺望,挑逗小尼姑。

尼　姑　他把眼儿瞧着咱，咱把眼儿觑着他；（娇羞）他与咱，咱共他，两下里都牵挂，（恼火）冤家！怎能够成就了姻缘！就死在阎王殿前，由他把那碓来舂，舂，锯来解，把磨来挨，放在油锅里去炸。啊呀，由他！则见那活人受罪，哪曾见死鬼带枷？啊呀，由他！火烧眉毛，且顾眼下，火烧眉毛，且顾眼下。

〔尼姑奔至台侧，在盆中洗手，似激情难耐……终不免呼叹。

尼　姑　想我在此出家，非关别人之事吓！——只因俺父好看经，俺娘亲爱念佛，暮礼朝参，每日里在佛殿上烧香供佛；生下我来疾病多，因此上把奴家舍入在空门，为尼寄活，与人家推荐亡灵，不住口地念着阿弥陀。（打坐，合十）只听得钟声法号，不住手地击磬摇铃，击磬摇铃，擂鼓吹螺。平白地与那地府阴司做功课。多心经都念过，孔雀经参不破。唯有莲经七卷是最难学，咱师父在眠里梦里都教过。念几声南无佛，哆旦哆，萨嘛呵的般若波罗，念几声弥陀，（转念，生怒）恨一声媒婆，叫一声没奈何；念几声哆旦哆，嗨，怎知我感叹还多！（焦虑站起，神不守舍逡巡不已）越思越想，反添愁闷，不免到回廊下散步一回，多少是好！——（步入回廊，潇洒散步）绕回廊散闷则个，绕回廊散闷则个。（背手，昂首阔步）

众　人　阿弥陀佛——

〔众人中，小和尚本无冒出头来，百无聊赖翻阅经书后，抛弃，至水管边放出清水一盆，端起，欲泼向观众，泼向众人，泼向舞台……却终不得泼出，只得又将清水端回原处，轻轻放下。捧出水盆中不断挣扎的活鱼，无奈地环顾四周。

和　尚　和尚出家，受尽了波查，被师父打骂，我就逃亡回家。（渐生向往）一年二年，养起了头发；三年四年，做起了人家；五年六年，讨一个浑家；七年八年，养一个娃娃；九年十年，只落得叫一声和尚，我的爹爹，和尚爹爹呀！

〔众人重复应和：和尚爹爹呀！

〔静。众人摹拟蚊声。本无循声追打，几番拍打才打死。（众人摹拟蚊死坠地声）本无心满意足后，欲离去，突然想起佛门训诫，忙筑蚊坟，为之默祷，超度亡灵。

和　尚　林下晒衣嫌日淡，池边濯足恨鱼腥；灵山会上千尊佛，天竺求来万卷经。贫僧本无的便是。自幼身入空门，（擦拭佛器，打扫金身）谨遵五戒，断酒除荤，烧香扫地，念佛看经。（叩拜诸佛）嗳！只是不遂我的念头。（反复开关电灯，极无聊的样子。忽然有所发现——）今日师父师兄，都不在山上，火头又砍柴去了，不免往山门外，闲步一回，有何不可？（窃笑）

〔本无蹑手蹑脚溜出山门。

〔众人摹拟狂犬群吠，本无大惊奔窜，龟缩一隅。

〔众人摹拟寺外凡尘的嘈杂喧闹：百鸟啁啾、鸡鸭牛羊的欢快鸣叫，马蹄声声……一派勃勃生机。

〔静。众人摹拟蜂群鸣唱。

和　尚　咦！哈哈哈哈，你你你看！（循声渐起，忘情地）对对黄鹂弄巧，双双紫燕衔泥；穿花蝴蝶去还归，每日里蜂抱花心酿蜜。（大喜复大悲）自恨我生来命薄，在襁褓里恹恹疾病多。想我这个和尚，在娘的肚子里头，就是苦的了。因此爹娘忧虑。（一屁股坐下，苦恼万端）我那爹娘生下我来的时节，把我的八字，请了个算命先生，推算推算，那个先生，就是我的对头了。他说我命犯孤鸾，三六九岁难得过。我那爹他也是没奈何，他把我舍入空门，奉佛修斋，奉佛修斋学念经。我那日进了山门，见了师父，深深作个揖。师父说——

众　人　小官，你抬起头来。

和　尚　我说，"是"。师父把我上下这么一看，说——

众　人　小官吓小官，你还出不得家！

和　尚　弟子为何出不得家呢？

众　人　你既要出家，须要依我几件——

和　尚　师父，哪几件呢？

众　人　须要谨遵五戒——

和　尚　谨遵五戒？

众　人　断酒除荤——

和　尚　断酒除荤？！

众　人　烧香扫地——

和　尚　烧香扫地……

众　人　念佛看经！

和　尚　念佛看……经？

众　人　那香醪美酒全无份，（无奈叹息）哎，红粉佳人不许瞧啊！

和　尚　香醪美酒全无份，红粉佳人……（丧气地）不许瞧。雪夜孤眠寒悄悄，霜天削发冷萧萧。（大悲、大怒、大吼）似这等万苦千辛受尽了许多折挫！

众　人　阿弥陀佛——

〔静。木鱼声起。小尼姑合十上，与小和尚并排跪于台中，在一束美妙的追光笼罩下，两个小孩儿用纯情、甜美的畅想，做着超时空的精神交流。

和　尚　我前日，打从一家门首经过——

尼　姑　见几个子弟们——

和　尚　见几个年少娇娥——

尼　　姑　　游戏在山门下——

和　　尚　　生得来十分标致——

尼　　姑　　他把眼儿瞧着咱——

和　　尚　　看她脸似桃腮——

尼　　姑　　咱把眼儿觑着他——

和　　尚　　鬓若堆鸦，十指尖尖，袅娜娉婷——

尼　　姑　　他与咱，咱共他——

和　　尚　　莫说是个凡间女子了，就是那月里嫦娥，月里嫦娥也赛不过她。因此上心中牵挂，暮暮朝朝我就撇她不下！

尼　　姑　　两下里，都牵挂！（合男声激情喷涌）暮暮朝朝我就撇他不下！

〔骤静，两人难抑青春冲动。小尼姑以大幅度形体动作——倒卧于和尚身前幻化出内心的强烈欲望。

〔和尚凝望（幻觉中的）美人，慢慢俯身欲吻……

众　　人　　（喝戒）——？

〔两人陡然分离。

和　　尚　　嗳！我是个和尚，怎么想起这个念头来？好没正经！不可呀不可！还是念佛，还是念佛。我只得念弥陀，我只得念弥陀。

〔小尼姑与和尚交替逐句重复以上台词，节奏渐快，令人窒息。

〔骤然静场。木鱼响起。

〔和尚、尼姑唱起"南无阿弥陀佛"之歌，大幅度地摇头晃脑，十分滑稽。

〔众人加入吟诵和摇摆。

和　　尚　　木鱼敲得声声响，意马奔驰我怎奈何？（焦躁）意马奔驰我怎奈何！（火烧火燎）嗳！我越想越动起火来了，还是下山去走走，还是下山去走走！——（起身徘徊，入众人中坐下）

〔小尼姑起身，游戏调侃于诸神明之间，穿梭谑笑肆无忌惮。

尼　　姑　　来此大雄宝殿，你看两旁的罗汉，塑得好庄严也！——（众人已摆成罗汉塑像）又只见那两旁罗汉塑得都有些傻嘛：一个抱膝舒怀，口里念着我；一个手托香腮，心里想着我；一个眼倦开，朦胧地觑着我。唯有布袋罗汉笑呵呵，他笑我时光错，光阴过，有谁人，有谁人肯娶我这年老的婆婆？（焦急、欲哭）

众罗汉　　（齐声）我要！

尼　　姑　　降龙的恼着我，伏虎的恨着我。那个长眉大仙愁着我，说我老来时，有什么结果。

众罗汉　　（叹）唉——

〔众神与尼姑一齐跌坐,惆怅万分。

尼　姑　佛前灯,做不得洞房花烛;

众　佛　(惊)嗯?

尼　姑　香积厨,做不得玳筵东阁;

众　佛　(疑)——?

尼　姑　钟鼓楼,做不得望夫台;

众　佛　(诧)嗯——!

尼　姑　草蒲团,做不得芙蓉软褥……芙蓉软褥。(娇羞间,不免风情万种)

众　佛　(亦心荡神驰)芙蓉……软褥!?

尼　姑　奴本是女娇娥,又不是男儿汉,为何腰系黄绦,身穿直裰?

众　佛　(赞同)是啊!

尼　姑　(指台下)见人家夫妻们酒乐,一对对著锦穿罗,啊呀,天吓!不由人心热如火,不由人心热如火!(扑天抢地,如热锅中的蚂蚁)

〔诸佛亦随之观望,躁动不已。

众　佛　是啊!热……热啊……

〔小尼姑又走到水盆前洗手,并将电灯开开关关……无聊闲步间,忽有所发现,兴奋起来。

尼　姑　今日师父师兄,都不在庵,不免逃下山去。倘有机缘,亦未可知,有理呀有理!——(溜出尼庵)

众　佛　(赞同)有理!快去快去!

〔小尼姑与诸佛同唱起"南无阿弥陀佛"之歌。

〔她欢快舞蹈,童真天趣毕露无遗……

〔众佛的歌声节奏渐快,在小尼姑以下的大段独白中,逐渐演化为铿锵有力的背景音乐,直至发展为一种巨大的内心轰鸣!

〔小尼姑的情感,如逐渐喷发的火山岩浆——

尼　姑　奴把袈裟扯破,埋了藏经,弃了木鱼,丢了铙钹。学不得罗刹女去降魔,学不得南海水月观音座。夜深沉,独自卧;起来时,独自坐。有谁人孤凄似我?似这等削发缘何?恨只恨说谎的僧和俗,哪里有,天下园林树木佛?哪里有,枝枝叶叶光明佛?哪里有,江河两岸流沙佛?哪里有,八万四千弥陀佛?从今后,把钟楼佛殿远离却,下山去,寻一个年少哥哥!凭他打我骂我!说我笑我!一心不愿成佛!不念般若波罗!

〔众人在以上渐渐强劲的吟唱和情感风暴中,向观众席撒出大把大把的白色纸片——纯净而纷乱。

〔骤然静场。圣洁宏大的佛乐再度冉冉升起，众人如雕塑，沐浴在这幸福庄严的天籁之声中……

……

〔沉缓的佛歌声起，一身红妆的小尼姑形单影只，坐于台中，幽幽诵念——

尼　姑　削发为尼实可怜……被师傅削去了头发！

〔众人摹拟剪去头发声：咔嚓、咔嚓、咔嚓……这声音与马夫上段摹拟的剪刀声，形成强烈的反差。

〔乐声继续。

尼　姑　奴把袈裟扯破，埋了藏经，弃了木鱼，丢了铙钹，学不得罗刹女去降魔，学不得南海水月观音座。夜深沉，独自卧；起来时，独自坐。有谁人孤凄似我？哪里有，天下园林树木佛？哪里有，枝枝叶叶光明佛？哪里有，江河两岸流沙佛？哪里有，八万四千弥陀佛？从今后，把钟楼佛殿远离却，下山去，寻一个年少哥哥，凭他打我骂我，说我笑我，一心不愿成佛，不念弥陀般若波罗。好了！且喜被我逃下山来了！——

〔小尼姑欢欣地奔向台侧，沐浴在一片鲜艳的红光中。

〔小和尚奔上，抱一枕头。

和　尚　我就脱了袈裟，脱了袈裟，把它僧房封锁，从此丢开三昧火。师父啊师父，非是我背义私逃，我想做僧人，做僧人没妻没子，终无结果。我想出家的所在，多是陷人之处，我把陷人围墙，从今打破！跳出牢笼须及早，叹人生易老，叹人生易老，须及时行乐。效当年，刘郎采药桃源去，未审仙姬得会我。

众　人　未审仙姬得会我。

和　尚　阇梨本是高人做，有几个清心不恋花？我怎奈花迷出了家？（下场）

〔小尼姑音乐声中上。在粗硕水管上，作跳皮筋的儿童游戏。

尼　姑　离了庵门把山下，一路上难躲难遮。瞻前顾后无人家，只听得，喜鹊喳喳，乌鸦呱呱，未知此去事如何，叫得我心惊怕，啊呀心惊怕。

〔小和尚上。

和　尚　咦，那边来了个小尼姑，看她藏藏躲躲，走得慌忙，定有缘故。啊，原来是位幼尼，贫僧稽首了。

尼　姑　原来是位小师傅，小尼稽首了。

和　尚　请问幼尼，打从哪座名山而来？

尼　姑　从仙桃庵而来。

和　尚　往哪里而去？

尼　姑　这个吗？回娘家去。

众　人　啊？

和　尚　回娘家去？……啊呀，幼尼此话说得不对呀。

尼　姑　怎说不对呀？

和　尚　有道是出家之人不顾家，怎说回娘家去呀？

众　人　是啊！

尼　姑　你我出家之人，原是肉体凡胎，都是爹娘生养，怎能不顾家啊！

和　尚　哦，原来是位孝女。

尼　姑　请问小师傅，你从哪座名山而来呀？

　　　　〔和尚请示众人。

众　人　实话实说！

和　尚　从碧桃寺而来。

尼　姑　要往哪里去呢？

众　人　别说实话！

和　尚　呃……下山募化去。

尼　姑　有师父在，何须你去募化？

和　尚　师父有病！

众　人　啊！（愤怒）

和　尚　师父有病在身啊！

尼　姑　哦，原来是个孝徒。

和　尚　不敢当。

尼　姑　如此……各有各的事，各走各的路吧！

和　尚　请！

尼　姑　请哪！小尼姑下山看娘亲，看娘亲。

和　尚　和尚下山为师尊，为师尊。

僧　尼　二人相逢不相识，你我各自，你我各自奔前程。

　　　　〔二人分道而行，小和尚停住偷看小尼姑。

　　　　〔众人各自手持大圆镜子上，以反射光线，摹拟小和尚追随尼姑的火热目光……

尼　姑　哎，小师傅，这，就是你的不对了……

众　人　（对和尚）说你呢！

和　尚　（语塞）这个嘛……贫僧下山，带来一个小徒弟，恐怕他走错山路，故而回头一看哪！

尼　姑　哦，原来你是看小徒弟的？

和　尚　是看小徒弟的嘛。

尼　　姑　　如此说来，小尼错怪你了。

和　　尚　　好说。请！

尼　　姑　　请哪！萍水相逢在山林，在山林。

和　　尚　　各奔前程且离分，且离分。

僧　　尼　　他心未必似我意，似我意！怎能一见，怎能一见吐真情。

〔二人分道，小尼姑停住偷看小和尚。众人持镜摹拟尼姑目光。

和　　尚　　嘿嘿，幼尼，我也要怪你不是了。

众　　人　　（对尼姑）说你呢！

尼　　姑　　怪我何来？

和　　尚　　我也去得好好的，为啥转眼看我呢？

尼　　姑　　这个嘛……小尼下山也带着个小徒弟，怕她走错山路，故而转眼一看，谁来看你哟！

和　　尚　　原来如此，贫僧得罪了，幼尼莫怪。

尼　　姑　　谁来怪你啊！正是：你往东来我往西。

和　　尚　　各人心事各自知。

众　　人　　各人心事各自知。

尼　　姑　　请！

和　　尚　　请！（下）

尼　　姑　　（回顾）小……（被众人揶揄拦住）啊呀他真的去了！看这位小师傅，大大方方，和和气气；聪明伶俐，讨人欢喜。我要是与他……哎！可惜他是个和尚啊！

〔以下台词，小尼姑领诵，众人调侃应和。

尼　　姑　　一见风流和尚，聪明俊雅温和，手中常把念珠摩，口念经文无错；百样身躯扭捏，一双俊眼偷睃；牛郎织女渡银河，（对观众情语）莫把真情说破，（嘱众人）莫说破。（下）

众　　人　　（笑应）嗯，不说！

〔以下台词，和尚领诵，众人调侃应和。

和　　尚　　（奔上）一见幼尼容貌，倾城倾国堪夸，将她搂抱在山凹，管取一场戏耍。啊呀！幼尼往哪里了？幼尼！（下）

尼　　姑　　（上）见前面一座古庙在山坡，待我进去稍坐坐。（进庙）又只见，神座上坐着个土地公，旁边陪着那土地婆婆。想泥神尚且是成双作对，我……不免进去假作烧香，看他可转来寻我——

〔众人列为泥塑像，小尼姑拥佛假寐。

〔和尚惶惶寻找奔上。

和　尚　这里有个土地祠，想她必在里头。待我进去叫她一声。

〔和尚入庙在群塑间瞪眼搜寻，土地爷虚拟摘掉和尚努出的眼球掼在半卧的小尼身上，以此引导其发现猎物。和尚大惊转狂喜。

尼　姑　——（故作惊慌地）啊呀，吓吓吓得我胆颤心慌，胆颤心慌。原来是你个和尚啊！你去得好好的，转来作甚，转来作甚哪？

和　尚　这个嘛……我是前来报信。

尼　姑　报什么信啊？

和　尚　那边来了个小尼姑，我想定是前来找你的。

尼　姑　只怕没有啊！

和　尚　你不是说有个小徒弟在后面，怎说没有呢？

尼　姑　那是我哄你这个和尚的。

和　尚　哦，那……那我也是骗你的。

尼　姑　我看你这个和尚啊，不是好人，一定是溜下山来。

众　人　对，溜下山来的！

和　尚　（一愣）……我看你这个尼姑啊，也不老实，一定是逃下山来的！

众　人　对，逃下山来的。

尼　姑　仙桃也是逃。

和　尚　碧桃也是逃。

众　人　尼姑和尚，逃之夭夭。

和　尚　彼此——

尼　姑　一样的！

和　尚　如此说来，尼姑下山遇和尚，正好两下……（作成双动作）

尼　姑　呀，呀，啐！你不要出言忒轻狂，忒轻狂，佛门五戒全不讲，尼姑若是配和尚，（娇羞）配和尚，触犯神灵大祸降，大祸降。

和　尚　看经仿佛弥天谎，谨遵五戒真荒唐。大小菩萨爹娘养，你我成家理应当！

〔静。悠扬乐起，如晨风初阳般纯净。僧尼入定陷入遐想。众佛还原为人形。

尼　姑　僧家难把头发养，尼姑五戒不可忘。成家立业没有份，双关话儿你去想。（说罢含羞出庙奔下）

和　尚　幼尼，幼尼！（出庙）……双关话儿我去想？（思索，念）僧家难把头发养，僧！尼姑五戒不可忘，尼！成家立业没有份，成！双关话儿你去想……僧尼成双，僧尼成双！嘻嘻嘻嘻……（手舞足蹈，奔向前去）

〔众人传递一宝瓶，附耳于瓶口谛听，依次喜悦念诵——

甲　　男有心来女有心。

乙　　哪怕山高水又深。

丙　　尼姑和尚成双对。

丁　　有情人对有情人。

　　　〔瓶交小和尚，他也谛听，念诵以上台词，兴奋地将瓶摔个粉碎！

众　人　（大悦）男有心来女有心，有情人对有情人！

　　　〔众奔跑下场，簇拥出披红结彩的一对新人。

　　　〔佛乐响起……

——剧终

（节选自《先锋戏剧档案》，作家出版社 2000 年版）

廖一梅

恋爱的犀牛（节选）

……（略）

5. 第四场

〔夜晚的楼顶平台。马路和明明。

明　明　我是说"爱"！那感觉是从哪儿来的？从心脏、肝脾、血管，哪一处内脏里来的？也许那一天月亮靠近了地球，太阳直射北回归线，季风送来海洋的湿气使你皮肤滑润，蒙古形成的低气压让你心跳加快。或者只是来自你心里的渴望，月经周期带来的骚动，他房间里刚换的灯泡，他刚吃过的橙子留在手指上的清香，他忘了刮的胡子刺痛了你的脸……这一切作用下神经末梢麻酥酥的感觉，就是所说的爱情……

马　路　有的犀牛生活在干燥而开阔的草原地带，有的犀牛则喜欢栖息在浓密的森林中，他们吃的食物也不同，有的喜欢吃草，有的喜欢吃树叶，有的草和树叶都吃。犀牛的名字来源于希腊文，是热带动物。世界上的犀牛有 5 种：黑犀牛、白犀牛、苏门答腊犀，印度犀和爪哇犀已经基本灭绝了。像图拉就是生活在非洲草原的那种。

明　明　图拉是谁？

马　路　一只非洲黑犀牛。

明　明　你养的？

马　路　嗯。犀牛的视力很差，人长什么样子它不大看得清。

明　明　你是动物园的？

马　路　你想去看看图拉吗？

明　明　去动物园？我很久都没有去过了！真奇怪，犀牛我倒是见过，可我还从来没见过一个养犀牛的人呢！人家说对动物有耐心的人，对女人一定有耐心。可是你为什么不干点儿普通的职业呢？比如说开出租啦、当修理工啊什么的。当然不是每个人都能做艺术家，不过，养犀牛未免太奇怪了。

马　路　我是有职称的，园林局核定的专业职称！

明　明　我的意思是说，你很难换工作！如果你不喜欢这家动物园，或者不喜欢这头犀牛了，怎么办？

马　路　初中毕业时我考过飞行员，我本来可以穿着收口的皮夹克，戴着风镜出现在画报上的。样样都合格，除了眼睛。我应该是个飞行员，犀牛原本应该是老鹰，我们原本不该靠嗅觉生活，哪儿有猎物，哪儿有水源，哪儿的水草鲜美……不过大多数的动物都是靠嗅觉生活的，居住在非洲草原的斑马、大象常常靠嗅觉寻找猎物什么的，但它们并不是嗅觉最强的动物，就我们所知，有些动物的嗅觉比人强百万倍。鳄鱼靠嗅觉觅食动物，秃鹰的嘴和鼻子两旁有个很大的开口，它们也是靠嗅觉觅食。有一种斯堪的纳维亚的海燕靠嗅觉捕食沙鳗和小鱼，甚至海蛰。蛇也利用嗅觉寻找猎物，它的舌头可以一伸一缩地品尝空气，跟踪猎物。鲨鱼就更别提了。人是闻不到100米以外的气味的，但人能闻到附近有什么好吃的东西。

　　　　〔明明剥了一块口香糖放进嘴里。

马　路　（停顿）是柠檬。

明　明　（嚼着口香糖）什么？

马　路　柠檬。

明　明　对，是柠檬味的，你要吗？

　　　　〔马路摇摇头。

马　路　我刚到动物园的时候，他们说从没见过戴眼镜的饲养员，后来我就不戴了，因为犀牛很大，不用眼镜也看得见。

明　明　昨天我跟陈飞说："他们都说我对你太好了，你不配！"你猜他怎么说？你想都想不到，他说："这才好呢，我就是不配，我要是配，就显不出你好了。"你见过这么有个性的人吗？他说我是个阴谋家，对他好，是想霸占他，说我是强权制度民间化的体现。还有，弱势群体对强势群体的道德化企图。

马　　路　野兔的大部分时间用于追逐尽量多的母兔，但公貂一生只恋爱一次，并且与它的母貂厮守一生。

明　　明　什么意思？

马　　路　《动物学》课本上说的。

明　　明　可是我听人说貂是吃死人的！（作张嘴长吠状，跑开了）

马　　路　那是人的偏见，貂……（回头发现明明已经走了）

　　　　　〔马路拾起明明扔在地上的口香糖放进嘴里咀嚼起来。

马　　路　柠檬味的明明。

　　　　　……（略）

22. 第二十一场

……（略）

主 持 人　（边跑边说）他已经跑过了5条大街，把众人甩在后面，从他的体力和跑步姿势来推断，有专家怀疑他是一位前马拉松运动员。关于马路的背景资料我们正在努力收集。马路现在拐进了一条小巷，来到一座楼前，他上楼了……

马　　路　明明，开门，是我，我是马路！明明！

主 持 人　（激动地）他在敲门，他在叫一个人的名字！

　　　　　〔众人纷纷追来，气喘吁吁。

马　　路　明明，听得见我吗？我是马路。开门啊！我对自己说如果我能让你幸福，我就决不会离开你，也不会让你离开我。我已经准备了很久，上完了恋爱训练课。现在，我终于有了足够的钱。明明，钱没有用处，它能让你快乐才有用处。它们都是你的！

　　　　　〔众人欢呼。

主 持 人　明明是谁？明明是谁？快，背景材料！

马　　路　你们欢呼什么？你们在为什么欢呼？我的心欢呼得快要炸开了，可我敢说我们欢呼的不是同一种东西！相信我，上天会厚待那些勇敢的、坚强的、多情的人，如果你们爱什么东西，渴望什么东西，相信我，你就去爱吧，去渴望吧，只要你有足够强烈的愿望，你就是不可战胜的！明明，我要给你幸福！谁都没有见过的幸福！

　　　　　〔明明出现在窗口。

明　　明　我不要。

主 持 人　她说什么？她说什么？我听不清。

明　　明　我不要，因为你要的东西我不想给你。

马　　路　不，我不要你任何东西，我要给你东西，我要给你幸福。

明　明　谢谢，你自己留着用吧。

马　路　什么？你在说什么？

明　明　我说我不要——你的钱和你的幸福。

马　路　为什么？

明　明　你还是用这些钱做些能让你高兴的事情吧。

马　路　能让我高兴的唯一的事情就是你！

明　明　那我就更不要了。

马　路　为什么？别跟我说你不需要钱，你不喜欢钱！

明　明　我就是不要你的钱，你能强迫我要吗？我愿意当婊子挣钱跟你也没关系，我就是受不了你那副圣人似的面孔，我不爱你，我不想听见你每天在我耳旁倾诉你的爱情，我不想因为要了你的钱而让你拥有这个权力。听懂了吗？

　　　〔明明从窗口走开。

马　路　那我要它还有什么用？

大　仙　别听她的！如果有人天生这么下贱，把别人的好意当狗屎，最好的办法就是你也拿她当狗屎。

牙　刷　对！她根本是个不值一提的女孩，就是现在她赌咒发誓说她爱你都不能信她，何况她这种态度！

马　路　所有的气味都消失了，口香糖的柠檬味，她身上的复印机味，钱包的皮子味，我的鼻子已经闻不到任何东西。我开始怀疑自己，怀疑我对她的爱情，怀疑一切……什么东西能让我确定我还是我？什么东西能让我确定我还活着？——这已经不是爱不爱的问题，而是一种较量，不是我和她的较量，而是我和所有一切的较量。我曾经一事无成这并不重要，但是这一次我认了输，我低头奋脑地顺从了，我就将永远对生活妥协下去，做个你们眼中的正常人，从生活中攫取一点儿简单易得的东西，在阴影下苟且作乐，这些对我毫无意义，我宁愿什么也不要。

黑　子　傻瓜。

马　路　（对窗内）明明，我知道这些钱对我来说很多，对另一些人来说则很少。但是有一点他们不能跟我相比，我可以为你放弃我所有的，而他们不能。

　　　〔马路说完，轻轻把提箱放下，下场。
　　　〔众人呆看他，突然围拢在提箱前。

23. 第二十二场

　　　〔犀牛馆。

马　路　所有的犀牛都走了，你一个人在这儿不觉得孤单吗？新的犀牛馆很不错，宽敞明亮,通风良好。白犀牛塔娜它们都在那儿安顿下来了,还来了一头刚买的公犀牛,年纪还很轻,每天好奇地东看西看,向塔娜献殷勤。你不想去看看吗?只要你乖乖钻进那个摆满苹果、香蕉的笼子里,笼门一关,他们就会把你运到那边去了。你为什么总在那笼子前转来转去不肯进去呢?他们已经等了你一个月,我看他们已经失去耐心了。这里马上就要拆了,这个臭气冲天的地方有什么让你留恋的?主任说你明天要是还不肯就犯,就要动用麻醉枪了,看,枪就在这儿!你希望人家这样对待你吗?可怜的图拉。我知道你跟所有人都合不来,就像我和大仙、牙刷他们,待在一起不过是出于无聊。现在他们都认定我是个疯子,不再理我了。你如果像其他的犀牛一样顺从你的命运,你就不会整天这么郁郁寡欢。顺从命运竟是这么难吗?我看大多数人自然而然地就这么做了,只要人家干什么你也干什么就行了。所以我们都是不受欢迎的,应该被使用麻醉枪的。也有很多次我想要放弃了,但是它在我身体的某个地方留下了疼痛的感觉,一想到它会永远在那儿隐隐作痛,一想到以后我看待一切的目光都会因为那一点儿疼痛而变得了无生气,我就怕了。爱她,是我做过的最好的事情。

〔明明上。

马　路　明明。

明　明　我要走了,我是来向你告别的。

马　路　去哪儿?

明　明　上天会厚待那些勇敢的、坚强的、多情的人。

马　路　你要去找那个人?

明　明　也有很多次我想要放弃了,但是它在我身体的某个地方留下了疼痛的感觉,一想到它会永远在那儿隐隐作痛,一想到以后我看待一切的目光都会因为那一点儿疼痛而变得了无生气,我就怕了。爱他,是我做过的最好的事情。

马　路　你在说什么?

明　明　我刚才听见你这么说的。

马　路　那你明白了?

明　明　我一直都明白。

马　路　你不走了?

明　明　走。

马　路　那你还不明白。我不会离开你,我也不会让你离开我的!

〔马路突然扑向明明,要用绳子把她绑起来,明明拼命挣扎。

马　路　我说过我是个守信用的人,那天夜里是你请求我不要离开你,也不许你离开我。所以你早该明白,你是哪儿也去不了的,你逃到天涯海角我也会把你找回来!

别挣扎，挣扎没有用。我们注定要死在一起！

明　明　你这个傻瓜，放开我！你还不明白吗？我不想和你在一起！救命！救命！

〔马路不容她再挣扎，狠狠地给了她一拳，明明昏了过去，瘫倒在马路怀里。

24. 第二十三场

〔舞台上，女孩明明被蒙着眼睛绑在椅子上。

〔马路坐在她旁边。

马　路　黄昏是我一天中视力最差的时候，一眼望去满街都是美女，高楼和街道也变换了通常的形状，像在电影里……你就站在楼梯的拐角，带着某种清香的味道，有点湿乎乎的，奇怪的气息。擦身而过的时候，才知道你在哭。事情就在那时候发生了。我怎样才能让你明白我如何爱你？我默默忍受，饮泣而眠？我高声喊叫，声嘶力竭？我对着镜子痛骂自己？我冲进你的办公室把你推倒在地？我上大学，我读博士，当一个作家？我为你自暴自弃，从此被人怜悯？我走入精神病院，我爱你爱崩溃了，爱疯了，还是我在你窗下自杀？明明，告诉我该怎么办？你是聪明的、灵巧的、伶牙俐齿的、愚不可及的、我心爱的、我的明明……

〔马路摘下明明眼睛上的布。犀牛图拉发出叫声，它已经近在眼前。

明　明　你要干什么？走开！把这犀牛带走！

马　路　这就是图拉，我最好的，也是最后的伙伴。明明，我想给你一切，可我一无所有。我想为你放弃一切，可我又没有什么可以放弃。钱、地位、荣耀，我仅有的那一点点自尊没有这些东西装点也就不值一提。如果是中世纪，我可以去做一个骑士，把你的名字写上每一座被征服的城池。如果在沙漠中，我会流尽最后一滴鲜血去滋润你干裂的嘴唇。如果我是天文学家，有一颗星星会叫作明明。如果我是诗人，所有的声音都只为你歌唱；如果我是法官，你的好恶就是我最高的法则。如果我是神父，再没有比你更好的天堂；如果我是个哨兵，你的每一个字都是我的口令；如果我是西楚霸王，我会带着你临阵脱逃任由人们耻笑；如果我是杀人如麻的强盗，他们会乞求你来让我俯首帖耳。可我什么也不是。一个普通人，一个像我这样普通的人，我能为你做什么呢？

〔马路突然掏出一把尖刀向犀牛刺去！

〔鲜血喷涌，图拉发出恐怖的嗥叫，暴怒地向马路冲去。

（节选自《恋爱的犀牛》，湖南文艺出版社2017年版）

阿甲　翁偶虹

红灯记（京剧）（故事梗概）

载《红旗》1970年第5期。

东北一个叫龙滩的铁路小站，扳道工、共产党地下党员李玉和正在迎接松岭根据地派来的交通员，并负责把交通员送来的密电码转送柏山游击队。但这个行动已经暴露，交通员从火车上跳下时，日本侵略者的宪兵队也赶到搜捕，夜色中李玉和将受伤昏迷的交通员背走，地下党员王连举掩护，他朝李玉和离开的相反的方向开枪，以迷惑敌人，为了保护自己，他又往自己的胳膊上开了一枪。

李玉和到粥棚去转移密电码，但就在要和前来接取密电码的磨刀师傅接头时，敌人又闯来搜查，李玉和在磨刀师傅的配合下，机警地将密电码藏在饭盒里才得脱险。此时，王连举却叛变了，日本宪兵队确知密电码在李玉和手上，李玉和因而被捕。

面对严峻的局势，李奶奶估计自己也会被捕，传递密电码的工作就要完全由十七岁的孙女铁梅来承担，她必须让铁梅认识责任的重大，而且也认识到是让铁梅知道她们家的历史的时候了。原来这祖孙三代本不是一家人。李奶奶的丈夫是京汉铁路的检修工，他手下有两个徒弟，其中的一个叫张玉和。二七大罢工中的一天深夜，浑身是血的张玉和抱着一个不满周岁的孩子敲开了在家焦急等待丈夫归来的李奶奶家的门，他说他师傅和陈师兄都牺牲了，怀里的孩子是陈师兄的一条根，他要把孩子抚养成人，继承革命。从此，三个人就组成了情谊比血肉还重的革命家庭。铁梅知悉自己的身世后不仅深感"十七年教养的恩深似海洋"，而且更加坚定信心，承担前人的事业，"打不尽豺狼决不下战场"。

面对宪兵队长鸠山的阴谋诱供和严刑拷打，李玉和都岿然不动。鸠山还亲自到李家要骗到密电码，同样不能得逞，于是将李奶奶和铁梅也逮捕了。鸠山企图用亲情去软化李玉和，也妄想让李奶奶看到受刑将死的儿子而动心，从而用密电码将其救下，结果同样是一无所获。鸠山计穷，杀害了李玉和与李奶奶，留下铁梅放长线钓大鱼。铁梅在极度的悲痛中，在工人邻居的帮助下，终于将密电码送到了柏山，追赶而来的王连举和鸠山也在战斗中被游击队击毙或刀劈。柏山上红旗漫卷，红灯高照，群情欢腾。

魏明伦

潘金莲
——一个女人的沉沦史(荒诞川剧)(故事梗概)

选自《魏明伦戏剧作品集》,上海古籍出版社1998年版。

楔子帮腔起,大幕徐启,灯光映出一组雕像……"武松杀嫂"场面。帮腔止,群雕活。台侧云阶映出古代文人和现代女郎,两人对话通报姓名。原来文人是《水浒》作者施耐庵,女郎是小说《花园街五号》中的女主人公吕莎莎。施耐庵说:"女人是祸水,任我口诛笔伐,声名狼藉早已盖棺定论。"吕莎莎批评施耐庵是"传统偏见",说自己"站在80年代的角度,重新认识潘金莲,思考这一个无辜弱女是怎样一步一步走向沉沦"。

第一个男人:张大户召见侏儒武大郎,要把潘金莲"赐予"他。"三寸丁好配你三寸莲步,打烧饼打断你几根傲骨。"潘金莲不愿嫁,张大户说:"你不与武大为妻,便与老夫作妾,二者必居其一。"潘金莲表示:"决不伴豺狼共枕头。"张大户关门欲行非礼,金莲挣扎反抗,咬大户手腕,举烛台自卫。云阶映出贾宝玉同吕莎莎。宝玉说:"金莲若进《红楼梦》,十二副钗添一钗!"吕莎莎认为巴金的《家》中"鸣凤与金莲同悲哀"。宝玉唱"冲进《水浒》救弱女",吕莎莎唱"弱女飘到紫石街"。

第二个男人:潘金莲和面打饼,神游花街长叹:"强扭夫妻百事哀,愿大郎软弱性情改一改,闭塞灵窍开一开。"武大郎却说:"人矮焉得不低头","我只求两亩地、一头牛,老婆孩子热炕头"。三个泼皮和现代阿飞上门生事,出言无状,动手动脚,潘金莲给泼皮一记耳光,要跟他们拼了。武大郎怕事左拉右拦,泼皮胁迫武大郎从他的胯下钻过,不然就要砸房子。武大郎为保房子,不顾金莲阻止,忍辱钻裆。金莲颓然掩面,感叹:"丈夫无能,人世不平,可耻可悲。"云阶中映现安娜·卡列尼娜,说:"我同情她的命运,叫她反抗吧,像我这样,冲出不幸的家庭!"吕莎莎对答:"亲爱的安娜,不行,她不能像你那样浪漫,更不能像我这样离婚!"

第三个男人:武松披红彩打马游街,潘金莲观望打虎英雄英姿,钦佩神往。武大郎引金莲与武松相见,泼皮、阿飞又来紫石街寻衅,武松挥拳痛打,泼皮、阿飞叩头告饶。武松出公差前归家辞行,潘金莲备酒饯行。金莲听说武松归期难料,悲从中来,清泪夺眶而出。武松开导金莲"嫁鸡随鸡",潘金莲借酒劲端椅靠近武松,星眸露情,唱:"酒后吐出真言语，情如浪潮冲破堤，但愿共饮交杯酒，恨不相逢未嫁时。"武松勃然大怒，拂翻酒杯，正色道："兄嫂姻缘前生定，拜堂必须共白头。嫂嫂不把哥哥守，管叫你认得我打虎降兽铁拳头！"后扬长而去。潘金莲绝望呼喊"叔叔"，昏厥。武则天出现，上官婉儿说："武松恪守伦理节操，可敬可爱。"武则天曰："潘金莲长年苦闷，一遇英雄由敬生爱，也是情有可原。"武则天让芝麻官替潘金莲作主，芝麻官回禀："翻遍历代法典，无有与潘金莲作主的条款，此妇敢向小叔子露情，实属'大逆不道'。"武则天道："潘金莲只不过向小叔子吐露一点苦闷，表白一丝爱慕，竟被你们视为大逆不道，上贵下贱，男尊女卑，太不公平了。我武媚娘玩了三千'面首'，潘金莲又未尝不可自谋出路，寻找第四个男人呢？"

第四个男人：潘金莲挑帘，怕蜂螫手，挥竿驱之，叉竿落下打在漫步街头的西门庆头上。西门庆故意东摇西晃把叉竿抛给楼上的潘金莲挑逗。王婆看在眼里，西门庆请王婆拉皮条。王婆收下西门庆的赏银，同他定下十面埋伏计，引诱潘金莲上钩。金莲行路中遭泼皮、阿飞阻挡，阿飞拔匕首正欲划金莲脸，西门庆跃出打散泼皮。王婆介绍救金莲的是西门大官人，并引金莲向西门庆谢恩，邀西门庆、潘金莲同去其家，让金莲缝补西门庆被扯破的外衫。西门庆装病卧床，王婆假称请医溜下。潘金莲心中撞鹿："心迷幻，眼朦胧，错把西门当武松，爱武松、怨武松，那边秋雨这春风。"抑制不住情欲，投入西门庆怀抱。云阶出现施耐庵："淫妇失节，武大郎快来拿奸！"武大郎被西门庆踢中心窝，吐血昏迷。

沉沦的女人云阶上映现吕莎莎。吕莎莎请问人民法庭女庭长潘金莲能否离婚，女庭长回答：调解无效可以批准。悲剧续演，西门庆胁逼潘金莲毒死武大郎。潘金莲思想激烈斗争。安娜·卡列尼娜出现，劝说潘金莲："别杀人啊，要杀就自杀吧！"武则天则说："你写一封休书，把武大休了罢！"潘金莲神魂颠倒，意识狂流，请武大放一条生路。武大说："我武大无权无势，手中只有一点点夫权，老也不休，死也不休。"潘金莲眼中闪现一群蒙面的西门庆，软求硬逼，这才下决心毒死武大郎。

尾声武松欲剜潘金莲的心，潘金莲对武松说："我能死在你的手中，也算不幸之中大幸了！"古今中外人物拥上台阶，各抒己见。武则天说："罪不当死！"贾宝玉说："罪在祸根！"张大户说："罪在女人！"芝麻官说："清官难断！"女庭长内呼："禁止酷刑！"施耐庵说："本书不管后代事。"武松举刀，潘金莲倒卧血泊。吕莎莎抱吉他出现，唱："吉他变调弹古音，是非且听百家鸣……"

陈亚先

曹操与杨修（京剧）（节选）

时　　间：后汉建安年间。
地　　点：洛阳。

人物表

杨　　修——曹操的主簿官，字德祖，35 岁。
曹　　操——后汉丞相，字孟德，称魏侯，57 岁。
鹿鸣女——曹操之义女，19 岁。
孔文岱——曹操之仓曹属主簿从事，22 岁。
倩　　娘——曹操之爱妾，26 岁。
公孙涵——曹操麾下长史，40 岁。
僮　　儿——杨修的书僮，16 岁。
胡马商——匈奴富商，30 岁。
江南米商——东吴巨贾，60 岁。
招贤者——身份、年龄、穿戴均请导演酌定。
将士、校尉、丫环、探子、军士、刽子手等。

第一场

〔大幕内；音乐悲壮。人喊马嘶，兵器撞击，哀鸿呼号……
〔幻灯字幕映出编剧、导演、演职员表。
〔字幕完。音响戛然而止。静场。
〔一束追光引手持求贤令（招贴）的求贤者上，他正值年少，黑发无须。
招贤者　（夸张地）汉相曹操，兵败赤壁，招贤纳士，共图大业！招贤呐——（隐去）
〔大幕启。灯亮。
〔松林墓地，皓月当空。墓碑上四字："郭嘉之墓"。
〔曹操着青衫便服，率小妾倩娘、义女鹿鸣，祭扫于墓前。
曹　操　唉！哀哉郭嘉，痛哉奉孝！你若不死，我岂有赤壁之败……（以袖掩面）
倩　娘　相爷
鹿鸣女　父相｝休要过于悲伤！
曹　操　鹿鸣儿操琴，待为父长歌当哭，痛悼知音。
鹿鸣女　是！（弹琵琶，其音凄婉）

曹　　操　（唱）明月之夜兮，短松之岗，
　　　　　　　　悲歌慷慨兮，悼我郭郎！
　　　　　　　　天丧奉孝兮，摧我栋梁，
　　　　　　　　从此天下兮，难觅贤良。
　　　　　　　　哀哉奉孝兮，伏惟尚飨！

鹿鸣女　父相多多保重！中原大地，不愁再没有郭嘉那样的栋梁。

曹　　操　儿啊，千军易得，一将难求啊！

鹿鸣女　父相，北海有个孔……孔文岱……

曹　　操　孔文岱？唔，为父一定着人查访。

倩　　娘　相爷为国访贤，不要忘了为我那鹿鸣儿访一个如意郎君啊！

鹿鸣女　母亲……（羞）

曹　　操　（爱抚地）鹿鸣儿啊，这几年来，为父夙夜难安，倒把儿的终身大事怠慢了，待我国事稍宽，一定为儿用心操持，我儿不怪为父么？

鹿鸣女　女儿听从父相。

曹　　操　我儿通情达理。来呀！

　　　　　〔丫环甲、乙上。

丫环甲乙　在。

曹　　操　送夫人小姐回府。

丫环甲乙　夫人小姐请！

倩　　娘　相爷，天时已晚，你也早些歇息吧。

曹　　操　夫人，这中秋之夜，郭奉孝独卧深山，无人陪伴，我再陪他一时。

倩　　娘　相爷不要久留。

　　　　　〔倩娘、鹿鸣女偕丫环甲、乙下。
　　　　　〔曹操再向郭嘉墓拈香拜奠。
　　　　　〔杨修内唱："半壶酒一囊书飘零四方——"
　　　　　〔僮儿背负酒葫芦，牵马上。
　　　　　〔杨修醉卧马背上。

僮　　儿　相公，到了！

杨　　修　到……到了么？（滚下马背、卧地）

　　　　　〔曹操见状惊愕。

僮　　儿　相公醒来，醒来！

杨　修　（踉跄立起，唱）中秋夜念故人来会郭郎！
曹　操　（旁白）呀，好一个放荡书生！
杨　修　郭嘉呀，奉孝！小弟我来……来了！
　　　　（唱）见坟台施一礼悲声大放，
　　　　　　　今夜晚月又圆兄在何方？
　　　　　　　忆昔与兄品诗酒，
　　　　　　　忆昔与兄植麻桑。
　　　　　　　田园之乐你不享，
　　　　　　　投奔曹操赴疆场。
　　　　　　　创业未半身先丧，
　　　　　　　长使英雄泪沾裳！
　　　　　　　叹曹操百万大军江南往，
　　　　　　　一朝兵败小周郎。

　　　　拿酒来！
　　　　〔僮儿捧上酒葫芦。
杨　修　君其有灵，享我琼浆！（唱）
　　　　　　　郭仁兄你高卧深山宽心放，
　　　　　　　令小弟空嗟叹酒洗愁肠！
　　　　郭仁兄，你我共饮此酒！（酹酒于地，然后狂饮，倚墓碑而卧）
曹　操　（疑惑地拉僮儿到一旁）娃娃，你家相公叫甚姓名？
僮　儿　你问他的姓名啊？老头儿，说出来吓你一跳！
曹　操　快快请讲！
僮　儿　老头儿听了：我家相公姓杨名修！
曹　操　（吃一惊）啊，杨修！
僮　儿　怎么样？果然吓你一跳吧？
曹　操　他……他就是隐居田园的杨德祖？
僮　儿　这还有假呀？（牵马下）
曹　操　（审视倚卧墓碑的杨修）妙啊！（唱）
　　　　　　　杨德祖有奇才誉满洛阳，
　　　　　　　通经史谙兵法聪颖无双。
　　　　　　　我也曾四下里着人寻访，
　　　　　　　怎奈他似沙鸥水隐林藏。
　　　　　　　今夜晚三生有幸巧遇上，

　　　　　　岂不是天又赐我一郭郎！
　　　　　　德祖先生，老朽有礼了！（对杨修施礼）
　　　　　〔杨修似睡非睡，不予理睬。
曹　操　（再施礼）老朽这厢有礼！
　　　　　〔杨修转身而卧。
曹　操　（难堪地）德祖先生请来见礼！
　　　　　〔杨修仍不睬。曹操尴尬之极。
杨　修　（旁唱）闪开了朦胧醉眼暗窥望，
　　　　　　　　月光下一老者小帽青裳。
　　　　　　　　分明是深居简出的曹丞相，
　　　　　　　　做一个伴不知又待何妨？

　　　（故作醉状）
曹　操　啊，德祖先生，老朽与你施礼，你为何目中无人？
杨　修　老头儿倒会说话。
曹　操　怎么讲？
杨　修　郭嘉死后，我这目中也就无人了！
曹　操　如此说来，先生目中只有郭嘉一人？
杨　修　那是自然。
曹　操　汉相曹操，他也不在你的眼中不成？
杨　修　曹操么——（唱）
　　　　　　想当初曹孟德东征西讨，
　　　　　　灭吕布谋袁绍一时的英豪。
曹　操　一世的英豪？
杨　修　一时的英豪！
曹　操　（得意地）嗯——
杨　修　（接唱）到后来赤壁兵败如山倒，
　　　　　　　　十万战船一火烧。
　　　　　　　　灰溜溜奔走华容道，
　　　　　　　　遇关公高举青龙偃月刀。
　　　　　　　　躲又没处躲，
　　　　　　　　逃又没处逃，
　　　　　　　　只得上前去哀告，
　　　　　　　　悲悲切切苦求饶。

　　　　　　　　往事前情说尽了，
　　　　　　　　刀下捡得命一条。
　　　　　　　　哪个不知谁不晓，
　　　　　　　　他是个福大命大的大——

曹　操　大什么？

杨　修　（接唱）大草包！

曹　操　（欲怒，强忍，转而大笑）哈哈……
　　　　说得好，说得好！（唱）
　　　　　　　　曹孟德败赤壁兵微将寡，
　　　　　　　　盼只盼济世之才辅助他。
　　　　　　　　你何不投奔在他的麾下，
　　　　　　　　学一个郭奉孝报效国家！

杨　修　叫我投奔曹操？

曹　操　正是！

杨　修　不知他封我一个什么官儿？

曹　操　你若肯投奔，曹操定会封你长史之职。

杨　修　长史之职？忒小了！

曹　操　是是是，大材不可小用，我想曹操定会拜你为兵马大都督。

杨　修　兵马大都督？忒荒唐了！

曹　操　（不解地）怎说荒唐？

杨　修　曹丞相势处危亡，五年之内不宜征战，要我这兵马大都督白吃他的酒饭么？

曹　操　（大悟）噢！有理有理！但不知什么样的官职，才称先生的心意？

杨　修　我若投奔曹操，却要当了他的仓曹属主簿官。

曹　操　（一怔）仓曹属主簿官？

杨　修　不错。

曹　操　你愿为他掌管钱粮？

杨　修　掌管钱粮有何不可？

曹　操　（失望地）唉！先生虽有大才，却无大志！

杨　修　哈哈哈！老头儿不要小看这仓曹主簿，曹丞相兵败之后，厩内无战马，仓中无米粮，他的当务之急，乃是国库空虚啊！

曹　操　（大喜）啊！莫非你有富国之策？老朽愿洗耳恭听！

杨　修　说与你听又有何用？告辞了！

曹　操　这……

杨　修　僮儿带马！

〔僮儿牵马上。

僮　儿　来了。

〔杨修上马。

曹　操　先生转来！

〔杨修打马。二人跑圆场。

〔曹操将马拦住。

曹　操　请先生下马！（不慎摔倒）

杨　修　（慌忙下马扶起曹操）老头儿，你苦苦挽留学生，为了何事？

曹　操　要请杨主簿助我安邦定国！（下拜）

杨　修　你是何人？

曹　操　在下曹操！

杨　修　（故作惊讶）哦呀呀，学生有眼无珠，得罪了，得罪了！（施礼）

曹　操　不知者不见罪，免礼！

杨　修　（关切地）丞相适才一跤，可曾摔坏？

曹　操　不妨事的，我有先生扶持啊！

杨　修　哦？哈哈哈……
曹　操　啊？

杨　修　丞相，这仓曹主簿，小小官儿，当不得一拜哟！

曹　操　理当拜官！（欲拜）

杨　修　且慢，若要拜我为官，还须一人相助。

曹　操　要哪一个相助？

杨　修　北海孔文岱。

曹　操　哦！孔文岱……

杨　修　若有此人助我，只消半年，我保丞相战马充厩，粮米满仓。

曹　操　哦……此话当真？

杨　修　杨修愿立军令状。

曹　操　好！哈哈哈……

〔灯暗。

第二场

〔大幕前。追光引招贤者上。

招贤者　中原名士杨修，投奔大汉丞相，官封仓曹主簿，总管国库钱粮。男儿为国效命，前程不可估量！招贤呐——（隐去）

〔幕启。洛阳郊野。绿暗花红。
〔孔文岱驰马上。

孔文岱 （唱）蒙杨兄鼎力举荐孔文岱，
　　　　　　在仓曹为从事相助兄台。
　　　　　　奉使命离了洛阳已半载，
　　　　　　驰驱万里马归来。
　　　　　　才领略胡笳羌管阴山外，
　　　　　　又欣逢江南雨水洗尘埃。
　　　　　　快马加鞭不懈怠，
　　　　　　更绕道巴山蜀水转回来。
　　　　　　休道我三寸舌游说四海，
　　　　　　定叫他米粮胡马满京街。
　　　　　　解危难充国库指日可待，
　　　　　　全凭着杨主簿妙计安排。
　　　　　　去时秋雨催落叶，
　　　　　　归来春暖百花开。
　　　　　　望帝都好一派祥光紫霭，
　　　　　　怎不叫人喜开怀！

〔公孙涵骑马躲躲闪闪上。窥视孔文岱去向，从衣袖中扯出一纸折章，取笔记载。冷笑。下。
〔鹿鸣女提篮采花上。

鹿鸣女 呀！（唱）
　　　　　春意溶溶花如海，
　　　　　晚风夕照动情怀。
　　　　　瞒了父相到郊外，
　　　　　鹿鸣女采花为的望郎来！（羞）
　　　　　我与那秀才哥哥孔文岱，
　　　　　同居北海两无猜。
　　　　　逃兵乱失散邺城外，
　　　　　东吴兵掳我过江淮。
　　　　　流落异乡整三载，
　　　　　曹丞相救下了薄命裙钗。
　　　　　收鹿鸣为义女百般宠爱，

怎知我日日思念孔秀才。
方闻讯孔郎投在曹营寨,
又听说远行万里奉公差。
望断归鸿春郊外,
（放花篮于路中，采花，眺望）
〔远处马嘶声。

鹿鸣女　啊！（接唱）
见一位翩翩年少跨鞍来！
〔孔文岱策马上。

鹿鸣女　（欲呼唤又恐唐突，着急地）这这这……啊，相公！你的马踩坏我的花了！

孔文岱　（勒马）恕罪，恕罪！

鹿鸣女　赔我的花来，赔我的花来……（边说边走到马前）啊，你……

孔文岱　（一怔，翻身下马）鹿鸣女！

鹿鸣女　孔郎！

孔文岱　（急切地）贤妹为何在此？
〔丫环甲、乙上。

丫环甲乙　小姐，丞相命你回府。

孔文岱　（惊）啊，你……你怎么成了相府千金了？

丫环甲乙　（拦住孔文岱）相公尊重些！

孔文岱　这……

丫环甲乙　小姐请。

〔鹿鸣女欲走又回头望孔文岱。

孔文岱　贤……

丫环甲乙　嫌什么？站开些！

孔文岱　是是。

丫环甲乙　小姐请。

〔鹿鸣女走两步又回头。孔文岱又欲上前。

丫环甲乙　（怒向孔文岱）你好大胆！

孔文岱　啊……

鹿鸣女　（再次回头望孔文岱，意在言中）丫环带路，见父相去呀！（偕二丫环下）

孔文岱　（自语）见父相去？明白了！（下）

〔曹操与倩娘上。

曹　操　唉！（唱）
　　　　　　连日来，心中郁闷，
　　　　　　　步春郊，难遣烦忧。

倩　娘　相爷身体要紧，把那烦忧之事放开些。

曹　操　我怎能丢得开呀！（唱）
　　　　　　杨德祖军令状写得清楚，
　　　　　　　半年内马充厩粮似山丘。
　　　　　　到如今粮米马匹全无有，

〔公孙涵急上。

公孙涵　丞相啊，大事不好！

曹　操　何事惊慌？

公孙涵　（接唱）出了鬼出了怪大祸临头！

曹　操
公孙涵　何事快讲！

公孙涵　启禀丞相，有人通敌！

倩　娘
曹　操　啊，哪一个通敌？

公孙涵　就是杨修荐来的那个孔文岱！

曹　操　孔文岱？他怎样通敌？

公孙涵　丞相！（从袖内扯出折章）我这里记载得一清二楚：去年腊月初七，他去过匈奴！

曹　操　他去过匈奴？

公孙涵　今年正月十八他去过东吴！

曹　操　去过东吴？

公孙涵　三月廿九，他还到了西蜀！这不是勾结敌寇么？

曹　操　（气得发抖）可恨哪，可恨！

倩　娘　相爷……

公孙涵　（深为满足，欲下又回）丞相，你千万莫说是我把他告下了哟！

〔孔文岱急上。

孔文岱　仓曹主簿从事孔文岱，叩见丞相、夫人！

曹　操
倩　娘　　啊，孔文岱！？

孔文岱　丞相……

曹　操　你来作甚？

孔文岱　卑职特来求亲。

曹　操　求亲？

孔文岱　卑职欲求鹿鸣女为妻，还望丞相成全。

曹　操　嘿嘿，你到仓曹已有半年，为何今日才来提起求亲之事？

倩　娘　是啊，这半年，你到哪里去了？

公孙涵　（取折章与笔在手）哪里去了，快，讲！

孔文岱　禀丞相，这半年，卑职在外公干。

曹　操　唔，你的公事可曾办妥？

孔文岱　俱已办妥。

〔公孙涵忙记录"供词"。

曹　操　何人差遣？

孔文岱　杨主簿差遣。

曹　操　你可曾去过匈奴之境？

孔文岱　自然去过了。

公孙涵　（旁白）他倒也爽快。（忙记录）

曹　操　你可曾去过东吴？

孔文岱　去过了。

曹　操　可曾去过西蜀？

孔文岱　也去过了。

曹　操　嘿嘿，无有本相差遣，谁敢往返于敌寇之间？莫非你欲北结匈奴，西通巴蜀，南联东吴，三面包围，夺我汉祚？！（拔剑）

孔文岱　（大惊）卑职无罪！

曹　操　（咬牙切齿）莫非你还有功？

孔文岱　有功！

曹　操　赏你一剑！（猛刺孔文岱）

孔文岱　丞相……你……你……（倒地气绝）

公孙涵　死了？（上前察看，拉孔文岱手，在"供词"上按下手印）

〔曹操凝视手中宝剑，踌躇地一笑。

〔灯暗。

第三场

〔追光引招贤者至大幕前;此时,他已有短髭。

招贤者　汉相曹操,广求幕宾,赏功罚过,公正廉明,山不厌高,海不厌深,周公吐哺,天下归心!招贤呐——(隐去)

〔幕启。仓曹主簿府后花园。

〔杨修捧着酒葫芦在花丛石凳上自斟自饮。

杨　修　(唱)坐花间饮美酒无事一样,
　　　　　　　怎知我胸臆间沸水扬汤。
　　　　　　　当初立下军令状,
　　　　　　　到今日恰正是半载时光。
　　　　　　　孔文岱无消息叫人悬望,
　　　　　　　更无有粮和马来到洛阳。
　　　　　　　难道说,稳操的胜券成虚妄?

〔僮儿急上。

僮　儿　老爷,大喜大喜呀!(接唱)
　　　　　　　城外边已到了十万胡马千船粮!

杨　修　你看得真切?

僮　儿　看得真切。

杨　修　问得明白?

僮　儿　问得明白。

杨　修　好哇!哈哈哈……(唱)
　　　　　　　笑逐颜开宽心放,
　　　　　　　孔文岱建奇功国之栋梁!

〔内声:"有客人求见。"

杨　修　送粮送马的来了。快请!

僮　儿　是。

杨　修　(稍一思过,改变了主意)且慢!

僮　儿　不见?

杨　修　不见。

僮　儿　(一笑)明白了。(对内)主簿老爷酒醉,不见客!

〔胡马商与江南米商急上。

胡马商　
江南米商　我有大事,岂能不见?

〔僮儿阻挡不住，见二人已闯入后园，笑下。

杨　　修　何事喧哗？

胡马商　　啊，在上莫非是杨主簿？

杨　　修　正是下官。（打量胡马商与江南米商）二位为何面生得很哪？

胡马商
江南米商　我等是孔文岱的好友！

杨　　修　哦？孔贤弟的好友？失敬，请坐。

胡马商
江南米商　不必多礼。

胡马商　　闻得主簿大人广收粮马，故而在下送来了胡马十万。

杨　　修　胡马十万？

江南米商　在下运来了千船米粮。

杨　　修　千船米粮？

胡马商
江南米商　正是。

杨　　修　唉，二位呀！你们为何这时候才来呀？

胡马商
江南米商　你说什么？

杨　　修　你们来迟了，来迟了哇！

胡马商
江南米商　啊……？

杨　　修　（唱）做买卖靠的是眼明手快，
　　　　　　　　你二人为什么姗姗迟来？
　　　　　　　　半年前我散尽千金把粮马买，
　　　　　　　　到眼下库银掣肘愧对二兄台。
　　　　　　　　买卖不成仁义在，
　　　　　　　　来来来，小饮三杯叙情怀。

胡马商
江南米商　你无有库银了？

杨　　修　唉，惭愧得很！

胡马商
江南米商　不要粮马了？

杨　　修　粮马已充足了。

胡马商
江南米商　（惊呆，唱）坏，坏，坏！

> 巧舌如簧孔文岱,
> 欺瞒好友太不该!

胡马商　（唱）说什么马到洛阳可把高价卖。
江南米商　（唱）说什么米贵如珠是京街。
胡马商　（唱）却原来尽皆是胡言一派,
江南米商　　　平白坑人为何来!
杨　修　二位仁兄啊!（唱）

> 此一时彼一时相隔半载,
> 休要把孔贤弟苦苦怨埋。

胡马商
江南米商　杨大人,事到如今,你要替我们拿个主张才是!
杨　修　这个嘛……你们将粮马运了回去也就是了。
胡马商　大人差矣!十万胡马来到洛阳,粮草已尽,怎能回得去啊!
江南米商　是啊,江河水退,我的千船粮,也运不走了!
杨　修　这便如何是好!也罢,念在孔贤弟情分之上,下官设法筹些银两,买下你们的粮马。
胡马商
江南米商　谢大人!
杨　修　（佯装为难地）不过,这价钱……
胡马商
江南米商　啊,怎样?
杨　修　石米半两银,匹马二钱金。
胡马商
江南米商　怎么讲?
杨　修　石米半两银,匹马二钱金。
胡马商
江南米商　这这这……（旁白）这不是白白送与他了?
杨　修　二位仁兄意下如何?
胡马商
江南米商　告辞!告辞!
杨　修　僮儿!
〔僮儿上。
杨　修　将二位客商送至馆驿,好生款待。
僮　儿　随我来!（领二商人下）

杨　修　哈哈哈哈！（唱）
　　　　　　　　外邦客果被我神机料定，
　　　　　　　　雪中送炭助我艰辛！
　　　　　　　　我好比蛟龙沙滩困，
　　　　　　　　今日方得遇甘霖。
　　　　　　　　试看我中原健儿重振奋，
　　　　　　　　助魏侯创伟业同唱大风。
　　　　〔僮儿上。
僮　儿　老爷，你怎么让他们走了？
杨　修　放心，他们还要来的。
僮　儿　还要来的？
杨　修　盼咐下去，打扫马厩、粮仓，准备圈马、屯粮。
僮　儿　是。（下）
杨　修　（唱）丞相府中报喜讯，
　　　　〔杨修整衣冠，欲下。曹操上。
杨　修　（接唱）说丞相丞相到恕未远迎。
　　　　　　　　丞相来得好，我这里正差一个酒伴。
　　　　　　　　坐坐，同饮几杯！
曹　操　花间饮酒，倒也怡然自乐啊！
杨　修　人生得意，莫使杯空嘛！
曹　操　有道是乐极生悲，少饮为妙。
杨　修　哎，乐则忘忧，怎会生悲呢？
曹　操　看来，你已喝醉了。
杨　修　不曾。
曹　操　既未喝醉，怎会忘忧？
杨　修　不知忧从何来？
曹　操　可还记得半年前那一桩事啊？
杨　修　哦！丞相是说我立下军令之事吧？
曹　操　你可是头颅担保啊！
杨　修　丈夫一言，驷马难追，头颅担保，不错不错。
曹　操　你……倒也未醉！（旁唱）
　　　　　　　　军令状已期满他不忧不急，
　　　　　　　　赏春花饮美酒陶然忘机。

　　　　　我料他也无有回天之力，
　　　杨主簿！（接唱）
　　　　　到今日无粮马你待何为？

杨　修　丞相，我的军令状尚未期满呀。

曹　操　半年已到，怎说未满？

杨　修　丞相急什么，还差半日呐！

曹　操　半日又有何用？

杨　修　诸葛亮草船借箭不过也是一个早晨！
　　　　（唱）见分晓只在这半日之内，
　　　　〔僮儿上。

僮　儿　老爷，二位客商又来了。

杨　修　知道了。（接唱）
　　　　　请丞相避一厢细看端倪。

曹　操　（疑惑）这……也好。（下）
　　　　〔胡马商与江南米商上。

胡马商
江南米商　杨主簿！

杨　修　啊，二位怎么又来了？

胡马商
江南米商　大人哪！（唱）
　　　　　左思右想实无奈，
　　　　　且把檀香当烂菜。

胡马商　（唱）也只得十万胡马廉价卖，

江南米商　（唱）权当是千船粮米化尘埃！

杨　修　你们舍得撒手么？

胡马商　（唱）丢丢丢，甩甩甩，
江南米商　　卖比不卖划得来！

杨　修　唉，你们也实在是时运不济哟！那就请二位客官与粮库官、马官交割去吧。
　　　　〔胡马商与江南米商叹息下。

杨　修　（向内）恭喜丞相，贺喜丞相！
　　　　〔曹操喜悦地上。

曹　操　哈哈哈……

杨　修　（炫耀地）丞相，你看这买卖做得怎样？

曹　操　（忽有所思，笑容顿敛）呀！（旁唱）

　　　　　　杨德祖果然是人中魁首，
　　　　　　旷世奇才亘古无！
　　　　　　立军令原来是胸有成竹，
　　　　　　他竟然轻巧巧瞒过了老夫！
　　　　　　我为何未把这奥妙看透？

　　　　唉——（接唱）
　　　　　　论机谋曹孟德差他一筹……

杨　修　（志得意满地调侃）丞相，下官项上的人头……

曹　操　（暗取出军令状，扯碎）德祖先生，你为老夫立下大功了！

杨　修　丞相知遇之恩，理当报效！

　　　　〔僮儿上。

僮　儿　老爷，又有马匹、粮船来到城外！（下）

曹　操　好！都与我收下。（转身）杨主簿！

杨　修　在。

曹　操　而今有了战马军粮，我要亲修战表一道，发往西蜀，你看如何？

杨　修　丞相要向诸葛亮打战表？

曹　操　正当扫平西蜀！

杨　修　（惊）啊……还望三思！

曹　操　（不快地）老夫决心已定，杨主簿不必多言。（转和缓）德祖先生，老夫论功行赏，升你为丞相主簿！

杨　修　多谢美意，只是孔文岱功劳不小，也应升赏。

曹　操　（一怔）孔文岱……他有什么功劳？

杨　修　半载以来，他万里奔波，踏遍了塞外匈奴、吴邦蜀地，若不是他四海交游，哪来这米粮胡马？他的功劳在杨修之上啊！

曹　操　啊呀！（旁唱）

　　　　　　先只说孔文岱勾结敌寇，
　　　　　　却原来为粮马四海交游。
　　　　　　枉杀了有功人大错铸就，
　　　　　　怕只怕众官员要问根由。

　　　　（踱步思忖）

　　　　〔公孙涵急上。

公孙涵　丞相，又出了怪事了！

曹　操　嗯？

公孙涵　（拉曹操到一旁，扯出袖里折章）适才午时三刻，有一个胡人和一个东吴人，前往监马官和米粮官那里去了。

曹　操　知道了，知道了！

公孙涵　是是！（下）

曹　操　杨主簿请上，受老夫一礼！

杨　修　因何施礼？

曹　操　老夫有大事相托。

扬　修　丞相明示。

曹　操　要请你代我主祭。

杨　修　祭奠哪一个？

曹　操　祭奠孔文岱！

杨　修　（大惊）孔文岱他……

曹　操　杨主簿啊，昨夜三更，孔文岱忽然闯入老夫的卧房，是我在梦中，把他当成刺客杀死了！

杨　修　（失色）你……你梦中竟将孔文岱杀死了么？

曹　操　唉，老夫有梦中杀人之疾……

杨　修　梦中杀人之疾么？！（思索瞬间，轻视一笑）

曹　操　（佯装悔愧地）身不由己，奈何，奈何……

杨　修　孔贤弟——！（恸哭）

　　　　〔灯暗。

（节选自《剧本》1987 年第 1 期）

短篇小说
(1949—2019)

孙 犁

山地回忆

从阜平乡下来了一位农民代表，参观天津的工业展览会。我们是老交情，已经快有十年不见面了。我陪他去参观展览，他对于中纺的织纺，对于那些改良的新农具，特别感到兴趣。临走的时候，我一定要送点东西给他，我想买几尺布。

为什么我偏偏想起买布来？因为他身上穿的还是那样一种浅蓝的土靛染的粗布裤褂。这种蓝的颜色，不知道该叫什么蓝，可是它使我想起很多事情，想起在阜平穷山恶水之间度过的三年战斗的岁月，使我记起很多人。这种颜色，我就叫它"阜平蓝"或是"山地蓝"吧。

他这身衣服的颜色，在天津是很显得突出，也觉得土气。但是在阜平，这样一身衣服，织染既是不容易，穿上也就觉得鲜亮好看了。阜平土地很少，山上都是黑石头，雨水很多很暴，有些泥土就冲到冀中平原上来了——冀中是我的家乡。阜平的农民没有见过大的地块，他们所有的，只是像炕台那样大，或是像锅台那样大的一块土地。在这小小的、不规整的、有时是尖形的、有时是半圆形的、有时是梯形的小块土地上，他们费尽心思，全力经营。他们用石块垒起，用泥土包住，在边沿栽上枣树，在中间种上玉黍。

阜平的天气冷，山地不容易见到太阳。那里不种棉花，我刚到那里的时候，老大娘们手里搓着线锤。很多活计用麻代线，连袜底也是用麻纳的。

就是因为袜子，我和这家人认识了，并且成了老交情。那是个冬天，该是一九四一年的冬天，我打游击打到了这个小村庄，情况缓和了，部队决定休息两天。

我每天到河边去洗脸，河里结了冰，我登在冰冻的石头上，把冰砸破，浸湿毛巾，等我擦完脸，毛巾也就冻挺了。有一天早晨，刮着冷风，只有一抹阳光，黄黄的落在河对面的山坡上。我又登在那块石头上去，砸开那个冰口，正要洗脸，听见在下水流有人喊：

"你看不见我在这里洗菜吗？洗脸到下边洗去！"

这声音是那么严厉，我听了很不高兴。这样冷天，我来砸冰洗脸，反倒妨碍了人。心里一时挂火，就也大声说：

"离着这么远，会弄脏你的菜！"

我站在上风头，狂风吹送着我的愤怒，我听见洗菜的人也恼了，那人说：

"菜是下口的东西呀！你在上流洗脸洗屁股，为什么不脏？"

"你怎么骂人？"我站立起来转过身去，才看见洗菜的是个女孩子，也不过十六七岁。风吹红了她的脸，像带霜的柿叶，水冻肿了她的手，像上冻的红萝卜。她穿的衣服很单薄，就是那种蓝色的破袄裤。

在十月严冬的河滩上，敌人往返烧毁过几次的村庄的边沿，寒风里，她抱着一篮子水沤的杨树叶，这该是早饭的食粮。

不知道为什么，我一时心平气和下来。我说：

"我错了，我不洗了，你在这块石头上来洗吧！"

她冷冷地望着我，过了一会才说：

"你刚在那石头上洗了脸，又叫我站上去洗菜！"

我笑着说：

"你看你这人，我在上水洗，你说下水脏，这么一条大河，哪里就能把我脸上的泥土冲到你的菜上去？现在叫你到上水来，我到下水去，你还说不行，那怎么办哩？"

"怎么办，我还得往上走！"

她说着，扭着身子逆着河流往上去了。登在一块尖石上，把菜篮浸进水里，把两手插在袄襟底下取暖，望着我笑了。

我哭不得，也笑不得，只好说：

"你真讲卫生呀！"

"我们是真卫生，你们是装卫生！你们尽笑话我们，说我们山沟里的人不讲卫生，住在我们家里，吃了我们的饭，还刷嘴刷牙，我们的菜饭再不干净，难道还会弄脏了你们的嘴？为什么不连肠子肚子都刷刷干净！"说着就笑得弯下腰去。

我觉得好笑。可也看见，在她笑着的时候，她的整齐的牙齿洁白得放光。

"对，你卫生，我们不卫生。"我说。

"那是假话吗？你们一个饭缸子，也盛饭，也盛菜，也洗脸，也洗脚，也喝水，也尿泡，那是讲卫生吗？"她笑着用两手在冷水里刨抓。

"这是物质条件不好，不是我们愿意不卫生。等我们打败了日本，占了北平，我们就可以吃饭有吃饭的家伙，喝水有喝水的家伙了，我们就可以一切齐备了。"

"什么时候，才能打败鬼子？"女孩子望着我，"我们的房，叫他们烧过两三回了！"

"也许三年,也许五年,也许十年八年。可是不管三年五年,十年八年,我们总是要打下去,我们不会悲观的。"我这样对她讲,当时觉得这样讲了以后,心里很高兴了。

"光着脚打下去吗?"女孩子转脸望了我脚上一下,就又低下头去洗菜了。

我一时没弄清是怎么回事,就问:

"你说什么?"

"说什么?"女孩子也装没有听见,"我问你为什么不穿袜子,脚不冷吗?也是卫生吗?"

"咳!"我也笑了,"这是没有法子么,什么卫生!从九月里就反'扫荡',可是我们八路军,是非到十月底不发袜子的。这时候,正在打仗,哪里去找袜子穿呀?"

"不会买一双?"女孩子低声说。

"哪里去买呀?尽住小村,不过镇店。"我说。

"不会求人做一双?"

"哪里有布呀?就是有布,求谁做去呀?"

"我给你做。"女孩子洗好菜站起来,"我家就住在那个坡子上,"她用手一指,"你要没有布,我家里有点,还够做一双袜子。"

她端着菜走了,我在河边上洗了脸。我看了看我那只穿着一双"踢倒山"的鞋子,冻得发黑的脚,一时觉得我对于面前这山,这水,这沙滩,永远不能分离了。

我洗过脸,回到队上吃了饭,就到女孩子家去。她正在烧火,见了我就说:

"你这人倒实在,叫你来你就来了。"

我既然摸准了她的脾气,只是笑了笑,就走进屋里。屋里蒸气腾腾,等了一会,我才看见炕上有一个大娘和一个四十多岁的大伯,围着一盆火坐着。在大娘背后还有一位雪白头发的老大娘。一家人全笑着让我炕上坐。女孩子说:

"明儿别到河里洗脸去了,到我们这里洗吧,多添一瓢水就够了!"

大伯说:

"我们妞儿刚才还笑话你哩!"

白发老大娘瘪着嘴笑着说:

"她不会说话,同志,不要和她一样呀!"

"她很会说话!"我说,"要紧的是她心眼儿好,她看见我光着脚,就心痛我们八路军!"

大娘从炕角里扯出一块白粗布,说:

"这是我们妞儿纺了半年线赚的,给我做了一条棉裤,剩下的说给她爹做双袜子,现在先给你做了穿上吧。"

我连忙说:

"叫大伯穿吧!要不,我就给钱!"

"你又装假了,"女孩子烧着火抬起头来,"你有钱吗?"

大娘说:

"我们这家人,说了就不能改移。过后再叫她纺,给她爹赚袜子穿。早先,我们这里也不会纺线,是今年春天,家里住了一个女同志,教会了她。还说再过来了,还教她织布哩!你家里的人,会纺线吗?"

"会纺!"我说,"我们那里是穿洋布哩,是机器织纺的。大娘,等我们打败日本……"

"占了北平,我们就有洋布穿,就一切齐备!"女孩子接下去,笑了。

可巧,这几天情况没有变动,我们也不转移。每天早晨,我就到女孩子家里去洗脸。第二天去,袜子已经剪裁好,第三天去她已经纳底子了,用的是细细的麻线。她说:

"你们那里是用麻用线?"

"用线。"我摸了摸袜底,"在我们那里,鞋底也没有这么厚!"

"这样坚实。"女孩子说,"保你穿三年,能打败日本不?"

"能够。"我说。

第五天,我穿上了新袜子。

和这一家人熟了,就又成了我新的家。这一家人身体都健壮,又好说笑。女孩子的母亲,看起来比女孩子的父亲还要健壮。女孩子的姥姥九十岁了,还那么结实,耳朵也不聋,我们说话的时候,她不插言,只是微微笑着,她说:她很喜欢听人们说闲话。

女孩子的父亲是个生产的好手,现在地里没活了,他正计划贩红枣到曲阳去卖,问我能不能帮他的忙。部队重视民运工作,上级允许我帮老乡去作运输,每天打早起,我同大伯背上一百多斤红枣,顺着河滩,爬山越岭,送到曲阳去。女孩子早起晚睡给我们做饭,饭食很好,一天,大伯说:

"同志,你知道我是沾你的光吗?"

"怎么沾了我的光?"

"往年,我一个人背枣,我们妞儿是不会给我吃这么好的!"

我笑了。女孩子说:

"沾他什么光,他穿了我们的袜子,就该给我们做活了!"

又说:

"你们跑了快半月,赚了多少钱?"

"你看,她来查账了,"大伯说,"真是,我们也该计算计算了!"他打开放在被垛底下的一个小包袱,"我们这叫包袱账,赚了赔了,反正都在这里面。"

我们一同数了票子,一共赚了五千多块钱,女孩子说:

"够了。"

"够干什么了?"大伯问。

"够给我买张织布机子了！这一趟，你们在曲阳给我买架织布机子回来吧！"

无论姥姥、母亲、父亲和我，都没人反对女孩子这个正义的要求。我们到了曲阳，把枣卖了，就去买了一架机子。大伯不怕多花钱，一定要买一架好的，把全部盈余都用光了。我们分着背了回来，累得浑身流汗。

这一天，这一家人最高兴，也该是女孩子最满意的一天。这像要了几亩地，买回一头牛；这像制好了结婚前的陪送。

以后，女孩子就学习纺织的全套手艺了：纺，拐，浆，落，经，镶，织。

当她卸下第一匹布的那天，我出发了。从此以后，我走遍山南塞北，那双袜子，整整穿了三年也没有破绽。一九四五年，我们战胜了日本强盗，我从延安回来，在碛口地方，跳到黄河里去洗了一个澡，一时大意，奔腾的黄水，冲走了我的全部衣物，也冲走了那双袜子。黄河的波浪激荡着我关于敌后几年生活的回忆，激荡着我对于那女孩子的纪念。

开国典礼那天，我同大伯一同到百货公司去买布，送他和大娘一人一身蓝士林布，另外，送给女孩子一身红色的。大伯没见过这样鲜艳的红布，对我说：

"多买上几尺，再买点黄色的。"

"干什么用？"我问。

"这里家家门口挂着新旗，咱那山沟里准还没有哩！你给了我一张国旗的样子，一块带回去，叫妞儿给做一个，开会过年的时候，挂起来！"

他说妞儿已经有两个孩子了，还像小时那样，就是喜欢新鲜东西，说什么也要学会。

1949 年 12 月

（选自《小说》1950 年第 3 卷第 4 期）

王　蒙

组织部新来的青年人

一

三月，天空中纷洒着似雨似雪的东西。三轮车在区委会门口停住，一个年青人跳下来。车夫看了看门口挂着的大牌子，客气地对乘客说："您到这儿来，我不收钱。"传达室的工人，复员荣军老吕微跛着脚走出，问明了那年青人的来历后，连忙帮他搬下微湿的行李，又去把组织部的秘书赵慧文叫出来。赵慧文紧握着林震的两只手，说："我们等你好久了。"林震在小学教师支部的时候，就与赵慧文认识。她的苍白而美丽的脸上，两只大眼睛闪着友善亲切的光亮，只是下眼皮上有着因疲倦而现出来的青色。她带林震到男宿舍，把行李放好，解开，把湿了的毡子晾上，再铺被褥。在她料理这些事情的时候，常常撩一撩自己的头发，正像那些能干而漂亮的女同志们一样。

她说："我们等了你好久！半年前就要调你来，区人民委员会文教科死也不同意，后来区委书记直接找区长要人，又和教育局人事室吵了一回，这才把你调了来。"

"可我前天才知道，"林震说，"听说调我到区委会，真不知怎么好。咱们区委会净干什么呀？"

"什么都干。"

"组织部呢？"

"组织部就作组织工作。"

"工作忙不忙？"

"有时候忙，有时候不忙。"

赵慧文端详着林震的床铺，摇摇头，大姐姐似的不以为然地说："小伙子，真不讲卫生！瞧那枕头布，已经由白变黑；被头呢，吸饱了你脖子上的油；还有床单，那么多折子，简直成了泡泡纱……"

林震觉得，他一走进区委会的门，他的新的生活刚一开始，就碰到了一个很亲切的人。

他带着一种节日的兴奋心情跑着到组织部第一副部长的办公室去报到。副部长有一个古怪的名字：刘世吾。在林震心跳着敲门的时候，他正仰着脸衔着烟考虑组织部的工作规划。他热情而得体地接待林震，让林震坐在沙发上，自己坐在办公桌边，推一推玻璃板上叠得高高的文件，从容地问：

"怎么样？"他的左眼微皱，右手弹着烟灰。

"支部书记通知我后天搬来，我在学校已经没事，今天就来了。叫我到组织部工作，我怕干不了，我是个新党员，过去作小学教师，小学教师的工作与党的组织工作有些不同……"

林震说着他早已准备好的话，说得很不自然，正像小学生第一次见老师一样。于是他感到这间屋子很热。三月中旬，冬天就要过去，屋里还生着火，玻璃上的霜花溶解成一条条的污道子。他的额头沁出了汗珠，他想掏出手绢擦擦，在衣袋里摸索了半天没有找到。

刘世吾机械地点着头，看也不看地从那一大叠文件中抽出一个牛皮纸袋，打开纸袋，拿出林震的党员登记表，锐利的眼光迅速掠过，宽阔的前额上出现了密密的皱纹，闭了

一下眼,手扶着椅子背站起来,披着的棉袄从肩头滑落了,然后用熟练的毫不费力的声调说:

"好,对,好极了,组织部正缺干部,你来得好。不,我们的工作并不难做,学习学习就会作的,就那么回事。而且你原来在下边工作的……相当不错嘛,是不是不错?"

林震觉得这种称赞似乎有某种嘲笑意味,他惶恐地摇头:"我工作作得并不好……"

刘世吾的不太整洁的脸上现出隐约的笑容,他的眼光聪敏地闪动着,继续说:"当然也可能有困难,可能。这是个了不起的工作。中央的一位同志说过,组织工作是给党管家的,如果家管不好,党就没有力量。"然后他不等问就加以解释:"管什么家呢?发展党和巩固党,壮大党的组织和增强党组织的战斗力,把党的生活建立在集体领导、批评和自我批评、与密切联系群众的基础上。这样作好了,党组织就是坚强的,活泼的,有战斗力的,就足以团结和指引群众,完成和更好地完成社会主义建设与社会主义改造的各项任务……"

他每说一句话,都干咳一下,但说到那些惯用语的时候,快得像说一个字。譬如他说:"把党的生活建立在……上",听起来就像:"把生活建在登登登上",他纯熟地驾驭那些林震觉得是相当深奥的概念,像拨弄算盘子一样的灵活。林震集中最大的注意力,仍然不能把他讲的话全部把握住。

接着,刘世吾给他分配了工作。

当林震推门要走的时候,刘世吾又叫住他,用另一种全然不同的随意神情问:

"怎么样,小林,有对象了没有?"

"没……"林震的脸刷地红了。

"大小伙子还红脸?"刘世吾大笑了,"才二十二岁,不忙。"他又问:"口袋里装着什么书?"

林震拿出书,说出书名:"拖拉机站站长和总农艺师"。

刘世吾拿过书去,从中间打开看了几行,问:"这是他们团中央推荐给你们青年看的吧?"

林震点头。

"借我看看。"

"您有时间看小说吗?"林震看着副部长桌上的大叠材料,惊异了。

刘世吾用手托了托书,试了试分量,微皱着左眼说:"怎么样?这么一薄本有半个夜车就开完啦。四本《静静的顿河》我只看了一个星期,就那么回事。"

当林震走向组织部大办公室的时候,天已经放晴,残留的几片云现出了亮晶晶的边缘。太阳照亮了区委会的大院子。人们都在忙碌:一个穿军服的同志挟着皮包匆匆走过,传达室的老吕提着两个大铁壶给会议室送茶水,可以听见一个女同志顽强地对着电话机子说："不行，最迟明天早上！不行……"还可以听见忽快忽慢的"框哧、框哧"声——是一只生疏的手使用着打字机，"她也和我一样，是新调来的吧？"林震不知凭什么理由，猜打字员一定是个女的。他在走廊上站了一站，望着耀眼的区委会的院子，高兴自己新生活的开始。

二

组织部的干部算上林震一共二十四个人，其中三个人临时调到肃反办公室去了，一个人半日工作准备考大学，一个人请产假。能按时工作的只剩下十九个人。四个人做干部工作，十五个人按工厂、机关、学校分工管理建党工作，林震被分配与工厂支部联系组织发展党的工作。

组织部部长由区委副书记李宗秦兼任，他并不常过问组织部的事，实际工作是由第一副部长刘世吾掌握。另一个副部长负责干部工作。具体指导林震工作的是工厂建党组组长韩常新。

韩常新的风度与刘世吾迥然不同。他二十七岁，穿蓝色海军呢制服，干净得抖都抖不下土。他有高大的身材，配着英武的只因为粉刺太多而略有瑕疵的脸。他拍着林震的肩膀，用嘹亮的嗓音讲解工作，不时发出豪放的笑声，使林震想："他比领导干部还像领导干部。"特别是第二天韩常新与一个支部的组织委员的谈话，加强了他给林震的这种印象。

"为什么你们只谈了半小时？我在电话里告诉你，至少要用两小时讨论'发展计划'！"

那个组织委员说："这个月生产任务太忙……"

韩常新打断了他的话，富有教训意味地说："生产任务忙就不认真研究发展工作了？这是把中心工作与经常工作对立起来，也是党不管党的一种表现……"

林震弄不明白什么叫"中心工作与经常工作对立起来"和"党不管党"，他熟悉的是另外一类名词："课堂五环节"与"直观教具"。他很钦佩韩常新的这种气魄与能力——迅速地提高到原则上分析问题和指示别人。

他转过头，看见正伏在桌上复写材料的赵慧文，她皱着眉怀疑地看一看韩常新，然后扶正头上的假琥珀发卡，用微带忧郁的目光看向窗外。

晚上，有的干部去参加街道上基层组织生活，有的休息了，赵慧文仍然赶着复写"税务分局培养、提拔干部的经验"，累了一天，手腕酸痛，不时在写的中间撂下笔，摇摇手，往手上吹口气。林震自告奋勇来帮忙，她拒绝了，说："你抄，我不放心。"于是林震帮她把抄过的美浓纸叠整齐，站在她身旁，起一点精神支援作用。她一边抄，一边时时抬头看林震，林震问："干吗老看我？"赵慧文咬了一下复写笔，调皮地笑了笑。

三

　　林震是一九五三年秋天由师范学校毕业的，当时是候补党员，被分配到这个区的中心小学当教员。作了教师的他，仍然保持中学生的生活习惯：清晨练哑铃，夜晚记日记，每个大节日——五一、七一……以前到处征求人们对他的意见。曾经有人预言，过不了三个月他就会被那些生活不规律的成年人"同化"。但，不久以后，许多教师夸奖他也羡慕他了，说："这孩子无忧无虑，无牵无挂，除了工作，就是工作……"

　　他也没有辜负这种羡慕，一九五四年寒假，由于教学上的成绩，他受到了教育局的奖励。

　　人们也许以为，这位年青的教师就会这样平稳地、满足而快乐地度过自己的青年时代。但是不，孩子般单纯的林震，也有自己的心事。

　　一年以后，他更经常焦灼地鞭策自己。是因为社会主义高潮的推动，全国青年社会主义积极分子会议的召开，还是因为年龄的增长？

　　他已经二十二岁了，记得在初中一年级时作过一篇文，题目是"当我××岁的时候"，他写成"当我二十二岁的时候，我要……"现在二十二岁，他的生命史上好像还是白纸，没有功勋，没有创造，没有冒险，也没有爱情——连给某个姑娘写一封信的事都没有做过。他努力工作，但是他作的少、慢，和青年积极分子们比较，和生活的飞奔比较，难道能安慰自己吗？他订规划，学这学那，做这做那，他要一日千里！

　　这时，接到调动工作的通知，"当我二十二岁的时候，我成了党工作者……"也许真正的生活在这里开始了？他抑制住对于小学教育工作和孩子们的依恋，燃烧起对新的工作的渴望。支部书记和他谈话的那个晚上，他想了一夜。

　　就这样，林震口袋里装着《拖拉机站站长和总农艺师》，兴高采烈地登上区委会的石阶，对于党工作者（他是根据电影里全能的党委书记的形象来猜测他们的）的生活，充满了神圣的憧憬。但是，等他接触到那些忙碌而自信的领导同志，看到来往的文件和同时举行的会议，听到那些尖锐争吵与高深的分析，他眨眨那有些特别的淡褐色眼珠的眼睛，心里有点怯……

　　到区委会的第四天，林震去通华麻袋厂了解第一季度发展党员工作的情况，去以前，他看了有关的文件和名叫"怎样进行调查研究"的小册子，再三地请教了韩常新，他密密麻麻地写了一篇提纲，然后飞快地骑着新领到的自行车，向麻袋厂驶去。

　　工厂门口的警卫同志听说他是委员会的干部，没要他签名，信任地请他进去了。穿过一个大空场，走过一片放麻的露天仓库与机器隆隆响的厂房，他心神不安地去敲厂长兼支部书记王清泉办公室的门，得到了里面"进来"的回答后，他慢慢地走进去，怕走快了显得没有经验，他看见一个阔脸、粗脖子、身材矮小的男人正与一个头发上抹了许多油的驼背的男人下棋。小个子的同志抬起头，右手玩着棋子，问清了林震找谁以后，不耐烦地挥一挥手:"你去西跨院党支部办公室找魏鹤鸣,他是组织委员。"然后低下头继续下棋。

林震找着了红脸的魏鹤鸣,开始按提纲发问了:"一九五六年第一季度,你们发展了几个人?"

"一个半。"魏鹤鸣粗声粗气地说。

"什么叫'半'?"

"有一个通过了,区委拖了两个多月还没有批下来。"

林震掏出笔记本记了下来。又问:

"发展工作是怎么样进行的,有什么经验?"

"进行过程和向来一样——和党章的规定一样。"

林震看了看对方,为什么他说出的话像搁了一个星期的窝窝头一样干巴?魏鹤鸣托着腮,眼睛看着别处,心里也像在想别的事。

林震又问:"发展工作的成绩怎么样?"

魏鹤鸣答:"刚才说过了,就是那些。"他好像应付似的希望快点谈完。

林震不知道应该再问什么了,预备了一下午的提纲,和人家只谈上五分钟就用完了。他很窘。

这时门被一只有力的手推开了。那个小个子的同志进来,匆匆忙忙地问魏鹤鸣:"来信的事你知道吗?"

魏鹤鸣无精打采地点了点头。

小个子的同志来回踱着步子,然后劈开腿站在房中央:"你们要想办法!质量问题去年就提出来了,为什么还等着合同单位给纺织工业部写信?在社会主义高潮当中我们的生产迟迟不能提高,这是耻辱!"

魏鹤鸣冷冷地看着小个子的脸,用颤抖的声音问:"您说谁?"

"我说你们大家!"小个子手一挥,把林震也包括在里面了。

魏鹤鸣因为抑制着的愤怒的爆发而显得可怕,他的红脸更红了,他站起来问:"那么您呢?您不负责任?"

"我当然负责。"小个子的同志却平静了,"对于上级,我负责,他们怎么处分我,我也接受。对于我,你得负责,谁让你作生产科长呢?你得小心……"说完,他威胁地看了魏鹤鸣一眼,走了。

魏鹤鸣坐下,把棉袄的扣子全解开了,喘着气。林震问:"他是谁?"魏鹤鸣讽刺地说:"你不认识?他就是厂长王清泉。"

于是魏鹤鸣向林震详细地谈起了王清泉的情况。王清泉原来在中央某部工作,因为在男女关系上犯错误受了处分,一九五一年调到这个厂子作副厂长,一九五三年厂长他调,他就被提拔作厂长。他一向是吃饱了转一转,躲在办公室批批文件下下棋,然后每月在工会大会、党支部大会、团总支大会上讲话批评工人群众竞赛没搞好,对质量不关心,有经济主义思想……魏鹤鸣没说完,王清泉又推门进来了。他看着左腕上的表,下令说:"今天中午十二点十分,你通知党、团、工会和行政各科室的负责人到厂长室开会。"然后把门乓地一带,走了。

魏鹤鸣嘟哝着:"你看他怎么样?"

林震说:"你别光发牢骚,你批评他,也可以向上级反映,上级决不允许有这样的厂长。"

魏鹤鸣笑了,问林震:"老林同志,你是新来的吧?"

"老林"同志脸红了。

魏鹤鸣说:"批评不动!他根本不参加党的会议,你上哪儿批评去?偶尔参加一次,你提意见,他说:'提意见是好的,不过应该掌握分寸,也应该看时间,场合。现在,我们不应该因为个人意见侵占党支部讨论国家任务的宝贵时间。'好,不占用宝贵时间,我找他个别提,于是我们俩吵成了现在这个样子。"

"向上级反映呢?"

"一九五四年我给纺织工业部和区委写了信,部里一位张同志与你们那儿的老韩同志下来检查了一回。检查结果是:'官僚主义较严重,但主要是作风问题,任务基本上完成了,只是完成任务的方法有缺点。'然后找王清泉'批评'了一下,又找我鼓励了一下开展自下而上的批评的精神,就完事了。此后,王厂长有一个来月对工作比较认真,不久他得了肾病,病好以后他说自己是'因劳致疾',就又成了这个样子。"

"你再反映呀!"

"哼,后来与韩常新也不知说过多少次,老韩也不答理,反倒向我进行教育说,应该尊重领导,加强团结。也许我不该这样想,但我觉得也许要等到王厂长贪污了人民币或者强奸了妇女,上级才会重视起来!"

林震出了厂子再骑上自行车的时候,车轮旋转的速度就慢多了。他深深地把眉头皱起来。他发现他的工作的第一步就有重重的困难,但他也受到一种刺激甚至是激励——这正是发挥战斗精神的时候啊!他想着想着,直到因为车子溜进了急行线而受到交通民警的申斥。

四

吃完午饭,林震迫不及待地找韩常新汇报情况。韩常新有些疲倦地靠着沙发背,高大的身体显得笨重,从身上掏出火柴匣,拿起一根火柴剔牙。

林震杂乱地叙述他去麻袋厂的见闻,韩常新脚尖打着地不住地说:"是的,我知道。"然后他拍一拍林震的肩膀,愉快地说:"情况没了解上来不要紧,第一次下去嘛。

下次就好了。"

林震说:"可是我了解了关于王清泉的情况。"他把笔记本打开。

韩常新把他的笔记本合上,告诉他:"对,这个情况我早知道。前年区委让我处理过这个事情,我严厉地批评过他,指出他的缺点和危险性,我们谈了至少有三四个钟头……"

"可是并没有效果呀,魏鹤鸣说他只好一个月……"林震插嘴说。

"一个月也是效果,而且决不止一个月。魏鹤鸣那个人思想上有问题,见人就告厂长的状……"

"他告的状是不是真的?"

"很难说不真,也很难说全真。当然这个问题是应该解决的,我和区委副书记李宗秦同志谈过。"

"副书记的意见是什么?"

"副书记同意我的意见,王清泉的问题是应该解决也是可能解决的……不过,你不要一下子就陷到这里边去。"

"我?"

"是的。你第一次去一个工厂,全面情况也不了解,你的任务又不是去解决王清泉的问题,而且,直爽地说,解决他的问题也需要更有经验的干部;何况我们并不是没有管过这件事……你要是一下子陷到这个里头,三个月也出不来,第一季度的建党总结还了解不了解?上级正催我们交汇报呢!"

林震说不出话。

韩常新又拍拍林震的肩膀:"不要急躁嘛,咱们区三千个党员,百十几个支部,你一来就什么问题都摸还行?"他打了个哈欠,有倦意的脸上的粉刺涨红了:"啊——哈,该睡午觉了。"

"那,发展工作怎么再去了解?"林震没有办法地问。

韩常新又去拍林震的肩膀,林震不由得躲开了。韩常新有把握地说:"明天咱们俩一齐去,我帮你去了解,好不好?"然后他拉着林震一同到宿舍去。

第二天,林震很有兴趣观察韩常新如何了解情况。三年前,林震在北京师范上学的时候,出去作过见习教师,老教师在前面讲,林震和学生一起听,学了不少东西。这次,他也抱着见习的态度,打开笔记本,准备把韩常新的工作过程详细记录下来。

韩常新问魏鹤鸣:"发展了几个党员?"

"一个半。"

"不是一个半,是两个,我是检查你们的发展情况,不是检查区委批没批。"韩常新纠正他,又问:"这两个人本季度生产计划完成的怎么样?"

"很好，他们一个超额百分之七，一个超额百分之四，厂里黑板报还表扬……"

谈起生产情况，魏鹤鸣似乎起劲了些，但是韩常新打断了他的话："他们有些什么缺点？"

魏鹤鸣想了半天，空空洞洞地说了些缺点。

韩常新叫他给所举的缺点提一些例子。

提完例子，韩常新再问他党的积极分子完成本季度生产任务的情况，他特别感兴趣的是一些数字和具体事例，至于这些先进的工人克服困难、钻研创造的过程，他听都不要听。

回来以后，韩常新用流利的行书示范地写了一个"麻袋厂发展工作简况"，内容是这样的：

"……本季度（一九五六年一月——三月）麻袋厂支部基本上贯彻了积极慎重发展新党员的方针，在建党工作上取得了一定的成绩，新通过的党员朱××与范××受到了共产党员的光荣称号的鼓舞，增强了主人翁的观念，在第一季度繁重的生产任务中各超额百分之七，百分之四。广大积极分子，围绕在支部周围，受到了朱××与范××模范事例的教育，并为争取入党的决心所推动，发挥了劳动的积极性与创造性，良好地完成或者超额完成了第一季度的生产任务……（下面是一系列数字与具体事例）这说明：一、建党工作不仅与生产工作不会发生矛盾，而且大大推动了生产，任何借口生产忙而忽视建党工作的作法是错误的。二、……但同时必须指出，麻袋厂支部的建党工作，也仍然存在着一定的缺点……例如……"

林震把写着"简况"的片艳纸捧在手里看了又看，他有一刹那甚至于怀疑自己去没去过麻袋厂，还是上次与韩常新同去时自己睡着了，为什么许多情况他根本不记得呢？他迷惑地问韩常新：

"这，这是根据什么写的？"

"根据那天魏鹤鸣的汇报呀。"

"他们在生产上取得的成绩是因为建党工作么？"林震口吃起来。

韩常新抖一抖裤角，说："当然。"

"不吧？上次魏鹤鸣并没有这样讲。他们的生产提高了，也可能是由于开展竞赛，也许由于青年团建立了监督岗，未必是建党工作的成绩……"

"当然，我不否认。各种因素是统一起来的，不能形而上学地割裂地分析这是甲项工作的成绩，那是乙项工作的成绩。"

"那，譬如我们写第一季度的捕鼠工作总结，是不是也可以用这些数字和事例呢？"

韩常新沉着地笑了，他笑林震不懂"行"，他说："那可以灵活掌握……"

林震又抓住几个小问题问：

"你怎么知道他们的生产任务是繁重的呢?"

"难道现在会有一个工厂任务很轻闲吗?"

林震目瞪口呆了。

五

区委会的工作是紧张而严肃的,在区委书记办公室,连日开会到深夜。从汉语拼音到预防大脑炎,从劳动保护到政治经济学讲座,无一不经过区委会的讨论。林震有一次去收发室取报纸,看见一份厚厚的材料,第一页上写着"区人民委员会党组关于调整公私合营工商业的分布、管理、经营方法及贯彻市委关于公私合营工商业工人工资问题的报告的请示"。他怀着敬畏的心情看着这份厚得像一本书的材料和它的长题目。有时,又觉得区委干部们的精神状态是随意而松懈的,他们在办公时间聊天,看报纸,大胆地拿林震认为最严肃的题目开玩笑,例如,青年监督岗开展工作,韩常新半嘲笑地说:"吓,小青年们脑门子热起来啦……"林震参加的组织部一次部务会议也很有意思,讨论市委布置的一个临时任务,大家抽着烟,说着笑话,打着岔,开了两个钟头,拖拖沓沓,没有什么结果。这时,皱着眉思索了好久的刘世吾提出了一个方案,马上热烈地展开了讨论,很多人发表了使林震惊佩的精彩意见。林震觉得,这最后的三十多分钟的讨论要比以前的两个钟头有效十倍。某些时候,譬如说夜里,各屋亮着灯:第一会议室,出席座谈会的胖胖的工商业者愉快地与统战部长交换意见;第二会议室,各单位的学习辅导员们为"价值"与"价格"的关系争得面红耳赤;组织部坐着等待入党谈话的激动的年青人,而市委的某个严厉的书记出其不意地出现在书记办公室,找区委正副书记汇报贯彻工资改革的情况……这时,人声嘈杂,人影交错,电话铃声断断续续,林震仿佛从中听到了本区生活的脉搏的跳动,而区委会这座不新的、平凡的院落,也变得辉煌壮观起来。

在一切印象中,最突出和新鲜的印象是关于刘世吾的:刘世吾工作极多,常常同一个时间好几个电话催他去开会,但他还是一会儿就看完了《拖拉机站站长和总农艺师》,把书转借给了韩常新;而且,他已经把前一个月公布的拼音文字草案学会了,开始在开会时用拼音文字作记录了。某些传阅文件刘世吾拿过来看看题目和结尾就签上名送走,也有的不到三千字的指示他看上一下午,密密麻麻地划上各种符号。刘世吾有时一面听韩常新汇报情况,一面漫不经心地查阅其他的材料,听着听着却突然指出:"上次你汇报的情况不是这样!"韩常新不自然地笑着,刘世吾的眼睛捉摸不定地闪着光;但刘世吾并不深入追究,仍然查他的材料,于是韩常新恢复了常态,有声有色地汇报下去。

赵慧文与韩常新的关系也被林震看出了一些疑窦:韩常新对一切人都是拍着肩膀,称呼着"老王""小李",亲热而随便。独独对赵慧文,却是一种礼貌的"公事公办"的态度。这样说话:"赵慧文同志,党刊第一百零四期放在哪里?"而赵慧文也用警戒的神情对待他。

奇怪得很，林震说不清他的这个新环境是好是坏。他还是像在小学时一样，每天照样很早就起来玩哑铃，还是照常地给人以"单纯"的甚至"天真"的印象。但是，他的内心活动却比在小学的时候多得多。他必须学会判断一切事情和一切人。

……四月，东风悄悄地刮起，不再被人喜爱的火炉蜷缩在阴暗的贮藏室，只有各房间熏黑了的屋顶还存留着严冬的痕迹。往年，这个时候，林震就会带着活泼的孩子们去卧佛寺或者西山八大处踏青，在早开的桃李与混浊的溪水中寻找春天的消息……区委会的生活却丝毫不受季节的影响，继续以那种紧张的节奏和复杂的色彩流转着。当林震从院里的垂柳上摘下一颗多汁的嫩芽时，他稍微有点怅惘，因为春天来得那么快，而他，却没作出什么有意义的事情来迎接这个美妙的季节……

晚上九点钟，林震走进了刘世吾办公室的门。赵慧文正在这里，她穿着紫黑色的毛衣，脸儿在灯光下显得越发苍白。听到有人进来，她迅速地转过头来，林震仍然看见了她略略突出的颧骨上的泪迹。他回身要走，低着头吸烟的刘世吾作手势止住他："坐在这儿吧，我们就谈完了。"

林震坐在一角，远远地隔着灯光看报，刘世吾用烟卷在空中划着圆圈，诚恳地说："相信我的话吧，没错。年青人都这样，最初互相美化，慢慢发现了缺点，就觉得都很平凡。不要作不切实际的要求，没有遗弃，没有虐待，没有发现他政治上、品质上的问题，怎么能说生活不下去呢？才四年嘛。你的许多想法是从苏联电影里学来的，实际上，就那么回事……"

赵慧文没说话，她撩一撩头发，临走的时候，对林震惨然地一笑。

刘世吾走到林震旁边，问："怎么样？"他丢下烟蒂，又掏出一支来点上火，紧接着贪婪地吸了几口，缓缓地吐着白烟，告诉林震："赵慧文跟她爱人又闹翻了……"接着，他开开窗户，一阵风吹掉了办公桌上的几张纸，传来了前院里散会以后人们的笑声，招呼声和自行车铃响。

刘世吾把只抽了几口的烟扔出去，伸了个懒腰，扶着窗户，低声说："真的是春天了呢！"

"我想谈谈来区委工作的情况，我有一些问题不知道怎么解决。"林震用一种坚决的神气说，同时把落在地上的纸页拾起来。

"对，很好。"刘世吾仍然靠着窗户框子。

林震从去麻袋厂说起："……我走到厂长室，正看见王清泉同志……"

"下棋呢还是打扑克？"刘世吾微笑着问。

"您怎么知道？"林震惊骇了。

"他老兄什么时候干什么我都算得出来，"刘世吾慢慢地说，"这个老兄棋瘾很大，有一次在咱这儿开了半截会，他出去上厕所，半天不回来，我出去一找，原来他看见老吕和区委书记的儿子下棋,他在旁边'支'上'招儿'了。"

林震不顾对方老是不在意地打断他的话,坚持着把自己所知道的情况说了一遍。

刘世吾关上窗户,拉一把椅子坐下,用两个手扶着膝头支持着身体,轻轻地摆动着头:

"魏鹤鸣是个直性子,他一来就和王清泉吵得面红耳赤……你知道,王清泉也是个特殊人物,不太简单。抗日胜利以后,王清泉被派到国民党军队里工作,他作过国民党军的副团长,是个刮刮叫的情报人员。一九四七年以后他与我们的联系中断,直到新中国成立以后才接上线。他是去瓦解敌人的,但是他自己也染上国民党军官的一些习气,改不过来,其实是个英勇的老同志。"

"这样……"

"是啊。"刘世吾严肃地点点头,接着说,"当然,这不能为他辩护,党是派他去战胜敌人而不是与敌人同流合污,所以他的错误是不可原谅的。"

"怎么去解决呢?魏鹤鸣说,这个问题已经拖了好久。他到处写过信……"

"是啊。"刘世吾又干咳了一会,作着手势说:"现在下边支部里各类问题很多,你如果一一的用手工业的方法去解决,那是事倍功半的。而且,上级布置的任务追着屁股,完成这些任务已经感到很吃力。作为领导,必须掌握一种把个别问题与一般问题结合起来,把上级分配的任务与基层存在的问题结合起来的艺术。再者,王清泉工作不努力是事实,但还没有发展到消极怠工的地步;作风有些生硬,也不是什么违法乱纪;显然,这不是组织处理问题而是经常教育的问题。从各方面看,解决这个问题的时机目前还不成熟。"

林震沉默着,他判断不清究竟哪样对;是娜斯嘉的"对坏事决不容忍"对呢,还是刘世吾的"条件成熟论"对。他一想起王清泉那样的厂长就觉得难受,但是,他驳不倒刘世吾的"领导艺术"。刘世吾又告诉他:"其实,有类似毛病的干部也不只一个……"这更加使得林震睁大了眼睛,觉得这跟他在小学时所听的党课的内容不是一个味儿。

后来,林震又把看到的韩常新如何了解情况与写简报的事说了说,他说,他觉得这样整理简报不太真实。

刘世吾大笑起来,说:"老韩……这家伙……。真高明……"笑完了,又长出一口气,告诉林震:"对,我把你的意见告诉他。"

林震犹豫着,刘世吾问:"还有别的意见么?"

于是林震勇敢地提出:"我不知道为什么,来了区委会以后发现了许多许多缺点,过去我想象的党的领导机关不是这样……"

刘世吾把茶杯一放:"当然,想象总是好的,实际呢,就那么回事。问题不在有没有缺点,而在什么是主导的。我们区委的工作,包括组织部的工作,成绩是基本的呢还是缺点是基本的？显然成绩是基本的，缺点是前进中的缺点。我们伟大的事业，正是由这些有缺点的组织和党员完成着的。"

走出办公室以后，林震有一种奇怪的感觉：和刘世吾谈话似乎可以消食化气，而他自己的那些肯定的判断，明确的意见，却变得模糊不清了。他更加惶惑了。

六

不久，在党小组会上，林震受到了一次严厉的批评。

事情是这样：有一次，林震去麻袋厂，魏鹤鸣说，由于季度生产质量指标没有达到，王厂长狠狠地训了一回工人，工人意见很大，魏鹤鸣打算找些人开个座谈会，搜集意见，准备向上反映。林震很同意这种作法，以为这样也许能促进"条件的成熟"。过了三天，王清泉气急败坏地到区委会找副书记李宗秦，说魏鹤鸣在林震支持下搞小集团进行反领导的活动，还说参加魏鹤鸣主持的座谈会的工人都有历史问题……最后说自己请求辞职。李宗秦批评了他的一些缺点，同意制止魏鹤鸣再开座谈会，"至于林震，"他对王清泉说，"我们会给以应有的教育的。"

批评会上，韩常新分析道："林震同志没有和领导上商量，擅自同意魏鹤鸣召集座谈会，这首先是一种无组织无纪律行为……"

林震不服气，他说："没有请示领导，是我的错。但是我不明白为什么我们不但不去主动了解群众的意见，反而制止基层这样作！"

"谁说我们不了解？"韩常新翘起一只腿，"我们对麻袋厂的情况统统掌握……"

"掌握了而不去解决，这正是最痛心的！党章上规定着，我们党员应该向一切违反党的利益的现象作斗争……"林震的脸变青了。

富有经验的刘世吾开始发言了，他向来就专门能在一定的关头起扭转局面的作用。

"林震同志的工作热情不错，但是他刚来一个月就给组织部的干部讲党章，未免仓促了些。林震以为自己是支持自下而上的批评，是作一件漂亮事，他的动机当然是好的喽；不过，自下而上的批评必须有领导地去开展，譬如这回事，请林震同志想一想：第一，魏鹤鸣是不是对王清泉有个人成见呢？很难说没有。那么魏鹤鸣那样积极地去召集座谈会，可不可能有什么个人目的呢？我看不一定完全不可能。第二，参加会的人是不是有一些历史复杂别有用心的分子呢？这也应该考虑到。第三，开这样一个会，会不会在群众里造成一种王清泉快要挨整了的印象因而天下大乱了呢？等等。至于林震同志的思想情况，我愿意直爽地提出一个推测：年青人容易把生活理想化，他以为生活应该怎样，便要求生活怎样，作一个党工作者，要多考虑的却是客观现实，是生活可能怎样。年青人也容易过高估计自己，抱负甚多，一到新的工作岗位就想对缺点斗争一番，充当个娜斯嘉式的英雄。这是一种可贵的，可爱的想法，也是一种虚妄……"

林震像被打中了一拳似的颤了一下，他紧咬住下嘴唇忍住了心里的气愤和痛苦。

他鼓起勇气再问："那么王清泉……"刘世吾把头一扬："我明天找他谈话，有原则性的并不仅是你一个人。"

七

星期六晚上，韩常新举行婚礼。林震走进礼堂，他不喜欢那迷漫的呛人的烟气，还有地上杂乱的糖果皮与空中杂乱的哄笑；没等婚礼开始他就退了出来。

组织部的办公室黑着，他拉开灯，看见自己桌上的信，是小学的同事们写来的，其中还夹着孩子们用小手签了名的信：

"林老师：您身体好吗？我们特别特别想您，女同学都哭了，后来就不哭了，后来我们作算术，题目特别特别难，我们费了半天劲，中于算出来了……"

看着信，林震不禁独自笑起来了，他拿起笔把"中于"改成"终于"，准备在回信时告诉他们下次要避免别字。他仿佛看见了系蝴蝶结的李琳琳，爱画水彩画的刘小毛和常常把铅笔头含在嘴里的孟飞……他猛把头从信纸上抬起来，所看见的却是电话、吸墨纸和玻璃板。他所熟悉的孩子的世界已经离他而去了，现在是到了一个有些陌生的环境里来了……他想起前天党小组会上人们对他的批评。难道自己真的错了？真的是莽撞和幼稚，再加几分青年人的廉价的勇气？也许真的应该切实估量一下自己，把分内的事作好，过两年，等到自己"成熟"了以后再干预一切吧？

礼堂里传来爆发的掌声和笑声。

一只柔软的手落在肩上，他吃惊地回过头来，灯光显得刺眼，赵慧文没有声响地站在他的身边，女同志走路都有这种不声不响的本事。

赵慧文问："怎么不去玩？"

"我懒得去。你呢？"

"我该回家了，"赵慧文说，"到我家坐坐好吗？省得一个人在这儿想心事。"

"我没有心事，"林震分辩着，但他接受了赵慧文的好意。

赵慧文住在离区委会不远的一个小院落里。

孩子睡在浅蓝色的小床里，幸福地含着指头。赵慧文吻了儿子，拉林震到自己房间里来。

"他父亲不回来吗？"林震小心地问。

赵慧文摇摇头。

这间卧室好像是布置得很仓促，墙壁因为空无一物而显得过分洁白，盆架孤单地缩在一角，窗台上的花瓶傻气地张着口；只有床头小桌上的收音机，好像还能扰乱这卧室的安静。

林震坐在藤椅上，赵慧文靠墙站着。林震指着花瓶说："应该插枝花，"又指着墙壁说："为什么不买几张画挂上？"

赵慧文说:"经常也不在,就没有管它。"然后她指着收音机问:"听不听?星期六晚上,总有好的音乐。"

收音机亮了,一种梦幻的柔美的旋律从远处飘来,慢慢变得热情激荡。提琴奏出的诗一样的主题立即揪住了林震的心。他托着腮,屏住了气。他的青春,他的追求,他的碰壁,似乎都能与这乐曲相通。

赵慧文背着手靠在墙上,不顾衣服蹭上了石灰粉,等这段乐曲过去,她用和音乐一样的声音说:"这是柴可夫斯基的意大利随想曲,让人想到南国,想到海,……我在文工团的时候常听它,慢慢觉得,这调子不是别人演奏出的,而是从我心里钻出来的……"

"在文工团?"

"参加军事干部学校以后被分配去的,在朝鲜,我用我的蹩脚的嗓子给战士唱过歌,我是个哑嗓子的歌手。"

林震像第一次见面似的又重新打量赵慧文。

"怎么?不像了吧?"这时电台改放"剧场实况"了,赵慧文把收音机关了。

"你是文工团的,为什么很少唱歌?"林震问。

她不回答,走到床边,坐下。她说:"我们谈谈吧,小林,告诉我,你对咱们区委的印象怎么样?"

"不知道,我是说,还不明确。"

"你对韩常新和刘世吾有点意见吧,是不?"

"也许。"

"当初我也这样,从部队转业到这里,和部队的严格准确比较,许多东西我看不惯。我给他们提了好多意见,和韩常新激动地吵过一回,但是他们笑我幼稚,笑我工作没作好意见倒一大堆,慢慢地我发现,和区委的这些缺点作斗争是我力不胜任的……"

"为什么力不胜任?"林震像刺痛了似地跳起来,他的眉毛拧在一起了。

"这是我的错,"赵慧文抓起一个枕头,放在腿上,"那时我觉得自己水平太低,自己也很不完美,却想纠正那些水平比自己高得多的同志,实在不量力。而且,刘世吾、韩常新还有别人,他们确实把有些工作作得很好。他们的缺点散布在咱们工作的成绩里边,就像灰尘散布在美好的空气中,你嗅得出来,但抓不住,这正是难办的地方。"

"对!"林震把右拳头打在左手掌上。

赵慧文也有些激动了,她把枕头抛开,话说得更慢,她说:"我作的是事务工作,领导同志也不大过问,加上个人生活上的许多牵扯,我沉默了,于是,上班抄抄写写,下班给孩子洗尿布,买奶粉。我觉得我老得很快,参加军干校时候那种热情和幻想,不知道哪里去了。"她沉默着,一个一个地捏着自己那白白的好看的手指,接着说:"两个月以前,北京市进入社会主义高潮,工人、店员还有资本家,放着鞭炮,打着锣鼓到区委会报喜,工人、店员把入党申请书直接送到组织部,大街上一天一变,整个区委会彻夜通明,吃饭的时候,宣传部、财经部的同志滔滔不绝地讲着社会主义高潮中的各种气象;可我们组织部呢?工作改进很少!打电话催催发展数字,按前年的格式添几条新例子写写总结……最近,大家检查保守思想,组织部也检查,拖拖沓沓开了三次会,然后写个材料完事。……哎,我说乱了,社会主义高潮中,每一声鞭炮都刺着我,当我复写批准新党员通知的时候,我的手激动得发抖,可是我们的工作就这样依然故我地下去吗?"她喘了一口气,来回踱着,然后接着说:"我在党小组会上谈自己的想法,韩常新满足地问:'难道我们发展数字的完成比例不是各区最高的?难道市委组织部没要我们写过经验?'然后他进行分析,说我情绪不够乐观,是因为不安心事务工作……"

"开始的时候,韩常新给人一个了不起的印象,但是实际一接触……"林震又说起那次写汇报的事。

赵慧文同意地点头:"这一二年,虽然我没提什么意见,但我无时无刻不在观察。生活里的一切,有表面也有内容,做到金玉其外,并不是难事。譬如韩常新,充领导他会拉长了声音训人,写汇报他会强拉硬扯生动的例子,分析问题,他会用几个无所不包的概念;于是,俨然成了个少壮有为的干部,他漂浮在生活上边,悠然得意。"

"那么刘世吾呢?"林震问,"他决不像韩常新那样浅薄,但是他的那些独到的见解,精辟的分析,好像包含着一种可怕的冷漠,看到他容忍王清泉这样的厂长,我无法理解,而当我想向他表示什么意见的时候,他的议论却使人越绕越糊涂,除了跟着他走,似乎没有别的路……"

"刘世吾有一句口头禅:就那么回事。他看透了一切,以为一切就那么回事。按他自己的说法,他知道什么是'是',什么是'非',还知道'是'一定战胜'非',又知道'是'不是一下子战胜'非',他什么都知道,什么都见过——党的工作给人的经验本来很多;于是他不再操心,不再爱也不再恨。他取笑缺陷,仅仅是取笑,欣赏成绩,仅仅是欣赏。他满有把握地应付一切,再也不需要虔诚地学习什么,除了拼音文字之类的具体知识。一旦他认为条件成熟需要干一气,他一把把事情抓在手里,教育这个,处理那个,俨然是一切人的上司。凭他的经验和智慧,他自然可以作好一些事,于是他更加自信。"赵慧文毫不容情地说着。这些话曾经在多少个不眠的夜晚萦绕在她的心头……

"我们的区委副书记兼部长呢?他不管么?"

赵慧文更加兴奋了,她说:"李宗秦身体不好,他想去作理论研究工作,嫌区的工作过于具体。他作组织部长只是挂名,把一切事情推给刘世吾。这也是一种相当普遍的不正常的现象,有一批老党员,因为病、因为文化水平低,或者因为是首长爱人,他们挂着厂长、校长和书记的名,却由副厂长、教导主任、秘书或者某个干事作实际工作。"

"我们的正书记——周润祥同志呢?"

"周润祥同志工作太多,他忙着肃反,私营企业的改造……各种带有突击性的任务,我们组织部的工作呢,一般说永远成不了带突击性的中心任务,所以他管的也不多。"

"那……怎么办呢?"林震直到现在,才开始明白了事情的复杂性,一个缺点,仿佛粘在从上到下的一系列的缘故上。

"是啊。"赵慧文沉思地用手指弹着自己的腿,好像在弹一架钢琴,然后她向着远处笑了,她说:"谢谢你……"

"谢我?"林震以为自己听错了。

"是的,见到你,我好像又年轻了。你常常把眼睛盯在一个地方不动,老是在想,像个爱幻想的孩子。你又挺容易兴奋起来,动不动就红脸。可是,你又天不怕地不怕,敢于和一切坏现象作斗争,于是我有一种婆婆妈妈的预感:你……一场风波要起来了。"

林震又真的脸红了。他根本没想到这些,他正为自己的无能而十分羞耻。他嘟囔着说:"但愿是真正的风波而不是瞎胡闹。"然后他问,"你想了这么多,分析得这么清楚,为什么只是憋在心里呢?"

"我老觉得没有把握,"赵慧文把手放在自己的胸前:"我看了想,想了又看,我有时候想得一夜都睡不好,我问自己:'你的工作是事务性的,你能理解这些吗?'"

"你怎么会这样想?我觉得你刚才说的对极了!你应该把你刚才说的对区委书记谈,或者写成材料给'人民日报'……"

"瞧,你又来了。"赵慧文露出润湿的牙齿笑了。

"怎么叫又来了?"林震不高兴地站起来,使劲搔着头皮,"我也想过多少次,我觉得,人要在斗争中使自己变正确,而不能等到正确了才去作斗争!"

赵慧文突然推门出去了,把林震一个人留在这空旷的屋子里。他嗅见了肥皂的香气。马上,赵慧文回来了,端着一个长柄的小锅,她跳着进来,像一个梳着三只辫子的小姑娘。她打开锅盖,戏剧性地向林震说:

"来,我们吃荸荠,煮熟了的荸荠,我没有找到别的好吃的。"

"我从小就喜欢吃熟荸荠,"林震愉快地把锅接过来,他挑了一个大的没剥皮就咬了一口,然后他皱着眉吐了出来,"这是个坏的,又酸又臭。"赵慧文大笑了。林震气愤地把捏烂了的酸荸荠扔到地上。

临走的时候,夜已经深了,纯净的天空上布满了畏怯的小星星。有一个老头儿吆喝:"炸丸子开锅!"推车走过。林震站在门外,赵慧文站在门里,她的眼睛在黑暗中闪光,她说:"下次来的时候,墙上就有画了。"

林震会心地笑着:"而且希望你把丢下的歌儿唱起来!"他摇了一下她的手。

林震用力地呼吸着春夜的清香之气,一股温暖的泉水在心头涌了上来。

八

韩常新最近被任命为组织部副部长。新婚和被提拔，使他愈益精神焕发和朝气勃勃。他每天刮一次脸，在参观了服装展览会以后又做了一套凡尔丁料子的衣服。不过，最近他亲自出马下去检查工作少了，主要是在办公室听汇报，改文件和找人谈话。刘世吾仍然那么忙……

一天，晚饭以后，韩常新把《拖拉机站站长和总农艺师》还给林震，他用手弹一弹那本书，点点头说："很有意思，也很荒唐。当个作家倒不坏，编得天花乱坠。赶明儿我得了风湿性关节炎或者犯错误受了处分，就也写小说去。"

林震接过书，赶快拉开抽屉，把它压在最底下。

刘世吾坐在另一边的沙发上正出神地研究一盘象棋残局，听了韩常新的话，刻薄地说："老韩将来得关节炎或者受处分倒不见得不可能，至于小说，我们可以放心，至少在这个行星上不会看到您的大作。"他说的时候一点不像开玩笑，以至韩常新尴尬地转过头，装没听见。

这时刘世吾又把林震叫过去，坐在他旁边，问："最近看什么书了？有没有好的借我看看？"

林震说没有。

刘世吾挪动着身体，斜躺在沙发上，两手托在脑后，半闭着眼，缓慢地说："最近在《译文》上看了《被开垦的处女地》第二部的片段，人家写得真好，活得很……"

"您常看小说？"林震真不大相信。

"我愿意荣幸地表示，我和你一样地爱读书：小说、诗歌，包括童话。解放以前，我最喜欢屠格涅夫，小学五年级，我已经读《贵族之家》，我为伦蒙那个德国老头儿流泪，我也喜欢叶琳娜；英沙罗夫写得却并不好……可他的书有一种清新的、委婉多情的调子。"他忽地站起来，走近林震，扶着沙发背，弯着腰继续说，"现在也爱看，看的时候很入迷，看完了又觉得没什么，你知道，"他紧挨林震坐下，又半闭起眼睛，"当我读一本好小说的时候，我梦想一种单纯的、美妙的、透明的生活。我想去作水手，或者穿上白衣服研究红血球，或者作一个花匠，专门培植十样锦……"他笑了，从来没这样笑过，不是用机智，而是用心。"可还是得作什么组织部长。"他摊开了手。

"为什么您把现在的工作看得和小说那么不一样呢？党的工作不单纯，不美妙，也不透明么？"林震友好而关切地问。

刘世吾接连摇头，咳嗽了一会，又站起来，靠到远一点的地方，嘲笑地说："党工作者不适合看小说。……譬如，"他用手在空中一划，"拿发展党员来说，小说可以写：'在壮丽的事业里，多少名新战士参加了无产阶级的先锋行列，万岁！'而我们呢，组织部呢，却正在发愁：第一，某支部组织委员工作马大哈，谈不清新党员的历史情况。第二，组织部压了百十几个等着批准的新党员，没时间审查。第三，新党员需经常委会批准，常委委员一听开会批准党员就请假。第四，公安局长参加常委会批准党员的时候老是打瞌睡……"

"您不对！"林震大声说，他像本人受了侮辱一样地难以忍耐，"真奇怪！……"他说不下去了。

刘世吾笑了笑，叫韩常新："来，看看报上登的这个象棋残局，该先挪车呢还是先跳马？"

九

魏鹤鸣告诉林震，他要求回到车间作工人，他说："这个支部委员和生产科长我干不了。"林震费尽唇舌，劝他把那次座谈会搜集的意见写给党报，并且质问他："你退缩了，你不信任党和国家了，是吗？"后来魏鹤鸣和几个意见较多的工人写了一封长信，偷偷地寄给报纸，连魏鹤鸣本人都对自己有些怀疑："也许这又是'小集团活动'？那就处罚我吧！"他是带着有罪的心情把大信封扔进邮箱的。

五月中旬，《北京日报》以显明的标题登出揭发王清泉官僚主义作风的群众来信。署名"麻袋厂一群工人"的信，愤怒地要求领导上处理这一问题。《北京日报》编者也在按语中指出："……有关领导部门应迅速作认真的检查……"

赵慧文首先发现了，她叫林震来看。林震兴奋得手发抖，看了半天连不成句子，他想："好！终于揭出来了！时机总算成熟了吧？"

他把报纸拿给刘世吾看，刘世吾仔细地看了几遍，然后抖一抖报纸，客观地说："好，开刀了！"

这时，区委书记周润祥走进来，他问："王清泉的情况你们了解不？"

刘世吾不慌不忙地说："麻袋厂支部的一些不健康的情况那是确实存在的。过去，我们就了解过，最近我亲自找王清泉谈过话，同时小林同志也去了解过。"他转身向林震："小林，你谈谈王清泉的情况吧。"

有人敲门。魏鹤鸣紧张地撞进来，他的脸由红色变成了青色，他说，王厂长在看到《北京日报》以后非常生气，现在正追查写信的人。

……经过党报的揭发与区委书记的过问，刘世吾以出乎林震意料之外的雷厉风行的精神处理了麻袋厂的问题。刘世吾一下决心，就可以把工作作得很出色。他把其他工作交代给别人，连日与林震一起下到麻袋厂去。他深入车间，详细调查了王清泉工作的一切情况，征询工人群众的一切意见。然后，与各有关部门进行了联系，只用了一个多星期的时间，就对王清泉作了处理，——党内和行政都予以撤职处分。

处理王清泉的大会一直开到深夜，开完会，外面下起雨，雨忽大忽小，久久地不停息。风吹到人脸上有些凉。刘世吾与林震到附近的一个小铺子去吃馄饨。

这是新近公私合营的小铺子,整理得干净而且舒适。由于下雨,顾客不多。他们避开热气腾腾的馄饨锅,在墙角的小桌旁坐下来。

他们要了馄饨,刘世吾还要了白酒,他呷了一口酒,掐着手指,有些感触地说:"我这是第六次参加处理犯错误的负责干部的问题了,头几次,我的心很沉重。"由于在大会上激昂地讲过话,他的嗓音有些嘶哑,"党工作者是医生,他要给人治病,他自己却是并不轻松的。"他用无名指轻轻敲着桌子。

林震同意地点头。

刘世吾忽然问:"今天是几号?"

"五月二十,"林震告诉他。

"五月二十,对了。九年前的今天,青年军二〇八师打坏了我的腿。"

"打坏了腿?"林震对刘世吾的过去历史还不了解。

刘世吾不说话,雨一阵大起来,他听着那哗啦哗啦的单调的响声,嗅着潮湿的土气。一个被雨淋透的小孩子跑进来避雨,小孩的头发在往下滴水。

刘世吾招呼店员:"切一盘肘子。"然后告诉林震:"一九四七年,我在北大作自治会主席。参加五·二〇游行的时候,二〇八师的流氓打坏了我的腿。"他挽起裤子,可以看到一道弧形的疤痕,然后他站起来:"看,我的左腿是不是比右腿短一点?"

林震第一次以深深的尊敬和爱戴的眼光看着他。

喝了几口酒,刘世吾的脸微微发红,他坐下,把肉片夹给林震,然后斜着头说:"那时候……我是多么热情,多么年青啊!我真恨不得……"

"现在就不年青,不热情了么?"林震试探着问。他想了解一下这个人,想逗得他多说几句。

"当然不,"刘世吾玩着空酒杯,"可是我真忙啊!忙得什么都习惯了,疲倦了。解放以来从来没睡够过八小时觉。我处理这个人和那个人,却没有时间处理处理自己。"他托起腮,用最质朴的人对人的态度看着林震,"是啊,一个布尔什维克,经验要丰富,但是心要单纯。……再来一两!"刘世吾举起酒杯,向店员招手。

这时林震已经开始被他深刻而真诚的抒发所感动了。刘世吾接着闷闷地说:"据说,炊事员的职业病是缺少良好食欲,饭菜是他们做的,他们整天和饭菜打交道。我们,党的工作者,我们创造了新生活,结果,生活反倒不能激动我们。……"

林震的嘴动了动,刘世吾摆摆手,表示希望不要现在就和他辩论。他不说话,独自托着腮发愣。

"雨小多了,这场雨对麦子不错,"过了半天,刘世吾叹了口气,忽然又说:"你这个干部好,比韩常新强。"

林震在慌乱中赶紧喝汤。

刘世吾盯着他，亲切地笑着，问他："赵慧文最近怎么样？"

"她情绪挺好。"林震随口说。他拿起筷子去夹熟肉，看见了他熟悉的刘世吾的闪烁的目光。

刘世吾把椅子拉近他，缓缓地说："原谅我的直爽，但是我有责任告诉你……"

"什么？"林震停止了夹肉。

"据我看，赵慧文对你的感情有些不……"

林震颤抖着手放下了筷子。

离开馄饨铺，雨已经停了，星光从黑云下面迅速地露出来，风更凉了，积水潺潺地从马路两边的泄水池流下去。林震迷惘地跑回宿舍，好像喝了酒的不是刘世吾，倒是他。同宿舍的同志都睡得很甜，粗短的和细长的鼾声此起彼伏。林震坐在床上，摸着湿了的裤角，难过，难过，说不清为什么要难过。眼前浮现了赵慧文的苍白而美丽的脸。……他还是个毛小伙子，他什么也没经历过，什么都不懂。难过，难过，……他走近窗子，把脸紧贴在外面沾满了水珠的冰冷的玻璃上。

十

区委常委开会讨论麻袋厂的问题。

林震列席参加。他坐在一角，心跳，紧张，手心里出了汗。他的衣袋里装着好几千字的发言提纲，准备在常委会上从麻袋厂事件扯出组织部工作中的问题。他觉得麻袋厂问题的揭发和解决，造成了最好的机会，可以促请领导从根本上考虑一下组织部的工作。时候到了！

刘世吾正在条理分明地汇报情况。书记周润祥显出沉思的神色，用左拳托着士兵式的粗壮而宽大的脸，右腕子压着一张纸，时而在上面写几个字。李宗秦用食指在空中写划着。韩常新也参加了会，他专心地把自己的鞋带解开又系上。

林震几次想说话，但是心跳得使他喘不上气。第一次参加常委会，就作这种大胆的发言，未免过于莽撞吧？不怕，不怕！他鼓励自己。他想起八岁那年在青岛学跳水，他也一边听着心跳，一边生气地对自己说："不怕，不怕！"

区委常委批准了刘世吾对于麻袋厂问题提出的处理意见，马上就要进行下面一项议程了，林震霍地举起了手。

"有意见吗？不举手就可以发言的。"周书记笑着说。

林震站起来，碰响了椅子，掏出笔记本看着提纲，他不敢看大家。

他说："王清泉个人是作了处理了，但是如何保证不再有第二、第三个王清泉出现呢？我们应该检查一下区委组织工作中的缺点：第一，我们只抓了建党，对于巩固党没给以应有的注意，但基层的党内斗争处于自流状态。第二，我们明知有问题却拖延着不去解决，王清泉来厂子整整五年，问题一直存在而且愈发展愈严重。……具体的说，我认为韩常新同志与刘世吾同志有责任……"

会场起了轻微的骚动,有人咳嗽,有人放下了烟卷,有人打开笔记本,有人挪了一下椅子。

韩常新耸了一下肩,用舌头舐了一下扭动着的牙床,讽刺地说:"往往听到一种事后诸葛亮的意见:'为什么不早一点处理呢?'当然是愈早愈好喽……高饶事件发生了,有人问为什么不早一点,贝利亚,也有人问为什么不早一点。再者,组织部并不能保证第二、三个王清泉不会出现,林震同志也未尝能保证这一点。……"

林震抬起头,用激怒的目光看韩常新。韩常新却只是冷冷地笑。林震压抑着自己,他说:"老韩同志知道缺点的存在是规律,但他不知道克服缺点前进更是规律。老韩同志和刘部长,就是抱住了头一个规律,因而对各种严重的缺点采取了容忍乃至于麻木的态度!"说完,他用手抹了抹头上的汗,他也不知道自己怎么敢说得这样尖锐,但是终究说出来了,他有一种如释重负的感觉。

李宗秦在空中划着的食指停住了。周润祥转头看看林震又看看大家,他的沉重的身躯使木椅发出了吱吱声。他向刘世吾示意:"你的意见?"

刘世吾点点头:"小林同志的意见是对的,他的精神也给了我一些启发……"然后他悠闲地蹓到桌子边去倒茶水,用手抚摸着茶碗沉思地说:"不过具体到麻袋厂事件,倒难说了。组织部门巩固党的工作抓的不够,是的,我们干部太少,建党还抓不过来。麻袋厂王清泉的处理,应该说还是及时而有效的。在宣布处理的工人大会上,工人的情绪空前高涨,有些落后的工人也表示更认识到了党的大公无私,有一个老工人在台上一边讲话一边落泪,他们口口声声说着感谢党,感谢区委……"

林震小声说:"是的,正因为这样,我才觉得我们工作中的麻木、拖延、不负责任,是对群众犯罪。"他提高了声音,"党是人民的、阶级的心脏,我们不允许心脏上有灰尘,就不允许党的机关有缺点!"

李宗秦把两手交插起来放在膝头,他缓缓地说,像是一边说一边思索着如何造句:"我认为林震、韩常新、刘世吾同志的主要争论有两个症结,一个是规律性与能动性的问题,……一个是……"

林震以不知从哪儿来的勇气对李宗秦说:"我希望不要只作冷静而全面的分析……"他没有说下去,他怕自己掉下眼泪来。

"为什么?"周润祥问林震,他严厉地说:"冷静而全面的分析比急躁而片面的冲动好得多。同志,你太容易激动了,背诵着抒情诗去作组织工作是不相宜的!"然后他对大家说:"讨论下一项议程吧。"

散会后,林震气恼得没有吃下饭,区委书记的态度他没想到。他不满甚至有点失望。韩常新与刘世吾找他一齐出去散步,就像根本没理会他对他们的不满意,这使林震更意识到自己和他们力量的悬殊。他苦笑着想:"你还以为常委会上发一席言就可以起好大的作用呢!"他打开抽屉,拿起那本被韩常新嘲笑过的苏联小说,翻开第一篇,上面写着:"按娜斯嘉的方式生活!"他自言自语:"真难啊!"

十一

第二天下班以后,赵慧文告诉林震:"到我家吃饭去吧,我自己包饺子。"他想推辞,赵慧文已经走了。

林震犹豫了好久,终于在食堂吃了饭再到赵慧文家去。赵慧文的饺子刚刚煮熟。她第一次穿上暗红色的旗袍,系着围裙,手上沾满面粉,像一个殷勤的主妇似地对林震说:"新下来的豆角做的馅子……"

林震嗫嚅地说:"我吃过了。"

赵慧文不信,跑出去给他拿来了筷子,林震再三表示确实吃过,赵慧文不满意地一个人吃起来。林震不安地坐在一旁,一会儿看看这,一会儿看看那,一会儿搓搓手,一会儿晃一晃身体。那种说不出来的温暖和难过的感觉又一齐涌上了他的心头。他的心在痛,好像失掉了什么。他简直不敢看赵慧文那张被红衣裳映红了的美丽的脸儿。

"小林,有什么事么?"赵慧文停止了吃饺子。

"没……有。"

"告诉我吧。"赵慧文目不转睛地看着他。

"昨天在常委会上我把意见都提了,区委书记睬都不睬……"

赵慧文咬着筷子端想了想,她坚决地说:"不会的,周润祥同志也许只是不轻易发表意见……"

"也许,"林震半信半疑地说,他低下头,不敢正面接触赵慧文关切的目光。

赵慧文吃了几个饺子,又问:"还有呢?"

林震的心跳起来了。他抬起头,看见了赵慧文那同情他和鼓励他的眼睛,他轻轻地叫:"赵慧文同志……"

赵慧文放下筷子,靠在椅子背上,有些吃惊了。

"我很想知道,你是否幸福。"林震用一种粗重的完全像大人一样的声音说,"我看见过你的眼泪,在刘世吾的办公室,那时候春天刚来……后来忘记了。我自己马马虎虎地过日子,也不会关心人。你幸福吗?"

赵慧文略略疑惑地看着他,摇头,"有时候我也忘记……"然后点头,"会的,会幸福的。你为什么问它呢?"她安详地笑着。

林震把刘世吾对他讲的告诉了她:"……请原谅我,把刘世吾同志随便讲的一些话告诉了你,那完全是瞎说……我很愿意和你一起说话或者听交响乐,你好极了,那是自然而然的,……也许这里边有什么不好的、不合适的东西,马马虎虎的我忽然多虑了,我恐怕我扰乱谁。"林震抱歉地结束了。

赵慧文安详地笑着,接着皱起了眉尖儿,又抬起了细瘦的胳臂,用力擦了一下前额,然后她甩了一下头,好像甩掉什么不愉快的心事似地转过身去了。

她慢慢地走到墙壁上新挂的油画前边,默默地看画。那幅画的题目是"春",莫斯科,太阳在春天初次出现,母亲和孩子到街头去……

一会,她又转过身来,迅速地坐在床上,一只手扶着床栏杆,异常平静地说:"你说了些什么呀?真是!我不会作那些不经过考虑的事。我有丈夫,有孩子,我还没和你谈过我的丈夫,"她不用常说的"爱人",而强调地说着"丈夫","我们在五二年结的婚,我才十九,真不该结婚那么早。他从部队里转业,在中央一个部里作科长,他慢慢地染上了一种'油条'劲儿,争地位、争待遇,和别人不团结。我们之间呢,好像也只剩下了星期六晚上回来和星期一走。他的理论是:或者是崇高的爱情,或者什么都没有。我们争吵了……但我仍然等待着……他最近出差去上海,等回来,我要和他好好谈一谈。可你说了些什么呢?"她又一次问,"小林,你是我所尊敬的顶好的朋友,但你还是个孩子——这个称呼也许不对,对不起。我们都希望过一种真正的生活,我们希望组织部成为真正的党的工作机构,我觉着你像是我的弟弟,你盼望我振作起来,是吧?生活是应该有互相支援和友谊的温暖,我从来就害怕冷淡。就是这些了,还有什么呢?还能有什么呢?"

林震惶恐地说:"我不该受刘世吾话的影响……"

"不,"赵慧文摇头,"刘世吾同志是聪明人,他的警告也许并不是完全没有必要,然后……"她深深地吐一口气:"那就好了。"

她拾起碗筷,出去了。

林震茫然地站起,来回踱着步子,他想着,想着,好像有许多话要说,慢慢地,又没有了。他要说什么呢?本来什么都没有发生。生活有时候带来某种情绪的波流,使人激动也使人困扰,然后波流流过去,没有一点痕迹……真的没有痕迹吗?它留下对于相逢者的纯洁和美好的记忆,虽然淡淡,却难忘……

赵慧文又进来了,她领着两岁的儿子,还提着一个书包。小孩已经与林震见过几次面,亲热地叫林震"夫夫"——他说不清"叔叔"。

林震用强健的手臂把他举了起来。空旷的屋子里顿时充满了孩子的笑闹声。

赵慧文打开书包,拿出一叠纸,翻着,说:"今天晚上,我要让你看几样东西。我已经把三年来看到的组织部工作中的一些问题和自己的意见写了一个草稿。这个……"她不好意思地摸了一下一张橡皮纸:"大概这是可笑的,我给自己规定了一个竞赛的办法。让今天的自己和昨天的自己竞赛。我划了表,如果我的工作有了失误——写入党批准通知的时候抄错了名字或者统计错了新党员人数,我就在表上划一个黑叉子,如果一天没有错，就画一个小红旗。连续一个月都是红旗，我就买一条漂亮的头巾或者别的什么奖励自己……也许，这像幼儿园的作法吧？你笑吗？"

林震入神地听着，他严肃地说："决不，我尊敬你对你自己的……"

临走的时候，夜已经深了，林震站在门外，赵慧文站在门里，她的眼睛在黑暗中闪着光，她说："今天的夜色非常好，你同意吗？你嗅见槐花的香气了没有？平凡的小白花，它比牡丹清雅，比桃李浓馥，你嗅不见？真是！再见。明天一早就见面了，我们各自投身在伟大而麻烦的工作里边。然后晚上来找我吧，我们听美丽的意大利随想曲。听完歌，我给你煮荸荠，然后我们把荸荠皮扔得满地都是……"

……林震靠着组织部门前的大柱子好久好久地呆立着，望着夜的天空。初夏的南风吹拂着他——他来时是残冬，现在已经是初夏了。他在区委会度过了第一个春天。

一阵莫名其妙的情绪涌上了他的心头，仿佛是失掉了什么宝贵的东西，仿佛是由于想起了自己几个月来工作得太少而进步也太慢……不，他仿佛是第一次尝到了爱情的痛苦的滋味。

在这以前，他并没有想到自己会对赵慧文发生什么特别的感情，他不过是把她当做一位朋友，一位大姐；不过是，偶然想起她对他的友谊时，心里有一股温暖的、然而又有些难过的和惭愧的味儿。他一直并没有好好地去想一想为什么会有这样的心情。但正因为有这样的心情，再加上刘世吾的点破，他才更加不安，好像是担心会有什么不幸的事情要发生，因此他才有了刚才那样一段坦率的表白。却没有想到，当赵慧文也作了同样坦率的表白以后，当她仍然把他当做亲密的朋友，当她说出人与人之间需要热情，当她宣布了自己今后力求进步的计划以后，她的一举一动，她的心灵，反而显得更加可爱了，一股真正的爱情的滋味反而从他的内心深处涌出来了！……不，她是有丈夫的人，不会爱他，他也不应该爱她……人，是多么复杂啊！一切一切事情，决不会像刘世吾所说的："就那么回事。"不，决不是就那么回事。正因为不是就那么回事，所以人应该用正直的感情严肃认真地去对待一切。正因为这样，所以看见了不合理的事情，不能容忍的事情，就不要容忍，就要一次两次三次地斗争到底，一直到事情改变了为止。所以决不要灰心丧气……至于爱情呢，既是……，那就咬咬牙，把这热情悄悄地压在自己心里吧！

"我要更积极，更热情，但是一定要更坚强……"最后，林震低声对自己说了这么两句，挺起胸脯来深深地吸了一口夜的凉气。

隔着窗子，他看见绿色的台灯和夜间办公的区委书记的高大侧影，他坚决地、迫不及待地敲响领导同志办公室的门。

1956年5月—7月

（选自《人民文学》1956年第9期）

赵树理

"锻炼锻炼"

"争先"农业社，地多劳力少，
动员女劳力，作得不够好：
有些妇女们，光想讨点巧，
只要没便宜，请也请不到——
有说小腿疼，床也下不了，
要留儿媳妇，给她送屎尿；
有说四百二，她还吃不饱，
男人上了地，她却吃面条。
她们一上地，定是工分巧，
做完便宜活，老病就犯了；
割麦请不动，拾麦起得早，
敢偷又敢抢，脸面全不要；
开会常不到，也不上民校，
提起正经事，啥也不知道，
谁给提意见，马上跟谁闹，
没理占三分，吵得天塌了。
这些老毛病，赶紧得改造，
快请识字人，念念大字报！

——杨小四写

这是一九五七年秋末"争先农业社"整风时候出的一张大字报。在一个吃午饭的时间，大家正端着碗到社办公室门外的墙上看大字报，杨小四就趁这个热闹时候把自己写的这张快板大字报贴出来，引得大家丢下别的不看，先抢着来看他这一张，看着看着就轰隆轰隆笑起来。倒不因为杨小四是副主任，也不是因为他编得顺溜写得整齐才引得大家这样注意，最引人注意的是他批评的两个主要对象是"争先社"的两个有名人物——一个外号叫"小腿疼"，那一个外号叫"吃不饱"。

小腿疼是五十来岁一个老太婆，家里有一个儿子、一个儿媳，还有个小孙孙。本来她瞧着孙孙做做饭媳妇是可以上地的，可是她不，她一定要让媳妇照着她当日伺候婆婆那个样子伺候她——给她打洗脸水、送尿盆、扫地、抹灰尘、做饭、端饭……不过要是地里有点便宜活的话也不放过机会。例如夏天拾麦子，在麦子没有割完的时候她可去，一到割完了她就不去了。按她的说法是"拾东西全凭偷，光凭拾能有多大出息"。后来社里发现了这个秘密，又规定拾的麦子归社，按斤给她记工她就不干了。又如摘棉花，在棉桃盛开每天摘的能超过定额一倍的时候，她也能出动好几天，不用说刚能做到定额她不去，就是只超过定额三分她也不去。她的小腿上，在年轻时候生过臁疮，不过早在二十多年前就治好了。在生疮的时候，她的丈夫伺候她；在治好之后，为了容易使唤丈夫，她说她留下了个腿疼根。"疼"是只有自己才能感觉到的。她说"疼"别人也无法证明真假，不过她这"疼"疼得有点特别：高兴时候不疼，不高兴了就疼；逛会、看戏、游门、串户时候不疼，一做活儿就疼；她的丈夫死后儿子还小的时候有好几年没有疼，一给孩子娶过媳妇就又疼起来；入社以后的活儿能大量超过定额时候不疼，超不过定额或者超过的少了就又要疼。乡里的医务站办得虽说还不错，可是对这种腿疼还是没有办法的。

"吃不饱"原名"李宝珠"，比"小腿疼"年轻得多——才三十来岁，论人材在"争先社"是数一数二的，可惜她这个优越条件，变成了她自己一个很大的包袱。她的丈夫叫张信，和她也算是自由结婚。张信这个人，生得也聪明伶俐，只是没有志气，在恋爱期间李宝珠跟他提出的条件，明明白白就说是结婚以后不上地劳动，这条件在解放后的农村是没有人能答应的，可是他答应了。在李宝珠看来，她这位丈夫也不能算最满意的人，只能说是"比上不足比下有余"——因为不是个干部——所以只把他作为个"过渡时期"的丈夫，等什么时候找下了最理想的人再和他离婚。在结婚以后，李宝珠有一个时期还在给她写大字报的这位副主任杨小四身上打过主意，后来打听着她自己那个"吃不饱"的外号原来就是杨小四给她起的，这才打消了这个念头。她既然只把张信当成她"过渡时期"的丈夫，自然就不能完全按"自己人"来对待他，因此她安排了一套对待张信的"政策"。她这套政策：第一是要掌握经济全权，在社里张信名下的账要朝她算，家里一切开支要由她安排，张信有什么额外收入全部缴她，到花钱时候再由她批准、支付。第二是除做饭和针线活以外的一切劳动——包括担水、和煤、上碾、上磨、扫地、送灰渣一切杂事在内——都要由张信负担。第三是吃饭穿衣的标准要由她规定——在吃饭方面她自己是想吃什么就做什么，对张信是她做什么张信吃什么；同样，在穿衣方面，她自己是想穿什么买什么，对张信自然又是她买什么张信穿什么。她这一套政策是她暗自规定暗自执行的，全面执行之后，张信完全变成了她的长工。自从实行粮食统购以来，她是时常喊叫吃不饱的。她的吃法是张信上了地她先把面条煮得吃了，再把汤里下几颗米熬两碗糊糊粥让张信回来吃，另外还做些火烧干饼锁在箱里，张信不在的时候几时想吃几时吃。队里动员她参加劳动时候，她却说"粮食不够吃，每顿只能等张信吃完了刮个空锅，实在劳动不了"。时常做假的人，没有不露马脚的。张信常发现床铺上有干饼星星（碎屑），也不断见着糊糊粥里有一两根没有捞尽的面条，只是因为一提就得生气，一生气她就先提"离婚"，所以不敢提，就那样睁只眼闭只眼吃点亏忍忍饥算了。有一次张信端着碗在门外和大家一起吃饭，第三队（他所属的队）的队长张太和发现他碗里有一根面条。这位队长是个比较爱说调皮话的青年。他问张信说："吃不饱大嫂在哪里学会这单做一根面条的本事哩？"从这以后，每逢张信端着糊糊粥到门外来吃的时候，爱和他开玩笑的人常好夺过他的筷子来在他碗里找面条，碰巧的是时常不落空，总能找到那么一星半点。张太和有一次跟他说："我看'吃不饱'这个外号给你加上还比较正确，因为你只能吃一根面条。"在参加生产方面，"吃不饱"和"小腿疼"的态度完全一样。她既掌握着经济全权，就想利用这种时机为她的"过渡"以后多弄一点积蓄，因此在生产上一有了取巧的机会她就参加，绝不受她自己所定的政策第二条的约束；当便宜活做完了她就仍然喊她的"吃不饱不能参加劳动"。

杨小四的快板大字报贴出来一小会，吃不饱听见社房门口起了哄，就跑出来打听——她这几天心里一直跳，生怕有人给她贴大字报。张太和见她来了，就想给她当个义务读报员。张太和说："大家不要起哄，我来给大家从头念一遍！"大家看见吃不饱走过来，已经猜着了张太和的意思，就都静下来听张太和的。张太和说快板是很有工夫的。他用手打起拍子有时候还带着表演，跟流水一样马上把这段快板说了一遍，只说得人人鼓掌、个个叫好。吃不饱就在大家鼓掌鼓得起劲的时候，悄悄溜走了。

不过吃不饱可没有回了家，她马上到小腿疼家里去了。她和小腿疼也不算太相好，只是有时候想借重一下小腿疼的硬牌子。小腿疼比她年纪大、闯荡得早，又是正主任王聚海、支书王镇海、第一队队长王盈海的本家嫂子，有理没理常常敢到社房去闹，所以比吃不饱的牌子硬。吃不饱听张太和念过大字报，气得直哆嗦，本想马上在当场骂起来，可是看见人那么多，又没有一个是会给自己说话的，所以没有敢张口就悄悄溜到小腿疼家里。她一进门就说："大婶呀！有人贴着黑帖子骂咱们哩！"小腿疼听说有人敢骂她好像还是第一次。她好像不相信地问："你听谁说的？""谁说的？多少人都在社房门口吵了半天了，还用听谁说？""谁写的？""杨小四那个小死材！""他这小死材都写了些什么？""写的多着哩：说你装腿疼，留下儿媳妇给你送屎尿；说你偷麦子；说你没理占三分，光跟人吵架……"她又加油加醋添了些大字报上没有写上去的话，一顿把个小腿疼说得腿也不疼了，挺挺挺挺就跑到社房里去找杨小四。

这时候，主任王聚海、副主任杨小四、支书王镇海三个人都正端着碗开碰头会，研究整风与当前生产怎样配合的问题，小腿疼一跑进去就把个小会给他们搅乱了。在门外看大字报的人们，见小腿疼的来头有点不平常，也有些人跟进去看。小腿疼一进门一句话也没有说，就伸开两条胳膊去扑杨小四，杨小四从座上跳起来闪过一边，主任王聚海趁势把小腿疼拦住。杨小四料定是大字报引起来的事，就向小腿疼说："你是不是想打架？政府有规定，不准打架。打架是犯法的。不怕罚款、不怕坐牢你就打吧！只要你敢打一下，我就把你请得到法院！"又向王聚海说："不要拦她！放开叫她打吧！"小腿疼一听说要出罚款要坐牢，手就软下来，不过嘴还不软。她说："我不是要打你！我是要问问你政府规定过叫你骂人没有？""我什么时候骂过你？""白纸黑字贴在墙上你还昧得了？"王聚海说："这老嫂！人家提你的名来没有？"小腿疼马上顶回来说："只要不提名就该骂是不是？要可以骂我可就天天骂哩！"杨小四说："问题不在提名不提名，要说清楚的是骂你来没有！我写的有哪一句不实，就算我是骂你！你举出来！我写的是有个缺点，那就是不该没有提你们的名字。我本来提着的，主任建议叫我去了。你要嫌我写得不全，我给你把名字加上好了！""你还嫌骂得不痛快呀？加吧！你又是副主任，你又会写，还有我这不识字的老百姓活的哩？"支书王镇海站起来说："老嫂你是说理不说理？要说理，等到辩论会上找个人把大字报一句一句念给你听，你认为哪里写得不对许你驳他！不能这样满脑一把抓来派人家的不是！谁不叫你活了？""你们都是官官相卫，我跟你们说什么理？我要骂！谁给我出大字报叫他死绝了根！叫狼吃得他不剩个血盘儿，叫……"支书认真地说："大字报是毛主席叫贴的！你实在要不说理要这样发疯，这么大个社也不是没有办法治你！"回头向大家说："来两个人把她送乡政府！"看的人们早有几个人忍不住了，听支书一说，马上跳出五六个人来把她围上，其中有两个人拉住她两条胳膊就要走。这时候，主任王聚海却拦住说："等一等！这么一点事哪里值得去麻烦乡政府一趟？"大家早就想让小腿疼去受点教训，见王聚海一拦，都觉得泄气，不过他是主任，也只好听他的。小腿疼见真要送她走，已经有点胆怯，后来经主任这么一拦就放了心。她定了定神，看到局势稳定了，就强鼓着气说了几句似乎是光荣退兵的话："不要拦他们！让他们送吧！看乡政府能不能拔了我的舌头！"王聚海认为已经到了收场的时候，就拉长了调子向小腿疼说："老嫂！你且回去吧！没有到不了底的事！我们现在要布置明天的生产工作，等过两天再给你们解释解释！""什么解释解释？一定得说个过来过去！""好好好！就说个过来过去！"杨小四说："主任你的话是怎么说着的？人家闹到咱的会场来了，还要给人家陪情是不是？"小腿疼怕杨小四和支书王镇海再把王聚海说倒了弄得自己不得退场，就赶紧抢了个空子和王聚海说："我可走了！事情是你承担着的！可不许平白白地拉倒啊！"说完了抽身就走，跑出门去才想起来没有装腿疼。

  主任王聚海是个老中农出身，早在抗日战争以前就好给人和解个争端，人们常说他是个会和稀泥的人；在抗日战争中八路军来了以后他当过村长，作各种动员工作都还有点办法；在土改时候，地主几次要收买他，都被他拒绝了，村支部见他对斗争地主还坚决，就吸收他入了党；"争先农业社"成立时候，又把他选为社主任，好几年来，因为照顾他这老资格，一直连选连任。他好研究每个人的"性格"，主张按性格用人，可惜不懂得有些坏性格一定得改造过来。他给人们平息争端，主张"和事不表理"，只求得"了事"就算。他以为凡是懂得他这一套的人就当得了干部，不能照他这一套来办事的人就都还得"锻炼锻炼"。例如在一九五五年党内外都有人提出可以把杨小四选成副主任，他却说"不行不行，还得好好锻炼几年"，直到本年（一九五七年）改选时候他还坚持他的意见，可是大多数人都说杨小四要比他还强，结果选举的票数和他得了个平。小四当了副主任之后，他可是什么事也不靠小四做，并且常说："年轻人，随在管委会里'锻炼锻炼'再说吧！"又如社章上规定要有个妇女副主任，在他看来那也是多余的。他说："叫妇女们闹事可以，想叫她们办事呀，连门都找不着！"因为人家别的社里每社都有那么一个人，他也没法坚持他的主张，结果在选举时候还是选了第三队里的高秀兰来当女副主任。他对高秀兰和对杨小四还有区别，以为小四还可以"锻炼锻炼"，秀兰连"锻炼"也没法"锻炼"，因此除了在全体管委会议的时候按名单通知秀兰来参加以外，在其他主干碰头的会上就根本想不起来还有秀兰那么个人。不过高秀兰可没有忘了他。就在这次整风开始，高秀兰给他贴过这样一张大字报：

"争先社"，难争先，因为主任太主观：
只信自己有本事，常说别人欠锻炼；
大小事情都包揽，不肯交给别人干，
一天起来忙到晚，办的事情很有限。
遇上社员有争端，他在中间赔笑脸，
只求说个八面圆，谁是谁非不评断，
有的没理沾了光，感谢主任多照看，
有的有理受了屈，只把苦水往下咽。
正气碰了墙，邪气遮了天，
有力没处使，谁还肯争先？
希望王主任，来个大转变：
办事靠集体，说理分长短，
多听群众话，免得耍光杆！

——高秀兰写

他看了这张大字报，冷不防也吃了一惊，不过他的气派大，不像小腿疼那样马上唧唧喳喳乱吵，只是定了定神仍然摆出长辈的口气来说："没想到秀兰这孩子还是个有出息的，以后好好'锻炼锻炼'，还许能给社里办点事。"王聚海就是这样一个人。

杨小四给小腿疼和吃不饱出的那张大字报，在才写成稿子没有誊清以前，征求过王聚海的意见。王聚海坚决主张不要出。他说："什么病要吃什么药，这两个人吃软不吃硬。你要给她们出上这么一张大字报，保证她们要跟你闹麻烦，实在想出的话，也应该把她们的名字去了。"杨小四又征求支书王镇海的意见，并且把主任的话告诉了支书，支书说："怕麻烦就不要整风！至于名字写不写都行，一贴出去谁也知道指的是谁！"杨小四为了照顾王聚海的老面子，又改了两句，只把那两个人的名字去了，内容一点也没有变，就贴出去了。

当小腿疼一进社房来扑杨小四，王聚海一边拦着她，一边暗自埋怨杨小四："看你惹下麻烦了没有？都只怨不听我的话！"等到大家要往乡政府送小腿疼，被他拦住用好话把小腿疼劝回去之后，他又暗自夸奖他自己的本领："试试谁会办事？要不是我在，事情准闹大了！"可是他没有想到当小腿疼走出去、看热闹的也散了之后，支书批评他说："聚海哥！人家给你提过那么多意见，你怎么还是这样无原则？要不把这样无法无天的人的气焰打下去，这整风工作还怎么往下做呀？"他听了这几句批评觉着很伤心。他想："你们闯下了事自己没法了局，我给你们做了开解，倒反落下不是了？"不过他摸得着支书的"性格"是"认理不认人、不怕不了事"的，所以他没有把真心话说出来，只勉强承认说："算了算了！都算我的错！咱们还是快点布置一下明后天的生产工作吧！"

一谈起布置生产来，支书又说："生产和整风是分不开的。现在快上冻了，妇女大半不上地，棉花摘不下来，花秆拔不了，牲口闲站着，地不能犁，要不整风，怎么能把这种情况变过来呢？"主任王聚海说："整风是个慢工夫，一两天也不能转变个什么样子；最救急的办法，还是根据去年的经验，把定额减一减——把摘八斤籽棉顶一个工，改成六斤一个工，明天马上就能把大部分人动员起来！"支书说："事情就坏到去年那个经验上！现在一天摘十斤也摘得够，可是你去年改过那么一下，把那些自私自利的人改得心高了，老在家里等那个便宜。这种落后思想照顾不得！去年改成六斤，今年她们会要求改成五斤，明年会要求改成四斤！"杨小四说："那样也就对不住人家进步的妇女！明天要减了定额，这几天的工分你怎么给人家算？一个多月以前定额是二十斤，实际能摘到四十斤，落后的抢着摘棉花，叫人家进步的去割谷，就已经亏了人家；如今摘三遍棉花，人家又按八斤定额摘了十来天了，你再把定额改小了让落后的来抢，那像话吗？"王聚海说："不改定额也行，那就得个别动员。会动员的话，不论哪一个都能动员出来，可惜大家在作动员工作方面都没有'锻炼'，我一个人又只有一张嘴，所以工作不好作……"接着他就举出好多例子，说哪个媳妇爱听人夸她的手快，哪个老婆爱听人说她干净……只要摸得着人的"性格"，几句话就能说得她愿意听你的话。他正唠唠叨叨举着例子，支书打断他的话说："够了够了！只要克服了资本主义思想，什么性格的人都能动员出来！"

话才说到这里，乡政府来送通知，要主任和支书带两天给养马上到乡政府集合，然后到城关一个社里参观整风大辩论。两个人看了通知，主任说："怎么办？"支书说：

"去！""生产？""交给副主任！"主任看了看杨小四，带着讽刺的口气说："小四！生产交给你！支书说过，'生产和整风分不开'，怎样布置都由你！""还有人家高秀兰哩！""你和她商量去吧！"

主任和支书走后，杨小四去找高秀兰和副支书，三个人商量了一下，晚上召开了个社员大会。

人们快要集合齐了的时候，向来不参加会的小腿疼和吃不饱也来了。当她们走近人群的时候，吃不饱推着小腿疼的脊背说："快去快去！凑他们都还没有开口！"她把小腿疼推进了场，她自己却只坐在圈外。一队的队长王盈海看见她们两个来得不大正派，又见小腿疼被推进场去以后要直奔主席台，就趁了两步过来拦住她说："你又要干什么？""干什么？今天晌午的事你又不是不知道！先得把小四骂我的事说清楚，要不今天晚上的会开不好！"前边提过，王盈海也是小腿疼的一个本家小叔子，说话要比王聚海、王镇海都尖刻。王盈海当了队长，小腿疼虽然能借着个叔嫂关系跟他耍无赖，不过有时候还怕他三分。王盈海见小腿疼的话头来得十分无理，怕她再把个会场搅乱了，就用话顶住她说："你的兴就还没有败透？人家什么地方屈说了你？你的腿到底疼不疼？""疼不疼你管不着！""编在我队里我就要管你！说你腿疼哩，闹起事来你比谁跑得也快；说你不疼哩，你却连饭也不能做，把个媳妇拖得上不了地！人家给你写了张大字报，你就跟被蝎子蜇了一下一样，唧唧喳喳乱叫喊！叫吧！越叫越多！再要不改造，大字报会把你的大门上也贴满了！"这样一顶，果然有效，把个小腿疼顶得关上嗓门慢慢退出场外和吃不饱坐到一起去。杨小四看见小腿疼息了虎威，悄悄和高秀兰说："咱们主任对小腿疼的'性格'摸得还是不太透。他说小腿疼是'吃软不吃硬'，我看一队长这'硬'的比他那'软'的更有效些。"

宣布开会了，副支书先讲了几句话说："支书和主任今天走得很急促，没有顾上详细安排整风工作怎样继续进行。今天下午我和两位副主任商议了一下，决定今天晚上暂且不开整风会，先来布置明天的生产。明天晚上继续整风，开分组检讨会，谁来检讨、检讨什么，得等到明天另外决定。我不说什么了，请副主任谈生产吧！"副支书说了这么几句简单的话就坐下了。有个人提议说："最好是先把检讨人和检讨什么宣布一下，好让大家准备准备！"副支书又站起来说："我们还没有商量好，还是等明天再说吧！"

接着就是杨小四讲话。他说："咱们现在的生产问题，大家都看得很清楚：棉花摘不下来，花秆拔不了，牲口闲站着，地不能犁，再过几天地一冻，秋杀地就算误了。摘完了的棉花秆，断不了还要丢下一星半点，拔花秆上熏了肥料，觉着很可惜；要让大家自由拾一拾吧，还有好多三遍花没有摘，说不定有些手不干净的人要偷偷摸摸的。我们下午商量了一下，决定明后两天，由各队妇女副队长带领各队妇女，有组织地自由拾花；

各队队长带领男劳力,在拾过自由花的地里拔花杆,把这一部分地腾清以后,先让牲口犁着,然后再摘那没有摘过三遍的花。为了防止偷花的毛病,现在要宣布几条纪律:第一、明天早晨各队正副队长带领全队队员到村外南池边犁过的那块地里集合,听候分配地点。第二、各队妇女只准到指定地点拾花,不许乱跑。第三、谁要不到南池边集合,或者不往指定地点,拾的花就算偷的,还按社里原来的规定,见一斤扣除五个劳动日的工分,不愿叫扣除的送到法院去改造。完了!散会!"

大会没有开够十分钟就散了,会后大家纷纷议论:有的说:"青年人究竟没有经验!就定一百条纪律,该偷的还是要偷!"有的说:"队长有什么用?去年拾自由花,有些妇女队长也偷过!"有的说:"年轻人可有点火气,真要处罚几个人,也就没人敢偷了!"有的说:"他们不过替人家当两天家,不论说得多么认真,王聚海回来还不是平塌塌地又放下了!"准备偷花的妇女们,也互相交换着意见:"他想的倒周全,一分开队咱们就散开,看谁还管得住谁?""分给咱们个好地方咱们就去,要分到没出息的地方,干脆都不要跟上队长走!""他一只手拖一个,两只手拖两个,还能把咱们都拖住?""我们的队长也不那么老实!"……

"新官上任,不摸秉性",议论尽管议论,第二天早晨都还得到村外南池边那块犁过的地里集合。

要来的人都来到犁耙得很平整的这块地里来坐下,村里再没有往这里走的人了,小四、秀兰和副支书一看,平常装病、装忙、装饿的那些妇女们这时候差不多也都到齐,可是小腿疼和吃不饱两个有名人物没有来。他们三个人互相看了看,秀兰说:"大概是一张大字报真把人家两个人惹恼了!"大家又稍微等了一下,小四说:"不等她们了,咱们就按咱们的计划来吧!"他走到面向群众那一边说:"各队先查点一下人数,看一共来了多少人!男女分别计算!"各个队长查点了一遍,把数字报告上来。小四又说:"请各队长到前边来,咱们先商量一下!"各队长都集中到他们三个人跟前来。小四和各队长低声说了几句话,各个队长一听都大笑起来,笑过之后,依小四的吩咐坐在一边。

小四开始讲话了。小四说:"今天大家来得这样齐楚,我很高兴。这几天,队长每天去动员人摘花,可是说来说去,来的还是那几个人,不来的又都各有理由:有的说病了,有的说孩子病了,有的说家里忙得离不开……指东划西不出来,今天一听说自由拾花大家就什么事也没有了!这不明明是自私自利思想作怪吗?摘头遍花能超过定额一倍的时候,大家也是这样来得整齐。你们想想:平常活叫别人做,有了便宜你们讨,人家长年在地里劳动的人吃你们多少亏?你们真是想'拾'花吗?一个人一天拾不到一斤籽棉,值上两三毛钱,五天也赚不够一个劳动日,谁有那么傻瓜?老实说:愿意拾花的根本就是想偷花!今年不能像去年,多数人种地让少数人偷!花秆上丢的那一点棉花不拾了,把花秆拔下来堆在地边让每天下午小学生下了课来拾一拾,拾过了再熏肥。今天来了的人一个也不许回去！妇女们各队到各队地里摘三遍花，定额不动，仍是八斤一个劳动日；男人们除了往麦地担粪的还去担粪，其余到各队摘尽了花的地里拔花杆！我的话讲完了！副支书还要讲话！"有一个媳妇站起来说："副主任！我不说瞎话！我今天不能去！我孩子的病还没有好！不信你去看看！"小四打断她的话说："我不看！孩子病不好你为什么能来？""本来就不能来，因为……""因为听说要自由拾花！本来不能来你怎么来的？天天叫也叫不到地，今天没有人去叫你，你怎么就来了？副支书马上就要跟你们讲这些事！"这个媳妇再没有说的，还有几个也想找理由请假，见她受了碰，也都没有敢开口。她们也想到悄悄溜走，可是坐在村外一块犁过的地里，各个队长又都坐在通到村里去的路上，谁动一动都看得见，想跑也跑不了。

　　副支书站起来讲话了。他说："我要说的话很简单：有人昨天晚上要我把今天的分组检讨会布置一下，把检讨人和检讨什么告大家说，让大家好准备。现在我可以告大家说了：检讨人就是每天不来今天来的人，检讨的事就是'为什么只顾自己不顾社'。现在先请各队的记工员把每天不来今天来的人开个名单。"

　　一会，名单也开完了，小四说："谁也不准回村去！谁要是半路偷跑了，或者下午不来了，把大字报给她出到乡政府！"秀兰插话说："我们三队的地在村北哩，不回村怎么过去？"小四向三队队长张太和说："太和！你和你的副队长把人带过村去，到村北路上再查点一下，一个也不准回去！各队干各队的事！散会！"

　　在散会中间又有些小议论："小四比聚海有办法！""想得出来干得出来！""这伙懒婆娘可叫小四给整住了！""也不止小四一个，他们三个人早就套好了！""聚海只学过内科，这些年轻人能动手术！""聚海的内科也不行，根本治不了病！""可惜小腿疼和吃不饱没有来！"……说着就都走开了。

　　第三队通过了村，到了村北的路上，队长查点过人数，就往村北的杏树底地里来。这地方有两丈来高一个土岗，有一棵老杏树就长在这土岗上，围着这土岗南、东、北三面有二十来亩地在成立农业社以后连成了一块，这一年种的是棉花，东南两面向阳地方的棉花已经摘尽了，只有北面因为背阴一点，第三遍花还没有摘。他们走到这块地里，把男劳力和高秀兰那样强一点的女劳力留在南头拔花杆，让妇女队长带着软一点的女劳力上北头去摘花。

　　妇女们绕过了南边和东边快要往北边转弯了，看见有四个妇女早在这块地里摘花，其中有小腿疼和吃不饱两个人。大家停住了步，妇女队长正要喊叫，有个妇女向她摆摆手低声说："队长不要叫她们！你一叫她们不拾了！咱们也装成自由拾花的样子慢慢往那边去！到那里咱们摘咱们的，她们拾她们的！让她们多拾一点处理起来也有个分量！"妇女队长说："我说她们怎么没有出来！原来早来了！"另一个不常下地的妇女说："吃不饱昨天夜里散会以后，就去跟我商量过不要到南池边去集合，早一点往地里去，我没有敢听她的话。"大家都想和小腿疼她们开开玩笑，就都装作拾花的样子，一边在摘过的空花秆上拾着零花，一边往北边走。

原来头天晚上开会时候，小腿疼没有闹起事来，不是就退出场外和吃不饱坐在一起了吗？她们一听到第二天叫自由拾花，吃不饱就对住小腿疼的耳朵说："大婶！咱明天可不要管他那什么纪律！咱们叫上几个人天不明就走，赶她们到地，咱们就能弄他好几斤！她们到南池边集合，咱们到村北杏树底去，谁也碰不上谁；赶她们也到杏树底来咱们跟她们一块儿拾。拾东西谁也不能不偷，她们一偷，就不敢去告咱们的状了！"小腿疼说："我也是这么想！什么纪律！犯纪律的多哩！处理过谁？光咱们俩去多好！不要叫别人！""要叫几个人，犯了也有个垫背的；不过也不要叫得太多，太多了轮到一个人手里东西就不多了！"她们一共叫过五个人，不过有三个没有敢来，临出发只来了两个，就相跟着到杏树底来了。她们正在五六亩大的没有摘过三遍花的地里偷得起劲，听见有人说话，抬头一看，见三队的妇女都来了，就溜到摘过的这一边来；后来见三队的人也到没有摘过的那边去了，她们就又溜回去。三队的人都哈哈大笑起来。小腿疼说："笑什么？许你们偷不许我们偷？"有个人说："你们怎么拾了那么多？""谁不叫你们早点来？"三队的人都是挨着摘，小腿疼她们四个人可是满地跑着拣好的。三队有个人说："要偷也该挨住片偷呀！"小腿疼说："自由拾花你管我们怎么拾哩？要说是偷，你们不也是偷吗？"大家也不认真和她辩论，有些人隔一阵还忍不住要笑一次。

妇女队长悄悄和一个队员说："这样一直开玩笑也不大好。我离开怕她们闹起来，请你跑到南头去和队长、副主任说一声，叫他们看该怎么办！"那个队员就去了。

队长张太和更是个开玩笑大王。他一听说小腿疼和吃不饱那两个有名人物来了，好像有点幸灾乐祸的样子说："来了才合理！我早就想到这些人物碰上这些机会不会不出马！你先回去摘花，我马上就到！"他又向高秀兰说："副主任！你先不要出面，等我把她们整住了请你你再去！你把你的上级架子扎得硬硬地！"可是高秀兰不愿意那样做。高秀兰说："咱们都是才学着办事，还是正正经经来吧！咱们一同去！"他们走到北头，队员们看见副主任和队长都来了，又都大笑起来。张太和依照高秀兰的意见，很正经地说："大家不要笑了！你们那几位也不要满地跑了！"小腿疼又耍她的厉害："自由拾花！你管不着！""就算自由拾花吧！你们来抢我三队的花，我就要管！都先把篮子缴给我！"吃不饱说："我可是三队的！三队的花许别人偷就得许我偷！要缴大家都缴出来！"张太和说："谁也得缴！"说着就先把她们四个人的篮子夺下来，然后就问她们说："你们为什么不到南池边集合？"吃不饱说："你且不要问这个！你不是说'谁也得缴'吗？为什么不缴她们的？""她们是给社里摘！""我们也是给社里摘！""谁叫你们摘的？""谁叫她们摘的？""对！现在就先要给你们讲明是谁叫她们摘的！"接着就把在南池边集合的时候那一段事给她们四个讲述了一遍,讲得她们都软下来。小腿疼说:"不叫拾不拾算了!谁叫你们不先告我们说?""不告说为什么还叫到南池边集合?告你说你不去听,别人有什么办法?"小腿疼说:"算我们白拾了一趟!你们把花倒下,给我们篮子我们走!"

这时候,高秀兰说话了。她说:"事情不那么简单:事前宣布纪律,为的是让大家不犯,犯了可就不能随便了事!这棉花分明是偷的。太和同志!把这些棉花送回社里,过一过秤,让保管给她们每一个篮子上贴上个条子,写明她们的姓名和棉花的分量,连篮子一同保存起来,等以后开个社员大会,让大家商量一个处理办法来处理!"张太和把四个篮子拿起来走了,小腿疼说:"秀兰呀!你可不能说我们是偷的!我们真正不知道你们今天早上变了卦!"秀兰说:"我们一点也没有变卦!昨天晚上杨小四同志给大家说得明白:'谁要不到南池边集合,拾的花就都算偷的',何况你们明明白白在没有摘过的地里来抢哩?这是妨害全社利益的事,我们不能自作主张,准备交给群众讨论个处理办法!你们有什么话到社员大会上说去吧!"

小腿疼和吃不饱偷了棉花的事,等到吃早饭的时候,就传遍了全村。上午,各队在做活的时候提起这事,差不多都要求把整风的分组检讨会推迟一天,先在本天晚上开个社员大会处理偷花问题——因为大多数人都想叫在王聚海回来之前处理了,免得他回来再来个"八面圆"把问题平放下来。两个副主任接受了大家的要求,和副支书商量把整风会推迟一天,晚上就召开了处理偷花问题的社员大会。

大会开了。会议的项目是先由高秀兰报告捉住四个偷花贼的经过,再要她们四个人坦白交代,然后讨论处理办法。

在她们四个人坦白交代的时候,因为篮子和偷的棉花都还在社里,爱"了事"的主任又不在家,所以除了小腿疼还想找一点巧辩的理由外,一般都还交代得老实。前头是那两个垫背的交代的。一个说是她头天晚上没有参加会,小腿疼约她去她就去了,去到杏树底见地里没有人,根本没有到已经摘尽了的地里去拾,四个人一去,就跑到北头没摘过的地里去了。另一个说得和第一个大体相同,不过她自己是吃不饱约她的。这两个人交代过之后,群众中另有三个人插话说小腿疼和吃不饱也约过她们,她们没有敢去。第三个就叫吃不饱交代。吃不饱见大风已经倒了,老老实实把她怎样和小腿疼商量、怎样去拉垫背的、计划几时出发、往哪块地去……详细谈了一遍。有人追问她拉垫背的有什么用处,她说根据主任处理问题的习惯,犯案的人越多了处理得越轻,有时候就不处理;不过人越多了,每个人能偷到的东西就太少了,所以最好是少拉几个,既不孤单又能落下东西。她可以算是摸着主任的"性格"了。

最后轮着小腿疼作交代了。主席杨小四所以把她排在最后,就是因为她好倚老卖老来巧辩,所以让别人先把事实摆一摆来减少她一些巧辩的机会。可是这个小老太婆真有两下子,有理没理总想争个盛气。她装作很受屈的样子说:"说什么?算我偷了花还不行?"有人问她:"怎么'算'你偷了?你究竟偷了没有?""偷了!偷也是副主任叫我偷的!"主席杨小四说:"哪个副主任叫你偷的?""就是你!昨天晚上在大会上说叫大家拾花,过了一夜怎么就不算了?你是说话呀是放屁哩?"她一骂出来,没有等小四答话,群众就有一半以上的人"哗"地一下站起来:"你要起反!""叫你坦白呀叫你骂人?"……三队长张太和说:"我提议:想坦白也不让她坦白了!干脆送法院!"大家一齐喊"赞成"。小腿疼着了慌,头像货郎鼓一样转来转去四下看。她的孩子、媳妇见说要送她也都慌了。孩子劝她说:"娘你快交代呀!"小四向大家说:"请大家稍静一下!"然后又向小腿疼说:"最后问你一次:交代不交代?马上答应,不交代就送走!没有什么客气的!""交交交代什么呀?""随你的便!想骂你就再骂!""不不不那是我一句话说错了!我交代!"小四问大家说:"怎么样?就让她交代交代看吧?""好吧!"大家答应着又都坐下了。小腿疼喘了几口气说:"我也不会说什么!反正自己做错了!事情和宝珠说的差不多:昨天晚上快散会的时候,宝珠跟我说:'咱明天可不要管他那什么纪律!咱们叫上几个人……'"

这时候忽然出了点小岔子:城关那个整风辩论会提前开了半天,支书和主任摸了几里黑路赶回来了。他们见场里有灯光,预料是开会,没有回家就先到会场上来。主任远远看见小腿疼先朝着小四说话然后又转向群众,以为还是争论那张大字报的问题,就赶了几步赶进场里,根本也没有听小腿疼正说什么,就拦住她说:"回去吧老嫂!一点点小事还值得追这么紧?过几天给你们解释解释就完了……"大家初看见他进到会场时候本来已经觉得有点泄气,赶听到他这几句话,才知道他还根本不了解情况,"轰隆"一声都笑了。有个年纪老一点的人说:"主任!你且坐下来歇歇吧!'没有调查就没有发言权'!"支书也拉住他说:"咱们打听打听再说话吧!离开一天多了,你知道人家的工作是怎样安排的?"主任觉得很没意思,就和支书一同坐下。

小腿疼见主任王聚海一回来,马上长了精神。她不接着往下交代了。她离开自己站的地方走到王聚海面前说:"老弟呀!你走了一天,人家就快把你这没出息嫂嫂摆弄死了!"她来了这一下,群众马上又都站起来:"你不用装蒜!""你犯了法谁也替不了你!"……主任站起来走到小四旁边面向大家说:"大家请坐下!我先给大家谈谈!没有了不了的事……"有人说:"你请坐下!我们今天没有选你当主席!""这个事我们会'了'!"……支书急了,又把主任拉住说:"你为什么这么肯了事?先打听一下情况好不好?让人家开会,我们到社房休息休息!"又问副支书说:"你要抽得出身来的话,抽空子到社房给我们谈谈这两天的事!"副支书说:"可以!现在就行!"

他们三个离了会场到社房,副支书把他和杨小四、高秀兰怎样把那些光想讨巧不想劳动的妇女调到南池边,怎样批评了她们,怎样分配人力摘花、拔花杆,怎样碰上小腿疼她们偷花……详谈了一遍并且说:"棉花明天就可以摘完,今天下午犁地的牲口就全部出动了,花秆拔得赶得上犁,剩下的男劳动力仍然往准备冬浇的小麦地里运粪。"他报告完了情况，就先赶回会场去。

副支书走了，支书想了一想说："这些年轻人还是有办法！做法虽说有点开玩笑，可是也解决了问题！"主任说："我看那种动员办法不可靠！不捉摸每个人的'性格'，勉强动员到地里去，能做多少活哩？""再不要相信你摸得着人的'性格'了！我看人家几个年轻同志非常摸得着人的'性格'。那些不好动员的妇女们有她们的共同'性格'，那就是'偷懒取巧'。正因为摸透了她们这种性格，才把她们都调动出来。人家不止'摸得着'这种性格，还能'改变'这种性格。你想：开了那么一个'思想展览会'，把她们的坏思想斗出来了，她们还能原封收回去吗？你说人家动员的人不能做活，可是棉花是靠那些人摘下来的。用人家的办法两天就能摘完，要仍用你那'摸性格'的老办法，恐怕十天也摘不完——越摘人越少。在整风方面，人家一来就找着两个自私自利的头子，你除不帮忙，还要替人家'解释解释'。你就没有想到全社的妇女你连一半人数也没有领导起来，另一半就是咱那个小腿疼嫂嫂和李宝珠领导着的！我的老哥！我看你还是跟那几位年轻同志在一块'锻炼锻炼'吧！"主任无话可说了，支书拉住他说："咱们去看看人家怎么处理这偷花问题。"

他们又走到会场时候，小腿疼正向小四求情。小腿疼说："副主任！你就让我再交代交代吧！"原来自她说了大家"捉弄"了她以后，大家就不让她再交代，只讨论了对另外三个人的处分问题，留她准备往法院送。有个人看见主任来了，就故意讽刺小腿疼说："不要要求交代了！那不是？主任又来了！"主任说："不要说我！我来不来你们该怎么办还怎么办！刚才怨我太主观，不了解情况先说话！"小腿疼也抢着说："只要大家准我交代，不论谁来了我也交代！"小腿疼看了看群众，群众不说话；看了看副支书和两个副主任，这三个人也不说话。群众看了看主任，主任不说话；看了看支书，支书也不说话。全场冷了一下以后，小腿疼的孩子站起来说："主任！我替我娘求个情！还是准她交代好不好？"小四看了看这青年，又看了看大家说："怎么样？大家说！"有个老汉说："我提议，看在孩子的面上还让她交代吧！"又有人接着说："要不就让她说吧！"小四又问："大家看怎么样？"有些人也答应："就让她说吧！""叫她说说试试！"……小腿疼见大家放了话，因为怕进法院，恨不得把她那些对不起大家的事都说出来，所以坦白得很彻底。她说完了，大家决定也按一斤籽棉五个劳动日处理，不过也跟给吃不饱规定的条件一样，说这工一定得她做，不许用孩子的工分来顶。

散会以后，支书走在路上和主任说："你说那两个人'吃软不吃硬'，你可算没有摸透她们的'性格'吧？要不是你的认识给她们撑了腰，她们早就不敢那么猖狂了！所以我说你还是得'锻炼锻炼'！"

1958 年 7 月 14 日

（选自《火花》1958 年第 8 期）

茹志鹃

百合花

一九四六年的中秋。

这天打海岸的部队决定晚上总攻。我们文工团创作室的几个同志,就由主攻团的团长分派到各个战斗连去帮助工作。大概因为我是个女同志吧!团长对我抓了半天后脑勺,最后才叫一个通讯员送我到前沿包扎所去。

包扎所就包扎所吧!反正不叫我进保险箱就行。我背上背包,跟通讯员走了。

早上下过一阵小雨,现在虽放了晴,路上还是滑得很,两边地里的秋庄稼,却给雨水冲洗得青翠水绿,珠烁晶莹。空气里也带有一股清鲜湿润的香味。要不是敌人的冷炮,在间歇地盲目地轰响着,我真以为我们是去赶集的呢!

通讯员撒开大步,一直走在我前面。一开始他就把我撂下几丈远。我的脚烂了,路又滑,怎么努力也赶不上他。我想喊他等等我,却又怕他笑我胆小害怕;不叫他,我又真怕一个人摸不到那个包扎所。我开始对这个通讯员生起气来。

嗳!说也怪,他背后好像长了眼睛似的,倒自动在路边站下了。但脸还是朝着前面,没看我一眼。等我紧走慢赶地快要走近他时,他又蹬蹬蹬地自个向前走了,一下又把我摔下几丈远。我实在没力气赶了,索性一个人在后面慢慢晃。不过这一次还好,他没让我撂得太远,但也不让我走近,总和我保持着丈把远的距离。我走快,他在前面大踏步向前;我走慢,他在前面就摇摇摆摆。奇怪的是,我从没见他回头看我一次,我不禁对这通讯员发生了兴趣。

刚才在团部我没注意看他,现在从背后看去,只看到他是高挑挑的个子,块头不大,但从他那副厚实实的肩膀看来,是个挺棒的小伙,他穿了一身洗淡了的黄军装,绑腿直打到膝盖上。肩上的步枪筒里,稀疏地插了几根树枝,这要说是伪装,倒不如算作装饰点缀。

没有赶上他,但双脚胀痛得像火烧似的。我向他提出了休息一会后,自己便在做田界的石头上坐了下来。他也在远远的一块石头上坐下,把枪横搁在腿上,背向着我,好像没我这个人似的。凭经验,我晓得这一定又因为我是个女同志的缘故。女同志下连队,就有这些困难。我着恼地带着一种反抗情绪走过去,面对着他坐下来。这时,我看见他那张十分年轻稚气的圆脸,顶多有十八岁。他见我挨他坐下,立即张惶起来,好像他身边埋下了一颗定时炸弹,局促不安,掉过脸去不好,不掉过去又不行,想站起来又不好意思。我拼命忍住笑,随便地问他是哪里人。他没回答,脸涨得像个关公,讷讷半响,才说清自己是天目山人。原来他还是我的同乡呢!

"在家时你干什么?"

"帮人拖毛竹。"

我朝他宽宽的两肩望了一下,立即在我眼前出现了一片绿雾似的竹海,海中间,一条窄窄的石级山道,盘旋而上。一个肩膀宽宽的小伙,肩上垫了一块老蓝布,扛了几枝青竹,竹梢长长地拖在他后面,刮打得石级哗哗作响。……这是我多么熟悉的故乡生活啊!我立刻对这位同乡,越加亲热起来。我又问:

"你多大了?"

"十九。"

"参加革命几年了?"

"一年。"

"你怎么参加革命的?"我问到这里自己觉得这不像是谈话,倒有些像审讯。不过我还是禁不住地要问。

"大军北撤时我自己跟来的。"

"家里还有什么人呢?"

"娘,爹,弟弟妹妹,还有一个姑姑也住在我家里。"

"你还没娶媳妇吧?"

"……"他飞红了脸,更加忸怩起来,两只手不停地数摸着腰皮带上的扣眼。半响他才低下了头,憨憨地笑了一下,摇了摇头。我还想问他有没有对象,但看到他这样子,只得把嘴里的话,又咽了下去。

两人闷坐了一会,他开始抬头看看天,又掉过来扫了我一眼,意思是在催我动身。

当我站起来要走的时候,我看见他摘了帽子,偷偷地在用毛巾拭汗。这是我的不是,人家走路都没出一滴汗,为了我跟他说话,却害他出了这一头大汗,这都怪我了。

我们到包扎所,已是下午两点钟了。这里离前沿有三里路,包扎所设在一个小学里,大小六个房子组成品字形,中间一块空地长了许多野草,显然,小学已有多时不开课了。我们到时屋里已有几个卫生员在弄着纱布棉花,满地上都是用砖头垫起来的门板,算作病床。

我们刚到不久,来了一个乡干部,他眼睛熬得通红,用一片硬拍纸插在额前的破毡帽下,低低地遮在眼睛前面挡光。他一肩背枪,一肩挂了一杆秤;左手拎了一篮鸡蛋,右手提了一口大锅,呼哧呼哧地走来。他一边放东西,一边对我们又抱歉又诉苦,一边还喘息地喝着水,同时还从怀里掏出一包饭团来嚼着。我只见他迅速地做着这一切。他说的什么我就没大听清。好像是说什么被子的事,要我们自己去借。我问清了卫生员,原来因为部队上的被子还没发下来,但伤员流了血,非常怕冷,所以就得向老百姓去借。

哪怕有一二十条棉絮也好。我这时正愁工作插不上手，便自告奋勇讨了这件差事，怕来不及就顺便也请了我那位同乡，请他帮我动员几家再走。他踌躇了一下，便和我一起去了。

我们先到附近一个村子，进村后他向东，我往西，分头去动员。不一会，我已写了三张借条出去，借到两条棉絮，一条被子，手里抱得满满的，心里十分高兴，正准备送回去再来借时，看见通讯员从对面走来，两手还是空空的。

"怎么，没借到？"我觉得这里老百姓觉悟高，又很开通，怎么会没有借到呢？我有点惊奇地问。

"女同志，你去借吧！……老百姓死封建。……"

"哪一家？你带我去。"我估计一定是他说话不对，说崩了。借不到被子事小，得罪了老百姓影响可不好。我叫他带我去看看。但他执拗地低着头，像钉在地上似的，不肯挪步。我走近他，轻声地把群众影响的话对他说了。他听了，果然就松松爽爽地带我走了。

我们走进老乡的院子里，只见堂屋里静静的，里面一间房门上，垂着一块蓝布红额的门帘，门框两边还贴着鲜红的对联。我们只得站在外面向里"大姐、大嫂"地喊，喊了几声，不见有人应，但响动是有了。一会，门帘一挑，露出一个年轻媳妇来。这媳妇长得很好看，高高的鼻梁，弯弯的眉，额前一溜蓬蓬松松的刘海。穿的虽是粗布，倒都是新的。我看她头上已硬挠挠地挽了髻，便大嫂长大嫂短地向她道歉，说刚才这个同志来，说话不好别见怪等等。她听着，脸扭向里面，尽咬着嘴唇笑。我说完了，她也不作声，还是低头咬着嘴唇，好像忍了一肚子的笑料没笑完。这一来，我倒有些尴尬了，下面的话怎么说呢！我看通讯员站在一边，眼睛一眨不眨地看着我，好像在看连长做示范动作似的。我只好硬了头皮，讪讪地向她开口借被子了，接着还对她说了一遍共产党的部队，打仗是为了老百姓的道理。这一次，她不笑了，一边听着，一边不断向房里瞅着。我说完了，她看看我，看看通讯员，好像在掂量我刚才那些话的斤两。半晌，她转身进去抱被子了。

通讯员乘这机会，颇不服气地对我说道：

"我刚才也是说的这几句话，她就是不借，你看怪吧！……"

我赶忙白了他一眼，不叫他再说。可是来不及了，那个媳妇抱了被子，已经在房门口了。被子一拿出来，我方才明白她刚才为什么不肯借的道理了。这原来是一条里外全新的新花被子，被面是假洋缎的，枣红底，上面撒满白色百合花。她好像是在故意气通讯员，把被子朝我面前一送，说："抱去吧。"

我手里已捧满了被子，就一努嘴，叫通讯员来拿。没想到他竟扬起脸，装作没看见。我只好开口叫他，他这才绷了脸，垂着眼皮，上去接过被子，慌慌张张地转身就走。不想他一步还没走出去,就听见"嘶"的一声,衣服挂住了门钩,在肩膀处,挂下一片布来,口子撕得不小。那媳妇一面笑着,一面赶忙找针拿线,要给他缝上。通讯员却高低不肯,挟了被子就走。

刚走出门不远,就有人告诉我们,刚才那位年轻媳妇,是刚过门三天的新娘子,这条被子就是她唯一的嫁妆。我听了,心里便有些过意不去了,通讯员也皱起了眉,默默地看着手里的被子。我想他听了这样的话一定会有同感吧!果然,他一边走,一边跟我嘟哝起来了。

"我们不了解情况,把人家结婚被子也借来了,多不合适呀!……"我忍不住想给他开个玩笑,便故作严肃地说:

"是呀!也许她为了这条被子,在做姑娘时,不知起早熬夜,多干了多少零活,才积起了做被子的钱,或许她曾为了这条花被,睡不着觉呢。可是还有人骂她死封建。……"

他听到这里,突然站住脚,呆了一会,说:

"那!……那我们送回去吧!"

"已经借来了,再送回去,倒叫她多心。"我看他那副认真、为难的样子,又好笑,又觉得可爱。不知怎么的,我已从心底爱上了这个傻乎乎的小同乡。

他听我这么说,也似乎有理,考虑了一下,便下了决心似的说:

"好,算了。用了给她好好洗洗。"他决定以后,就把我抱着的被子,统统抓过去,左一条、右一条地披挂在自己肩上,大踏步地走了。

回到包扎所以后,我就让他回团部去。他精神顿时活泼起来了,向我敬了礼就跑了。走不几步,他又想起了什么,在自己挂包里掏了一阵,摸出两个馒头,朝我扬了扬,顺手放在路边石头上,说:

"给你开饭啦!"说完就脚不点地地走了。我走过去拿起那两个干硬的馒头,看见他背的枪筒里不知在什么时候又多了一枝野菊花,跟那些树枝一起,在他耳边抖抖地颤动着。

他已走远了,但还见他肩上撕挂下来的布片,在风里一飘一飘。我真后悔没给他缝上再走。现在,至少他要裸露一晚上的肩膀了。

包扎所的工作人员很少。乡干部动员了几个妇女,帮我们打水,烧锅,做些零碎活。那位新媳妇也来了,她还是那样,笑眯眯地抿着嘴,偶然从眼角上看我一眼,但她时不时地东张西望,好像在找什么。后来她到底问我说:

"那位同志弟到哪里去了?"我告诉她同志弟不是这里的,他现在到前沿去了。她不好意思地笑了一下说:"刚才借被子,他可受我的气了!"说完又抿了嘴笑着,动手把借来的几十条被子、棉絮,整整齐齐地分铺在门板上、桌子上(两张课桌拼起来,就是一张床)。我看见她把自己那条白百合花的新被,铺在外面屋檐下的一块门板上。

天黑了，天边涌起一轮满月。我们的总攻还没发起。敌人照例是忌怕夜晚的，在地上烧起一堆堆的野火，又盲目地轰炸，照明弹也一个接一个地升起，好像在月亮下面点了无数盏的汽油灯，把地面的一切都赤裸裸地暴露出来了。在这样一个"白夜"里来攻击，有多困难，要付出多大的代价啊！我连那一轮皎洁的月亮，也憎恶起来了。

乡干部又来了，慰劳了我们几个家做的干菜月饼。原来今天是中秋节了。

啊！中秋节，在我的故乡，现在一定又是家家门前放一张竹茶几，上面供一副香烛，几碟瓜果月饼。孩子们急切地盼那炷香快些焚尽，好早些分摊给月亮娘娘享用过的东西，他们在茶几旁边跳着唱着："月亮堂堂，敲锣买糖……"或是唱着："月亮嬷嬷，照你照我……"我想到这里，又想起我那个小同乡，那个拖毛竹的小伙，也许，几年以前，他还唱过这些歌吧！……我咬了一口美味的家做月饼，想起那个小同乡大概现在正趴在工事里，也许在团指挥所，或者是在那些弯弯曲曲的交通沟里走着哩！……

一会儿，我们的炮响了，天空划过几颗红色的信号弹，攻击开始了。不久，断断续续地有几个伤员下来，包扎所的空气立即紧张起来。

我拿着小本子，去登记他们的姓名、单位，轻伤的问问，重伤的就得拉开他们的符号，或是翻看他们的衣襟。我拉开一个重彩号的符号时，"通讯员"三个字使我突然打了个寒战，心跳起来。我定了下神才看到符号上写着×营的字样。啊！不是，我的同乡他是团部的通讯员。但我又莫名其妙地想问问谁，战地上会不会漏掉伤员。通讯员在战斗时，除了送信，还干什么，——我不知道自己为什么要问这些没意思的问题。

战斗开始后的几十分钟里，一切顺利，伤员一次次带下来的消息，都是我们突破第一道鹿砦，第二道铁丝网，占领敌人前沿工事打进街了。但到这里，消息忽然停顿了，下来的伤员，只是简单地回答说："在打。"或是："在街上巷战。"但从他们满身泥泞，极度疲乏的神色上，甚至从那些似乎刚从泥里掘出来的担架上，大家明白，前面在进行着一场什么样的战斗。

包扎所的担架不够了，好几个重彩号不能及时送后方医院，耽搁下来。我不能解除他们任何痛苦，只得带着那些妇女，给他们拭脸洗手，能吃得的喂他们吃一点，带着背包的，就给他们换一件干净衣裳，有些还得解开他们的衣服，给他们拭洗身上的污泥血迹。

做这种工作，我当然没什么，可那些妇女又羞又怕，就是放不开手来，大家都要抢着去烧锅，特别是那新媳妇。我跟她说了半天，她才红了脸，同意了。不过只答应做我的下手。

前面的枪声，已响得稀落了。感觉上似乎天快亮了，其实还只是半夜。外边月亮很明，也比平日悬得高。前面又下来一个重伤员。屋里铺位都满了，我就把这位重伤员安排在屋檐下的那块门板上。担架员把伤员抬上门板，但还围在床边不肯走。一个上了年纪的担架员，大概把我当做医生了，一把抓住我的膀子说："大夫，你可无论如何要想办法治好这位同志呀！你治好他，我……我们全体担架队员给你挂匾……"他说话的时候，我发现其他的几个担架员也都睁大了眼盯着我，似乎我点一点头，这伤员就立即会好了似的。我心想给他们解释一下，只见新媳妇端着水站在床前，短促地"啊"了一声。我急拨开他们上前一看，我看见了一张十分年轻稚气的圆脸，原来棕红的脸色，现已变得灰黄。他安详地合着眼，军装的肩头上，露着那个大洞，一片布还挂在那里。

"这都是为了我们……"那个担架员负罪地说道，"我们十多副担架挤在一个小巷子里，准备往前运动，这位同志走在我们后面，可谁知道狗日的反动派不知从哪个屋顶上撂下颗手榴弹来，手榴弹就在我们人缝里冒着烟乱转，这时这位同志叫我们快趴下，他自己就一下扑在那个东西上了。……"

新媳妇又短促地"啊"了一声。我强忍着眼泪，给那些担架员说了些话，打发他们走了。我回转身看见新媳妇已轻轻移过一盏油灯，解开他的衣服，她刚才那种忸怩羞涩已经完全消失，只是庄严而虔诚地给他拭着身子，这位高大而又年轻的小通讯员无声地躺在那里。……我猛然醒悟地跳起身，磕磕绊绊地跑去找医生，等我和医生拿了针药赶来，新媳妇正侧着身子坐在他旁边。

她低着头，正一针一针地在缝他衣肩上那个破洞。医生听了听通讯员的心脏，默默地站起身说："不用打针了。"我过去一摸，果然手都冰冷了。新媳妇却像什么也没看见，什么也没听到，依然拿着针，细细地、密密地缝着那个破洞。我实在看不下去了，低声地说：

"不要缝了。"她却对我异样地瞟了一眼，低下头，还是一针一针地缝。我想拉开她，我想推开这沉重的氛围，我想看见他坐起来，看见他羞涩的笑。但我无意中碰到了身边一个什么东西，伸手一摸，是他给我开的饭，两个干硬的馒头。……

卫生员让人抬了一口棺材来，动手揭掉他身上的被子，要把他放进棺材去。新媳妇这时脸发白，劈手夺过被子，狠狠地瞪了他们一眼。自己动手把半条被子平展展地铺在棺材底，半条盖在他的身上。卫生员为难地说："被子……是借老百姓的。"

"是我的——"她气汹汹地嚷了半句，就扭过脸去。在月光下，我看见她眼里晶莹发亮，我也看见那条枣红底色上洒满白色百合花的被子，这象征纯洁与感情的花，盖上了这位平常的、拖毛竹的青年人的脸。

1958年3月

（选自《百合花》，人民文学出版社1978年版）

周立波

山那面人家

踏着山边月映出来的树影,我们去参加山那面一家人家的婚礼。

我们为什么要去参加婚礼呢?如果有人这样问,下边是我们的回答:有的时候,人是高兴参加婚礼的,为的是看着别人的幸福,增加自己的欢喜。

有一群姑娘在我们的前头走着。姑娘成了堆,总是爱笑。她们嘻嘻哈哈地笑个不断纤。有一位索性蹲在路边上,一面含笑骂人家,一面用手揉着自己笑痛了的小肚子。她们为什么笑呢?我不晓得。对于姑娘们,我了解不多。问过一位了解姑娘的专家,承他相告:"她们笑,就是因为想要笑。"我觉得这句话很有学问。但又有人告诉我:"姑娘们笑,虽说不明白具体的原因,总之,青春,健康,无挂无碍的农业社里的生活,她们劳动过的肥美的、翠青的田野,和男人同工同酬的满意的工分,以及这迷离的月色,清淡的花香,朦胧的、或是确实的爱情的感觉,无一不是她们快活的源泉。"

我想这话也似乎有理。

翻过山顶,望见新郎的家了。那是一个大瓦屋的两间小横屋。大门上挂着一个小小的古旧的红灯。姑娘们蜂拥进去了。按照传统,到了办喜事的人家,她们有种流传很久的特权。从前,我们这带的红花姑娘们,在同伴新婚的初夜,总要偷偷跑到新房的窗子外面、板壁下边去听壁脚,要是听到类似这样的私房话:"喂,困着了吗?"她们就会跑开去,哈哈大笑;第二天,还要笑几回。但也有可能,她们什么也听不到手。有经验的、也曾听过人家壁脚的新人,在这幸福的头一天夜里,可能半句话也不说,使窗外的人们失望地走开。

走在我们前头的那一群姑娘,急急忙忙跑进门去了,她们也是来听壁脚的吗?

我在山里摘了几枝茶子花,准备送给新贵人和新娘子。到了门口,我们才看见,木门框子的两边,贴着一副大红纸对联,红灯影里,显出八个端正的字样:

歌声载道
喜气盈门

我们走进门,一个青皮后生子满脸堆笑,赶出来欢迎。他是新郎邹麦秋,农业社的保管员。他生得矮矮墩墩,眉清目秀,好多的人都说他老实,但也有少数的人说他不老实。那理由是新娘很漂亮,而漂亮的姑娘,据说是不爱老实的男人的。谁知道呢,看看新娘子再说。

把茶子花献给了新郎,我们往新房走去。那里的木格窗子上糊上了皮纸,当中贴着个红纸剪的大喜字,四角是玲珑精巧的窗花,有鲤鱼、兰草,还有两只美丽的花瓶,花瓶旁边是两只壮猪。

我们攀开门帘子,进了新娘房。姑娘们早在,还是在轻声地笑,在讲悄悄话。我们才落座,她们一哄出去了,门外是一路的笑声。

等清静一点,我们才过细地端详房间。四围坐着好多人,新娘和送亲娘子坐在床边上。送亲娘子就是新娘的嫂嫂。她把一个三岁伢子带来了,正在教他唱:

三岁伢子穿红鞋,
摇摇摆摆上学来,
先生莫打我,
回去吃口汁子①又来。

我偷眼看了看新娘卜翠莲。她不蛮漂亮,但也不丑,脸模子,衣架子,都还过得去,由此可见,新郎是个又老实又不老实的角色。房间里的人都在看新娘。她很大方,一点也没有害羞的样子。她从嫂嫂怀里接过侄儿来,搔他胳肢,逗起他笑,随即抱出房间去,操了一泡尿,又抱了回来,从我身边擦过去,留下一阵淡淡的香气。

人们把一盏玻璃罩子煤油灯点起,昏黄的灯光照亮了房里的陈设。床是旧床,帐子也不新;一个绣花的红缎子帐荫子也半新不旧。全部铺盖,只有两只枕头是新的。

窗前一张旧的红漆书桌上,摆了一对插蜡烛的锡烛台,还有两面长方小镜子,此外是贴了红纸剪的喜字的瓷壶和瓷碗。在这一切摆设里头最出色的是一对细瓷半裸的罗汉。他们挺着胖大的肚子,在哈哈大笑。他们为什么笑呢?既是和尚,应该早已看破红尘,相信色即是空了,为什么要来参加人家的婚礼,并且这样欢喜呢?

新房里,坐在板凳上谈笑的人们中有乡长、社长、社里的兽医和他的堂客。乡长是个一本正经的男子,听见人家讲笑话,他不笑,自己的话引得人笑了,他也不笑。他非常忙,对于婚礼,本不想参加,但是邹麦秋是社里的干部,又是邻居,他不好不来。一跨进门,邹家翁妈迎上来说道:

"乡长来得好,我们正缺一个为首主事的。"意思是要他主婚。

当了主婚人,他只得不走,坐在新娘房里抽烟,谈讲,等待仪式的开始。

社长也是个忙人,每天至少要开两个会,谈三次话,又要劳动;到夜里,回去迟了,

---

① 汁子:奶汁。

还要挨堂客的骂。任劳任怨，他是够辛苦的了。但这一对人的结合，他不得不来。邹麦秋是他得力的助手，他来道贺，也来帮忙，还有一个并不宣布的目的，就是要来监督他们的开销。他支给邹家五块钱现款，叫他们连茶饭，带红纸红烛，带一切花销，就用这一些，免得变成超支户。

来客当中，只有兽医的话多。他天南地北，扯了一阵，话题转到婚姻制度上。

"包办也好，免得自己去操心。"兽医说。他的漂亮堂客是包办来的，他很满意。他的脸是酒糟脸，红通通的，还有个疤子，要不靠包办，很难讨到这样的堂客。

"当然是自由好嘛。"社长的堂客是包办来的，时常骂他，引起他对包办婚姻的不满。

"社长是对的，包办不如自由好。"乡长站在社长这一边，"有首民歌，单道旧式婚姻的痛苦。"

"你念一念。"社长催他。

旧式婚姻不自由，
女的哭来男的愁，
哭的长江涨了水，
愁的青山白了头。

"那也没有这样的厉害。"社长笑笑说。

"我们不哭也不愁。"兽医得意地看看他堂客。

"你是瞎子狗吃屎，瞎碰上的。"乡长说，"提起哭，我倒想起津市那边的风俗。"乡长低头吸口烟，没有马上说下去。

"什么风俗？"社长催问。

"那边兴哭嫁，嫁女的人家，临时要请好多人来哭，阔的请好几十个。"

"请来的人不会哭，怎么办？"兽医发问。

"就是要请会哭的人嘛。在津市，有种专门替人哭嫁的男女，他们是干这行业的专家，哭起来，一数一落，有板有眼，好像唱歌，好听极了。"

窗外爆发一阵姑娘们的笑声，好久不见的她们，原来已经在练习听壁脚了。新房里的人，连新娘在内，都笑了，乡长照例没有笑。没有笑的，还有兽医的堂客。她枯起了眉毛。

"你怎么样了？"兽医连忙低头小声问。

"脑壳有点昏，心里像要呕。"漂亮堂客说。

"有喜了吧？"乡长说。

"找郎中没有？"送亲娘子问。

"她还要找？夜夜跟郎中睡一床。"社长笑笑说。

"看你这个老不正经的,还当社长呢。"兽医堂客说。

外边有人说:"都布置好了,请到堂屋去。"大家涌到了堂屋,送亲娘子抱着孩子,跟在新人的背后。姑娘们也都进来了。她们倚在板壁上,肩挨着肩,手拉着手,看着新娘子,咬一会耳朵,又低低地笑一阵。

堂屋上首放着扮桶、箩筐和晒簟,这些都是农业社里的东西。正当中的长方桌上,摆起两枝点亮的红烛,烛光里,还可以清楚地看见两只插了茶子花枝的瓷瓶。靠里边墙上挂一面五星红旗,贴一张毛主席肖像。

仪式开始了,主婚人就位,带领大家,向国旗和毛主席行了一个礼,又念了县长的证书,略讲了几句,退到一边,和社长坐在一条高凳上。司仪姑娘宣布下面一项是来宾演说。不知道是哪个排定的程序,把大家最感兴味的一宗——新娘子讲话放在末尾,人们只好怀着焦急的心情来听来宾的演说。

被邀上去演讲的本来是社长,但是他说:

"还是叫新娘子讲吧。我们结婚快二十年了,新婚是什么味儿,都忘记了,有什么说的?"

大家都笑了,接着是一阵鼓掌。掌声里,人们一看,走到桌边准备说话的,不是新娘,而是酒糟脸上有个疤子的兽医。他咬字道白,先从解放前后国内的形势谈起,慢慢吞吞地,带着不少的术语,把辞锋转到了国际形势。听到这里,乡长小声地跟社长说道:

"我还约了一个人谈话,要先走一步,你在这里主持一下子。"

"我也有事,要走。"

"你不能走,都走了不好。"乡长说罢,向邹家翁妈抱歉似的点点头,起身走了。社长只得留下来,听了一会,实在忍不住,就跟旁边一个办社干部说:

"人家结个婚,跟国际国内的形势有什么关系?"

"你不晓得呀,这叫八股;才讲两股,下边还长呀。"办社干部说。

隔了半点钟,掌声又起,新娘子已经上去,兽医不见了。发辫扎着红绒绳子的新人,虽说大方,脸也通红了。她说:

"各位同志,各位父老,今天晚上,我快活极了,高兴极了。"

姑娘们吃吃地笑着,口说"快活极了,高兴极了"的新娘,却没有笑容,紧张极了。她接着讲道:

"我们是一年以前结婚的。"

大家起初愣住了,以后笑起来,但过了一阵,平静地一想,知道她由于兴奋,把订婚说做了结婚。新娘子又说:

"今天我们结婚了,我高兴极了。"她从新蓝制服口袋里掏出一本红封面的小册子,摊给大家看一看,"我把劳动手册带来了。今年我有两千工分了。"

"真不儿戏。"一个青皮后生子失声叫好。

"真是乖孩子。"一个十几岁的后生子这样地说。他忘了自己真是个孩子。

"这才是真正的嫁妆。"老社长也不禁叹服。

"我不是来吃闲饭依靠人的，我是过来劳动的。我在社里一定要好好生产，和他比赛。"

"好呀，把邹家里比下去吧。"一个青皮后生子笑着拍手。

"我的话完了。"新娘子满脸通红，跑了下来。

"没有了吗？"有人还想听。

"说得太少了。"有人还嫌不过瘾。

"送亲娘子，请。"司仪姑娘说。

送亲娘子搂着三岁的孩子，站起来说：

"我没学习，不会讲话。"说完就坐下去了，脸也涨得鲜红。

"要新郎公讲讲，敢不敢比？"有人提议。

"新郎公呢？"

"没有影子了。"有人发现。

"跑了。"有人断定。

"跑了？为什么？"

"跑到哪里去了？"

"太不象话，这叫什么新郎公？"

"他一定是怕比赛。"

"快去找去，太不象话了，人家那边的送亲娘子还在这里。"社长说。

好几十个人点着火把，拧亮手电，分几路往山里、塅里、小溪边、水塘边，到处去寻找。社长领头，寻到山里的一路，看见储藏红薯的地窖露出了灯光。

"你在这里呀，你这个家伙……"一个后生子差点要骂他。

"你为什么开溜？怕比赛吗？"老社长问他。

邹麦秋提着一盏小方灯，从地窖里爬了出来，拍拍身上的泥土，抬抬眉毛，平静地，用低沉的声音说道：

"我与其坐冷板凳，听那些牛郎中空口说白话，不如趁空来看看我们社里的红薯种，看烂了没有？"

"你呀，算是一个好的保管员，可不是一位好的新郎公。不怕爱人多心吗？"社长的话，一半是夸奖，一半是责备。

把新郎送回去以后，我们先后告辞了。踏着山边斜月映出的树影，我们各自回家去了。同路来的姑娘们还没有动身。

飘满茶子花香的一阵阵初冬月夜的微风，送来姑娘们一阵阵欢快的、放纵的笑闹声。她们一定开始在听壁脚了，或者已经有了收获吧？

（选自周立波《山那面人家》，湖南人民出版社1979年版）

张　洁

爱，是不能忘记的

我和我们这个共和国同年。三十岁，对于一个共和国来说，那是太年青了。而对一个姑娘来说，却有嫁不出去的危险。

不过，眼下我倒有一个正儿八经的求婚者。看见过希腊伟大的雕塑家米伦所创造的"掷铁饼者"那座雕塑么？乔林的身躯几乎就是那尊雕塑的翻版。即使在冬天，臃肿的棉衣也不能掩盖住他身上那些线条的优美的轮廓。他的面孔黝黑，鼻子、嘴巴的线条都很粗犷。宽阔的前额下，是一对长长的眼睛。光看这张脸和这个身躯，大多数的姑娘都会喜欢他。

可是，倒是我自己拿不准主意要不要嫁给他。因为我闹不清楚我究竟爱他的什么，而他又爱我的什么？

我知道，已经有人在背地里说长道短："凭她那些条件，还想找个什么样的？"

在他们的想象中，我不过是一头劣种的牲畜，却变着法儿想要混个肯出大价钱的冤大头。这引起他们的气恼，好像我真的干了什么伤天害理的、冒犯了众人的事情。

自然，我不能对他们过于苛求。在商品生产还存在的社会里，婚姻，也像许多问题一样，难免不带着商品交换的烙印。

我和乔林相处将近两年了，可直到现在我还摸不透他那缄默的习惯到底是因为不爱讲话，还是因为讲不出来什么？逢到我起意要对他来点智力测验，一定逼着他说出对某事或某物的看法时，他也只能说出托儿所里常用的那种词汇："好！"或"不好！"就这么两档，再也不能换换别的花样儿了。

当我问起，"乔林，你为什么爱我"的时候，他认真地思索了好一阵子。对他来说，那段时间实在够长了。凭着他那宽阔的额头上难得出现的皱纹，我知道，他那美丽的脑壳里面的组织细胞，一定在进行着紧张的思维活动。我不由地对他生出一种怜悯和一种歉意，好像我用这个问题刁难了他。

然后，他抬起那对儿童般的、清澈的眸子对我说："因为你好！"

我的心被一种深刻的寂寞填满了。"谢谢你，乔林！"

我不由地想：当他成为我的丈夫，我也成为他的妻子的时候，我们能不能把妻子和丈夫的责任和义务承担到底呢？也许能够。因为法律和道义已经紧紧地把我们拴在一起。而如果我们仅仅是遵从着法律和道义来承担彼此的责任和义务，那又是多么悲哀啊！那么，有没有比法律和道义更牢固、更坚实的东西把我们联系在一起呢？

逢到我这样想着的时候，我总是有一种古怪的感觉，好像我不是一个准备出嫁的姑娘，而是一个研究社会学的老学究。

也许我不必想这么许多，我们可以照大多数的家庭那样生活下去：生儿育女，厮守在一起，绝对地保持着法律所规定的忠诚……虽说人类社会已经进入了二十世纪七十年代，可在这点上，倒也不妨像几千年来人们所做过的那样，把婚姻当成一种传宗接代的工具，一种交换、买卖，而婚姻和爱情也可以是分离着的。既然许多人都是这么过来的，为什么我就偏偏不可以照这样过下去呢？

不，我还是下不了决心。我想起小的时候，我总是无缘无故地整夜啼哭，不仅闹得自己睡不安生，也闹得全家睡不安生。我那没有什么文化却相当有见地的老保姆说我"贼风入耳"了。我想这带有预言性的结论，大概很有一点科学性，因为直到如今我还依然如故，总好拿些不成问题的问题不但搅得自己不得安宁，也搅扰得别人不得安宁。所谓"禀性难移"吧！

我呢，还会想到我的母亲，如果她还活着，她会对我的这些想法，对乔林，对我要不要答应他的求婚说些什么？

我之所以习惯地想到她，绝不因为她是一个严酷的母亲，即使已经不在人世也依然用她的阴魂主宰着我的命运。不，她甚至不是一个母亲，而是一个推心置腹的朋友。我想，这多半就是我那么爱她，一想到她已经离我远去便悲从中来的原因吧！

她从不教训我，她只是用她那没有什么女性温存的低沉的嗓音，柔和地对我谈她一生中的过失或成功，让我从这过失或成功里找到我自己需要的东西。不过，她成功的时候似乎很少，一生里总是伴着许许多多的失败。

在她最后的那些日子里，她总是用双细细的、灵秀的眼睛长久地跟随着我，仿佛在估量着我有没有独立生活下去的能力，又好像有什么重要的话要叮嘱我，可又拿不准主意该不该对我说。准是我那没心没肺，凡事都不大有所谓的派头让她感到了悬心。她忽然冒出了一句："珊珊，要是你吃不准自己究竟要的是什么，我看你就是独身生活下去，也比糊里糊涂地嫁出去要好得多！"

照别人看来，作为一个母亲对女儿讲这样的话，似乎不近情理。而在我看来，那句话里包含着以往生活里的痛苦经验，真是一句至理名言。我倒不觉得她这样叮咛我是看轻我或是低估了我对生活的认识。她爱我，希望我生活得没有烦恼，是不是？

"妈妈，我不想嫁人！"我这么说，绝不是因为害臊或是忸怩作态。说真的，我真不知道一个姑娘什么时候需要做出害臊或忸怩的姿态，一切在一般人看来应该对孩子隐讳的事情，母亲早已从正面让我认识了它。

"要是遇见合适的，还是应该结婚。我说的是合适的！"

"恐怕没有什么合适的！"

"有还是有，不过难一点——因为世界是这么大，我担心的是你会不会遇上就是了！"她并不关心我嫁得出去还是嫁不出去，她关心的倒是婚姻的实质。

"其实，您一个人过得不是挺好吗？"

"谁说我过得挺好？"

"我这么觉得。"

"我是不得不如此……"她停住了说话，沉思起来。一种淡淡的、忧郁的神情来到了她脸上。她那忧郁的、满是皱纹的脸，让我想起我早年夹在书页里的那些已经枯萎了的花。

"为什么不得不如此呢？"

"你的为什么太多了。"她在回避我。她心里一定藏着什么不愿意让我知道的心事。我知道，她不告诉我，并不是因为她耻于向我披露，而多半是怕我不能准确地估量那事情的深浅而曲扭了它，也多半是因为人人都有点珍藏起来的、留给自己带到坟墓里去的东西。想到这里，我有点不自在。这不自在的感觉迫使我没有礼貌，没有教养地追问下去："是不是您还爱着爸爸？"

"不，我从没有爱过他。"

"他爱您吗？"

"不，他也不爱我！"

"那你们当初为什么结婚呢？"

她停了停，准是想找出更准确的字眼来说明这令人费解的反常现象。然后显出无限悔恨的样子对我说："人在青年的时候，并不一定了解自己追求的、需要的是什么，甚至别人的起哄也会促成一桩婚姻。等到你长大一些、更成熟一些的时候，你才会明白你真正需要的是什么。可那时，你已经干了许多悔恨得让你感到锥心的蠢事。你巴不得付出任何代价，只求重新生活一遍才好，那你就会变得比较聪明。人说'知足者常乐'，我却享受不到这样的快乐。"说着，她自嘲地笑了笑，"我只能是一个痛苦的理想主义者。"

莫非我那"贼风入耳"的毛病是从她那里来的？大约我们的细胞中主管"贼风入耳"这种遗传性状的是一个特别尽职尽责的基因。

"您为什么不再结婚呢？"

她不大情愿地说："我怕自己还是吃不准自己到底要什么。"她明明还是不肯对我说真话。

我不记得我的父亲。他和母亲在我很小的时候便分手了。我只记得母亲曾经很害羞地对我说过他是一个相当漂亮的、公子哥儿似的人物。我明白，她准是因为自己也曾追求过那种浅薄而无聊的东西感到害臊。她对我说过："晚上睡不着觉的时候，我常常迫使自己硬着头皮去回忆年青时代所做过的那些蠢事、错事！为的是使自己清醒。固然，这是很不愉快的，我常会羞愧地用被单蒙上自己的脸，好像黑暗里也有许多人在盯着我瞧似的。不过这种不愉快的感觉里倒也有一种赎罪似的快乐。"

我真对她不再结婚感到遗憾。她是一个很有趣味的人，如果她和一个她爱着的人结婚，一定会组织起一个十分有趣味的家庭。虽然她生得并不漂亮，可是优雅、淡泊，像一幅淡墨的山水画。文章写得也比较美，和她很熟悉的一位作家喜欢开这样的玩笑："光看你的作品，人家就会爱上你的！"

母亲便会接着说："要是他知道他爱的竟是一个满脸皱纹、满头白发的老太婆，他准会吓跑了。"

到了这种年龄，她绝不会是还不知道自己到底要什么。这分明是一句遁词。我之所以这么说，是因为她有些引起我生出许多疑惑的怪毛病。

比如，不论她上哪儿出差，她必得带上那二十七本一套的、一九五○年到一九五五年出版的契诃夫小说选集中的一本。并且叮咛着我："千万别动我这套书。你要看，就看我给你买的那一套。"这话明明是多余的，我有自己的一套，干嘛要去动她的那套呢？况且这话早已三令五申地不知说过多少遍了。可她还是怕有个万一的时候。她爱那套书爱得简直像得了魔症一般。

我们家有两套契诃夫小说选集。这也许说明对契诃夫的爱好是我们家的家风，但也许更多的是为了招架我和别的喜欢契诃夫的人。逢到有人想要借阅的时候，她便拿了我房间里的那套给人。有一次，她不在家的时候，一位很熟的朋友拿了她那套里的一本。她知道了之后，急得如同火烧了眉毛，立刻拿了我的一本去换了回来。

从我记事的那天起，那套书便放在她的书橱里了。别管我多么钦佩伟大的契诃夫，我也不能明白，那套书就那么百看、千看、万看不厌，二十多年来有什么必要天天非得读它一读？

有时，她写东西写累了，便会端着一杯浓茶，坐在书橱对面，瞧着那套契诃夫小说选集出神。要是这个时候我突然走进了她的房间，她便会显得慌乱不安，不是把茶水泼了自己一身，便是像初恋的女孩子，头一次和情人约会便让人撞见似的羞红了脸。

我便想：她是不是爱上了契诃夫？要是契诃夫还活着，没准真会发生这样的事。

当她神志不清，就要离开这个世界的时候，她对我说的最后一句话是："那套书

——"她已经没有力气说出"那套契诃夫小说选集"这样一个长句子。不过我明白她指的就是那一套。"……还有，写着，'爱，是不能忘记的'……笔记本，和我一同火葬。"

她最后叮咛我的这句话，有些，我为她做了。比如那套书。有些，我没有为她做。比如那些题着"爱，是不能忘记的"笔记本子。我舍不得。我常想，要是能够出版，那一定是她写过的那些作品里最动人的一篇。不过它当然是不能出版的。

起先，我以为那不过是她为了写东西而积累的一些素材。因为它既不像小说，也不像札记；既不像书信，也不像日记。只是当我从头到尾把它们读了一遍的时候，渐渐地，那些只言片语与我那支离破碎的回忆交织成了一个形状模糊的东西。经过久久的思索，我终于明白，我手里捧着的，并不是没有生命、没有血肉的文字，而是一颗灼人的、充满了爱情和痛苦的心，我还看见那颗心怎样在这爱情和痛苦里挣扎、熬煎。二十多年啦，那个人占有着她全部的情感，可是她却得不到他。她只有把这些笔记本当做是他的替身，在这上面和他倾心交谈。每时，每天，每月，每年。

难怪她从没有对任何一个够意思的求婚者动过心，难怪她对那些说不出来是善意的愿望或是恶意的闲话总是淡然地一笑付之。原来她的心已经填得那么满，任什么别的东西都装不进去了。我想起"曾经沧海难为水，除却巫山不是云"的诗句，想到我们当中有人多半不会这样去爱，而且也没有人会照这个样子爱我的时候，我便感到一种说不出来的怅惘。

我知道了三十年代末，他在上海做地下工作的时候，一位老工人为了掩护他而被捕牺牲，撇下了无依无靠的妻子和女儿。他，出于道义、责任、阶级情谊和对死者的感念，毫不犹豫地娶了那位姑娘。逢到他看见那些由于"爱情"而结合的夫妇又因为"爱情"而生出无限的烦恼的时候，他便会想："谢天谢地，我虽然不是因为爱情而结婚，可是我们生活得和睦、融洽，就像一个人的左膀右臂。"几十年风里来、雨里去，他们可以说是患难夫妻。

他一定是她那机关里的一位同志。我会不会见过他呢？从到过我家的客人里，我看不出任何迹象，他究竟是谁呢？

大约六二年的春天，我和母亲去听音乐会。剧场离我们家不太远，我们没有乘车。

一辆黑色的小轿车悄无声息地停在人行道旁边。从车上走下来一个满头白发、穿着一套黑色毛呢中山装的、上了年纪的男人。那头白发生得堂皇而又气派！他给人一种严谨的、一丝不苟的、脱俗的、明澄得像水晶一样的印象。特别是他的眼睛，十分冷峻地闪着寒光，当他急速地瞥向什么东西的时候，会让人联想起闪电或是舞动着的剑影。要使这样一对冰冷的眼睛充满柔情，那必定得是特别强大的爱情，而且得为了一个确实值得爱的女人才行。

他走过来，对母亲说："您好！钟雨同志，好久不见了。"

"您好！"母亲牵着我的那只手突然变得冰凉，而且轻轻地颤抖着。

他们面对面地站着，脸上带着凄厉的、甚至是严峻的神情，谁也不看着谁。母亲瞧着路旁那些还没有抽出嫩芽的灌木丛。他呢,却看着我:"已经长成大姑娘了。真好,太好了,和妈妈长得一样。"

他没有和母亲握手,却和我握了握手。而那手也和母亲的手一样,也是冰冷的,也是轻轻地颤抖着的,我好像变成了一路电流的导体,立刻感到了震动和压抑。我很快从他的手里抽出我的手,说道:"不好,一点也不好!"

他惊讶地问我:"为什么不好?"或许我以为他故作惊讶。因为凡是孩子说了什么直率得可爱的话的时候,大人们都会显出这副神态的。

我看了看妈妈的面孔。是,我真像她。这让我有些失望:"因为她不漂亮!"

他笑了起来,幽默地说:"真可惜,竟然有个孩子嫌自己的妈妈不漂亮。记得吗?五三年你妈妈刚调到北京,带你来机关报到的那一天?她把你这个小淘气留在了走廊外面,你到处串楼梯,扒门缝,在我房间的门上夹疼了手指头。你哇啦哇啦地哭着,我抱着你去找妈妈。"

"不,我不记得了。"我不大高兴,他竟然提起我穿开裆裤时代的事情。

"啊,还是上了年纪的人不容易忘记。"他突然转身向我的母亲说:"您最近写的那部小说我读过了。我要坦率地说,有一点您写得不准确。您不该在作品里非难那位女主人公……要知道,一个人对另一个人产生感情原没有什么可以非议的地方,她并没有伤害另一个人的生活……其实,那男主人公对她也会有感情的。不过为了另一个人的快乐,他们不得不割舍自己的爱情……"

这时,有一个交通民警走到停放小汽车的地方,大声地训斥着司机,说车停的不是地方。司机为难地解释着。他停住了说话,回头朝那边望了望,匆匆地说了声:"再见!"便大步走到汽车旁边,向那民警说:"对不起,这不怪司机,是我……"

我看着这上了年纪的人,也俯首帖耳地听着民警的训斥,觉得很是有趣。当我把顽皮的笑脸转向母亲的时候,我看见她是怎样地窘迫呀!就像小学校里一个一年级的小女孩,凄凄惶惶地站在那严厉的校长面前一样,好像那民警训斥的是她。

汽车开走了,留下了一道轻烟。很快地,就连这道轻烟也随风消散了,好像什么都没有发生过,而我,不知道为什么却没有很快忘记。

现在回想起来,他准是以他强大的精神力量引动了母亲的心。那强大的精神力量来自他那成熟而坚定的政治头脑,他在动荡的革命时代的出生入死的经历,他活跃的思维、工作的魄力,文学艺术上的素养……而且——说起来奇怪,他和母亲一样喜欢双簧管。对了,她准是崇拜他,她说过,要是她不崇拜那个人,那爱情准连一天也维持不了。

至于他爱不爱我的母亲,我就猜不透了。要是他不爱她,为什么笔记本里会有这样一段记载呢?

"这礼物太厚重了。不过您怎么知道我喜好契诃夫呢?"

"你说过的!"

"我不记得了。"

"我记得。"

原来那套契诃夫小说选集是他送给母亲的。对于她,那几乎就是爱情的信物。

没准,他这个不相信爱情的人,到了头发都白了的时候才意识到他心里也有那种可以称为爱情的东西存在。这可真够凄惨的。

关于他,能够回到我的记忆来的就是这么一小点。

她那迷恋他,却又得不到他的心情有多么苦呀!为了看一眼他乘的那辆小车、以及从汽车的后窗里看一眼他的后脑勺,她怎样煞费苦心地计算过他上下班可能经过那条马路的时间;每当他在台上做报告,她坐在台下,隔着距离、烟雾、昏暗的灯光、窜动的人头,看着他那模糊不清的面孔,她便觉得心里好像有什么东西凝固了,泪水会不由地充满她的眼眶。为了把自己的泪水瞒住别人,她使劲地咽下它们。逢到他咳嗽得讲不下去,她就会揪心地想到为什么没人阻止他吸烟?担心他又犯了气管炎。她不明白为什么他离她那么近而又那么遥远?

他呢,为了看她一眼,天天,从小车的小窗里,眼巴巴地瞧着自行车道上流水一样的自行车,闹得眼花缭乱,担心着她那辆自行车的闸灵不灵,会不会出车祸;逢到万一有个不开会的夜晚,他会不乘小车,自己费了许多周折来到我们家的附近,不过是为了从我们家的大院门口走这么一趟;他在百忙中也不会忘记注意各种报刊,为的是看一看有没有我母亲发表的作品。他不能明白,为什么生活偏偏是这样安排着的?

可是,临到他们难得在机关大院里碰了面,他们又竭力地躲避着对方,匆匆地点个头便赶紧地走开去。即使这样,也足以使我母亲失魂落魄,失去听觉、视觉和思维的能力,世界立刻会变成一片空白……如果那时她遇见一个叫老王的同志,她一定会叫人家老郭,对人家说些连她自己也听不懂的话。

她一定死死地挣扎过。因为她写道:

我们曾经相约:让我们互相忘记。可是我欺骗了你,我没有忘记。我想,你也同样没有忘记。我们不过是在互相欺骗着,把我们的苦楚深深地隐藏着。不过我并不是有意要欺骗你,我曾经多么努力地去实行它。有多少次我有意地滞留在远离北京的地方,把希望寄托在时间和空间上,我甚至觉得我似乎忘记了。可是等到我出差回来,火车离北京越来越近的时候,我简直承受不了冲击得使我头晕眼花的心跳。我是怎样急切地站在月台上张望,好像有什么人在等着我似的。不,当然不会有。我明白了,什么也没有忘记,一切都还留在原来的地方。年复一年,就跟一棵大树一样,它的根却越来越深地扎下去,想要拔掉这生了根的东西实在太难了,我无能为力。

每当一天过去,我总是觉得忘记了什么重要的事情,或是夜里突然从梦中惊醒;发生了什么事情！不，什么也没有发生，我清清楚楚地意识到：没有你！于是什么都显得是有缺陷的，不完满的，而且是没有任何东西可以弥补的。我们已经到了这一生快要完结的时候了，为什么还要像小孩子一样地忘情？为什么生活总是让人经过艰辛的跋涉之后才把你追求了一生的梦想展现在你的眼前？而这梦想因为当初闭着眼睛走路，不但在岔道上错过了，而且这中间还隔着许多不可逾越的沟壑。

对了，每每母亲从外地出差回来，她从不让我去车站接她，她一定愿意自己孤零零地站在月台上，享受他去接她的那种幻觉。她，头发都白了的、可怜的妈妈，简直就像个痴情的女孩子。

那些文字并没有多少是叙述他们的爱情的，而多半记载的都是她生活里的一些琐事：她的文章为什么失败，她对自己的才能感到了惶惑和猜疑；珊珊（就是我）为什么淘气，该不该罚她；因为心神恍惚她看错了戏票上的时间，错过了一场多么好的话剧；她出去散步，忘了带伞，淋得像个落汤鸡……她的精神明明日日夜夜都和他在一起，就像一对恩爱的夫妻。其实，把他们这一辈子接触过的时间累计起来计算，也不会超过二十四小时。而这二十四小时，大约比有些人一生享受到的东西还深、还多。莎士比亚笔下的朱丽叶说过："我不能清算我财富的一半。"大约，她也不能清算她的财富的一半。

似乎他在文化大革命中死于非命。也许因为当时那种特定的历史条件，这一段的文字记载相当含糊和隐晦。我奇怪我那因为写文章而受着那么厉害的冲击的母亲，是用什么办法把这习惯坚持下来的？从这隐晦的文字里，我还是可以猜得出，他大约是对那位红极一世，权极一时的"理论权威"的理论提出了疑问，并且不知对谁说过："这简直就是右派言论。"从母亲那沾满泪痕的纸页上可以看出，他被整得相当惨，不过那老头子似乎十分坚强，从没有对这位有大来头的人物低过头，直到死的时候，留下来的最后一句话还是："就是到了马克思那里，这个官司也非得打下去不可！"

这件事一定发生在六九年的冬天，因为在那个冬天里，还刚近五十岁的母亲一下子头发全白了。而且，她手臂上还缠上了一道黑纱。那时，她的处境也很难。为了这条黑纱，她挨了好一顿批斗，说她坚持四旧，并且让她交代这是为了谁？

"妈妈，这是为了谁？"我惊恐地问她。

"为了一个亲人！"然后怕我受惊似地解释着，"一个你不熟悉的亲人！"

"我要不要戴呢？"她做了一个许久都没有对我做过的动作，用手拍了拍我的脸颊，就像我小的时候她常做的那样。她好久都没有显出过这温柔的样子了。我常觉得，随着她的年龄和阅历的增长，特别是那几年她所受过的折磨，那种温柔的东西似乎离她越来越远了，也或许是被她越藏越深了，以致常常让我感到她像个男人。

她恍惚而悲凉地笑了笑，说："不，你不用戴。"

她那双又干又涩的眼睛显得没有一点水份，好像已经把眼泪哭干了。我很想安慰她，或做点什么使她高兴的事。她却说:"去吧!"

我当时不知为什么生出了一种恐怖的感觉,我觉得我那亲爱的母亲似乎有一半已经随着什么离我而去了。我不由地叫了一声:"妈妈!"

我的心情一定被我那敏感的妈妈一览无余地看透了。她温和地对我说:"别怕,去吧!让我自己呆一会儿。"

我没有错,因为她的确这样地写着:

你去了。似乎我灵性里的一部分也随你而去了。

我甚至不能知道你的下落,更谈不上最后看你一眼。我也没有权利去向他们质询,因为我既不是亲眷又不是生前友好……我们便这样地分离了。我恨不能为你承担那非人的折磨,而应该让你活下去!为了等到昭雪的那一天,为了你将重新为这个社会工作,为了爱你的那些个人们,你都应该活着啊!我从不相信你是什么三反分子,你是被杀害的、最优秀者中间的一个。假如不是这样,我怎么会爱你呢?我已经不怕说出这三个字。

纷纷扬扬的大雪不停地降落着。天呐,连上帝也是这样地虚伪,他用一片洁白覆盖了你的鲜血和这谋杀的丑恶。

我从没有拿我自己的存在当成一回事。可现在,我无时不在想,我的一言一行会不会惹得你严厉地皱起你那双浓浓的眉毛?我想到我要好好地活着,好好地生活,像你那样,为我们这个社会——它不会总像现在这样,惩罚的利剑已经悬在那帮狗男女的头上——真正地做一点工作。

我独自一人,走在我们唯一一次曾经一同走过的那条柏油小路上。听着我一个人的脚步声在沉寂的夜色里响着、响着……我每每在这小路上徘徊、流连,哪一次也没有像现在这样使我肝肠寸断。那时,你虽然也不在我身边,但我知道,你还在这个世界上,我便觉得你在伴随着我,而今,你的的确确不在了,我真不能相信!

我走到了小路的尽头,又折回去,重新开始,再走一遍。

我弯过那道栅栏,习惯地回头望去,好像你还在那里,向我挥手告别。我们曾淡淡地、心不在焉地微笑着,像两个没有什么深交的人,为的是尽力地掩饰我们心里那镂骨铭心的爱情。那是一个没有一点诗意的初春的夜晚,依然在刮着冷峭的风。我们默默地走着,彼此离得很远。你因为长年害着气管炎,微微地喘息着。我心疼你,想要走得慢一点。可不知为什么却不能。我们走得飞快,好像有什么重要的事情在等着我们去做,我们非得赶快走完这段路不可。我们多么珍惜这一生中唯一的一次"散步",可我们分明害怕,怕我们把持不住自己,会说出那可怕的、折磨了我们许多年的那三个字:"我爱你"。除了我们自己,大概这个世界上没有一个活着的人会相信我们连手也没有握过一次!更不要说到其他!

不，妈妈，我相信，再没有人能像我那样眼见过你敞开的灵魂。

啊，那条柏油小路，我真不知道它是那样充满了辛酸的回忆的一条小路。我想，我们切不可忽略世界上任何一个最不起眼的小角落，谁知道呢？那些意想不到的小角落会沉默地缄藏着多少隐秘的痛苦和欢乐呢？

当她写东西写得疲倦了的时候，她还会沿着我们窗后的那条柏油小路慢慢地踱来踱去。有时是彻夜不眠后的清晨，有时甚至是月黑风高的夜晚，哪怕是在冬天，哪怕峭厉的风像发狂的野兽似地吼叫，卷着沙石噼哩叭啦地敲打着窗棂……那时，我只以为那不过是她的一种怪僻，却不知她是去和他的灵魂相会。

她还喜欢站在窗前，瞅着窗外的那条柏油小路出神。有一次，她显出那样奇特的神情，以致我以为柏油小路上走来了我们最熟悉的、最欢迎的客人。我连忙凑到窗前，在深秋的傍晚，只有冷风卷着枯黄的落叶，飘过那空荡荡的小路的路面。

好像他还活着一样，用文字和他倾心交谈的习惯并没有因为他的去世而中断。直到她自己拿不起笔的那一天。在最后一页上，她对他说了最后的话：——

我是一个信仰唯物主义的人。现在我却希冀着天国，倘若真有所谓天国，我知道，你一定在那里等待着我，我就要到那里去和你相会，我们将永远在一起，再也不会分离。再也不必怕影响另一个人的生活而割舍我们自己。亲爱的，等着我，我就要来了——。

我真不知道，妈妈，在她行将就木的这一天，还会爱得那么沉重。像她自己所说的，那是镂骨铭心的。我觉得那简直不是爱，而是一种疾痛，或是比死亡更强大的一种力量。假如世界上真有所谓不朽的爱，这也就是极限了，她分明至死都感到幸福：她真正地爱过，她没有半点遗憾。

如今，他们的皱纹和白发早已从碳水化合物变成了其他的什么元素。可我知道，不管他们变成什么，他们仍然在相爱着。尽管没有什么人间的法律和道义把他们拴在一起，尽管他们连一次手也没有握过，他们却完完全全地占有着对方。那是什么都不能使他们分离的。哪怕千百年过去，只要有一朵白云追逐着另一朵白云；一棵青草傍依着另一棵青草；一层浪花拍打着另一层浪花；一阵轻风紧跟着另一阵轻风……相信我，那一定就是他们。

每每我看着那些题着"爱，是不能忘记的"笔记本，我就不能抑制住自己的眼泪。我哭，我不止一次地痛哭，仿佛遭了这凄凉而悲惨的爱情的是我自己。这要不是大悲剧就是大笑话。别管它多么美，多么动人，我可不愿意重复它！

英国大作家哈代说过："呼唤人的和被呼唤的很少能互相答应。"我已经不能从普通意义上的道德观念去谴责他们应该或是不应该相爱。我要谴责的却是：为什么他们不互相等待着那个呼唤着自己的灵魂？

如果我们都能够互相等待，而不糊里糊涂地结婚，我们会免去多少这样的悲剧哟！

到了共产主义,还会不会发生这种婚姻和爱情分离着的事情呢?既然世界这么大,互相呼唤的人也就可能有互相不能答应的时候,那么说,这样的事情还会发生?可是,那是多么悲哀啊!可也许到了那时,便有了解脱这悲哀的办法!

我为什么要钻牛角尖呢?

说到底,这悲哀也许该由我们自己负责。谁知道呢?也说不定还得由过去的生活所遗留下来的那种旧意识负责。因为一个人要是老不结婚,就会变成对这种意识的一种挑战。有人就会说你的神经出了毛病,或是你有什么见不得人的隐私,或是你政治上出了什么问题,或是你刁钻古怪,看不起凡人,不尊重千百年来的社会习惯,你准是个离经叛道的邪人……总之,他们会想出种种庸俗无聊的玩意儿来糟蹋你。于是,你只好屈从于这种意识的压力,草草地结婚了事。把那不堪忍受的婚姻和爱情分离着的镣铐套到自己的脖子上去,来日又会为这不能摆脱的镣铐而受苦终身。

我真想大声疾呼地说:"别管人家的闲事吧,让我们耐心地等待着,等着那呼唤我们的人,即使等不到也不要糊里糊涂地结婚!不要担心这么一来独身生活会成为一种可怕的灾难。要知道,这兴许正是社会生活在文化、教养、趣味……方面进化的一种表现!"

(选自《北京文艺》1979年第11期)

高晓声

陈奂生上城

一

"漏斗户主"陈奂生,今日悠悠上城来。

一次寒潮刚过,天气已经好转,轻风微微吹,太阳暖烘烘,陈奂生肚里吃得饱,身上穿得新,手里提着一个装满东西的干干净净的旅行包,也许是气力大,也许是包儿轻,简直像拎了束灯草,晃荡晃荡,全不放在心上。他个儿高,腿儿又长,上城三十里,经不起他几晃荡,往常挑了重担都不乘车,今天等于是空身,自更不用说,何况太阳还高,到城嫌早,他尽量放慢脚步,一路如游春看风光。

他到城里去干啥?他到城里去做买卖。稻子收好了,麦垄种完了,公粮余粮卖掉了,口粮柴草分到了,乘这个空当,出门活动活动,赚几个活钱买零碎。自由市场开放了,他又不投机倒把，买一点农副产品，冠冕堂皇。

他去卖什么？卖油绳①。自家面粉，自家的油，自己动手做成的。今天做好今天卖，格啦嘣脆，又香又酥，比店里的新鲜，比店里的好吃，这旅行包里装的尽是它；还用小塑料袋包装好，有五根一袋的，有十根一袋的，又好看，又干净。一共六斤，卖完了，稳赚三元钱。

赚了钱打算干什么？打算买一顶簇新的、呱呱叫的帽子。说真话，从三岁以后，四十五年来，没买过帽子。解放前是穷，买不起；解放后是正当青年，用不着；"文化大革命"以来，肚子吃不饱，顾不上穿戴，虽说年纪到把，也怕脑后风了。正在无可奈何，幸亏有人送了他一顶"漏斗户主"帽，也就只得戴上，横竖不要钱。七八年决分以后，帽子不翼而飞，当时只觉得头上轻松，竟不曾想到冷。今年好像变娇了，上两趟寒流来，就缩头缩颈，伤风打喷嚏，日子不好过，非买一顶帽子不行。好在这也不是大事情，现在活路大，这几个钱，上一趟城就赚到了。

陈奂生真是无忧无虑，他的精神面貌和去年大不相同了。他是过惯苦日子的，现在开始好起来，又相信会越来越好，他还不满意么？他满意透了。他身上有了肉，脸上有了笑；有时候半夜里醒过来，想到囤里有米、橱里有衣，总算像家人家了，就兴致勃勃睡不着，禁不住把老婆推醒了陪他聊天讲闲话。

提到讲话，就触到了陈奂生的短处，对着老婆，他还常能说说，对着别人，往往默默无言。他并非不想说，实在是无话可说。别人能说东道西，扯三拉四，他非常羡慕。他不知道别人怎么会碰到那么多新鲜事儿，怎么会想得出那么多特别的主意，怎么会具备那么多离奇的经历，怎么会记牢那么多怪异的故事，又怎么会讲得那么动听。他毫无办法，简直犯了死症毛病，他从来不会打听什么，上一趟街，回来只会说"今天街上人多"或"人少"、"猪行里有猪"、"青菜贱得卖不掉"……之类的话。他的经历又和村上大多数人一样，既不特别，又是别人一目了然的，讲起来无非是"小时候娘常打我的屁股，爹倒不凶"、"也算上了四年学，早忘光了"、"三九年大旱，断了河底，大家捉鱼吃"、"四九年改朝换代，共产党打败了国民党"、"成亲以后，养了一个儿子、一个小女"……索然无味，等于不说。他又看不懂书；看戏听故事，又记不牢。看了《三打白骨精》，老婆要他讲，他也只会说："孙行者最凶，都是他打死的。"老婆不满足，又问白骨精是谁，他就说："是妖怪变的。"还是儿子巧，声明"白骨精不是妖怪变的，是白骨精变成的妖怪"，才算没有错到底。他又想不出新鲜花样来，比如种田，只会讲"种麦要用锄头抨碎泥块"、"莳秧一蔸莳六棵"……谁也不要听。再如这卖油绳的行当，也根本不是他发明的，好些人已经做过一阵了，怎样用料？怎样加工？怎样包装？什么价

---

① 油绳：一种油煎的面食。

钱？什么利润？什么地方、什么时间买客多、销路好？都是向大家学来的经验。如果他再要向大家夸耀，岂不成了笑话！甚至刻薄些的人还会吊他的背筋："嗳！连'漏斗户主'也有油、粮卖油绳了，还当新闻哩！"还是不开口也罢。

如今，为了这点，他总觉得比别人矮一头。黄昏空闲时，人们聚拢来聊天，他总只听不说，别人讲话也总不朝他看，因为知道他不会答话，所以就像等于没有他这个人。他只好自卑，他只有羡慕。不知道世界上有"精神生活"这一名词，但是生活好转以后，他渴望过精神生活。哪里有听的，他爱去听，哪里有演的，他爱去看，没听没看，他就觉得没趣。有一次大家闲谈，一个问题专家出了个题目："在本大队你最佩服哪一个？"他忍不住也答了腔，说："陆龙飞最狠。"人家问："一个说书的，狠什么？"他说："就为他能说书，我佩服他一张嘴。"引得众人哈哈大笑。

于是，他又惭愧了，觉得自己总是不会说，又被人家笑，还是不说为好。他总想，要是能碰到一件大家都不曾经过的事情，讲给大家听听就好了，就神气了。

二

当然，陈奂生的这个念头，无关大局，往往蹲在离脑门三、四寸的地方，不大跳出来，只是在尴尬时冒一冒尖，让自己存个希望罢了。比如现在上城卖油绳，想着就只是新帽子。

尽管放慢脚步，走到县城的时候，还只下午六点不到。他不忙做生意，先就着茶摊，出一分钱买了杯热茶，啃了随身带着当晚餐的几块僵饼，填饱了肚子，然后向火车站走去。一路游街看店，遇上百货公司，就弯进去侦察有没有他想买的帽子，要多少价钱。三爿店查下来，他找到了满意的一种。这时候突然一拍屁股，想到没有带钱。原先只想卖了油绳赚了利润再买帽子，没想到油绳未卖之前商店就要打烊；那么，等到赚了钱，这帽子就得明天才能买了。可是自己根本不会在城里住夜，一无亲，二无眷，从来是连夜回去的，这一趟分明就买不成，还得光着头冻几天。

受了这点挫折，心情不挺愉快，一路走来，便觉得头上凉飕飕，更加懊恼起来。到火车站时，已过八点了。时间还早，但既然来了，也就选了一块地方，敞开包裹，亮出商品，摆出摊子来。这时车站上人数不少，但陈奂生知道难得会有顾客，因为这些都是吃饱了晚饭来候车的，不会买他的油绳，除非小孩嘴馋吵不过，大人才会买。只有火车上下车的旅客到了，生意才会忙起来。他知道九点四十分、十点半，各有一班车到站，这油绳到那时候才能卖掉，因为时近半夜，店摊收歇，能买到吃的地方不多，旅客又饿了，自然争着买。如果十点半卖不掉，十一点二十分还有一班车，不过太晏了，陈奂生宁可剩点回去也不想等，免得一夜不得睡，须知跑回去也是三十里啊。

果然不错，这些经验很灵，十点半以后，陈奂生的油绳就已经卖光了。下车的旅客一拥而上，七手八脚，伸手来拿，把陈奂生搞得昏头昏脑，卖完一算账，竟少了三角。

因为头昏，怕算错了，再认真算了一遍，还是缺三角。看来是哪个贪小利拿了油绳未付款。他叹了一口气，自认晦气。本来他也晓得，人家买他的油绳，是不能向公家报销的，那要吃而不肯私人掏腰包的，就会耍一点魔术，所以他总是特别担心，可还是丢失了，真是双拳不敌四手，两眼难顾八方。只好认了吧，横竖三块钱赚头，还是有的。

他又叹了口气，想动身凯旋回府。谁知一站起来，双脚发软，两膝打颤，竟是浑身无力。他不觉大吃一惊，莫非生病了吗？刚才做生意，精神紧张，不曾觉得，现在心定下来，才感浑身不适，原先喉咙嘶哑，以为是讨价还价喊哑的，现在连口腔上吽都像冒烟，鼻气火热；一摸额头，果然滚烫，一阵阵冷风吹得头皮好不难受。他毫无办法，只想先找杯热茶解渴。那时茶摊已无，想起车站上有个茶水供应地方，便强撑着移步过去。到了那里，打开龙头，热水倒有，只是找不到茶杯。原来现在讲究卫生，旅客大都自带茶缸，车站上落得省劲，就把杯子节约掉了。陈奂生也顾不得卫生不卫生，双手捧起龙头里流下的水就喝。那水倒也有点烫，但陈奂生此时手上的热度也高，还忍得住，喝了几口，算是好过一点。但想起回家，竟是千难万难；平常时候，那三十里路，好像经不起脚板一颠，现在看来，真如隔了十万八千里，实难登程。他只得找个位置坐下，耐性受痛。觉得此番遭遇，完全错在忘记了带钱先买帽子，才受凉发病。一着走错，满盘皆输；弄得上不上、下不下、进不得、退不得，卡在这儿，真叫尴尬。万一严重起来，此地举目无亲，耽误就医吃药，岂不要送掉老命！可又一想，他陈奂生是个堂堂男子汉，一生干净，问心无愧，死了也口眼不闭；活在世上多种几年田，有益无害，完全应该提供宽裕的时间，没有任何匆忙的必要。想到这里，陈奂生高兴起来，他嘴巴干燥，笑不出声，只是两个嘴角，向左右同时嘻开，露出一个微笑。那扶在椅上的右手，轻轻提了起来，像听到了美妙的乐曲似的，在右腿上赏心地拍了一拍，深深地吐出口气，便一头横躺在椅子上卧倒了。

三

一觉醒来，天光已经大亮，陈奂生肢体瘫软，头脑不清，眼皮发沉，喉咙痒痒地咳了几声；他懒得睁眼，翻了一个身便又想睡。谁知此身一翻，竟浑身颤了几颤，一颗心像被线穿着吊了几吊，牵肠挂肚。他用手一摸，身下贼软；连忙一个翻身，低头望去，证实自己猜得一点不错，是睡在一张棕绷大床上。陈奂生吃了一惊，连忙平躺端正，闭起眼睛，要弄清楚怎么会到这里来的。他好像有点印象，一时又糊涂难记，只得细细琢磨，好不容易才想出了县委书记和他的汽车，一下子理出头绪，把一串细关节脉都拉了出来。

原来陈奂生这一年真交了好运，逢到急难，总有救星。他发高烧昏睡不久，候车室门口就开来一部吉普车，载来了县委书记吴楚。他是要乘十二点一刻那班车到省里去参加明天的会议。到火车站时，刚只十一点四十分，吴楚也就不忙，在候车室徒步起来，那司机一向要等吴楚进了站台才走，免得他临时有事找不到人，这次也照例陪着。因为是半夜，候车室旅客不多，吴楚转过半圈，就发现了睡着的陈奂生。吴楚不禁笑了起来，他今秋在陈奂生的生产队里蹲了两个月,一眼就认出他来,心想这老实肯干的忠厚人,怎么在这儿睡着了?若要乘车,岂不误事,便走去推醒他;推了一会,又发现那屁股底下,垫着个瘪包,心想坏了,莫非东西被偷了?就着紧推他,竟也不醒。这吴楚因和农民玩惯了的,一时调皮起来,就去捏他的鼻子;一摸到皮肤热辣辣的,才晓得他病倒了,连忙把他扶起,总算把他弄醒了。

　　这些事情,陈奂生当然不晓得。现在能想起来的,是自己看到吴书记之后,就一把抓牢,听到吴书记问他:"你生病了吗?"他点点头。吴书记问他:"包里的东西呢?"他就笑了一笑。当时他说了什么?究竟有没有说?他都不记得了;只记得吴书记好像已经完全明白了他的意思,便和驾驶员一同扶他上了车,车子开了一段路,叫开了一家门(机关门诊室),扶他下车进去,见到了一个穿白衣服的人,晓得是医生了。那医生替他诊断片刻,向吴书记笑着说了几句话(重感冒,不要紧),倒过半杯水,让他吃了几片药,又包了一点放在他口袋里,也不曾索钱,便代替吴书记把他扶上了车,还关照说,"我这儿没有床,住招待所吧,安排清静一点的地方睡一夜就好了。"车子又开动,又听吴书记说:"还有十三分钟了,先送我上车站,再送他上招待所,给他一个单独房间,就说是我的朋友……"

　　陈奂生想到这里,听见自己的心怦怦跳得比打钟还响,合上的眼皮,流出晶莹的泪珠,在眼角膛里停留片刻,便一条线挂下来了。这个吴书记真是大好人,竟看得起他陈奂生,把他当朋友,一旦有难,能挺身而出,拔刀相助,救了他的一条性命,实在难得。

　　陈奂生想,他和吴楚之间,其实也谈不上交情,不过认识罢了。要说有什么私人交往,平生只有一次。记得秋天吴楚在大队蹲点,有一天突然闯到他家来吃了一顿便饭,听他那话音,像是特地来体验体验"漏斗户"的生活改善到什么程度的。还带来了一斤块块糖,给孩子们吃。细算起来,等于吃两顿半饭钱。那还算什么交情呢!说来说去,是吴书记做了官不曾忘记老百姓。

　　陈奂生想罢,心头暖烘烘,眼泪热辣辣,在被口上拭了拭,便睁开眼来细细打量这住的地方,却又吃了一惊。原来这房里的一切,都是新堂堂、亮锃锃,平顶(天花板)白得耀眼,四周的墙,用青漆漆了一人高,再往上就刷刷白,地板暗红闪着光,照出人影子来;紫檀色五斗橱,嫩黄色写字台,更有两张出奇的矮凳,比太师椅还大,里外包着皮,也叫不出它的名字来。再看床上,垫的是花床单,盖的是新被子,雪白的被底,崭新的绸面,呱呱叫三层新①。陈奂生不由自主地立刻在被窝里缩成一团,他知道自己身上(特别是脚)不大干净,生怕弄脏了被子……随即悄悄起身,悄悄穿好了衣服,不敢弄出一点声音来,好像做了偷儿,被人发现就会抓住似的。他下了床,把鞋子拎在手里,光着脚跑出去;又眷顾着那两张大皮椅,走近去摸一摸,轻轻捺了捺,知道里边有

---

①　三层新:被面、被里、被絮都是新的。

弹簧，却不敢坐，怕压瘪了弹不饱。然后才真的悄悄开门，走出去了。

到了走廊里，脚底已冻得冰冷，一瞧别人都是穿了鞋走路的，知道不碍，也套上了鞋。心想吴书记照顾得太好了，这哪儿是我该住的地方！一向听说招待所的住宿费贵，我又没处报销，这样好的房间，不知要多少钱，闹不好，一夜天把顶帽子钱住掉了，才算不来呢。

他心里不安，赶忙要弄清楚。横竖他要走了，去付了钱吧。

他走到门口柜台处，朝里面正在看着报的大姑娘说："同志，算账。"

"几号房间？"那大姑娘恋着报纸说，并未看他。

"几号不知道。我就住在最东那一间。"

那姑娘连忙丢了报纸，朝他看看，甜甜地笑着说："是吴书记汽车送来的？你身体好了吗？"

"不要紧，我要回去了。"

"何必急，你和吴书记是老战友吗？你现在在哪里工作？……"大姑娘一面软款款地寻话说，一面就把开好的发票交给他。笑得甜极了。陈奂生看看她，真是绝色！

但是，接到发票，低头一看，陈奂生便像给火钳烫着了手。他认识那几个字，却不肯相信。"多少？"他忍不住问，浑身燥热起来。

"五元。"

"一夜天？"他冒汗了。

"是一夜五元。"

陈奂生的心，忐忑忑忐大跳。"我的天！"他想："我还怕困掉一顶帽子，谁知竟要两顶！"

"你的病还没有好，还正在出汗呢！"大姑娘惊怪地说。

千不该，万不该，陈奂生竟说了一句这样的外行语："我是半夜里来的呀！"

大姑娘立刻看出他不是一个人物，她不笑了，话也不甜了，像菜刀剁着砧板似的笃笃响着说："不管你什么时候来，横竖到今天十二点为止，都收一天钱。"这还是客气的，没有嘲笑他，是看了吴书记的面子。

陈奂生看着那冷若冰霜的脸，知道自己说错了话，得罪了人，哪里还敢开口，只得抖着手伸进袋里去摸钞票，然后细细数了三遍，数定了五元；交给大姑娘时，那外面一张人民币，已经半湿了，尽是汗。

这时大姑娘已在看报，见递来的钱票太零碎了，更皱了眉头。但她还有点涵养，并不曾说什么，收进去了。

陈奂生出了大价钱，不曾讨得大姑娘欢喜，心里也有点忿忿然。本想一走了之，想到旅行包还丢在房间里，就又回过来。

推开房间，看看照出人影的地板，又站住犹豫："脱不脱鞋？"一转念，忿忿想道：

"出了五块钱呢!"再也不怕弄脏,大摇大摆走了进去,往弹簧太师椅上一坐:"管它,坐瘪了不关我事,出了五元钱呢。"

他饿了,摸摸袋里还剩一块僵饼,拿出来啃了一口,看见了热水瓶,便去倒一杯开水和着饼吃。回头去看刚才坐的皮凳,竟没有瘪,便故意立直身子,扑通坐下去……试了三次,也没有坏,才相信果然是好家伙。便安心坐着啃饼,觉得很舒服。头脑清爽,热度退尽了,分明是刚才出了一身大汗的功劳。他是个看得穿的人,这时就有了兴头,想到:"这等于出晦气钱——譬如买药吃掉!"

啃完饼,想想又肉痛起来,究竟是五元钱哪!他昨晚上在百货店看中的帽子,实实在在是二元五一顶,为什么睡一夜却要出两顶帽钱呢?连沈万山都要住穷的;他一个农业社员,去年工分单价七角,困一夜做七天还要倒贴一角,这不是开了大玩笑!从昨半夜到现在,总共不过七八个钟头,几乎一个钟头要做一天工,贵死人!真是阴错阳差,他这副骨头能在那种床上躺尸吗!现在别的便宜拾不着,大姑娘说可以住到十二点,那就再困吧,困到足十二点走,这也是捞着多少算多少。对,就是这个主意。

这陈奂生确是个向前看的人,认准了自然就干,但刚才出了汗,吃了东西,脸上嘴上,都不惬意,想找块毛巾洗脸,却没有。心一横,便把提花枕巾捞起来干擦了一阵,然后衣服也不脱,就盖上被头困了,这一次再也不怕弄脏了什么,他出了五元钱呢。——即使房间弄成了猪圈,也不值!

可是他睡不着,他想起了吴书记。这个好人,大概只想到关心他,不曾想到他这个人经不起这样高级的关心。不过人家忙着赶火车,哪能想得周全!千怪万怪,只怪自己不曾先买帽子,才伤了风,才走不动,才碰着吴书记,才住招待所,才把油绳的利润搞光,连本钱也蚀掉一块多……那么,帽子还买不买呢?他一狠心:买,不买还要倒霉的!

想到油绳,又觉得肚皮饿了。那一块僵饼,本来就填不饱,可惜昨夜生意太好,油绳全卖光了,能剩几袋倒好;现在懊悔已晚,再在这床上困下去,会越来越饿,身上没有粮票,中饭到哪里去吃?到时候饿得走不动,难道再在这儿住一夜吗?他慌了,两脚一踹,把被头踢开,拎了旅行包,开门就走。此地虽好,不是久恋之所,虽然还剩得有二三个钟点,又带不走,忍痛放弃算了。

他出得门来,再无别的念头,直奔百货公司,把剩下来的油绳本钱,买了一顶帽子,立即戴在头上,飘然而去。

一路上看看野景,倒也容易走过;眼看离家不远,忽然想到这次出门,连本搭利,几乎全部搞光,马上要见到老婆,交不出账,少不得又要受气,得想个主意对付她,怎么说呢?就说输掉了;不对,自己从不赌。就说吃掉了;不对,自己从不死吃。就说被扒掉了;不对,自己不当心,照样挨骂。就说做好事救济了别人;不对,自己都要别人救济。就说送给一个大姑娘了;不对,老婆要犯疑……那怎么办?

陈奂生自问自答，左思右想，总是不妥。忽然心里一亮，拍着大腿，高兴地叫道："有了。"他想到此趟上城，有此一番动人的经历，这五块钱花得值透。他总算有点自豪的东西可以讲讲了。试问，全大队的干部、社员，有谁坐过吴书记的汽车？有谁住过五元钱一夜的高级房间？他可要讲给大家听听，看谁还能说他没有什么讲的！看谁还能说他没见过世面？看谁还能瞧不起他，唔！……他精神陡增，顿时好像高大了许多。老婆已不在眼里了；他有办法对付，只要一提到吴书记，说这五块钱还是吴书记看得起他，才让他用掉的，老婆保证服帖。哈，人总有得意的时候，他仅仅花了五块钱就买到了精神的满足，真是拾到了非常的便宜货。他愉快地划着快步，像一阵清风荡到了家门……

果然，从此以后，陈奂生的身份显著提高了，不但村上的人要听他讲，连大队干部对他的态度也友好得多，而且，上街的时候，背后也常有人指点着告诉别人说："他坐过吴书记的汽车。"或者："他住过五块钱一夜的高级房间。"……公社农机厂的采购员有一次碰着他，也拍拍他的肩胛说："我就没有那个运气，三天两头住招待所，也住不进那样的房间。"

从此，陈奂生一直很神气，做起事来，更比以前有劲得多了。

1980 年 1 月

（选自《人民文学》1980 年第 2 期）

汪曾祺

受　戒

明海出家已经四年了。

他是十三岁来的。

这个地方的地名有点怪，叫庵赵庄。赵，是因为庄上大都姓赵。叫做庄，可是人家住得很分散，这里两三家，那里两三家。一出门，远远可以看到，走起来得走一会，因为没有大路，都是弯弯曲曲的田埂。庵，是因为有一个庵。庵叫菩提庵，可是大家叫讹了，叫成荸荠庵。连庵里的和尚也这样叫。"宝刹何处？"——"荸荠庵。"庵本来是住尼姑的，"和尚庙"、"尼姑庵"嘛。可是荸荠庵住的是和尚。也许因为荸荠庵不大，大者为庙，小者为庵。

明海在家叫小明子。他是从小就确定要出家的。他的家乡不叫"出家",叫"当和尚"。他的家乡出和尚。就像有的地方出劁猪的,有的地方出织席子的,有的地方出箍桶的,有的地方出弹棉花的,有的地方出画匠,有的地方出婊子,他的家乡出和尚。人家弟兄多,就派一个出去当和尚。当和尚也要通过关系,也有帮。这地方的和尚有的走得很远。有到杭州灵隐寺的、上海静安寺的、镇江金山寺的、扬州天宁寺的。一般的就在本县的寺庙。明海家田少,老大、老二、老三,就足够种的了。他是老四。他七岁那年,他当和尚的舅舅回家,他爹、他娘就和舅舅商议,决定叫他当和尚。他当时在旁边,觉得这实在是在情在理,没有理由反对。当和尚有很多好处。一是可以吃现成饭。哪个庙里都是管饭的。二是可以攒钱。只要学会了放瑜伽焰口,拜梁皇忏,可以按例分到辛苦钱。积攒起来,将来还俗娶亲也可以;不想还俗,买几亩田也可以。当和尚也不容易,一要面如朗月,二要声如钟磬,三要聪明记性好。他舅舅给他相了相面,叫他前走几步,后走几步,又叫他喊了一声赶牛打场的号子:"格当嘚——",说是"明子准能当个好和尚,我包了!"要当和尚,得下点本,——念几年书。哪有不认字的和尚呢!于是明子就开蒙入学,读了《三字经》、《百家姓》、《四言杂字》、《幼学琼林》、《上论、下论》、《上孟、下孟》,每天还写一张仿。村里都夸他字写得好,很黑。

舅舅按照约定的日期又回了家,带了一件他自己穿的和尚领的短衫,叫明子娘改小一点,给明子穿上。明子穿了这件和尚短衫,下身还是在家穿的紫花裤子,赤脚穿了一双新布鞋,跟他爹、他娘磕了一个头,就随舅舅走了。

他上学时起了个学名,叫明海。舅舅说,不用改了。于是"明海"就从学名变成了法名。

过了一个湖。好大一个湖!穿过一个县城。县城真热闹:官盐店,税务局,肉铺里挂着成片的猪,一个驴子在磨芝麻,满街都是小磨香油的香味,布店,卖茉莉粉、梳头油的什么斋,卖绒花的,卖丝线的,打把式卖膏药的,吹糖人的,耍蛇的……他什么都想看看。舅舅一劲地推他:"快走!快走!"

到了一个河边,有一只船在等着他们。船上有一个五十来岁的瘦长瘦长的大伯,船头蹲着一个跟明子差不多大的女孩子,在剥一个莲蓬吃。明子和舅舅坐到舱里,船就开了。

明子听见有人跟他说话,是那个女孩子。

"是你要到荸荠庵当和尚吗?"

明子点点头。

"当和尚要烧戒疤呕!你不怕?"

明子不知道怎么回答,就含含糊糊地摇了摇头。

"你叫什么?"

"明海。"

"在家的时候?"

"叫明子。"

"明子!我叫小英子!我们是邻居。我家挨着荸荠庵。——给你!"

小英子把吃剩的半个莲蓬扔给明海,小明子就剥开莲蓬壳,一颗一颗吃起来。

大伯一桨一桨地划着,只听见船桨拨水的声音:

"哗——许!哗——许!"……

……

荸荠庵的地势很好,在一片高地上。这一带就数这片地势高,当初建庵的人很会选地方。门前是一条河。门外是一片很大的打谷场。三面都是高大的柳树。山门里是一个穿堂。迎门供着弥勒佛。不知是哪一位名士撰写了一副对联:

　　　　大肚能容容天下难容之事
　　　　开颜一笑笑世间可笑之人

弥勒佛背后,是韦驮。过穿堂,是一个不小的天井,种着两棵白果树。天井两边各有三间厢房。走过天井,便是大殿,供着三世佛。佛像连龛才四尺来高。大殿东边是方丈,西边是库房。大殿东侧,有一个小小的六角门,白门绿字,刻着一副对联:

　　　　一花一世界
　　　　三藐三菩提

进门有一个狭长的天井,几块假山石,几盆花,有三间小房。

小和尚的日子清闲得很。一早起来,开山门,扫地。庵里的地铺的都是箩底方砖,好扫得很,给弥勒佛、韦驮烧一炷香,正殿的三世佛面前也烧一炷香、磕三个头、念三声"南无阿弥陀佛",敲三声磬。这庵里的和尚不兴做什么早课、晚课,明子这三声磬就全部代替了。然后,挑水,喂猪。然后,等当家和尚,即明子的舅舅起来,教他念经。

教念经也跟教书一样,师父面前一本经,徒弟面前一本经,师父唱一句,徒弟跟着唱一句。是唱哎。舅舅一边唱,一边还用手在桌上拍板。一板一眼,拍得很响,就跟教唱戏一样。是跟教唱戏一样,完全一样哎。连用的名词都一样。舅舅说,念经:一要板眼准,二要合工尺。说:当一个好和尚,得有条好嗓子。说:民国二十年闹大水,运河倒了堤,最后在清水潭合龙,因为大水淹死的人很多,放了一台大焰口,十三大师——十三个正座和尚,各大庙的方丈都来了,下面的和尚上百。谁当这个首座?推来推去,还是石桥——善因寺的方丈!他往上一坐,就跟地藏王菩萨一样,这就不用说了;那一声"开香赞",围看的上千人立时鸦雀无声。说:嗓子要练,夏练三伏,冬练三九,要练丹田气!说:要吃得苦中苦,方为人上人!说:和尚里也有状元、榜眼、探花!要用心,不要贪玩!舅舅这一番大法要说得明海和尚实在是五体投地,于是就一板一眼地跟着舅舅唱起来:

"炉香乍爇——"

"炉香乍爇——"

"法界蒙薰——"

"法界蒙薰——"

"诸佛现金身……"

"诸佛现金身……"

……

等明海学完了早经,——他晚上临睡前还要学一段,叫做晚经,——荸荠庵的师父们就都陆续起床了。

这庵里人口简单,一共六个人。连明海在内,五个和尚。

有一个老和尚,六十几了,是舅舅的师叔,法名普照,但是知道的人很少,因为很少人叫他法名,都称之为老和尚或老师父,明海叫他师爷爷。这是个很枯寂的人,一天关在房里,就是那"一花一世界"里。也看不见他念佛,只是那么一声不响地坐着。他是吃斋的,过年时除外。

下面就是师兄弟三个,仁字排行:仁山、仁海、仁渡。庵里庵外,有的称他们为大师父、二师父;有的称之为山师父、海师父。只有仁渡,没有叫他"渡师父"的,因为听起来不像话,大都直呼之为仁渡。他也只配如此,因为他还年轻,才二十多岁。

仁山,即明子的舅舅,是当家的。不叫"方丈",也不叫"住持",却叫"当家的",是很有道理的,因为他确确实实干的是当家的职务。他屋里摆的是一张账桌,桌子上放的是账簿和算盘。账簿共有三本。一本是经账,一本是租账,一本是债账。和尚要做法事,做法事要收钱。——要不,当和尚干什么?常做的法事是放焰口。正规的焰口是十个人。一个正座,一个敲鼓,两边一边四个。人少了,八个,一边三个,也凑合了。荸荠庵只有四个和尚,要放整焰口就得和别的庙里合伙。这样的时候也有过。通常只是放半台焰口。一个正座,一个敲鼓,另外一边一个。一来找别的庙里合伙费事;二来这一带放得起整焰口的人家也不多。有的时候,谁家死了人,就只请两个,甚至一个和尚咕噜咕噜念一通经,敲打几声法器就算完事。很多人家的经钱不是当时就给,往往要等秋后才还。这就得记账。另外,和尚放焰口的辛苦钱不是一样的。就像唱戏一样,有份子。正座第一份。因为他要领唱,而且还要独唱。当中有一大段"叹骷髅",别的和尚都放下法器休息，只有首座一个人有板有眼地曼声吟唱。第二份是敲鼓的。你以为这容易呀？哼，单是一开头的"发擂"，手上没功夫就敲不出迟疾顿挫！其余的，就一样了。这也得记上：某月某日，谁家焰口半台，谁正座，谁敲鼓……省得到年底结账时赌咒骂娘。……这庵里有几十亩庙产，租给人种，到时候要收租。庵里还放债。租、债一向倒很少亏欠，因为租佃借钱的人怕菩萨不高兴。这三本账就够仁山忙的了。另外香烛、打火、油盐"福食"，这也得随时记记账呀。除了账簿之外，山师父的方丈的墙上还挂着一块水牌，上漆四个红字"勤笔免思"。

　　仁山所说当一个好和尚的三个条件，他自己其实一条也不具备。他的相貌只要用两个字就说清楚了：黄，胖。声音也不像钟磬，倒像母猪。聪明么？难说，打牌老输。他在庵里从不穿袈裟，连海青直裰也免了。经常是披着件短僧衣，袒露着一个黄色的肚子。下面是光脚趿拉着一双僧鞋，——新鞋他也是趿拉着。他一天就是这样不衫不履地这里走走，那里走走，发出母猪一样的声音："呣——呣——"。

　　二师父仁海。他是有老婆的。他老婆每年夏秋之间来住几个月，因为庵里凉快。庵里有六个人，其中之一，就是这位和尚的家眷。仁山、仁渡叫她嫂子，明海叫她师娘。这两口子都很爱干净，整天的洗涮。傍晚的时候，坐在天井里乘凉。白天，闷在屋里不出来。

　　三师父是个很聪明精干的人。有时一笔账大师兄扒了半天算盘也算不清，他眼珠子转两转，早算得一清二楚。他打牌赢的时候多，二三十张牌落地，上下家手里有些什么牌，他就差不多都知道了。他打牌时，总有人爱在他后面看歪头胡。谁家约他打牌，就说"想送两个钱给你"。他不但经忏俱通（小庙的和尚能够拜忏的不多），而且身怀绝技，会"飞铙"。七月间有些地方做盂兰会，在旷地上放大焰口，几十个和尚，穿绣花袈裟，飞铙。飞铙就是把十多斤重的大铙钹飞起来。到了一定的时候，全部法器皆停，只几十副大铙紧张急促地敲起来。忽然起手，大铙向半空中飞去，一面飞，一面旋转。然后，又落下来，接住。接住不是平平常常地接住，有各种架势，"犀牛望月"、"苏秦背剑"……这哪是念经，这是耍杂技。也许是地藏王菩萨爱看这个，但真正因此快乐起来的是人，尤其是妇女和孩子。这是年轻漂亮的和尚出风头的机会。一场大焰口过后，也像一个好戏班子过后一样，会有一个两个大姑娘、小媳妇失踪，——跟和尚跑了。他还会放"花焰口"。有的人家，亲戚中多风流子弟，在不是很哀伤的佛事——如做冥寿时，就会提出放花焰口。所谓"花焰口"就是在正焰口之后，叫和尚唱小调，拉丝弦，吹管笛，敲鼓板，而且可以点唱。仁渡一个人可以唱一夜不重头。仁渡前几年一直在外面，近二年才常住在庵里。据说他有相好的，而且不止一个。他平常可是很规矩，看到姑娘媳妇总是老老实实的，连一句玩笑话都不说，一句小调山歌都不唱。有一回，在打谷场上乘凉的时候，一伙人把他围起来，非叫他唱两个不可。他却情不过，说："好，唱一个。不唱家乡的。家乡的你们都熟,唱个安徽的。"

> 姐和小郎打大麦,
> 一转子讲得听不得。
> 听不得就听不得,
> 打完了大麦打小麦。

唱完了,大家还嫌不够,他就又唱了一个:

> 姐儿生得漂亮的,
> 两个奶子翘翘的。
> 有心上去摸一把,
> 心里有点跳跳的。
> ……

这个庵里无所谓清规,连这两个字也没人提起。

仁山吃水烟,连出门做法事也带着他的水烟袋。

他们经常打牌。这是个打牌的好地方。把大殿上吃饭的方桌往门口一搭,斜放着,就是牌桌。桌子一放好,仁山就从他的方丈里把筹码拿出来,哗啦一声倒在桌上。斗纸牌的时候多,搓麻将的时候少。牌客除了师兄弟三人,常来的是一个收鸭毛的,一个打兔子兼偷鸡的,都是正经人。收鸭毛的担一副竹筐,串乡串镇,拉长了沙哑的声音喊叫:

"鸭毛卖钱——!"

偷鸡的有一件家什——铜蜻蜓。看准了一只老母鸡,把铜蜻蜓一丢,鸡婆子上去就是一口。这一啄,铜蜻蜓的硬簧绷开,鸡嘴撑住了,叫不出来了。正在这鸡十分纳闷的时候,上去一把薅住。

明子曾经跟这位正经人要过铜蜻蜓看看。他拿到小英子家门前试了一试,果然!小英的娘知道了,骂明子:

"要死了!儿子!你怎么到我家来玩铜蜻蜓了!"

小英子跑过来:

"给我!给我!"

她也试了试,真灵,一个黑母鸡一下子就把嘴撑住,傻了眼了!

下雨阴天,这二位就光临荸荠庵,消磨一天。

有时没有外客,就把老师叔也拉出来,打牌的结局,大都是当家和尚气得鼓鼓的:

"×妈妈的!又输了!下回不来了!"

他们吃肉不瞒人。年下也杀猪。杀猪就在大殿上。一切都和在家人一样，开水、水桶、尖刀。捆猪的时候，猪也是没命地叫。跟在家人不同的，是多一道仪式，要给即将升天的猪念一道"往生咒"，并且总是老师叔念，神情很庄重：

"……一切胎生、卵生、息生，来从虚空来，还归虚空去，往生再世，皆当欢喜。南无阿弥陀佛！"

三师父仁渡一刀子下去，鲜红的猪血就带着很多沫子喷出来。

……

明子老往小英子家里跑。

小英子的家像一个小岛，三面都是河，西面有一条小路通到荸荠庵。独门独户，岛上只有这一家。岛上有六棵大桑树，夏天都结大桑椹，三棵结白的，三棵结紫的；一个菜园子，瓜豆蔬菜，四时不缺。院墙下半截是砖砌的，上半截是泥夯的。大门是桐油油过的，贴着一副万年红的春联：

向阳门第春常在
积善人家庆有余

门里是一个很宽的院子。院子里一边是牛屋、碓棚；一边是猪圈、鸡窠，还有个关鸭子的栅栏。露天地放着一具石磨。正北面是住房，也是砖基土筑，上面盖的一半是瓦，一半是草。房子翻修了才三年，木料还露着白茬。正中是堂屋，家神菩萨的画像上贴的金还没有发黑。两边是卧房。隔扇窗上各嵌了一块一尺见方的玻璃，明亮亮的，——这在乡下是不多见的。房檐下一边种着一棵石榴树，一边种着一棵栀子花，都齐房檐高了。夏天开了花，一红一白，好看得很。栀子花香得冲鼻子。顺风的时候，在荸荠庵都闻得见。

这家人口不多，他家当然是姓赵。一共四口人：赵大伯、赵大妈，两个女儿，大英子、小英子。老两口没得儿子。因为这些年人不得病，牛不生灾，也没有大旱大水闹蝗虫，日子过得很兴旺。他们家自己有田，本来够吃的了，又租种了庵上的十亩田。自己的田里，一亩种了荸荠，——这一半是小英子的主意，她爱吃荸荠，一亩种了茨菇。家里喂了一大群鸡鸭，单是鸡蛋鸭毛就够一年的油盐了。赵大伯是个能干人。他是一个"全把式"，不但田里场上样样精通，还会罩鱼、洗磨、凿砻、修水车、修船、砌墙、烧砖、箍桶、劈篾、绞麻绳。他不咳嗽，不腰疼，结结实实，像一棵榆树。人很和气，一天不声不响。赵大伯是一棵摇钱树，赵大娘就是个聚宝盆。大娘精神得出奇。五十岁了，两个眼睛还是清亮亮的。不论什么时候，头都是梳得滑滴滴的，身上衣服都是格挣挣的。

像老头子一样，她一天不闲着。煮猪食，喂猪，腌咸菜，——她腌的咸萝卜干非常好吃，舂粉子，磨小豆腐，编蓑衣，织芦席。她还会剪花样子。这里嫁闺女，陪嫁妆，磁坛子、锡罐子，都要用梅红纸剪出吉祥花样，贴在上面，讨个吉利，也才好看："丹凤朝阳"呀、"白头到老"呀、"子孙万代"呀、"福寿绵长"呀。二三十里的人家都来请她："大娘，好日子是十六，你哪天去呀？"——"十五，我一大清早就来！"

"一定呀！"——"一定！一定！"

两个女儿，长得跟她娘像一个模子里托出来的。眼睛长得尤其像，白眼珠鸭蛋青，黑眼珠棋子黑，定神时如清水，闪动时像星星。浑身上下，头是头，脚是脚。头发滑溜溜的，衣服格挣挣的。——这里的风俗，十五六岁的姑娘就都梳上头了。这两个丫头，这一头的好头发！通红的发根，雪白的簪子！娘女三个去赶集，一集的人都朝她们望。

姐妹俩长得很像，性格不同。大姑娘很文静，话很少，像父亲。小英子比她娘还会说，一天咭咭呱呱地不停。大姐说：

"你一天到晚咭咭呱呱——"

"像个喜鹊！"

"你自己说的！——吵得人心乱！"

"心乱？"

"心乱！"

"你心乱怪我呀！"

二姑娘话里有话。大英子已经有了人家。小人她偷偷地看过，人很敦厚，也不难看，家道也殷实，她满意。已经下过小定，日子还没有定下来。她这二年，很少出房门，整天赶她的嫁妆。大裁大剪，她都会。挑花绣花，不如娘。可她又嫌娘出的样子太老了。她到城里看过新娘子，说人家现在绣的都是活花活草。这可把娘难住了。最后是喜鹊忽然一拍屁股："我给你保举一个人！"

这人是谁？是明子。明子念"上孟下孟"的时候，不知怎么得了半套《芥子园》，他喜欢得很。到了荸荠庵，他还常翻出来看，有时还把旧账簿子翻过来，照着描。小英子说：

"他会画！画得跟活的一样！"

小英子把明海请到家里来，给他磨墨铺纸，小和尚画了几张，大英子喜欢得了不得：

"就是这样！就是这样！这就可以乱孱！"——所谓"乱孱"是绣花的一种针法：绣了第一层，第二层的针脚插进第一层的针缝，这样颜色就可由深到淡，不露痕迹，不像娘那一代绣的花是平针，深浅之间，界限分明，一道一道的。小英子就像个书童，又像个参谋：

"画一朵石榴花！"

"画一朵栀子花！"

她把花掐来，明海就照着画。

到后来，凤仙花、石竹子、水蓼、淡竹叶、天竺果子、腊梅花，他都能画。

大娘看着也喜欢，搂住明海的和尚头：

"你真聪明！你给我当一个干儿子吧！"

小英子捺住他的肩膀，说：

"快叫！快叫！"

小明子跪在地下磕了一个头，从此就叫小英子的娘做干娘。

大英子绣的三双鞋，三十里方圆都传遍了。很多姑娘都走路坐船来看。看完了，就说："啧啧啧，真好看！这哪是绣的，这是一朵鲜花！"她们就拿了纸来央大娘求了小和尚来画。有求画帐檐的，有求画门帘飘带的，有求画鞋头花的。每回明子来画花，小英子就给他做点好吃的，煮两个鸡蛋，蒸一碗芋头，煎几个藕团子。

因为照顾姐姐赶嫁妆，田里的零碎生活小英子就全包了。她的帮手，是明子。

这地方的忙活是栽秧、车高田水、薅头遍草，再就是割稻子、打场了。这几茬重活，自己一家是忙不过来的。这地方兴换工。排好了日期，几家顾一家，轮流转。不收工钱，但是吃好的。一天吃六顿，两头见肉，顿顿有酒。干活时，敲着锣鼓，唱着歌，热闹得很。其余的时候，各顾各，不显得紧张。

薅三遍草的时候，秧已经很高了，低下头看不见人。一听见非常脆亮的嗓子在一片浓绿里唱：

栀子哎开花哎六瓣头哎……
姐家哎门前哎一道桥哎……

明海就知道小英子在哪里，三步两步就赶到，赶到就低头薅起草来。傍晚牵牛"打汪"，是明子的事。——水牛怕蚊子。这里的习惯，牛卸了轭，饮了水，就牵到一口和好泥水的"汪"里，由它自己打滚扑腾，弄得全身都是泥浆，这样蚊子就咬不透了。低田上水，只要一挂十四轧的水车，两个人车半天就够了。明子和小英子就伏在车杠上，不紧不慢地踩着车轴上的拐子，轻轻地唱着明海向三师父学来的各处山歌。打场的时候，明子能替赵大伯一会，让他回家吃饭。——赵家自己没有场，每年都在荸荠庵外面的场上打谷子。他一扬鞭子，喊起了打场号子：

"格当嘚——"

这打场号子有音无字，可是九转十三弯，比什么山歌号子都好听。赵大娘在家，听见明子的号子，就侧起耳朵：

"这孩子这条嗓子！"

连大英子也停下针线:

"真好听!"

小英子非常骄傲地说:

"一十三省数第一!"

晚上,他们一起看场。——荸荠庵收来的租稻也晒在场上。他们并肩坐在一个石磙子上,听青蛙打鼓,听寒蛇唱歌,——这个地方以为蝼蛄叫是蚯蚓叫,而且叫蚯蚓叫"寒蛇",听纺纱婆子不停地纺纱,"哟——",看萤火虫飞来飞去,看天上的流星。

"呀!我忘了在裤带上打一个结!"小英子说。

这里的人相信,在流星掉下来的时候在裤带上打一个结,心里想什么好事,就能如愿。

……

"擦"荸荠,这是小英子最爱干的生活。秋天过去了,地净场光,荸荠的叶子枯了,——荸荠的笔直的小葱一样的圆叶子里是一格一格的,用手一捋,哔哔地响,小英子最爱捋着玩,——荸荠藏在烂泥里。赤了脚,在凉浸浸滑溜溜的泥里踩着,——哎,一个硬疙瘩!伸手下去,一个红紫红紫的荸荠。她自己爱干这生活,还拉了明子一起去。她老是故意用自己的光脚去踩明子的脚。

她挎着一篮子荸荠回去了,在柔软的田埂上留了一串脚印。明海看着她的脚印,傻了。五个小小的趾头,脚掌平平的,脚跟细细的,脚弓部分缺了一块。明海身上有一种从来没有过的感觉,他觉得心里痒痒的。这一串美丽的脚印把小和尚的心搞乱了。

……

明子常搭赵家的船进城,给庵里买香烛,买油盐。闲时是赵大伯划船;忙时是小英子去,划船的是明子。

从庵赵庄到县城,当中要经过一片很大的芦花荡子。芦苇长得密密的,当中一条水路,四边不见人。划到这里,明子总是无端端地觉得心里很紧张,他就使劲地划桨。

小英子喊起来:

"明子!明子!你怎么啦?你发疯啦?为什么划得这么快?"

……

明海到善因寺去受戒。

"你真的要去烧戒疤呀?"

"真的。"

"好好的头皮上烧十二个洞,那不疼死啦?"

"咬咬牙。舅舅说这是当和尚的一大关,总要过的。"

"不受戒不行吗?"

"不受戒的是野和尚。"

"受了戒有啥好处?"

"受了戒就可以到处云游,逢寺挂褡。"

"什么叫'挂褡'?"

"就是在庙里住。有斋就吃。"

"不把钱?"

"不把钱。有法事,还得先尽外来的师父。"

"怪不得都说'远来的和尚会念经'。就凭头上这几个戒疤?"

"还要有一份戒牒。"

"闹半天,受戒就是领一张和尚的合格文凭呀!"

"就是!"

"我划船送你去。"

"好。"

小英子早早就把船划到荸荠庵门前。不知是什么道理,她兴奋得很。她充满了好奇心,想去看看善因寺这座大庙,看看受戒是个啥样子。

善因寺是全县第一大庙,在东门外,面临一条水很深的护城河,三面都是大树,寺在树林子里,远处只能隐隐约约看到一点金碧辉煌的屋顶,不知道有多大。树上到处挂着"谨防恶犬"的牌子。这寺里的狗出名的厉害。平常不大有人进去。放戒期间,任人游看,恶狗都锁起来了。

好大一座庙!庙门的门坎比小英子的胲膝都高。迎门矗着两块大牌,一边一块,一块写着斗大两个大字:"放戒",一块是"禁止喧哗"。这庙里果然是气象庄严,到了这里谁也不敢大声咳嗽。明海自去报名办事,小英子就到处看看。好家伙,这哼哈二将、四大天王,有三丈多高,都是簇新的,才装修了不久。天井有二亩地大,铺着青石,种着苍松翠柏。"大雄宝殿",这才真是个"大殿"!一进去,凉飕飕的。到处都是金光耀眼。释迦牟尼佛坐在一个莲花座上,单是莲座,就比小英子还高。抬起头来也看不全他的脸,只看到一个微微闭着的嘴唇和胖墩墩的下巴。两边的两根大红蜡烛,一搂多粗。佛像前的大供桌上供着鲜花、绒花、绢花,还有珊瑚树、玉如意、整颗的大象牙。香炉里烧着檀香。小英子出了庙,闻着自己的衣服都是香的。挂了好些幡。这些幡不知是什么缎子的,那么厚重,绣的花真细。这么大一口磬,里头能装五担水!这么大一个木鱼,有一头牛大,漆得通红的。她又去转了转罗汉堂,爬到千佛楼上看了看。真有一千个小佛!她还跟着一些人去看了看藏经楼。藏经楼没有什么看头,都是经书!妈吔!逛了这么一圈,腿都酸了。小英子想起还要给家里打油,替姐姐配丝线,给娘买鞋面布,给自己买两个坠围裙飘带的银蝴蝶,给爹买旱烟,就出庙了。

等把事情办齐，晌午了。她又到庙里看了看，和尚正在吃粥。好大一个"膳堂"，坐得下八百个和尚。吃粥也有这样多讲究：正面法座摆着两个锡胆瓶，里面插着红绒花，后面盘膝坐着一个穿了大红满金绣袈裟的和尚，手里拿了戒尺。这戒尺是要打人的。哪个和尚吃粥吃出了声音，他下来就是一戒尺。不过他并不真的打人，只是做个样子。真稀奇，那么多的和尚吃粥，竟然不出一点声音！她看见明子也坐在里面，想跟他打个招呼又不好打。想了想，管他禁止不禁止喧哗，就大声喊了一句："我走啦！"她看见明子目不斜视地微微点了点头，就不管很多人都朝自己看，大摇大摆地走了。

第四天一大清早小英子就去看明子。她知道明子受戒是第三天半夜，——烧戒疤是不许人看的。她知道要请老剃头师傅剃头，要剃得横摸顺摸都摸不出头发茬子，要不然一烧，就会"走"了戒，烧成了一片。她知道是用枣泥子先点在头皮上，然后用香头子点着。她知道烧了戒疤就喝一碗蘑菇汤，让它"发"，还不能躺下，要不停地走动，叫做"散戒"。这些都是明子告诉她的。明子是听舅舅说的。

她一看，和尚真在那里"散戒"，在城墙根底下的荒地里。一个一个，穿了新海青，光光的头皮上都有十二个黑点子。——这黑疤掉了，才会露出白白的、圆圆的"戒疤"。和尚都笑嘻嘻的，好像很高兴。她一眼就看见了明子。隔着一条护城河，就喊他：

"明子！"

"小英子！"

"你受了戒啦？"

"受了。"

"疼吗？"

"疼。"

"现在还疼吗？"

"现在疼过去了。"

"你哪天回去？"

"后天。"

"上午？下午？"

"下午。"

"我来接你！"

"好！"

……

小英子把明海接上船。

小英子这天穿了一件细白夏布上衣，下边是黑洋纱的裤子，赤脚穿了一双龙须草的细草鞋，头上一边插着一朵栀子花，一边插着一朵石榴花。她看见明子穿了新海青，里面露出短褂子的白领子,就说:"把你那外面的一件脱了,你不热呀!"

他们一人一把桨。小英子在中舱,明子扳艄,在船尾。

她一路问了明子很多话,好像一年没有看见了。

她问,烧戒疤的时候,有人哭吗?喊吗?

明子说,没有人哭,只是不住地念佛。有个山东和尚骂人:

"俺日你奶奶!俺不烧了!"

她问善因寺的方丈石桥是相貌和声音都很出众吗?

"是的。"

"说他的方丈比小姐的绣房还讲究?"

"讲究。什么东西都是绣花的。"

"他屋里很香?"

"很香。他烧的是伽楠香,贵得很。"

"听说他会做诗,会画画,会写字?"

"会。庙里走廊两头的砖额上,都刻着他写的大字。"

"他是有个小老婆吗?"

"有一个。"

"才十九岁?"

"听说。"

"好看吗?"

"都说好看。"

"你没看见?"

"我怎么会看见?我关在庙里。"

明子告诉她,善因寺一个老和尚告诉他,寺里有意选他当沙弥尾,不过还没有定,要等主事的和尚商议。

"什么叫'沙弥尾'?"

"放一堂戒,要选出一个沙弥头,一个沙弥尾。沙弥头要老成,要会念很多经。沙弥尾要年轻,聪明,相貌好。"

"当了沙弥尾跟别的和尚有什么不同?"

"沙弥头,沙弥尾,将来都能当方丈。现在的方丈退居了,就当。石桥原来就是沙弥尾。"

"你当沙弥尾吗?"

"还不一定哪。"

"你当方丈,管善因寺?管这么大一个庙?!"

"还早呐!"

划了一气,小英子说:"你不要当方丈!"

"好,不当。"

"你也不要当沙弥尾!"

"好,不当。"

又划了一气,看见那一片芦花荡子了。

小英子忽然把桨放下,走到船尾,趴在明子的耳朵旁边,小声地说:

"我给你当老婆,你要不要?"

明子眼睛鼓得大大的。

"你说话呀!"

明子说:"嗯。"

"什么叫'嗯'呀!要不要,要不要?"

明子大声地说:"要!"

"你喊什么?"

明子小小声说:"要——!"

"快点划!"

小英子跳到中舱,两只桨飞快地划起来,划进了芦花荡。

芦花才吐新穗。紫灰色的芦穗,发着银光,软软的,滑溜溜的,像一串丝线。有的地方结了蒲棒,通红的,像一枝一枝小蜡烛。青浮萍,紫浮萍。长脚蚊子,水蜘蛛。野菱角开着四瓣的小白花。惊起一只青桩(一种水鸟),擦着芦穗,扑鲁鲁鲁飞远了。

……

一九八〇年八月二十日,写于四十三年前的一个梦

(选自《北京文学》1980年第10期)

铁 凝

哦,香雪

如果不是有人发明了火车,如果不是有人把铁轨铺进深山,你怎么也不会发现台儿沟这个小村。它和它的十几户乡亲,一心一意掩藏在大山那深深的皱褶里,从春到夏,

从秋到冬，默默地接受着大山任意给予的温存和粗暴。

然而，两根纤细、闪亮的铁轨延伸过来了。它勇敢地盘旋在山腰，又悄悄地试探着前进，弯弯曲曲，曲曲弯弯，终于绕到台儿沟脚下，然后钻进幽暗的隧道，冲向又一道山梁，朝着神秘的远方奔去。

不久，这条线正式营运，人们挤在村口，看见那绿色的长龙一路呼啸，挟带着来自山外的陌生、新鲜的清风，擦着台儿沟贫弱的背脊匆匆而过。它走得那样急忙，连车轮辗轧钢轨时发出的声音好像都在说：不停不停，不停不停！是啊，它有什么理由在台儿沟站脚呢，台儿沟有人要出远门吗？山外有人来台儿沟探亲访友吗？还是这里有石油储存，有金矿埋藏？台儿沟，无论从哪方面讲，都不具备挽留火车在它身边留步的力量。

可是，记不清从什么时候起，列车时刻表上，还是多了"台儿沟"这一站。也许乘车的旅客提出过要求，他们中有哪位说话算数的人和台儿沟沾亲；也许是那个快乐的男乘务员发现台儿沟有一群十七八岁的漂亮姑娘，每逢列车疾驶而过，她们就成帮搭伙地站在村口，翘起下巴，贪婪、专注地仰望着火车。有人朝车厢指点，不时能听见她们由于互相捶打而发出的一两声娇嗔的尖叫。也许什么都不为，就因为台儿沟太小了，小得叫人心疼，就是钢筋铁骨的巨龙在它面前也不能昂首阔步，也不能不停下来。总之，台儿沟上了列车时刻表，每晚七点钟，由首都方向开往山西的这列火车在这里停留一分钟。

这短暂的一分钟，搅乱了台儿沟以往的宁静。从前，台儿沟人历来是吃过晚饭就钻被窝，他们仿佛是在同一时刻听到了大山无声的命令。于是，台儿沟那一小片石头房子在同一时刻忽然完全静止了，静得那样深沉、真切，好像在默默地向大山诉说着自己的虔诚。如今，台儿沟的姑娘们刚把晚饭端上桌就慌了神，她们心不在焉地胡乱吃几口，扔下碗就开始梳妆打扮。她们洗净蒙受了一天的黄土、风尘，露出粗糙、红润的面色，把头发梳得乌亮，然后就比赛着穿出最好的衣裳。有人换上过年时才穿的新鞋，有人还悄悄往脸上涂点胭脂。尽管火车到站时已经天黑，她们还是按照自己的心思，刻意斟酌着服饰和容貌。然后，她们就朝村口，朝火车经过的地方跑去。香雪总是第一个出门，隔壁的凤娇第二个就跟了出来。

七点钟，火车喘息着向台儿沟滑过来，接着一阵空哐乱响，车身震颤一下，才停住不动了。姑娘们心跳着涌上前去，像看电影一样，挨着窗口观望。只有香雪躲在后边，双手紧紧捂着耳朵。看火车，她跑在最前边；火车来了，她却缩到最后去了。她有点害怕它那巨大的车头，车头那么雄壮地喷吐着白雾，仿佛一口气就能把台儿沟吸进肚里。它那撼天动地的轰鸣也叫她感到恐惧。在它跟前，她简直像一叶没根的小草。

"香雪，过来呀，看！"凤娇拉过香雪向一个妇女头上指，她指的是那个妇女头上别着的那一排金圈圈。

"怎么我看不见？"香雪微微眯着眼睛。

"就是靠里边那个，那个大圆脸。看！还有手表哪，比指甲盖还小哩！"凤娇又有了新发现。

香雪不言不语地点着头，她终于看见了妇女头上的金圈圈和她腕上比指甲盖还要小的手表。但她也很快就发现了别的。"皮书包！"她指着行李架上一只普通的棕色人造革学生书包。就是那种连小城市都随处可见的学生书包。

尽管姑娘们对香雪的发现总是不感兴趣，但她们还是围了上来。

"哟，我的妈呀！你踩着我脚啦！"凤娇一声尖叫，埋怨着挤上来的一位姑娘。她老是爱一惊一乍的。

"你咋呼什么呀，是想叫那个小白脸和你搭话了吧？"被埋怨的姑娘也不示弱。

"我撕了你的嘴！"凤娇骂着，眼睛却不由自主地朝第三节车厢的车门望去。

那个白白净净的年轻乘务员真下车来了。他身材高大，头发乌黑，说一口漂亮的北京话。也许因为这点，姑娘们私下里都叫他"北京话"。"北京话"双手抱住胳膊肘，和她们站得不远不近地说："喂，我说小姑娘们，别扒窗户，危险！"

"哟，我们小，你就老了吗？"大胆的凤娇回敬了一句。

姑娘们一阵大笑，不知谁还把凤娇往前一搡，弄得她差点撞在他身上。这一来反倒更壮了凤娇的胆："喂，你们老待在车上不头晕？"她又问。

"房顶上那个大刀片似的，那是干什么用的？"又一个姑娘问。她指的是车厢里的电扇。

"烧水在哪儿？"

"开到没路的地方怎么办？"

"你们城市里一天吃几顿饭？"香雪也紧跟在姑娘们后边小声问了一句。

"真没治！""北京话"陷在姑娘们的包围圈里，不知所措地嘟囔着。

快开车了，她们才让出一条路，放他走。他一边看表，一边朝车门跑去，跑到门口，又扭头对她们说："下次吧，下次告诉你们！"他的两条长腿灵巧地向上一跨就上了车，接着一阵叽里哐啷，绿色的车门就在姑娘们面前沉重地合上了。列车一头扎进黑暗，把她们撇在冰冷的铁轨旁边。很久，她们还能感觉到它那越来越轻的震颤。

一切又恢复了寂静，静得叫人惆怅。姑娘们走回家去，路上总要为一点小事争论不休：

"谁知道别在头上的金圈圈是几个？"

"八个。"

"九个。"

"不是！"

"就是！"

"凤娇你说哪?"

"她呀,还在想'北京话'哪!"有人开起了凤娇的玩笑。

"去你的,谁说谁就想。"凤娇说着捏了一下香雪的手,意思是叫香雪帮腔。

香雪没说话,慌得脸都红了。她才十七岁,还没学会怎样在这种事上给人家帮腔。

"他的脸多白呀!"那个姑娘还在逗凤娇。

"白?还不是在那大绿屋里捂的。叫他到咱台儿沟住几天试试。"有人在黑影里说。

"可不,城里人就靠捂。要论白,叫他们和咱香雪比比。咱们香雪,天生一副好皮子,再照火车上那些闺女样儿,把头发烫成弯弯绕,啧啧!'真没治'!凤娇姐,你说是不是?"

凤娇不接茬儿,松开了香雪的手。好像姑娘们真在贬低她的什么人一样,她心里真有点替他抱不平呢。不知怎么的,她认定他的脸绝不是捂白的,那是天生。

香雪又悄悄把手送到凤娇手心里,她示意凤娇握住她的手,仿佛请求凤娇的宽恕,仿佛是她使凤娇受了委屈。

"凤娇,你哑巴啦?"还是那个姑娘。

"谁哑巴啦!谁像你们,专看人家脸黑脸白。你们喜欢,你们可跟上人家走啊!"凤娇的嘴很硬。

"我们不配!"

"你担保人家没有相好的?"

……

不管在路上吵得怎样厉害,分手时大家还是十分友好的,因为一个叫人兴奋的念头又在她们心中升起:明天,火车还要经过,她们还会有一个美妙的一分钟。和它相比,闹点小别扭还算回事吗?

哦,五彩缤纷的一分钟,你饱含着台儿沟的姑娘们多少喜怒哀乐!

日久天长,这五彩缤纷的一分钟,竟变得更加五彩缤纷起来。就在这个一分钟里,她们开始挎上装满核桃、鸡蛋、大枣的长方形柳条篮子,站在车窗下,抓紧时间跟旅客和和气气地做买卖。她们踮着脚尖,双臂伸得直直的,把整筐的鸡蛋、红枣举上窗口,换回台儿沟少见的挂面、火柴,以及属于姑娘们自己的发卡、香皂。有时,有人还会冒着回家挨骂的风险,换回花色繁多的纱巾和能松能紧的尼龙袜。

凤娇好像是大家有意分配给那个"北京话"的,每次都是她提着篮子去找他。她和他做买卖故意磨磨蹭蹭,车快开时才把整篮的鸡蛋塞给他。要是他先把鸡蛋拿走,下次见面时再付钱,那就更够意思了。如果他给她捎回一捆挂面、两条纱巾,凤娇就一定抽出一斤挂面还给他。她觉得,只有这样才对得起和他的交往,她愿意这种交往和一般的做买卖有所区别。有时她也想起姑娘们的话:"你担保人家没有相好的?"其实,有没有相好的不关凤娇的事，她又没想过跟他走。可她愿意对他好，难道非得是相好的才能这么做吗？

香雪平时话不多，胆子又小，但做起买卖却是姑娘中最顺利的一个。旅客们爱买她的货，因为她是那么信任地瞧着你，那洁如水晶的眼睛告诉你，站在车窗下的这个女孩子还不知道什么叫受骗。她还不知道怎么讲价钱，只说："你看着给吧。"你望着她那洁净得仿佛一分钟前才诞生的面孔，望着她那柔软得宛若红缎子似的嘴唇，心中会升起一种美好的感情。你不忍心跟这样的小姑娘耍滑头，在她面前，再爱计较的人也会变得慷慨大度。

有时她也抓空儿向他们打听外面的事，打听北京的大学要不要台儿沟人，打听什么叫"配乐诗朗诵"（那是她偶然在同桌的一本书上看到的）。有一回她向一位戴眼镜的中年妇女打听能自动开关的铅笔盒，还问到它的价钱。谁知没等人家回话，车已经开动了。她追着它跑了好远，当秋风和车轮的呼啸一同在她耳边鸣响时，她才停下脚步意识到，自己的行为是多么可笑啊。

火车眨眼间就无影无踪了。姑娘们围住香雪，当她们知道她追火车的原因后，便觉得好笑起来。

"傻丫头！"

"值不当的！"

她们像长者那样拍着她的肩膀。

"就怪我磨蹭，问慢了。"香雪可不认为这是一件值不当的事，她只是埋怨自己没抓紧时间。

"咳，你问什么不行呀！"凤娇替香雪挎起篮子说。

"谁叫咱们香雪是学生呢。"也有人替香雪分辩。

也许就因为香雪是学生吧，是台儿沟唯一考上初中的人。

台儿沟没有学校，香雪每天上学要到十五里以外的公社。尽管不爱说话是她的天性，但和台儿沟的姐妹们总是有话可说的。公社中学可就没那么多姐妹了，虽然女同学不少，但她们的言谈举止，一个眼神，一声轻轻的笑，好像都是为了叫香雪意识到，她是小地方来的，穷地方来的。她们故意一遍又一遍地问她："你们那儿一天吃几顿饭？"她不明白她们的用意，每次都认真地回答："两顿。"然后又友好地瞧着她们反问道："你们呢？"

"三顿！"她们每次都理直气壮地回答。之后，又对香雪在这方面的迟钝感到说不出的怜悯和气恼。

"你上学怎么不带铅笔盒呀？"她们又问。

"那不是吗。"香雪指指桌角。

其实,她们早知道桌角那只小木盒就是香雪的铅笔盒,但她们还是做出吃惊的样子。每到这时,香雪的同桌就把自己那只宽大的泡沫塑料铅笔盒摆弄得哒哒乱响。这是一只可以自动合上的铅笔盒,很久以后,香雪才知道它所以能自动合上,是因为铅笔盒里包藏着一块不大不小的吸铁石。香雪的小木盒呢,尽管那是当木匠的父亲为她考上中学特意制作的,它在台儿沟还是独一无二的呢。可在这儿,和同桌的铅笔盒一比,为什么显得那样笨拙、陈旧?它在一阵哒哒声中有几分羞涩地畏缩在桌角上。

香雪的心再也不能平静了,她好像忽然明白了同学们对于她的再三盘问,明白了台儿沟是多么贫穷。她第一次意识到这是不光彩的,因为贫穷,同学们才敢一遍又一遍地盘问她。她盯住同桌那只铅笔盒,猜测它来自遥远的大城市,猜测它的价钱肯定非同寻常。三十个鸡蛋换得来吗?还是四十个、五十个?这时她的心又忽地一沉:怎么想起这些了?娘攒下鸡蛋,不是为了叫她乱打主意啊!可是,为什么那诱人的哒哒声老是在耳边响个没完?

深秋,山风渐渐凛冽了,天也黑得越来越早。但香雪和她的姐妹们对于七点钟的火车,是照等不误的。她们可以穿起花棉袄了,凤娇头上别起了淡粉色的有机玻璃发卡,有些姑娘的辫梢还缠上了夹丝橡皮筋。那是她们用鸡蛋、核桃从火车上换来的。她们仿照火车上那些城里姑娘的样子把自己武装起来,整齐地排列在铁路旁,像是等待欢迎远方的贵宾,又像是准备着接受检阅。

火车停了,发出一阵沉重的叹息,像是在抱怨台儿沟的寒冷。今天,它对台儿沟表现了少有的冷漠:车窗全部紧闭着,旅客在昏黄的灯光下喝茶、看报,没有人向窗外瞥一眼。那些眼熟的、常跑这条线的人们,似乎也忘记了台儿沟的姑娘。

凤娇照例跑到第三节车厢去找她的"北京话",香雪系紧头上的紫红色线围巾,把臂弯里的篮子换了换手,也顺着车身不停地跑着。她尽量高高地踮起脚尖,希望车厢里的人能看见她的脸。车上一直没有人发现她,她却在一张堆满食品的小桌上,发现了渴望已久的东西。它的出现,使她再也不想往前走了。她放下篮子,心跳着,双手紧紧扒住窗框,认清了那真是一只铅笔盒,一只装有吸铁石的自动铅笔盒。它和她离得那样近,如果不是隔着玻璃,她一伸手就可以摸到。

一位中年女乘务员走过来拉开了香雪。香雪挎起篮子站在远处继续观察。当她断定它属于靠窗那位女学生模样的姑娘时,就果断地跑过去敲起了玻璃。女学生转过脸来,看见香雪臂弯里的篮子,抱歉地冲她摆了摆手,并没有打开车窗的意思。不知怎么的她就朝车门跑去,当她在门口站定时,还一把攥住了扶手。如果说跑的时候她还有点犹豫,那么从车厢里送出来的一阵阵温馨的、火车特有的气息却坚定了她的信心,她学着"北京话"的样子,轻巧地跃上了踏板。她打算以最快的速度跑进车厢,以最快的速度用鸡蛋换回铅笔盒。也许,她所以能够在几秒钟内就决定上车,正是因为她拥有那么多鸡蛋吧,那是四十个。

香雪终于站在火车上了。她挽紧篮子,小心地朝车厢迈出了第一步。这时,车身忽然悸动了一下,接着,车门被人关上了。当她意识到眼前发生了什么事时,列车已经缓缓地向台儿沟告别了。香雪扑到车门上,看见凤娇的脸在车下一晃。看来这不是梦,一切都是真的,她确实离开姐妹们,站在这既熟悉、又陌生的火车上了。她拍打着玻璃,冲凤娇叫喊着:"凤娇!我怎么办呀,我可怎么办呀!"

列车无情地载着香雪一路飞奔,台儿沟刹那间就被抛在后面了。下一站叫西山口,西山口离台儿沟三十里。

三十里,对于火车、汽车真的不算什么,西山口在旅客们闲聊之中就到了。这里上车的人不少,下车的只有一位旅客,那就是香雪。她胳膊上少了那只篮子,她把它塞到那个女学生座位下面了。

在车上,当她红着脸告诉女学生,想用鸡蛋和她换铅笔盒时,女学生不知怎么的也红了脸。她一定要把铅笔盒送给香雪,还说她住在学校吃食堂,鸡蛋带回去也没法吃。她怕香雪不信,又指了指胸前的校徽,上面果真有"矿冶学院"几个字。香雪却觉得她在哄她,难道除了学校她就没家吗?香雪一面摆弄着铅笔盒,一面想着主意。台儿沟再穷,她也从没白拿过别人的东西。就在火车停顿前发出的几秒钟的震颤里,香雪还是猛然把篮子塞到女学生的座位下面,迅速离开了她。

车上,旅客们曾劝她在西山口住一夜再回台儿沟。热情的"北京话"还告诉她,他爱人有个亲戚就住在站上。香雪并没有住,更不打算去找"北京话"的什么亲戚。他的话倒使她感到了委屈,她替凤娇委屈,替台儿沟委屈。她只是一心一意地想:赶快走回去,明天理直气壮地去上学,理直气壮地打开书包,把"它"摆在桌上。车上的人既不了解火车的呼啸曾经怎样叫她像只受惊的小鹿那样不知所措,更不了解山里的女孩子在大山和黑夜面前到底有多大本事。

列车很快就从西山口车站消失了,留给她的又是一片空旷。一阵寒风扑来,吸吮着她单薄的身体。她把滑到肩上的围巾紧裹在头上,缩起身子在铁轨上坐了下来。香雪感受过各种各样的害怕,小时候她怕头发,身上沾着一根头发择不下来,她会急得哭起来;长大了她怕晚上一个人到院子里去,怕毛毛虫,怕被人胳肢(凤娇最爱和她来这一手)。现在她害怕这陌生的西山口,害怕四周黑幽幽的大山,害怕叫人心跳的寂静,当风吹响近处的小树林时,她又害怕小树林发出的窸窸窣窣的声音。三十里,一路走回去,该路过多少大大小小的林子啊!

一轮满月升起来了,照亮了寂静的山谷,灰白的小路,照亮了秋日的败草,粗糙的树干,还有一丛丛荆棘、怪石,还有漫山遍野那树的队伍,还有香雪手中那只闪闪发光的小盒子。

她这才想到把它举起来仔细端详。她想,为什么坐了一路火车,竟没有拿出来好好看看?现在,在皎洁的月光下,她才看清了它是淡绿色的,盒盖上有两朵洁白的马蹄莲。她小心地把它打开,又学着同桌的样子轻轻一拍盒盖,"哒"的一声,它便合得严严实实。她又打开盒盖,觉得应该立刻装点东西进去。她从兜里摸出一只盛擦脸油的小盒放进去,又合上了盖子。只有这时,她才觉得这铅笔盒真属于她了,真的。她又想到了明天,明天上学时,她多么盼望她们会再三盘问她啊!

她站了起来,忽然感到心里很满,风也柔和了许多。她发现月亮是这样明净,群山被月光笼罩着,像母亲庄严、神圣的胸脯;那秋风吹干的一树树核桃叶,卷起来像一树树金铃铛,她第一次听清它们在夜晚,在风的怂恿下"豁啷啷"地歌唱。她不再害怕了,在枕木上跨着大步,一直朝前走去。大山原来是这样的!月亮原来是这样的!核桃树原来是这样的!香雪走着,就像第一次认出养育她成人的山谷。台儿沟呢?不知怎么的,她加快了脚步。她急着见到它,就像从来没见过它那样觉得新奇。台儿沟一定会是"这样的":那时台儿沟的姑娘不再央求别人,也用不着回答人家的再三盘问。火车上的漂亮小伙子都会求上门来,火车也会停得久一些,也许三分、四分,也许十分、八分。它会向台儿沟打开所有的门窗,要是再碰上今晚这种情况,谁都能从从容容地下车。

今晚台儿沟发生了什么事?对了,火车拉走了香雪,为什么现在她像闹着玩儿似的去回忆呢?四十个鸡蛋也没有了,娘会怎么说呢?爹不是盼望每天都有人家娶媳妇、聘闺女吗?那时他才有干不完的活儿,他才能光着红铜似的脊梁,不分昼夜地打出那些躺柜、碗橱、板箱,挣回香雪的学费。想到这儿,香雪站住了,月光好像也黯淡下来,脚下的枕木变成一片模糊。回去怎么说?她环视群山,群山沉默着;她又朝着近处的杨树林张望,杨树林窸窸窣窣地响着,并不真心告诉她应该怎么做。是哪儿来的流水声?她寻找着,发现离铁轨几米远的地方,有一道浅浅的小溪。她走下铁轨,在小溪旁边蹲了下来。她想起小时候有一回和凤娇在河边洗衣裳,碰见一个换芝麻糖的老头。凤娇劝香雪拿一件旧汗褂换几块糖吃,还教她对娘说,那件衣裳不小心叫河水给冲走了。香雪很想吃芝麻糖,可她到底没换。她还记得,那老头真心实意等了她半天呢。为什么她会想起这件小事?也许现在应该骗娘吧,因为芝麻糖怎么也不能和铅笔盒的重要性相比。她要告诉娘,这是一个宝盒子,谁用上它,就能一切顺心如意,就能上大学、坐上火车到处跑,就能要什么有什么,就再也不会被人盘问她们每天吃几顿饭了。娘会相信的,因为香雪从来不骗人。

小溪的歌唱高昂起来了,它欢腾着向前奔跑,撞击着水中的石块,不时溅起一朵小小的浪花。香雪也要赶路了,她捧起溪水洗了把脸,又用沾着水的手捋光被风吹乱的头发。水很凉,但她觉得很精神。她告别了小溪,又回到了长长的铁路上。

前边又是什么？是隧道，它愣在那里，就像大山的一只黑眼睛。香雪又站住了，但她没有返回去，她想到怀里的铅笔盒，想到同学们惊羡的目光，那些目光好像就在隧道里闪烁。她弯腰拔下一根枯草，将草茎插在小辫里。娘告诉她，这样可以"避邪"。然后她就朝隧道跑去。确切地说，是冲去。

香雪越走越热了，她解下围巾，把它搭在脖子上。她走出了多少里？不知道。尽管草丛里的"纺织娘"、"油葫芦"总在鸣叫着提醒她。台儿沟在哪儿？她向前望去，她看见迎面有一颗颗黑点在铁轨上蠕动。再近一些她才看清，那是人，是迎着她走过来的人群。第一个是凤娇，凤娇身后是台儿沟的姐妹们。

香雪想快点跑过去，但腿为什么变得异常沉重？她站在枕木上，回头望着笔直的铁轨，铁轨在月亮的照耀下泛着清淡的光，它冷静地记载着香雪的路程。她忽然觉得心头一紧，不知怎么的就哭了起来，那是欢乐的泪水，满足的泪水。面对严峻而又温厚的大山，她心中升起一种从未有过的骄傲。她用手背抹净眼泪，拿下插在辫子里的那根草棍儿，然后举起铅笔盒，迎着对面的人群跑去。

山谷里突然爆发了姑娘们欢乐的呐喊。她们叫着香雪的名字，声音是那样奔放、热烈；她们笑着，笑得是那样不加掩饰、无所顾忌。古老的群山终于被感动得颤栗了，它发出宽亮低沉的回音，和她们共同欢呼着。

哦，香雪！香雪！

（选自《青年文学》1982年第5期）

残 雪

山上的小屋

在我家屋后的荒山上，有一座木板搭起来的小屋。

我每天都在家中清理抽屉。当我不清理抽屉的时候，我坐在围椅里，把双手平放在膝头上，听见呼啸声。是北风在凶猛地抽打小屋杉木皮搭成的屋顶，狼的嗥叫在山谷里回荡。

"抽屉永生永世也清理不好，哼。"妈妈说，朝我做出一个虚伪的笑容。

"所有的人的耳朵都出了毛病。"我憋着一口气说下去，"月光下，有那么多的小偷在我们这栋房子周围徘徊。我打开灯,看见窗子上被人用手指捅出数不清的洞眼。隔壁房里,你和父亲的鼾声格外沉重,震得瓶瓶罐罐在碗柜里跳跃起来。我蹬了一脚床板,侧转肿大的头,听见那个被反锁在小屋里的人暴怒地撞着木板门,声音一直持续到天亮。"

"每次你来我房里找东西,总把我吓得直哆嗦。"妈妈小心翼翼地盯着我,向门边退去,我看见她一边脸上的肉在可笑地惊跳。

有一天,我决定到山上去看个究竟。风一停我就上山,我爬了好久,太阳刺得我头昏眼花,每一块石子都闪动着白色的小火苗。我咳着嗽,在山上辗转。我眉毛上冒出的盐汗滴到眼珠里,我什么也看不见,什么也听不见。我回家时在房门外站了一会,看见镜子里那个人鞋上沾满了湿泥巴,眼圈周围浮着两大团紫晕。

"这是一种病。"听见家人们在黑咕隆咚的地方窃笑。

等我的眼睛适应了屋内的黑暗时,他们已经躲起来了——他们一边笑一边躲。我发现他们趁我不在的时候把我的抽屉翻得乱七八糟,几只死蛾子、死蜻蜓全扔到了地上,他们很清楚那是我心爱的东西。

"他们帮你重新清理了抽屉,你不在的时候。"小妹告诉我,目光直勾勾的,左边的那只眼变成了绿色。

"我听见了狼嗥,"我故意吓唬她,"狼群在外面绕着房子奔来奔去,还把头从门缝里挤进来,天一黑就有这些事。你在睡梦中那么害怕,脚心直出冷汗。这屋里的人睡着了脚心都出冷汗。你看看被子有多么潮就知道了。"

我心里很乱,因为抽屉里的一些东西遗失了。母亲假装什么也不知道,垂着眼。但是她正恶狠狠地盯着我的后脑勺,我感觉得出来。每次她盯着我的后脑勺,我头皮上被她盯的那块地方就发麻,而且肿起来。我知道他们把我的一盒围棋埋在后面的水井边上了,他们已经这样做过无数次,每次都被我在半夜里挖了出来。我挖的时候,他们打开灯,从窗口探出头来。他们对于我的反抗不动声色。

吃饭的时候我对他们说:"在山上,有一座小屋。"

他们全都埋着头稀哩呼噜地喝汤,大概谁也没听到我的话。

"许多大老鼠在风中狂奔。"我提高了嗓子,放下筷子,"山上的砂石轰隆隆地朝我们屋后的墙倒下来,你们全吓得脚心直出冷汗,你们记不记得?只要看一看被子就知道。天一晴,你们就晒被子,外面的绳子上总被你们晒满了被子。"

父亲用一只眼迅速地盯了我一下,我感觉到那是一只熟悉的狼眼。我恍然大悟,原来父亲每天夜里变为狼群中的一只,绕着这栋房子奔跑,发出凄厉的嗥叫。

"到处都是白色在晃动,"我用一只手抠住母亲的肩头摇晃着,"所有的都那么扎眼,搞得眼泪直流。你什么印象也得不到。但是我一回到屋里,坐在围椅里面,把双手平放在膝头上，就清清楚楚地看见了杉木皮搭成的屋顶。那形象隔得十分近，你一定也看到过，实际上，我们家里的人全看到过。的确有一个人蹲在那里面，他的眼眶下也有两大团紫晕，那是熬夜的结果。"

"每次你在井边挖得那块麻石响，我和你妈就被悬到了半空，我们簌簌发抖，用赤脚蹬来蹬去，踩不到地面。"父亲避开我的目光，把脸向窗口转过去。窗玻璃上沾着密密麻麻的蝇屎。"那井底，有我掉下的一把剪刀。我在梦里暗暗下定决心，要把它打捞上来。一醒来，我总发现自己搞错了，原来并不曾掉下什么剪刀，你母亲断言我是搞错了。我不死心，下一次又记起它。我躺着，会忽然觉得很遗憾，因为剪刀沉在井底生锈，我为什么不去打捞。我为这件事苦恼了几十年，脸上的皱纹如刀刻的一般。终于有一回，我到了井边，试着放下吊桶去，绳子又重又滑，我的手一软，木桶发出轰隆一声巨响，散落在井中。我奔回屋里，朝镜子里一瞥，左边的鬓发全白了。"

"北风真凶，"我缩头缩脑，脸上紫一块蓝一块，"我的胃里面结出了小小的冰块。我坐在围椅里的时候，听见它们叮叮当当响个不停。"

我一直想把抽屉清理好，但妈妈老在暗中与我作对。她在隔壁房里走来走去，弄得踏踏地响，使我胡思乱想。我想忘记那脚步，于是打开一副扑克，口中念着："一二三四五……"脚步却忽然停下了，母亲从门边伸进来墨绿色的小脸，嗡嗡地说话："我做了一个很下流的梦，到现在背上还流冷汗。"

"还有脚板心，"我补充说，"大家的脚板心都出冷汗。昨天你又晒了被子。这种事，很平常。"

小妹偷偷跑来告诉我，母亲一直在打主意要弄断我的胳膊，因为我开关抽屉的声音使她发狂，她一听到那声音就痛苦得将脑袋浸在冷水里，直泡得患上重伤风。

"这样的事，可不是偶然的。"小妹的目光永远是直勾勾的，刺得我脖子上长出红色的小疹子来。"比如说父亲吧，我听他说那把剪刀，怕说了有二十年了？不管什么事，都是由来已久的。"

我在抽屉侧面打上油，轻轻地开关，做到毫无声响。我这样试验了好多天，隔壁的脚步没响，她被我蒙蔽了。可见许多事都是可以蒙混过去的，只要你稍微小心一点儿。我很兴奋，起劲地干起通宵来，抽屉眼看就要清理干净一点儿，但是灯泡忽然坏了，母亲在隔壁房里冷笑。

"被你房里的光亮刺激着，我的血管里发出怦怦的响声，像是在打鼓。你看看这里，"她指着自己的太阳穴，那里爬着一条圆鼓鼓的蚯蚓，"我倒宁愿是坏血症。整天有东西在体内捣鼓，这里那里弄得响，这滋味，你没尝过。为了这样的毛病，你父亲动过自杀的念头。"她伸出一只胖手搭在我的肩上，那只手像被冰镇过一样冷，不停地滴下水来。

有一个人在井边捣鬼。我听见他反复不停地将吊桶放下去，在井壁上碰出轰隆隆的响声。天明的时候，他咚地一声扔下木桶，跑掉了。我打开隔壁的房门，看见父亲正在昏睡，一只暴出青筋的手难受地抠紧了床沿，在梦中发出惨烈的呻吟。母亲披头散发，手持一把笤帚在地上扑来扑去。她告诉我，在天明的那一瞬间，一大群天牛从窗口飞进来，撞在墙上，落得满地皆是。她起床来收拾，把脚伸进拖鞋，脚趾被藏在拖鞋里的天牛咬了一口，整条腿肿得像根铅柱。

"他，"母亲指了指昏睡的父亲，"梦见被咬的是他自己呢。"

"在山上的小屋里，也有一个人正在呻吟。黑风里夹带着一些山葡萄的叶子。"

"你听到了没有？"母亲在半明半暗里将耳朵聚精会神地贴在地板上，"这些个东西，在地板上摔得痛昏了过去。它们是在天明那一瞬间闯进来的。"

那一天，我的确又上了山，我记得十分清楚。起先我坐在藤椅里，把双手平放在膝头上，然后我打开门，走进白光里面去。我爬上山，满眼都是白石子的火焰，没有山葡萄，也没有小屋。

（选自《人民文学》1985 年第 3 期）

李 锐

合 坟
—— 《厚土》之一

院门前，一只被磨细了的枣木纺锤，在一双苍老的手上灵巧地旋转着，浅黄色的麻一缕一缕地加进旋转中来，仿佛不会终了似的，把丝丝缕缕的岁月也拧在一起，缠绕在那只枣红色的纺锤上。下午的阳光被漫山遍野的黄土揉碎了，而后，又慈祥地铺展开来。你忽然就觉得，下沉的太阳不是坠向西山，而是落进了她那双昏花的老眼。

不远处，老伴带了几个人正在刨开那座坟，锹和镢不断地碰撞在砖石上，于是，就有些金属的脆响冷冷地也揉碎到这一派夕阳的慈祥里来。老伴以前是村里的老支书，现在早已不是了，可那坟里的事情一直是他的心病。

那坟在那里孤零零地站了整整十四个春秋了。那坟里的北京姑娘早已变了黄土。

"恓惶的女子要是不死，现在腿底下娃娃怕也有一堆了……"

一丝女人对女人的怜惜随着麻缕紧紧绕在纺锤上——今天是那姑娘的喜日子,今天她要配干丧。乡亲们犹豫再三,商议再三,到底还是众人凑钱寻了一个"男人",而后又众人做主给这孤单了十四年的姑娘捏和了一个家。请来先生看过,这俩人属相对,生辰八字也对。

坟边上放了两只描红画绿的干丧盒子,因为是放尸骨用的,所以都不大,每只盒子上都系了一根红带。两只被彩绘过的棺盒,一只里装了那个付钱买来的男人的尸骨;另一只空着,等一会儿人们把坟刨开了,就把那十四年前的姑娘取出来,放进去,然后就合坟。再然后,村里一户出一个人头,到村长家的窑里吃荞麦面饸饹,浇羊肉炖胡萝卜块的臊子——这一份开销由村里出。这姑娘孤单得叫人心疼,爹妈远在千里以外的北京,一块来的同学们早就头也不回地走得一个也不剩,只有她留下走不成了。在阳世活着的时候她一个人孤零零走了,到了阴间捏和下了这门婚事,总得给她做够,给她尽到排场。

锹和镢碰到砖和水泥砌就的坟包上,偶或有些火星迸射进干燥的空气中来。有人忧心地想起了今年的收成:"再不下些雨,今年的秋就旱塌了……"

明摆着的旱情,明摆着的结论,没有人回话,只有些零乱的叮当声。

"要是照着那年的样儿下一场,啥也不用愁。"

有人停下手来:"不是恁大的雨,玉香也就死不了。"

众人都停下来,心头都升起些往事。

"你说那年的雨是不是那条黑蛇发的?"

老支书正色道:"又是迷信!"

"迷信倒是不敢迷信,就是那条黑蛇太日怪。"

老支书再一次正色道:"迷信!"

对话的人不服气:"不迷信学堂里的娃娃们这几天是咋啦?一病一大片,连老师都捎带上。我早就不愿意用玉香的陈列室做学堂,守着个孤鬼尽是晦气。"

"不用陈列室做教室,谁给咱村盖学堂?"

"少修些大寨田啥也有了……不是跟上你修大寨田,玉香还不一定就能死哩!"

这话太噎人。

老支书骤然愣了一刻,把正抽着的烟卷从嘴角上取下来,一丝口水在烟蒂上亮闪闪地拉断了,突然,涨头涨脸地咳嗽起来。老支书虽然早已经不是支书了,只是人们和他自己都忘不了,他曾经做过支书。

有人出来圆场:"话不能这么说,死活都是命定的,谁能管住谁?那一回,要不是那条黑蛇,玉香也死不了。那黑蛇就是怪,偏偏绳甩过去了,它给爬上来了……"

这个话题重复了十四年,在场的人都没有兴趣再把那事情重复一遍,叮叮当当的金属声复又冷冷地响起来。

那一年，老支书领着全村民众，和北京来的学生娃娃们苦干一冬一春，在村前修出平平整整三块大寨田，为此还得了县里发的红旗。没想到，夏季的头一场山水就冲走两块大寨田。第二次发山洪的时候，学生娃娃们从老支书家里拿出那面红旗来插在地头上，要抗洪保田。疯牛一样的山洪眨眼冲塌了地堰，学生娃娃们照着电影上演的样子，手拉手跳下水去。老支书跪在雨地里磕破了额头，求娃娃们上来。把别人都拉上岸来的时候，新塌的地堰将玉香裹进水里去。男人们拎着麻绳追出几十丈远，玉香在浪头上时隐时现地乱挥着手臂，终于还是抓住了那条抛过去的麻绳。正当人们合力朝岸上拉绳的时候，猛然看见一条胳膊粗细的黑蛇，一头紧盘在玉香的腰间，一头正沿着麻绳风驰电掣般爬过来，长长的蛇信子在高举着的蛇头上左右乱弹，水淋淋的身子寒光闪闪，眨眼间展开丈把来长。正在拉绳的人们发一声惨叫，全都抛下了绳子，又粗又长的麻绳带着黑蛇在水面上击出一道水花，转眼被吞没在浪谷之间。一直到三十里外的转弯处，山水才把玉香送上岸来。追上去的几个男人说山水会给人脱衣服，玉香赤条条的没一丝遮盖；说从没有见过那么白嫩的身子；说玉香的腰间被那黑蛇生生地缠出一道乌青的伤痕来。

后来，玉香就上了报纸。后来，县委书记来开过千人大会。后来，就盖了那排事迹陈列室。后来，就有了那座坟，和坟前那块碑。碑的正面刻着：知青楷模，吕梁英烈。碑的反面刻着：陈玉香，女，一九五三年五月五日生于北京铁路工人家庭，一九六八年毕业于北京第三十七中学，一九六九年一月赴吕梁山区岔上公社土腰大队神峪村插队落户，一九七二年八月十七日为保卫大寨田，在与洪水搏斗中英勇牺牲。

报纸登过就不再登了，大会开过也不再开了，立在村口的那座孤坟却叫乡亲们心里十分忐忑：

"正村口留一个孤鬼，怕村里要不干净呢。"

可是碍着玉香的同学们，更碍着县党委会的决定，那坟还是立在村口了。报纸上和石碑上都没有提那条黑蛇，只有乡亲们忘不了那慑人心魄的一幕，总是认定这砖和水泥砌就的坟墓里，聚集了些说不清道不白的哀愁。荏苒便是十四年。玉香的同学们走了，不来了；县委书记也换了不知多少任；谁也不再记得这个姑娘，只是有些个青草慢慢地从砖石的缝隙中长出来。

除去了砖石，铁锹在松软的黄土里自由了许多。渐渐地，一伙人都没在了坑底，只有银亮的锹头一闪一闪地扬出些湿润的黄色来。随着一脚蹬空，一只锹深深地落进了空洞里，尽管是预料好的，可人们的心头还是止不住一震。

"到了？"

"到了。"

"慢些，不敢碰坏她。"

"知道。"

老支书把预备好的酒瓶递下去：

"都喝一口，招呼在坑里阴着。"

会喝的，不会喝的，都吞下一口，浓烈的酒气从墓坑里荡出来。

木头不好，棺材已经朽了，用手揭去腐烂的棺板，那具完整的尸骨白森森地露了出来，墓坑内的气氛再一次紧绷绷地凝冻起来。这一幕也是早就预料的，可大家还是定定地在这副白骨前怔住了。内中有人曾见过十四年前附着在尸骨外面的白嫩的身子，大家也都还记得，曾被这白骨支撑着的那个有说有笑的姑娘。洪水最后吞没了她的时候，两只长长的辫子还漂上水来，辫子上红毛线扎的头绳还又在眼前闪了一下。可现在，躺在黄土里的那副骨头白森森的，一股尚可分辨的腐味，正从墓底的泥土中和白骨中阴冷地渗透出来。

老支书把干丧盒子递下去：

"快，先把玉香挪进来，先挪头。"

人们七手八脚地蹲下去，接着，是一阵骨头和木头空洞洞的碰撞声。这骨头和这声音，又引出些古老而又平静的话题来：

"都一样，活到头都是这么一场……做了真龙天子他也就是这个样。"

"黄泉路上没老少，悃惶的，为啥挣死挣活非要从北京跑到咱这老山里来死呢？"

"北京的黄土不埋人？"

"到底不一样。你死的时候保险没人给你开大会。"

"我不用开大会。有个孝子举幡，请来一班响器就行。"

老支书正色道："又是封建。"

有人揶揄着："是了，你不封建。等你死了学公家人的样儿，用火烧，用文火慢慢烧。到时候我吃上大车送你去。"

一阵笑声从墓坑里轰隆隆地爆发出来，冷丁，又刀切一般地止住。老支书涨头涨脸地咳起来，有两颗老泪从血红的眼眶里颠出来。忽然有人喊：

"呀，快看，这营生还在哩！"

四五个黑色的头扎成一堆，十来只眼睛大大地睁着，把一块红色的塑料皮紧紧围在中间：

"是玉香的东西！"

"是玉香平日用的那本《毛主席语录》。"

"呀呀，还在哩，书烂了，皮皮还是好好的。"

"呀呀……"

"嘿呀……"

一股说不清是惊讶、是赞叹，还是恐惧的情绪，在墓坑的四壁之间涌来荡去。往日的岁月被活生生地挖出来时候竟叫人这样毛骨悚然。有人疑疑惑惑地发问：

"这营生咋办？也给玉香挪进去？"

猛地，老支书爆发起来，对着坑底的人们一阵狂喊：

"为啥不挪？咋，玉香的东西，不给玉香给你？你狗日还惦记着发财哩？挪！一根头发也是她的，挪！"

墓坑里的人被镇住，蔫蔫的再不敢回话，只有些粗重的喘息声显得很响，很重。

大约是听到了吵喊声，院门前的那只纺锤停下来，苍老的手在眼眉上搭个遮阴的凉棚：

"老东西，今天也是你发威的日子？"

挖开的坟又合起来。原来包坟用的砖石没有再用。黄土堆就的新坟朴素地立着，在漫天遍野的黄土和慈祥的夕阳里显得宁静，平和，仿佛真的再无一丝哀怨。

老支书把村里买的最后一包烟撕开来，数了数，正好，每个人还能摊两支，他一份一份地发出去；又晃晃酒瓶，还有个底子；于是，一伙人坐在坟前的土地上，就着烟喝起来。酒过一巡，每个人心里都升起暖意来。有人用烟卷戳点着问道：

"这碑咋办？"

"啥咋办？"

"碑呀。以前这坟底埋的玉香一个人，这碑也是给她一个人的。现在是两个人，那男人也有名有姓，说到哪儿去也是一家之主呀！"

是个难题。

一伙人闷住头，有许多烟在头顶冒出来，一团一团的。透过烟雾有人在看老支书。老人吞下一口酒，热辣辣的一直烧到心底：

"不用啦，他就委屈些吧。这碑是玉香用命换来的，别人记不记扯淡，咱村的人总得记住！"

没有人回话，又有许多烟一团一团地冒出来。老支书站起身，拍打着屁股上尘土：

"回吧，吃饸饹。"

看见坟前的人散了场，那只旋转的纺锤再一次停下来。她扯过一根麻丝放进嘴里，缓缓地用口水抿着，心中慢慢思量着那件老伴交代过的事情。沉下去的夕阳，使她眼前这寂寥的山野又空旷了许多，沉静的思绪从嘴角的麻丝里慢慢扯出来，融在黄昏的灰暗之中。

吃过饸饹，两个老人守着那只旋转的纺锤熬到半夜，而后纺锤停下来。

"去吧？"

"去。"

她把准备好的一只荆篮递过去：

"都有了,烟、酒、馍、菜,还有香,你看看。"

"行了。"

"去了告给玉香,后生是属蛇的,生辰八字都般配。咱们阳世的人都是血肉亲,顶不住他们阴间的人,他们是骨头亲,骨头亲才是正经亲哩!"

"又是迷信!"

"不迷信,你躲到三更半夜是干啥?"

"我跟你们不一样!"

"啥不一样?反正我知道玉香恓惶哩,在咱窑里还住过二年,不是亲生闺女也差不多……"

女人的眼泪总是比话要流得快些。

男人不耐烦女人的眼泪,转身走了。

没有星星,也没有月亮,很黑。

那只枣红色的纺锤又在油灯底下旋转起来,一缕一缕的麻又款款地加进去,蓦地,一阵剧烈的咳嗽声从坟那边传过来,她揪心地转过头去。"吭——吭"的声音在阴冷的黑夜深处骤然而起,仿佛一株朽空了的老树从树洞里发出来的,像哭,又像是笑。

村中的土窑里,又有人被惊醒了,僵直的身子深深地淹埋在黑暗中,怵然支起耳朵来。

(选自《上海文学》1986年第11期)

扎西达娃

系在皮绳扣上的魂

现在很少能听见那首唱得很迟钝、淳朴的秘鲁民歌《山鹰》。我在自己的录音带里保存了下来。每次播放出来,我眼前便看见高原的山谷。乱石缝里窜出的羊群。山脚下被分割成小块的田地。稀疏的庄稼。溪水边的水磨房。石头砌成的低矮的农舍。负重的山民。系在牛颈上的铜铃。寂寞的小旋风。耀眼的阳光。

这些景致并非在秘鲁安第斯山脉下的中部高原,而是在西藏南部的帕布乃冈山区。我记不清是梦中见过还是亲身去过。记不清了。我去过的地方太多。

直到后来某一天我真正来到帕布乃冈山区,才知道存留在我记忆中的帕布乃冈只是一幅康斯太勃笔下十九世纪优美的田园风景画。

虽然还是宁静的山区,但这里的人们正悄悄享受着现代化的生活。这里有座小型民航站,每星期有五班直升飞机定期开往城里。附近有一座太阳能发电站。在哲鲁村口自动加油站旁的一家小餐厅里,与我同桌的是一位喋喋不休的大胡子,他是城里一家名气很大的"喜马拉雅运输公司"的董事长,在全西藏第一个拥有德国进口的大型集装箱车队。我去访问当地一家地毯厂时,里面的设计人员正使用电脑程序设计图案。地面卫星接收站播放着五个频道,每天向观众提供三十八小时的电视节目。不管现代的物质文明怎样迫使人们从传统的观念意识中解放出来,帕布乃冈山区的人们,自身总还残留着某种古老的表达方式:获得农业博士学位的村长与我交谈时,嘴里不时抽着冷气,用舌头弹出"罗罗"的谦卑的应声。人们有事相求时,照样竖起拇指摇晃着,一连吐出七八个"咕叽咕叽"的哀求。一些老人们对待远方的城里人,仍旧脱下帽子捧在怀中站到一旁表示真诚的敬意。虽然多年前国家早已统一了计量法,这里的人们表示长度时还是伸直一条胳膊,另一只手掌横砍在胳膊的手腕、小臂、肘部直到肩膀上。

桑杰达普活佛快要死了,他是扎妥寺的第二十三位转世活佛。高龄九十八岁。在他之后,将不再会有转世继位。我想为此写篇专题报道。我和他以前有过交道。全世界最深奥和玄秘之一的西藏喇嘛教(包括各教派)在没有了转世继位制度从而不再有大大小小的宗教领袖以后,也许便走向了它的末日。形式在一定程度上也支配着意识,我说。

扎妥·桑杰达普活佛摇摇头,表示否认我的观点。他的瞳孔正慢慢扩散。

"香巴拉,"他蠕动嘴唇,"战争已经开始。"

根据古老的经书记载,北方有个"人间净土"的理想国——香巴拉。据说天上瑜伽密教起源于此,第一个国王索查德那普在这里受过释迦的教诲,后来弘传密教《时轮金刚法》。上面记载说,在某一天,香巴拉这个雪山环抱的国家将要发生一场大战。"你率领十二天师,在天兵神将中,你永不回头,骑马驰骋。你把长矛掷向哈鲁太蒙的前胸,掷向那反对香巴拉的群魔之首,魔鬼也随之全部除净。"这是《香巴拉誓言》中对最后一位国王神武轮王赞美的描写。扎妥·桑杰达普有一次跟我说起过这场战争。他说经过数百年的恶战,妖魔被消灭后,甘丹寺里的宗喀巴墓会自动打开,再次传布释迦的教义,将进行一千年。随后,就发生风灾、火灾,最后洪水淹没整个世界。在世界末日到达时,总会有一些幸存的人被神祇救出天宫。于是当世界再次形成时,宗教又随之兴起。

扎妥·桑杰达普躺在床上,他进入幻觉状态,跟眼前看不见的什么人在说话:"当你翻过喀隆雪山,站在莲花生大师的掌纹中间,不要追求,不要寻找。在祈祷中领悟,在领悟中获得幻象。在纵横交错的掌纹里,只有一条是通往人间净土的生存之路。"

我恍惚看见莲花生离开人世时,天上飞来了一辆战车,他在两位仙女的陪伴下登上战车，向遥远的南方凌空驶去。

"两个康巴地区的年轻人，他们去找通往香巴拉的路了。"活佛说。

我疲惫地看着他。

"你要说的是——在1984年，这里来了两个康巴人，一男一女？"我问。

他点点头。

"男的在这里受了伤？"我又问。

"你也知道这件事。"活佛说。

扎妥·桑杰达普活佛闭上眼，断断续续回忆起当年那两个年轻人来到帕布乃冈区的事，他讲起那两个人告诉他一路上的经历。我听出扎妥活佛是在背诵我虚构的一篇小说。这篇小说我给谁都没有看过，写完锁进了箱里。他几乎是在逐字逐句地背诵，地点是一路上直到帕布乃冈一个叫甲的村庄。时间是1984年。人物一男一女。这篇小说没给别人看的原因就是到最后我也不知道主人公要去什么地方。经活佛点明我现在才清楚。唯一不同的一点是结尾时主人公是坐在酒店里有一位老人指路。我没写老人指的是什么路，当时连我自己也不知道。而扎妥活佛说是在他的房子里给那两人指的路，但这里还有一个巧合，即老人与活佛都谈起过关于莲花生的掌纹。

最后，其他人进屋来围在活佛身边，活佛眼睛半睁，渐渐进入了失去知觉和思想的状态。

有人开始准备后事了。扎妥活佛将被火葬，我知道有人想拾到活佛的舍利作为永久的收藏和纪念。

与扎妥·桑杰达普诀别后，在回家的路上，我边走边考虑着有关文学创作的动机问题……

回到家，我打开贴有"可爱的弃儿"题词的箱子盖。里面整齐地排列着上百只牛皮纸袋，我所有不被发表或我不愿发表的作品都存在这儿。我取出一个编码是840720的纸袋，里面是一个短篇小说，记录着两个康巴人来到帕布乃冈的经过，还没有题目。下面是这篇小说的原文：

婧赶着她的二十几只羊下山的时候，站在半山腰。她看见山脚底下那一条宽阔蜿蜒、砾石累累的枯干的河床有个蚂蚁般的小黑点在缓缓移动。她辨认出那是一个男人，正朝她家的方向走来。婧挥挥羊鞭，匆匆把羊往山下赶。

她粗略算了算，那人得走到天黑时才能到这儿。周围荒野只有这隆起的小山冈上有几间鹅卵石垒起的矮房，房后是羊圈，一共两户人家：婧和她的爸爸，还有一个五十多岁的哑女人。爸爸是个说《格萨尔》的艺人，常常被几十里远的外村人请去说唱，有时还被请到更远的镇里。短则几天，长则数月。来人骑马，还牵匹空马来到小山冈，把身背长柄六弦琴的爸爸请上马。随后马蹄伴着铜铃声有节奏地久久敲响着荒野里的寂静。

短篇小说

婛站在岗上，一手抚摩坐立在她裙边的大黑狗，一直望到两匹马拐过前面的山弯。

婛从小就在马蹄和铜铃单调的节奏声中长大，每当放羊坐在石头上，在孤独中冥思时，那声音就变成一支从遥远的山谷中飘过的无字的歌，歌中蕴含着荒野中不息的生命和寂寞中透出的一丝苍凉的渴望。

哑女人整天织氆氇，每天早晨站在小山冈上，向空中撒出一把豌豆糌粑，呼喊着观音菩萨。然后手摇一柄浸满油污的经轮筒，朝东方喃喃祈祷。偶尔在半夜时分，爸爸爬起身去女人房里，天蒙蒙亮时头顶蒙着长长的袍子又钻进自己的羊皮垫里。早晨婛起来挤完奶打好茶，喝糌粑糊。然后背上装了一天口粮的小羊皮口袋，背一只小黑锅，去房后拉开羊圈栅栏，软鞭一挥，赶着羊群上山。生活就是这样。

婛把食物和热茶准备好，趴在毯子上等待来客。室外的狗叫了，她冲出门，月亮刚刚升起。她拉住狗链，不见四周有人，一会儿，从她前面的坡下冒出个脑袋。

"来吧，不要紧，我抓住狗的。"婛说。

来人是一位顶天立地的汉子。

"辛苦，大哥。"婛说。她把汉子领进了房里，他礼帽下的额边垂着一绺鲜红的丝穗。爸爸不在家，去说《格萨尔》了。隔壁传来哑女人织氆氇时木槌砸下的梆梆声。这位疲惫的汉子吃过饭道完谢后便倒在婛的爸爸床上睡了。

婛在门外站了一会儿，天空繁星点点、周围沉寂得没有一点大自然的声音，眼前空旷的峡谷地带在月光下泛着青白色。大黑狗被铁链拴着在原地转圈，婛过去蹲下身搂着它的脖子。想起自己在这寂寞简朴的小山冈上度过的童年和少年时代，想起每次来接爸爸上马的都是些沉闷不语的人，想到屋里那位从远方来明天又要去远方的酣睡的旅人。她哭了，跪在地上捧着脸，默默祈求爸爸的宽恕，然后将眼泪在黑狗的皮毛上蹭擦干，起身回屋。

黑暗中，她像发疟疾似的浑身打颤，一声不响地钻进了汉子的羊毛毯里。

当东方的启明星刚刚升起，在摇曳的酥油灯下，婛把自己的薄毯裹成一个卷，在一只布袋里塞了些牛肉干、揉糌粑的皮口袋、粗盐和一块酥油，又背上天天放羊时在山上熬茶用的小黑锅，一个姑娘该带的都在她背上了。她最后巡视一眼昏暗的小屋。

"好了。"她说。

汉子吸完最后一撮鼻烟，拍拍巴掌上的烟末，起身，摸她头顶。搂住她肩膀，两人低头钻出小屋，向黑魆魆的西方走去。婛全身负重，身上的东西一路上叮当作响。她根本不想去打听汉子会把她带向何处，她只知道她永远要离开这片毫无生气的土地了。汉子手中只提着一串檀香木佛珠，他昂首阔步，似乎对前方漫漫的旅途充满了信心。

"你腰上挂条皮绳干什么？像只没人牵的小狗。"塔贝问。

"用它来计算天数，你没见上面打了五个结吗！"婛告诉他，"我离开家有五天了。"

- 395 -

"五天算什么,我生来没有家。"

她跟着塔贝徒步行走,一路上,有时在村庄的麦场上过夜,有时住羊圈里,有时卧在寺庙废墟的墙角下,有时住山洞,运气好时,能在农人外屋借宿,或是在牧人的帐篷里。

每进一个寺庙,他俩便逐一在每个菩萨像的座台前伸出额头触碰几下,膜拜顶礼。在寺庙外,道路旁,江河边,山口上,只要看见玛尼堆,都少不了拾几块小白石放在上面。一路上还有些磕等身长头的佛教徒,他们一步一磕,系着厚帆布围裙,胸部和膝部磨穿了,又补了几层厚补丁。他们脸上突出的地方全是灰,额头上磕了一个鸡蛋大的肉瘤,血和土粘在一起。手掌上打铁皮的木板护套在他们身体俯卧的两边地上印出两道深深的擦痕。塔贝和嫁没有磕长头,他俩是走路,于是超过了他们。

西藏高原群山绵延,重重叠叠,一路上人烟稀少。走上几天看不到一个人影,更没有村庄。山谷里刮来呼呼的凉风。对着蓝色的天空仰望片刻,就会感到身体在飘忽上升,要离开脚下的大地。烈日烤炙,大地灼烫。在白昼下沉睡的高原山脉,永恒与无极般宁静。塔贝的身体矫健灵活,上山时脚尖踩着一块块滑动的石头步步上蹿,他径直攀上一块圆石,回头看见嫁被甩下好长一截,便坐下来等她。他们在赶路时总是默默无言,嫁有时在难以忍受的沉默中突然爆发出她的歌声,像山谷里的一只母兽在仰天吼叫。塔贝并不转过头看她一眼,只顾行路。嫁过一会不唱了,周围又是死一般沉寂。嫁低头跟在他身后,只有坐下来小憩时才说说话。

"不流血了吧?"

"它现在一点也不疼。"

"我看看。"

"你去给我捉几只蜘蛛来,我捏碎了涂在上面就会好得快。"

"这儿没有蜘蛛。"

"去找找,石头缝里,你扒开石块会有的。"

嫁在四周扒开一块块半掩在土中的石块,认真地寻找蜘蛛。一会儿她就提了五六只,握在掌中,走过来扳开塔贝的手掌放在上面。他一只只捏碎后涂在小腿的伤口上。

"那条狗好凶,我跑跑跑跑,背上的锅老碰我的后脑勺,碰得我眼睛都花了。"

"当初我该拔出刀宰了它。"

"那女人给我们这个。"她模仿着做了个最污辱人的下流动作,"真吓人。"

塔贝又抓起一把土撒在伤口上,让太阳晒着。

"她钱放在哪儿的?"

"在酒店的屋柜子里,有这么厚一叠。"他亮亮巴掌,"我只拿了十几张。"

"你用它想买什么呢?"

"我要买什么？前面山下有个次古寺，我给菩萨送去。我还要留一点。"

"好的。你现在好点了吗？不疼了吧？"

"不疼了。我说，我口干得要冒烟。"

"你没见我把锅已经架上了吗？我就去捡点干刺枝。"

塔贝懒洋洋躺在石头上，将宽礼帽拉在眼睛上挡住阳光，嘴里嚼着干草，嫊趴在三颗白石垒成的灶前，脸贴着地，鼓起腮帮吹火熬茶。火苗"嘭"地燃烧起来。她跳起身，揉揉被烟熏得灼辣的眼，拉下前额的头发看看，已经被火舌燎焦了。

远处高山顶上有两个黑影，大约是牧羊人，一高一矮，像是盘踞在山顶岩石上的黑鹰。他们一动也不动。

嫊也看见了他们，挥起右手在空中划圈向他们招呼，上面的人晃动起来，也划起圈向她致意。距离太远，扯破嗓子喊互相也听不见。

"我还以为这里只有我们两个人。"嫊对塔贝说。

"我在等你的茶。"他闭上眼。

嫊忽然想起了什么，她从怀里掏出一本书，很得意地向塔贝展示自己的猎物，那是昨晚上在村里投宿时从一个往她耳里灌满了甜言蜜语、行为并不太规矩的小伙子屁股兜里偷来的。塔贝接过一看，他不认识这种文字和一些机械图，封面印的是一幅拖拉机。

"这玩意儿没一点用处。"他扔给嫊。

嫊很沮丧，下一次烧茶时她一页页撕下来用作引火的燃料了。

走到黄昏，站在山弯远远看见前面的一个被绿树怀抱的村庄时，嫊的精神重新振奋起来，又唱起歌了，她抡起挂棍在地边的马兰草堆里乱舞，又端起棍子小心翼翼地戳戳塔贝的胳肢窝和腰下想逗他发痒。塔贝不耐烦地抓住棍梢往外一甩，拽得她趔趄几下跌倒在地。

进了村，塔贝自己一个人去喝酒或者干别的什么去了。他俩约好在村里小学校边一幢刚刚盖好还没有安装门窗的空房子里住宿。村里的广场晚上演电影，有人在木杆上挂银幕。嫊在一片林子里拾柴火时被一群小孩围住，孩子们趴在墙头朝她扔石头。有一颗打在她肩上，她没有回头，直到一个戴黄帽子的年轻人把孩子们轰走。

"他们扔了八颗石头，有一颗打中你了。"黄帽子笑眯眯地说，他把手中握着的一只电子计算机摊在嫊眼前，显示屏显出一个阿拉伯数字"8"，"你从哪儿来？"

嫊看着他。

"你记不记得你走了多少天？"

"我不记得。"嫊撩起皮绳说，"我数数看。你帮我数数。"

"这一个结算一天吗？"他跪在她跟前。"有意思……九十二天。"

"真的！"

"你没数过吗?"

婈摇摇头。

"九十二天,一天按二十公里计算。"他戳戳计算机上的数字键码,"一千八百四十公里。"

婈没有数字概念。

"我是这儿的会计。"小伙子说,"我遇到什么问题,都用它来帮我解答。"

"这是什么?"婈问。

"是电子计算机,好玩极了。它知道你今年多大。"他按出一个数字给婈看。

"多大?"

"十九岁。"

"我今年十九岁吗?"

"那你说。"

"我不知道。"

"我们藏族以前从不计算自己的年龄。但它却知道。看,上面写的是十九吧。"

"不像。"

"是吗?我看看。哦,刚开始看有些不习惯,它的数字有点怪。"

"它能知道我名字吗?"

"当然。"

"叫什么。"

他一连按出八位数,把显示屏显得满满的。

"怎么样?它知道吧。"

"叫什么?"

"你连自己的名字还看不出来?笨蛋。"

"怎么看?"

"你这样看,"他竖着给她看。

"这是叫婈吗?"

"当然叫婈,洽霞布久曲呵婈。"

"嘿!"她兴奋地叫道。

"嘿什么,人家外国人早用了。我在想一个问题,以前我们没日没夜地干活,用经济学的解释是输出的劳动力应该和创造的价值成正比。"他信口开河起来,把工分值、劳动值以及商品值和年月日加减乘除乱说一通。又显出数字,"你看看,计算出来倒成了负数。结果到年终我们还要吃返销粮,向国家伸手要粮。这是违反经济规律的……你瞪我干什么?想吃掉我?"

"如果你没晚饭吃,就在这儿吃好了,我拾了柴就烧菜。"

"他妈的,你是从中世纪走来的吗?或者你是……是叫什么外星人。"

"我从很远的地方来,走了……"她又撩起皮绳。"刚才你数了多少?"

"我想想,八十五天。"

"走了八十五天。不对,你刚才说九十二天,你骗我。"嫦咯咯笑起来。

"啊啧啧!菩萨哟,我快醉了。"他闭眼喃喃道。

"你在这儿吃吗?我还有点肉干。"

"姑娘,我带你去一个地方好吧?有快活的年轻人,有音乐、啤酒,还有迪斯科。把你手上那些烂树枝扔掉吧!"

塔贝从黑压压一片看电影的人群中挤出来。他没被酒灌醉,倒被那银幕上五光十色、晃来晃去、时大时小的景物和人物弄得昏头涨脑、疲惫不堪,只好拖着脚步回到那幢空房里。小黑锅架在石头上,石头是冰凉的。嫦的东西都放在角落边。他端起锅喝了几口凉水,便背靠墙壁对着天空冥思苦想。越往后走,所投宿的村庄越来越失去了大自然夜晚的恬静,越来越嘈杂、喧嚣。机器声,歌声,叫喊声。他要走的决不是一条通往更嘈杂和各种音响混合声的大都市,他要走的是……

嫦撞撞跌跌回来,她靠着没有门框的土坯墙,隔着一段距离塔贝就闻到她身上发出的酒气,比他喷出的酒气要香一些。

"真好玩,他们真快活,"嫦似哭似笑地说。"他们像神仙一样快活。大哥,我们后……大后天再走。"

"不行。"他从不在一个村里住两个晚上。

"我累了,我很疲倦。"嫦晃着沉甸甸的脑袋。

"你才不懂什么叫累,瞧你那粗腿,比牦牛还健壮。你生来就不懂什么叫累。"

"不,我说的不是身体。"她戳戳自己的心窝。

"你醉了,睡觉。"他扳住嫦的肩头将她按倒在满是灰土的地上。最后替她在皮绳上系了个结。

嫦越来越疲倦了,每次在途中小憩时,她躺下就不想继续往前走。

"起来,别像贪睡的野狗一样赖着。"塔贝说。

"大哥,我不想走了。"她躺在阳光下,眯起眼望着他。

"你说什么?"

"你一人走吧,我不愿再天天跟着你走啊走啊走啊走。连你都不知道该去什么地方,所以永远在流浪。"

"女人,你什么都不懂。"但是他知道该往哪个方向走。

"是,我不懂。"她闭上眼,蜷缩成一团。

"滚起来，"他在婼屁股上踹了两脚，高高扬起巴掌，做出砍来的样子。"要不，我揍你。"

"你是个魔鬼！"婼哼哼唧唧爬起身。塔贝先走了，她拄着棍子跟在后面。

婼在一个她认为适当的机会时逃跑了。他俩睡在山洞里，半夜时她爬起身，没忘记背上她的小黑锅，借着星光和月光朝山下往回跑。她觉得自己像出笼的小鸟一样自由。到第二天中午，在一边是深谷的岩边休息时，从对面山脊出现了一个黑点，就像那天她放羊回家时所看见的一样。塔贝截住了她，走来。她气得发抖，抡起小黑锅向他头上死命砸去，那其大无比的力量足以使一头野公牛的脑浆飞迸出来。塔贝惊骇机智地闪过，抬手一拨，黑锅从她手中飞脱，叮叮当当滚下深谷里。他俩互相看看，听见那声音响了好一阵。最后婼只得呜呜咽咽攀下深谷，几个时辰后才把锅拣上来。锅身碰满了大大小小的凹坑。

"你赔我的锅。"婼说。

"我看看，"他接过来。两人仔细检查了一阵，"只有一条小缝，我能补好。"

塔贝走了，婼垂头丧气地跟着。

"哎——"她用大得出奇的声音唱起一首歌，把整个山谷震得嗡嗡响。

大概有那么一天，塔贝对婼也厌倦了，他想：只因我前世积了福德和智慧资粮，弃恶从善，才没有投到地狱，生在邪门外道，成为饿鬼痴呆，而生于中土，善得人身。然而在走向解脱苦难终结的道路上，女人和钱财都是身外之物，是道路中的绊脚石。

不久，他俩来到名叫"甲"的村庄。这个时候，婼的腰间那根皮绳已系了一串密密麻麻的结。没想到甲村的人们会敲锣打鼓站在村口迎接他俩。民兵组成仪仗队背着半自动步枪站在两旁，为了保险起见，枪口都塞了红布卷。两头由四个村民装扮的牦牛在夹道中跳着舞。村长和几个姑娘捧着哈达和壶嘴上沾着酥油花的银壶在最前面迎接。原来这里一直大旱。前不久有人打了卦，今天黄昏时会有两个从东边来的人进村，他们将带来一场琼浆般吉祥的雨水，使久旱的庄稼得到好收成。他俩果然出现了，人们认为这是一个好兆头。欢天喜地将塔贝和婼扶上挂满哈达的铁牛拖拉机簇拥着进了村。男女老少都穿着新衣，家家户户的屋顶都换了新的五色经幡布。有人从婼的音容、谈吐和体态上看出了她有转世下凡的白度母的特征，于是塔贝被撇在一边。但是塔贝知道婼决不是白度母的化身。因为在婼睡熟的时候，他发现她的睡相丑陋不堪，脸上皮肉松弛，半张的嘴角流出一股股口涎。

他一人闷闷不乐地去酒店喝酒，他想惹点事，最好有人讨厌他，跟他过不去，他就有事干了。打上一场，那人敢跟他拼刀子更好。

酒店只有一个老头在喝酒，苍蝇在他头顶飞来飞去。塔贝进去后，带着挑衅的神气坐在他对面。一个包花头巾的农家姑娘取一只玻璃杯放在他桌前，斟满酒。

"这酒像马尿。"他喝了一口大声说。

没有人回答。

"你说像不像?"他问老头。

"要说马尿,我年轻时喝过。那真正是用嘴对着公马底下那玩意儿喝的。"

塔贝得意地笑起来。

"为了把我的牛羊从阿米丽尔大盗手中夺回来,我从格则一直追到塔克拉玛干沙漠。"

"阿米丽尔是谁?"

"嘿,那是几十年前从新疆那边来的一支强盗的女首领,是哈萨克人,在阿里和藏北一带赫赫有名。一个万户数不清的牛羊群在一夜之间就从草原上带走,第二天从帐篷出来一看,白茫茫一片,留下的只有数不清的蹄印,连噶厦政府派出的藏兵也制不了她。"

"后来?"

"刚才你说马尿。是啊,我背着叉子枪,骑马追我的牛羊,在那大沙漠里,就是那几口马尿救了我的命。"

"再后来?"

"再后来,女首领要留我,留我给她当……"

"丈夫?"

"羊倌。我是万户的儿子啊!她娘的长得真漂亮,她简直是太阳,谁都不敢对直看她一眼,我逃了回来。你说说,我除了地狱和天堂,还有什么地方没去过?"

"我要去的地方你就没去过。"塔贝说。

"你准备去哪儿?"老头问。

"我,不知道。"塔贝第一次对前方的目标感到迷惘,他不知道该继续朝前面什么地方去。老头明白他的心思。

老头指着他身后的一座山说:"谁也没有往那边去过。我们甲村以前是驿站,通四面八方,可就是没人往那边去。1964年的时候,"他回忆起来,"这里开始办人民公社,大家都讲走共产主义道路,那时没有几个人讲得清楚共产主义是什么,反正它是一座天堂。在哪儿,不知道。问卫藏的来人说,没有。问阿里的来人说,没有。康藏的人也说没看见。那只有喀隆雪山没人去过。村里就有几个人变卖了家产,背着糌粑口袋,他们说去共产主义,翻越喀隆雪山,从此没回来。后来,村里人没一个再去那边,哪怕日子过得再苦。"

塔贝用牙咬住玻璃杯口,翻起眼看他。

"但是我知道有关喀隆雪山下的一点秘密。"老头眨眨眼。

"说吧。"

"你准备去那边吗?"

"也许。"

"爬到山顶,你会听见一种奇怪的哭声,像一个被遗弃的私生子的哭声,不要紧,那是从一个石缝里吹来的风声。爬完七天,到山顶时刚好天亮,不要急着下山。太阳下,雪的反光会刺瞎你的眼,等天黑后再下山。"

"这不是秘密。"塔贝说。

"对,这不是秘密。我要说的是,下山走两天,能看见山脚下时,那底下有数不清的深深浅浅的沟壑。它们向四面八方伸展,弯弯曲曲。你走进沟底就算是进了迷宫。对,这也不是什么秘密,别打断我的话,你知道山脚为什么有比别的山脚多得多的沟壑吗?那是莲花生大师右手的掌纹。当年他与一个叫喜巴美如的妖魔在那里混战一百零八天不分胜负,大师施出种种法力未能降伏喜巴美如。当妖魔变成一只小小的虱子想使对手看不见时,莲花生举起了神奇的右手,口中高声念诵着咒经,一巴掌盖向大地,把喜巴美如镇到了地狱中,从此在那里留下了自己的掌纹。凡人只要走到那里面就会迷失方向。据说在这数不清的沟壑中只有一条能走出去,剩下的全是死路。那条生路没有任何标记。"

塔贝神情严肃地看着老头。

"这是一个传说,我也不知道走出去以后前面是个什么世界。"老头摇摇头,咕噜道。

塔贝准备去那边了。老头后来向他提出要求,请他将嫁留下。他家有个儿子,最近刚买了一台拖拉机。现在家家都想买拖拉机。大清早,隆隆的机器声掩盖了千百年雄鸡的打鸣声。道路上的马车和毛驴被挤到了边上。人们喝着从雪山流下的纯洁透明的溪水时,也嗅到一股淡淡的柴油气味。老头自己经营着一座电机磨房,老伴耕种着十几亩田地。前不久,老头还去大城市出席了一个"治穷致富先进代表大会",领到奖状和奖品,报纸上也登过他的四寸大照片。他们世世代代没像现在这么富裕过,也世世代代没像现在这么忙碌过。需要一个操持家务的媳妇。说话的时候,他儿子进来了,掏出一叠花花绿绿的钞票,想在外乡人面前炫耀。儿子戴着电子表,腰间挂着小巧的放声机,头上戴着耳机,他随着别人听不见的音乐节奏扭着舞步,真是把城里公子哥儿的派头学到家了。塔贝对此无动于衷,只是门外停着的那辆没熄火的手扶拖拉机的突突声牵动了一下他的心弦。他起身走向拖拉机旁,摸摸扶手。

"好的,嫁留给你了。"塔贝说。

小伙子大概刚从嫁那里得到了一点什么,笑眼朦胧。

"我能坐坐你这玩意儿吗?"塔贝问。

"当然,半个小时保你会开。"小伙子上前教他操作常识,教他怎样控制油门,教他怎样换挡、离合器怎样配合、怎样起步和刹车。

塔贝慢慢开动了拖拉机,行驶在黄昏的乡村土道上。嫁在一旁看着他。她要留下来了。她愉快地流着眼泪。这时后面开来一辆速度很快的带拖斗的铁牛拖拉机,塔贝不知道怎么办。旁边是条浅沟,小伙子在后面高声喊他开进沟里。塔贝从驾驶座跳到了路中间,手扶拖拉机自己慢慢溜进了沟里。他被来不及刹车的"铁牛"后面的拖斗撞倒在地。大家全围上前。塔贝爬起身,拍拍土。他的腰部被撞了,他说没什么,一点事也没有。大家松了口气。

塔贝要走了,他第一次摆弄机器就被它咬了一口。他抱住嫁,跟她行了个碰头礼,往喀隆雪山那边去了。到夜晚时,果然下了场雨,村里人高高兴兴唱起歌。塔贝离开甲村,一人进了山。在半路上,他吐了一口血,他的内脏受了伤。

小说到此结束。

我决定回到帕布乃冈,翻过喀隆雪山,去莲花生的掌纹地寻找我的主人公。

从甲村翻过喀隆雪山到掌纹地的路途比我预料的要遥远得多。雇的一匹骡子在途中累倒了。它卧在地上,口中流着白沫,用临死前那样一种眼光看着我。我只得卸下它驮的包囊背在自己身上,在它嘴边放了几块捏碎的压缩面包。一翻过喀隆雪山,首先听见海啸般轰轰的巨响,山下的雪堆像云朵般上下翻卷,脚下的雪粒像急流的河水。但是我的整个身体一点没感到风的吹动,空气就像无风的冬夜一样寒冷而静谧。我戴着防护镜,所以用不着等到天黑才下山。整个山面是被厚雪覆盖的一片平滑的大斜坡,看上去没什么凸凹障碍,我背着囊包走"Z"形缓慢下山。沉重的囊包从背上慢慢坠到腰间,就在我收腹挺胸耸肩想把囊包提起来时,由于猛烈的失重,脚下站立不稳,一个跟头朝前跌倒。我知道已经无法再站起来,身体正快速往下滑动,于是手脚抱成一团,接着天旋地转向山下滚去。

万幸的是,还没掉进雪窝里去。等我醒来,已躺在平整松软的雪地上,我已到了山脚,从上望去,在雪坡中一道深深的条痕通到高处雪雾飘渺的空间。

在山顶时我看了一次表,时间是九点四十六分,此刻再次看表时,指针却指向八点零三分。走下雪线便进入草苔地带,再往下是草地,高寒灌木丛,小树林,接着是一片大森林。穿出森林,树木植物又渐渐稀少,呈现出光秃秃的荒凉的山石、空坝。整个途中,我不时地看表,把心里估计的时间和表上的时间不断加以对照,计算一番后得出了结论:翻过喀隆雪山以后,时间开始出现倒流现象,右手腕上这块精工牌全自动太阳能电子表从月份数字到星期日历全向后翻,指针向逆方向运转,速度快于平常的五倍。

越往前走,映入视觉中的自然景象也越来越产生了形的异变:一株株长着卵形叶子、枝干黄白的菩提树,根部像生长在输送带上一样整整齐齐从我眼前缓缓移过。旁边有座古代寺庙的废墟。在一片广阔的大坝上走来一只长着天梯般长脚的大象。它使我想起了萨尔瓦多·达利的《圣安东尼的诱惑》,我小心翼翼避开这一切,加快脚步,并不回头再望一眼。一直走到蒸腾着热气的温泉边才歇息一会儿。我实在太累了,但不敢睡,我知道一旦合上眼皮,将永远长眠不醒了。透过温泉的热气,前面有些不知哪个时代遗弃在这里的金马鞍、弓箭铁矛、盔甲、转经筒和法号,还有破布条的黄旗,这里很像是一个古战场。如果我不那么累的话,我会走过去仔细看看,也许能考证出《格萨尔》史诗中所描写的某一战场是在这里。现在我只能坐在一旁远远地观看。这些金属被温泉长时间的高温融化了,软绵绵摊在那里,失去了视觉上的硬度感,有的已无法辨认出它本身的形状,变成稀释的物质四处流溢,颇有规律地排列组合成像玛雅文字一样难解的符号。起先我怀疑眼前这一切物象是由于患上了孤独症而错误地感知外界客体产生形的变异,但马上又排斥了这个想法,因为我大脑的思维是有逻辑性的,记忆力和分析能力都良好。太阳自始至终由东向西,宇宙不管怎样还是在按照自身的规律存在和运动。虽然白昼和黑夜交替出现,但由于手表上的指针继续向反时针方向作快速运行,日历和星期月份牌不断向后翻,这使我心理上产生一种体内生物钟的紊乱,甚至身体出现失重现象。

等我从一个黎明醒来,发现自己睡在一块高大无比的红色巨石下面。我是在一个呈放射型向前延伸的数不清沟壑的汇聚点上。一定是这又凉又潮的寒意把我冻醒了,加上从四处沟底吹来的风更冷得我牙齿打战。我急忙攀上眼前一面乱石突出的沟壁,探头一看,前面是一望无际的地平线,我已经到了掌纹地。数不清的黑沟像魔爪一样四处伸展,沟壑像是干旱千百年所形成的无法弥合的龟裂地缝,有的沟深不见底。竟然找不到一棵树,一根草。一片蛮荒,它使我想起一部描写核战争电影的最后一个广角镜头:在世界末日的焦土上,一东一西两个男女主人公慢慢抬起头,费力地向对方爬去,最后这两个世界上唯一的幸存者终于爬到一起,拥抱。苦难的眼光。定格。他们将成为又一对亚当和夏娃。

扎妥·桑杰达普的躯体早已被火葬,大概有人在烫手的灰烬中捡到了几块珍宝般的舍利。我的主人公却没有在眼前出现。

"塔——贝!你——在——哪——儿?"我放开声音喊叫,我觉得他走不出这块地方。声音传得很远,却没有一点回音。

不一会儿,我便看见了奇迹:一两公里外的前面出现了一个黑点。我沿着垄沟朝前飞跑,一面喊着我的主人公的名字。等我看清时,惊讶得站住了:是婼!这是我万万没预料到的。

"塔贝要死了。"她哭哭啼啼走过来说。

"他在哪儿?"

婼把我带到她身边的沟底下。塔贝躺在地上,他脸色苍白,憔悴,沉重地呼吸着。沟边长着苔藓的石缝里滴着水,在地上积成个小水洼,婼不停地用腰带蘸一点水,滴在他半张的嘴里。

"先知，我在等待，在领悟，神会启示我的。"塔贝睁眼看着我说。

"他腰上的伤很严重，需要不停地喝水。"婡在我耳边低语。

"你为什么没留在甲村？"我问。

"我为什么要留在甲村呢？"她反问。"我根本没这样想过，他从来没答应我留在什么地方。他把我的心摘去系在自己腰上，离开他我准活不了。""不见得。"我说。"他一直想知道那是什么。"婡指着我身后，我回过头，从沟底往回望去，这是一条笔直的深沟，一直可见到头，前面那座红色巨石正是我昨晚过夜的地方。现在才看清，红色的心脏上刻着一个雪白的"弓"。站在红石下仰起头是无法看见的。"弓"通常是喇嘛念"唵吗呢叭咪哄"六字真言一百遍时要喊出的一个音节。它刻在红石上据我所知，要么，就是此地是神灵鬼怪出没的地方，要么，这里曾埋葬过一位伟人的英灵，在从江孜到帕里的一个名叫曲米新古河边的一块岩石上也刻着这样一个"弓"，那是为纪念一九〇四年为抵抗英国人的侵略在那里献身的藏军首领二代本拉丁而刻的。但这一切我觉得没有对塔贝再解释的必要。

此时此刻，我才发现一个为时过晚的真理，我那些"可爱的弃儿"们原来都是被赋予了生命和意志的。我让塔贝和婡从编有号码的牛皮纸袋里走出来，显然是犯了一个不可弥补的错误。为什么我至今还没塑造出一个"新人"的形象来？这更是一个错误。对人物的塑造完成后，他们的一举一动即成客观事实，如果有人责问我在今天这个伟大的时代为什么还允许他们的存在，我将作何回答呢？

怀着最后的一丝侥幸心理，我俯在塔贝耳边，轻声细语地用各种他似乎能理解的道理说服他，使他相信他要寻找的地方是不存在的，就像托马斯·莫尔创造的《乌托邦》，就那么一回事。

晚上，在他生命的最后一刻要让他放弃多少年形成的信仰是不可能了。他翻了个身，将脑袋贴在地面。

"塔贝，"我说，"你会好起来的，你等我一会儿，我的东西全放在那边，里面还有些急救药……"

"嘘！"塔贝制止住我，耳朵贴紧冰凉潮湿的地面。"你听！听！"

好半天，我只听见自己心律跳动中出现的一点微弱的杂音。

"扶我上去！我要到上面去！"塔贝坐起身，挥舞着手喊道。

我只得扶起他。婡先爬到沟上面，我在下面托住塔贝，他身体居然很沉。我扛着他，一手小心护着他腰，另一只手扭住锋利突出的岩石块，一点点把他往上托。两只脚踩在外凸的石块上。攀石的那只手被划了一下，先是麻木，接着灼痛，热乎乎的血流了出来，顺着胳膊流到衣袖里。婡趴在上面，伸下两只手夹住了塔贝的胳肢窝。一个在上面拽，一个在下面托，费好大的劲才把他抬上沟来。太阳正要从地平线上升起，东边辉映着一派耀眼的光芒。他贪婪地吸了一口早晨的空气,眼睛警觉地四处搜寻,想要发现什么。

"它说的是什么,先知?我听不懂,快告诉我,你一定听懂了,求求你。"他转过身匍匐在我脚下。

他耳朵里接收的信号比我早几分钟,随后我和婛都听见了一种从天上传来的非常真实的声音。我们注意聆听。

"是寺庙屋顶的铜铃声。"婛喊道。

"是教堂的钟声。"我纠正道。

"山崩了,好吓人。"婛说。

"不,这是气势庞大的鼓号乐和千万人的合唱。"我再次纠正道。琼困惑地看我一眼。

"神开始说话了。"塔贝严肃地说。

这次我没敢纠正。是一个男人用英语从扩音器里传来的声音。我怎么也不能告诉他,这是在美国洛杉矶举行的第二十三届奥林匹克运动会的开幕式,电视和广播正通过太空向地球上的每一个角落报送着这一盛会的实况。我终于获得了时间感。手表上的指针和日历全停止了,整个显出的数字告诉我:现在是公元一千九百八十四年七月北京时间二十九日上午七时三十分。

"这不是神的启示,是人向世界挑战的钟声、号声,还有合唱声,我的孩子。"我只能对他这样讲。

不知他听见没有,或者他什么都明白了。他好像很冷似的蜷缩起身子,闭上眼,跟睡着了一样。

我放下塔贝,跪在他身边,为他整理着破烂的衣衫,将他的身体摆成一个弓形,由于我右手上的血沾在了他衣衫上,这使我感到很内疚。是我害了他,也许,这以前我曾不止一次地将我其他的主人公引向死亡的路。是该好好内省一番了。

"现在,只剩下我一个人了。"婛可怜巴巴地说。

"你不会死。婛,你已经经历了苦难的历程,我会慢慢地把你塑造成一个新人的。"我仰面望着她说,我从她纯真的神情中看见了她的希望。

她腰间的皮绳在我鼻子前晃荡。我抓住皮绳,想知道她离家的日子,便顺着顶端第一个结认真地往下数:"五……八……二十五……五十七……九十六……"

数到最后一个结是一百零八个,正好与塔贝手腕上念珠的颗数相吻合。

这时候,太阳以它气度雍容的仪态冉冉升起,把天空和大地辉映得黄金一般灿烂。

我代替了塔贝,婛跟在我后面,我们一起往回走。时间又从头算起。

(选自《小说选刊》。原载于《西藏文学》1985 年第 1 期,《小说选刊》1985 年第 11 期选载时文字上作了少许改动)

白先勇

永远的尹雪艳

一

尹雪艳总也不老。十几年前那一班在上海百乐门舞厅替她捧场的五陵年少①,有些天平开了顶,有些两鬓添了霜;有些来台湾降成了铁厂、水泥厂、人造纤维厂的闲顾问,但也有少数却升成了银行的董事长、机关里的大主管。不管人事怎么变迁,尹雪艳永远是尹雪艳,在台北仍旧穿着她那一身蝉翼纱的素白旗袍,一径那么浅浅地笑着,连眼角儿也不肯皱一下。

尹雪艳着实迷人。但谁也没能道出她真正迷人的地方。尹雪艳从来不爱擦胭抹粉,有时最多在嘴唇上点着些似有似无的蜜丝佛陀②;尹雪艳也不爱穿红戴绿,天时炎热,一个夏天,她都浑身银白,净扮的了不得。不错,尹雪艳是有一身雪白的肌肤,细挑的身材,容长的脸蛋儿配着一副俏丽甜净的眉眼子,但是这些都不是尹雪艳出奇的地方。见过尹雪艳的人都这么说,也不知是何道理,无论尹雪艳一举手、一投足,总有一份世人不及的风情。别人伸个腰、蹙一下眉,难看,但是尹雪艳做起来,却又别有一番妩媚了。尹雪艳也不多言、不多语,紧要的场合插上几句苏州腔的上海话,又中听、又熨帖。有些荷包不足的舞客,攀不上叫尹雪艳的日子,但是他们却去百乐门坐坐,观观尹雪艳的风采,听她讲几句吴侬软话,心里也是舒服的。尹雪艳在舞池子里,微仰着头,轻摆着腰,一径是那么不慌不忙地起舞着;即使跳着快狐步,尹雪艳从来也没有失过分寸,仍旧显得那么从容,那么轻盈,像一球随风飘荡的柳絮,脚下没有扎根似的。尹雪艳有她自己的旋律。尹雪艳有她自己的拍子。绝不因外界的迁异,影响到她的均衡。

尹雪艳迷人的地方实在讲不清,数不尽。但是有一点却大大增加了她的神秘。尹雪艳名气大了,难免招忌,她同行的姊妹淘醋心重的就到处吵起说:尹雪艳的八字带着重煞,犯了白虎,沾上的人,轻者家败,重者人亡。谁知道就是为着尹雪艳享了重煞的令誉,上海洋场的男士们都对她增加了十分的兴味。生活优闲了,家当丰沃了,就不免想冒险,去闯闯这颗红遍了黄浦滩的煞星儿。上海棉纱财阀王家的少老板王贵生就是其中探险者之一。天天开着崭新的开德拉克,在百乐门门口候着尹雪艳转完台子,两人一同

---

① 五陵年少:五陵,汉代五个皇帝的陵墓,都在长安附近。汉代贵族少年常聚集此地逞勇称威。后喻为少年豪侠之徒。
② 蜜丝佛陀:一种高级的美国唇膏。

上国际饭店二十四楼的屋顶花园去共进华美的宵夜。望着天上的月亮及灿烂的星斗，王贵生说，如果用他家的金条儿能够搭成一道天梯，他愿意爬上天空去把那弯月牙儿招下来，插在尹雪艳的云鬓上。尹雪艳吟吟地笑着，总也不出声，伸出她那兰花般细巧的手，慢条斯理地将一枚枚涂着俄国乌鱼子的小月牙儿饼拈到嘴里去。

王贵生拼命地投资，不择手段地赚钱，想把原来的财富堆成三倍四倍，将尹雪艳身边那批富有的逐鹿者一一击倒，然后用钻石玛瑙串成一根链子，套在尹雪艳的脖子上，把她牵回家去。当王贵生犯上官商勾结的重罪，下狱枪毙的那一天，尹雪艳在百乐门停了一宵，算是对王贵生致了哀。

最后赢得尹雪艳的却是上海金融界一位热可炙手的洪处长。洪处长休掉了前妻，抛弃了三个儿女，答应了尹雪艳十条条件。于是尹雪艳变成了洪夫人，住在上海法租界一幢从日本人接收过来华贵的花园洋房里。两三个月的工夫，尹雪艳便像一株晚开的玉梨花，在上海上流社会的场合中以压倒群芳的姿态绽放起来。

尹雪艳着实有压场的本领。每当盛宴华筵，无论在场的贵人名媛，穿着紫貂，围着火狸，当尹雪艳披着她那件翻领束腰的银狐大氅，像一阵三月的微风，轻盈盈地闪进来时，全场的人都好像给这阵风熏中了一般，总是情不自禁地向她迎过来。尹雪艳在人堆子里，像个冰雪化成的精灵，冷艳逼人，踏着风一般的步子，看得那些绅士以及仕女们的眼睛都一齐冒出火来。这就是尹雪艳：在兆丰夜总会的舞厅里、在兰心剧院的过道上，以及在霞飞路上一幢幢侯门官府的客堂中，一身银白，歪靠在沙发椅上，嘴角一径挂着那流吟吟浅笑，把场合中许多银行界的经理、协理、纱厂的老板及小开，以及一些新贵和他们的夫人们都拘到跟前来。

可是洪处长的八字到底软了些，没能抵得住尹雪艳的重煞。一年丢官，两年破产，到了台北来连个闲职也没捞上。尹雪艳离开洪处长时还算有良心，除了自己的家当外，只带走一个从上海跟来的名厨司及两个苏州娘姨。

二

尹雪艳的新公馆落在仁爱路四段的高级住宅区里，是一幢崭新的西式洋房，有个十分宽敞的客厅，容得下两三桌酒席。尹雪艳对她的新公馆倒是刻意经营过一番。客厅的家具是一包桃花心红木桌椅。几张老式大靠背的沙发，塞满了黑丝面子鸳鸯戏水的湘绣靠枕，人一坐下去就陷进了一半，倚在柔软的丝枕上，十分舒适。到过尹公馆的人，都称赞尹雪艳的客厅布置妥帖，叫人坐着不肯动身。打麻将有特别设备的麻将间，麻将桌、麻将灯都设计得十分精巧。有些客人喜欢挖花，尹雪艳还特别腾出一间有隔音设备的房间，挖花的客人可以关在里面恣意唱和。冬天有暖炉，夏天有冷气，坐在尹公馆里，很容易忘记外面台北市的阴寒及溽暑。客厅案头的古玩花瓶，四时都供着鲜花。尹雪艳对于花道十分讲究，中山北路的玫瑰花店常年都送来上选的鲜货，整个夏天，尹雪艳的客厅中都细细地透着一股又甜又腻的晚香玉。

尹雪艳的新公馆很快地便成为她旧雨新知的聚会所。老朋友来到时，谈谈老话，大家都有一腔怀古的幽情，想一会儿当年，在尹雪艳面前发发牢骚，好像尹雪艳便是上海百乐门时代永恒的象征，京沪繁华的佐证一般。

"阿囡，看看干爹的头发都白光喽！侬还像枝万年青一式，愈来愈年青！"

吴经理在上海当过银行的总经理，是百乐门的座上常客，来到台北赋闲，在一家铁工厂挂个顾问的名义。见到尹雪艳，他总爱拉着她半开玩笑而又不免带点自怜的口吻这样说。吴经理的头发确实全白了，而且患着严重的风湿，走起路来，十分蹒跚，眼睛又害沙眼，眼毛倒插，常年淌着眼泪，眼圈已经开始溃烂，露出粉红的肉来。冬天时候，尹雪艳总把客厅里那架电暖炉移到吴经理的脚跟前，亲自奉上一盅铁观音，笑吟吟地说道：

"哪里的话，干爹才是老当益壮呢！"

吴经理心中熨帖了，恢复了不少自信，眨着他那烂掉了睫毛的老花眼，在尹公馆里，当众票了一出《坐宫》，以苍凉沙哑的嗓子唱出：

"我好比浅水龙，
被困在沙滩。"

尹雪艳有迷男人的功夫，也有迷女人的功夫。跟尹雪艳结交的那班太太们，打从上海起，就背地数落她。当尹雪艳平步青云时，这起太太们气不忿，说道：凭你怎么爬，左不过是个货腰娘。当尹雪艳的靠山相好遭到厄运的时候，她们就叹气道：命是逃不过的，煞气重的娘儿们到底沾惹不得。可是十几年来这起太太们一个也舍不得离开尹雪艳，到了台北都一窝蜂似的聚到尹雪艳的公馆里，她们不得不承认尹雪艳实在有她惊动人的地方。尹雪艳在台北的鸿翔绸缎庄打得出七五折，在小花园里挑得出最登样的绣花鞋儿，红楼的绍兴戏码，尹雪艳最在行，吴燕丽唱《孟丽君》的时候，尹雪艳可以拿得到免费的前座戏票，论起西门町的京沪小吃，尹雪艳又是无一不精了。于是这起太太们，由尹雪艳领队，逛西门町、看绍兴戏、坐在三六九里吃桂花汤团，往往把十几年来不如意的事儿一股脑儿抛掉，好像尹雪艳周身都透着上海大千世界荣华的麝香一般，熏得这起往事沧桑的中年妇人都进入半醉的状态，而不由自主都津津乐道起上海五香斋的蟹黄面来。这起太太们常常容易闹情绪。尹雪艳对于她们都一一施以广泛的同情，她总耐心地聆听她们的怨艾及委曲，必要时说几句安抚的话，把她们焦躁的脾气一一熨平。

"输呀，输得精光才好呢！反正家里有老牛马垫背，我不输，也有旁人替我输！"

每逢宋太太搓麻将输了钱时就向尹雪艳带着酸意的抱怨道。宋太太在台湾得了妇女更年期的痴肥症，体重暴增到一百八十多磅，形态十分臃肿，走多了路，会犯气喘。宋太太的心酸话较多，因为她先生宋协理有了外遇，对她颇为冷落，而且对方又是一个身段苗条的小酒女。十几年前宋太太在上海的社交场合出过一阵风头，因此她对以往的日子特别向往。尹雪艳自然是宋太太倾诉衷肠的适当人选，因为只有她才能体会宋太太那种今昔之感。有时讲到伤心处，宋太太会禁不住掩面而泣。

"宋家阿姐，'人无千日好，花无百日红'，谁又能保得住一辈子享荣华，受富贵呢？"

于是尹雪艳便递过热毛巾给宋太太揩面，怜悯地劝说道。宋太太不肯认命，总要抽抽搭搭地怨怼一番：

"我就不信我的命又要比别人差些！像侬吧，尹家妹妹，侬一辈子是不必发愁的，自然有人会来帮衬侬。"

三

尹雪艳确实不必发愁，尹公馆门前的车马从来也未曾断过。老朋友固然把尹公馆当做世外桃源，一般新知也在尹公馆找到别处稀有的吸引力。尹雪艳公馆一向维持它的气派。尹雪艳从来不肯把它降低于上海霞飞路的排场①。出入的人士，纵然有些是过了时的，但是他们有他们的身份，有他们的派头，因此一进到尹公馆，大家都觉得自己重要，即使是十几年前作废了的头衔，经过尹雪艳娇声亲切的称呼起来，也如同受过诰封一般，心理上恢复了不少的优越感。至于一般新知，尹公馆更是建立社交的好所在了。

当然，最吸引人的，还是尹雪艳本身。尹雪艳是一个最称职的主人。每一位客人，不分尊卑老幼，她都招呼得妥妥帖帖。一进到尹公馆，坐在客厅中那些铺满黑丝面椅垫的沙发上，大家都有一种宾至如归，乐不思蜀的亲切之感，因此，做会总在尹公馆开标，请生日酒总在尹公馆开席，即使没有名堂的日子，大家也立一个名目，凑到尹公馆成一个牌局。一年里，倒有大半的日子，尹公馆里总是高朋满座。

尹雪艳本人极少下场，逢到这些日期，她总预先替客人们安排好牌局；有时两桌，有时三桌。她对每位客人的牌品及癖性都摸得清清楚楚，因此牌搭子总配得十分理想，从来没有伤过和气。尹雪艳本人督导着两个头干脸净的苏州娘姨在旁边招呼着。午点是宁波年糕或者湖州粽子。晚饭是尹公馆上海名厨的京沪小菜：金银腿、贵妃鸡、抢虾、醉蟹——尹雪艳亲自设计了一个转动的菜牌，天天转出一桌桌精致的筵席来。到了下半夜，两个娘姨便捧上雪白喷了明星花露水的冰面巾，让大战方酣的客人们揩面醒脑，然后便是一碗鸡汤银丝面作了宵夜。客人们掷下的桌面十分慷慨，每次总上两三千。赢了

---

① 上海霞飞路的排场：霞飞路是旧时上海法租界的一条路段，两旁多为高等住宅区。它的排场代表了20世纪三四十年代上海都市生活的最高消费方式。

钱的客人固然值得兴奋,即使输了钱的客人也是心甘情愿。在尹公馆里吃了玩了,末了还由尹雪艳差人叫好计程车,一一送回家去。

当牌局进展激烈的当儿,尹雪艳便换上轻装,周旋在几个牌桌之间,踏着她那风一般的步子,轻盈盈地来回巡视着,像个通身银白的女祭司,替那些作战的人们祈祷和祭祀。

"阿囡,干爹又快输脱底喽!"

每到败北阶段,吴经理就眨着他那烂掉了睫毛的眼睛,向尹雪艳发出讨救的哀号。

"还早呢,干爹,下四圈就该你摸清一色了。"

尹雪艳把个黑丝椅垫枕到吴经理害了风湿症的背脊上,怜恤地安慰着这个命运乖谬的老人。

"尹小姐,你是看到的。今晚我可没打错一张牌,手气就那么背!"

女客人那边也经常向尹雪艳发出乞怜的呼吁,有时宋太太输急了,也顾不得身份,就抓起两颗骰子啐道:

"呸!呸!呸!勿要面孔的东西,看你霉到啥个辰光!"

尹雪艳也照例过去,用着充满同情的语调,安抚她们一番。这个时候,尹雪艳的话就如同神谕一般令人敬畏。在麻将桌上,一个人的命运往往不受控制,客人们都讨尹雪艳的口彩来恢复信心及加强斗志。尹雪艳站在一旁,叼着金嘴子的三个九,徐徐地喷着烟圈,以悲天悯人的眼光看着她这一群得意的、失意的、老年的、壮年的、曾经叱咤风云的、曾经风华绝代的客人们,狂热地互相厮杀,互相宰割。

四

新来的客人中,有一位叫徐壮图的中年男士,是上海交通大学的毕业生;生得品貌堂堂,高高的个儿,结实的身体,穿着剪裁合度的西装,显得分外英挺。徐壮图是个台北市新兴的实业巨子,随着台北市的工业化,许多大企业应运而生,徐壮图头脑灵活,具有丰富的现代化工商管理的知识,才是四十出头,便出任一家大水泥公司的经理。徐壮图有位贤惠的太太及两个可爱的孩子。家庭美满,事业充满前途,徐壮图成为一个雄心勃勃的企业家。

徐壮图第一次进入尹公馆是在一个庆生酒会上。尹雪艳替吴经理做六十大寿,徐壮图是吴经理的外甥,也就随着吴经理来到尹雪艳的公馆。

那天尹雪艳着实装饰了一番,穿着一袭月白短袖的织锦旗袍,襟上一排香妃色的大盘扣;脚上也是月白缎子的软底绣花鞋,鞋尖却点着两瓣肉色的海棠叶儿。为了讨喜气,尹雪艳破例地在右鬓簪上一朵酒杯大血红的郁金香,而耳朵上却吊着一对寸把长的银坠子。客厅里的寿堂也布置得喜气洋洋。案上全换上才铰下的晚香玉,徐壮图一踏进去,就嗅中一阵沁人脑肺的甜香。

"阿囡，干爹替侬带来顶顶体面的一位人客。"吴经理穿着一身崭新的纺绸长衫，佝着背，笑呵呵地把徐壮图介绍给尹雪艳道，然后指着尹雪艳说：

"我这位干小姐呀，实在孝顺不过。我这个老朽三灾五难的还要赶着替我做生。我忖忖：我现在又不在职，又不问世，这把老骨头天天还要给触霉头的风湿症来折磨。管他折福也罢，今朝我且大模大样的生受了干小姐这场寿酒再讲。我这位外甥，年轻有为，难得放纵一回，今朝也来跟我们这群老朽一道开心开心。阿囡是个最妥当的主人家，我把壮图交把侬，侬好好地招待招待他吧。"

"徐先生是稀客，又是干爹的令戚，自然要跟别人不同一点。"尹雪艳笑吟吟地答道，发上那朵血红的郁金香颤巍巍地抖动着。

徐壮图果然受到尹雪艳特别的款待。在席上，尹雪艳坐在徐壮图旁边一径殷勤地向他劝酒让菜，然后歪对他低声说道：

"徐先生，这道是我们大师傅的拿手，你尝尝，比外面馆子做的如何？"

用完席后，尹雪艳亲自盛上一碗冰冻杏仁豆腐捧给徐壮图，上面却放着两颗鲜红的樱桃。用完席成上牌局的时候，尹雪艳经常走到徐壮图背后看他打牌。徐壮图的牌张不熟，时常发错张子。才是八圈，徐壮图已经输掉一半筹码。有一轮，徐壮图正当发出一张梅花五筒的时候，突然尹雪艳从后面欠过身伸出她那细巧的手把徐壮图的手背按住说道：

"徐先生，这张牌是打不得的。"

那一盘徐壮图便和了一副"满园花"，一下子就把输出去的筹码赢回了大半。客人中有一个开玩笑抗议道：

"尹小姐，你怎么不来替我也点点张子，瞧瞧我也输完啦。"

"人家徐先生头一趟到我们家，当然不好意思让他吃了亏回去的喽。"徐壮图回头看到尹雪艳朝着他满面堆着笑容，一对银耳坠子吊在她乌黑的发脚下来回地浪荡着。

客厅中的晚香玉到了半夜，吐出一蓬蓬的浓香来。席间徐壮图喝了不少热花雕，加上牌桌上和了那盘"满园花"的亢奋，临走时他已经有些微醺的感觉了。

"尹小姐，全得你的指教，要不然今晚的麻将一定全盘败北了。"

尹雪艳送徐壮图出大门时，徐壮图感激地对尹雪艳说道。尹雪艳站在门框里，一身白色的衣衫，双手合抱在胸前，像一尊观世音，朝着徐壮图笑吟吟地答道：

"哪里的话，隔日徐先生来白相，我们再一道研究研究麻将经。"

隔了两日，果然徐壮图又来到了尹公馆，向尹雪艳讨教麻将的诀窍。

五

徐壮图太太坐在家中的藤椅上，呆望着大门，两腮一天天削瘦，眼睛凹成了两个深坑。

当徐太太的干妈吴家阿婆来探望她的时候，她牵着徐太太的手失惊叫道：
"嗳呀，我的干小姐，才是个把月没见着，怎么你就瘦脱了形？"

吴家阿婆是一个六十来岁的妇人，硕壮的身材，没有半根白发，一双放大的小脚，仍旧行走如飞。吴家阿婆曾经上四川青城山去听过道，拜了上面白云观里一位道行高深的法师做师父。这位老法师因为看上吴家阿婆天资禀异，飞升时便把衣钵传了给她。吴家阿婆在台北家中设了一个法堂，中央供着她老师父的神像。神像下面悬着八尺见方黄绫一幅。据吴家阿婆说，她老师父常在这幅黄绫上显灵，向她授予机宜，因此吴家阿婆可以预卜凶吉，消灾除祸。吴家阿婆的信徒颇众，大多是中年妇女，有些颇有社会地位。经济环境不虞匮乏，这些太太们的心灵难免感到空虚。于是每月初一十五，她们便停止一天麻将，或者标会的聚会，成群结队来到吴家阿婆的法堂上，虔诚地念经叩拜，布施散财，救济贫困，以求自身或家人的安宁。有些有疑难大症，有些有家庭纠纷，吴家阿婆一律慷慨施以许诺，答应在老法师灵前替她们祈求神助。

"我的太太，我看你的气色竟是不好呢！"吴家阿婆仔细端详了徐太太一番，摇头叹息。徐太太低首俯面忍不住伤心哭泣，向吴家阿婆道出了许多衷肠话来。

"亲妈，你老人家是看到的，"徐太太流着泪断断续续地诉说道，"我们徐先生和我结婚这么久，别说破脸，连句重话都向来没有过。我们徐先生是个争强好胜的人。他一向都这么说：'男人的心五分倒有三分应该放在事业上。'来台湾熬了这十来年，好不容易盼着他们水泥公司发达起来，他才出了头，我看他每天为公事在外面忙着应酬，我心里只有暗暗着急。事业不事业倒在其次，求祈他身体康宁，我们母子再苦些也是情愿的。谁知道打上月起，我们徐先生竟好像变了一个人似的。经常两晚三晚不回家。我问一声，他就摔碗砸筷，脾气暴的了不得。前天连两个孩子都挨了一顿狠打。有人传话给我听说是我们徐先生在外面有了人，而且人家还是个有头有脸的人物。亲妈，我这个本本分分的人那里经过这些事情？人还撑得住不走样？"

"干小姐，"吴家阿婆拍了一下巴掌说道："你不提呢，我也就不说了。你知道我是最怕兜揽是非的人。你叫了我声亲妈，我当然也就向着你些。你知道那个胖婆儿宋太太呀，她先生宋协理搞上个什么'五月花'的小酒女。她跑到我那里一把鼻涕一把眼泪要我替她求求老师父。我拿她先生的八字来一算，果然冲犯了东西。宋太太在老师父灵前许了重愿，我替她念了十二本经。现在她男人不是乖乖地回去了？后来我就劝宋太太：'整天少和那些狐狸精似的女人穷混，念经做善事要紧！'宋太太就一五一十地把你们徐先生的事情原原本本数了给我听。那个尹雪艳呀，你以为她是个什么好东西？她没有两下，就能拢得住这些人？连你们徐先生那么个正人君子她都有本事抓得牢。这种事情历史上是有的：褒姒、妲己、飞燕、太真——这起祸水！你以为都是真人吗？妖孽！凡是到了乱世，这些妖孽都纷纷下凡，扰乱人间。那个尹雪艳还不知道是个什么东西变的呢！

我看你呀，总得变个法儿替你们徐先生消了这场灾难才好。"

"亲妈，"徐太太忍不住又哭了起来，"你晓得我们徐先生不是那种没有良心的男人。每次他在外面逗留了回来，他嘴里虽然不说，我晓得他心里是过意不去的。有时他一个人闷坐着猛抽烟，头筋叠暴起来，样子真唬人。我又不敢去劝解他，只有干着急。这几天他更是着了魔一般，回来嚷着说公司里人人都寻他晦气。他和那些工人也使脾气，昨天还把人家开除了几个。我劝他说犯不着和那些粗人计较，他连我也呵斥了一顿。他的行径反常得很，看着不像，真不由得不叫人担心哪！"

"就是说呀！"吴家阿婆点头说道，"怕是你们徐先生也犯着了什么吧？你且把他的八字递给我，回去我替他测一测。"

徐太太把徐壮图的八字抄给了吴家阿婆说道：

"亲妈，全托你老人家的福了。"

"放心，"吴家阿婆临走时说道，"我们老师父最是法力无边，能够替人排难解厄的。"

然而老师父的法力并没有能够拯救徐壮图。有一天，正当徐壮图向一个工人拍起桌子喝骂的时候，那个工人突然发了狂，一把扁钻从徐壮图前胸刺穿到后胸。

六

徐壮图的治丧委员会吴经理当了总干事。因为连日奔忙，风湿又弄翻了，他在极乐殡仪馆穿出穿进的时候，一径挂着拐杖，十分蹒跚。开吊的那一天灵堂就设在殡仪馆里。一时亲戚友好的花圈丧帐白簌簌的一直排到殡仪馆的门口来。水泥公司同仁挽的却是"痛失英才"四个大字。来祭吊的人从早上九点钟起开始络绎不绝。徐太太早已哭成了痴人，一身麻衣丧服带着两个孩子，跪在灵前答谢。吴家阿婆却率领了十二个道士，身着法衣，手执拂尘，在灵堂后面的法坛打解冤洗业醮。此外并有僧尼十数人在念经超度，拜大悲忏。

正午的时候，来祭吊的人早挤满了一堂，正当众人熙攘之际，突然人群里起了一阵骚动，接着全堂静寂下来，一片肃穆。原来尹雪艳不知什么时候却像一阵风一般的闪了进来。尹雪艳仍旧一身素白打扮，脸上未施脂粉，轻盈盈地走到管事台前，不慌不忙地提起毛笔，在签名簿上一挥而就地签上了名，然后款款地步到灵堂中央，客人们都倏地分开两边，让尹雪艳走到灵台跟前，尹雪艳凝着神，敛着容，朝着徐壮图的遗像深深地鞠了三鞠躬。这时在场的亲友大家都呆如木鸡。有些显得惊讶，有些却是忿愤，也有些满脸惶惑，可是大家都好似被一股潜力镇住了，未敢轻举妄动。这次徐壮图的惨死，徐太太那一边有些亲戚迁怒于尹雪艳，他们都没有料到尹雪艳居然有这个胆识闯进徐家的灵堂来。场合过分紧张突兀，一时大家都有点手足无措。尹雪艳行完礼后，却走到徐家太太面前，伸出手抚摸了一下两个孩子的头，然后庄重地和徐太太握了一握手。正当众人面面相觑的当儿，尹雪艳却踏着她那风一般的步子走出了极乐殡仪馆。一时灵堂里一阵大乱，徐太太突然跪倒在地，昏厥了过去，吴家阿婆赶紧丢掉拂尘，抢身过去，将徐太太抱到后堂去。

当晚，尹雪艳的公馆里又成上了牌局，有些牌搭子是白天在徐壮图祭悼会后约好的。吴经理又带了两位新客人来。一位是南国纺织厂新上任的余经理；另一位是大华企业公司的周董事长。这晚吴经理的手气却出了奇迹，一连串的在和满贯。吴经理不停地笑着叫着，眼泪从他烂掉了睫毛的血红眼圈一滴滴淌下来。到了第十二圈，有一盘吴经理突然双手乱舞大叫起来：

"阿囡，快来！快来！'四喜临门'！这真是百年难见的怪牌。东、南、西、北——全齐了，外带自摸双！人家说和了大四喜，兆头不祥。我倒霉了一辈子，和了这副怪牌，从此否极泰来。阿囡，阿囡，侬看看这副牌可爱不可爱？有趣不有趣？"

吴经理喊着笑着把麻将撒满了一桌子。尹雪艳站到吴经理身边，轻轻地按着吴经理的肩膀，笑吟吟地说道：

"干爹，快打起精神多和两盘。回头赢了余经理及周董事长他们的钱，我来吃你的红！"

（选自《白先勇短篇小说选》，福建人民出版社1982年版）

陈映真

将军族

在十二月里，这真是个好天气。特别在出殡的日子，太阳那么绚烂地普照着，使丧家的人们也蒙上了一层隐秘的喜气了。有一支中音的萨士风在轻轻地吹奏着很东洋风的《荒城之月》。它听来感伤，但也和这天气一样地，有一种浪漫的悦乐之感。他为高个子修好了伸缩管，瘪起嘴将喇叭朝地下试吹了三个音，于是抬起来对着大街很富于温情地和着《荒城之月》。然后他忽然地停住了，他只吹了三个音。他睁大了本来细眯着的眼，他便这样地在伸缩的方向看见了伊。

高个子伸着手，将伸缩管喇叭接了去。高个子说：

"行了，行了。谢谢，谢谢。"

这样地说着，高个子若有所思地将喇叭夹在腋下，一手掏出一支皱得像蚯蚓一般的烟伸到他的眼前，差一点碰到了他的鼻子。他后退了一步，猛力地摇着头，瘪着嘴做出一个笑容。不过这样的笑容，和他要预备吹奏时的表情，是颇难于区别的。高个子便咬住那烟，用手扶直了它，划了一支洋火烧红了一端，吧叽吧叽地抽了起来。他坐在一条长木凳上，心在很异样地悸动着。没有看见伊，已经有了五年了吧。但他却能一眼认出伊来。伊站在阳光里，将身子的重量放在左腿上，让臀部向左边画着十分优美的曼陀玲琴的弧。还是那样的站法呵。然而如今伊变得很婷婷了。很多年前，伊也曾这样地站在他的面前。那时他们都在康乐队里，几乎每天都在大卡车的颠簸中到处表演。

"三角脸，唱个歌好吗！"伊说。声音沙哑，仿佛鸭子。

他猛然地回过头来，看见伊便是那样地站着，抱着一只吉他琴。伊那时又瘦又小，在月光中，尤其的显得好笑。

"很夜了，唱什么歌！"

然而伊只顾站着，那样地站着。他拍了拍沙滩，伊便很和顺地坐在他的旁边。月亮在海水上碎成许多闪闪的鱼鳞。

"那么说故事吧。"

"啰嗦！"

"说一个就好。"伊说着，脱掉拖鞋，裸着的脚丫子便像蟋蟀似的钉进沙里去。

"十五六岁了，听什么故事！"

"说一个你们家里的故事。你们大陆上的故事。"

伊仰着头，月光很柔和地敷在伊的干枯的小脸，使伊的发育得很不好的身体，看来又笨又拙。他摸了摸他的已经开始有些儿秃发的头。他编扯过许多马贼、内战、死刑的故事。不过那并不是用来迷住像伊这样的貌丑的女子的呵。他看着那些梳着长长的头发的女队员们张着小嘴，听得入神，真是赏心乐事。然而，除了听故事，伊们总是跟年轻的乐师泡着。这使他寂寞得很。乐师们常常这样地说：

"我们的三角脸，才真是柳下惠哩！"

而他便总是笑笑，红着那张确乎有些三角形的脸。

他接过吉他琴，撩拨了一组和弦。琴声在夜空中铮琮着。渔火在极远的地方又明又灭。他正苦于怀乡，说什么"家里的"故事呢？

"讲一个故事。讲一个猴子的故事。"他说，太息着。

他于是想起了一个故事。那是写在一本日本的小画册上的故事。在沦陷给日本的东北，他的姊姊曾说给他听过。他只看着五彩的小插画，一个猴子被卖给马戏团，备尝辛酸，历经苦楚，有一个月圆的夜，猴子想起了森林里的老家，想起了爸爸、妈妈、哥哥、姊姊……

伊坐在那里，抱着屈着的腿，很安静地哭着。他慌了起来，喽嚅地说：

"开玩笑，怎么的了！"

伊站了起来。瘦楞楞地，仿佛一具着衣的骷髅。伊站了一会儿，逐渐地把重心放在左腿上，就是那样。

就是那样的。然而，于今伊却穿着一套稍嫌小了一些的制服。深蓝的底子，到处镶滚着金黄的花纹。十二月的阳光浴着伊，使那怵目得很的蓝色，看来柔和了些。伊的太阳眼镜的脸，比起往时要丰腴了许多。伊正专心地注视着天空中画着椭圆的鸽子们。一支红旗在向它们招摇。他原也可走进阳光里，叫伊：

"小瘦丫头儿！"

而伊也会用伊的有沙哑的嗓门叫起来的吧。但他只是坐在那儿，望着伊。伊再也不是个"小瘦丫头儿"了。他觉得自己果然已在苍老着，像旧了的鼓，缀缀补补了的铜号那样，又丑陋、又凄凉。在康乐队里的那么些年，他才逐渐接近四十。然而一年一年地过着，倒也尚不识老去的滋味的。不知道那些女孩儿们和乐师们，都早已把他当作叔伯之辈了。然而他还只是笑笑。不是不服老，却是因着心身两面，一直都是放浪如素的缘故。他真正的开始觉得老，还正是那个晚上呢。

记得很清楚：那时对着那样地站着的、并且那样轻轻地淌泪的伊，始而惶惑，继而怜惜，终而油然产生了一种老迈的心情。想起来，他是从未有过这样的感觉的。从那个霎时起，他的心才改变成为一个有了年纪的人的心了。这样的心情，便立刻使他稳重自在。他接着说：

"开玩笑，这是怎么的了，小瘦丫头儿！"

伊没有回答。伊努力地抑压着，也终于没有了哭声。月亮真是美丽，那样静悄悄地照明着长长的沙滩、碉堡和几栋营房，叫人实在弄不明白：何以造物要将这么美好的时刻，秘密地在阒无一人的夜更里展露呢？他捡起吉他琴，任意地拨了几个和弦。他小心地、讨好地、轻轻地唱着：

——王老七，养小鸡，

叽咯叽咯叽——……。

伊便不止地笑了起来。伊转过身来，用一只无肉的腿，向他轻轻地踢起一片细沙。伊忽然地又一个转身，擤了很多的鼻涕。他的心因着伊的活泼，像午后的花朵儿那样绽然地盛开起来。他唱着：

王老七……

伊揩好了鼻涕，盘腿坐在他的面前。伊说：

"有烟吗？"

他赶忙搜了搜口袋，递过一支雪白的纸烟，为伊点上火。打火机发着殷红的火光，照着伊的鼻端。头一次他发现伊有一只很好的鼻子，瘦削、结实，且因留着一些鼻水，仿佛有些凉意。伊深深地吸了一口，低下头，用夹住烟的右手支着颐。左手在沙地上歪歪斜斜地画着许多小圆圈。伊说：

"三角脸，我讲个事情你听。"

说着，白白的烟从伊的低着的头，袅袅地飘了上来。他说：

"好呀，好呀。"

"哭一哭，好多了。"

"我讲的是猴子，又不是你。"

"差不多——"

"哦，你是猴子啦，小瘦丫头儿！"

"差不多。月亮也差不多。"

"嗯。"

"唉，唉！这月亮。我一吃饱饭就不对。原来月亮大了，我又想家了。"

"像我吧，连家都没有呢。"

"有家。有家是有家啦，有什么用呢？"

伊说着，以臀部为轴，转了一个半圆。伊对着那黄得发红的大月亮慢慢地抽着纸烟。烟烧得"丝丝"作响。伊掠了掠伊的头发，忽然说：

"三角脸。"

"呵。"他说，"很夜了，少胡思乱想。我何尝不想家吗？"

他于是站了起来。他用衣袖擦了擦吉他琴上的夜露，一根根放松了琴弦。伊依旧坐着，很小心地抽着一截烟屁股，然后一弹，一条火红的细弧在沙地上碎成万点星火。

"我想家，也恨家里。"伊说，"你会这样吗？——你不会。"

"小瘦丫头儿，"他说，将琴的胴体抬在肩上，仿佛扛着一支枪。他说："小瘦丫头，过去的事，想它做什么？我要像你：想，想！那我一天也不要活了！"

伊霍然地站立起来，拍着身上的沙粒。伊张着嘴巴打起哈欠来。眨了眨眼，伊看着他，低声地说：

"三角脸，你事情见得多。"伊停了一下，说："可是你是断断不知道：一个人卖出去，是什么滋味。"

"我知道。"他猛然地说，睁大了眼睛。伊看着他的微秃的，果然有些儿三角形的脸，不禁笑了起来。

"就好像我们乡下的猪、牛那样地被卖掉了。两万五，卖给他两年。"伊说。

伊将手插进口袋里，耸起板板的小肩膀，背向着他，又逐渐地把重心移到左腿上。伊的右腿便在那里轻轻地踢着沙子，仿佛一只小马儿。

"带走的那一天，我一滴眼泪也没有。我娘躲在房里哭，哭得好响，故意让我听到。我就是一滴眼泪也没有。哼！"

"小瘦丫头！"他低声说。

伊转身望着他，看见他的脸很忧戚地歪扭着，伊便笑了起来：

"三角脸，你知道！你知道个屁呢！"

说着，伊又躬着身子，擤了一把鼻涕。伊说：

"夜了。睡觉了。"

他们于是向招待所走去。月光照着很滑稽的人影，也照着两行孤独的脚印。伊将手伸进他的臂弯里，瞌睡地张大嘴打着哈欠。他的臂弯感觉到伊的很瘦小的胸。但他的心却充满另外一种温暖。临分手的时候，他说：

"要是那时我走了之后，老婆有了女儿，大约也就是你这个年纪吧。"

伊扮了一个鬼脸，蹒跚地走向女队员的房间去。月在东方斜着，分外的圆了。

锣鼓队开始作业了。密密的脆皮鼓伴着撼人的铜锣，逐渐使这静谧的午后骚扰了起来。他拉低了帽子，站立起来。他看见伊的左手一晃，在右腋里夹住一根银光闪烁的指挥棒。指挥棒的小铜球也随着那样一晃，有如马嘶一般地轻响起来。伊还是个指挥的呢！

许多也是穿着蓝制服的少女乐手们都集合拢了。伊们开始吹奏着把节拍拉慢了一倍的《马撒永眠黄泉下》的曲子。曲子在震耳欲聋的锣鼓声的夹缝里，悠然地飞扬着。混合着时歇时起的孝子贤孙们的哭声，和这么绚然的阳光交织起来，便构成了人生、人死的喜剧了。他们的乐队也合拢了。于是像凑热闹似的，也随而吹奏起来了。高个子神气地伸缩着他的管乐器，很富于情感地吹着《游子吟》。也是将节拍拉长了一倍，仿佛什么曲子都能当安魂曲似的——只要拉慢节拍子，全行的。他把小喇叭凑在嘴上，然而他并不在真吹。他只是做着样子罢了。他看着伊颇为神气地指挥着，金黄的流苏随着棒子风舞着。不一会他便发觉了伊的指挥和乐声相差约有半拍。他这才记得伊是个轻度的音盲。

是的，伊是个音盲。所以伊在康乐队里，并不曾是个歌手。可是伊能跳很好的舞，而且也是个很好的女小丑，用一个红漆的破乒乓球，盖住伊唯一美丽的地方——鼻子，瘦板板地站在台上，于是台下卷起一片笑声。伊于是又眨了眨木然的眼，台下便又是一阵笑谑。伊在台上固然不唱歌，在台下也难得开口唱唱的。然而一旦不幸伊一下高兴起来，伊要咿咿呀呀地唱上好几小时，把一支好好的歌，唱得支离破碎，喑哑不成曲调。

有一个早晨，伊突然轻轻地唱起一支歌来。继而一支接着一支，唱得十分起劲。他在隔壁的房间修着乐器，无可奈何地听着那么折磨人的歌声。伊唱着说：

——这绿岛像一只船，
　在月夜里飘呀飘……。

唱过一遍，停了一会儿，便又从头唱起。一次比一次温柔，充满情感。忽然间，伊说：

"三角脸！"

他没有回答。伊轻轻地敲了敲三夹板的墙壁，说：

"喂，三角脸！"

"哎！"

"我家离绿岛很近。"

"神经病。"

"我家在台东。"

"……"

"他×的，好几年没回去了！"

"什么？"

"我好几年没回去了！"

"你还说一句什么？"

伊停了一会，忽然吃吃地笑了起来。伊轻轻地叹了一口气，说：

"三角脸。"

"啰嗦！"

"有没有香烟？"

他站起来，从夹克口袋摸了一根纸烟，抛过三夹板给伊。他听见划火柴的声音。一缕青烟从伊的房间飘越过来，从他的小窗子飞逸而去。

"买了我的人把我带到花莲，"伊说，吐着嘴唇上的烟丝。伊接着说："我说：我卖笑不卖身。他说不行，我便逃了。"

他停住手里的工作，躺在床上。天花板因漏雨而有些发霉了。他轻声说：

"原来你还是个逃犯哩！"

"怎么样？"伊大叫着说，"怎么样？报警去吗？呵？"

他笑了起来。

"早下收到家里的信,"伊说:"说为了我的逃走,家里要卖掉那么几小块田赔偿。"

"啊,啊啊。"

"活该,"伊说,"活该,活该!"

他们于是都沉默起来。他坐起身子来,搓着手上的铜锈。刚修好的小喇叭躺在桌子上,在窗口的光线里静悄悄地闪耀着白色的光。不知道怎样地,他觉得沉重起来。隔了一会儿,伊低声说:

"三角脸。"

他咽了一口气,忙说:

"哎。"

"三角脸,过两天我回家去。"

他细眯着眼望着窗外。忽然睁开眼睛,站立起来,嗫嗫地说:

"小瘦丫头儿!"

他听见伊有些自暴自弃地呻吟了一声,似乎在伸懒腰的样子。伊说:

"田不卖,已经活不好了,田卖了,更活不好了。卖不到我,妹妹就完了。"

他走到桌旁,拿起小喇叭,用衣角擦拭着它。铜管子逐渐发亮了,生着红的、紫的圈圈。他想了想,木然地说:

"小瘦丫头儿。"

"嗯。"

"小瘦丫头儿,听我说:如果有人借钱给你还债,行吗?"

伊沉吟了一会,忽然笑了起来。

"谁借钱给我?"伊说,"两万五咧!谁借给我?你吗?"

他等待伊笑完了,说:

"行吗?"

"行,行。"伊说,敲着三夹板的壁:"行呀!你借给我,我就做你的老婆。"

他的脸红了起来,仿佛伊就在他的面前那样。伊笑得喘不过气来,捺着肚子,扶着床板。伊说:

"别不好意思,三角脸。我知道你在壁板上挖了个小洞,看我睡觉。"

伊于是又爆笑起来。他在隔房里低下头,耳朵涨成猪肝那样的赭色。他无声地说:

"小瘦丫头儿……你不懂得我。"

那一晚,他始终不能成眠。第二天的深夜,他潜入伊的房间,在伊的枕头边留下三万元的存折,悄悄地离队出走了。一路上,他明明知道绝不是心疼着那些退伍金的,却不知道为什么止不住地流着眼泪。

几支曲子吹过去了。现在伊又站到阳光里。伊轻轻地脱下制帽,从袖卷中拉出手绢揩着脸，然后扶了扶太阳镜，有些许傲然地环视着几个围观的人。高个子挨近他，用痒痒的声音说：

"看看那指挥的，很挺的一个女的呀！"

说着，便歪着嘴，挖着鼻子。他没有作声，而终于很轻地笑了笑。但即便是这样轻的笑脸，都皱起满脸的皱纹来。伊留着一头乌油油的头发，高高地梳着一个小髻。脸上多长了肉，把伊的本来便很好的鼻子，衬托得尤其的精神了。他想着：一个生长，一个枯萎，才不过是五年先后的事！空气逐渐有些温热起来。鸽子们停在相对峙的三个屋顶上，凭那个养鸽的怎么样摇撼着红旗，都不起飞了。它们只是斜着头，愣愣地看着旗子，又拍了拍翅膀，而依旧只是依偎着停在那里。纸钱的灰在离地不高的地方打着卷、飞扬着。他站在那儿，忽然看见伊面向着他。从那张戴着太阳镜的脸，他很难于确定伊是否看见了他。他有些青苍起来，手也有些抖索了。他看着伊也木然地站在那里，张着嘴。然后他看见伊向这边走来。他低下头，紧紧地抱着喇叭。

他感觉到一个蓝色的影子挨近他，迟疑了一会，便同他并立着靠在墙上，他的眼睛有些发热了，然而他只是低弯着头。

"请问——"伊说。

"……"

"是你吗？"伊说："是你吗？三角脸，是……"伊哽咽起来："是你，是你。"

他听着伊哽咽的声音，便忽然沉着起来，就像海滩上的那夜一般。他低声说：

"小瘦丫头儿，你这傻小瘦丫头！"

他抬起头来，看见伊用绢子捂着鼻子、嘴。他看见伊那样地抑住自己，便知道伊果然的成长了。伊望着他，笑着。他没有看见这样的笑，怕也有数十年了。那年打完仗回到家，他的母亲便曾类似这样笑过。忽然一阵振翼之声响起，鸽子们又飞翔起来了，斜斜地划着圈子。他们都望着那些鸽子，沉默起来，过了一会，他说：

"一直在看着你当指挥，神气得很呢！"

伊笑了笑。他看着伊的脸，太阳镜下面沾着一小滴泪珠儿，很精细地闪耀着。他笑着说：

"还是那样好哭吗？"

"好多了。"伊说着，低下了头。

他们又沉默了一会，都望着越划越远的鸽子们的圈圈儿。他夹着喇叭，说：

"我们走，谈谈话。"

他们并着肩走过愕然着的高个子。他说：

"我去了马上来。"

"呵呵。"高个子说。

伊走得很婷婷然，然而他却有些伛偻了，他们走完一栋走廊，走过一家小戏院，一排宿舍，又过了一座小石桥。一片田野迎着他们，很多的麻雀聚栖在高压线上。离开了充满香火和纸灰的气味，他们觉得空气是格外的清新舒爽了。不同的作物将田野涂成不同深浅的绿色的小方块。他们站住了，好一会，都沉默着。一种从不曾有过的幸福的感觉涨满了他的胸膈。伊忽然地把手伸到他的臂弯里，他们便慢慢地走上一条小坡堤。伊低声地说：

"三角脸。"

"嗯。"

"你老了。"

他摸了摸秃了大半的、尖尖的头，抓着，便笑了起来。他说：

"老了，老了。"

"才不过四五年。"

"才不过四五年。可是一个日出，一个日落呀！"

"三角脸——"

"在康乐队里的时候，日子还蛮好呢，"他紧紧地夹着伊的手，另一只手一晃一晃地玩着小喇叭。他接着说："走了以后，在外头儿混，我才真正懂得一个卖给人的人的滋味。"

他们忽然噤着。他为自己的失言恼怒地瘪着松弛的脸。然而伊依然抱着他的手。伊低下头，看着两只踱着的脚。过了一会儿，伊说：

"三角脸——"

他垂头丧气，沉默不语。

"三角脸，给我一根烟。"伊说。

他为伊点上烟，双双坐了下来。伊吸了一阵，说：

"我终于真找到了你。"

他坐在那儿，搓着双手，想着些什么。他抬起头来，看看伊，轻轻地说：

"找我。找我做什么！"他激动起来了："还我钱是不是？……我可曾说错了话吗？"

伊从太阳镜里望着他的苦恼的脸，便忽而将自己的制帽盖在他的秃头上。伊端详了一番，便自得其乐地笑了起来。

"不要弄成那样的脸吧！否则你这样子倒真像个将军呢！"伊说着，扶了扶眼镜。

"我不该说那句话。我老了，我该死。"

"瞎说。我找你，要来赔罪的。"伊又说。

"那天我看到你的银行存折，哭了一整天。他们说我吃了你的亏，你跑掉了。"伊笑了起来，他也笑了。

"我真没料到你是真好的人。"伊说,"那时你老了,找不上别人。我又小又丑,好欺负。三角脸。你不要生气,我当时老防着你呢!"

他的脸很吃力地红了起来。他不是对伊没有过欲情的。他和别的队员一样,一向是个狂嫖滥赌的独身汉。对于这样的人,欲情与美貌之间,并没有必然的关系的。伊接着说:

"我拿了你的钱回家,不料并不能息事。他们又带我到花莲。他们带我去见一个大胖子,大胖子用很尖很细的嗓子问我话。我一听他的口音同你一样,就很高兴。我对他说:'我卖笑,不卖身。'"

"大胖子吃吃地笑了。不久他们弄瞎了我的左眼。"

他抢去伊的太阳镜,看见伊的左眼睑收缩地闭着。伊伸手要回眼镜,四平八稳地又戴了上去。伊说:

"然而我一点也没有怨恨。我早已决定这一生不论怎样也要活下来再见你一面。还钱是其次,我要告诉你我终于领会了。"

"我挣够给他们的数目,又积了三万元。两个月前才加入乐社里,不料就在这儿找到你了。"

"小瘦丫头!"他说。

"我说过我要做你老婆,"伊说,笑了一阵:"可惜我的身子已经不干净,不行了。"

"下一辈子吧!"他说,"我这副皮囊比你的还要恶臭不堪的。"

远远地响起了一片喧天的乐声。他看了看表,正是丧家出殡的时候。伊说:

"正对,下一辈子吧。那时我们都像婴儿那么干净。"

他们于是站了起来,沿着坡堤向深处走去。过不一会儿,他吹起《王者进行曲》,吹得兴起,便在堤上踏着正步,左右摇晃。伊大声地笑着,取回制帽戴上,挥舞着银色的指挥棒,走在他的前面,也走着正步。年轻的农夫和村童们在田野向他们招手,向他们欢呼着,两只三只的狗,也在四处吠起来。太阳斜了的时候,他们的欢乐影子在长长的坡堤的那边消失了。

第二天早晨,人们在蔗田里发现一对尸首。男女都穿着乐队的制服,双手都交握于胸前。指挥棒和小喇叭很整齐地放置在脚前,闪闪发光,他们看来安详、滑稽,都另有一种滑稽中的威严。一个骑着单车的高大的农夫,于围睹的人群里看过了死尸后,在路上对另一个挑着水肥的矮小的农夫说:"两个人躺得直挺挺地,规规矩矩,就像两位大将军呢!"于是高大的和矮小的农夫都笑起来了。

——一九六四年一月十五日《现代文学》十九期

(选自《陈映真文集·小说卷》,中国友谊出版公司1998年版)

严歌苓

女房东

一百五十元的房租,老柴直到搬进来还不相信恁好的运。卧室、餐室、客厅、浴室,全归他,家具险些儿就够得上考究。还有他自个儿的门,朝后院开,进出和房东各是各。老柴觉得这么好的事几乎像个阴谋,除非这房子的女主人对来自中国大陆的在着意施舍。

广告上写的是沃克太太。

因此老柴找上门来的那天,把接待他的白人青年一口就叫"沃克先生"。青年马上笑了,说他只是沃克太太的朋友,叫乔治。接待房客来访这类事,沃克太太不便独自来做,就托给了他。

老柴被选中后问乔治:"租这房的人肯定很多?"

乔治说:"没错。可他们都不合沃克太太的标准。"他突然笑了。什么样的笑呢?像是用来瞒住下文,又像及时意识到自己的失口。

标准?老柴心里琢磨,不禁有点轻微的寒栗。这地方太好了,习惯了"不好"的老柴觉得这"好"里终有什么企图。转念又想,我四十八岁一个穷光蛋还怕什么?吃亏上当、遭人暗算也得有条件。

这时老柴在自己的新居转悠。楼上的一点声音是女房东在跟人讲话。在跟电话讲话,老柴进一步判断。从这地下室到她讲话的地方仅隔一道十阶的木楼梯。老柴答应无事决不往上踏。听不清她在讲什么,她嗓音太细。听久了,它变成一个小女孩无意义的呢喃。沃克太太是个小女孩,这假设让老柴觉得荒诞,又荒诞得满吸引人。

搬进这房之前,老柴得把一些书先搬进来。开门的是个女人,三十岁样子,老柴放心大胆地招呼:"您好沃克太太!"女人也笑了,也说是受沃克太太之托;她是沃克太太的近邻。

"我就住隔墙的那幢房。有什么事,比如暖气不暖,热水不热之类的,就来找我。"

老柴懵懂地干笑,她马上说:"别去找沃克太太。"

今天老柴就是从这个女邻居家拿了钥匙。

进来时他见门上钉了张素洁的卡片,上面写着欢迎他。桌上放的几颗彩色锡纸包裹的巧克力以及一枝新鲜的旱芦苇也是欢迎他的。旱芦苇插在一个扁肚旧陶瓶里,竟那么耐看。老柴没敢碰那几块糖,顿时在自认为属于他的偌大空间里缩手缩脚起来。沃克太太是个很不同的女人,老柴这样想,心里有点畏惧还有点感动。

老柴想脱下皮鞋,换上拖鞋。行李里有半打拖鞋,全是他从国内带来的,全是他每次住宾馆的纪念。每只鞋上都印有某某宾馆的烫金字样。他给几家宾馆搞园艺设计，房间里吃的喝的他一样不敢碰，一碰就会从他的报酬里碰掉一个相当的百分比。只有这拖鞋白给，今天拿，明天再给。拿白给的东西老柴不认为是贪小便宜。

老柴转念又认为穿拖鞋很不妥。沃克太太随时会顺着那十级木楼梯走下来，看望他。房东和房客假如在整个楼道中只见一面，那也该是今天。她不像是那种对穷房客不屑一见的女房东，她把迎接他很当回事呢。他马上系好皮鞋，站起，延伸着自己极有限的挺拔。怎么可以穿拖鞋？头次会晤，在沃克太太面前的是个半老汉子，穿着寒碜，脚下还是一双公有制拖鞋！

老柴走到浴室，用两根手指刨了刨头发。镜子特别亮，老柴发现只有这么亮的镜子才照得出他额角一小片淡色的老年斑。它们是老婆跟他离婚后出现的。老婆把他办到美国，给了他两千块，就走了。连一觉也没跟他睡。他一直配不上这个老婆的，跟她过的十几年、睡的十几年觉，都该算他白赚，都不该是他名分下的，他名分下不该有这个能干，高头大马，不丑的经济学硕士老婆。

"最后一次……"他对老婆低声下气。

老婆差点把他踢下床：最后了，还想再赚一次？！老婆走得非常理粗：我又不是跟别的男人走的。

恰是这一点，最让他想不开：不跟别的男人，何苦要走？难道我比"没男人"还次？！

现在都好了，老柴也习惯了没女人。每天晚上五点到十一点，他在一家餐馆做送外卖，白天他上三小时成人大学。学到哪算哪，老柴没野心，而且跟找女人相比，上学本身是次要的。

老柴认为自己在四十八的年龄上模样是不坏了，没有胖也没有秃，几颗老年斑，这样刨刨头发可以遮上，成人大学坚持上下去，总会找着个女人。

一下想到了"标准"。他究竟哪一点合这个年轻（说不定也貌美）女房东的"标准"呢？都是些什么样的"标准"？老柴知道一些，比如，标准之一是非艺术家。艺术家糟蹋环境、闹，白天睡晚上来灵感、吸毒、长头发、爱乱招女人进来等等。标准之二是非年轻人又非老人。之三呢，是非女人。

标准之四是关键时刻能忠实勤恳地帮助沃克太太。

什么是关键时刻呢？老柴想，左不过是挪家具、搬重物的时刻。

一百五十元，老柴一想到就一阵幸福。所有窗子都大半截在地面下，偶尔掠过路人形形色色的鞋。又有什么关系？毕竟只要一百五哇。老柴还从女邻居那儿得到规定：只能在早上七点和下午四点用厨房（老柴的地下室没有炊事设备）。每早上七点把全部植物从露台上搬进来，下午四点再搬出去，每星期三给植物们浇水，每星期日清早去买份报，放在客厅沙发上，老柴对这些条件都"Yes"得爽脆极了。

后来发现他被应允上楼的这些钟点，是从来见不到沃克太太的。有一次他在上到楼梯的最后一阶时，听见大门响，她正巧出去。老柴紧追几步，趴在门的彩色玻璃上往外看，又只赶上一声车门响。老柴认识，那是乔治的车。老柴突然觉得趴在玻璃上、望着车一阵轻烟而去的自己有点惨。

老柴从玻璃上将自己撕下来，钝着眼神，向四周围看。沃克太太并不特别阔绰，客厅的陈设都旧了，看得出十分精美的拼凑。木框缎面的一套沙发，颜色败到最顺眼的程度。地毯是浅褐色，呈着细致古雅的东方图案。到处都是灯，每盏灯只光明很小的一个局部。老柴走过去关掉两只沙发夹角间的灯，他受不了白天点灯的恶习。美国电比中国便宜，就不是恶习了？一本书敞开放在灯旁，他合上了它，却又看见一张纸在书的下面。纸巾被轻微地揉过，折皱那么朦胧。还有些朦胧的湿润，还有一晕浅红。他将纸巾凑到鼻子上，气味很不具体，但存在着。

老柴发现自己捧着带朦胧气息、潮湿和色泽的纸巾在发怔。他忙扔下它，走开，却又马上折回来，将那灯拧亮，书打开，纸巾搁回原位。不懂为什么这纸巾就让他狠狠地心乱一零。从这纸巾上他似乎对沃克太太一下子窥视太多，他不愿她发觉这个窥视。

但那纸巾上的红影和湿意，使他几乎看见了那只揉着它的手。由手延上去，臂、肩、颈，再延上去，是涂了浅红唇膏的嘴唇。

他想把神智岔开，便走到窗前去望马路上的人。这是下班时分，人多了，女人也多。都是些涂口红的女人。他发现口红的色泽是按年龄由浅至深的，女学生的唇色几乎是粉银色，而胖大的老女人，都有浓得不透气的一副红嘴唇。

就是说，沃克太太非常年轻。

窗旁的钢琴从未响过。上面有几个镜框：一对老夫妇，一对不太老的夫妇，还有一个年轻男人。沃克太太的祖父母、父母、丈夫，老柴猜。丈夫是出远门还是离异？或者干脆死了？管它呢。最大的相框里是一大群女学生，毕业相？每人都在大笑，笑是那么透彻，让看相片的老柴也渐渐跟着笑了。那个最苗条含蓄的黑发姑娘是沃克太太吗？老柴又想，管它呢。

老柴搬了所有花和植物到露台上，无意朝一个窄窗口瞄一眼。这窗今天竟开着。老柴顿时明白它总是关闭的原因：这是浴室。

浴室整个是淡绿的，一个极大的淡绿浴池，是椭圆形。浴池上方琳琳琅琅的，细看原来是一些女人小物件垂吊在那儿。两条粉黄的内裤，肉粉色乳罩，浅紫水蓝的手绢，淡白、银灰、浅棕的长丝袜藤萝似的垂荡着。老柴从未注意到女人的内衣会如此好看。怎么老婆没给过他这感觉呢？老婆一向把内衣晾在卧室里，她说要脸的女人不把这些东西示众。他当时觉得挺碍观瞻，那些牵牵绊绊的东西活像用过而洗不净的手术绷带。

怎么会这样好看呢？斜斜地、有致无致垂吊了一杆，每丝小风都摆弄着它们的剔透和精巧……

老柴的嘴半张了许久，一口气衔在那儿，忘了吐，直到舌头被风吹干了。

想到这些细致透顶的东西里会裹着个怎样的女人，老柴猛地缩回舌头：啊呀，坏了。他三下两下搬完花盆，又跑到厨房灶台上去煮面条。灶台上放了只白瓷盘，端正地盛了块自制核桃蛋糕，似乎是给老柴的。老柴却不敢认为是给他的。面条刚起锅，门外传来一男一女的谈笑。

老柴慌得差点泼掉那一碗面。不知是兴奋还是恐惧——沃克太太终于要出现了。若在一小时前，他会准备一个得体的笑，不卑不亢等在那里，然后打招呼、寒暄。现在却不行了，什么因素使他做不到那样了，仿佛他对这个从未谋面的女房东突然间接近太多，并且是单方面的不够磊落的接近，他坦荡不了了。他担心这个不坦荡会被她识破。

老柴在沃克太太和乔治进门的一瞬间下楼去了。

许多天老柴都在懊悔他那天失却的机会。当晚他下班回家，见自己楼下餐桌上放着那盘蛋糕，还有张小笺儿："请尝尝，这一份是专门留给你的。"老柴马上觉得自己太捕风捉影，沃克太太把房东房客的关系处理得很平淡也很正常。她似乎还在楼下逗留了一会儿，沙发旁一只编织的竹筐被拖出来了，几根线头缠得缤纷一团，耷拉到筐沿外。沙发上的装饰靠枕也被撂到了一侧，她是半卧在这一摞靠枕上的。能想象她的姿态多舒适慵懒，老柴略蹙眉笑了。男人对自己纵容的女人都这样笑。他想沃克太太原来并不太整洁，头次为迎接他整洁了那一回。

这时老柴站在一家大客厅里等小费，突然想到，那天沃克太太倚在那儿，倚着编织着，也许是为等他回来。是不是等他呢？是不是她时常到他楼下转转、看看、顺便等他一会儿呢？这一想，他连小费也数不清了。

老柴回到餐馆，那个东北女生小胡问他："走吗？"

他才想起，上礼拜约了小胡一同去看电影。小胡除了人不漂亮，什么都漂亮。风衣比店堂里吃饭的女顾客时髦多了，浅栗色，没扣儿，旧金山的雾里，她行走如启航。

在电影院车场停了车，老柴拉拉小胡手。小胡把脸倚到他肩上。老柴开始亲她，边亲边想，小胡小胡，不过你自己叫叫而已了。小胡的裙子又窄又短，老柴手大，怎么也伸不进去。小胡很合作，唰一下撕开拉链。老柴醒了。

这内裤怎么这样脏、旧、粗、陋？腰上的松紧带松弛了，提示着一切因老而松弛的东西。松弛的地方向下垮去，似乎可以无限垮下去，带一种不美好的邀请。老柴想，这女人为什么让自己的内外存在这么大差距呢？外面不惜工本，里面也太得过且过了。

这时老柴满脑子浮现的是沃克太太的内衣。花穗藤萝般的垂挂一杆，是清澈、纯然的另一种邀请。邀人去怜爱和保护它们。邀人向往却不玷污它们。老柴想，女人的内衣，恐怕象征着女人的实质。女人真正的服饰，是内衣，不是外衣。想到这里，他对小胡的兴致也被扫光了。

看完电影，老柴没按原先相约的那样，带小胡去他的住处。

小胡说："还没看过你的新居呢？"

老柴说："新什么？都快两个月了。"

小胡说："两个月了也没请我去过。"

老柴也纳闷，除小胡之外，他还有一个墨西哥女友，但他从没带她们到他排场、甚至颇雅致的地下室去。总是像今晚一样，在最后一刻他改了主意。

他对小胡叹口气："以后吧。"

小胡说："没他妈的以后了。"然后下车回她三人合租的房里去了。

老柴到家已是夜里两点，一辆车停在车房外的车道上。不是沃克太太的车，是辆深蓝的神气十足也雄性十足的VOLVO740。车房门打开，他仍然无法将车停进去。VOLVO盘踞得太横蛮了。老柴极爱惜自己的车，决不肯让它在路边停一夜。他想这VOLVO实在王八蛋，不禁朝那寒光逼人的车身踹了一脚。再想踹狠些，警报"呜"的一声钻出来。

老柴猛缩回身子，几家灯亮了。沃克太太卧室的灯也亮了，伸出一个头，并不是沃克太太。

"你是谁？"伸出头的男人问。

"我是沃克太太的……"一急，老柴忘了房客的英文单词。

男人头缩回去。听一阵响动，他已从大门出来了。老柴马上用乱打疙瘩的英语解释了情形。

男人狐疑地："我怎么可能堵了你的路呢？"

老柴不吱声，心里却抢白：还不是你急着进去风流，车也来不及停稳当了。

男人身上是一件女人浴袍，刚至大腿。领口露出那么多曲蜷、浓密的毛。

老柴又想到那些内衣：柔细得似有若无，怎么禁得住这么个毛森森的家伙！

回到地下室，老柴坐在沙发上，也不开灯，身体或内心，不知哪里在作痛。

木楼梯上传来了对话。沃克太太细声细气在问事由，男人翁声翁气地解释。两人笑。又是开冰箱，瓶盏相击的声音。楼梯顶端一团绒乎乎的光晕。老柴的眼睛下意识盯着它。光晕两头是两盏淡酒，酒杯上是两双传情、挑逗的眸子。接下去，接下去……老柴闭上眼，把那团光晕关闭在知觉之外。

静了。老柴却能感觉静中那隐晦的声响。声响在钝钝地震着楼和老柴。

突然地，老柴跳起来。他从未见过自己如此愤怒，如此绝望。如此没有来由的愤怒和绝望。他几乎冲上楼，对楼上的人们喊："请在楼梯上装一扇门！"

那是老柴一生中头一次失眠。

接踵而至的失眠之夜使老柴对自己不懂了。

他常看见那辆深蓝VOLVO泊在房子附近，有次竟停在本该属于租赁之内的后院。院子那么小，几棵旱芦苇被压倒了，白的芦絮涂了一地。然而，却能感觉到快乐和活泼起来的沃克太太。

深蓝VOLVO不再来了，消失得那样断然。老柴买了一些花籽，用了整整两个下午把它们种下去。这事他在交房钱时问过女邻居。

"你会种花？"

"我是搞园林设计的，在中国……"

"棒极了，沃克太太一定高兴的！她说不定会付你一些钱！"

老柴紧张地笑笑，直说不要钱，不要钱。

老柴在点最后一撮花籽时，听见楼上什么轻轻一响，那是窗子被打开了。老柴脊梁一硬，四肢动作马上变得很夸张。沃克太太在那儿，看他，含着笑。老柴想，这时回头，便会和她照面，最自然不过了。但他对这个"自然"毫无把握。这些天他精神上对她一刻不放松的追踪、盘查，使他不可能不在对她的头一个笑中带出对她的态度。这态度便是对她的干涉。

他干吗要干涉她呢。他们一个房东，一个房客，他有什么权力干涉她呢？

就让她在那里看吧。她怪寂寞的，没蓝VOLVO了。她不会看多久的。果然，当老柴去引水浇花时，开着的窗口空了。

头一批花开了，老柴在院子里发现了一个带浅红唇膏印的杯子。这个浅红印痕非常完整，像个月牙儿。老柴想到沃克太太一定是看着花笑了，白瓷杯子上就印了这个笑。他拿起杯子，直等到下午四点——规定他可以上楼的时间，他才将它搁回厨房。

沃克太太照例不在。老柴已知道她这段时间去洗热水浴，和女伴或者男伴。

老柴搬完植物，听见浴室有滴水声。他同样受不了人糟蹋水。他进去拧紧了水龙头。这是老柴头次走进这里。这里很有趣。老柴也说不上什么有趣。马桶边有个木架，上面插满杂志、女人读物；浴池边有几个玩具，会戏水的那种。但不止这些。一种老柴从未嗅过的气味，他说不出这气味是好还是不好，他身体深处被它引出晕晕的激动。

这时他看见淡绿的地面上有一摊浅粉色，是条半透明的丝质衬裙，但老柴并不知它的名称和功能，只明白它是女人最体己的物件。淡绿地面上，浅粉像浮在一汪水上。它那么薄，那么柔软，老柴觉得它是一个好看的身体蜕下的膜；那身体一点一点蜕下它，它仍保留着那身体的形与色，那光洁和剔透。

身体深处的激动变成极度的燥热。他觉得应该马上离开这里，否则会有危险了。什么样的危险，他完全不知道，但魅惑与危险总是相距不远。

他却拾起了那条衬裙。它竟是真实的，物质的它竟有质感。它凉滑、缠绵的质感那样不可捉摸,像捧了一捧水,它会从他指缝流走,然而他却不敢用力去捉摸它,生怕毁坏了它。

他不知如何是好地捧着它。那不可名状的危险直逼而来。

等楼下的刹车声、女人哇哇哇哇的谈笑声进入老柴的感觉时,他对那危险便突然有了种理解。

老柴以全速离开了浴室,回到自己的卧室,并关严房门。定定地站了许久,他才感到自己不是空着手,他手里仍握着它。它不再凉滑,被他的手汗渍湿,皱缩成一团。它不再有挣扎溜走的意思,那样娇憨依人地待在他的把握之中,老柴忽然想到,自己四十八岁的生命中头次有了这么个东西。他凑近,嗅了嗅它,没错,浴室那令他失常的气味中便是混合了它的气味。

他完了。现在他已经清楚那危险的意味:这是比纯粹的偷窃要糟糕许多的行为。

那天晚上上班,老柴几回把地点跑错。他在想如何把那条衬裙不露痕迹地送回去。沃克太太不一定记得她在哪里脱下了它,她不是有条理的女人。或许可以把它塞到那个杂志架后面,冒充是被一顺手甩进去的。无论如何,这事得趁早,否则万一和沃克太太照面,他神色一定藏不住他的亏心。

而当晚老柴却收到他离了婚的老婆的明信片,说要来旧金山办事,要到他这儿来和他"挤一挤"。老柴挑准一个她绝对不在家的时间,在她答话机上留了话,告诉她"挤一挤"是不可能的。"挤一挤",他心里对这词的反感和排斥十分强烈。

老婆马上有了反应:"你是不是有女朋友了?!"她"哈罗"都没有,上来就这样问。

"没有。"

"我不信!"

老柴不做声了。他真的没有能称上女朋友的女人。

"知道你闲不住!"老婆说:"我明天下午三点到,给我准备个硬点的枕头。"

老柴急了,脱口而出:"我是有女朋友了!"

"……你们住一起?"

"嗯。"

他让老婆把他损够。"可以住两天旅馆。"他说。

"你出钱?"

"嗯。"

到时他从机场接了老婆,将她送到旅馆。旅馆价低,因为它和任何交通都不沾边。老婆四下看看房间。

"没良心的——把我扔在这老荒地算完啦?!"

老柴笑笑,急着要走。

"没良心的——你不准走,你走了我怎么出门?"

老柴赔小心地问:"咱俩不是完了吗?"

"没完!我跟你个没良心的没完!"老婆哭起来。撇下两只嘴角,直着一股嗓门。他从未注意到她的哭声哭相这么恶劣。他想到沃克太太的哭泣,只是一张湿湿的纸巾。

老柴递给她一张纸巾。她用它山响地擤了泡愤怒的鼻涕。

老柴到底还是陪了老婆两天,尽心地为她开了两天车,带她逛商店吃馆子,听她叫了他两天"没良心的"。

老婆临上飞机时问他:"她什么样儿?"

他两眼空空,心也空的。却奇怪地出来一种美满。

老柴回到家,慌急地去打开壁橱,衬裙却不见了。不会错,他是仔细将它挂在最靠里的角落,并用手抚平了它的所有折皱。他傻了。他手指抽风一样翻着壁橱里所有衣服,它的确没了。似乎它原本就缥缈的存在,此时便化为了乌有。

老柴发了一身猛汗。他开始里外到处找,想找到张字笺。像她一贯做的那样:"谢谢你种的花!""谢谢你替我倒了垃圾!""谢谢你修好了车房的灯!"……起码该有张字笺的,就是严苛的斥责或鄙夷的谩骂,被写在这些浅黄、粉蓝、淡红的小笺上,他也会受得了。什么都没有,是他最难接受的完结。

他无意中碰到了那只扁肚陶瓶,早已干了的旱芦苇顿时落下白絮。老柴看着它,它也有知有灵。

老柴找到了女邻居。

"听沃克太太说,你们相处得很好!真高兴,难得有相处很好的房客和房东……"

老柴笑笑。他在肚里措辞,怎样把退租的意思讲得肯定而婉转。他闯下的祸,葬送了的确蛮好的一段交往,虽然连正式照面都未来得及。他得识趣走开,不然以后的交往会艰难之极。

女邻居弄懂了老柴的意思后很愕然。

"沃克太太身体很弱,你要谅解她有时脾气古怪……"

"不,她脾气很好!……"

"她真的觉得与你相处得十分开心,你对她很关照,给她这么多安全感……"

老柴惭愧地笑着,仍坚持要退租。

女邻居闷了一会。"……她又得找另一个房客。万一处不好?……可怜的,没有多少时候了。"女邻居声音黯下来。

老柴警觉了。女邻居告诉他,沃克太太得的是绝症,已经三次手术了。老柴不知该说什么。怪不得那深蓝 VOLVO 突然就消失了;怪不得那些男友只与她紧密接触,却从没有真正陪伴过她。

老柴很快找到了另一个住处，一星期后就搬过去了。他只祈祷上苍在走前不要让他与沃克太太照面。双方都已明白出了什么事，见面作哪种脸呢？尤其老柴，拿不出任何一种脸去面对她。

下班回来，已是午夜。整个街区的电断了，大概跟晚间那场暴雨有关。老柴摸黑进屋，忽然听见有人叫他，是沃克太太。老柴应着，顺声音走过去，发现她坐在楼梯上。

正如他一贯听到的那样，她声音很细，像个小女孩。她说刚才听说他退了租，就要搬走，她下来看看他，却碰上断电，便不敢动了。

"那我回去了。"她说，"真黑呀。"

他向前赶一步，恰巧抓住了她的手。又似乎是被她的手抓住。她手很凉，并有些抖颤。但它纤软光润，是一只古典而年轻的手。

"哦谢谢。行了，我可以自己走了。很遗憾你要走。"

老柴没有讲话。假如他也说"很遗憾"之类，就要被她看成无耻之徒了。你还遗憾什么，你糟蹋了这机会。他没有勇气张口。两个人都是知道谜底的，她如此说不过是表现一下宽容，她有资格宽容。而他有资格表示什么呢？她不来揭露他，他一张口，便是自我揭露。他心里是真实的遗憾，对自己的人格遗憾：做出一件被公认下作的事。而扪心自问，他却没有下作动机的。

她缓慢地拾级登上去。他的视觉已适应了黑暗，开始看清她的影子。果然也是秀丽轻盈的。

他说："晚安。"

她回道："晚安！再见了！"

却不知怎么一来，她倒下了。轻得像一片绸子的坠落。四十八岁的老柴竟有如此的敏捷，在她彻底落地前接住了她。她像是昏迷了。

老柴不知所措了一阵，将她抱起来。她的厚晨衣敞开了，里面正是一件随时要消融的、似有若无、魇一般的睡裙。它使它之下的肉体加倍地质感了。老柴的心跳得轰轰轰，两只手吮吸一般汲取那似乎在滑走的肌肤、那似乎会飘逝的触觉。她离他这样近。老柴想起了浴室的气味，那无从推敲的气味中正是混进了这生命淡淡的腥气。

老柴将她抱进她的卧室，搁在她的床上。他觉得自己心的轰鸣就要惊醒她了。他摸摸她的额、鼻子和嘴唇，又摸摸她的脸颊和脖颈，他觉得自己的手决不肯停在她的脖颈上。一股要做蠢事的冲动使他喉口也哽噎起来。他不会干得太蠢，像所有男人对他们渴望极了的女人那样。他舍不得对她那样干。只是挨着她躺下来，让她身体上每一个柔软的弧度都吻合到他身上，让他毛糙粗硬的手生平唯一一次品味那些弧度的细腻，让他的手在这层薄绸上摩挲，就够了。

灰色的天空中，已能看得见她的长发，她面孔的大致轮廓。他慢慢朝她伏下去，而撑着他体重的两臂剧烈地抖起来，他素有的好恶观念在做最后的扯皮。

是老柴打电话叫来了女邻居和乔治。他们告诉他没有关系，她不久会醒的。

老柴回到自己屋，见楼上亮起烛光。他和衣上床，仰面躺着，想不起在哪里爱过，也想不起在哪里失落一个爱。两行泪爬出来，流到两耳的拐角，冰凉地蓄在那里。

他不记得自己是否睡着。直到太阳升得很高，他才疲疲沓沓起床。他开始收拾行李，衣服也不高兴叠，横竖地扔进箱子。他还是把那件他从来不舍得穿的毛料大衣仔细从衣架上摘下来，就在这一瞬，里面露出一缕浅红。竟是那件失踪的衬裙。

难道他把它藏得太森严。连自己也找不到了？或许，是沃克太太藏的？是她理解、同情、并纵容这行为吗？……不会的，一定是他自己干的，真是自己么？……

他把行李装上了车，回到屋里做最后巡视时，看见一页字笺："谢谢你，谢谢你做的一切。别了。"还是那样素洁，却透着一种悲凉。

他像老了一样缓缓转身，缓缓走出去。在他哆嗦的视觉中，还是个如常的太阳。

（选自《严歌苓自选集》，山东文艺出版社 2006 年版）

谌 容

人到中年

载《收获》1980年第1期。

眼科大夫陆文婷,已是"人到中年"。在年复一年的超负荷运转中,她突发心肌梗塞,濒临死亡。

在弥留之际,她断断续续忆起许多往事。记得在这天上午,她做了三个手术:焦副部长的白内障摘除、王小曼的斜视矫正、张老汉的角膜移植。从8点到12点半,整整四个半小时,她坐在高高的手术凳上,聚精会神地操作。中午在下班回家的路上,她突然感到实在支持不住了,幸好她的丈夫傅家杰骑车回家时看见,把她搀回家中。他们一家四口,生存空间狭窄,家务重,陆文婷为了支持丈夫搞科研,建议他到研究所去住一段时间。这天中午傅家杰想起劳累不堪的妻子,心里过意不去,于是蹬车回家,没想到妻子会陡然发病。他到处找车送病人上医院,都没成功,最后急得到路中央拦住一辆小卡车,好心的司机救了他的急。

陆文婷人事不省地躺在病床上,脑子里出现了隐隐约约的幻影。她从小孤苦伶仃,幼年父亲出走,母亲在困苦中把她抚养成人。进了医学院,她刻苦攻读。毕业分配到一家历史悠久的名牌大医院后,她又甘心情愿地接受院方的苛求:先当四年住院医生。在此期间,必须24小时待在医院,不能结婚。然而生活总是出人意料,傅家杰因眼病来住院,恰好是她负责的病人,她的精心治疗唤起了他的另一种感情。在四年住院医的独身生活结束后,陆文婷与傅家杰结了婚。

望着奄奄一息的陆文婷,眼科主任孙逸民的怜悯之情油然而生。他回忆起18年前,这个女大学生是怎样以她的朴实、深沉、敏锐而被自己选中到该院眼科工作的;她又怎样以刻苦钻研业务，兢兢业业、认真细致的工作，使他认定"她是一个很有希望的眼科大夫"。如果凭考试晋升，她早该是主任级大夫了，可实际上她还是18年一贯的住院医。社会上某些人并不把他们放在眼里。记得有一天，赵院长把陆文婷叫到院长办公室，要她为焦副部长做白内障切除术。焦副部长的夫人秦波那两道冷冷的目光和提出的一系列与治病本无关系的问题，分明表示出对陆文婷的不信任、挑剔和轻侮。在"文革"中，焦副部长被打成叛徒，右眼看不见，陆文婷顶住造反派的压力给他做了手术，因此而背上"包庇叛徒"的罪名。这次，陆文婷也没有把替焦副部长做手术看做是不可多得的荣誉，没把"马列主义老太太"秦波的刁难，视为难以忍受的凌辱，她对病人一视同仁。

为了她的工作，她曾经顾不得照看在托儿所患了急性肺炎、发着高烧、哭喊着要回家的小女儿佳佳，顾不上满足佳佳希望扎上两个小辫子的小小要求。不论酷暑和严寒，陆文婷每天都往返奔波在医院和家庭之间，放下手术刀拿起切菜刀。她常常不能按时下班回家，让丈夫吃上一顿现成的晚饭。12平方米的斗室里，除了床只能放下一张三屉桌。两个人的工资都是56元半。园园需要一双白球鞋都买不起。平时她顾不得多想这些，只在这弥留之际，她才为此感到无法弥补的遗憾，希望丈夫原谅自己对他照顾太少，凄切地嘱咐丈夫"给园园……买一双白球鞋……""给佳佳，扎，扎小辫儿"。

陆文婷病倒的前一天晚上，她的好友姜亚芬和她的爱人刘学尧大夫，自带酒菜到陆文婷家举行告别宴会，他们就要离开祖国去加拿大定居了。这是一次含泪的晚宴。刘学尧满腹牢骚却说出了许多发人深思的大实话，道出了这一代中年人的悲苦。他1957年大学毕业时差点成了右派，"文革"中因父亲侨居加拿大而被当作"特嫌"，在快50岁时，竟要远离自己所热爱的祖国而去。亚芬在候机时匆匆给陆文婷写了一封诉说衷肠的信，她用这封信把心留在了文婷身边，留在了自己亲爱的祖国身边。

一个半月后，陆文婷奇迹般地活过来了。出院那天，赵院长亲自向行政处要了一辆黑色的小卧车来接她。她靠在丈夫的臂上，沿着医院长长的甬道，迎着朝阳和寒风，艰难地一步一步朝门外走去……

王　蒙

蝴　蝶

载《十月》1980年第4期。

在由山村返回北京的途中，张思远副部长坐在北京牌越野小汽车里，浮想联翩。车外的景物不断变换，望着这些景物，张思远的思绪也如翻飞的蝴蝶一样，飘忽不定，忽东忽西。30 年的往事，30 年的风风雨雨，时断时续地浮现于他的脑际……

1949 年，经历了艰苦斗争的张思远，进入了刚刚解放的城市，并担任了军管会的副主任。他是一个 29 岁的"老革命"，充满朝气和活力，在这个城市里，他就是"党的化身，革命的化身，新潮流的化身"，"威信和权力的化身"。后来，在工作中，他和教会学校学生自治会主席海云认识并相爱了。海云是一个 18 岁的纯真善良、热情活泼的姑娘，她把张思远当做党的化身，"爱慕他，崇拜他，服从他"。于是海云中学没有上完，他们就结婚了。然而，他太忙，对海云既缺少关照、爱护，也缺少深刻的了解，连孩子病重也顾不上回家，终于，第一个孩子死了。此后，他们立即变得陌生了。1956 年，他升任市委书记，但是他和海云的关系仍弄不好。在 1957 年的那场风暴中，海云因宣扬了"反党小说"被揪了出来。在海云需要关心安抚的时候，连海云犯了什么"错误"都不清楚的张思远，却"立场坚定，铁面无私"地斥责、教训了海云。他们的关系终于酿成了悲剧：他们离婚了。和海云的离异，也造成了他和儿子冬冬的隔膜。后来，在"文革"中海云又重新被揪斗，终于自缢而死。

来填补海云留下的空缺的是美兰。美兰是"一条鱼"、"一只雪白的天鹅"、"一朵云"、"一把老虎钳子"，她紧紧地钳住了张思远的地位和权力。她总是把"为了你的工作"挂在嘴上，牵着张思远的鼻子走。张思远"逐渐适应了，喜欢了美兰给他安排的舒适而又合理的生活"。可是就是这个美兰，当"文革"风暴到来的时候，却又像一朵云一样地飘走了。在张思远被投入监狱时，美兰办了离婚手续并带走了他的全部家产。

多年来，张思远主持这个市的工作，"他就是城市，他就是市委，他就是头脑，心脏，决策"。他虽然看到了"位置比人更重要"，也怕失去位置，但是，他从未想到自己能离开市委，市委能离开他。然而，"文化大革命"的风暴来临了，张思远也被当作走资派、叛徒、"三反分子"揪了出来。他仿佛做了一个噩梦，像"庄生化蝶"一样：一个钻山沟的八路军干部，化作了市委书记，又化成了一个被批斗的活靶子，又化成了一个囚犯，又化成了一只被遗忘的寂寞的蝴蝶……像三年前被莫名其妙地投入监狱一样，1970 年张思远又被莫名其妙地释放了。他无家可归，也不想等一个"人民内部矛盾"的结论，1971 年初春，他到儿子冬冬插队的山村落户，他需要活下去，需要思考。

他作为一个"白丁"来到山村，在自食其力的劳动中他发现了"自己"，而且他发现了自己的智慧、觉悟和希望，也看到了人们对他的尊敬。这时，他才恍然大悟。过去，他到处受到尊敬，然而，那是对市委书记的却不是对他张思远的。而现在农民同情他，信任他，尊重他，才是对张思远自己的。1975 年 4 月，张思远又被安排为"新生的红色市委"的第二把手，1977 年升任省委副书记，1979 年任国务院某部副部长。

张思远在山村的时候，曾认识了女医生秋文。秋文是一个大学毕业生，在复杂的生活和严峻的环境中成长起来。她的丈夫1957年被打成右派,她被迫划清界限,带着小女孩来山村落户,用自己的医术为农民服务,并等待丈夫被昭雪。1977年她的丈夫死在劳改队。在山村时,秋文为他治过病,他们有交往,他发现秋文很坚强,有见识。他这次重返山村,目的之一就是想探求一下他们俩生活在一起的可能性,同时,也想让冬冬回到他的身边。他回到了山村,山村似乎还是老样子,但也有变化和转机。乡亲们对他仍是那样热情,各家都邀请他去吃饭。他们都知道他升了官,可并不把他当作"上级看",仍旧称他"老张头"。他回乡村的目的没有达到,秋文不愿意跟他去做部长夫人,她要留在山村做一个乡村医生,她希望他"多为人民做好事,不做坏事……";儿子冬冬也不愿意跟他到北京去做"高干子弟"。冬冬是在"文革"中成长起来的一代,家庭的变故和社会的动乱,曾损伤过他幼小的心灵。他在思考着生活和人生,他要选择自己的道路,而不愿走在前一代人的脚印上,他不想做个守业者。

张思远又回到了北京。他的责任感使他无法去做不把人民放在心上的"官",他要牢记人民的嘱托:"别忘记我们,心上要有我们……"他发现在昨天、今天和明天之间,在父与子之间,在山村与部长楼之间,在"老张头"与副部长之间,存在着一座桥、一种联系,要使这座桥坚固而又畅通无阻,他必须为明天努力工作。

蒋子龙

赤橙黄绿青蓝紫

载《当代》1981年第4期。

20世纪80年代第一个春天的一天早晨,靠近第五钢铁厂门口有个煎饼摊分外引人注意,大白伞下立体声收录机播放着轻音乐,价格也比别处便宜。摆煎饼摊的刘思佳和何顺是该厂运输队的司机,用何顺父亲的执照,上班前做一阵买卖。离上班还有十分钟,厂党委书记的轿车被煎饼摊挡住了道,书记祝同康听司机说摆摊的是本厂职工,烦躁地一挥手:"倒回去,从后门进厂。"

刘思佳卖煎饼一事,使祝同康十分为难。各车间纷纷打电话询问党委的态度,担心此事在职工中产生消极影响。祝同康决定把运输队副队长解净找来了解情况。解净是他一手提拔的最年轻的中层干部,粉碎"四人帮"之后,她主动要求去基层:去车队。时间还不长。厂秘书却告诉他，解净刚去时，刘思佳他们整她，现在她跟他们一起抽烟喝酒，穿衣打扮也学他们一套。祝同康听后大吃一惊，更想立即和她谈一谈。

解净是一年前到车队上任的。运输队队长田国福把她介绍给大家后，何顺等几个调皮捣蛋的青年就把她奚落一通。年轻女司机叶芳请解净抽烟，她说解净是个单颜色的大姑娘。叶芳的话引起解净的思考。这时刘思佳让解净跟他一起出车，叶芳要一起去，何顺也抢先坐到车上。车开往郊外拉白灰，赶上大风天，何顺让解净下去指挥装车，弄得她满头满脸的白灰粉末。在回去的路上，何顺又故意侮辱她，她一气之下，在中途下了车。幸好叶芳知道此事后开车把她接回。经过一些折腾，解净感到自己要不被生活淘汰，必须学会一技之长，要掌握真实的而不是虚假的本事。于是她拜叶芳为师，学习开车。现在只差一次路考，她就能取得正式的驾驶执照了。

祝同康与解净的谈话进行得很不融洽。解净穿着西服，还学会了抽烟，祝同康感到自己一手培养起来的青年干部突然变得陌生了。他要运输队对刘思佳卖煎饼的事件拿出一个处理意见，解净却问他以什么为依据，并以此事出发对工厂管理方面的问题提出一连串的诘问，祝同康无言以答。解净拒绝了祝同康要她重回科室的建议。

刘思佳把卖煎饼赚的37元4角钱给经济困难的老司机孙大头送去。刘思佳的父亲是电工技师，母亲是技术员。"文革"中学校停课，父母怕他闯祸，把他关在家里教他电工技术。1972年，刘思佳中学毕业后分配到第五钢铁厂当了汽车司机。恢复高考制度后，他补功课又来不及。他感到命运不公平，看不到自己的前途，便和何顺他们吃吃喝喝，胡打胡闹。他肚里有许多道道，但无处施展，更不愿毛遂自荐，低声下气地去汇报思想。他画了一张改进管理工作的"八卦图"，故意扔在办公室的地上，看解净识货不识货。

解净从党委书记那里回来，司机们都关心事情的结果，解净却若无其事地打发大家出车。她把"八卦图"修改放大后张贴出来，并宣布总工程师决定从技术改造措施费里拿出50元钱奖励作者，请大家帮助打听一下，叫作者来领奖。其实，她已经猜到这是刘思佳画的。刘思佳看到这张画后大吃一惊，因为他的"八卦图"经过修改，已成为一张水平更高、更精细的科学管理图表了。他感到对解净不可等闲视之了。

解净跟刘思佳的车去运油，在车上，他们进行了一场思想上的短兵相接。他们从卖煎饼的事谈到了人生价值。解净分析了当前有些青年对于自己不了解的事情偏要挖苦，自命不凡，嘲笑一切人，这是很可怜的，他们是用玩世不恭掩饰自己的智短才疏和浅薄空虚。解净的话击中刘思佳的要害，也伤害了他的自尊。他震动了，但并没有折服。汽车开到油库，一辆汽车着火，油库安全受到严重威胁。解净冲了上去，刘思佳把解净推下汽车，把车开进水坑，自己跳了下来，避免了一场更大的事故。

下班前，党委办通知刘思佳，祝同康陪油库领导要到运输队看望他和解净。解净起草了一份起诉书，请刘思佳签名联合指控油库领导的失职。刘思佳终于说出了他卖煎饼的动机，就是要惹恼领导，让他们主动找他谈话。解净建议他和祝书记好好谈谈。这时书记和油库领导来了，刘思佳和解净走出休息室，嘴里哼起了自编的那个小调：

赤橙黄绿青蓝紫，
生活好比万花筒。
为人应该怎么办？
主意就在我心中。

路遥

人 生

载《收获》1982年第2期。

高家村高玉德当民办教师的儿子高加林刚从公社开会回来，他沮丧地走进家门告诉爹妈，自己的民办教师被大队支书高明楼的儿子顶替了。满屋里一片死气沉沉，三个人都陷入了难受和痛苦之中。

高加林是一个有理想、有抱负的农村青年。县立高中毕业后没有考上大学，回到农村当民办教师已经两年了。他工作得很出色。可是正当他干得挺起劲的时候却被人顶替下来了。高加林的父亲高玉德是个老实巴交的无权无势的农民，高加林无奈只能忍气吞声回家当农民。

同村的姑娘刘巧珍是村上"二能人"刘立本的二女儿，她的姐姐嫁给了高明楼的大儿子。美丽善良的巧珍对加林的感情已经埋藏多年了，她虽然没有文化但心气不低，精神方面的追求很不平常，决心选择一个有文化、在精神方面很丰富的男人做自己的伴侣。她看中了高加林，但她觉得加林当上了民办教师自己配不上他，便没敢向他表示。现在看到加林又回乡当农民了，压抑在心底的爱情再也压不住了。有一天高加林进城卖馍，她看见他实在没有勇气拉下面子，便主动帮他卖了馍，并在回家的路上向加林倾吐了心底的爱情。

两个农村青年相爱了。在高加林的嘱咐下，巧珍开始刷牙，却遭到父亲和村里人的非议。

在众目睽睽下，高加林和巧珍到县城买来漂白粉净化井水。这场小小的"卫生革命"竟在高家村引起一场轩然大波。

正在这时，高加林在部队当师长的叔叔转业回来当了地区劳动局长。这时，经手让高明楼的儿子顶替高加林的原公社秘书、现县劳动局副局长马占胜，主动给高加林办了进城手续，让他到县委机关当了一名有公职吃商品粮的通讯干事。高加林依依不舍地告别巧珍来到了县城。

这一意想不到的机遇给高加林提供了施展才能的机会。他如鱼得水，在抗洪抢险的通讯报道中表现得很出色，受到了各方面的赞扬，成了县城里引人注目的人物。这时高加林的中学同学、县委广播站的播音员黄亚萍中断了和男朋友张克南的爱情关系，与加林相爱了。这使高加林很彷徨：他感到与黄亚萍在一起有共同语言，有人生乐趣，况且黄亚萍的父亲即将转业到南京，如果和她确立了关系，就有可能调到南京工作，活动的天地就更宽广了，而一想到巧珍他又不由得心直打颤。权衡一切后，他决定忍痛割舍巧珍，和黄亚萍确定了爱情关系。

高加林托人找来了巧珍，两人在大马河畔相见了。当高加林支支吾吾说出自己的意思后，巧珍忍着痛含着泪答应了。巧珍回家后一下子病倒了。这时，先前遭到巧珍拒绝的农民马栓又来求亲了，刘立本不敢再答应，而巧珍却出人意料地应允了，而且要求按老习俗尽快完婚。在出嫁走出村口时，巧珍忍不住回望高加林的家以及她和加林约会的地方，泪水再一次涌了出来。

高加林和黄亚萍开始了新的恋爱生活。不久高加林又被派到省城记者培训班学习，前途不可估量。

正当高加林踌躇满志之际，张克南的母亲为了泄私愤，向地区纪委告发了高加林走后门当干部的问题。这事正赶上纠正不正之风，他叔叔没有出面予以干涉，县委常委会很快做出了让高加林回原地务农的决定。

高加林兴冲冲地从省里回来，没想到等待他的竟是清退的命运！由于地位的变化，他中断了与黄亚萍的爱情关系，嘴里含着苦涩的味道跨出了县城。

高加林回乡了。在人生的道路上他走了一个大圆圈又回到了原来的起点。当他走到与巧珍分手时的大马河畔的分路口时，猛抬头看见他所尊重的同村的德顺爷爷正蹲在他面前。高加林扑在德顺爷爷的脚下，两只手紧紧抓住黄土地上的两把泥土，沉痛地呻吟着喊叫了一声："我的亲人啊……"

李存葆

高山下的花环

载《十月》1982年第6期。

我到哀牢山某步兵团三营采访,与出身于革命军人家庭、在自卫反击战中荣立一等功的教导员赵蒙生相识了,他怀着十分沉重的心情为我讲述了如下的故事——

1978年9月,我离开军政治部宣传处,来到驻扎在深山的九连任指导员。其实,我扮的是"客里空"角色,演的是"曲线调动"的戏。

九连是全国军训先进连,训练很艰苦,生活也很艰苦。由于不能吃苦,我已两次写信向妈妈告急,要她加速调动。任军区卫生部副部长的妈妈每天向师里打电话,催调我去军区新闻科,当摄影记者。我天天盼调令,苦熬硬撑到10月底。连长梁三喜是来自沂蒙山区的农民后代,他纯朴、正直,对工作认真负责,生活十分俭朴。他爱人要生小孩,他的休假报告早已批下,但见我这样,只好推迟归期。10天后,当我终于拿到调令时,部队却奉命要上前线了。一向对我宽宏的梁三喜突然暴怒了,让我"滚蛋",众口啐我是"逃兵"。在这种情况下,我没敢退却,只好随军出发。前沿阵地更艰苦,我想临阵脱逃。妈妈是雷军长的救命恩人,战斗即将打响时,她给前沿指挥所通了电话,要求马上调我回军部机关。没想到雷军长在全师动员大会上,当众甩帽,骂娘,痛斥"贵妇人"此刻胆敢给儿子走后门,并声言,要让她的儿子第一个去炸碉堡!一阵狂热的掌声,送来了嘲笑、耻辱、鞭答!我的自尊心被唤起,为捍卫将军后代的尊严,我咬破中指用血写下了战斗誓言。

战幕拉开了。九连是打穿插的尖刀连。战前刚被提升为副连长的"牢骚大王"靳开来,带领尖刀排为全连扫雷开路。由于缺水,在战友们干渴得几乎晕过去时,他用自己的生命换来一捆甘蔗。17岁的司号员小金,为了帮助战友超负荷背运装备,不幸累死在穿插途中。补到九连才两天的小战士"北京",在战斗中有胆有识,但两枚"批林批孔"时期生产的臭弹使他死于敌手。连长梁三喜在战斗中知人善任,机智果断,但为掩护我不幸中弹身亡。我凝视着从他口袋里掏出来的一张血染的620元的欠账单,发疯似的哭着。在最后孤身闯入敌人暗堡消灭残敌时,我也负了伤。

凯旋后,团部唯独不给靳开来烈士授功,有人对他的"牢骚"还耿耿于怀。我把我的一等功军功章双手捧给他的妻子和他四岁的男孩。我妈妈坐着丰田车来看我了。徒步百余里、啃着干粮的梁大娘和梁三喜的爱人韩玉秀抱着出世已三个月的盼盼也终于来了。

他们遵照梁三喜的遗嘱,带着附有账单的遗信赶来了,要用烈士的抚恤金偿还欠款。我和妈妈震惊地得知那不知姓名、人称"北京"的烈士,正是雷军长唯一的儿子时,心里惶惑不安。我从梁大娘带的一张旧照片又惊喜地发现,梁大娘就是在战争年代哺育过我的"母亲",梁三喜和我就是这张旧照片上的大猫和小猫。妈妈也和多年断绝联系的梁大娘相认了。梁大娘要走了,拒收我给她的500元钱,却留下包括抚恤金在内的620元还账。沂蒙山区的祖孙三代就这样走了。妈妈已意识到自己的过错。我愈加感到不知欠下人民多少情!我怎么能用烈士的鲜血打扮自己,让记者吹嘘自己是"将门虎子"!

赵蒙生讲述的故事深深地打动了我。他带领着九连和我,把用鲜花编成的花环敬献在烈士的墓前。

邓友梅

那　五

载《北京文学》1982年第4期。

那五出生于满清末年内务府一个显赫的官宦家庭。其父福大爷七岁就做了"乾清宫五品挎刀侍卫",但他唯一的能耐,只会在声色犬马的生活中将祖产像切豆腐似的一块块发卖。那五自幼混迹纨绔子弟之中,只会斗鸡走狗,听戏看花,福大爷死后他便成了舍哥儿。

那五的爷爷晚年收房一个丫头,名叫紫云,老太爷去世后她分院另过。紫云出身佃户,自小勤俭惯了,倒把房产守住了。她招了一户房客,是一位姓过的大夫。过大夫只夫妻俩,太太有个痨病底儿,紫云以照料她为乐事,两人情同姐妹。过太太见紫云心好,便跪求紫云在她死后照料过大夫,紫云虽然应允,但提出与过大夫结为兄妹,人们从此称她云奶奶。

听说那五落魄,云奶奶要接他来同住。那五放不下架子不肯去,可不几天他又主动找上门来。原来他上了人家的当,弄得连衣服都当了,只好投奔云奶奶。尽管云奶奶拿他当凤凰捧着,那五还是耐不住那寂寞,受不了那贫寒,便通过索七认识了《紫罗兰画报》的主笔马森。马森见他对梨园界很熟,就聘他当记者。那五利用这身份,学会了玩弄欺诈。不久,又结识了一个言情小说作者"醉寝斋主",又学到了买卖小说稿子,骗取名利的伎俩，并以一百元大洋买得一部武侠小说稿《鲤鱼镖》，随后又以一百元大洋请了一桌客，小说便以"听凤楼主"为笔名见报了。由于小说牵扯到八卦和形意的门户之争，惹恼了形意派名师武存忠。武给《紫罗兰画报》寄来恐吓信，扬言要砸报馆，吓得那五忙去磕头求情。武存忠豪侠仗义，见那五服软便消了气，并劝他拉下脸面，凭劳动吃饭，跟同他打草绳。但那五认为自己是金枝玉叶，不愿落魄卖苦力。

那五只得回到云奶奶处。云奶奶责备自己没有照顾好他。可那五仍不安生，通过醉寝斋主，又结识了读书艺人贾凤楼、贾凤魁兄妹。他们串通一气，捉弄一个暴发户的阔少爷。此人姓阎，见凤魁有姿色，凭着手里有钱便想"嫖"她。贾凤楼要那五装阔捧角儿，与阔少爷斗富，从骗来的钱中分利。斗闹了十多天，惹动了一伙劫贼，那五被绑了票，连衣服都被剥光。他在寒夜中冻了半宿，天亮才遇上一个拉胡琴的旧相识胡大头。胡大头带他到武存忠家，武又劝他洗心革面，不要再玩蒙拐骗，并借给他衣服，由胡大头送他回家。

日寇投降后，云奶奶已是当空卖空，生活更艰难了。那五不得不去茶馆清唱，后又到电台去播音，由此，倒有了些听众，被南苑机场的业余剧团请去教戏。解放军围困北京，那五见势不对，经过一番周折，又回到云奶奶处。

北京解放后，原国民党军政人员都可得到安置。那五也穿着他在南苑机场得到的破军装去登记。虽然，他因为没有国民党的军籍而未登记上，却得知前门有个戏曲艺人学习会，在那儿碰上了昔日的"师父"胡大头。胡劝他不要再胡乱依傍了，最好去找武存忠，去草绳生产合作社找个自食其力的工作。可是，一个热心的女干部通过查阅他的履历，从他过去的那几节"小说"中，觉得他文字老练，便以旧文人相待，将他分配到一个专管通俗文艺的单位，致使那五的后半生又演出许多荒唐事。

陆文夫

美食家

载《收获》1983年第1期。

朱自冶原是上海一个房屋资本家，但他连自己有多少房屋、在哪里，都不清楚。抗战开始后，他移居苏州，一门子心思只在吃上，对穿着不讲究。听说曾经结过婚，但身边没有孩子，也没有女人。

朱自冶每天一大早起来，赶到朱鸿兴（饭馆）去吃头汤面。吃罢上茶楼和吃友们回味前一天的美食，评论得失，讨论今天去哪里吃，吃什么。吃罢午饭后，他径直去澡堂。进澡堂并不是为了洗澡，主要是泡在水里，让人搓背按摩，消化那顿丰盛的筵席，为他上酒馆享受晚餐做好准备。晚餐以喝酒为主，下酒菜要"我"在各处小吃摊去现买。"我"家穷，寄居朱自冶家，为他每天跑腿，算是对朱自冶不收房租的一种回报。"朱门酒肉臭，路有冻死骨"的现实对比，使"我"无法再忍受下去，我终于投奔解放区参加了革命。

解放后，"我"被派回苏州做商业工作。为了不让朱自冶他们那种寄生虫式的生活延续下去，"我"首先鼓励从前一直给朱拉黄包车的阿二，不再为寄生虫当牛马。朱自冶只得每天步行去吃。

"我"后来被派去担任一个有名的菜馆的经理。"我"取消了高级名菜，只经营大众菜、大众汤，花五毛钱一个人就吃得饱。"我"的决定遭到了厨师和工作人员的反对，也使那些慕名而来的外地旅客大失所望，朱自冶再也无法吃下去了，他责备"我"没良心，对不起苏州，"我"回答说，你们这些资产阶级总有一天要被消灭。

朱自冶结识了烹调技艺高超的孔碧霞，孔具有相当高文化修养和艺术情调的烹调，使朱大为倾倒。两人由吃相投机而至于结婚。朱自冶不但又吃上了，而且比以前吃得更美，还逃避了改造，使"我"无可奈何。而"我"的改革使饭店名声扫地。困难时期，朱自冶一家也挨饿了。为吃饱肚子，夫妻吵架，分锅吃饭。渡过困难时期后，为了回笼货币，饭馆恢复经营高档菜，朱自冶又吃回来了，但他只是从店里买回去，还要自己再加工。

"文化大革命"中"我"成了走资派，朱自冶成了吸血鬼，两人挂着牌子，一起站在居民委员会门口请罪。"文革"中造反派把我先前的改革推向了极致：饭堂里吃客先起立，读语录，首先敬祝……然后顾客自己拿饭菜拿汤，吃完了自己洗碗。

十年浩劫后，"我"从农村回到苏州，又到饭店工作。"我"已深深懂得了吃的意义，我的思想也解放了，新设快餐这洋玩意儿，设立炒菜部。但要恢复传统名菜，提高质量，却缺少人才。

无奈"我"只好出榜招贤，谁知却招来了朱自冶。朱自冶有大半生美食的经验，三年困难期间据说还写成了一本食谱，"文革"中他什么都交代，唯独藏起了食谱。朱自冶第一次讲盐的用法，他的精彩讲述使听众大为佩服。这时店里的包坤年却极热心，坚持要给朱录音，说要抢救这些珍贵的材料。包坤年活动的结果，成立了一个烹饪学会，朱自冶的名气越来越大，到处有人请他做报告。

为庆祝烹饪学会成立，朱自冶在家里举办便宴招待各界人士，"我"也应邀参加了。酒席设在幽雅的临水书轩中。朱自冶指挥客人如何吃、喝，孔碧霞掌厨烧菜，孔的漂亮如仙子的女儿上菜，客人们对环境、餐具，菜的色、香、型、味和高雅的艺术情调赞不绝口。朱自冶在宴席上卖弄学问，大为得意，而"我"却提前退席。

"我"回到家里，小外孙不吃硬糖，要吃巧克力。"我"的头脑突然发炸，长大了又是一个美食家！"我"伸手抢过巧克力，把一粒硬糖塞在小孩嘴里。

孩子哇地一声哭起来了，其他人以为"我"的神经出了问题。

张承志

黑骏马

载《十月》1982年第6期。

白音宝力格很早就失去了母亲，当干部的父亲把他托付给一位蒙古族老奶奶抚养。在温暖的家里，他和老奶奶的孙女索米娅成了好朋友，两人一起游玩，一起劳动，青梅竹马，两小无猜。

一场风雪过后，奇迹出现了：蒙古包外站着一匹漆黑的小马驹。老奶奶认为这是神赐给的黑骏马，将它收养起来，并唱起一首古老的蒙古族民歌《钢嘎·哈拉》——《黑骏马》。它歌唱的是哥哥寻找妹妹的故事，那凄婉的情节、苍凉的韵调，给年幼的白音宝力格留下了深刻的印象。

随着黑骏马的长大，白音宝力格和索米娅在共同的生活和劳动中萌生了纯真的爱情。17岁那年，白音宝力格已成了草原上的土兽医，他兴冲冲地到旗里去参加牧技培训班，心爱的索米娅奉老奶奶之命去送他。在途中他们第一次拥抱亲吻，他们觉得，这是他们幸福生活的开始。

培训班学习结束后，白音宝力格立即赶回伯勒根草原，他放弃了因成绩优异被保送到农牧学院进修的机会，准备郑重地与老奶奶商量自己和索米娅的婚事。但是他回家后发现索米娅神色黯然，表情古怪。在一次出诊中，醉醺醺的草原恶棍希拉吐露了索米娅被他侮辱并怀孕的真情。白音宝力格几乎气疯了，在他的质问下，索米娅却不吭一声。

老奶奶也认为草原上的女人世世代代就是这样，知道索米娅能生育也是件让人放心的事。对此白音宝力格不能忍受，他怀着对野蛮、愚昧和对亲人难以名状的心情离开了草原上大学去了。

一别竟是9年。当他作为自治区畜牧厅的干部陪同专家来考察时，得知慈爱的奶奶已逝世，索米娅已远嫁白音乌拉。白音宝力格感慨万分，悲痛至极，他骑着黑骏马朝着白音乌拉飞驰，决心去寻找索米娅。

一天一夜后，他来到遥远的白音乌拉，别人告诉他索米娅是赶大车的达瓦仓的老婆，现在在当地的小学做临时工。他还遇到这个小学的林老师，林老师不但把索米娅的生活状况全盘告诉了他，而且还对白音宝力格的情况了如指掌。

白音宝力格终于见到了索米娅，索米娅已经变成一个开朗乐观的劳动妇女了，生活的磨砺使她变得坚强、粗犷。见到白音宝力格，她甚至没有流露丝毫对往事的伤感和劳苦生涯的委屈。只是在晚上，这一对往昔的患难恋人才倾吐了心曲：白音宝力格想到了奶奶，想到奶奶和索米娅的艰难生活，悔恨交加；索米娅感到悲伤的是，她终究没有逃脱蒙古女人的悲惨的命运，不能同所爱的人相结合。

白音宝力格在索米娅小泥屋里住了五天五夜，以后他们没有再回顾那难堪的往事。索米娅从那日之后也似乎忘却了悲伤，在学校满脸兴奋地挤牛奶，给孩子们洗东西，忙得不可开交。临走前一天达瓦仓回来了，林老师请白音宝力格和索米娅一家人去吃饭，并告诉索米娅，由于她工作努力，她已被学校批准为正式职工，负责管理学生内务。索米娅对于组织的信任和关怀，感到十分激动。白音宝力格感到：索米娅这个原先朝霞般的姑娘，像草原上所有姑娘一样，经历了她们都经历过的快乐、艰难、忍让和侮辱，成为一个新的草原女性了。

离别的时候到了，白音宝力格牵着黑骏马由索米娅陪着走向归程。当白音宝力格说声"再见"就要纵马奔驰时，索米娅突然喊了一声并双手抓住马勒，向白音宝力格提出一个请求或者说是心愿，希望白音宝力格将来有了孩子交由她抚养，养大了再还给他。白音宝力格震惊地听着索米娅的表白，似乎从中看到一个震撼人心的人性的故事，感受到了母性的伟大与壮美。

最后，白音宝力格放开勒紧的马缰，黑骏马抖动着满头黑鬃，飞一样冲向前方。他决心带着思念、爱情、力量去探索和开辟前途。他低低地唱起了古老的民歌《黑骏马》，在激动中扑向大草原。

张贤亮

绿化树

载《十月》1984年第2期，是作者计划中的总题为《唯物论者的启示录》系列中篇的第一部。

章永璘是个出身于资产阶级家庭的青年知识分子，因写诗而被打成右派送劳改队"改造"，几年后，又被遣送到黄土高原上的一个偏远的农场落户。这时是20世纪60年代初期，人们正处在饥饿的恐慌中，在求生本能的驱使下，他谄媚、讨好，耍各种各样的小聪明，来为自己多搞到点东西吃。到了晚上，他又陷入无休止的自谴自责之中。

马缨花，是农场一个普通的劳动妇女，她没有男人，身边只有一个两岁的女儿。在一次劳动中，章永璘和马缨花结识了。两天后，马缨花以让章永璘帮她干活为借口，把章从"右派"宿舍带到她家，意外地捧出饥荒时期鲜见的白面馍给他吃。此后，每天下工后，她都让他到家里吃个饱。瘦弱的章永璘由此渐渐强壮起来。马缨花家还有一个男单身常客，叫海喜喜，他一心想娶马缨花，常给她弄些吃的东西来。马缨花收下他的东西但不"希待"他，并把他送来的东西给章永璘吃，从而引起了他的妒意。后来海喜喜借故和章永璘打了一架，并从此不再登马缨花的门。章永璘沉浸在爱情的幸福之中，这使得他失去理性，竟在一天晚上对马缨花做出求爱的举动，没想到马缨花用"你还是好好地念书吧"一句话拒绝了他，使他羞愧难当。最后他想到应该"超越自己"，于是开始研读《资本论》。有一天马缨花说她的爷爷像他一样也是个念书人，她还说她不"希待"海喜喜，因为他放着书不念，是没起色的货。章永璘这才明白，她把身边有一个男人正正经经地念书，当做由童年印象形成的一个憧憬，一个美丽的梦。

春节快到了，章永璘仍是每晚到马缨花家去。一天晚上他又到她家，正巧，队上要宰牛羊，她去帮忙，他一个人在她家读着《资本论》。突然海喜喜闯进来了，用异常温和的口吻请章到他家说点事。在海喜喜的家里，海像接待老朋友似的请章上炕、喝茶，并讲了自己多年的流浪生活，讲了怎样到这里，结识马缨花后曾想在此定居，又突然说到自己今夜就要离开此地，临走想送给章永璘和马缨花一麻袋黄豆，那是他背着大家在西边开荒地的劳动所得。最后又劝章永璘跟马缨花结婚，说马缨花是个好女子。章永璘先是诧异，继而被他这种豪爽气概和男子汉的宽宏大度所感动，他用这种气度对比自己，感到羞愧难当。

当章永璘再次向马缨花提出结婚的要求，并说海喜喜和谢队长都觉得应该如此时，马缨花却说他们俩的事情不要别人多嘴,她自有主张,她不能容忍自己的男人和别人家的男人一样"老婆孩子热炕头",认为那是"没起色的货",她的男人应该念书,只要念书,她就是再苦也愿意。并且说,如果结婚了,家里的活就得他干,没工夫念书。再者,那些傻男人也不会像以前那样再给她家送东西了。他这才恍然大悟,原来她拒绝他就是因为有着这种为了爱情、为了他人的献身精神。他知道她有着这种神圣的感情,更执意要跟她马上结婚。她以为他对自己的感情有怀疑,安慰他说等日子好过一些就结婚,还说:"你放心吧!就是钢刀把我头砍断,我血身子还陪着你哩!"

但章永璘因海喜喜跑了之后,有人诬陷章永璘和海喜喜要搞阴谋,被送到山根下那个专门整治人的队里去了,失去了自由。以后又连续被管制和劳教。1968年他劳教期满回到农场,才知马缨花一直没有结婚,在他劳教期间,她带着孩子到县城找她哥哥去了,以后又全家去了青海。章永璘在《辞海》中翻到"马缨花"这一条,见到这样的解释:"喜光,耐干旱瘠薄",又名为"绿化树"……

贾平凹

腊月·正月

载《十月》1984年第4期。

韩玄子是镇上有脸面的人,他曾执教34年,育得桃李遍地。退休后又被镇上委任为文化站长。大儿子是全镇第一个大学生,现又在省城当记者;二儿子二贝顶替父职,也成为国家干部;女儿叶子虽是农民,但丈夫是地质工人。无疑,这该是小镇上的首户人家了。

可是,事情偏偏又发生了变化。自从二儿子二贝娶了县城的白银为妻,儿子越来越不听从自己,儿媳也事事不如意,这使韩玄子简直不能忍受。

当然,韩玄子在家生气发火,是与镇上渐渐出现不顺心的事情直接相关的。其中最使他心里不快的就是王才。对于王才,韩玄子从来没把他往眼里放过。因为他家道困顿,身体弱小,上了中学还尿床,当了农民"工分就一直是六分"。所以,每每提到王才,韩玄子都不无鄙视。

可是,王才偏有一肚子精明,且人勤眼活,没有几年工夫竟在小镇打开了局面,而今在镇上办起了食品加工厂。

王才的生意越来越兴隆，影响也愈来愈大，几乎成了镇上的头号新闻人物，人人都在说王才。这使韩玄子大为惊诧，他开始意识到王才几乎时时威胁着、抗争着他韩家的影响。他心里愤愤不平，于是，便利用他在小镇的地位和威严，以及人际关系的力量设法阻遏和压制王才，且是步步紧逼。

王才的自我感觉还是良好的。他很感激这么些年来的折腾，总算认识了自己，发现了自己。过了腊月，正是冬闲时期，王才就动手扩大了作坊，还想多招人手。正在这时，王才听到队里卖公房的消息，很感兴趣，他想买了用以扩大作坊，便于安置烘烤机。这本来是件再好不过的事情，可偏偏碰上了韩玄子。韩玄子只因怕王才买走扩建工厂，便有意从中作梗。结果队里只好采取韩玄子的办法：抓纸蛋。纸蛋被一个姓李的气管炎患者抓上了。会议一散，韩玄子以帮气管炎找个媳妇为由抓住了买房的权利。他先是动员两个儿子买，儿子都不同意。末了他转让给一个本家族的人秃子。可秃子又将公房让给了王才。韩玄子听了脑袋"嗡"的一声，只觉得眼前一切都旋转了起来。他跟跟跄跄回到家里，先是大骂儿子，接着恶气在胸一连几日病倒在床上。

春节时期，县里要搞一次大规模的社火比赛，要求队队都参加。韩玄子也就有了事，到各村各队跑了几次，但因没有经费来源，各队都不热心搞。王才便向队长主动提出由他一家承担一队的任务。队长听了这话，拿不定主意，来对韩玄子说了。韩玄子却说："这不行！这不是晾全村的人吗？这不是拿他有几个钱来烧燎别人吗？"

王才自然是有想法的。他想，有了钱，就要多为村人、镇上多办点好事。他又准备在大年三十的晚上，自家包一场电影，在镇街上放映，向众乡亲祝贺春节。他觉得这应该与韩玄子无关。

韩玄子听说王才包了电影，急急忙忙赶到巩德胜的店铺去，硬是连说服带强迫地要巩德胜也出30元钱包一场电影与王才对台。

王才包的是老片子《瞧这一家子》，而巩德胜这一方因韩玄子亲自出面，便包来了新到的武打片《少林寺》。结果，先聚在王才那面的黑压压的一片人，多半都到巩德胜那面去了。这自然使王才大为伤心。

正月，是一个富于诗意的字眼。村镇上到处热热闹闹，客客气气，这是人间的乐，民间的乐，是天地之间最广大的、最纯净的大喜大乐。

正月里，狮子队要上户"喝彩"，王才早去联系过了，韩玄子指示狮子队不要去王才家门口"喝彩"，狮子队只得按韩玄子说的办。而韩玄子趁狮子队上他家"喝彩"的机会，大摆阔气，光耀门面。狮子队没来王家喝彩，王才的媳妇半夜哭哭啼啼。王才到邻村白沟请来了那里的狮子队，热闹的场面比韩玄子家更盛，以后又接着来了几次，比得韩玄子很难堪，他免不了又生气。

韩玄子在腊月、正月里没有办成一件可心的事，情绪自然沮丧。但使韩玄子激动的是，县委给公社打来电话，说马书记要到镇上来。他想马书记既然来到镇上，就必然会到他家做客。

可是，马书记到镇上是专门给王才拜年的。马书记说王才的加工厂办得好，以后还要支持。送礼的人听到消息后，纷纷跑出韩家大院，涌到王才那里去了。

韩玄子情绪坏透了，他常常坐着发呆。他对老伴说："他娘，我不服啊，我到死不服啊。等着瞧吧，他王才不会有好落脚的。"

阿 城

棋 王

载《上海文学》1984年第7期。

棋王名叫王一生，外号人称"棋呆子"，是个出身贫民阶层的知青。此人一怕挨饿，二要下棋，棋下得很神，处事却呆。

我是在送知青到农场的火车上与他相识的。当时，车站乱得不能再乱，人心惶惶，可他充耳不闻，硬要拉我下棋。当我得知他便是中学生中大名鼎鼎的棋呆子王一生时，不由得联想起传闻中他的一些呆事：他外出串联，与外省的马路棋手下棋，围观者入神，有人乘机行窃，他竟被人误与扒手一起绑了。后来他认识了一个捡破烂的老头儿，被老头儿连杀三天而仅赢一盘。于是，他执意要替老头儿去撕大字报。不料有一天撕了某造反团刚贴的"檄文"，又被人拿获，无端生出许多枝节，引出这个造反团与对立派之间的一番争斗。老头儿给他讲了不少玄机妙道，还送给他一本不知是哪朝哪代的、手抄的、边边角角儿补了又补的"异书"。后来被造反派当着他的面烧掉，可书已经记在他的脑子里，他棋下得更神了。

一路上的闲谈中，他总是问我与他认识之前是怎么生活的，并在一些细节上打听得格外详细，主要是关于吃，还就吃的问题发表了许多独特的高见，声称自己"对吃要求得比较实在"。火车上的那餐饭，他吃得那么虔诚，连一点渣都没剩，吃过又要下棋，说是"何以解忧，唯有象棋"，"呆在棋里舒服"。

到农场半年后，王一生来找我，说是这半年他们场里找不到下棋的，于是请了事假出来，一路找人下棋。在互叙别后情景中，我了解了他的身世。王一生的母亲一生悲苦，遭遇很惨。王一生从小受穷，偏偏迷上了象棋，母亲为了生计反对儿子下棋，临终时却送给儿子一副捡人家的牙刷把磨的"无字棋"。王一生忘不了母亲的爱，把这棋作为信物,"一直性命一样存着"。晚饭后,一个名叫倪斌,外号"脚卵"的知青拿出一副明朝的家传乌木象棋和王一生下。油灯下四壁都是人影,一盘盲棋,王一生三战三捷。

后来,王一生的名气在地区越来越大。开地区运动会时,我在县里碰到他,他说由于经常请事假出来下棋,农场说他表现不好,不让他报名参加象棋比赛。倪斌去地区文教书记家为王一生求情也未成功。想来想去,还是倪斌把那副祖传乌木象棋送给地区文教书记,才为王一生争取到了参加地区象棋比赛的资格。众人都很高兴。王一生却毫不苟且,他执意不参赛。

正式棋赛结束后,倪斌带来获第二、三名者与王一生较量,冠军闻讯也派人来请王一生去他家比试。王一生答应和三人同时下,众人轰动,拥着跟去棋场。到了棋场,竟有数千人围住。连前三名在内,共有九人要和王一生下。王一生就和九人同时交手。于是,九人在场外,王一生一个人在场内和他们同时下,并且下的还是盲棋。冠军则在家里派人传棋。

九局连环,车轮大战,不一会儿王一生就赢了两人。接着又赢了六人。只剩最后一盘冠军的棋时,冠军棋盘里的棋子半天不动,大家不耐烦了,纷纷看骑车传棋的人来没有,嗡嗡地响成一片。忽然人群乱起来,纷纷闪开,只见一老者,精光头皮,由旁人搀着,慢慢走来。他就是本届地区象棋冠军,是这个地区一个象棋世家的后人。老者见王一生,夸他汇道禅于一炉,请他平手言和,并愿与他结忘年之交。一天下来,王一生这个瘦小黑魂,像是坐化了,朋友们把他扶到借宿的地方,他痴痴地呆了半天。猛然间,他"哇"地一声吐出些黏液,呜呜地哭着说:"妈,儿今天明白事儿了,人还要有点儿东西,才叫活着。妈……"

王安忆

小鲍庄

载《中国作家》1985年第2期。

鲍山脚下有个小鲍庄,庄里清一色地住着鲍姓人。

小捞渣是鲍彦山家的第七个孩子,大号叫鲍仁平。捞渣,就是最末了的意思。小捞渣出生之时,正赶上鲍五爷的独苗孙子社会子咽气。在鲍五爷的心目中,小捞渣抓了他孙子的替身,是不折不扣的"克星",因此,他怎么看捞渣都不顺眼,对他恨得不行。

小捞渣是个非常仁义的孩子，处处体谅、关心别人。斗"老将"，他把自己的"老将"，全都换给对方。问他为什么甘愿输掉，他说："我看他要哭了。"给他逮了个叫天子，他玩了一会儿就把它放向天空，原因是怕它在笼子里太孤单了。该到了上学的年龄了，可一家供不起两个学生，捞渣十分想读书，庄上在学校的孩子，脖子上都有一条红围脖，这早就叫他羡慕，可他主动把念书机会让给了文化子："让我二哥念吧，我不念了。"平日，他非常关心孤独的鲍五爷，陪他谈话，陪他睡觉，生怕他心里憋闷得慌。他用自己亲热孝敬的行动，消除了鲍五爷的心病，成了鲍五爷的精神寄托和安慰。盛夏，大雨倾盆，洪水突发，小鲍庄淹没在一片汪洋之中。在人们各自逃生的情况下，小捞渣与鲍五爷同生共死，他用自己全身的力量把鲍五爷推上树梢，自己却溺水而死。捞渣死后，被树为少年英雄，成为各级报刊报道的典型和人们学习的榜样。他的墓高高地坐落在小鲍庄的中央。小鲍庄人的命运也有了很大的变化。

小翠是个流浪儿，从小就被鲍彦山家里收留。捞渣的父母收留她，是想让她给捞渣的大哥建设子当童养媳。建设子为人老实、憨直，很少言笑，年龄又大小翠许多。小翠从小和文化子一起长大，青梅竹马，两人的感情越来越深厚。小翠长到16岁时，已经出落成了一个漂亮的大姑娘。这时，建设子已经24岁，捞渣妈想给他们圆房了。听到这个消息，小翠如遇五雷轰顶，她跑到庄东头大柳树前，一头栽倒在树底下，抱着树号啕大哭，一边哭一边嚷："我才16岁，我才16岁！"后来，她索性逃出鲍家。一天夜里，她突然回来，找到了文化子。以后，两人时常幽会。直到建设子出去当了工人，结了婚，小翠才返回家门，终于和文化子结成百年之好。

鲍山那边有个小冯庄，庄上有个老姑娘，大家叫她大姑。大姑与一个男孩子拾来相依为命。据说，这个男孩子是大姑从路边拾来的，因此取名拾来。对于他们的关系，庄上的人都觉得蹊跷。拾来长到18岁，大姑给他置一副货郎挑子，对他说："你成人了，自己过去吧，我不能养你一辈子，你也不能守我一辈子。"一个风和日暖的早晨，拾来敲着叮咚叮咚的货郎鼓上路了。他几经辗转，来到了小鲍庄，与寡妇二婶相遇并相爱了。清一色的小鲍庄怎能容得一个外姓人？拾来与二婶的关系被视为离经叛道，拾来受尽了打骂，二婶饱尝了白眼。后来，他们虽然在乡政府的支持下结了婚，可小鲍庄人看他们还是不顺眼，他们自己也自轻自贱，在人前抬不起头来。洪水之中，由于拾来捞出了小英雄捞渣的尸体，受到了上级和各级新闻单位的表扬，他们在小鲍庄才有了立足之地。

鲍仁文是个辍学的中学生，酷爱文学，发誓要写一本书。回乡后，他缠着转业军人鲍彦荣采访，到处搜罗创作素材，真是如醉如痴，以至承包田里闹了草荒，本人被人称为"文疯子"。他到处受冷眼，遭讥讽，但毫不后悔，发誓要走出自己的路，就是闹了许多笑话，他也无愧无悔。小捞渣牺牲以后，他获得了创作的灵感与契机，与人合作的作品终于印成了铅字，实现了他多年来的夙愿，在人们的心目中，也恢复了他应有的位置。后来他继续创作文学作品。

一场百年不遇的特大洪水过后,小鲍庄的一切似乎都出现了转机。鲍彦山家的新房上顶了,鲍秉义拉着坠子,曲儿唱到了终了,鲍彦荣听着像是走了神,像是想起了烈火狂飙的战争年月,拾来也发觉一双熟得很的老货郎的眼睛……

刘索拉

你别无选择

载《人民文学》1985年第3期。

在一个音乐学院的作曲系中,有11个天赋秉性各不相同的大学生,其中有被老师认作有才能气质好,却不满于枯燥的课堂教学而总想退学的李鸣;有热衷于古典音乐,刻意成为"肖邦第二"的戴齐;有才气横溢,整天想着作品的力度,以至于衣服发臭了也在所不惜的森森;有同样富有才华但一味追求古朴,力图在作品中表现出原始的情感的孟野;有亦步亦趋地跟着贾教授走的石白;有笔头很快,几乎每天有新作品出现的董客;等等。还有三位女同学:整天想睡觉的"懵懂",一受惊就会发出"喵"叫的"猫",严格遵守各种作息制度的"时间"。

这班同学入学一年后,整天不是在课堂、琴房、宿舍里互相捉弄、攻击,就是大放乐曲、跳迪斯科、谈多角恋爱。他们的主科教师是各方面都严肃得无与伦比的贾教授和才思敏捷却喜爱打扮的金教授。贾教授一辈子兢兢业业研究音乐,但无一创新,对学生,他只喜欢循规蹈矩的石白,而对孟野、森森极为反感,在教学中他极力主张运用反复考试的做法。金教授却对这种做法不以为然。

某国将举行国际青年作曲家比赛的消息传到作曲系。由于金教授的支持,同学们得以拿出有各自风格的作品参加院里组织的公演,由专家对这些作品进行鉴定。结果,森森的充满生命活力和神秘感的五重奏和孟野的质朴古老的大提琴协奏曲受到了大家的欢迎。只有贾教授,他对堂堂音乐学院出现了那种怪异的音响感到怒不可遏。他对石白说:"那是种法西斯的音乐……充满疯狂、罪恶、黑暗,充满对时代的否定。"

在贾教授授意下,石白把抄下的贾教授的话写成文章,在校刊上发表了,并发生了作用:评选委员会撤销了孟野的作品,只把森森的五重奏和董客的几部作品送出国去参赛。孟野既因作品受批评,又因违反制度,私自与一个拼命追求他的文科女大学生结婚,被劝中途退学了。这个立志要献身于音乐的青年黯然离开了这所学校。

又是一个夏季,这班学生毕业在即。森森在国际作曲比赛中获奖的事恰在毕业典礼前公布,当那张布告一贴上墙,作曲系的全体师生都跳了起来。已经钻进了被窝的李鸣跑到琴房打了森森一顿。森森捂着发疼的脸出来看了布告,等他发现这是事实时,随即就跑回琴房,把门锁上……当毕业典礼开始时,森森哭了。

韩少功

爸爸爸

载《人民文学》1985 年第 6 期。

在重峦叠嶂、白雾迷茫的深山老峪里,有个叫鸡头寨的村子。据说,寨子里的人是远古英雄刑天的后代。寨里的人日出而作,日落而息,千百年来都是这个样子。

寨子里有个永远长不大的人叫丙崽,生下来就没见过父亲,谁也说不清他究竟有多少岁了,谁是他的父亲。他一无所能,只会说两句话,一句是"爸爸爸",一句是"ⅹ妈妈"。

寨子里有个仲裁缝,德高望重。他的儿子仁宝是个见过世面的人,他常到山外去,懂得许多山里人不懂的东西。只有丙崽娘对他不以为意,因为她曾看见仁宝对母牛探究过点什么,又着实张扬了一番。这使仁宝极为恼火,他就时时去找丙崽出气,还骂山外来的丙崽娘是妖怪,生了丙崽这个怪物。

因为年成不好,要拿丙崽的头祭谷神。刽子手正要动刀时,天突然响起一声霹雳,人们惊呆了,以为这是天意,丙崽又活了下来。人们又请来一位巫师指点迷津。巫师看了风水,断然指出鸡头寨年成不好,原因是鸡精作怪,只有炸掉鸡公岭上的鸡头,才能得到丰收。

要炸掉鸡头不是简单的事情,这必然要惹怒鸡尾寨。鸡尾寨富足,人杰地灵,出过一些读书人和带兵的官,据说这全靠鸡屁股拉屎养肥了那块土。听到鸡头寨要炸鸡头的消息,鸡尾寨十分愤怒,两个寨子于是就吵架,动起了手脚。

但是鸡头还是要炸的,冤家还是要打的。为了预测事变的前途,人们牵来一头牛,洗干净,要学伏波将军马援的战前预测。一个强壮的汉子脱光上衣,喝光一大碗酒,手起刀落，无头的牛向前倒下了。人们欢呼起来，因为这预示着将诸事顺遂。

同占卜的结果相反，鸡头寨和鸡尾寨打冤家又失败了，被杀得尸横遍野，血流成河。人们聚集在祠堂里，按照古老的仪式，分吃牛和鸡尾寨人的肉。仁宝这时忽然回来了。目睹这情景，他总觉得要开始什么似的。于是，他见人就作心情沉重的嘱托或告别，可又总不见他走。寨子要打官司告官，他又是"既然"、"因为"、"所以"了一番，结果仍然没有任何结果。这时，人们突然想起了一些稀奇古怪的事，觉得丙崽十分神秘，他只会说"爸爸爸"和"×妈妈"两句话，莫非是阴阳二卦？大家决定打一打这个活卦。然而丙崽只会翻白眼，最后丙崽手指定了一个方向，咕哝了一句："爸爸爸。"他指的方向是祠堂的一个檐角，有人最后认定要用火攻。打冤家的仇杀又开始了。一仗下来，鸡头寨又少了许多人头。寨子里的狗兴奋起来，尸体足够它们啃的，它们甚至啃红了眼睛，有时睡熟的人也会被啃上一口。

粉米越来越少了，人们处于空前的饥馑之中。丙崽娘上山去一直也没有回来。丙崽等不到娘，就毁坏了家里的一切东西，出去找娘。鸡头寨惨败之后不得不迁移远方。按照祖训，寨子里只留下青壮男女和几头牛接传香火，所有的老弱一概不留。回到寨子后的丙崽，也被仲裁缝灌了半碗毒汁。仲裁缝自己也悲壮地死去了。整个寨子的老弱全都死掉了。

留下的人烧毁了寨子，唱起古歌，告别了故土，走向了茫茫的远方。

丙崽不知从什么地方又冒了出来。他没有死。他仍然用很轻的声音，咕哝着那句老话："爸爸爸。"

莫　言

红高粱

载《人民文学》1986年第3期。

一九三九年农历八月初九，我奶奶送我父亲豆官跟后来名满天下的传奇英雄余占鳌的队伍去伏击日本人的汽车队。余司令的队伍有四十多人，都是村子里的农民，枪支七长八短，武器十分落后。那时候我父亲年龄尚小，根本不知道打伏击是怎么一回事。

我奶奶家是高密东北乡的大户人家，以酿酒为业，这跟家乡出产大量的高粱有关。八月深秋，无边无际的高粱汪洋成血海，我的祖先和乡亲们就在这暗红色的高粱棵子里杀人越货，精忠报国，上演一幕幕英勇悲壮的舞剧。奶奶年轻的时候，风流而多情。和我奶奶有染的好汉中，据说就有罗汉大爷。罗汉大爷是我奶奶家的长工，被日本人抓了夫，后来就被残忍地杀害了。

余司令这次去伏击日本人，是得了冷支队长的情报，其实冷支队长是想借机吞并余司令的队伍。他们的队伍穿过密密的高粱地，来到墨水河边。太阳已经升起老高了，还不见日本人的影子，他们以为是上了冷支队长的当，一时愤愤不已。

我父亲奉命去村子里催饭，我奶奶这个平时享惯了福的女人，挑着一担拤饼，匆匆往墨水河大桥赶来。战斗就是在她接近大桥的时候打响的。乡亲们的鲜血染红了河水，染红了碧生生的高粱叶子。我奶奶不幸中枪，陪伴在她身边的，只有父亲豆官。当余占鳌司令赶到她身边的时候，我奶奶已经死了。

实际上，余占鳌司令就是我的亲爷爷。我奶奶年轻的时候，由她父亲做主，嫁给了高密东北乡的单姓财主的独子，但单家公子是一个麻风病患者，这使奶奶的心像被针锥扎着，疼痛深刻有力。出嫁的途中，路遇强盗，是余占鳌的勇敢挽救了我奶奶的清白。那时候，伟大的爱情在他们心中就像红通通的高粱一样燃烧了。三天回门的途中，余占鳌就在高粱地里劫持了我奶奶，两颗蔑视人间法规的不羁心灵，终于融为一体，他们在高粱地里相亲相爱，耕云播雨。

伏击战打得惨烈而持久，死伤累累，余司令的队伍也伤亡严重，几乎全军覆没。爷爷的呼喊声和着冲锋的大喇叭声，在高粱地上空，在墨水河畔，显得空洞寂寥。冷支队长的队伍在战斗要结束的一刻赶到了。他们拿走了枪支弹药，拿走了钱包和刮胡刀，把我爷爷和我父亲抛在凄冷的阵地上，然后开走了。

此时夕阳西下，映照着满河血一样的河水，遍野血一样的红高粱。

池　莉

烦恼人生

载《上海文学》1987年第8期。

印加厚的早晨是从半夜开始的。孩子从床上跌到地上，摔伤了，惊出一声恐怖的嚎叫，夫妻俩手忙脚乱，争着安抚儿子，此时老婆借机发泄，怪他工作了17年还没分到房子，算不得什么男人。印加厚只得通过逗引、夸奖儿子来平息老婆的怨气，好不容易睡了一个回笼觉。

尽管一直惦念着要早起，但还是起晚了一点。今天还轮到他带儿子。他急忙催儿子起床，但儿子没睡醒，他就又去排队洗漱上厕所，好不容易干完这些事，儿子又睡着了。他一面煮牛奶，一面催儿子，在妻子的协助下，父子终于走出家门。

来到车站机会不错，公交车刚好来了，但拥挤不堪。上车后又与一位姑娘发生矛盾，儿子挨了一脚。

上了轮渡碰到了许多同事，儿子受到了一位漂亮女工的照顾。很多人开始打牌，他不加入，与小白、贾工程师谈起人生，他觉得生活如梦。

上岸吃早餐，他为了节约时间又省钱，就带着儿子在路边小店吃凉面和油条，却又担心老婆知道会指责他，就想法子哄儿子。送儿子到幼儿园耽搁了一点时间，结果迟到一分半钟，被考勤的老头记下了。

印加厚是厂里的操作工，技术骨干，工作非常卖力。厂里的月奖一直是采取"轮流坐庄"的方式分配，四月份的奖金应该轮到他拿一等奖，但这次月奖不但拖到五月底才发，而且取消了轮流坐庄，结果30元钱的一等奖一下子变成了5元钱的三等奖，他原来准备给儿子买玩具、带老婆吃西餐的计划落空了。车间主任还要他发表意见，幸亏徒弟雅丽帮他解了围。

雅丽对印加厚情有独钟，而他对雅丽也很有好感，但在雅丽火热的感情面前，印加厚顾虑重重。

他到幼儿园去看儿子，却见儿子被关在铁笼里，关他的年轻姑娘肖晓芬与他的初恋女友酷似，一时使他精神恍惚，他表演了一回很出色的父亲，并答应帮助姑娘。

出了幼儿园他又来到副食品商店，为下个月十号老头子们（父亲和岳父）的六十大寿准备礼物。为此夫妻俩忙了半个月，最终还是举棋难定，名酒买不到，贵酒买不起，便宜酒不敢买，价钱和包装相当的既是不知名的乡下酒厂出产，还怕是假酒。熟人能够弄到的散装茅台酒也要四块八角钱一两，印加厚退出了商店。

接儿子回家时，儿子与欣欣的相识引发了印加厚和欣欣母亲家长里短的交谈，他清清楚楚地看出了自己的变化，却弄不清这变化是好还是不好。上岸前他让儿子给了行乞老头钱。儿子对骂人话和老头找人要钱这件事的不解又弄得印加厚不知如何解释。

回到家里，刚刚感受到家庭的温暖，对生活开支的烦恼又来了，还听到要拆房了，他们将无人安排。在他准备独自难受时，儿子泄露了早餐的秘密，老婆追问找人分房和买酒的事，并告诉他妻侄要搬来小住的消息等等，搅得他渐渐麻木，甚至连夫妻之事也因神情漠然而放弃。在万般无奈中，印加厚对自己说：你现在所经历的这一切都是梦，你在做一个很长的梦，醒来之后其实一切都不是这样的。他非常相信自己的话，于是就安心入睡了。

方　方

风　景

载《当代作家》1987 年第 5 期。

七哥一进家门，就像一条疯狗乱嚷，大肆宣扬他的人生哲学，父母亲总是叫着"牙酸"跑开。如果是以前，父亲会割下他的舌头，但七哥现在是省里的人物，父亲不敢，只能去适应他。

父母带着七儿两女住在一个 13 平方米的板壁屋子里。我生下来半个月就死了，父亲无比悲哀，做个小棺材把我埋在窗下。哥姐们在困厄中挣扎，无不羡慕我。

我的祖父是光绪十二年从河南周口逃荒到汉口的，老早就加入了洪帮。父亲继承了祖业，是河南棚子一条响当当的好汉，他讲述他的战史时要求所有的儿子老老实实坐在身边，但喜欢听的只有母亲。

现在儿女们都飞走了，父亲非常落寞痛苦，不过七哥总在星期六回来。父亲把七哥的出息当作他拳脚教育的成果。七哥 5 岁开始捡破烂，7 岁时终于在政府的要求下上小学了。他每天下午逃学去捡菜，认识了一个叫够够的小姑娘，她成了他生活中的温暖。

在家里只有大哥既不咒他也不打他。但七哥从记事起就知道大哥从来不在家睡觉。因为地铺上容不下七条汉子，大哥便开始成年累月地上夜班。大哥读书时被学校开除，15 岁当铁铺学徒，20 岁时与枝姐勾搭成奸。

七哥 12 岁的那年被母亲派去挖藕，差点淹死，多亏了够够的帮助，但回来后在小香的挑唆下被父亲打得卧床不起，结果误了与够够的约会，致使够够被火车轧死。

二哥是唯一能与七哥对话的人，但他死了。

二哥因救了杨朦的命而认识了杨朗。在与杨朦的交往中二哥树起了一个生活的目标，二哥开始发奋，但他把杨朗母亲关于骨气的教导告诉父亲后，就再也不能去杨家复习功课了，结果没能考上一中，"文化大革命"的到来彻底断送了他的学业和理想。杨家也更落难了，父母双双自杀，二哥等兄弟帮他家料理了后事。

七哥仇恨自己的家庭，并曾发毒誓。他悄悄地到了乡下，把这里当作阴间。三个月后村里闹鬼，鬼被捉住，发现竟是梦游的七哥，他说他一直在阴间老老实实做真正的死人。1976 年七哥却被推荐上了北京大学。

三哥的块头强过史泰龙，但对女人充满敌意，快四十的人却拒不结婚。他和船长意气相投，船长死后，他不再上船也不游泳，干起了钉鞋掌的行当。

七哥最难见到面的是四哥。四哥是个哑巴,经历平凡而顺畅。

七哥本来自卑,读大学后下铺苏北佬的言行改变了他的人生观,他接受了不择手段改变自己命运的思想。认识一个比他大8岁的高干女儿后,他不管以后她不能生育,果断地抛弃了已经准备和他结婚的教授女儿,进入了上层社会。

五哥和六哥这一对双胞胎都当了上门女婿,并且几乎同时生儿育女,几乎同时干上了个体户,也几乎同时当上了万元户。七哥瞧不起五哥六哥,但父亲瞧不起不能生育的七嫂。于是大香小香打起了七哥的主意,都想把儿子过继给他。后来七哥领养了一个男孩,告诉父亲:"不管你们承不承认他是你们的孙子,但我得说,他是我的儿子!"

火车站要搬了,河南棚子要拆除。我再也不能与父母亲在一起了,三哥把我埋在二哥的旁边。这一天,我发现父母已经老了。

我又想起了七哥关于看透人生的话。我想七哥毕竟还幼稚且浅薄得像一个活着的人。

刘震云

一地鸡毛

载《小说界》1991年第1期。

小林一下班就和老婆吵上了,原因在于早上买的豆腐忘了放在冰箱里而变馊了。豆腐只是一支火药引线,夫妻俩又借此翻出了陈年旧账,急火火地发泄了一通。他们的注意力很快又被新的尴尬所代替,查水表的瘸老头话中有话地说有人偷水,这使小林与老婆的脸都一赤一白的,虽然使人不太愉快,总算避免了家庭战争的继续,小林因此又多了一分庆幸。

一个炒豆角,一个炒豆芽,一碟子泥肠,还有剩下的杂烩菜,是这个家庭普通的一顿晚餐。剩饭归自己,好吃的归保姆和孩子。孩子年龄小正长身体,保姆正闹辞职得罪不起,他们每日要应付的就是这样的琐碎,上班下班,弄吃喝拉撒,侍弄大人小孩,这就是生活的全部内容。他们从前可没有想到这些,都有理想,有激情,有火热的大学时代,哪里会想到很快被淹没在黑压压千篇一律和千人一面的人群之中呢?

单位离家远,上下班要倒三四个小时的车,老婆逼着小林给想办法调动工作。调动工作就需要求人,求人就要送礼。礼也送了,人也求了,可调动工作的事仍然柳暗花明,这让小林感到窝心。平时小林最怕家乡来人,求自己办事,还要管吃喝,要看妻子的脸色，自己也左右为难。但是小时候的老师来了，可又不能不管，这使小林感觉沉重极了，随时都有被压垮的危险。

孩子病了，按理又要花掉一大笔钱，但吃了自单位拿的药之后，也居然好起来，两人因为省了一笔开支，心情愉快起来，又重新找回了初恋的感觉。有了单位的班车之后，上下班也变得轻松起来，老婆就不再提调动工作的事儿了。尽管历尽艰难，孩子也进入了理想的幼儿园。后来他们知道，老婆单位的班车是因为领导的小姨子才发过来的；孩子进幼儿园是对门的印度女人的孩子需要陪读。这些事使小林的心里像吃了马粪一样地感到龌龊。夜里，小林流下了泪，并扇了自己的耳光。但他扇的声音不大，怕把老婆弄醒。

在逛市场的时候，小林意外遇到大学的同学"小李白"。小李白早已不再写诗，并早已从先前谋职的单位跳了出来，现在自己单干，卖起了板鸭，每天能赚一百多块，这让小林很是羡慕。他替"小李白"收账，虽然脸上无光，又受领导的盘问，但得了实惠，小孩高兴，大人也高兴。

为了看晚上的足球比赛，小林一下班就猛干家务，但老婆并不通情达理，这使小林终于失去看足球的兴致："个鸡巴足球，有什么看的。"第二天一上班，小林就把许多的不满发泄给了办公室新来的大学生。

生活中也不尽是无休无止的烦恼，有时也不乏意外的欢乐。查水表的老头，也有求上门来的时候。小林已不是从前那个幼稚的小林了，所以他不但把事情办妥了，而且得了一台微波炉的好处。小林由此得到启示，改变生活也不是没有可能，只要加入其中就行了。有了微波炉的刺激，老婆重新焕发了激情。

半夜里小林做了一个梦，梦见自己睡觉，上边盖着一堆鸡毛，下边铺着许多人掉的皮屑，柔软舒服，度年如日。又梦见黑压压的人群一齐向前涌动，又变成一队队祈雨的蚂蚁。

苏 童

妻妾成群

载《收获》1989年第6期。

19岁的颂莲在父亲的茶厂倒闭后辍学回家。父亲选择自杀以逃避将要到来的悲惨生活，而颂莲在做工和嫁人两条路间毅然选择后者来改变自己的命运。

就这样，颂莲成了年满五十的陈佐千的第四房姨太太。初来陈府的颂莲漂亮、机敏、热情，马上博得了陈佐千的欢心。

大太太毓如，年老色衰，她自知没有与其他女人竞争的资本，躲进佛堂，佯装不问家事。而实际上，她仗着她为陈家生育了长子长女，总是干预陈府其他女眷的生活，俨然摆出后宫之主的架势。

二太太卓云倒是对颂莲格外热情，她虽有了老态，但温婉、清秀，是个男人喜欢、女人也不会太讨厌的人。她生了忆云、忆容两个女儿。

三太太梅珊给颂莲的感觉最为神秘。梅珊的房紧挨着颂莲的房，一次颂莲经过梅珊的房间忍不住掀开窗帘偷看，哪料到窗帘后的梅珊也在看她，颂莲仓皇逃走。第一天晚上梅珊差丫环硬是把陈佐千从颂莲的床上请到了自己的房间。

颂莲从陈佐千口中探听到了梅珊的身世：梅珊本是一个孤儿，后来在京剧草台班里唱旦角，之后嫁给陈佐千。一个早晨，颂莲听梅珊突然唱起了京剧，那戏唱得凄凉婉转，颂莲也听得黯然神伤。这莫名的伤感拉近了二人的距离，梅珊开始邀颂莲去打麻将。洗牌时，颂莲发现了梅珊和医生的隐情。

毓如的儿子飞浦经商回家，给颂莲带来新鲜的感觉。一次飞浦吹箫，箫声使颂莲想起了父亲给她的遗物——一管长箫。她在寻箫的时候发现自己被卓云暗下了毒咒。

颂莲遭到了进陈府后第一次沉痛的打击。但报复的机会也很快来临了。卓云到颂莲房里来要颂莲帮她剪个短发，颂莲拿着剪刀狠狠地朝卓云的耳朵剪去。这一切被梅珊看在眼里。梅珊非但没有斥责颂莲，反而告诉颂莲一些更加可怕的事情：卓云当年为了争宠，竟在梅珊的药里放了泻胎药……

十二月初七是陈佐千的五十大寿。陈家亲朋好友云集，正热闹时，梅珊的儿子飞澜和卓云的女儿忆容在追打中碰碎了一只花瓶。毓如趁机各打了二人一耳光，并推了飞澜一把。梅珊、卓云赶来各自护着自己的儿女打开了嘴仗。颂莲极力想讨好陈佐千，当着众人亲了陈佐千一口，哪料陈佐千厉声将她推开，让颂莲颜面无存。这场风波成了颂莲在陈府生活的一大转折——陈佐千不再夜夜光顾颂莲的房间了。

由于老爷的无能，颂莲无法怀孕，这使得她在陈家的前途更加黯淡。恰在这时，她发现丫环雁儿将画有她图像的草纸扔在粪桶里。面对雁儿的恶意诅咒，颂莲气急败坏，她威逼雁儿将那团草纸吞到肚子里去以消心头之恨。雁儿因此染上伤寒死去，而颂莲在佣人们心目中也成了个阴损的人。

在陈府里，颂莲唯一愿与之打交道的人是大公子飞浦，飞浦对颂莲也有好感，但二人的交往受到毓如的干涉。一日颂莲在房中喝闷酒，恰好飞浦来了，趁着酒性，颂莲想像梅珊一样放纵一下自己的情欲，却被飞浦拒绝，原来飞浦因害怕女人，只恋男色了。

梅珊与医生的奸情终于被发现，是卓云领人去的。午夜时分颂莲听到有人被扔到井里，静默两分钟后，她惊心动魄地狂叫起来……

在颂莲"我不跳井"的疯言疯语中，陈府迎来了第五房姨太太。

刘醒龙

凤凰琴

载《青年文学》1992年第2期。

高考预选失败后，张英才通过在乡文教站当站长的舅舅的关系到界岭小学当了一名代课教师。界岭小学地处大山深处，十分偏僻，全校算上张英才有五名教师，几十名学生。校长姓余，副校长叫邓有梅，教导主任叫孙四海。余校长的爱人明爱芬老师也是本校的教师，只是年轻时落了病，常年卧病在床，不能工作。

到校以后，张英才在给自己安排的房间里发现了一只凤凰琴，不知道是什么人遗留下的。用手试了试，声音有些沙哑。但从此他喜欢胡乱弹奏一曲，以排解自己的寂寞。

有了文教站站长这层关系，邓有梅对张英才十分热情，不失时机地向他反映孙四海打着勤工俭学的幌子，剥削学生劳动的情况。通过一个叫李子的学生的作文，张英才知道了事情的真相。其实，孙四海带领学生采药，是为了帮助那些家庭困难的孩子。张英才带领孩子们大声朗读这篇作文，邓有梅听了，脸上十分不自然。

县里组织贯彻义务教育法大检查，重点是查小学生的入学率。学校为了应付检查，抽调学生替没有入学的学生写作业，人为地提高了入学率。张英才气愤地向舅舅和县教委揭发了他们弄虚作假的行为，上级取消了界岭小学的先进和800元奖金。没有了先进和奖金，小学的校舍无法进行修理，也无法叫村里将长期拖欠的工资补出来，界岭小学面临着严峻的考验。张英才为自己的冲动十分后悔。

受到冷落的张英才，埋首书本，装作准备进行转正考试的样子。一时间，苦熬了几十年盼着转正的几个老师，都分外地紧张起来。邓有梅偷了几棵树，准备卖了钱去送礼，被公安局抓走了。余校长出面作保，邓有梅被放了出来。

作为补救，张英才将自己在界岭小学的所见所闻写成了一篇文章，寄到了省报。文章发表以后，界岭小学开始受社会关注。上面不但拨了1000元的专款，还指名给张英才一个转正的指标。张英才坚辞不受。

大家投票确立转正指标的归属，后来一致同意给余校长的爱人明爱芬老师。明爱芬是因为年轻时刚生完孩子蹚河去参加转正考试而致病，后来就废了，一直躺在床上，拖累着余校长。填着表格，那支笔忽然不动了，原来是爱芬已经去世了。

经历了一场场变故和波折的界岭小学的几个老师，变得开明而豁达。他们知道自己离不开界岭小学的孩子们，离不开自己所爱的人。舅舅这时候才跟张英才揭开了凤凰琴的故事。从前舅舅通过婚姻关系走了后门，调离了界岭小学，这刺激了明爱芬老师，不服气的明老师就蹚河参加考试，从而致病，舅舅就买了这只凤凰琴送给明老师，以表达他的负疚和道歉。

在纷纷扬扬的雪花里，张英才带着那架指痕斑斑的凤凰琴，背了行李，离开了界岭小学。

毕飞宇

青衣

载《花城》2000年第3期。

一次宴会上，剧团团长乔炳璋偶遇了烟厂老板，阔气的烟厂老板十分傲慢，但在得知乔团长是八十年代初期红过好一阵的著名老生时，却主动向他打听起了剧团演员筱燕秋的近况，在得知筱燕秋如今主要从事幕后教学工作后，主动提出要投资要"让她唱"。剧团不景气，最缺乏的就是经费，有了老板的资金投入，如今《奔月》又要走上戏台。

在1979年，《奔月》也曾红极一时，筱燕秋当时年方19，是剧团上下一致看好的新秀，有着极高的青衣表演的戏曲天赋，她的运眼、行腔、吐字、归音和甩动的水袖弥漫着一股先天的悲剧性，正如老团长所说，"命中就有两根青衣的水袖"，被定为A档嫦娥，B档嫦娥则是扮演过女英雄柯湘的当红青衣李雪芬。

出于对戏曲的痴狂和对角色的热爱，筱燕秋始终霸占着毡毯，公演以来次次登台，竟是一场也没有让过。直到《奔月》剧组到坦克师慰问演出这一天，李雪芬要求登台，理由是她在部队有群众基础，她不上台，"战士们不答应"。当天，李雪芬以她熟悉的激情奔放的"李派唱腔"征服了坦克师的所有官兵，演出大获成功。热烈的掌声中，没有人注意到筱燕秋一个人站在大幕内侧，冷冷地注视着舞台上的李雪芬，脸色异常难看。谢幕后，神采飞扬的李雪芬与"寒风飕飕"的筱燕秋在后台相遇了，李雪芬向筱燕秋演示她的李派唱腔，筱燕秋却讽刺她身上只差了草鞋和手枪两样行头，毫无嫦娥的气质，争执之中，筱燕秋冲动将一杯开水泼向了李雪芬，虽然最终获得了原谅，但这次事故导致了《奔月》剧目的第二次熄火，筱燕秋也在自己最好的年纪被调离了最热爱的戏曲舞台。

离开舞台后失魂落魄的筱燕秋，经人介绍匆匆恋爱结婚，把自己嫁给了五大三粗的交通警察"面瓜"，并生了一个女儿。面瓜是那种典型的过日子的男人，顾家、安稳、体贴、耐苦，生活也就这么平平淡淡的继续。筱燕秋在戏校待了20年，教了许多的学生，却没有一个能唱出来的，这样的局面给她带来了十分强烈的失败感，直到春来的出现让筱燕秋看到了希望，她一开腔，简直就是另一个筱燕秋，她坚持要让春来由花旦改为青衣，做自己的徒弟，不仅只是筱燕秋的学生，春来简直就是她的宝贝女儿。如今《奔月》重演，嫦娥的B档也自然落到了她的身上。

尽管多年未上台，但筱燕秋仿佛已把嫦娥这一角色融入自身，唱腔依旧不减当年。戏虽说没有丢，但年近四十的筱燕秋，毕竟也不再是曾经风华正茂的"嫦娥"，容颜的衰老不可挽回，但筱燕秋坚信只要回到她20年前的体重，曾经那个颀长、婀娜、娉婷世无双的身影一定会重返台上。她开始了减肥这一场残酷的持久战，在吃和睡上近乎残忍地控制自己，尽管体重狂跌，但"皮肤却意外地多了出来"，真正让她绝望的是，过度减肥带来了营养不良的具体反应，不仅精力越来越不济，而说话的气息也越来越细，尤其当《奔月》进入了艰苦的排练阶段，体力消耗逐渐加大，气息跟不上，筱燕秋只好在嗓子里头发力，声带收紧了，唱腔就越来越不像自己的了，甚至当着那么多人的面"刺花儿"唱破音了。尴尬散场后，筱燕秋长久地望着春来，尽管因为嫉妒吃了20年的苦头，可是，她心里明白，自己实在没有嫉妒过李雪芬，但是这次，看着年轻美丽的春来与日渐衰老的自己，对比中，她第一次尝到了嫉妒的厉害，但她强忍着这种复杂的感情，站到春来的面前，面对面，手把手，从腰身到眼神，一点一点地解释纠正，决心要把春来锻造成20年前的自己。但春来却不想演戏，相对于唱好嫦娥，她显然对金钱名声更感兴趣，因此想到电视台做主持人，这个消息好似晴天霹雳，让筱燕秋心痛万分，为了留住她，筱燕秋几乎恳求，主动提出要让春来演A档，尽管心痛不舍，但筱燕秋安慰自己，春来终究是自己的另一种方式。只要春来唱红了，自己的命脉一样可以在春来的身上流传下去。乔团长最终决定从筱燕秋的戏量里拿出一半，让两人一人演一半，这使筱燕秋喜出望外。同时，筱燕秋意外地发现自己怀孕了，在得知能重回舞台的那个疯狂的夜晚。公演的日子近在眼前，为了正常演出，筱燕秋选择了药物流产，她在家时的冷漠与心不在焉，也让丈夫面瓜心生自卑，他觉得妻子重回舞台，嫦娥迟早是要飞回到天上的，对这个家庭的未来充满悲观。流产后筱燕秋的身体还未完全恢复，彩排时下体仍在流血。但在正式公演时，筱燕秋仿佛进入了另外一个世界，在这个世界里，她谁也不是，只是嫦娥，她彻底忘了自己，沉醉在舞台，她一口气演了四场，坚决不让别人来出演自己心中嫦娥。没想到的是，因为流产后的发烧感染她最终还是错过了上场，只得目送着春来走向台前。老板也在场下——20年前他曾经迷恋过筱燕秋的嫦娥，这个她过去的崇拜者，对她发福松弛的身体失了兴趣，如今身边依偎着的已是新的嫦娥——漂亮新鲜的春来。

筱燕秋知道她的嫦娥已死，嫦娥在筱燕秋40岁的那个雪夜停止了悔恨。她无声地坐在化妆台前一点一点化完妆，拿上自己的笛子穿着一身薄薄的戏装走进了风雪。剧场内喝彩不断，剧场外，筱燕秋面对大雪纷飞的马路，旁若无人地边舞边唱，这时候有人发现了一些异样，他们从筱燕秋的裤管上看到了液滴在往下淌。液滴在灯光下面是黑色的，它们落在了雪地上，变成一个又一个黑色窟窿……

杜鹏程

保卫延安

人民文学出版社1954年出版。

1947年春,胡宗南奉蒋介石之命,率数十万大军进攻党中央所在地延安。中国人民解放军的一个纵队奉命从山西出发,渡过黄河去保卫延安。陈兴元旅一连连长周大勇忍痛向战士们宣布我军遵照党中央的决策,退出延安的决定。战士们思想不通,表示誓死收复延安。

胡宗南匪徒要找我军主力决战,而我军主力部队却隐蔽在青化砭,伏击了敌三十一旅。打了胜仗,周大勇部却奉命佯装打败仗的样子,给敌人造成错觉,引诱敌人主力北上。与此同时,彭德怀副总司令部署了蟠龙镇攻坚战。战斗打响后,远在绥德城里的敌军军长刘戡认为这是"共军声东击西的诡计"。当胡宗南催他增援蟠龙镇的电报像雪片似飞来时,他才觉得事情的严重。在他的军事会议还未讨论出对策的时候,我军攻克了蟠龙镇,并立即转移到真武洞地区休整。周大勇部也胜利地完成了任务赶回了大部队。

为了粉碎胡宗南集中兵力妄图在安塞地区与我军决战的企图,我军一部途经原始森林,穿过沙漠,翻越千山万壑,去追击准备沿长城向西逃跑的三边分区的敌人。几天几夜的急行军,差不多每个战士脚上都打起了泡;在沙漠里行军最要命的是暴热和口渴,为了一口水,共产党员、炊事员老孙悄悄地离开了人世。结果,我军以敌军预想不到的神速包剿了胡宗南的重要帮凶马鸿逵匪徒,收复了三边分区。然后,日夜兼程,奔赴榆林前线。周大勇的一连配合兄弟部队,迅速攻克三岔湾,打开了通向榆林城的门户。

西北野战军于8月6日打响了围攻榆林城的战斗。第三天拂晓,主力部队撤退,周大勇连队担任掩护任务。经过顽强的战斗,周大勇带领大部分战士押着俘虏,向解放区撤退,王老虎带着一个排断后。王老虎带领9个战士打退了敌人一次又一次的猛烈攻击,王老虎在捅死十几个敌人后,"死死地掐住敌人的脖子"倒在血泊中……

周大勇他们终于杀出一条血路,回到了陕甘宁边区的土地上。他又见到了在老乡家养伤的幸存的王老虎,十分高兴。

8月,西北战场将要从防御转入反攻。沙家店战斗打响了,彭总指挥我军首先斩断敌一二三师和刘戡的五个半旅的联系,在阻击刘戡的同时,把一二三师送入我军伏击圈;然后向敌三十六师发起总攻。阵地被攻下来了,敌师长钟松落荒而逃。

大进军开始了。周大勇奉命带一个营插入敌人的心脏去活动,夜袭敌人的一个重要据点。一听枪响,敌人乱作一团。这时正好遇上敌人的传令兵,周大勇便逼着传令兵把他们带到旅参谋部,缴了一百多敌人的武器,然后又打退了一千多敌人的轮番攻击,最后一个个跳下了崖,胜利地完成了任务。

经过七天七夜的阻击战,五六万敌军全被歼灭了。溃散的敌军也逃不脱人民解放军撒下的天罗地网。

24岁的周大勇在战斗中成长,现在已经指挥一个营了。战斗胜利后,他回到连队看望了老战友,又跃马走向了新的征程。

赵树理

三里湾

通俗读物出版社1955年出版。

1951年,三里湾办起了农业生产合作社,成了当地有名的模范村。但围绕着扩社、开渠两大问题,村里从党内到党外、从家庭到个人,都经历了一场颇为复杂的矛盾斗争。

故事从旗杆院说起。

这旗杆院是三里湾东头的一座宽敞的公房,合作社成立后,它被作为办公室,平时社员有什么事都爱上旗杆院商议。农闲时,这里又是村里的扫盲民校教室。9月1号的晚上,村支书王金生的妹妹王玉梅早早地赶到旗杆院来听课,但由于眼下正值秋收大忙季节,她等了半天没有几个人来,两位扫盲老师范灵芝和马有翼只好让民校暂时"放假"。

玉梅刚一到家就听到二哥王玉生和二嫂袁小俊在吵架。玉生是个聪明、能干、心灵手巧的忠厚青年，他有一股可贵的钻研精神，早在1949年，他曾因发明"活柳篱笆挡沙法"而得了县政府颁发的特等劳模奖，他对集体的事儿十分热心。袁小俊则与他相反，从小娇生惯养、好逸恶劳，整天讲穿戴、爱打扮，而且嫌玉生家人多，她当不了家，所以经常跟玉生无故扯皮、找岔子吵架。今天傍晚玉生正急着为社里的秋收设计场磙的样子，小俊却拿了一段布料进来，吵着要玉生给她钱。玉生说现在不行，过几天再买。小俊便大闹起来，毁坏了玉生设计的场磙样子。玉生发火了，打了袁小俊一耳光，两人都说："这日子不能过了！"

小俊跑回娘家告状，玉生找到旗杆院来同村干部提出和小俊离婚。干部们正在讨论村里的扩社和开渠的问题，当问到玉生明天要用的场磙样子搞好没有，玉生只好把离婚的事情搁下了，忙着重新设计场磙样子。

袁小俊是本村党员袁天成的女儿。这位袁天成是个"两只脚踏在两条路上的党员"，尽管他迫于老党员的身份参加了合作社，但在家里却事事听从老婆"能不够"的指挥，整天忙于发家致富，并以参军的弟弟的名义多留自留地。他老婆"能不够"是位"骂死公公缠死婆、拉着丈夫跳大河"的女人，她专门指使丈夫搞邪门，教唆女儿撒泼耍赖。女儿同玉生结婚不久，她便唆使小俊闹分家；分家后，又唆使小俊去制服玉生。这天晚上，她听说小俊制服不了玉生，觉得"不如干脆离了算拉倒"。她心里盘算着让女儿再嫁给富裕中农马多寿的四儿马有翼。果然，在"能不够"的怂恿下，袁小俊与王玉生离了婚。

富裕中农马多寿，别看他外号叫"糊涂涂"，其实是政治上装糊涂，在发家致富上可称是格外精明强干了。他老婆叫"常有理"，大儿子马有余外号叫"铁算盘"，大儿媳叫"惹不起"。这四个人的外号连起来念就像"三字经"一样："糊涂涂，常有理，铁算盘，惹不起。"这四个人凑到一块，马家哪有不富的道理。马家的二儿子马有福在外省工作。马家还有个三儿子马有喜参军在外，三媳妇陈菊英是位进步青年团员，但在马家毫无地位，常常受婆婆和嫂嫂的窝囊气。糊涂涂他们都不愿入社，他家有块"刀把地"正在社里开渠的范围内，但为了不使社里开渠经过这块地，四个习钻之徒绞尽了脑汁。马有翼是马家的"高材生"，已初中毕业，他一心爱着村长范登高的女儿范灵芝。两人都是初中毕业生，青年团员，但范灵芝总觉得马有翼没有主见。"常有理"可不管儿子的心事，她与袁小俊的母亲"能不够"是亲姊妹，两人又气味相投，因而当小俊和玉生一离婚，她们便很快做成了亲上加亲的交易，想包办马有翼和袁小俊的婚事，并买了许多定亲的礼品。

马有翼爱着范灵芝，自然反对这门亲事，但又不敢在家里公开拒绝，只是躲在房里呕小气。"常有理"故意不让灵芝与有翼接触，并把有翼锁在家里，门上挂了块"忌生人"的红布。

范灵芝是村长范登高的女儿。范登高是村里的老党员，早先对革命有过贡献，但私心严重，土改时利用职权他分得了好地而比别人"翻得高"，他拒不参加合作社，买了两头骡子，还雇了村里的小聚为他赶车进城里贩货做买卖。干部群众都有意见，有人质问村干部："共产党是不是规定小党员走社会主义道路，大党员走资本主义道路？"范灵芝同她父亲相反，她觉得父亲没有和党走在一条道上，但她又说服不了能说会道的父亲。

秋收分配十分繁忙，合作社以换工的方式借范灵芝到社里当会计。在工作中，灵芝发现王玉生为人真诚、踏实、不自私、有个性，而且聪明能干。有一天，她早早赶到旗杆院，碰到玉生呆坐在桌前，在为社里琢磨着如何改装水车。灵芝看了他画出的设计图，顿觉玉生是个了不起的青年人，心里暗暗产生了几分爱慕之情。当她听说马有翼被锁在家里，并与袁小俊定了亲，觉得他太没骨气。晚上，她怎么也睡不着，想到马有翼又想到王玉生，她将两人反复比较，认为有翼没个性，只知道服从他那封建主义的爹妈，玉生有骨气，一心扑在合作社的事业上；有翼家里是"糊涂涂"爹、"常有理"妈、"铁算盘"哥哥、"惹不起"嫂嫂，玉生家里是能干的爹、慈祥的妈、当支书的哥哥、贤惠耐劳的嫂嫂。在反复考虑之后，灵芝认为玉生比有翼有出息多了。于是她鼓足勇气去找王玉生。

这天正好是玉生值夜班，灵芝早上四点二十分就起床来到了旗杆院。她走到玉生面前问道："我来问你一个问题，你觉得我这个人怎么样？"王玉生摸不着头脑，憨直地说："我觉得你各方面都好。""你爱我不？……你不是开玩笑？"王玉生一下惊呆了，木讷地说道，"我没敢考虑这事。……为什么？……因为你是中学毕业生。"……灵芝握住了玉生的双手，两人都有一种说不出来的兴奋。

很快灵芝与玉生登记结婚了。被关在家里不准出门的马有翼大哭一场，他想：我决不娶小俊来折磨我，灵芝是脱掉了，玉梅还很不错。想着想着，他大声喊叫起来："不行，不行！我要出去！"有翼革命了，他勇敢地冲出家门，找到了玉梅，向她表白了爱慕之情。之后，他又跑到村长范登高家里要来了分家单，分家入社了。

灵芝订婚，有翼革命，消息传遍了全村，党员袁天成受到了很大的震动，特别是当他听说马有翼不愿与他女儿小俊定亲的事，更觉得丢人现眼。他恨老婆"能不够"不该出馊主意留那么多的自留地，恨她整天不干活而让自己当牛马，恨她挑唆女儿离婚，恨她与"常有理"串通一气包办女儿的婚姻，最后弄得大家丢尽了脸。袁天成忍无可忍，他头一回对"能不够"厉声说道："你做错梦了！我的长工当到头了，这几天有分家的，也有离婚的，咱也凑个热闹……""能不够"这回慌了手脚，她答应今后不搅家，不要鬼本事，好好参加劳动，并把多余的自留地入社。袁小俊开始感到后悔晚了，如今落得个"一头抹了，一头脱了"，内心开始惭愧不安了。不久，人们为她介绍了村里的另一个能干青年王满喜。

经过整党学习,范登高的思想有了转变。开始,他不但不想入社,也反对社里开渠,以保住他走资本主义道路的私利。他曾支持富裕中农"糊涂涂"与合作社对抗。马多寿把"刀把地"分给在外省工作的二儿子马有福名下,而故意不分给三儿马有喜,以达到陈菊英分了家也得不到"刀把地"的目的。范登高开始是极力站在"糊涂涂"马多寿一边,致使合作社为开渠一事费尽了周折。现在,范登高开始觉悟了,他将自己的好地和两头骡子、大车都入了社,并向群众检讨了自己的错误。

不久,"刀把地"问题也彻底解决了,社委会出面,写信给在外工作的马有福,说明开渠的利害关系。马有福回信说,"刀把地"全部捐给合作社。"糊涂涂"看到自己所剩的土地并不多,加上袁天成、范登高等都入了社,于是同大儿马有余商量,还是申请入社好。

国庆节到来了,三里湾一片欢腾景象。王玉生与范灵芝、马有翼与王玉梅、王满喜同袁小俊等都在筹办婚事;旗杆院里开会的开会,结账的结账,准备开渠工作的人们更是热火朝天。三里湾的人民在期待着美好幸福的明天早点到来。

曲　波

林海雪原

人民文学出版社1957年出版。

解放战争初期,东北牡丹江地区被我军击溃的国民党残匪,与地方反动势力勾结在一起,组成了土匪武装——中央先遣军,潜入深山密林图谋暴乱,匪首许大马棒率部深夜血洗杉岚站,凶残地杀死了9名土改工作队员和村干部。当我军团参谋长少剑波带领部队飞驰来救援时,匪徒已经逃窜无踪,只留下断墙残壁、亲人尸体,村中一片火海。大部队在山里搜了好几遍踪影全无。我军决定组成以少剑波为首的三十六人小分队,以便灵活机动地作战,深入到林海雪原去完成任务。

小分队到达深山里的九龙江小屯后,侦察英雄杨子荣和长腿孙达得捕获得许大马棒的联络副官、化装成小炉匠的栾平,战斗英雄刘勋苍力擒许大马棒的中段联络员、正要与小炉匠栾平接头的刁占一。从审问中得知,许大马棒正盘踞在易守难攻的奶头山,据险不出。小分队在蘑菇老人的指点下,跨谷飞涧,神不知鬼不觉地占领了山顶;山下杨子荣率领战士堵住敌人逃路。许氏匪帮除许大马棒的老婆蝴蝶迷外出不在外，匪首许大马棒父子五人死的死，伤的伤，无一漏网。

小分队下一步决定歼灭占据在威虎山的另一股以座山雕为首的匪帮，但是他们究竟在哪里呢？一天小分队在雪地里发现了一具女尸，杨子荣、孙达得根据这一线索循踪追去，终于在河神庙附近智擒了座山雕的联络副官、栾平的把兄弟一撮毛，并从他身上搜出了许大马棒的"先遣图"，上有许大马棒分布在牡丹江一带的三百多个联络点和全部特务名单，这是许匪一大资本，一撮毛刚从栾平的妻子那里抢来，正准备去威虎山邀功请赏；另外还从他身上搜到一封密信，得知座山雕要在年三十搞一百只鸡办百鸡寿宴，犒赏群匪；一撮毛还提供了威虎山的军事布局：明碉暗堡，重重封锁线。情况说明只能智取不能强攻。杨子荣主动请战，要求改扮许大马棒的饲马副官胡彪，以献"先遣图"为名打入匪窟。

为消灭座山雕，小分队兵分三路：杨子荣化装成胡彪打入座山雕匪巢；少剑波率小分队开进夹皮沟，边发动群众搞生产自救，边苦练滑雪本领，还虚张声势迷惑座山雕；栾超家严密监视河神庙的老道。

杨子荣打虎上山，在威虎厅临虎穴而不惧，镇定自若，利用匪间矛盾，献上"先遣图"，经受了种种考验取得了座山雕的信任。但座山雕阴险诡诈，又以"演习"来试探杨子荣。杨子荣将计就计，不但消除了座山雕的疑心，还趁机送出了情报。

大年三十，杨子荣正里外忙碌，大摆百鸡宴，不料被我军抓获的小炉匠突然逃到威虎山。意外逢敌，面临严峻考验，杨子荣以过人胆识舌战栾平，他紧紧抓住栾平不敢承认自己被解放军捕获过又拿不出"先遣图"的弱点，施离间计层层进逼，终于致顽敌于死地，转危为安。接着杨子荣又盛布酒肉兵，紧密配合小分队，一举全歼了座山雕匪帮。

与此同时，栾超家也满载而归，他在监视河神庙时抓住了一个联系匪特，搜出了匪首侯专员的信，信中密约座山雕和另一匪帮九彪下山，以火光为号消灭驻在夹皮沟的小分队。从信中还得知隐藏在河神庙的老道原是侯专员的高级参谋。小分队将计就计布下火雷阵，全歼了九彪匪帮，智擒了河神庙妖道。

到此五个月来，小分队奇袭奶头山，大战百鸡宴，设计歼九彪，并一网打尽暗藏敌特，现只剩下由侯专员率领的以马希山为旅长的匪帮了。小分队采取调虎离山计，烧毁了敌巢，逼其在绥芬大草甸与我周旋，最后在群众和来增援的大部队配合下，大战四方台全歼顽匪。

冬去春来，万物俱苏。小分队和翻身群众李勇奇、姜青山一起汇入革命洪流，奔向辽沈战役的前线。

吴 强

红 日

中国青年出版社 1957 年出版。

1946 年深秋初冬时分，国民党整编七十四师向中国人民解放军沈振新、丁元善部所驻的涟水城发动了第二次攻击。我部广大指战员奋起还击，但敌人火力太猛，我军伤亡较大，主力团团长苏国英也牺牲了。为了保存有生力量，我军不得不从涟水城撤退。

军长沈振新憋着一股火气，但他克制住了自己的情绪，按照上级指示率部向山东方向撤退。战士们对于突然撤退并不理解，即使是干部如团长刘胜，也充满着对战斗的渴望。经过整训，部队思想才稳定下来，情绪又高涨起来。

战斗终于到来了，沈、丁部奉命由南行转为北上，迎着隆隆炮声，赶到莱芜城北的吐丝口附近。在此之前，副军长梁波带着侦察营已到达距离敌人据点吐丝口十五里地的羊角庄，在这里，他意外地遇上了原部队女记者、现在地委工作的华静。

在拂晓以前，华东人民解放军完成了对以莱芜为中心的五万余人的包围。沈、丁部队按规定时间，于晚上八点向吐丝口守敌发起了全线总攻击。战斗一开始就打得十分激烈，我军经过艰苦奋战，歼敌五万六千余人，取得了莱芜大捷。

打了胜仗干部战士心里都十分高兴。在聚餐会上八连连长石东根喝醉了酒，穿上敌军的军官服跑起马来，正好遇上军长沈振新，挨了一顿批评。

战斗结束后，华静又一次来到梁波处。在共同的事业中他们产生了爱情。

春天，在涟水战役中负伤的排长杨军在医院接待了他的未婚妻钱阿菊。莱芜大捷后，杨军沉不住气了，坚决要求出院。临行的前一天晚上，经过热心人的张罗，这对年轻人举行了婚礼。

蒋介石为了在华东战场挽回败局，又派他的"五大主力"中的主力——七十四师长驱直入山东境内，企图以它为核心形成龟形阵势与我军决战。我军命令经过两个月休整的沈、丁部鸣号行军，迷惑敌人，牵着七十四师的鼻子上了孟良崮。敌军一到孟良崮，沈、丁部即奉命返回，长途飞兵，赶至沂蒙山区垛庄一带，抢占了二四零高地，并配合大军迅速堵死了敌人逃走的最后缺口，完成了对敌军"滴水不漏"的大包围。

国民党七十四师师长张灵甫是蒋介石手下最出色的一个"常胜将军"，他在我军的重重包围中仍做着"全歼共军"的美梦，妄图消灭陈毅、粟裕所部，来一次"惊人大举"。

我军开始向七十四师发动猛烈进攻，战斗进行得十分激烈。军长沈振新不顾病痛亲临前线，指挥刘胜、陈坚团与敌军在山麓、洞口、悬崖展开了紧张而艰苦、激烈而复杂的争夺战。在战斗中，神枪手王茂生用步枪打下了一架敌机。

战斗打到了白热化的程度，敌我双方都投入了最大限度的兵力，刘胜将团部的警卫连也派上了火线。突然一股残敌窜到刘胜身边，他和警卫员手持短枪进行战斗。敌人被歼灭了，刘胜却因腹部中弹而牺牲了。

1947年5月16日黎明，军长沈振新发出向孟良崮攻击的命令。顿时万炮齐发，纷纷落在张灵甫的指挥部山洞前，洞内乱作一团。我军一部坚守玉皇顶险要阵地，击溃了进攻之敌；一部由团政委陈坚率领进捣敌师指挥部。顽固不化的张灵甫不肯投降，也不甘心失败，他想组织突围。经过激战，我军全歼敌七十四师，师长张灵甫饮弹毙命。

胜利的军号，在孟良崮的高峰上嘹亮地响起来，响彻了绵延的山野和万里晴空。

梁　斌

红旗谱

中国青年出版社1957年出版。

小说的序幕是朱老巩"大闹柳树林"的故事。清朝末年，锁井镇头号大地主冯老兰（冯兰池）要霸占公产而砸钟灭迹（因为铜钟上铭刻着土地所有权归公），向来好打抱不平的朱老巩及其好友严老祥挺身而出，朱老巩用自己的胸膛挡住了砸钟的油锤，保护了这口古钟。后来冯老兰使了"调虎离山计"，终于把古钟砸掉了。性情暴烈的朱老巩气得吐血身亡，女儿被冯老兰唆使的歹徒奸污投河自尽，15岁的儿子小虎子（朱老忠）逃离家乡，走京下卫闯关东。不久，严老祥也离家出走。

30年后，朱老忠带着妻子和儿子大贵、二贵回到锁井镇，与严老祥的儿子严志和一起，继续同冯老兰斗争。在朱老忠回来之前，锁井镇也是不平静的，曾发生朱老明连同28家穷人三告冯老兰的斗争，结果以倾家荡产的悲剧告终。朱老忠回来后，以朱、严两家为代表的农民与冯家地主的矛盾更加尖锐了。

朱老忠同冯老兰的交锋，"脯红事件"是引子。大贵、二贵和严家两兄弟运涛、江涛在秋后捉到一只珍贵的脯红鸟，冯老兰想霸占，他们不让，这就引起了矛盾。冯老兰依靠权势抓大贵当兵，朱老忠深谋远虑，将计就计，让大贵当兵，然后送江涛上学，想走"一文一武"的复仇道路。

不久，大革命风暴从南向北兴起，冀中平原有了党的地下组织。地下党的县委书记贾湘农把严志和的两个儿子运涛和江涛培养成为共产党员，并把运涛派往南方参加北伐军。1927年"四一二"蒋介石背叛革命后，运涛被捕入狱，朱老忠领着江涛去济南探监。从济南返回不久，时近年关，地方当局下令征收"割头税"，冯老兰包下了全县的"割头税"企图从中渔利。党派江涛回乡领导"反割头税"斗争。于是江涛走东家串西家，发动群众斗争，提高群众觉悟。正在这时，当兵的大贵逃回来了。为了与冯老兰对着干，大贵就在自家门口安了一口锅，叫人们不要把猪抬到冯家杀，而抬到朱家门口杀，不要一分钱。有觉悟的人都去朱家，大贵操刀，大家看到抬猪来杀的人很多，那些等着观望的人家也抬着猪来了。由于群众发动得充分，冯老兰被挫败，"反割头税"取得了鼓舞人心的胜利。朱老忠、严志和等人在斗争中表现突出被吸收入党。

从此，滹沱河农民的斗争，从自发的报私仇的斗争变为自觉地推翻整个地主阶级的阶级斗争。

"九一八"事变以后，民族的危机、民族的矛盾冲击着保定知识界和青年学生，保定的学生们首先行动起来。学生运动的主要领导人就是严江涛，他是保定第二师范的学生，担任学生会主任委员，领导了轰轰烈烈的"二师学潮"。反动当局惊恐万分，把要求抗日救国的二师学生包围起来，企图用断绝联系的方法迫使学生投降。但学生们进行了英勇不屈的斗争，粮食吃完了吃树叶，吃完了树叶吃狗肉。保定二师马路对面的河北师大的学生们闻讯也纷纷支援他们，给他们送粮食。好几次，江涛组织人冲出校门，急速到粮店购买粮食。

在斗争的紧急关头，保定特委指示二师学生撤离学校，转入农村，开展游击活动。不料反动当局先下了毒手，大批军警冲进学校，江涛等十多人被捕，几十人被枪杀。但是，朱老忠等人却抢救出一些学生骨干分子，把他们转移到农村。

保定"二师学潮"的斗争被镇压下去了，但他们的抗日名声已传遍全国，影响了北平等地的学生运动。斗争并没有结束，朱老忠、严志和和被营救出的学生返回农村继续进行战斗，它预示着冀中平原将要掀起新的波澜壮阔的革命风暴。

杨　沫

青春之歌

作家出版社1958年出版。

在从北平东行的列车上坐着一位名叫林道静的姑娘，她为了反对包办婚姻，离家出走，只身一人到北戴河投奔她的教书的表哥。然而她却扑了空，她的表哥已离职去东北了，这使她陷入投亲不遇又无路费回去的困境。村里的小学校长余敬唐留下她任教，她庆幸自己遇见了好人。可是在一风雨之夜，她偶然听到校长酒后失言，原来他是想把她献给县长做小老婆。在走投无路的绝境中，她纵身扑进汹涌的大海。这时，一双温暖的手拉住了她。这是一个叫余永泽的大学生，在他的鼓励下林道静又活下来了。

"九一八"事变后不久，林道静认识了来学校探亲的北大学生卢嘉川，这是她最先认识的共产党人。在卢嘉川的启发下，她宣传爱国思想受到余敬唐的指责，她离开杨村回到北平。

在北平一时找不到适当的工作，又经不住余永泽的苦苦哀求，林道静就和他同居了。结婚不久，余永泽就开始暴露出他的自私和卑劣，他不要道静去找工作，反对她关心国家大事，只把她当成一个好看的花瓶，只要她当一个专门服侍丈夫的主妇。

在新年的"流浪者"的晚会上，林道静又遇见了卢嘉川。此后，她和卢嘉川来往密切起来。卢嘉川知道她是个具有反抗精神的坚强女性，决心帮助她走向革命道路。

道静和卢嘉川的交往引起了余永泽的猜疑和嫉恨，他不许她和卢嘉川来往，不许她参加他们的活动。然而，此时的道静已不是从前的道静，她从卢嘉川那里，从革命导师的著作里接受了革命的思想，她不顾余永泽的阻挠参加了"三一八"集会游行活动。

一天晚上卢嘉川突然来找她。他被敌人追捕，想到这里来躲一躲。他让道静替他保存几份文件，并委托她送封信。当道静去送信的时候，卢嘉川却被闻讯赶回家的余永泽撵走了，致使卢嘉川当天晚上就被捕了。

得知卢嘉川被捕的消息后，林道静对余永泽的行为愤怒至极，严重的思想分歧使她毅然离开了余永泽，她开始了新的生活。

不久，已经当了叛徒的原区委书记、王晓燕的恋人戴愉和她联系上了。当她正为自己找到了党组织而高兴时，她被戴愉出卖而被捕了。在王晓燕的帮助下，她女扮男装逃到定县当了小学教师。

到定县不久，她又认识了共产党员江华。江华是来定县搞农民运动的。他给道静分析了中国革命的具体问题,使她对中国革命的实际有了进一步的认识。道静因领导学生反对校长暴露了自己,不得不回到北平。

一回北平她就被特务认出,重新进了国民党的监狱。同监的共产党员林红教育她不能一被捕就等死,应该为革命战斗到最后一分钟。林红的英勇斗争事迹教育了她,她参加了狱中的革命斗争。

党组织通过王晓燕父母保释林道静,她又出狱了。这时江华也给道静带来了吸收她加入中国共产党的喜讯。此后,她被调到党的机关工作。在党的机关里,她得知了卢嘉川牺牲的消息,心中悲痛万分。不过,此时的林道静已是个成熟的革命者了,她被党组织派到北大去做学生工作。她和北大的学生地下支部一起克服了重重困难,使学生运动掀起了高潮。

一天,戴愉喝醉了酒,在王晓燕面前暴露了自己的叛徒面目。王晓燕如梦初醒,在极度痛苦中找道静。道静鼓励她鼓起勇气,一切重新开始。

"一二九"运动后不久,党决定再组织一次规模更大的示威游行来扩大战果,林道静组织北大学生参加了这一斗争。

12月26日,林道静率领北大学生走向街头,和其他学校的广大青年学生一起迎着敌人的水龙和大刀谱写了一曲壮丽的青春之歌。

周立波

山乡巨变

上、下篇分别由作家出版社于1958年和1960年出版。

1955年初冬,团县委副书记邓秀梅,带着党的指示到清溪乡办合作社。途中遇该乡老贫农盛佑亭(绰号叫亭面糊)挑着竹子到街上去卖,原来他听到办社的风声,害怕农民的私产要归公,方有此举。

邓秀梅到清溪乡之后,开展了建社的工作。随着这一工作的开展,干部刘雨生发生了"婚变",他原来的妻子张桂贞,听信兄长张桂秋(绰号秋丝瓜)的挑拨,闹着要离婚,借以打击他办社的积极性,但他以忠厚的态度对待负心的妻子,并克服内心矛盾,坚定不移地走社会主义道路。老贫农陈先晋家也发生了尖锐的矛盾,土改分了他五亩水田，领回土地证的那天夜里，他通宵翻来覆去，没有睡着觉，而现在听说要办社，田土要归并到社里，他十分吃惊、苦恼和悲哀。而他的儿子、青年团员陈大春则极力主张入社，为此父子闹得很僵。亭面糊也产生了不安和苦恼，他勉强到乡政府参加关于合作化的群众会，但在会议进行中，却溜到后房打鼾睡觉。中农王菊生更是大耍"装病"和与堂客离婚的花招。他见陈先晋入了社，感到很孤立，于是就贴上太阳膏药，叫妻子扯了痧，装病，等干部来他家动员他入社，他就睡在床上呻吟。此计被干部识破，他又要堂客与他闹假离婚，以达到不入社的目的。而阶级敌人龚子元则勾结富裕中农张桂秋进行破坏和捣乱。面对这些复杂的矛盾和斗争，邓秀梅依靠干部和积极分子，深入实际，调查研究，走家串户发动群众，用党的政策和具体事实教育了农民群众，揭穿了敌人的阴谋，培养了一批建社骨干，清溪乡的合作社终于在1956年元旦举行了成立大会。

由于工作的需要，邓秀梅调离了清溪乡，领导合作社的担子落在清溪乡支书李月辉和社长刘雨生的肩上。李月辉13岁就成了孤儿，出身贫苦，他是一个关心群众疾苦、实事求是的干部。在李月辉和刘雨生的领导下，合作社进一步巩固和发展。以王菊生为代表的单干户继续与合作社比高低，但在一次次比试中，他都失败了。而龚子元夫妇则在群众中一次又一次地煽阴风点鬼火，最后"露底"，在他家里搜查出了定时炸弹、国民党旗子、步枪和长了铜锈的一排排步枪子弹。在铁的事实面前，群众擦亮了眼睛，单干户纷纷申请入社，人们生活和精神面貌发生了深刻的变化，全村一片欢腾，庆祝丰收。

柳 青

创业史（第一部）

中国青年出版社1960年出版。

作品围绕着梁生宝互助组的巩固和发展来展开故事，分上下两卷，另外卷首有一个"题叙"，卷末有一个"结局"。

题叙概述了梁家祖孙三代饱含血泪的创业史。1929年冬天，梁生宝仅四岁，因饥荒随母亲离开渭北老家，流落下堡村蛤蟆滩，被年过四十、无妻儿的梁三收留，母亲改嫁梁三，生宝也随继父姓了梁。梁三的父亲艰难创业，原本建起了三间正房，为梁三娶了妻，但梁三命运不济，牛死妻亡，天灾人祸，接踵而来，连三间房也不得已拆卖了。而今他乘饥荒不费钱娶了女人，重生创业的希望。但梁三苦苦劳作十年，家业依旧。梁家创业的担子落到了生宝肩上。他十三岁当长工，二十来岁就独自租种18亩稻地，雄心勃勃，远胜父辈。但辛苦一年的收获，全被地租、高利贷等敲诈一空。后为躲壮丁，生宝不得已进了终南山。旧社会梁家三代的创业史就如此告终。新中国成立后，梁生宝当了民兵队长，入了党。1953年春天，他完全投入互助组的事务里去了。由于梁家通过土地改革，分到十来亩稻地，梁三老汉又做起了创立家业、做三合头瓦房院长者的美梦。于是，父子间发生了思想上的激烈冲突，由此揭开了小说的序幕。

上卷的中心情节是活跃借贷。土改结束以后，政府颁发了土地证，富农姚士杰和富裕中农郭世富等不再担心被斗争了，于是或明或暗地和生宝领导的互助组及贫苦农民对着干。1953年春天，是互助组和整个蛤蟆滩贫雇农最困难的时刻，一方面要筹划新的一年的生产，一方面要度春荒。而他们既无钱又无粮。村代表主任郭振山寄希望于富农和中农，想通过"活跃借贷"即低利向他们借粮，以解燃眉之急。但余粮户响应者无几。此时，自发势力更加猖獗。郭世富大兴土木，又盖新房；姚士杰则偷运粮食到外村放高利贷。代表主任郭振山已控制不了蛤蟆滩的局面。他土改分了好地，现在家里有劳力，有畜力，有余粮，故对自发势力作壁上观，与贫苦农民越离越远。在这种形势下，梁生宝成了互助组和贫苦农民的主心骨和带头人。为了推行一年稻麦两熟的生产计划，他含辛茹苦跑到几百里外的郭县为互助组买新稻种；为了筹集生产资金和度过春荒，他组织组员进终南山割竹子。这些行动，打击了自发势力的气焰，解决了贫苦农民的困难，稳住了互助组的阵脚。生宝的所作所为虽不为继父梁三所理解，他们时有摩擦，但他深信继父会在事实面前醒悟过来的。此时生宝已近而立之年，由于一心扑在事业上，婚姻大事还未放在心上。梁三新中国成立前为他买的童养媳已病死，同村的女团员改霞倾心于他，但生宝怕影响工作和党的荣誉，抑制内心的感情，故意疏远她。同时，郭振山又不怀好心，装着关心改霞，鼓励她去当工人，借以拆散他们的姻缘，干扰生宝搞互助合作。

下卷的中心情节是梁生宝互助组进山和出山。生宝率人进入终南山后，互助组育秧的事由记工员任欢喜和县里派来的农技员韩培生负责。姚士杰活动更加猖狂，处心积虑要搞垮互助组。他占有了生宝互助组成员栓栓的妻子素芳，并指使素芳去诬陷梁生宝，达到分裂互助组的目的。在他的阴谋策划下，生宝互助组的梁生禄（生宝的堂兄）和栓栓两家都与他混在一起，而与互助组日益疏远。郭世富也通过买稻种等事收买人心，和互助组比试。梁生宝则带领着贫苦农民在野兽出没的深山风餐露宿。不幸，栓栓的脚被竹茬儿扎伤，素芳进姚士杰四合院做工等消息也传至山上。虽然生宝未生半点退却之想，但栓栓受伤的消息传到蛤蟆滩，则导致他家和梁生禄退组。由于生宝的割竹队如期完成任务，挣了不少钱，互助组到底稳住了阵脚。梁三老汉一直为生宝的所作所为担忧犯疑，但思想感情上已有许多转变。在梁生宝领头创业时，改霞对他的感情也经历了一个曲折反复的过程。改霞为了能和生宝相好,甚至还放弃过一次招工的机会。但她终于悟到他们之间性情不合,难成姻缘。

结局描写的时间已经到了1953年12月,描写的事件主要是蛤蟆滩开展的粮食统购工作和筹备成立以梁生宝为首的灯塔农业社。1953年,生宝的互助组获得大丰收,在互助组的带动下,蛤蟆滩的统购工作提前完成。生宝威望不断提高,他的互助组也更加壮大,连生禄和栓栓两家都回了组。随着生宝的声望增高,郭振山则威信扫地,他很妒忌生宝,为了重新恢复他的声望,获得上级的信任,稳住他的地位,他积极整顿他所在的官渠岸互助组,追赶梁生宝。而梁生宝、冯有万和任欢喜则经过县里的培训学习,成立了由梁生宝任主任的全区第一个农业生产合作社——灯塔农业生产社。在梁生宝带领他的互助组沿着社会主义方向创业成功的事实面前,梁三老汉服了。他穿上了梦寐以求的新棉衣,并受到人们特别的尊敬。这时,曾十分爱慕梁生宝的改霞,终因意识到她和生宝性情不合,下决心去当工人了。

姚雪垠

李自成(第一、二、三卷)

第一、二、三卷分别由中国青年出版社于1963年、1976年和1981年出版。

崇祯十一年(1638年)冬,清兵又一次直逼北京城下。由于内忧外患加剧,朝内以杨嗣昌为代表的主和派与以卢象升为代表的主战派的斗争也日渐尖锐、激烈。年仅28岁的崇祯皇帝决心励精图治,事必躬亲,企图扭转危局,挽救明朝江山,做一代"中兴之主"。他因连年打仗,顾内不能顾外,竭力推行"攘外必先安内"的策略,把李自成视为国家心腹大患。因此,他再次下诏命兵部尚书兼陕西三边总督洪承畴荡平起义军,把李自成、刘宗敏等重要将领或阵斩,或生擒,而对东虏则"暂时行款"。

李自成率义军由陇东南和汉中进入商洛地区。但他们通往河南、湖广、四川的道路均被官兵堵死,处境万分危急。为突围进入河南,以李自成、刘宗敏为首的农民军同仇敌忾,在潼关南原与官兵展开了大血战。但因兵力悬殊,地形不利,损失惨重,官军的包围圈逐渐缩小。为了保存实力,李自成和高夫人分兵两路,分头突围。李自成率数千精兵回师河南,待奋勇杀出重围之后,身边仅剩下兵将18人。到达商洛山后,李自成和众将士面对粮草奇缺、军纪混乱、杆子骚扰等困难，加紧操练兵马，整饬军纪，决心开创新的斗争局面。并且，李自成还冒着风险，亲赴谷城同投降朝廷的张献忠相会，举行谈判，以促进他早日反戈，再树义旗。

崇祯十二年（1639年）夏，郑崇俭和丁启睿乘商洛瘟疫流行，义军将士纷纷病倒之机，分兵多路，大举进攻商洛，妄图将义军分割围歼。大战迫在眉睫，义军内部却又遇到石门谷杆子头目坐山虎挟众哗变，李自成亲赴石门谷，以大智大勇平息了叛乱。与此同时，刘宗敏也巧施妙计，粉碎了寨主宋文富策应官军袭击义军老营的阴谋。接着，农民军同心协力，又先后在野人峪、智亭山、白羊店等多处挫败官军，取得了商洛山保卫战的胜利。

战事的失利使崇祯皇帝惊慌失措，日夜不宁。他一面对败将严加惩办，一面把剿灭"流贼"、挽救危局的希望寄托于首辅杨嗣昌，下诏命杨嗣昌出京督师。杨昼夜兼程直奔襄阳，调集大军，主攻兵强马壮的张献忠和罗汝才。又派叛徒周山暗中勾引李自成部下，企图瓦解李自成。

崇祯十三年（1640年）五月，李自成率兵强渡汉水天险，来到鄂西一带山中，打算与张献忠合兵共御官军。不料张献忠在军师徐以显怂恿下，背信弃义，要暗害李自成。李自成被迫离去，潜伏于竹山、郧阳之间的山岭中。十一月，杨嗣昌的几十万大军被张献忠拖到四川，河南、湖广兵力空虚。李自成抓住战机，率义军冲击郧阳，直下河南。沿途攻打山寨，筹集粮草，招兵买马，声威大震。又荐贤举能，拜宋献策为军师，重用牛金星、李信等人。到年底，队伍扩充到十几万人。

崇祯十四年（1641年）正月，起义军轻取河南重镇洛阳，将福王斩首示众。不久，张献忠又率兵破了襄阳，捣毁了杨嗣昌的老巢，杀了襄王，杨顿感大势已去而自杀。

遭此惨变，崇祯皇帝更为焦虑恐慌。失去了杨嗣昌，崇祯身边重臣仅剩洪承畴一人，但他为了摆脱对内对外两面作战的困境，不得不忍心派洪承畴出关，希望与东虏决战，打出"和"的局面。但由于朝廷内部各树门户，互相倾轧，致使洪承畴的用兵方略无法施展，因而他一败涂地，被清兵活捉而投降。

李自成自破洛阳之后，一心想攻下开封，建国改元，号召远征。但他第一、二次打开封均未得手，于是决定第三次打开封。为扩充实力，他接纳了袁时中的人马，并不惜拆散张鼐的姻缘，把义女慧梅许配给袁时中，以期两家结为"秦晋之好"。但"小袁营"因不愿处处受人挟制，在各路大军向开封开拔时叛逃。这次攻开封，李自成接受前两次教训，决定采用围困久拖之法，让城内粮草匮乏，然后自动献城投降。但是，不料官军扒开黄河，以水代兵，打乱了李自成的部署，此次攻开封又告失败。后李自成发兵讨伐袁时中，袁降官军，慧梅自尽。

古　华

芙蓉镇

载《当代》1981年第1期。

　　芙蓉镇坐落在湘、粤、桂三省交界的峡谷平坝里。不晓得哪个朝代傍着镇旁的一溪一河栽下几长溜花枝招展、绿荫拂岸的木芙蓉，因此取名"芙蓉镇"。

　　芙蓉镇街面不大，有十几家铺子，一到逢圩日子就是万人集市。解放初期是一旬三圩，到1958年大跃进由于批判资本主义便由三天一圩变成七天圩、十天圩、半月圩。直至1961年才改半月圩为五天圩。

　　1963年，芙蓉镇上生意兴隆的是人称"芙蓉仙子"的开设米豆腐摊子的胡玉音。她容貌端丽，性情柔顺，待客热情。米豆腐摊子有几个每圩必到的老主顾，首推粮站主任、有一颗"菩萨心"的"北方大兵"谷燕山和大队支书黎满庚，还有是吃豆腐不数票子的"运动根子"王秋赦，以及外号"秦癫子"的下放右派秦书田。

　　镇里国营饮食店的女经理叫李国香，她认为米豆腐摊子威胁了国营市场，因而对胡玉音嫉恨在心。

　　胡玉音小时和黎满庚是青梅竹马的一对。1956年黎从部队复员回来分配在区政府工作，当时的区委书记以胡玉音家庭出身不好为由，用组织的名义强迫黎满庚与胡玉音断绝了爱情关系。

　　1964年已上调到县商业局的李国香率领社教工作组来到芙蓉镇，其时胡玉音夫妇用辛勤攒来的钱盖成的新楼房刚刚竣工。而王秋赦的吊脚楼因只知做桃色梦不晓得修理，弄得七歪八斜，而李国香却把这当成是这位好吃懒做、坐吃山空的"土改根子"没有彻底翻身的佐证，并把王秋赦树成社教运动的"典型"。

　　很快镇上就传出工作组要收缴胡玉音的米豆腐摊子的消息，为此李国香提出了胡玉音纯收入达六千元之多和谷燕山每月批给胡玉音60斤碎米的问题。

　　黎满庚家也吵翻了，他妻子埋怨他和胡玉音有名堂。第二天傍晚胡玉音偷偷拿来一千五百元钱求黎存放，被黎妻发觉，力逼丈夫将钱交给工作组。不久，县委组织部和县粮食局下文说谷燕山丧失阶级立场，盗卖国家粮食，令其停职反省交代问题。

　　胡玉音为了躲风头，避难外出投亲。两个月后当她回来时，丈夫黎桂桂被划为新富农并含冤自杀，他们的新楼房已办成"阶级斗争现场展览会"，她自己也被定为五类分子。

"四清"结束后,芙蓉镇被誉为"社会主义堡垒",镇上所有的干部都成了有问题的人,只有跟着李国香瞎折腾靠整治人而发运动财的王秋赦不但入了党,还当了大队党支书。李国香搞阶级斗争出名,荣升为县委常委兼公社书记。"铁帽右派"秦书田和胡玉音却被罚每天清早扫街。没出半年,"文革"开始,万没想到领导运动的李国香也以破鞋罪被游街示众加入了牛鬼蛇神行列。到了1968年,她又当了公社革命委员会主任。王秋赦参观大寨回来,由于疯狂煽动个人迷信而成为全县红极一时的人物。

　　秦书田和胡玉音这两个五类分子每天清早扫街已有两三个年头了。因同是运动落难人,便心心相印,相互体贴,日久天长,结出了苦涩的爱情之果。胡玉音怀孕了,秦书田拿上请罪书向王秋赦申请登记结婚。经过苦苦哀求,王才表示交公社审批。第二天大队派人送来一副对联:上联是"两个狗男女",下联是"一对黑夫妻",横批是"鬼窝"。这实际上等于承认了他们的夫妻关系。但是当去公社登记时,李国香和王秋赦都说他们是知法犯法,秦书田因此被判有期徒刑十年,胡玉音有期徒刑三年监外执行。

　　运动一个接一个:批林批孔、批儒评法、批邓反击右倾翻案,最后"四人帮"倒台。秦书田、胡玉音终于熬到了头,芙蓉镇终于熬到了头。不管李主任、王书记如何思想不通和阳奉阴违,拒绝为受迫害的人们落实政策平反昭雪,党的政策的光芒仍然照到了芙蓉镇。1979年春,秦书田、胡玉音被彻底平反摘帽过上了人的生活;谷燕山担任了芙蓉镇的党委书记兼主任;黎满庚恢复了大队支书职务;秦书田也当上了县文化馆副馆长。唯有历届运动的领袖和闯将在这新世界里存身不得,李国香凭借关系,倚仗权势远走高飞了;王秋赦被撤职后发了疯,着了魔,日夜喊着"千万不要忘记"的口号满街游荡。可是他的凄厉而可怜的喊声只能激起人们的诅咒。秦书田说得好:"如今哪种大城小镇,没有几个疯子在游荡、叫喊?他们是可悲可叹的尾音。"

王　蒙

活动变人形

载《当代》杂志1985年人民文学出版社建社35周年纪念专刊。

　　1980年6月17日,语言学家、副教授倪藻访问欧洲一个发达国家的著名港口H市,在他爸爸倪吾诚的朋友史福岗家,他看到一幅古字"难得糊涂",从而拨动记忆之弦⋯⋯

他爸爸倪吾诚出生在河北省一个叫孟官屯的偏僻贫穷之乡，十七岁离家进城读书。作为条件，他与母亲为他选定的妻子静宜结婚。旅欧回来后，他获得讲师学衔，被北平三所大学争聘，并把静宜接到了北平，从此，不停的争吵贯穿了他们的全部生活。静宜与丈夫已闹了差不多一年的纠纷。两月前，倪吾诚向她致歉并把自己领取月薪的图章交给她。但当静宜到发薪日去领薪时，才知丈夫已将月薪领走，他早已换了图章。

静宜决定报复，她立即按照与母亲姜赵氏、姐姐静珍（周姜氏）商定的方针，开始了对倪吾诚的"败祸"，到处叙述自己的冤屈，控诉倪吾诚的卑劣。

一次倪吾诚到家，起身上厕所时，静宜趁机在他的上衣口袋里搜抄一番，将一个纸头、一个信封和一叠钱全部揣将起来。静宜与母亲、姐姐一起检视搜来的物品。打开信封，首先掉出来的是一个女人的照片。一看信，三个女人的眼睛登时冒火。此时，倪吾诚气急败坏地冲进院来，喝道："姜静宜，你给我滚出来！"没等静宜出屋，静珍用左腿踢开门，抄起一碗绿豆汤照准倪吾诚面部就砸了过去。被热汤烫痛的倪吾诚大叫起来，模糊中他给了静宜一个嘴巴，而静宜一头把他撞了个趔趄，静珍抄起凳子冲向倪吾诚，老太太姜赵氏一边大骂一边大呼："快叫巡警去，把这个匪类给我抓起来。"

倪吾诚得了肺炎，病得很重，在静宜的精心照顾下很快康复。他觉得静宜苦心规劝他的一番有情有义的肺腑之言还真是合情合理的。病后一星期，师大校长来信请他康复之后另谋高就。他含泪对静宜说：抱歉了，我对不起你们了。只此两句静宜就泣不成声。静宜与倪吾诚和好之后，静珍与姜赵氏感到成了多余人。终于在1943年到来之际，她们回家去了。

不到半个月，她们又回来了。倪吾诚正在赶译一篇关于克伦威尔的文章，是史福岗约他的，静珍、岳母归来的喧闹使他译不下去。他在这间屋子里已经待了四个月，他断定，他就要发狂。

静宜扫房时倪吾诚主动找活干。他用煤铲去铲地上的泥疙瘩，静宜断喝：别动。说地上的泥疙瘩象征元宝。倪吾诚只觉得浑身撒了气。这时，他得知静宜又怀了第三胎，他决定，必须与静宜离婚。

在倪吾诚悄悄为离婚奔波时，朝阳大学请他去担任逻辑学讲师，接到正式聘书，静宜很高兴。这时邻居告诉她，倪吾诚在找律师准备离婚。静宜一听，边哭边骂：大流氓！丧尽天良！恩将仇报！静珍则恶声断喝：别哭！咱们以其人之道还治其人之身。

几天后，静宜对倪吾诚说，众人都为你出力，总算找到新事由，咱们请一桌席吧。于是，那个星期的星期六晚上，倪吾诚和太太在"神仙居"设宴答谢有关的乡亲朋友。却不知静宜是有意制造一个控诉倪吾诚的机会，把他想离婚的事当众亮了出来。倪吾诚狼狈不堪，如同罪人。

倪吾诚想死，但自缢后被发现，终于死而复生，离开了北平。

1944年春节前夕，倪吾诚托人捎来家信和给孩子的节日蛋糕。看完信，静宜气得破口大骂。姜赵氏说：别气了，就当他死了吧。那回死了不也就死了吗？

张　炜

古　船

载《当代》1986年第5期。

故事发生地洼狸镇是我国北方的一个小镇，地处古莱子国故都，曾是东方大港。镇上主要居住着隋、赵、李三大家族，他们世代以粉丝业为生。隋抱朴的祖父于20世纪初创办粉丝作坊，其事业得到发展，遍及芦青河两岸好几个县、市，生产的"白龙"牌粉丝已驰名中外。祖父去世后，抱朴的父亲隋迎之继承家业，生两子一女。到20世纪三四十年代，隋家开始走下坡路。土改来临时，隋迎之由于惧怕，只留下一个小粉丝作坊，而将其余的工厂、粉庄交了出去或给了人，因此土改时被定为开明士绅，不久因病吐血而亡。

经历几十年的沧桑变迁，洼狸镇的人们又重新分配土地、工厂，还有粉丝作坊，都要转交个人经营、承包。有人鼓励抱朴，凭隋家几十年干粉丝业的经验，他能胜任，但他却拒绝了。老赵家作恶多端的赵多多却出头承包了粉丝作坊，易名为洼狸镇粉丝大厂。

隋赵两家，世代相仇。弟弟隋见素对赵多多承包了本属于老隋家的粉丝厂，痛心疾首。后他与张王氏老太婆开了一个小烟酒店，随后他又决定学当年他叔叔隋不召的样，"出洋"闯荡。他离开了洼狸镇，到了城里。进城之初，他跳舞，吃馆子，滑旱冰，看录像，大开眼界。后又施计与一个陷入窘况的小店主合资办店。起初经营不错，还得到城里姑娘、县长的侄女周燕燕的爱情，但好景不长，商店买卖受骗，赔本后又被查封。见素在这种困境中又得了绝症，周燕燕离他而去，哥哥抱朴把他从城里接回洼狸镇养病。

洼狸镇的老赵家自老隋家日渐衰落后，却日益兴盛。四爷爷赵炳在老赵家辈分最高，成了镇上的权威。"文革"开始后，抱朴三兄妹被造反兵团抄家、批斗。妹妹含章被带到一个地窖子里，赵多多大肆虐待她，并企图奸淫她。赵炳救下含章，领回家去，认为干女，抱朴兄弟也因为赵炳的关照而被释放。含章一时为赵炳所蒙骗，在她18岁那年，被人面兽心的赵炳奸污了。含章失身后，痛苦万分，她无力摆脱赵炳，拒绝了恋人李知常的爱情。二十来年中她想自杀，又想复仇，终于她用剪刀刺杀赵炳，赵炳获救未死。

赵多多承包粉丝厂后，起初作为"大企业家"显赫了一阵子，但终因挥霍浪费、管理不善、弄虚作假，使企业蒙受巨额损失。上级派来的调查组经过查实，决定予以处分。赵多多酒后驾车蓄意报复，不慎因小车撞墙而亡。

终于，久经不幸的隋抱朴从赵多多手里接管了粉丝厂。抱朴作为老隋家的长兄，从小身心备受折磨。土改、"大跃进"、自然灾害、"文革"的历次天灾人祸，使他变得心情忧郁、沉默寡言、与世无争。他年轻时，曾与他家的一个女佣桂桂相爱。桂桂后得痨病离开人世。

桂桂死后，抱朴又和老赵家的小葵相爱。抱朴得知四爷爷把小葵许配给了别人，他显得胆怯、失望。小葵不得已结了婚，生了一子，但丈夫又不幸早故。小葵仍强烈地爱着抱朴，但抱朴终因缺乏勇气，小葵又一次违心地嫁了别人。

抱朴曾经久久地守着老磨坊，不断地回忆往事，追溯、解答生活中的谜。他常常研读《共产党宣言》，试图探索贫穷、苦难的根源。他惶惑迷惘了几十年，当他自荐担任了粉丝公司总经理后，显得振奋，充满自信心，也显得沉重。

含章刺杀四爷爷，被公安局正式拘留，抱朴终于弄清了二十年前她与四爷爷之间所发生的一切。他悲愤不已，安慰妹妹耐心等着，他专心写出长长的一份"起诉书"。他对未来充满着希望，认为粉丝工业在洼狸镇重新振兴的日子不会太久远了。

路　遥

平凡的世界

第一部、第二部、第三部分别由中国文联出版社于1986年、1987年、1988年出版。

1975年2月、3月间，孙少平在县立高中开始了他艰苦而又充实的生活。贫困使他过分地自尊，每次他都要等到最后才去拿自己的两个黑高粱面馍，每次都能遇上处于同样境况的女生——郝红梅。少平暗恋郝红梅，然而，郝红梅对他只是一种同病相怜的感情，她爱上了班长顾养民。

孙少平在生活上受到同村好友金波的关心，在镇上工作的润叶也时刻关心着他。他应邀到润叶二爸家做客，遇上了开朗的田晓霞。润叶让少平捎信请他哥少安到镇上来。润叶早已恋上青梅竹马的少安，在无法摆脱二妈为其介绍的对象时，终于向少安吐露了心事。但少安认为一个满身汗臭的泥腿子和一个公家教师不可能一块儿生活，他拒绝了润叶。

少平在经历了贫困、饥饿与孤独的折磨和初恋与失恋的煎熬后，他内心中的理想和理智逐渐取代了感情。在学校组织的巡回演出中，他再次和田晓霞相遇，被这个女孩的个性和非同一般的见识强烈地吸引住了。在一次暴风雨中，少平冒着生命危险救起了掉入河中、曾经放肆伤害过他的侯玉英。毕业前，郝红梅偷手帕被抓，少平掏钱向侯玉英的父亲——供销社主任买下了手帕，求情放了郝红梅并替她保密。

孙少平经人介绍，与贺香莲相识、结婚，两口子恩爱美满。而田润叶无法摆脱竭力撮合的二妈，与她并不爱的李向前结了婚。少平开始在新办的学校任教，并且一直和田晓霞保持着密切的联系，时刻关心和注视着双水村以外的广阔世界。少安也在酝酿着也许是整个黄土高原农村第一次自发性的联产承包责任制的改革尝试，但由于强大习惯势力的阻挠，直到十一届三中全会召开后的第二年春天，双水村的生产责任制才再次搞起来。趁农闲时节，少安到镇上打工拉砖，并用打工赚下的钱作资金，办起了烧砖窑，他开始发家致富了。

不愿静悄悄地在双水村生活一辈子的少平，在经过深思熟虑之后，终于决定走向外面的世界，到黄原开始了他的打工生活：背石头、钻炮眼，忙里偷闲地看书，与田晓霞频频约会，深深相爱。

郝红梅偷手帕的事终于被人知晓，她和顾养民的恋情也随之结束。田晓霞被孙少平对苦难生活的责任感和崇高感深深打动，破例到工地找到他，邀请他参加老同学的聚会。

少安的砖厂又开始了一天的繁忙。第二天早晨他便动身去黄原动员少平回来一块办砖厂，但少平觉得人活一辈子，不仅仅为钱而熬苦，还应该有另外一些什么才对。少安终于没能说服少平。少平回到工地，发现自己麦秸草的旧铺盖焕然一新，同时在枕头边发现了一张小纸条，上面写道："不要见怪，不要见外。田。"少平像孩子一般蹦跳着下了楼，大踏步向工地走去。

郝红梅和田润生邂逅，匆匆结了婚而又不幸成了寡妇的郝红梅引起了田润生的极大同情，他对她表达了爱慕之心。在排除了家庭的强烈干涉后，两人终成眷属。而李向前和田润叶的婚姻已名存实亡，他连开车时都想着和润叶的事，终于出了事，失去了双腿。就在这时，润叶却来到了他身旁，给他以妻子的温柔，鼓励他与命运抗争，重新寻找生命的坐标。

田晓霞毕业了，被分配到省报当记者。临行前，一对相爱的人儿紧紧拥抱在一起，彼此约定，两年后此时此地再相见。这时，少平的妹妹兰香和金波的妹妹金秀一起考取了大学。机遇同时也眷顾着少平，在晓霞的帮助下，少平踏上了列车，成了铜城煤矿的一名工人。在煤矿，与一般人的情绪低落不同，少平不误一天工，月月上满班，并和师傅王世才一家建立了深厚的感情。田晓霞以记者身份到煤矿看望少平，在异乡的青草地上，他们又拥抱在了一起。少平谈起他准备报考煤炭技术学校，正尽量抓紧时间复习功课，两人都记得去年的相约……

在矿井中，王世才救人遇难，少平不顾风言风语主动地对不幸的家庭、王世才的妻子惠英和儿子明明负起了责任。

少安扩大了砖场的规模，把村民们照顾到砖场干活，并邀请全县领导来参加隆重的点火仪式。不料新雇的师傅不懂烧砖技术，砖全给烧砸了。经历了半年麻木而又不寒而栗的精神折磨后，他打起精神，外出寻求贷款。

大雨如注似倾，黄原市面临着四百年来罕见的水灾。田晓霞前往灾区第一线，报道这次特大洪水，她刚把第一条消息让人发回报社，自己却为抢救一落水小女孩而英勇牺牲了。少平得知消息后，绝望地在漫天大雨中疯狂地奔跑着、呻吟着。在两年前约定的那个时刻，少平来到了古塔山的杜梨树下，把一束野花放在他们当年坐过的地方。

少安终于贷回了款，在接受了失败的教训后，砖场第二次起飞就以惊人的速度发展起来，生产逐渐满负荷地运行，赢利滚滚而入少安的腰包。与同村的"建庙会"形成鲜明对比的是，少安成立了"建校委员会"，新的双水村小学终于在众人激动不安的等待中举行了隆重的落成典礼。正当这时，秀莲却因肺癌口吐鲜血，倒在了丈夫怀中。

孙少平终于从伤感中走出，被提拔为班长后，他通过奖勤罚懒的办法，使出勤率达到了最高峰。他放弃了在省城工作的机会，不顾金秀对他的爱恋之情，毅然回到了久别的大牙湾煤矿，头上包着红纱巾的惠英，胸前飘着红领巾的明明正向他飞奔而来……

贾平凹

浮　躁

载《收获》1987年第1期。

地处于陕南商州①州河②河畔的仙游川是闻名的干部村，田、巩两个大姓充填了乡、县、州的要职，两岔乡就是田中正的势力范围。

---

① 商州即今商洛市商州区。编者注。
② 州河即丹江。编者注。

韩小水爹娘过早去世，她和伯伯过活。因为发现田中正和嫂子有染，她怕报复，避到麻子外爷的铁匠铺帮忙。

画匠的儿子金狗总想干大事，复员时家乡已不是往昔模样了。他领头重又开始州河冒险。每次船行到寨城，他就到铁匠铺找麻子喝酒。不知从何时起，他和小水离开了心里就空。小水懂规矩，金狗却感到不满足。

田中正以乡的名义组织河运队，成了领导致富的典型，金狗懊悔不该让他插手。这时，州城报社来招记者，金狗耍了手腕，又凭一笔好字，去了州报，但这是以和田中正侄女英英定亲为代价的。小水谅解他的苦处，让他心安理得地走，又送他衣上第三颗纽扣。

金狗进城开始了记者生涯，他努力克服农民意识，拼命工作以减轻对小水的内疚。他到山区采访，写了部分农民在温饱线下的调查纪实，但总编没通过……

小水把痛苦泡制成幸福，绝望中似乎在期待。英英为控制日见冷漠的金狗，上门来羞辱她。麻子外爷被气死了。"成人节"夜里，小水悟到是自己失去金狗而非被抛弃，她以殉葬式的勇敢选择了自己婚姻的对象：憨丑的福运。

金狗结识了漂亮的少妇石华，一切不该发生的都发生了……这时，他投到《人民日报》的调查纪实发了，他成名了，也清醒了。他只是乡下农民的儿子，怎能忘却父老的生活，忘却州城要做的事！他带着城市的经验和记者身份到白石寨驻点，和英英也决裂了。

雷大空这聪明人也不安分。他和福运联手撑排，收入不错。大空和福运逮住了对小水起邪念的田中正，大空说："给你当官的留一点面子吧……剁了你的脚趾头，你就会记住还敢不敢再往别人的女人家跑！"大空因此入狱，在金狗又讨好又利用官商的"机智"周旋之后才被释放。

牢狱生活大大改变了雷大空，权是没有，但要用钱压过田家！他靠耍手腕筹到7万元，开办"白石寨城乡贸易联合公司"，一时名声显赫。他贿赂田家人，又拉巩家势力当靠山。金狗警觉到大空是在刀刃上走路，提醒他"手段不是目的"。大空却认为：既然已到这一步，就一头撞倒南墙吧，不然如何出人头地？他记下了受贿者名单，预备一旦事发就同归于尽。

举行田老六烈士纪念碑落成典礼期间，田家人活动频繁，福运却惨死在熊掌之下。金狗把内幕材料交给州城专员，又上告省里……终于参倒了田中正和县委田有善书记，这事轰动州河地面。金狗很清醒，他不想做大政治家，中国需要小人物干该干的事。他迟迟没成亲，占据他心灵位置的还是小水。在小水儿子过"看十天"时，酒的魔力让他对小水说出了平日不敢说的话。小水颤抖着说："你说这话是让我心碎吗？"金狗满面羞愧。

大空倒卖腐烂树种事发，下了大牢，他坦白交代了受贿者，被灭口。金狗也受牵入狱。小水营救无计，急得在牢墙外唱船歌。后来是石华上省城找高干子弟帮忙……调查结果，皮包公司该取消，但参与陷害大空的人都受到处分，金狗被无罪释放。

金狗找出大空记受贿者的本子写材料，突然发现一旁的小水的扣子掉了，小水勇敢地抬起头："你不是拿着我一枚扣子吗？明日你给我带来，我再钉上，好吗？"倏然之间，两人的心律合成同一节奏……

田、巩两家两败俱伤，金狗完成他的事了。他辞去报社的职务，回到了仙游川组织了河运队，在小水的支持下开始了新的生活和事业。

凌　力

少年天子

北京十月文艺出版社1987年出版。

皇太极去世后，6岁的顺治继位成为大清入关后的第一位皇帝。他有理想有抱负，为了摆脱满族游牧民族落后的生产力水平，顺治潜心钻研汉族的文化来丰富自己，巩固大清江山。

身为一国之君的顺治常处于矛盾和痛苦中。因为改革，他在朝中得不到大臣的支持和拥护；因为倾慕汉文化，他在后宫中也不能得到相应的回应，就连他较为喜爱的佟妃也逐渐开口贤淑敬谨，闭口才德容止，令人生厌。孤独的顺治帝渐渐与宣扬平等博爱的基督传教士汤若望亲近起来。

在执意废掉第一任皇后后，为维护满洲内部的团结，顺治奉孝庄太后的旨意，立前皇后的侄女为后。新婚当天，顺治无意遇见了弟妇襄亲王妃——乌云珠，仿佛是冰天雪地中看到一朵鲜红的春花，对她一见钟情。在孝庄太后的圣寿节中，顺治大胆地对乌云珠进行了进一步的试探，他们尽情讨论汉文化，他对乌云珠的才华更加倾慕。在此后的多次接触尤其是处理江南十家案的问题中，乌云珠更表现出过人的政治才略，更被推行改革的顺治引为知音。顺治最终按捺不住，假借皇后之名，将乌云珠接到了养心殿中，冲破了他们之间最后的矜持。

顺治的心思，逃不出孝庄太后那时时含笑的慈和的眼睛，她动用一切手段阻止二人的感情发展。但顺治因此病重时，孝庄太后终于不敌母子情深，默许了二人的恋情。而其弟博穆博果尔在得知事情真相后，羞愤难当，悬梁自尽。顺治将乌云珠收为贤妃，后又晋为皇贵妃，入主承乾宫。

顺治爱情成功后，政治矛盾却更加突出了。民间有人借"朱三太子"之名组织叛军，以图推翻建立不久的清王朝。顺天乡试考官受贿案又使汉官士子惊恐万分，顺治尽力安抚汉官士子后，圈地法令的停止又引起了朝中满洲贵族的强烈反抗。顺治的改革已是举步维艰。

进宫后的乌云珠与顺治百般恩爱，也深得皇太后的喜爱，兼之四阿哥出生后，就更遭到其他嫔妃的嫉妒与仇视。顺治因乌云珠出众的文采和胸怀要册封她为皇后，乌云珠以大体为重坚辞不受，才稍微平息了内廷的矛盾。康妃所生的皇子三阿哥玄烨染上了天花，谨贵人和康妃怕乌云珠所生之子四阿哥日后被册封为太子，秘密地把三阿哥的肚兜给四阿哥穿上，使四阿哥染上天花夭折。乌云珠含着巨大的悲痛争取到了皇后以及一些嫔妃与自己的和睦相处。三阿哥病好后，谨贵人因事露被赐死。

顺治力行改革，要求效法明制遭到朝廷上下一致反对。外，有六王聚会；内，有四阿哥夭折。顺治的心已如张得太紧的弦，一触即发。此时的淑惠妃又诬陷乌云珠与宫内太监有"对食"行为，顺治暴怒之下把乌云珠打入冷宫。幸得皇太后的教导与澄清，才使误会化解。

郑成功在南方高举义旗攻破三十余县州后，顺治内心的焦躁自卑陡然迸发，他奔到太后处请求逃回关外，遭到孝庄太后的怒骂，并被泼了一脸的冷水。盛怒之下的顺治刀劈宝座，威吓乳母，扬言要御驾亲征。最终在汤若望的冒死进谏下才作罢。

但简亲王济度趁势蠢蠢欲动，策划废帝。佟妃顾念旧情，向皇太后透露了密谋事件，从而化险为夷。但顺治因此更是心灰意冷。此时乌云珠也心力交瘁重病不起，顺治处在即将失去唯一知己的恐慌中。且每日处于满汉矛盾之中，顺治更已是不堪重负。在多次和佛家相接触后，顺治出家的愿望愈加迫切。

乌云珠病故后，顺治也无心留恋红尘。殉情未遂后，顺治以皇后之礼为乌云珠送葬，并自行剃度，终于成了一名无发的皇帝。不久他染上天花也追随乌云珠而去。孝庄太后为了大清的江山，修改了顺治的遗诏，扶持玄烨登上了皇位，即康熙大帝。

铁　凝

玫瑰门

作家出版社1989年出版。

去美国定居的苏玮临走时留给去送她的姐姐苏眉一个信封，告诉她里面的两百元兑换券是给苏眉付车费和给婆婆（外婆）司猗纹买营养品的，她请苏眉代她看看婆婆。

五岁的眉眉与比她大半个世纪的婆婆第一次见面就不愉快，总有一种恐惧使她想逃跑，又因为这恐惧她才没有逃跑。

自从她做教授的爸爸被剃了阴阳头以后，她的家也消失了，随即她被送到了北京响勺胡同的婆婆家，舅舅庄坦的表态和婆婆无休止的沉默使眉眉明白她原本是不受欢迎的，但舅妈竹西的话又使她觉得最好留下。她还见到了外婆的小姑子姑爸，一个只做了三天新娘的男人一样的女人。

年轻人绿的军装红的袖章又猛然在大街小巷汹涌起来，庄家大奶奶出身的司猗纹被接纳又被抛弃了，她恳切要求附近的小将在方便时来没收她的几间房子和她祖上不劳而获的财物。这使她安然度过了那场恐怖的运动。秋雨淋着已被搬到院子里等着没收的家具，司猗纹也想起了她18岁那年那场涤荡了她所受全部家庭教育和她的无比坚贞的秋雨，她在圣心女中与走在学潮前列的华致远深深相爱，但遭到她父母的敌视，华致远带着她的体温闯入了黎明前的黑暗。

街道主任罗大妈一家搬进了司猗纹的院子，罗大妈的儿子分别叫大旗、二旗、三旗。司猗纹愿用自己的眼色给罗大妈一个翻身做主人的机会，全院只有姑爸一个人不理会罗大妈的存在，她竟然敢掏罗大妈的耳朵，罗大妈则号召二旗三旗将偷吃了她家猪肉的姑爸的猫大卸八块以作报复。

在华致远被缉拿的时候，20岁的司猗纹嫁给了南京电政监督庄老太爷的儿子庄绍俭，与庄绍俭热恋的齐小姐也被许配给了某要人。新婚之夜他"声讨"完新娘以后，就去了"莳春院"。后来，司猗纹带着她生下的一儿一女到扬州找庄绍俭想名正言顺地做一回妻子，谁知失望而归，在快到北平时，儿子庄星死在了她怀里。

后半夜，眉眉被一声尖细而凄厉的嚎叫惊醒，那是失去了爱猫的姑爸在骂罗家的祖祖辈辈。二旗带领一群小将对她进行了阶级报复，姑爸死了，嘴里塞着猫毛，手里攥着猫皮。夜里罗家打着手电筒寻找姑爸失落的金戒镏。姑爸死后，司猗纹决心要像棋手一样和罗大妈保持平局，但有时还得"让一步"。果然，罗大妈通知她去居委会读报了。

从天津回来的庄绍俭留给司猗纹"花柳"、"梅毒"类的疾患后又离去了。四十岁的司猗纹以一场恸哭结束了她的前四十年，她如同浸润着毒汁的罂粟花在庄家盛开着。

"内查外调时"，司猗纹违心地证明那个已阵亡的军官、妹妹司猗频的继父去了台湾，这使得在国庆之夜绕胡同巡逻这种只有政治上最可靠的人才能担当的任务，也有了她的份儿。但在调查华致远时，她却拒不承认她和华致远的"那件事"。

12岁的眉眉在黑暗中感觉到了自己胸脯的萌发，也明白了女人只有"来了"，才能称其为女人。并且在大旗的推荐下，她还当上了响勺胡同早请示仪式的带领人。早请示时，竹西总站在大旗后头盯着他粗壮的长着青春痘的脖子。

暂时脱离牛棚、被单位一时遗忘的叶龙北住进了姑爸住过的西屋，他和他养的鸡说话，也对眉眉发表"观念"之类的奇谈怪论，司猗纹认为这是对她的不恭敬而指桑骂槐。

庄坦是目前庄家唯一的男人。司猗纹常觉得她和庄绍俭把他造就得有点匆忙，从精神到肉体他好像都缺乏人最起码的根底。在"造反有理"的暴行中，他变得永远无能，他不能把竹西引向那欢乐的极致，竹西流浪着，司猗纹却不了解这流浪，她觉得竹西是一块肥沃的无人耕耘的土地，土地的主人是儿子庄坦。而竹西觉得重要的是大旗的脖子和叶龙北的不到场了，这时，庄坦死于心脏病发作。

庄晨把小玮又送到司猗纹这里来了，她们讨价还价定好了每个月的生活费。司猗纹认为小玮饮食过量"存食"了，所以每餐她都亲自为小玮做饭菜的分配，她觉得自己从前是慷慨大度的，她曾经为贪污公款的庄绍俭卖掉了房子和白洋布。之后，她决定与庄绍俭离婚，与丧妻的洋车夫朱吉开结婚，谁知却犯了重婚罪。一年以后她再次提出离婚，被庄绍俭砸了一酒瓶后，她带着额上的新月形伤疤又复出了，然而朱吉开死了。庄绍俭也死在了齐小姐怀里。叶龙北要去农村落户了，他养的鸡也集体殉道于后院土堆上，罗大妈找到它们做成了卤煮鸡。

竹西发现大旗丢了魂，她为他把自己开放了一个夏天。因改编列宁的戏而被罗大妈逼得走投无路的司猗纹看见了竹西和大旗的一来一往，她把大旗慌乱中留在竹西床上的裤子交给了罗大妈，要罗大妈高抬贵手。回到了北京的叶龙北在火车站把逃出来的眉眉和小玮送上了回家的列车，他没有再谈过返璞归真，他只愿意从与大旗离了婚的竹西那里获得愉快。

眉眉逃离的是响勺，重返的也是响勺。重返时，司猗纹已经74岁了，她把做了艺术家的眉眉看作自己的骄傲向来交房租的罗大妈炫耀着。眉眉还遇见了叶龙北，她相信了他说的他生命的灿烂是因为了她的存在，当他把手搭上她的双肩时，司猗纹出现在他们面前说这是"勾引"，并将之告诉了眉眉的丈夫。

司猗纹瘫了，见了华致远一面后更恶化了，眉眉为她擦嘴时没有把手绢从她嘴上移开，并用了点力量。死了的司猗纹嘴角停留着笑，眉眉亲了亲她额上的新月形疤痕。

难产的眉眉产下了女儿狗狗，她发现狗狗额角上也有一弯新月形的疤痕。

唐浩明

曾国藩

湖南文艺出版社1992年出版。

第一部　血祭

礼部侍郎曾国藩因母丧回乡守制，太平军一路北上，曾国藩接到圣旨和湖南巡抚张亮基来信，要他在湖南办团练，保卫乡里。曾国藩举棋不定，直到左宗棠、郭嵩焘等好友的劝说，加上道人指点风水宝地，终于墨经出山。

初办团练，遇米行暴动，曾国藩认定"乱世须用重典"，硬是将闹事的百姓当作串子会匪杀掉了。秀才林明光被人诬陷，曾国藩说："宁可错杀一百个秀才，也不放过一个衣冠败类。"从此得了"曾剃头"的绰号。他与湖南官场龃龉不断，终于因为湘勇和绿营的冲突，被逼走衡州城。

血祭出师，却不料一纸上谕，将曾国藩降级，他那"犹同当下郭与李，手提两京还天子"的豪气与憧憬被蒙上了阴影。

太平军翼王石达开引蛇出洞，曾国藩贸然进攻，靖港兵败，他紧闭双眼，跳进湘江漩涡之中，却被康福救起。左宗棠闻讯赶来，痛骂他不忠不孝不仁不义。有如醍醐灌顶，曾国藩幡然醒悟，立志东山再起，正好部将塔齐布湘潭大胜，曾国藩死而后生，不禁感慨"天上浮云如白衣，斯须改变成苍狗"。

出师湖北，曾国藩指挥湘军里应外合，收回武昌，为破城而演苦肉计的湖北巡抚青麟却被曾国藩微笑着送上了刑场。

联想到前不久被莫名其妙地降职，曾国藩一面小心应付朝廷密探，一面暗地里到京师打听内情，同时，对湘勇的笼络与经营更为经心了。

但好景不长，石达开三败曾国藩，谗讥四起。曾氏三兄弟在最困难的时候密谋筹建曾家军。然而父亲病逝，焦头烂额的曾国藩再次回到荷叶塘。不远的田埂上，一个农民牵了一头羸弱的老牛，曾国藩突然奇怪地觉得，那头牛仿佛就是他！

第二部　野焚

曾国藩在家中抑郁不已，丑道人对他说：岐黄可医身病，黄老可医心病。他细细品味《道德经》《南华经》，终于悟到了"大柔非柔，至刚无刚"，和左宗棠、湖南湖北官场的关系也好了起来。从太平军手中拿下江西门户九江后，他决定进兵皖中。太平军探得情报，请君入瓮，湘勇七千精锐葬身三河，曾国藩的战略计划全盘落空，却得到了天家旷代恩荣，只是三河一役中死而复生的六弟将长伴青灯黄卷了。

清军围攻太平军的江南大营被李秀成、陈玉成攻破，却给曾国藩、左宗棠带来了机会。天京之变后，太平军内部矛盾重重，左军主帅韦俊在曾国藩真真假假的劝诱下投诚，曾国藩趁势强围安庆，加上左宗棠的楚勇、李鸿章的淮军和华尔洋枪队的配合，曾家军战果累累。

安庆终于攻下来了，但曾国藩的麻烦也来了：九弟国荃要把英王府的财宝运回荷叶塘，招来非议；王闿运又对他说："东南半壁无主，涤丈岂有意乎？"部下也蠢蠢欲动，曾国藩却对他们谈起了《挺经》："好汉打落牙和血吞。"与此同时，他开始思考如何着手做对今日中国最有益、最重要的事情，安庆军械所、江南制造总局先后建立起来。

尽管太平军将士英勇抵抗，天京城还是被曾国荃攻占了，五千天国将士在天王宫从容自焚就义，被洪秀全临终托孤的李秀成也被擒获，战场捷报频传，曾国藩却没有能够松一口气：朝廷给了他和湘军浩荡皇恩，也同时严斥他驭下不严，致使幼天王逃走，大量金银财宝被洗劫一空。九弟和部将再次怂恿他举旗自立。

外来的参劾与猜忌日渐增多，湘军内部又出现哗变。这时，北京政局大动，一直支持自己的恭王被罢，曾国藩再次跌入恐惧的深渊。

于是曾国藩让九弟奏请开缺。秦淮月夜，他强作欢颜，为弟弟饯行。歌舞升平中，曾国藩想起"大厦正欲梁栋柱，灰心何事赋归田"。豪情顿生，以天下为己任的理学名臣又在考虑：安邦定国之后，如何经世济民？

第三部　黑雨

咸丰帝龙驭上宾，养心殿后阁里叔嫂密谋，除掉了顾命八大臣，接下来便着手谋划逼迫湘军自剪羽翼，先派钦差到江宁追查湘军中的哥老会，紧接着在九江查封了湘军将领萧孚泗的座船，造谣、威慑、揭短，让曾国藩明白了朝廷逼他撤军的险恶用心，他终于决定：裁撤湘军！为此，他首先杀了向他投诚的韦俊。

湘军统帅开始着手整饬两江。他首先恢复名教，甲子科江南乡试终于正常举行，整顿吏制、洋务自强也都卓有成效，朝廷再次颁旨加封。就在他满心欢喜的时候，僧格林沁被捻军所杀，曾国藩受命剿捻，重上战场。

新湘军成形，曾国藩软硬兼施制服了骄兵悍将，将剿捻的胜负押在了河防之策上，进军却严重受挫，剿捻的担子落到了门生李鸿章的肩上。曾国藩郁郁回到江陵，先前一番整饬两江的宏图大愿，被捻战失利削去了大半。

同治八年，曾国藩回到了阔别17年的京师，觐见太后、皇上，却大失所望。在终生荣耀达到极点的那天过后，曾国藩被派去处理天津教案，走向了一生令名的尽毁：他不得不对洋人让步，却又自己拿出银子安抚百姓。他喃喃地重复着八个字："外惭清议，内疲神明!"六十大寿,皇帝亲笔书赠曾国藩,他却再也没有以前那样的激情了。

教案甫平,马案又起。刺杀两江总督马新贻的,竟是湘军老部下!曾国藩穷于应付,心力交瘁。他把最后的精力放在了洋务自强上面,并选派幼童留美。他到头悟得这一切都只是气数使然,因为道人最后告诉他,他一生的鞠躬尽瘁,只是忤逆天道,阻碍了历史的顺利向前,而他在历史上,将永远只是一个一家之姓的忠臣,而不是光照寰宇的伟丈夫。

陈忠实

白鹿原

人民文学出版社1993年出版。

白嘉轩后来引以为豪壮的是一生里娶过七房女人。

但前面的六房女人都以不同的死法死去了。在他的第六房女人死去以后,白嘉轩决定请阴阳先生看一看。

白嘉轩将他所看见的那株鹿形小蓟看作是神灵的启示,他将父亲的坟迁到了这里,以期得到白鹿精灵的滋润。婚后,白嘉轩家可谓人兴财旺,他的第七个新娘吴仙草相继生下了三个儿子孝文、孝武、孝义和女儿白灵。

在城里的反正引起白鹿原人的恐慌时,白狼的出现又造成了对白鹿原最直接的威胁。白嘉轩的姐夫朱先生凭三寸不烂之舌,使反正时逃跑的清廷巡抚方升撤离了准备反扑的二十万大军,并交给白嘉轩一份他手书的《乡约》。同时,在白鹿仓总乡约田福贤的邀请下,鹿子霖出任了第一保障所乡约的职务。上任后,即碰上了白嘉轩发起的"交农"事件。

白鹿原又恢复了素有的生活秩序。鹿子霖和白嘉轩互为媒人,都与冷先生结成了儿女亲家。白灵私自去城里上学了,而白家长工鹿三之子黑娃却早已辍学,他嫌白嘉轩的腰挺得太硬太直了。闯荡一年以后,黑娃引着田小娥这个罕见的漂亮女人回到了白鹿村,她是郭举人的二姨太,黑娃是郭举人的长工。

孝文和孝武从朱先生的白鹿书院回来后,孝文订婚了。鹿三却为自己儿子带回了一个婊子而懊恼,他把黑娃撵出了门。鹿子霖也为大儿子鹿兆鹏不服从自己安排的与冷先生家的联姻而恼羞成怒,而兆鹏即使是在离家只有三里路远的学校当校长也决不回家。

不久，兆鹏、黑娃和韩裁缝烧掉了镇嵩军的粮仓，并留下褐红色标语：放火烧粮者白狼。

白灵和兆鹏的弟弟兆海通过抛铜元决定了自己不同的信仰，后来又改变了各自的信仰，白灵是"共"，兆海是"国"。鹿兆鹏也不再因为是校长而是他公开的共产党员身份招引得一切人注目了。

黑娃在兆鹏的动员下参加了"农讲所"，回来后，就在白鹿原上掀起了一场旷世未闻的风搅雪。把田福贤推上白鹿村的戏楼则成了白鹿原农民运动的最高峰，可惜让他跑掉了。他再回来时，组织了疯狂的报复，兆鹏逃过他的追捕的那一晚，标志着他在白鹿原进入了地下工作。白嘉轩在忙着补缀被黑娃砸碎了的石碑，而黑娃却远走高飞成了习旅长的贴身警卫。田福贤要鹿子霖追查黑娃的下落，鹿子霖却上了田小娥的炕。田小娥与白狗蛋通奸而受了白嘉轩父子主持的惩罚，在鹿子霖的教唆下，田小娥终于成功地引诱白孝文扒下了裤子与之通奸。而就在这时，已成了土匪的黑娃派人抢劫了白鹿二家，白嘉轩那挺直如椽的腰被土匪打断了，变成了一只狗的形体。

白嘉轩发现了孝文的隐秘，这个打击几乎是摧毁性的，他和白孝武又主持了对白孝文的惩罚，并断然分家。在鹿子霖因阴谋得逞而得意时，田小娥却把尿尿到了他脸上。

一场异常的年馑降临到了白鹿原上。就在败家子白孝文就职于县保安大队时，田小娥被鹿三杀死了。

鹿兆鹏在一场注定要失败的进军后，被黑娃他们当作俘虏抓了起来，他在朱先生的白鹿书院里又逃过了县党部书记岳维山和白孝文的追捕。朱先生重新开始了因赈灾而中断了的县志编纂工作，白灵的不期而至使他又惊诧又喜悦。白灵在见了兆鹏以后，加入了中国共产党，他们心里认定共产主义就是原上那只神奇的白鹿。

白灵服从组织安排，当起了鹿兆鹏的假太太，不久志同道合的他们就成了真夫妻。白灵马上又被派到学校去组织学生促进当局抗日。兆海发誓终身不娶。

白鹿原又一次陷入了毁灭性的灾难中。田小娥的鬼魂附着在鹿三身上，原来这场使白鹿原死人无数的瘟疫是她招来的。白嘉轩把田小娥的尸骨挖出来烧了三天三夜，朱先生又建议建塔镇住她的骨灰，叫她永远不得出世。瘟疫过后的白鹿原显得空寂。鹿子霖又陷入了因自己的共产党儿子而被田福贤、岳维山怀疑、逼迫的精神危机之中，在国民党军队中当连长的鹿兆海的出现，又使他过上了洒脱的日子。

孝文升为营长后的第一大捷是抓住了土匪头子黑娃，但又在黑娃的土匪大哥的威胁下，让黑娃逃走了。白嘉轩也允诺孝文回到原上，认了他这个儿子。

就在朱先生和白嘉轩同时梦见白鹿的那天晚上，白灵走向了她生命的尽头。而最终弄清她死亡过程的是她与兆鹏的亲生儿子作家鹿鸣。她是在红军内部肃反中被错抓的，她被活埋的那晚，天上下着雪。在朱先生的县志编纂工程接近尾期时，鹿兆海也被红军打死了。朱先生在县志里把"共匪"写成了"共军"。

黑娃在土匪大哥被害以后，就归顺了白孝文所在的保安团，也当上了营长。他戒了烟，娶了亲，他强迫自己接受并养成一个好人所应具备的素质。他回乡祭祖的举动更是使他名声大振。

鹿子霖又因为自己的共产党儿子而被拘捕，田福贤见死不救，而白嘉轩却以德报怨地营救他出狱。鹿兆海妻儿的出现，打破了他的平淡心境，他又以高涨的气势到联保所供职了。

朱先生在黑娃面前算了最后一卦：天下注定是朱毛的。在朱先生去世的那天晚上，他妻子看见一只白鹿消失在原坡上。枕在朱先生头下的，是他写的十部专著。

黑娃在兆鹏的鼓动下，联合白孝文成功起义了，滋水县解放了，白孝文抢了头功，当上了县长，并以三条罪状拘禁了副县长黑娃，镇压黑娃的集会成了白鹿原上乡民现存记忆中最浩大的一次。参加了陪斗的鹿子霖有灵性的生命也已经宣告结束了。

林 白

一个人的战争

载《花城》1994 年第 2 期。

林多米对自己的凝视和抚摸在五六岁时就开始了。她通过装睡躲过巡窗阿姨的巡视，在蚊帐的隔绝下，悄悄地摸索着自己的身体。林多米还喜欢照镜子，看自己隐秘的地方，与邻家女孩莉莉玩一种跟性有关的游戏。

林多米的童年是孤独的。一个人在屋子里感到害怕，只有在床上才感到安全。为了减少对黑夜的恐惧，她五点半就上床了，落下蚊帐，才感到无比安全。

美丽而奇特的女人，总是在林多米生命的某些阶段不期而至，又突然消失。林多米将这些神秘事物归因于 B 镇是一个与鬼最接近的地方，流传着鬼魂的传说，而出生在这里的女孩，与生俱来就有许多关于鬼的奇思异想。

林多米童年时的自立让她对害怕早已麻木。多米不仅是同龄男孩的壮胆者，也是班上的女孩"大王"的朋友，她常常和多米讨论自己选中的爱情对象。但对于多米来说，她真正感兴趣的也许是女人，甚至怀疑自己是否具有同性恋倾向。

多米回忆起面对真正女性人体时的感觉，她在童年时期迷恋上文艺队扮演白毛女的演员姚琼,喜爱她美丽的容颜和姣好的形体。多米一面渴望看到姚琼裸露的身体,一面又想要逃避这种诱惑,她认为自己只是欣赏女性的美,更像是一个女性崇拜者。另一次林多米与女性的身体触碰是在大学的集体澡堂。第一次在众人面前裸露身体的多米感到亢奋又畏惧,多亏了大王的帮助她才从孤立无助又无地自容的境地里被"解救"出来,王带给多米的温暖直抵其内心。

林多米在图书馆工作时,遇到了一位从上海来N城读大学的女学生南丹。南丹在一次诗歌朗诵活动中和多米相见时就被她的才貌所吸引,多米也第一次碰到了能准确理解自己诗歌和内心感受的人,视南丹为知己。南丹开始隔三差五地到多米的宿舍来找她,后来甚至与多米同睡一床,就连考试期间也"寄住"在了多米家里,穿多米的衣服。南丹通过信件的方式向多米表达了爱意,但信件却被多米销毁,自此以后,南丹也奇怪地消失在了多米的生活中。

"我"由多米和王的同窗情谊联想到大学的生活,再从大学的生活回想到曾经当知青的日子。"我"喜爱看电影,风雨无阻,在电影《创业》中坚定自己要上大学做电影的梦想。本以为表现优秀的"我"却因为没有讨好李干部面临着人生的转折,"我"的"通讯生涯"结束了,但恰好也是"文学生涯"的开端。

多米如同在B镇的小孩们一样,向往到N城去。雷红给她从N城带回的歌、故事、笔记本和衣服更坚定了多米要到N城去的目标,直到上面通知多米要到N城去了,她开心得来不及回到文艺宣传队里请假,便怀着兴奋与喜悦急匆匆地赶去乘前往N城的火车。

十九岁的林多米发现写作是最适合自己的出路。一次她写了一组诗歌投稿给《N城文艺》,但最后一首诗歌《脚印》除了些许词句不同,几乎是从他人诗集中摘抄而来。多米受《N城文艺》邀请到N城改稿,到了N城文联,多米得到主编刘昭衡的赏识,他十分欣赏多米的才气,即使后来"抄袭"事件暴露,刘也给了多米温暖的安慰和前进的信心。改稿期间,来自电影厂的宋编剧给多米带来了外国诗歌的启蒙。

回到B镇的多米正在准备高考,却意外收到宋编剧的信件,邀请她去电影厂作为编剧培养,前提是放弃高考。这突如其来的惊喜让多米成了B镇的"名人",但心高气傲的多米还是参加了高考,想要证明自己的优秀。可好景不长,《N城文艺》的"抄袭"事件曝光后,电影厂不再聘用多米,如同十九岁就能进入电影厂一样,多米"抄袭"的事也瞬间在B镇传开,她的心情跌落至谷底。一切辉煌坠入深渊,所幸的是多米高考得了全县第二,被一所著名大学录取,她得救了。

十年之后,在N城图书馆工作的多米幸运地得到了调去电影厂的机会。在二十八岁那年,多米曾骑车闲逛至一处亮灯的屋子,里面有一个等候她多时的神秘老夫人。老夫人本想让多米用二十九岁一年的青春交换一台可以预见未来的照相机,但多米却希望获得"现世的成功"而失去了交易的机会,房子和那个神秘的老夫人在多米离开之后消失无踪。

多米喜爱独身旅行,她享受这种英雄主义的做法,但单身女性在旅途中是危险的。多米不时会生发单身女性与性意象有关的梦境或想象,而她把自己爱独处的性格放置到亲情之间,叙述其与母亲平淡而尴尬的关系,其中还插入一段被母亲送到农村叔叔家险些失学的经历。然后"我"再把叙事拉回到旅途中,谈及单纯且独身旅行的多米无意间坠入了已婚已育的船员的陷阱,献出了自己的初夜。

在重庆到成都的旅途中多米遇到了两个心肠很好的男人,一位是协助她顺利抵达成都的《四川日报》的年轻记者;另一位是屡次保护"我",不让"狼眼男人"有可乘之机的林森木。而后多米又在众多好心人的帮助下爬上了峨眉金顶。多米在途经贵州时遇到了十年之后在《回廊之椅》小说里的人物朱凉,她寓言着多米将会再次来到这里。

多米爱上了电影厂的N,她迫切地想要从N处得到爱的回应,她在苦恋之中变得敏感、焦虑、多疑、不安,尽管他们之间已经有了一个被做掉的孩子。然而牺牲了孩子并不能令多米悬崖勒马,她深陷于自己营造的爱情之中,对N的缺点视而不见,最后却以N的移情别恋宣告失败。随着电影厂的卖地,那些和N有关的痕迹也如幻影般消逝。

余 华

许三观卖血记

载《收获》1995年第6期。

许三观是城里丝厂的送茧工,回乡下看望他的爷爷。听村里的人说,这一带身子骨结实的人都去卖血,不卖血的男人娶不到媳妇。许三观被弄糊涂了。回城的路上,许三观碰见了阿方和根龙,便和他们一起去医院卖血。为了使血的浓度降低,他们一路上不断地喝水,肚子里胀鼓鼓的水把脸憋得通红。卖完血后,他们来到一家名叫胜利的饭店。阿方和根龙对着跑堂的喊:"一盘炒猪肝,二两黄酒,黄酒温一温。"许三观也学他们的样,跟着喊。

第一次卖血挣了35元钱,许三观想娶个媳妇。他看上了两个长得漂亮的姑娘,一个是丝厂的女工林芬芳,另一个则是人称油条西施的小吃店服务员许玉兰。许三观请许玉兰吃了八角三分的东西后,便提着烟酒到她家提亲。许三观把许玉兰的父亲哄得眉开眼笑，许玉兰不得已和以前的恋人分了手，和许三观结了婚。五年时间里，她生了三个儿子，分别取名一乐、二乐和三乐。一乐长得不像许三观，反而像许玉兰以前的恋人何小勇。许玉兰在一次吵架中说漏了嘴，道出了被何小勇强奸的事实。许三观开始伤心起来，三个儿子里他最喜欢一乐，到头来偏偏是这个一乐，成了别人的儿子。一乐用石头砸伤了方铁匠家的小孩，方铁匠来许家索要医药费，许三观认为一乐不是他的亲生儿子不愿意掏钱。方铁匠找到何小勇，也碰了一鼻子灰，便叫来两辆板车把许玉兰的东西都搬空了。十年积累起来的家，眼看就这么完了，许三观和许玉兰坐在门槛上呜呜哭起来。第二天，他提着一斤白糖去医院找李血头卖血，才把东西拖回了家。

林芬芳洗衣服的时候摔断了腿，许三观去看望她，二人发生了关系。刚从林芬芳家里出来，许三观又来到医院卖血，用换来的钱给林芬芳买了一大堆补品。结果，林芬芳的男人来到许三观家里，当着街坊邻居的面把事情公之于众。

水灾过去，又赶上了荒年。尽管许玉兰精打细算，仍然难以维持生计，三个儿子脸上全无血色。许三观生日那天，用嘴来"炒菜"，一家大小吞口水的声音响成一片。第二天，他又找李血头卖血，被李血头趁机敲诈了一笔。晚上，许三观一家去胜利饭店吃面。许三观依然不能接受一乐是何小勇儿子的事实，只拿出五角钱让他去买红薯。委屈的一乐去找何小勇，却被赶了出来。许三观在邻居家门口找到了一乐，背着他朝大街上走。一乐问是不是带自己去胜利饭店吃面，许三观温和地说："是的。"

两年后，何小勇在街上被卡车撞成重伤。老中医说，必须要何小勇的儿子爬到烟囱上去喊魂，病才能治愈。何小勇的女人于是来求许玉兰。许玉兰和许三观都是口硬心软，最后都同意让一乐去了。到了烟囱上，何小勇的女人要一乐喊爸，要一乐哭，一乐不答应。许三观就说何小勇那个王八蛋真是你爹，一乐一听就哭了起来。许三观又让一乐喊了几声魂，然后爬上屋顶把一乐背下来，牵着他的手回家了。

"文化大革命"到来了，红卫兵说许玉兰是旧社会的妓女，抓住她陪斗，还给她剃了阴阳头。许三观去给挨批斗的许玉兰送饭，在白饭下面偷偷藏了红烧肉。家庭批斗会上，许三观要许玉兰交代和何小勇的事，当一乐和二乐都批判她时，他又立即阻止，还说了自己和林芬芳的事为许玉兰开脱。

毛主席说，身边只留一个。一乐和二乐去了农村插队落户，三乐进了城里的机械厂。几年后的一天，一乐突然回来，骨瘦如柴，脸色灰黄。为了不让人说闲话，许三观狠心地把他赶了回去。送一乐上轮船时，他把刚刚卖血换来的三十元钱塞在一乐手里。不到一个月，二乐所在生产队的队长进了城，晚上要来许三观家吃饭。为了让二乐能早点调回城，许玉兰哭着求许三观再去卖一次血换钱招待队长。许三观来到医院，从根龙那里得知，阿方因卖血前喝了太多的水把尿肚子撑破了。许三观回了家，头晕胸闷，在床上躺了下来。许玉兰拿着他卖血的钱，买鱼买肉买烟买酒去了。第二天，许三观得知根龙因卖血突发脑溢血死亡。他在医院外回想初次卖血的经历,坐在乱砖上哭了起来。

一乐的肝炎很严重了,必须送到上海的医院去治疗。许三观盘算着,要在去上海沿途的六个地方卖血,攒些钱给一乐治病。他终于在一次卖血后瘫倒了,医院给他输了700毫升血,花掉了他两次卖血挣来的钱。从病床上爬起来,许三观继续往上海赶。途中,他又去卖了一次血,并像当初阿方和根龙教他一样,教会途中遇到的摇船兄弟也去卖血。到了上海,许三观发现一乐的病床空了,哇哇地哭了起来。这时许三观听见有人叫他,原来是许玉兰和一乐,他立即破涕为笑了。

许多年过去了,一乐回城在食品厂工作,二乐在一家百货店当售货员。许三观夫妻二人生活也慢慢好了起来,他逢人就夸自己身体好。这一天,许三观路过胜利饭店,突然很想去卖血。接替李血头的年轻血头对许三观说,只有油漆匠会要你的血了。许三观敞开胸口的衣服,在大街上伤心地哭起来。许玉兰拉着许三观来到胜利饭店,要了炒猪肝和黄酒,说着笑着吃着,许三观又精神起来了。他对许玉兰说:"这就叫屌毛出得比眉毛晚,长得倒比眉毛长。"

王安忆

长恨歌

作家出版社1996年出版。

王琦瑶是典型的上海弄堂的女儿。

四十多年前,专事摄影的程先生为王琦瑶拍的一张照片用在了一份杂志的封二上,题名为"沪上名媛"。这一回,全校都知道了王琦瑶,她走到哪里,都有人伫步回眸。相邀的晚会也接踵而至。

选举"上海小姐"的消息瞬间传遍了上海。最初建议王琦瑶参加竞选的,是那拍照的程先生。对她表现热心的蒋丽莉更是热情参与,并邀王琦瑶搬去她家住,以便为她出谋划策和鼓噪。初选真是美女如云,沪上美色聚集一堂。片厂导演奉劝王琦瑶说:"上海小姐这顶桂冠是一片浮云,它看上去夺人眼目,实际上则是留不住的风景,转瞬即逝。"但这些话对王琦瑶来说,如风过耳。最后她夺得了第三名,俗称三小姐。

那时照相是个摩登玩意,程先生将自己的时间和金钱都花在了照相上,在他眼里,来照相的小姐全是假人，一嗔一笑都冲着照相术。但是慢慢地，他对王小姐来照相有了企盼，后来鼓了勇气，约了王琦瑶。作为对蒋家的回报，王琦瑶在接受程先生约请同看电影时，拽上了蒋丽莉。三人的坐法是：王、程分坐两头，蒋坐中间。程的心思在王身上，但殷勤却一半对一半，以示一视同仁。王琦瑶回旋其间，若即若离。蒋丽莉却落入情网，痴情于程先生了。然而程先生的心思毕竟在王琦瑶身上，这一真相摧毁了蒋丽莉的爱情，也摧毁了她们的友谊，王琦瑶搬出了蒋家。

在受邀为一家百货店开业剪彩的庆典仪式上，王琦瑶认识了军政界的一个大人物李主任。李的正房妻子在老家，而与其厮混的女人就不计其数了。他是在选美决赛上认识王琦瑶的，在女人的事情上，李主任总是当机立断，与王琦瑶共进晚餐后，他带王琦瑶去老凤祥银楼买了戒指。望着一溜烟而去的汽车，王琦瑶感到受制于人而有点怅惘，但又不敢与李赌气，知道输的一定是自己，因为李是上海滩有头有脸的人物。在李主任为之购买的公寓里，十九岁的王琦瑶把自己完完全全地交给了李主任。

王琦瑶住进了公寓，程先生遍找不着，充满了失落感。蒋丽莉却又对程先生充满了希望。两人关系几近于热恋，最终由于王琦瑶横亘其间而疏远。与此同时，李主任也开始让王琦瑶左等右盼了。李主任死于在战乱的一次飞机失事中。经历了痛苦的磨难，王琦瑶回到了外婆的娘家苏南小镇邬桥，但小桥流水终究留不住繁华都市的女子的心，王琦瑶终又回到了上海。

为了生存，王琦瑶领了一张注射执照，她的常客严家师母，为她找了一个亲戚，这是一个叫康明逊的大学毕业未服从分配去边疆的青年人，他又找来了混血儿萨沙，四人打起牌来。在无聊的日子里，康明逊和王琦瑶一样的孤独，感到没前途，索性抓住眼前欢爱的机会，该发生的都发生了，王琦瑶怀孕了，两人的行动受了康家的制约。王琦瑶决定把这事栽在萨沙身上，但在手术这天，萨沙去北京看他从苏联回来的姨母一去不回了。王琦瑶生了个女孩，由于她一口咬定孩子是萨沙的，康明逊只好不再提孩子的事，只与之保持着稀疏却不间断的来往。蒋丽莉早已嫁给了一个南下干部，生了三个孩子，1965年患癌症去世。1966年，程先生也因被当作间谍揪了出来而跳楼自杀了。

1976年，王琦瑶的女儿薇薇15岁了，但由于条件限制，她因此免不了显得粗陋。相反47岁的王琦瑶看上去反倒年轻了十岁，与女儿仿佛一对姐妹，而且姐姐要好看一些。在王琦瑶眼中，薇薇时代的城市变粗鲁了，原先的优雅一扫而空了。

在要好的女朋友中，薇薇最崇拜中学同学张永红。张把王琦瑶看成人生良师，王琦瑶则把张看作小辈中的知音。小林是张永红众多男朋友中被淘汰下来的一个，正在复习考大学的他慢慢成了薇薇的男朋友，王也觉得他是好人家的孩子，身上没有闹市的骚动与浮躁。

小林考上大学后，三人同游杭州。在这三天里，王琦瑶处处识相，而薇薇则事事任性。王琦瑶张罗着为薇薇办了婚事,从此薇薇和小林成了客人,人走了,就留给王琦瑶一堆碗碟。不久,小林和薇薇便先后去了美国。

在一个派对上,26岁的老克腊认识了近四十年前的"上海小姐"王琦瑶,并走火入魔地爱上了她。王琦瑶怕在这走钢丝般的游戏中失足,于是便让张永红渐渐地变成了他们中不可缺少的人,和张永红一起来的还有她的新男朋友长脚。长脚自称其祖父是沪上酱油大王,其实是混社会的一类人。王琦瑶向老克腊敞开了几十年的秘史,在一起度过了两人都充满噩梦的夜晚后,老克腊走了,但梦魇始终要他承受,他只有去王琦瑶那里,却又制造出新的梦魇。也就在这时,长脚打起了王琦瑶黄金的主意。

老克腊再怎么崇尚四十年前,心还是一颗现在的心,王琦瑶"老夫人"的模样促使他作出决定来一个了结。他托张永红把王琦瑶给他的钥匙物归原主。张永红怕王琦瑶不高兴,就叫刚从香港回来的长脚去还。长脚没有还钥匙,却殷勤地照顾起生病的王琦瑶来,趁机又提起黄金的事,却一无所获。

这天,身体恢复了的王琦瑶专为老克腊举行了一个派对,老克腊却没有来。派对散场后,长脚最后一个走,下半夜两三点时又用钥匙打开了王琦瑶的后门和房门。一直醒着的王琦瑶见他进来,一点也没感到惊吓。长脚想溜,被王琦瑶喝住了,叫他去自首。长脚一不做,二不休,掐死了王琦瑶。

王琦瑶眼睑里最后的景象,是那摇曳不止的电灯,然后灯灭了,堕入黑暗。对面盆里的夹竹桃开花了,花草的又一季枯荣拉开了帷幕。

阿　来

尘埃落定

人民文学出版社1998年出版。

"我"的父亲麦其土司在喝了酒后有了我,人们都叫"我"傻子,"我"也心甘情愿当个傻子。"我"的汉人母亲在父亲和哥哥外出的这几天里,正充分享受着土司的权力。"我"也从这个早晨开始记事。这年我13岁,我对趴在床头上的侍女说:"卓玛,我要你。"卓玛便光光地滑到"我"被子里来了。

父亲和哥哥是去省城告我们的邻居汪波土司的,因为我们有人叛逃过去了。他们从汉地回来时，请到了省府大员黄特派员，我们依靠黄特派员训练的快枪军队，一顿饭工夫便收复了失地，哥哥成了英雄，父亲却因年老而悲伤。仗打完了，黄特派员却没有走的意思，他留下来让我们种他带来的鸦片种子，我们对着无比美丽的罂粟花饮酒。这天我们到了查查寨，麦其看上了查查头人的老婆央宗，查查头人面有难色。他十多天后以谋反的罪名被管家多吉次仁枪杀了，多吉次仁又被麦其以谋反的罪名"绳之以法"。之后，麦其才放心地把央宗带回官寨。母亲穿上美丽的衣服迎接无可逃避的现实。那天夜半，多吉次仁的老婆和两个儿子带着仇恨离开了麦其的地界。

初种罂粟那一年，大地确实摇晃了。地动之后，土司又回到了母亲身边。鸦片让麦其家的银子堆满了仓库，麦其又购置了许多先进的武器。这天，官寨来了个身穿袈裟的喇嘛，他叫翁婆意西，是来传播格鲁巴新教的。他嗅到了炼制鸦片的香味，这香味令他不安，第二天他到乡间宣教去了。

麦其家因种罂粟而空前强大，也因此成了别的土司仇恨的对象。汪波土司派来偷罂粟种子的人被抓住了，那家伙不愿被鞭受辱，宁愿被砍头，行刑人尔依手起刀落，掉下的人头送给了汪波土司。想不到他又派了两个人来偷，于是又得到两颗热乎乎的人头。

后来，"我"在麦其领地巡行时，到达和汪波土司接壤之地时，发现了从这三个人头上长出的娇艳的罂粟花，原来，这是汪波土司从牺牲者的头颅里得到了种子后，对牺牲者所作的纪念。麦其因此决定发动对汪波土司的战争，双方聚集大批神巫相互咒骂，我们的神巫回敬了一场冰雹给汪波的果园以毁灭性的打击，我们的代价是央宗生下了一个死孩子。母亲与央宗和解了。

翁波意西传教受挫，憔悴地回到官寨，他对父亲说，凡有黑头藏民的地方，都只能归顺于一个中心——伟大的拉萨，而不该有这样一些靠近东方的野蛮土王。他因这话得罪了麦其土司而被关进了地牢，继而被割掉了舌头，继而又被关回地牢，继而成了我们家的书记官。

几年过去了，罂粟花如火一样在别的领地上蔓延，而且价钱越贱，种得越多。这年开春了，父亲还没决定种什么，"我"因与哥哥赌气，大声说："全部种粮食。"父亲也是这么想的。父亲让哥哥去南方边界上修座大房子，但哥哥直到麦其领地上粮食丰收了，他才明白自己修的是仓库。土司让"我"和哥哥到边界严密守卫仓库，直到有人肯出十倍价钱买仓库里的东西。"我"到北边，哥哥到南边，"我"明白父亲是要两个儿子比赛，看谁更有做土司的天分。

"我"让卓玛架起十口大锅炒麦子，香味令田野里成百上千的饥民晕过去。拉雪巴土司没能得到粮食，失望地走了。茸贡女土司来了。天啊，我一下爱上了这个强悍女人的女儿塔娜。两个土司各有所图地为我们订了婚，"我"发现麦其土司与茸贡女土司原来也是一对老相好。抢了茸贡粮食的拉雪巴被我们打败，他投降后，"我"在北方边境建立了一个繁荣的市场。

南方传来了残暴的哥哥兵败的消息,而我守卫的北方边界上,丰收的麦子换回了十倍的报酬,"我"还得到了绝色美女塔娜做妻子。同时,多吉次仁的儿子如影子般跟着我,他的哥哥在镇上开了个小酒店,后来参加解放军成了红色藏族人,他们的复仇对象是麦其土司。

"我"带着一箱箱银子凯旋,送给书记官翁波意西笔和眼镜,他竟然开口说话了。在父亲决定把土司位子传给大儿子时,他开口为我辩护,父亲一怒之下命令行刑人将他的舌头连根拔去。"我"也从此一言不发,"我"穿着行刑人家的里面有灵魂的紫红色衣服,父亲把"我"看成一个他下令杀死的人而被吓得一病不起。杀手来了,他朝睡着的哥哥刺了一刀,哥哥在身体发臭中慢慢死去。"我"怀着破碎的心,带着塔娜回到了北方边境。

父亲和母亲都来了,父亲对我大叫:"为什么你看不到现在,却看到了未来!""我"下了帖子请邻近的土司来开会,曾投入哥哥怀抱的塔娜又投入了年轻的汪波土司的怀抱中。"我"请来的戏班子原来是个妓院,土司们兴高采烈地去享乐,一个个带着梅毒回到了他们的领地。

街上新来了一些汉人,紧接而来的是解放军的炮声。不久,麦其土司官寨这座巨大的石头建筑终于倒塌了,我们跟着整个官寨落了下去。

"我"还没来得及以土司身份成为解放军"最好的朋友",杀手敲门了,"我"自己爬上床对杀手说:"来吧。"血滴在地板上,好大一片。"我"在床上慢慢变冷时,血也慢慢地在地板上变了颜色。

张　洁

无　字

北京十月文艺出版社2002年出版。

第一部

离婚后的吴为住进了精神病院,在与胡秉辰近三十年的关系中,她永远处于劣势。

或许吴为在这段由她、白帆、胡秉宸所组成的三角恋中的卑微、忍耐源自于她的外祖母墨荷。墨荷出生在"一溜大瓦房、热热闹闹、鸡鸭鹅狗你方叫罢我方来叫"的院子里，那时候是大门不出、二门不迈的小姐除了家里的长工外并没有多少接触男人的机会，所以墨荷听由父母之命、媒妁之言嫁到了贫困的叶家。叶家人极会摆谱，变着法儿地折磨新进门的墨荷以消解对富裕的嫉妒。喂了一天的猪、鸡，做了一天一大家子的饭，缝补了一天一大家子的衣服、鞋、袜以后，墨荷也别指望着歇一歇，她还得服侍婆婆抽烟。除此之外，墨荷还需要承受生育的苦楚。在长春学买卖的叶志清回家一次，就有一次准确的"投篮"，即开启了墨荷长达十月的煎熬。生育与劳作刻进了墨荷的骨子里，唯一反抗婆婆与小姑子虐待的方式便是回娘家，且从不让丈夫跟进娘家门，换来一点小小的安慰。对于在叶家悲惨而孤独的生活，墨荷对娘家人只字不提，她丢不起受虐待的脸。

到了采收榛子的七月，墨荷才能够放下没完没了的劳作，名正言顺享受收榛子这项休闲活动。前前后后经历过多次生产的墨荷最终没能逃过女人们的命门，在诞下一个不久于人世的女婴之后落入垂死挣扎，留下对世人的最后一瞥。叶家用廉价的平板，而不是棺材支撑着墨荷的尸首，为防止邻居及墨荷娘家人发现叶家对墨荷的虐待，婆婆一把火烧尽了墨荷的遗体，只当此人并未出现过。墨荷历经七次生产、六次丧子而留下的唯一血脉叶莲子，一知半解地看着家中发生的一切。母亲墨荷并没有给叶莲子留下太多慈爱的印象，但墨荷濒死之际含在腔子里的呜咽与眼角最后一滴泪像是诅咒与圈套般镌刻进了叶莲子的生命中，让她也无法逃脱被男性、孩子、自卑所控制的悲惨人生。即便聪慧如大作家吴为，也未能从外祖母、母亲的"眼泪"中逃脱，义无反顾地扎进男女的纠葛中，直至走向疯狂。

第二部

母亲墨荷的早逝是叶莲子童年悲剧的开端。家中的活计几乎都落在了这副小肩膀上。自从墨荷死后，除了叔叔婶婶、堂兄堂弟吃剩下的稀汤，叶莲子从未吃过一顿干饭，一刮风就吓得不敢进家，常饿得眼花腿软，冻得上牙磕下牙。好在山果野菌能给她滋补，二姑父时常将她接回家照顾，不至于叫叶莲子冻死饿毙于寒冷的东北。同母亲墨荷一样，叶莲子遵循着父亲的安排，别无选择地嫁给了尚在与他人偷情的顾秋水。对于这桩婚姻，叶莲子颇有几分将自己随意打发出去，只图个安稳的目的在，相信叶莲子这种嫁鸡随鸡、嫁狗随狗的女人，最终也会习惯性地爱上顾秋水，制作出一份相应的情爱，并将终身依附于顾秋水。二十世纪初，社会动荡打乱了叶莲子尚且安稳的生活，在她生下吴为不久后，顾秋水投身于革命，叶莲子也随即开启了孤身抚育孩子，顶着炮火辗转于各地，追寻负心丈夫的痛苦之旅。

在战火纷飞的岁月里，叶莲子独自顶起了自己与女儿吴为的家。为了糊口，她甘愿去大户人家当佣人；为了尊严，也甘愿拿着一半的工资而不去给丈夫的战友们添麻烦。可顾秋水却将妻女抛诸脑后，在香港与诸多女人不清不楚。叶莲子冒着生命危险穿过日伪的封锁线赶到香港后，顾秋水为了逼迫叶莲子离开，竟残忍到让妻女与情人共住一屋，动辄打骂叶莲子，差点摔死年幼的吴为。新中国成立后，叶莲子也没能摆脱陈旧的思想，一心想挽回破裂的婚姻，直至顾秋水用离婚协议书将叶莲子母女赶回大陆。本以为叶莲子痛苦在吴为当上作家之后就应结束，但吴为对爱情的盲目再一次将叶莲子打入生活的深渊中，临死前还在为吴为与胡秉宸的孽缘忧心忡忡。源自于母亲墨荷的那一滴濒死的眼泪再一次从叶莲子的眼角滑落，叶莲子未能走出镌刻在千万个女性身上的圈套。墨荷与叶莲子的悲剧并未给吴为敲响婚姻的警钟，吴为对情感的过分依赖也注定了她依旧会被男性所伤害与禁锢。

第三部

吴为从小与母亲过着忍饥挨饿、颠沛流离的生活。父母婚姻的惨淡结局与父亲的冷漠给吴为留下了终生无法治愈的伤害。新中国成立后，吴为有幸继续接受大学教育，后来又面临着入城工作的问题。于是吴为卑劣地想起远在北京、当初被她拒之门外的韩木林。吴为的第一段婚姻最终以她生下私生女枫丹结束。在"文革"期间，韩木林满街贴着声讨吴为的大字报，大肆宣扬吴为私生活的不检点，更让象征着耻辱的"红字"残忍地落在叶莲子与亲生女儿禅月身上。吴为一家本就艰难的生活因此雪上加霜，吴为也彻底沦为被他人嘲讽、打压的对象。

第一段婚姻并未唤起吴为对情感的反思，永远纯情如大二学生的吴为又疯狂地爱上了大她二十几岁的胡秉宸，义无反顾地加入与白帆"争夺"胡秉宸的婚姻大战中。不谙世事的吴为哪里是革命老干部白帆的对手，一次次在白帆组织的"白胡婚姻保卫团"的围攻中败下阵来。在经历漫长的拉锯战后，吴为终于与胡秉宸结了婚，可是婚后的胡秉宸突然撕下了绅士的伪装。从始至终胡秉宸所爱的只是吴为身上能够带给他异样满足的奴性、怯懦和扭曲，吴为在他看来更像一只不论主人如何踢它、踹它，只要一声亲昵的呼喊，就会奋不顾身向主人奔去的狗。而吴为爱着自己想象中的胡秉辰，只要一番甜言蜜语、一封无甚价值的情书就能让她牺牲自我，甚至是牺牲叶莲子与禅月。步入晚年的胡秉宸又贪图着前妻白帆的照顾，像当初逼迫白帆那样逼迫吴为与他离婚，随后就迫不及待地与白帆重修旧好。几十年的恩怨情仇让吴为发了疯，扯去身上所有赖以维持生命的管子后，一干二净地离开了这个世界。

阎连科

受 活

春风文艺出版社2004年出版。

受活庄下起了热雪,大荒年来临。

除了全盲的大姐桐花外,其余三胞胎姐妹都跟随母亲菊梅到田里割麦,恰巧遇上了柳鹰雀县长一行人来受活庄走苦问贫。原来为了帮助双槐县脱贫,柳鹰雀计划将列宁的遗体购买回来放到魂魄山上供人瞻仰,结合魂魄山的自然环境,开发旅游业,继而带动全县的经济发展。

柳鹰雀听信了新加坡人的谗言,为其母亲举行厚葬却没能得到他兑现几千万的承诺,然而列宁纪念堂已经开工,这些费用都落到了柳鹰雀的身上使他倍感压力,还因此和妻子要闹离婚。恰巧乡长来告知建筑工地上的情况,柳县长一行人打算亲自到工地去视察,途经受活庄时碰上下热雪,柳鹰雀决定留在庄上救灾。

柳县长在受活庄办起了热闹的"受活庆",并向受活庄及其邻庄乡村宣布了他的赈灾补偿事宜,还有对购置列宁遗体、创建列宁纪念堂给全县带来富裕生活的美好展望。

在"受活庆"上,柳鹰雀为受活庄人分发的救济金竟比不上唱戏的草儿的风头,于是气愤的柳县长便早早地打发草儿走了,受活庄人们的重心才回归到柳鹰雀身上。受活庄上的残疾人纷纷在"受活庆"上施展了各自的绝术,柳鹰雀惊讶得为各位表演绝术的人颁发奖金,同时他想在受活庄组建一个绝术团,到世界各地去出演,挣出演的门票钱作为筹集购买列宁遗体的巨大款项。绝术团仿佛一夜之间成立,被选中的人都十分欢喜,整个村庄都沸腾起来,大家都在为即将成团出行而忙碌着,菊梅家四个姑女中的三个都进入了出演团。

茅枝婆是受活庄的尊长,听到消息后她十分气愤,因为许多年轻的受活人都加入了演出团,只剩下一些老弱的人留在庄里看守田地,她认为这样做会毁了受活庄,于是茅枝婆想凭借自身在受活庄的威信去挨户劝说人们退团,不要离开受活。可是人们已经厌倦了贫穷且毫无出息的日子,没有人接受茅枝婆的劝说,最后茅枝婆无奈找到县长却也遭到了拒绝。茅枝婆终于心灰意冷,支撑不住倒了下去。在绝术团要离开受活庄之际,茅枝婆身穿寿衣拦在出发的卡车前,以死相逼,直到柳鹰雀答应了她提出的受活庄脱离柏树子乡和双槐县的管辖,退出合作社的条件后才作罢。

绝术团在城里的第一次试演取得了圆满成功。很快，绝术团的名声就传开了，他们在双槐县和九都均受到人们的热烈欢迎，男女老少慕名前来观看，热闹非凡，可用万人空巷来形容当时的盛景，绝术团和双槐县都因此获得了巨大的收益。

茅枝婆找到柳县长履行受活庄退社和脱离柏树子乡、双槐县的事宜。柳鹰雀以组织成立绝术二团，和先前的绝术一团一起服务到年底为条件，与茅枝婆签订了加盖政府公章的文字协议。

绝术二团虽然没有一团出彩，但也同样吸引着各地好奇的观众，就这样，一团和二团双线并进，在祖国的东南西北开展演出，人们的钱越挣越多，也越来越离不开演出团。所以，当协议的日子快要来临时，几乎无人赞成茅枝婆的提醒，他们都不情愿退社脱离双槐县而放弃这挣大钱的机会。

为了让绝术团的受活村民退社，茅枝婆答应了组领出演团的干部们的建议，将出演最后十天获得的门票钱给干部们瓜分，她不要一分钱，只需他们将苏北某城中老残的一群流浪狗运回受活庄，自己则扮演一位活到二百四十一岁的老太参与演出。

柳鹰雀与副县长发挥高超的谈判技巧，终于把列宁遗体购买的协议签订下来。在受活庄即将脱离双槐县之际，柳鹰雀为了给列宁纪念堂造声势，恳求茅枝婆让绝术演出团为纪念堂再表演三天。

绝术团在列宁纪念堂进行最后一场演出，人人都十分卖力表演，想要获得县长的奖励。但他们做梦也没想到，柳县长当晚没来，在他们演出的时候，团里的圆全人把他们辛辛苦苦积累的钱财统统抢走了。茅枝婆痛定思痛，号召大家退社，不再受圆全人的黑灾红难，可除了绝术团里上了年纪的人，年轻人都没有同意退社。然而灾祸并未结束，本来一同抢钱的司机们没能从演出团干部手里"分到一杯羹"，便回头把绝术团的人锁死在列宁纪念馆里，逼迫他们把剩下的钱财全部交出来，否则即使渴死饿死也别想走出这囚笼似的纪念馆。得到了钱财的司机们还不死心，变本加厉地把茅枝婆的四个外孙女给糟蹋了，至此绝术团的人才能从列宁纪念馆里出来，茅枝婆领着一群备受折磨的残疾人返回了受活庄。

原来柳鹰雀在即将举行纪念堂落成大典之时，受到了省长的火速召见，便连夜赶去了省城。省长对柳鹰雀等人要购买列宁遗体、修建列宁纪念堂等事宜认为是"政治神经病"。柳鹰雀受挫病倒，待回到双槐县时，人们对他失去了往日的热情。好久没回家的柳鹰雀发现自己的妻子和秘书偷情，更是怒不可遏，石秘书恳请柳鹰雀的原谅，以双槐县人民的磕头拜谢为条件。双槐县的百姓果然在石秘书"帮助双槐县所有人富裕起来"的夸张言论下争先恐后地对柳县长跪拜磕头，虽然购买列宁遗体的计划落空，又被领导降了职，但柳鹰雀此时得到了百姓的爱戴却也心满意足了，他赶在新县长到来之前和县里的常务讨论通过了受活庄退社的决定，并因车祸断了双腿选择落户受活。

茅枝婆在接到受活庄退社的消息后便安详地死去了，受活庄从此又过上了曾经平静安稳、自由自足的日子。

迟子建

额尔古纳河右岸

载《收获》杂志 2005 年第 6 期。

我是个九十岁的鄂温克女人，是我们这个民族最后一个酋长的女人。我们生活在中俄边境，以养驯鹿、打猎为生。听说额尔古纳河左岸才是我们的故乡，三百多年前，俄军逼迫我们的祖先才来到了右岸，这曾使我对铁匠伊万来自左岸的蓝眼睛妻子娜杰什卡充满了敌意。我出生在冬天，父亲林克猎到黑熊的那天，母亲达玛拉生下了我。除了夭折于风寒的姐姐，我还有姐姐列娜，弟弟鲁尼，伯父尼都是我们乌力楞的族长和萨满。年轻时，尼都和林克同时喜欢上了达玛拉。为难的祖父以比武方式决定新郎的人选。林克赢得了达玛拉。从此尼都的行为变得非常怪异。旧萨满去世后，尼都就成了新萨满。

父亲与尼都萨满因为搬迁的决定发生了他们兄弟的第一次冲突，父亲认为母亲刚生产完的身体不宜路途劳累，不过最后还是遵从了尼都萨满的意愿，搬迁了乌力楞。不幸的是，途中，熟睡的列娜从驯鹿上跌落在冰冷的雪地上，活活冻死了。这使我们非常悲伤。另外，突如其来的一场瘟疫也使我们乌力楞遭遇了前所未有的损失。瘟疫过后的冬天，狼特别多，瘸腿达西和他的山鹰就在这个冬天丢了性命。

雨季来临，父亲林克为换驯鹿被雷电击中身亡。从此母亲失去了欢笑，尼都萨满却开始追求母亲。起初母亲态度冷淡，不过一条羽毛裙子改变了母亲的态度，但是我和乌力楞的人对他们的感情充满了敌意，等我后来不再反感时，他们中间还横亘着氏族陈旧观念的一堵高墙。日本人来了的恐惧使娜杰什卡带着儿女逃回了左岸，我在追寻娜杰什卡时认识了我的第一任丈夫拉吉达，鲁尼与妮浩则因伊万的打铁结缘。我和鲁尼陆陆续续地结婚，然而母亲却在鲁尼结婚的那天离开了人世。尼都萨满自此非常消沉，拉吉达取代他成了新族长，将乌力楞分成了几个小家庭。

日本人成立了"满洲畜产株式会社"，军官吉田来到我们乌力楞，衰老的尼都萨满为了保全乌力楞，用最后的舞蹈治愈了吉田的腿伤后逝世。同一天我们乌力楞经历了生和死，我的二儿子安道尔那天出生了。"关东栖林训练营"成立之后，日本人不断地强迫男人去受训，到秋天也没让他们回来。森林里下起了大雪，获准回来寻找驯鹿的拉吉达冻死在了马背上，我悲痛万分，乌力楞推选伊万做新的族长。

妮浩接替尼都做了新萨满。一直喜欢妮浩的金得在他母亲依芙琳强行为他举办的婚礼后上吊自杀。妮浩在同一天为他举行了婚礼和葬礼。葬礼上，玛利亚的儿子达西（瘸腿达西的孙子）跪下来向刚成为寡妇的杰芙琳娜求婚，这一幕让玛利亚十分愤怒，却成为我一生最难忘怀的时刻。从这年开始，我开始用画画倾诉我的思念和梦想。

伊万在集训中为了帮助坤德进了监狱，但他凭借自己的力量逃跑了。伊万逃走以后，我们推选鲁尼做族长。夏天，山上"黄病"流行，拉吉达庞大的家族瞬间只剩下十三岁的弟弟拉吉米，我将他接来与我们一起生活。一九四四年，拉吉米被吉田单独留在了军营，日本战败投降后，拉吉米在寻找我们的途中生殖器受伤，这使他产生了自杀的念头，然而却被我的第二任丈夫瓦罗加制止住了。我和瓦罗加是在我寻找拉吉米的途中相遇的，他向我求婚的那天就是他把拉吉米带到我面前的那天。这年冬天，妮浩帮助别人除病，儿子果格力却从树上摔下来，代替病人去了天堂；几年后，妮浩的儿子耶尔尼斯涅为了替妮浩挡住灾难被无情的河水卷走；女儿交库托坎也作为妮浩救人的代价被蜂蜇死了。多年后，小女儿贝尔娜害怕碰到同样的遭遇，在坤德病倒后就神秘地失踪了。儿女们的死亡与离别带给了鲁尼和妮浩一生的痛苦。贝尔娜逃跑之后，妮浩就没让自己再怀孕了。

达西娶了杰芙琳娜之后，玛利亚一直耿耿于怀，杰芙琳娜无奈之下流掉了达西的孩子。因为这次流产，杰芙琳娜后来一直无法再怀孕，这也使达西在后来的日子里一直为杰芙琳娜的不孕奔波。而我们乌力楞又因为我儿子维克特的岳父、柳莎的父亲马粪包发生了一些不愉快的事情，伊万也给我们带来一些震惊的消息，伊万走后，我在岩石上留下了最令自己满意的岩画。新中国成立后，拉吉米在供销社边上的客栈马厩里拣回一个可爱的女孩，取名马伊堪，而维克特和柳莎终于举行了婚礼，无法适应部队生活的伊万也已转到了地方。当伊万告诉我们将会外发大兴安岭的消息时，我们的情绪十分忧郁。一年后，伐木工人进驻山里，我们开始不时地在森林里搬迁。

政府为我们在乌启罗夫盖起了几栋木刻楞房，虽然几个氏族的人不时地在那里定居，但是我们最爱的还是山上。安道尔与瓦霞结婚过后的一个月，玛利亚死了，葬礼上，鲁尼告诉我们妮浩又怀孕了，但是他们却无法喜悦起来，这个孩子最终在妮浩救偷驯鹿的少年时死掉了。妮浩悲伤中在衣兜里放入了使人不能受孕的麝香，不久后麝香味消失了。伊万告诉我们政府要重建一个村屯，把猎民伞搬迁到山下居住，许多人心中惊恐，我们担心如果树林砍伐得越来越严重，我们早晚得下山。我们度过了相对平静的两年时光，妮浩生下马克辛姆。但是马克辛姆出生的喜悦并没有驱散笼罩在乌力楞上的阴云,安道尔被维克特误杀,瓦霞跟随马贩子走了,安草儿开始和我们一起生活。

政府动员我们去激流乡定居,开始了继乌启罗夫之后历史上第二次大规模的定居,我们族一部分人下山定居了,瓦加罗也在其中。不过在激流乡居住的人,不久之后就因为驯鹿的关系陆续地回到了山上。此时达吉亚娜与索长林结婚,并生下了女儿依莲娜。而我们乌力楞仍被死亡的阴影笼罩,哈谢、伊万、坤德、依芙琳、达两、杰芙琳娜相继去世。瓦罗加在送放映队回林场的路上遭遇黑熊,为了保护放映员也离开了人世。误伤了弟弟安道尔再也没振作起来的维克特,也酗酒过度死亡。进入20世纪80年代,三十岁的马伊堪在她的私生子西班断奶后跳下了山崖。山中的林场和伐木工人越来越多,动物越来越少,马粪包与运载木材的装载车司机发生冲突,永远地倒下了。依莲娜已经从北京美术学院毕业,她结婚又离婚,除了画画外喜欢和驯鹿待在一起,时间长了又嫌山里寂寞,反反复复中,最后还是回到了山上。1998年初春,两个林业工人乱扔烟头引起山中大火,妮浩唱完了她生命中最后一支神歌后倒在了雨水中。葬礼上,贝尔娜和当年偷驯鹿的少年一起回来了,此时贝尔娜心中的恐惧也已经消失。不久后鲁尼也走了。依莲娜哭诉中画完了妮浩祈雨的情景,画完庆祝的那天,她喝了酒走出家门,第二天我们在贝尔茨河下游看见她的尸体,在她上岸的岩石上。我为她画了一盏灯。

如今的山林满目疮痍,我们不得不频繁地搬迁,玛克辛姆出现了萨满的征兆。达吉亚为了女儿索玛,积极促成了布苏的搬迁。我们这个乌力楞已经只剩下我和安草儿了。月亮升起来了,是半轮,月亮下面,是通往山外的路。木库莲回来了,我落泪了,因为我分不清天上人间了。

莫 言

蛙

上海文艺出版社2009年出版。

"我"(蝌蚪)结识了日本作家杉谷义人,并带他拜访了当了五十多年妇科医生的姑姑。受杉谷义人的鼓励,"我"决心写一部以姑姑的一生为素材的话剧。"我"也答应了杉谷义人,先以写信的方式将姑姑的故事告诉他。

在"我"的故乡,生下的孩子常以身体部位或人体器官命名,譬如陈鼻、陈耳、陈眉。陈鼻是陈耳和陈眉的父亲,是姑姑接生的第一个孩子。"我"的姑姑学名万心,她父亲,即"我"的大爷爷是八路军地下医院的医生、革命烈士。新中国成立后,姑姑继承父业,在镇卫生所行医。县卫生局开办新法接生培训班,姑姑从此便与这项神圣的工作结下了不解之缘。1953年至1957年,这几年里,姑姑共接生1612次,接下婴儿1645名,这成绩相当辉煌,接近完美。姑姑到了晚年,经常怀念那段日子。姑姑说,那时的她是活菩萨,成群的蜜蜂、蝴蝶跟着她飞,现在,苍蝇跟着她飞……

姑姑年轻时曾与一个空军飞行员谈婚论嫁,但后来这个飞行员叛逃到了台湾,姑姑深受打击,差点自杀。1963年,高密东北乡迎来了建国之后的第一个生育高潮。姑姑有时连续几天几夜不合眼,抢救了许多妇婴的生命。1965年底,急剧增长的人口已经形成压力,第一个计划生育高潮掀了起来。已是公社卫生院妇产科主任的姑姑,成为公社计划生育工作实际上的领导者、组织者和实施者。公社掀起轰轰烈烈的"男扎"行动,大部分群众通情达理,但还是有两例动用了些强制措施,一个是王脚,一个叫肖上唇。肖上唇不断地到医院、县里闹事,胡搅蛮缠,他后来当了阵红卫兵头头,将姑姑押上台批斗,但姑姑即使鲜血直流,她的身体仍然挺立不弯。

1979年,"我"参加对越自卫还击战回来,被提拔成正排职军官,与小学同学王仁美结了婚。已经成为县政协常委的姑姑也来参加婚礼,王仁美求姑姑给她配能生双胞胎的灵药,受到姑姑严厉的批评。两年后,"我"的女儿出生了,但王仁美不甘心只生一胎。姑姑对生育计划的执行是极为坚决的,她曾经在动员张拳妻子做人工流产时,被打得头破血流,但姑姑说:"我万心为国家的生育计划事业,献出这条命,也是值得的。"张拳的妻子假意同意跟姑姑去卫生院,在半路上跳河想要逃走,却在水中大出血,最终失去了生命。

王仁美找小学同学袁腮偷偷取掉了避孕环,怀了第二胎。袁腮被警察带走了,王仁美藏在了自己的娘家。姑姑带领着阵容庞大的计划生育工作队,来到了"我"岳父家门前,将王仁美逼了出来。"我"单位计划生育委员会的主任也来到了村里,和姑姑一起劝说王仁美。王仁美爽快地同意接受流产手术,然而,她却在手术中出了意外。为王仁美送葬时,姑姑被"我"的岳母用剪刀捅了大腿,但姑姑说这一剪刀更加坚定了她执行计划生育的决心与信念。姑姑还让王胆主动来卫生院做手术,否则——姑姑挥动着血手说——她就是钻到死人坟墓里,我也要把她掏出来!王胆,是"我"的小学同学陈鼻的妻子,一个怀了第二胎的瘦弱的小侏儒。

王仁美去世后,"我"娶了姑姑的助手小狮子。一直躲藏着的王胆已到了快临产的时候，她想乘着竹筏逃到外地，与姑姑的计划生育船进行了一番惊心动魄的追逐，此时王胆却突然临盆。姑姑向陈鼻与王胆的竹筏伸出了一只手，她说，这不是魔爪，这是一只妇产科医生的手。姑姑在竹筏上为王胆接生下了一个婴孩，陈鼻见是个女孩，颓然垂首，痛苦万端地说："天绝我也……"姑姑则载着王胆和新生婴孩疾驰返航，却终究未能挽救王胆的生命。

很多年以后，"我"和小狮子退休回到了故乡。原先偏僻落后的高密东北乡已经发生了天翻地覆的变化，大河两岸已经新建起十几个小区，欧式别墅、高尔夫球场等应有尽有，另外还有袁腮开办的牛蛙养殖场，还有一家中美合资妇婴医院。娘娘庙也重新修建，挤满了卖香烛和泥娃娃的摊位。姑姑，嫁给了一个泥塑艺人郝大手。王胆的哥哥王肝送给"我"一套《高密东北乡奇人系列》DVD，"我"从中知道了姑姑为什么要嫁给郝大手。就在姑姑宣布退休的那天晚上，喝醉的姑姑摇摇晃晃地往回走，不知不觉竟走到了一片洼地里。姑姑说那天晚上她第一次体会到了恐惧的感觉。那天晚上的蛙声如哭，仿佛是成千上万的初生婴儿在哭，仿佛是无数受了伤害的婴儿的精灵在发出控诉。姑姑想逃离蛙声的包围。但无论她跑得多快，那些凄凉而哀怨的哭叫声，都从四面八方纠缠着她。姑姑跪在了地上，她感觉到无数的青蛙跳跃出来，从四面八方涌上来将她团团围住，姑姑能感受到它们的咬啄和抓挠。姑姑一边嚎叫一边奔跑，最后撞到了郝大手。节目展示了姑姑与郝大手携手制作泥娃娃的内容，她在想象中描摹那些她引流过的婴儿的形象，讲述给丈夫，于是，一个个面目清晰，神情传神的孩子便从郝大手的手中诞生了。

"我"在一家名为"堂吉诃德"的餐馆遇到了潦倒的陈鼻。当年陈鼻整日喝酒，满大街乱窜，似乎已经忘记了他让陈胆用生命生下的二胎陈眉。姑姑和小狮子曾想收养陈眉，但后来陈鼻又来"我"家要走了陈眉。陈鼻的两个女儿陈耳和陈眉，去了一家毛绒玩具厂打工，结果一场大火烧死了陈耳，也毁了陈眉的容貌。此时的陈鼻有些疯疯癫癫，甚至扑倒在车轮下寻死，他被送进了医院，使陈眉欠下了不小的一笔医疗费用。

小狮子得知袁腮的牛蛙养殖公司其实只是一个幌子，实际干的是代孕的勾当，她竟与袁腮做了代孕的交易。五十五岁的"我"糊里糊涂要做一个孩子的父亲了，而怀这孩子的"代孕女"，就是当年王胆在竹筏上生下的那个女婴，也就是我与小狮子抚养过一段时间的陈鼻的小女儿陈眉。最初得知这件事，"我"怒不可遏，但经过老同学李手的劝解后，"我"轻松了许多。在"我"被小贼追打得到处狼狈地逃跑后，"我"看着中美合资妇婴医院的广告牌，明确自己迫切地需要这个孩子！这是老天爷赐给"我"的，"我"的苦难都是为他而受。"我"宣传和分享着小狮子身怀六甲的喜讯，甚至把代孕怀的这个孩子想象成王仁美没能生出的二胎，并在喜悦与幸福中，迎来了儿子的诞生。

"我"终于完成了这个九幕话剧。剧本的故事与现实生活交织纠缠，"我"写作时已经分不清是在纪实，还是在虚构。"我"把前面的叙述延伸到了如梦如幻的话剧舞台上。这是一部荒诞的，却又仿佛是真实的戏剧。戏剧中的陈眉，因为孩子被抱走而精神失常，到处寻找自己的孩子。"我"给代孕而来的孩子"金娃"办了一场热闹的满月盛宴，陈眉在宴席中闯入抢走了"金娃"。"我"与小狮子一众追着她跑进一个以民国时期县衙大堂为背景的电视剧拍摄现场，经过一番荒诞的断案后，"金娃""判"回给了小狮子，"我"与李手、袁腮等决定补偿被克扣了代孕费的陈眉十万元，告诉陈鼻此事就此作罢。在最后一幕中，姑姑问："我真的不是罪人？我这两只手是干净的？"姑姑要赎自己的罪。舞台上，姑姑上吊自杀，又获得了再生。

葛 亮

朱 雀

作家出版社2010年出版。

千禧年之交，苏格兰华裔青年许廷迈回到父亲的故乡南京留学。他在夫子庙游玩时走进了西市的一家古玩铺，在橱窗中他发现一只精美朱雀，正因此他认识了商铺老板程囡。

此后，许廷迈常辗转于西市。这一日，程囡拉着他到了一个隐秘赌场，这间赌场同古玩铺一样由她和她哥哥经营着。此次分别后，两个人的距离越来越近。

许廷迈在一次见义勇为后被刺伤，他从医院醒来后对程囡告白。两年前，美国男人泰勒曾在隔壁病房对她说过相同的话，后来两人相恋。泰勒间谍的真实身份暴露后，程囡被学校劝退。她也再没有见到泰勒，但她已怀孕。母亲望着程囡的腹部想起了程囡的外祖母。

一九二三年，叶楚生带着女儿叶毓芝来到南京经营药铺生意。待到叶楚生中年时，药铺已居于江南四大药局之首。彼时，作为日本商人的芥川经营惨淡，芥川的舅父托关系让叶楚生指导后生。芥川登门拜访，他以娴熟的棋艺让叶楚生刮目相看。一年下来，芥川已成为不错的帮手。另一边，叶楚生为了培养出娴静闺秀的女儿，阻止了毓芝升读大学。从此，好友赵海纳成为毓芝与外界交流的管道。与此同时，毓芝与芥川展开了恋爱，并秘密怀下芥川的孩子。这时，国家形势越发危急，叶楚生选择与芥川分道扬镳，毓芝也没再见到芥川。

日军最终突破了南京城池防线，这时，叶楚生因涉嫌售卖药材给共产党而被日本兵逮捕。半个月后，叶楚生仍无任何消息，毓芝为救父亲前往南京城内打探芥川下落，却遭到几个日本兵的凌辱。毓芝在疼痛中独自产女，并将自己颈上的朱雀挂饰放于女婴胸口，在旗袍布上蘸血写下"叶毓芝"后便死去了。

女婴由于啼哭而被神父切尔发现，神父带着她回到国际安全区内的教堂。神父在教堂里找到一位男婴的母亲程云和，请求云和为女孩哺乳，在哺乳过后云和将女婴留在身边，在整理女婴衣物时她识别出孩子的身世。一天，日本人闯入教堂想要搜捕战俘，云和为保护房间里的伤兵走了出来，却被翻译识出妓女身份，无奈之下她跟随日本人离去。三天后，云和带着满身伤痕回来，伤兵已被送往中央医院。一个夜晚，云和带着两个婴儿离开教堂。

那个女婴便是母亲程忆楚。母亲把命运的不幸归为血脉里的延续，这使得她拿熨斗扼杀了程囡腹中的胎儿。程囡将这些故事告诉了许廷迈，他努力镇定下来。在出院后的一天，许廷迈见到了程囡的朋友冯雅可，这个充满艺术气息的南京男孩给许廷迈留下深刻印象。

程囡的赌场被查获，作为法人的哥哥被抓进警察局。她带着许廷迈找到国忠叔，却得知国忠叔已肺癌晚期。程囡回来后打算将西市店铺抵押出去，在清点货物时，他们再次翻出柜台里的朱雀挂饰，程囡将挂饰赠给了许廷迈。

这枚朱雀曾是程忆楚不离身的东西。在大学舞会上，忆楚结识了马来西亚侨生陆一纬，他们相知相恋。后侨委会主任被定为右派，陆一纬也被发配北大荒劳动，临行时忆楚将朱雀放入信封中一同交给了一纬。

此前，在一次接待任务中，荣归母校的军代表赵海纳遇见了忆楚，了解后发现忆楚正是毓芝的孩子。在权益之下，云和将海纳认作姐妹，使她与忆楚有更多接触机会。

忆楚毕业后留在了机械厂的小学教书。一天夜里，哥哥国忠的同事老魏在半路强奸了忆楚，忆楚为保全名誉被迫嫁给老魏。老魏后来在造反派的武斗中被炸伤并丧失了生育能力，此时云和邻居的女儿向红意外怀孕，向红产下的男婴被抱给老魏和忆楚抚养，唤作"老虎"。

这时，阶级斗争形势越发严峻，赵海纳也被批斗。程云和当年的妓女身份再次暴露，在逼问之下，她坦白了国忠是当年与国民党军官所生，并在狱中服药自杀。后来已经复职的海纳来到家中，将忆楚的身世都告诉了她。

老虎在一次挨训后跑出家门并不慎落水，老魏为救儿子丧命。他去世两年后，国忠与忆楚打算一起生活，一纬却回来了，他与忆楚旧情复燃。忆楚正打算告诉一纬她已怀孕时，一纬却先一步坦白了他在北大荒的婚姻。后来忆楚收到了还来的朱雀，她也产下女婴程囡。

程囡在参加完生父一纬的葬礼后十分低落，她接受了雅可的帮助，暂住在他家中。这时，芥川龙一郎作为雅可的导师也出现在了家中。在一次独处时，龙一郎表达了对程囡的爱慕，程囡也发觉此人的父亲曾深爱的那个南京女人正是祖母叶毓芝。

雅可在行为艺术时因涂抹蜂蜜被大面积蜇伤，出院后他被直接送进了戒毒所。从戒毒所出来后，程囡与许廷迈轮流照看他。某天半夜，雅可毒瘾发作，程囡为了拯救他将毒粉放进自己嘴里，雅可为了毒品开始亲吻程囡，两人纠缠在一起渐渐睡去。天亮后，程囡发现雅可已经死去。许廷迈在看到赤裸的两人后离开了，之后去往温哥华参加姐姐的婚礼。

许廷迈在温哥华认识了姐夫的爷爷，这位老将军时常讲起当年他被一个女人相救的故事。程囡也得知她怀上了雅可的孩子，她打算和雅可的仰慕者童童一同抚养孩子。然而她接到了疾病控制中心的电话，被告知雅可患有艾滋。

在许廷迈准备离开温哥华的前一晚，老将军为朱雀镶上了红色玛瑙，朱雀血红色的眼睛放射起光芒。

程囡的画廊铺开张了，人们都注意到她隆起的腹部。这时，许廷迈刚刚伴着冬日阳光走进夫子庙。

金宇澄

繁　花

上海文艺出版社2013年出版。

1960年代，上海，三年级的沪生与六年级的阿宝、一年级的蓓蒂相识。沪生在买电影票时，还认识了住在弄堂的同龄学生小毛。

阿宝收到自小被送了人的、去了香港的哥哥的来信。阿宝的爸爸对此非常生气。祖父告诉了阿宝，当年父亲与祖父划清界限，出去革命，后来蹲了日本人监牢。再后来，父亲与阿宝姆妈去了香港，生了孩子，因为要革命，当场便送了人。

阿宝的小阿姨，多年前与一个落难公子离婚后，又与一个虹口户籍警察结婚，生了两个孩子。但这位警察小姨夫后来被判了三年劳教。小阿姨本搬回了浙江老家，但因为不习惯小镇生活，总是哭哭啼啼回到上海来。终有一天，小阿姨想不开自杀了。

小毛与同学建国拜了叶家拳头师傅。小毛的爸爸是上钢八厂的工人，小毛娘是女工，他们都要在工厂上夜班，小毛则在码头郊区吵吵闹闹的环境中成长。

阿宝常到淮海路看邮票，还时常带了蓓蒂来这里游荡，阿宝觉得蓓蒂冰雪聪明，心里欢喜。沪生与小毛一同去找姝华，小毛送给她一本连卢湾区图书馆都看不到的《现代诗抄》，这是小毛从废品打包站拿的。沪生、沪生的父母，还有阿宝、蓓蒂与姝华，为小毛庆祝了生日。

1966年，蓓蒂的爸爸被人举报收听"敌台"，蓓蒂娘因为替老公叫冤也被关了起来。元旦后，阿婆带着阿宝和蓓蒂一同回乡祈福，才知道亲人已经投河故去，老坟也在平整土地运动中被推平了，阿婆大受打击。第二天一早，阿婆便带了阿宝、蓓蒂回了上海。一个月后，蓓蒂的父母放回来了。有一天，阿婆突然晕死过去，医生说可以准备后事了。然而当阿宝和蓓蒂再到医院时，阿婆突然醒了过来，一个礼拜后便出院了。

沪生与两个同学看了一出"破四旧"的热闹后，决定以接到"红永斗"总部命令的名义，去斗香港小姐。三个学生与附近的抄家队伍一同批斗了香港小姐。沪生与他的同学被称为：革命小将。

阿宝家被抄了家，并迁往了沪西曹杨工人新村。阿宝一家住在十五平方的一小间房屋中，门上挂着"认罪书"。一日大伯前来，一家人准备了一桌饭菜，居委会干部却前来搜查，说大伯藏了黄金，一众人闹了起来，大伯索性解下长裤，让随便检查。小毛到沪生家中拜访，感慨到底是革命军人家庭，太平无事。沪生与姝华一日在阿宝家门口看到停了一部卡车，沪生以为是阿宝搬回了，原来是蓓蒂要搬走了。不久后，阿宝收到姝华的来信，阿婆和蓓蒂失踪了。

阿宝在曹杨加工组冲床，小毛在七十年代初做了钳工，沪生则被分配到一家小厂，后来调入五金公司做采购，姝华去了吉林务农。小毛后来又被分配到了钟表厂工作，小毛娘很是开心。

1971年，齐奥塞斯库来访，上海多放了几场《多瑙河之波》。小毛与邻居银凤，还有沪生等相约去看。银凤留了小毛在自己房间。小毛将这件事告诉了车间樊师傅，也告诉了叶家宅的拳头师傅，二人对银凤的评价迥然不同。银凤的丈夫海德回家后，银凤与小毛断交。小毛妈妈以死相逼，小毛答应同春香结婚。小毛决意与沪生、阿宝绝交，并在婚后搬到了莫干山路。沪生的家中也发生逆转，因为一架飞机失事，沪生父母受到牵连，双双隔离审查。

银凤告诉阿宝，她与小毛的事被二楼爷叔偷听、偷窥、记录，因为骚扰银凤不得，爷叔将记录拿给了海德，海德于是要求小毛娘必须让小毛结婚搬走。

小毛结婚两年后，春香怀了孕，小毛还请朋友补办结婚吃酒之事。春香临产时，却因大出血去世。

阿宝的哥嫂从香港回来看家人，他送了很多礼物给阿宝和爸爸，阿宝看到整套的邮票时，想到了蓓蒂。哥哥想带他们去香港，但被父亲反驳。阿宝与雪芝谈了恋爱，但却遭到雪芝一家人的阻挠。

阿宝想去香港做贸易，父亲却说那是资本主义。雪芝的哥哥找到了阿宝家，告诉阿宝雪芝全家都不同意，因为阿宝家是反革命家庭。阿宝说已经平反了，但雪芝哥哥依然不同意。

阿宝家人因家产争吵了一场。小毛娘希望小毛再娶一个妻子，小毛说要是像银凤、春香的样子他就同意。阿宝准备最后一次见雪芝，二人分别。

90年代，沪生与朋友陶陶聊天。淘淘的邻居梅瑞曾与沪生谈过一段时间恋爱，后来因为喜欢上了阿宝，与沪生分了手，最后另嫁他人。沪生同阿宝和梅瑞的同事汪小姐约在咖啡馆见面，认识了北方人李李。

李李在上海开了"至真园"饭店，并邀请沪生、阿宝、汪小姐宏庆夫妇、康总夫妇吃饭。席间，阿宝很是注意李李。

陶陶与潘静在舞厅意外遇到了火灾，回家后陶陶告诉妻子芳妹，芳妹追问他与谁一起去了酒吧令陶陶很是烦恼。潘静确对陶陶有意，但陶陶拒绝了潘静的示好。

汪小姐打电话给李李想让她陪伴出门散心。李李则打电话给阿宝，告诉他徐总对自己的骚扰，要阿宝陪同自己和汪小姐一同去常熟。汪小姐在酒局上喝醉了，同李李闹了不愉快，徐总的秘书苏安也生气离去。汪小姐醉倒过去，徐总扶她上楼休息。

梅瑞拒绝了康总更亲密的接触，但一个月后，又打电话给康总细细地讲她姆妈离婚后，与小开的事情，康总默默听着。

陶陶以前的朋友玲子请客吃饭，当年陶陶介绍沪生做律师，帮玲子离了婚。玲子到日本多年，最近回到上海，于市中心开了"夜东京"小饭店。

康太带领女眷太太团喝下午茶，还叫了汪小姐、阿宝相约"至真园"。李李得知几人来吃饭，先给苏安打了电话通风。饭局上，苏安推门而入，质令汪小姐立即去做人流手术。汪小姐和宏庆本是为再要孩子假离婚，并和小毛假结婚。但在常熟时，她与徐总在一起了。得知怀孕的消息后，汪小姐打电话告知徐总，徐总却很无所谓。阿宝与李李做了一夜夫妻，李李将自己不堪回首的往事讲给阿宝听。

"夜东京"的生意很清淡，沪生会来这里吃个便饭。玲子让沪生与白萍离婚。沪生回忆起他与白萍并不美满的婚姻。

陶陶与玲子的朋友小琴私奔了。阿宝对与李李的关系认真了起来，但李李似乎有意回避，阿宝有些失落。

梅瑞举办了一个大型恳谈会。大会开幕式饭局十分隆重，总人数近40桌。宏庆告诉康总，他是真与汪小姐离了婚。席间，玲子与陶陶争执起来，当李李与梅瑞走进包房时，里面已乱作一团，梅瑞突然发了疯。

阿宝与沪生找到小毛家，三人终于再聚。小毛告诉他们自己与汪小姐做了假夫妻的过程。

陶陶下决心要离婚了。芳妹同意离婚后，小琴却摔下楼离世。沪生与徐总、苏安喝茶，席间有人说汪小姐决心要寻优质男人的种子，苏安骂汪小姐"无耻"，沪生也附和。席间徐总提到李李，说她身边的男人调来调去，阿宝沉默。

阿宝、沪生看望住院的小毛时遇到了雪芝。梅瑞向沪生咨询离婚的事情，还说起自己与康总不清不楚的关系，又谈到与沪生曾经的恋爱。梅瑞的姆妈将所有财产变现带走，前夫又生了病，她要每天服侍全家老小，梅瑞说现在的她真不想活了。

某天早上十点，大家陆续在沪郊一座庵堂的接待室落座，是李李要剃度。李李告诉阿宝，出家的事她想过多次，她说，阿宝是她最亲的亲人。一日，阿宝路过"至真园"，那里已经面目全非。徐总拉着阿宝去妇产医院，汪小姐可能怀的是怪胎，但汪小姐却似乎并不在乎，执意要生。

小毛过世后，有一对法国情侣找到阿宝与沪生，他们曾与小毛约定，要写苏州河剧本。阿宝跟沪生说，法国人不懂上海。就在二人散步时，阿宝接到了雪芝的电话，二人相约再联系。阿宝与沪生听见超市里传来黄安的歌声：看似个鸳鸯蝴蝶/不应该的年代/可是谁又能摆脱人世间的悲哀/花花世界/鸳鸯蝴蝶/在人间已是癫/何苦要上青天/不如温柔同眠。……

格　非

望春风

译林出版社2016年出版。

十岁那年的腊月二十九，"我"同父亲去十里外的半塘走差，替一户人家算命。这户人家在过去的一年中死了三个男人，妇人四儿的公公、丈夫和长子相继离世，如今，家中只剩她携一儿一女过活。四儿曾请一位和尚看相算命，和尚认为灾祸源于家中的女孩春琴，这被视为无稽之谈。但是，春琴还是离开了家，因为"我"的父亲将她介绍给了儒里赵村的大队书记赵德正做妻子。这一年，春琴十五岁，赵德正四十出头。赵德正原是赵村的轿夫，他年幼时沦为孤儿，村里人可怜他，合力将他抚养成人。土改后，这位村里公认的最穷的小伙被推举为农会主任，后来他入党、升职，成了儒里赵村重要的建设者。

赵村是"我"出生和成长的地方。父亲年幼时，祖父便将他送去上海做学徒，可没想到父亲却渐渐走上了算命的行当。新中国成立前夕，祖父大概听到了什么风声，他假托病危，将父亲召回了赵村。为了留住父亲，祖父为父亲介绍了亲事，父亲和母亲匆忙结了婚。不久后，母亲离开了父亲，从此，她便化作了我生命中一个谜。母亲没有给"我"留下任何印象，而村子里所有的人在谈起母亲时，都无一例外地闪烁其词。各种戏谑、推诿甚至相互矛盾的说法不仅无助于揭示事实背后的真相，相反，这些说法将那个真相层层包裹起来，越包越紧。没有母亲的"我"，只能在其他人身上寻找母亲的影子。一天，村里来了一位陌生女人，她让"我"向父亲转达秘密消息，说泰州那边来人送信，南通的徐新民被抓了，事情不太好，要做最坏的打算。父亲从外地回来后，向"我"嘱托了许多事情，他于某日再次踏上离家之旅后，便再也没能回来——父亲在便通庵上吊自杀了。

为了谋生，"我"跟随叔叔学习，成了一名猪倌。而叔叔的儿子——"我"的堂哥礼平则在木匠赵宝明的身边做学徒，可礼平当学徒不到一年，便因侵害了宝明的长女丽娟而被赶了出来，于是他继承叔叔的家业，取代"我"的位置，成了一名猪倌。礼平在这项事业上取得了突破性的进展，他发明了人工授精法，摇身一变，成了公社的先进生产者。与此同时，德正也开始筹划人生中的几件大事。头两件便是建立学校和开拓新田。儒里小学建成后，赵村有了第一所正式的学校，孩子们的教育条件得到了改善。推平磨笄山后，村里有了一片新田，耕地面积进一步拓展。完成这两项大事后，德正被提拔为朱方公社的第一书记。但此次升职却让春琴感到莫名的担忧，德正也开始变得愁眉不展，总梦见穿红衣服的小孩躲在背后朝他冷笑。直到有一天，他被公社的人陷害并被免去官职后，他的病才痊愈。

一九七六年，周恩来辞世、唐山大地震及毛泽东的辞世令举国震动。而这一年，"我"的生活也发生了巨变，我得到了有关母亲的消息，她派人接我去南京。村民们都以为我要去城里过好日子了，一直未答应任何人的求亲的雪兰，这时也主动跑来献殷勤，于是，我们结为了夫妻。

"我"即将踏上离乡的旅途，临行前，我同德正告别，直到这时，他才同我谈论起父亲的死因。原来,"我"的父亲是一名特务,与他来自同一特务组织的成员还有徐新民。徐新民被捕后,他一直生活在惶恐之中,两年后,他选择了自杀。父亲的死中存在诸多疑点,"我"带着有关父亲之死的谜团,离开了赵村。

抵达南京后,母亲的朋友孙耀庭将"我"接去了邢桥砖瓦厂,在那里,"我"了解了母亲的身世,同时也得知了母亲病逝的消息。"我"的母亲名叫章珠,六岁时,"我"的外祖父病逝,留下了一大笔债务,不堪重负的外祖母将母亲卖给了南徐巷的一户彭姓人家。母亲在彭家受尽虐待,后又经彭家安排,同父亲成家。"我"出生后不久,母亲便离开父亲,与一位首长结了婚,她带着父亲的秘密过着新的生活。在得知某个潜伏多年的国民党特务组织被公安部发现后,恐惧最终使母亲崩断了弦,她给党委写信举报了父亲。同时,她也给父亲写信,提醒他逃跑。或许是为了保全自己的兄弟和家人,父亲选择了了结自己。而对于母亲而言,坦白并没有让生活变得轻松,相反,它给她带来了无尽的麻烦。母亲因此事被隔离审查,她的丈夫也因此被停职。"我"担心雪兰无法接受这一事实,因此,"我"对她隐瞒了母亲的死。但由于雪兰无法忍受工厂的生活,她最终离开了"我",而"我"则留在了工厂。

一九九六年,工厂被拆迁,此后,"我"又换了好几份工作,孤寂地过着平淡的生活。赵村的老一辈逐渐离开,那些深谙投机倒把之道的人混得风生水起,仗势欺人,金钱摧垮了传统乡村残余的美好人情。堂哥赵礼平成了大资本家,他和一位蒋姓老板买下了村里的地,安排村民们搬迁进安置房中。村民们不愿搬家,他便将化工厂的污染物通过水渠引入村庄,逼得村民们离开赵村。当"我"再次回到赵村时,这里已是一片废墟。春琴在丈夫死后,受尽儿媳的折磨,被逼得绝食自杀。她被村民们送往医院抢救过来后,身体逐渐好转。为了使她免受儿媳的欺辱,"我"开始四处搜寻租房信息,让她从家中搬出来住。为了安顿"我"和春琴,"我"儿时的好友同彬和他的妻子重新修缮了便通庵,他们让"我"和春琴搬进了此处,在没有通电的屋中,我们过起了旧时宁静的生活。赵村被摧毁的阴影在记忆中依然醒目,我们仍担心这新的生活重又被无端地摧毁。春琴想到,假如旧时好友都搬来此地住,兴许就没人会赶走我们,百十年后,这个地方会不会又出现一个大村子?"我"望着四方吹拂的春风,极力控制住自己的泪水,告诉她:"假如,真的像你说的那样,儒里赵村重新人烟凑集,牛羊满圈,四时清明,丰衣足食,我们两个人,你,还有我,就是这个新村庄的始祖。到了那个时候,大地复苏,万物各得其所。到了那个时候,所有活着和死去的人,都将重返时间的怀抱,各安其分。到了那个时候,我的母亲将会突然出现在明丽的春光里,沿着风渠岸边的千年古道,远远地向我走来。"

李 洱

应物兄

人民文学出版社2018年出版。

上

济州大学预备成立一个儒学研究院,想邀请程济世先生出任院长,此人正是应物兄在哈佛访学时的导师,因此应物兄受命主抓筹备工作。

校长葛道宏有意将助理费鸣安排进研究院,应物兄与此人有矛盾,并不情愿。恰在此时,应物兄的恩师及岳父乔木先生让他前往医院和费鸣共同照看生病的小狗木瓜。

应物兄赶到医院,得知木瓜咬伤了一只金毛,而金毛的主人原来是桃都山连锁酒店的老板铁梳子。铁梳子借机设宴款待应物兄,提出想在研究院设立一个儒学研究论文奖。

乔木先生劝导应物兄放下与费鸣的芥蒂,并告知应物兄程先生和姚鼐先生曾有过学术往来,关系微妙。之后,应物兄约见费鸣,提出让他到研究院就职,费鸣并未应允。

这天,双林院士回到济大,与乔木先生、何为先生等一众老友见面,竟也得知了他们运作程先生回济大任教一事。不日后,葛道宏召开了相关会议,对外宣布了要成立儒学研究院的消息。

葛道宏担心发生变故,于是催促应物兄前往美国留住程先生。应物兄飞往美国后,得到了程先生回济大任职的肯定答复,并看望了许久未见的女儿应波。回国后,费鸣在多方作用下答应加入研究院,二人冰释前嫌。

不久后,好友郏象愚发来邮件,称程先生几天后将到北京大学讲课,应物兄想起曾答应程先生的事情,赶忙让生物学教授华学明帮忙寻找已经灭绝的济哥。

葛道宏向副省长栾庭玉透露了程先生来济州任职之事,于是众人计划借此机会前往北京拜谒程先生。赴京前一天,应物兄还与文德斯一同前往医院探望了郏象愚的导师何为先生。

程先生讲课结束的当晚,就与众人进行了会面,同时敲定了研究院的名字"太和",并预备将研究院建在仁德路上。

养鸡大王罗总听说铁梳子给研究院捐赠了一百万,也闹着要给研究院捐钱。而此时太和研究院的编制马上就要下来了,应物兄的弟子们也陷入了明争暗斗。

这天,应物兄受栾庭玉之邀,前往商讨麦荞先生文集出版一事,在饭桌上偶然得知了乔木先生与程先生曾有过一场笔墨官司。这时，程先生的弟子黄兴也即将回国，与济大商谈修建太和一事。

葛道宏专门组建了"黄兴先生接待小组"，而为了饲养好黄兴的白马、争取慈恩寺头香的敬香权，应物兄也动用了各方关系。栾庭玉同样上心，因为他想借机说动黄兴在济州投资硅谷，以求更多发展。

下

慈恩寺一行结束后，常务副省长梁招尘因被急召回北京，决定提前接见黄兴。但黄兴当天无法出面，栾庭玉便让应物兄与葛道宏编排一出谎言，将此事应付过去。而梁招尘赴京述职后不久就被免职了。

为了找到程先生口中的仁德路，葛道宏成立了"寻找仁德路"工作小组，并在一番考证下，认为仁德路就是育德路，且程家大院就在皂荚庙附近。但应物兄对此表示怀疑。

这天，应物兄独自来到皂荚庙附近的铁槛胡同，在这里碰到了南开大学的吴镇和济大附属医院前院长窦思齐。他从窦思齐口中得知，太和研究院已经动工，并且吴镇要来太和当副院长。

常务副校长董松龄很快约见了应物兄。原来不仅是吴镇，窦思齐、敬修己（郏象愚）、易艺艺等人都将被安排到太和任职，而这些人与资本势力铁梳子、陈董、罗总等人有着千丝万缕的联系。

易经大师唐风宴请众人吃杂碎汤，提到了程家大院的风水问题。谈话间，应物兄发现敬修己的好友小颜似乎与朱三根老师有着神秘的联系。敬修己想让小颜也到太和任教。

应物兄前往生命科学院基地看望华学明，碰上了畜牧局局长侯为贵和基地合伙人雷山巴。原来雷山巴不仅资助了济哥研究，还参与了胡同区的改造工程，也想往太和安插人手。

黄兴、铁梳子等人合作成立了太和投资集团，与太和研究院以"太投"、"太研"相区分。应物兄也将华学明的实验成果向众人作了报告，宣布了灭绝的济哥的重生。

黄兴即将离开，铁梳子在桃都山别墅设宴为其饯行。而在宴席的最后，程先生之子程刚笃现身，代表程先生向众人表示了感谢。让人没想到的是，易艺艺竟与程刚笃搅和到了一起，二人的情感丑闻还闹得尽人皆知。

应物兄去乔木先生家取字时，碰上了双林院士的儿子双渐，并得知双林院士已患病且就在桃花峪。几天后，又传出双林院士失踪的消息，应物兄代表乔木先生前往查探，发现双林院士原来已飞往兰州。

这天，芸娘约应物兄见面，二人回忆起与谭淳、文德能、海陆等人的过往，此时应物兄才得知，芸娘也生病了。

何为先生去世了，双林院士去世的消息也被乔木先生知晓。乔姗姗这时从美国回来了，乔木先生有意将她安排到太研工作，但她已经加入了GC集团。

野生的济哥又在济州出现了，这让笃信济哥已经灭绝的华学明备受打击。

栾庭玉的老婆豆花在死前举报了栾庭玉。不久后，栾庭玉被双规，葛道宏也被调离，但太研的组建还在继续。

为了完成何为先生的遗愿，应物兄与文德斯一同前往大杂院寻找张子房先生。让应物兄没想到的是，这一趟竟让他找到了真正的程家大院和仁德路，以及程先生经常提到的灯儿。

第二天，程先生让应物兄前往本草镇程楼村，查看易艺艺所生的孩子是否健康。在此期间，他收到了芸娘去世的消息。

在返回济州的路上，应物兄出了车祸……

朱天文

荒人手记

时报文化出版社1994年出版。

"我"赶到东京福生医院看望身患艾滋的阿尧，陪伴他生命的最后五天。一起陪伴照看的，还有阿尧的母亲。

"我"忆起少年时代和阿尧到十分瀑布游玩，"我"对于阿尧当时的情愫尚且懵懂，却不知那原是一段负载着同性性启蒙的游玩经历。

"我"跟随阿尧喊他的母亲为"妈妈"，当阿尧患病后，"我"到日本看他，妈妈在生活上十分照顾我，清楚地了解"我"的喜好。阿尧在日本时，常带情人回家，妈妈此时选择谦逊地退出。尽管有时妈妈试图提醒隔房有人，事后会像清除瘟疫般狠狠把房间清理一遍，却毫不影响我们放肆的狂欢。

阿尧不在了。"我"从文艺名人对变老、变死的态度，从开始的养一群鱼到最后一尾鱼的逝去，都引发了"我"对生与死的思索。阿尧死后，"我"在日本的街头闲逛，"我"希望写些什么，为死去的同类，也为"我"自己。

那时我们虽然相隔两地，阿尧和"我"也会电话联系，阿尧不太关心通话的内容，只是想听到"我"的声音，让他知道他不是一个人在孤独地面对这个世界。高鹦鹉是我们共同的朋友,他极其注重养生,"我"和高鹦鹉谈及阿尧,两人的反应都颇为冷淡,"我"与高早已安心退守,只"为悦己者容",不像阿尧,年岁增长却始终出入性爱场合拼命。"我"并非不想像阿尧那样参加同志运动,只因"我"畏惧暴露在大众面前,是一个有肢体语言障碍的伶仃人。

对于同性群体应如何归属?"我"感到迷茫和费解,这和性意识有关。福柯在思考探索性意识和权力间的问题,可惜没能完成性意识史的创作便撒手人寰了,他曾预言未来的一切都将源于性。也许作为"亲属单位的终结者"而言的"同志们"所追求的性,是摆脱了繁衍的重任、只留存官感的、美学的色情乌托邦。

"我"和严永桔结婚了。"我"把这个喜讯告诉了阿尧,但并未得到有效的回复。在和永桔的交谈中"我"才恍然醒悟到永桔的加入可能影响了"我"与阿尧间的"情契"。"我"和严永桔曾借住在莫莫家,莫莫对我们十分热情,即使已经一把年纪,仍向朋友们推介中国的文艺,毫不掩饰对中国的热爱。永桔和"我"存在着"契约","我"在性爱时给他满足,而他则给予我慷慨和自由。我们难以分离,虽惧怕死亡,但也憧憬白头偕老。

由于永桔在"我"眼中过于完美,使"我"总是担心他会早夭或是突然发生什么离"我"而去,因此"我"时常会在见不到他时变得十分紧张。每次分别之前我们都显得小心翼翼,害怕伤感的情绪弥漫。永桔离开最久的一次是赴川滇缅甸拍丝绸南路。在永桔缺席的日子里,"我"从生理至心理上都承受着寂寞的巨大压力。幸好,"我"在色彩与方块字之间找到了解忧之法。

我似乎再也等不到永桔,独坐在咖啡馆。遇到了一位"费多"男孩,并请他喝了一杯咖啡。他热情地叫我"PaPa",邀请"我"去夹娃娃,随后便带"我"回到他的家中,看他和他的朋友打游戏。

施带着卑躬屈膝的姿态来找我借两万块钱,这时"我"才醒悟我和他之间原来只是一场钱色交易,顿感施之前的魅力全无。分离后,"我"又重新坠入伤郁的渊薮。无比孤独的"我"决定去找杰,当"我"迫切闯入房门后看到的却是杰和另一个男人相拥而眠,"我"失望而颓愤,"你必须习惯这一切",杰的话语再次在耳边响起。"我"决定在床上休息等待要外出排练的杰,梦中全是"我"与杰在一起的幸福点滴,而梦醒后,杰未归来,"我"想去找他,但猛然发现,除了往来相见时的车站和曾经带给他欢乐的杰的家,两人竟无任何其他的关联。

再次和杰见面时,才发现他早已不爱"我"了,他移情别恋喜欢上了金。"我"卑微地恳求他做一次亲密的道别,他却以不屑或嫌弃回应。"我"在酒吧看着杰和他人调情,自己喝得酩酊大醉。苍老的高瘦子把"我"带回了家,让"我"想起了很久以前和很久以后的阿尧。年少时阿尧受虐般的行为令我无法理解,直到"我"因为杰的冷漠而得以通晓，"我"答应不再找杰，即使每次到台北总会不自觉地走到杰家巷子，木立甚久。

蓓蓓是妹妹的死党，"我"尝试与情同手足的女生蓓蓓谈及结婚的话题，但蓓蓓似乎有意回避。"我"与永桔交往时，蓓蓓和我们走得很近，我们成了蓓蓓与男友相处之外的情感调节所。和蓓蓓不同的是，妹妹从小便在阿尧家得到温暖，因此她对于永桔的到访和鲁莽的举动充满敌意。

"我"从"伟人"之死中看到了人们对"伟人"的纪念，明白有些人死后仍对在世的人们有巨大的影响，从而引发"我"的思考，像"我"这种"逐色之徒"的违规族类死后是否会有人记得？"我"甘愿长寿做所爱之人生命的记录者。

"我"等不到永桔，或许他早已不在人世。"我"只身去了印度，看到了恒河边上的圣阶犹如一个巨大的火葬场，"我"联想到阿尧死后的焚化过程，然而送焚阿尧仅是一个开始，书写仍在继续。